La cage aux lézards

KAREN CONNELLY

La cage aux lézards

ROMAN

Traduit de l'anglais (Canada)
par Sylviane Lamoine

J'AI LU

Titre original :
THE LIZARD CAGE

Celui qui possède cette pierre peut voler dans les airs, et plonger, non seulement sous l'eau, mais sous la terre. Il ne peut pas être blessé tant qu'il garde cette pierre sur son corps, c'est-à-dire dans sa bouche, sous son chignon, dans ses mains ou sous ses aisselles. Il ne souffrira ni de la fatigue ni de la maladie... [Ces pouvoirs] ne lui appartiennent pas à lui, mais seulement à la pierre, qui par simple contact peut transformer le plomb en argent et le cuivre en or... Ainsi, lorsqu'un alchimiste a découvert la « pierre du métal vivant », il s'expose au danger d'en être dépossédé par des esprits néfastes ou des rivaux jaloux... Les esprits néfastes se lanceront à sa poursuite par pure méchanceté, mais les rivaux jaloux voudront manger son corps, car en le mangeant ils posséderont la force surhumaine.

Dr Maung Htin Aung,
Folk Elements in Burmese Buddhism.

Note de l'auteur

Lorsque les événements décrits dans ce roman ont eu lieu, la dictature militaire – qui dirige toujours la Birmanie aujourd'hui – avait un autre nom. Les généraux au pouvoir s'appelaient le SLORC, le Conseil d'État pour la restauration de la loi et de l'ordre. En 1989, après avoir arrêté et tué des milliers de citoyens qui élevaient des protestations dans tout le pays, le SLORC a organisé des élections. La dirigeante de la Ligue nationale pour la démocratie, Aung San Suu Kyi, a gagné par une majorité écrasante. Mais sa victoire ne fut jamais célébrée, le régime refusant de céder le pouvoir. Quelques mois auparavant, Aung San Suu Kyi avait été assignée à résidence. Six ans plus tard, en 1995, elle fut relâchée provisoirement, mais elle a passé la plus grande partie des dix dernières années en assignation à résidence et sous une surveillance de plus en plus brutale.

Quatre décennies de pouvoir autoritaire ont fait que des centaines de milliers de réfugiés vivent dans des conditions précaires à la frontière entre la Thaïlande et la Birmanie. Là et à l'étranger, des dissidents politiques continuent de l'extérieur le combat contre la dictature, comme le font des armées d'ethnies diverses. Les Birmans sont prisonniers dans leur propre pays.

Dans le même temps, la dictature a changé illégalement le nom de ce pays pour celui de Myanmar et s'est rebaptisée le SPDC, le Conseil d'État pour la paix et le développement.

Il avait douze ans lorsqu'il entra à l'école monastique du Hsayadaw. Dernier arrivé parmi les novices, il posséda bientôt le plus lisse de tous les crânes tondus ; on lui donna un habit ocre brun et on lui expliqua comment le porter. Grâce à son œil exercé à repérer les bons plans, il comprit tout de suite l'ampleur de sa chance. Ici les hommes lui donnaient à manger, et une paillasse pour dormir sous un toit en bois. Il vit aussi que l'école était pauvre, mais que les moines qui la dirigeaient étaient généreux avec le peu qu'ils avaient.

Cela ne l'empêcha pas de surveiller jalousement ses effets personnels. Il refusa même de se séparer de sa couverture crasseuse. Les moines dirent qu'elle était bonne à jeter, mais il tint à laver lui-même l'épaisse bande de feutre chinois. Lorsqu'elle fut sèche, il la plia avec un soin arrogant avant de la disposer sur sa paillasse. Le vieux Hsayadaw – l'abbé de l'école monastique – observa tout cela sans impatience, habitué aux enfants qui s'accrochent aux reliques de leur ancienne vie.

Comme le gamin n'était jamais allé à l'école, il eut droit à des leçons particulières, mais parfois le Hsayadaw libérait le moine précepteur pour le remplacer auprès de l'enfant. Le précepteur considérait cela comme un traitement de faveur, mais en fait l'abbé aimait enseigner au gamin. Cela faisait plus de quarante ans qu'il dirigeait l'école monastique, et jamais il n'avait vu un enfant illettré se consacrer à l'alphabet avec tant de fougue. L'apprentissage des lettres faisait rayonner le petit, et le vieil homme aimait s'asseoir dans cette lumière propre et honnête. Ces leçons les rendaient heureux tous les deux, et leur bonheur les faisait rire d'un rien, d'un oiseau s'envolant à travers le feuillage au-delà des fenêtres sans vitres, ou du cri de la vendeuse de papayes vantant la douceur de ses fruits. À plusieurs reprises, le Hsayadaw surprit le gamin au milieu de la nuit, un carnet ouvert sur les genoux, qui traçait sans relâche de ses doigts sales les trente-trois consonnes et les quinze voyelles de l'alphabet birman à la lueur d'une bougie ; il devait alors se forcer à prendre l'air sévère pour le renvoyer au lit.

Comme son nom de novice bouddhiste était trop long et trop difficile pour lui, le gamin insista pour apprendre à écrire son nom de naissance. La première fois qu'il réussit à l'écrire de mémoire, sa jubilation fut telle que le moine précepteur murmura au Hsayadaw : « On dirait qu'il a trouvé le secret de la pierre philosophale ! » À quoi l'abbé se contenta de sourire.

Lorsqu'il n'apprenait pas à lire ou à écrire, il était taciturne, voire morose. C'était un garçon secret, toujours affamé, qui ne manifestait pas l'envie de se mêler aux jeux des autres enfants – même s'il les regardait souvent comme des animaux qu'il craignait d'approcher. L'abbé avait beau s'efforcer de ne pas avoir de préférences, il adorait cet enfant singulier. Si seulement ils montraient tous autant d'intérêt pour la lecture, et de ferveur dans leurs études bouddhistes ! Tous les moines, même les plus réticents, reconnaissaient que le gamin avait embrassé les rites du culte avec une dévotion surprenante. Il passait parfois des heures entières assis dans le temple, à regarder l'image du Bouddha. Cela faisait plus de dix ans qu'ils n'avaient pas eu un tel élève.

Le monastère grouillait de garçons, des grands, des petits, des garçons affligés de becs-de-lièvre et de membres palmés, des garçons venant de familles pauvres ou sans famille digne de ce nom. Le Hsayadaw les adoptait tous. Un vieil adage dit que dix mille oiseaux peuvent se percher sur un seul arbre solide, et le Hsayadaw était cet arbre. Ses enfants trouvaient refuge en lui, et il leur apprenait à chercher un meilleur refuge dans le Dhamma de Theravada de Bouddha, les enseignements de la Voie du Milieu. Il ne corrigeait pas ses élèves et ne les renvoyait pas, même s'ils se conduisaient mal, car les orphelinats d'État et les maisons de redressement étaient des endroits dangereux.

Le gamin se mit à aimer l'abbé avec la même tendresse inquiète qu'il avait ressentie pour le Rossignol. Cet amour se déclarait dans les rires partagés pendant les cours, dans les larmes que le gamin refoulait d'un clignement d'œil, tandis qu'il se battait avec toutes ces lettres et leurs combinaisons complexes. Un jour qu'il luttait contre sa frustration, le Hsayadaw lui dit :

— C'est normal de pleurer. C'est juste un peu d'eau qui veut sortir. On peut la mettre dans une tasse si tu as peur de la gaspiller.

Cela fit rire le gamin, et son travail en fut plus aisé.

Pendant un peu plus de trois mois, il vécut ainsi, avançant en terrain aride aussi vite et avec autant de grâce que l'eau. Mais un matin des hommes en pantalon apparurent, trois militaires des services secrets qui demandèrent à le voir.

Le Hsayadaw garda son calme, un calme dû à une existence passée à méditer, mais au fond de lui il eut peur pour son fils préféré, si peur qu'il enfreignit le Quatrième Précepte : s'abstenir de mentir. Il savait que c'était mal, mais il mentit aux agents des renseignements militaires. Il leur dit que le gamin était intenable, et qu'il s'était enfui.

— Ce n'est pas étonnant, vu comme il a été élevé !

— Il a emporté ses effets personnels ? demanda l'un des hommes.

— Quels effets personnels ? C'était le plus pauvre parmi les pauvres, il n'avait qu'un sac avec des bricoles et une vieille couverture. Bien sûr qu'il les a emportés.

Le repas du matin commençait à peine, et les militaires exigèrent de passer lentement parmi tous les enfants qui mangeaient assis par terre. Mais qui pouvait reconnaître un novice en particulier au milieu de soixante-sept moinillons affamés à la tête rasée ? Celui qu'ils cherchaient gardait son calme lui aussi, un calme dû à une courte existence passée à survivre grâce à son bâton à rats et à son intelligence. Il continua à manger comme les autres enfants. Tous maintenaient la tête baissée. Les soldats appelèrent son nom, en demandant qu'il réponde s'il était dans la pièce. Le gamin ne cilla même pas. Jamais plus il ne répondrait aux voix de la cage. Les hommes revinrent ce soir-là et rejouèrent la même scène, mais ils ne réussirent qu'à faire fondre en larmes quelques enfants.

Le surlendemain, querelleurs et furieux, ils revinrent à l'heure du repas du matin. Cette fois quelqu'un les accompagnait, un geôlier qui connaissait le visage du gamin. Les hommes en pantalon demandèrent à chaque novice de lever la tête et de le regarder.

Quelques garçons ne purent retenir leurs larmes quand cet homme massif s'approcha d'eux. Il passa d'un enfant à l'autre en boitant, et leur posa des questions pour les effrayer, pour les faire parler. Mais ils n'avaient rien à lui dire. Il balaya la pièce du regard. Il aboya l'ordre aux autres hommes en pantalon de débusquer tous les petits morveux pleins de puces qui se trouvaient dans l'enceinte du monastère. Puis, s'adressant au Hsayadaw, il posa d'autres questions. Est-ce que des enfants étaient partis mendier ? Ou bien faire la lessive, ou au marché ? Le Hsayadaw répondit avec une grande patience et une expression sereine. Tous les jeunes novices étaient présents, ici, dans cette pièce. On n'envoyait en courses que les plus âgés. Tous les garçons de moins de quatorze ans étaient en train de prendre leur petit déjeuner. Sauf celui qui s'était sauvé, quelques jours auparavant, celui qu'ils cherchaient.

Le geôlier baissa la voix.

— Si tu me mens, vieil homme, tu le regretteras toute ta vie.

Le Hsayadaw sourit de son sourire ouvert et généreux, de toutes les grandes dents blanches qui lui restaient ; ses yeux furent presque engloutis dans ses innombrables rides.

— Mon ami, combien d'hommes vous ont dit la vérité et l'ont regretté toute leur vie ? Partez maintenant, continua-t-il plus bas pour que les novices ne l'entendent pas, vous qui pourchassez un enfant comme un animal. Nous sommes dans une école monastique ici, pas dans votre prison.

Puis il se retourna, et pieds nus sur le plancher grinçant, il alla s'asseoir au milieu de ses enfants. Ce jour-là l'abbé était si content qu'il faillit se mettre à danser. Il avait été plus malin que les autorités. Le lendemain de la première visite des soldats, il avait envoyé son fils préféré dans un endroit plus sûr.

Enveloppé dans son habit de novice, le gamin avait quitté son premier sanctuaire à Rangoon pour se rendre dans un petit monastère à Pegu, puis dans un autre beaucoup plus grand près du lac Inle, et après cela dans un autre encore, toujours plus au nord, échappant à une force qu'il assimilait aux hommes de la cage qui lui avaient fait du mal. Tantôt des moines déjà ordonnés le prenaient en charge. Tantôt des novices de confiance lui servaient de guides, même s'ils étaient à peine plus âgés que lui, dans les quinze ou seize ans. C'était une fuite lente, précautionneuse, et tortueuse, car on ne savait pas vraiment où le gamin devait aller. Ses protecteurs et lui se déplaçaient souvent à pied, ou à l'arrière de camions découverts.

Les jeunes moines n'éveillaient aucun soupçon. Parfois même des officiers ou de simples soldats de l'armée gouvernementale sortaient au petit matin pour leur donner des aumônes. Le gamin était comme n'importe quel autre novice pauvre, le frère des petites nonnes qu'ils rencontraient parfois dans leur voyage, orphelines vêtues des habits marron foncé ou rose pâle de leur communauté. Lorsqu'ils parvinrent à un magnifique monastère plein d'oiseaux, situé dans les collines, près de Mandalay, le gamin se dit qu'il était peut-être arrivé dans son nouveau foyer, car cet endroit était très paisible, et très éloigné de Rangoon.

Pas assez éloigné, cependant. Le Hsayadaw fit savoir que les autorités recherchaient toujours l'enfant. Ils se remirent en route, descendirent dans la folle animation du marché de Taungyi, puis à Loikaw, puis de village en village, par les montagnes et les vallées de l'État de Chan, où la langue qu'on parlait faisait penser au babillage sinueux des oiseaux. Dans un village dont il ne connut pas le nom, ce furent des moines plus vieux, des Chan, qui prirent le novice sous leur aile.

Après avoir quitté son cher Hsayadaw, le gamin devint de plus en plus silencieux et réservé, mais il suivait les étrangers avec une soumission inhabituelle, née de la peur et de la lassitude de ces déplacements perpétuels. Il ne savait pas où il était, ni ce qu'il adviendrait de lui s'il les perdait aussi, ces grands frères. Les moines étaient gentils avec lui, lui donnaient à manger, tâchaient de le dérider en plaisantant et en le questionnant avec leur accent très prononcé. Entre eux, ils parlaient Chan, appelé tai yai sur la frontière, l'une des nombreuses langues de ce pays sans nom coincé entre des nations.

Ils descendirent les collines birmanes de Chan, longèrent la limite de l'État de Kayah, traversèrent les territoires Chan et karenni en Thaïlande, pour arriver dans une vallée de grands arbres élancés enveloppés d'une légère brume matinale, près d'une ville appelée Mae Hong Son. En dépit de ses habits bouddhistes, le gamin était semblable à tous les autres réfugiés de Birmanie, visage sombre aux traits tirés autour d'yeux noirs fiévreux. Tour à tour grelottant ou brûlant de fièvre à cause de la malaria, il s'accrochait au baluchon contenant les reliques de son autre vie. Elles étaient emballées dans son humble sac à bandoulière, qu'il portait dans son dos ou dans ses bras partout où il allait, comme un frère aîné porte le bébé de la famille.

Il récupéra dans le monastère situé au pied d'une montagne près de Mae Hong Son. Dès qu'il eut repris la vie monastique, il se sentit mieux, même si l'abbé de son nouveau monastère ne souriait ni ne riait comme le Hsayadaw.

Un jour, quelques semaines après son arrivée, deux moines chan lui dirent qu'il allait partir très bientôt du monastère : un Birman voulait l'adopter. Contre toute attente, l'enfant fut bouleversé par cette nouvelle. Il protesta auprès de l'abbé thaï, défendant sa cause dans un mélange poignant de birman, de shan, et même de quelques mots thaïs. Il ne voulait pas quitter le monastère, il ne voulait pas être adopté. Il voulait être moine. L'abbé lui promit qu'il pourrait revenir au monastère s'il le désirait, mais expliqua que c'était son devoir de rencontrer les gens qui lui offraient une vie différente. L'abbé lui expliqua que pendant son séjour avec le Birman, il ne serait pas obligé de vivre comme un novice bouddhiste ; il pourrait quitter son habit, et manger après midi. Mais le gamin refusa. Il porterait son habit, il continuerait à se nourrir comme un moine, et il reviendrait au monastère aussi vite que possible.

Le lendemain, les moines Chan l'amenèrent dans une maison bâtie à la périphérie de la ville. Un hamac était tendu entre deux arbres dans le jardin poussiéreux et plein de mauvaises herbes. Un homme y dormait, la bouche ouverte comme celle d'un enfant. Les moines et l'enfant regardèrent cet homme, mais il ne se réveilla pas. Ils se déchaussèrent dans la poussière, gravirent quelques marches de bois et se tinrent en silence dans l'encadrement de la porte. Lorsque l'enfant toussa, les Birmans qui étaient dans la maison se détournèrent de leurs bureaux et les saluèrent.

— Ne pleure pas, chuchota l'un des moines au gamin.

— Et sois sage, ajouta un autre.

Après un bref échange avec un des hommes, ils partirent en laissant là l'enfant, debout et pieds nus. Comme il lui était intolérable de regarder ses frères moines disparaître sur la route, il ferma les yeux.

— Tu as mangé le riz ? demanda un des hommes, ce qui signifiait « Tu as faim ? »

L'enfant n'ouvrit pas les yeux.

— Je suis les préceptes, répondit-il froidement. Je ne mange pas après midi.

— C'est dommage, car l'abbé nous a dit que tu pourrais te joindre à nous pour le dîner. Et il sera excellent ce soir. Aung Min est allé au marché spécialement pour toi.

À cette phrase, l'enfant écarquilla les yeux. Son front se plissa, mais aucun son ne sortit de sa bouche ouverte.

L'homme crut devoir s'expliquer.

— Aung Min est l'homme qui veut t'adopter. Il sera de retour dans moins d'une heure et nous mangerons tous ensemble.

Le gamin sentit tout tourner autour de lui. Il s'assit en tailleur là où il était. Soudain tout devenait limpide. Il comprenait à présent le but de ce voyage. *Aung Min*. Au lieu de le réjouir, cette révélation le fit fondre en larmes. Les hommes firent de leur mieux pour le réconforter, mais il était inconsolable. Ses pleurs se transformèrent vite en gros sanglots, en spasmes humides qui lui faisaient parfois perdre sa respiration.

Il sanglotait si fort qu'il réveilla le révolutionnaire endormi qui avait des enfants, restés en Birmanie. Il se réveilla en pensant « j'ai rêvé de mon fils ». Puis il se rendit compte qu'il ne dormait plus, et qu'un enfant pleurait toujours. Il sortit du hamac et monta les marches précipitamment. Il s'accroupit près du gamin, et lui parla longtemps tout bas.

Puis il l'entoura de son bras, et lui murmura tout un tas de choses incroyables.

— Tu es en sécurité avec nous. On ne te fera pas de mal. Aung Min est bon, il prendra soin de toi. Nous sommes heureux que tu sois venu nous trouver. Dis, tu veux un mouchoir ?

— Non, ça ira.

L'enfant regarda l'homme en clignant des yeux, renifla et se dégagea. Une fois debout, il ajusta son habit et se dirigea vers ce qu'il supposait être la porte de la salle de bains. Il y entra et en ressortit le visage rafraîchi. Puis il les étonna tous en demandant s'ils voulaient bien lui donner une bougie. Pour ses prières, précisa-t-il. Ils étaient tous dans la pièce principale de la maison. Un petit autel était disposé en hauteur sur un des murs, au-dessus d'une photo de Aung San Suu Kyi. Cela ne faisait que quelques heures qu'il était séparé du monastère, mais les rythmes et les rituels rassurants des moines lui manquaient déjà.

À genoux devant le sanctuaire de fortune et son Bouddha en plâtre doré, une bougie jaune dans la main, il eut une autre humble requête. De l'encens. Les révolutionnaires se regardèrent. Quel drôle d'oiseau, ce gosse ! L'un deux disparut dans une chambre et revint avec un paquet poussiéreux. L'enfant l'ouvrit, en sortit plusieurs bâtons d'encens et demanda un briquet. Il s'agenouilla, alluma la bougie et l'encens, et se prosterna trois fois, le front touchant le plancher. Les hommes allèrent dans la cuisine d'extérieur derrière la maison et parlèrent à voix basse de l'enfant qui priait.

Aung Min arriva peu après sur une moto bruyante. Il passa par-derrière avec ses provisions. Oui, dirent ses hommes, le gamin était dans la maison, il allait bien. Oui, il avait apporté son petit sac, il le posait rarement. Aung

Min regarda l'enfant par la porte entrouverte, mais ne voulut pas le déranger.

Les hommes discutèrent du travail de la journée, firent la cuisine et fumèrent des cheroots. Peu à peu, ils se turent, les uns après les autres, et se mirent à écouter la petite voix qui s'élevait dans le crépuscule, lumineuse et pleine. Les paroles des prières scandées leur revinrent en mémoire comme celles d'une vieille chanson. Plusieurs de ces hommes avaient fait les mêmes prières, en masse, au cours des manifestations de 1988, lorsqu'ils étaient étudiants. Ils oublièrent les cheroots entre leurs doigts. L'un après l'autre, les bouts incandescents s'éteignirent. Ils restèrent debout dans le noir jusqu'à ce que l'enfant eût fini de prier.

Puis quelqu'un alluma une lampe, et tous sentirent l'odeur du riz cuit. Ils rentrèrent en silence. L'homme qui l'avait consolé se pencha vers l'enfant.

— Nous espérons que tu mangeras avec nous, murmura-t-il.

— Oui, merci, je veux bien.

Ces étranges compagnons, gamin silencieux et hommes graves, s'assirent ensemble par terre. Au milieu du cercle, des assiettes et des bols fumants étaient disposés sur des vieux journaux. On fit les présentations en hésitant, car c'était le nom de Aung Min qui avait déclenché la crise de larmes. Mais lorsqu'il fut face à face avec le célèbre leader étudiant devenu révolutionnaire, le gamin se montra poli et grave.

Aung Min observa l'enfant se pencher sur son assiette comme pour la protéger. Il mangeait avec les doigts, comme les hommes, mais pas un grain de riz ou un morceau de curry ne lui échappait. L'homme sourit au gamin, qui lui jetait des coups d'œil sans lever la tête, sans cesser de mastiquer. Aung Min se rendit compte qu'il était un enfant devenu vieux, prisonnier d'une faim venue de loin. Est-ce que quelqu'un avait des bonbons ? demanda-t-il. Non ? De la glace, alors ?

Repu de sucre, l'enfant se mit à parler, d'abord du délicieux gâteau froid, qu'il n'avait jamais goûté. Comment arrivaient-ils à le garder si froid ? Les hommes sourirent à la vue de l'enfant tirant un tel plaisir d'un dessert auquel ils ne faisaient plus attention depuis longtemps.

Ils questionnèrent l'enfant sur son voyage. Il le leur raconta. Ils le questionnèrent sur le monastère de Rangoon. Il leur parla du Hsayadaw et des autres enfants et des hommes en pantalon qui avaient essayé de le trouver et de l'emmener.

Aung Min se pencha vers lui, et l'enfant vit que l'homme voulait quelque chose, de toutes ses forces. Pour la première fois dans cette maison pleine d'étrangers, il sentit le coup de poignard de la peur.

— Petit frère, lui dit Aung Min, je veux que tu me parles de la prison.

L'enfant regarda ses mains. Il ne savait pas quoi dire. Raconter la prison c'était raconter sa vie, mais il ne savait pas trop ce qui devait rester secret.

— On l'appelle la cage, répondit-il en bégayant un peu.

Aung Min choisit soigneusement ses mots.

— Je veux que tu me parles de tes amis là-bas.

C'était plus facile. D'abord l'enfant parla de son lézard, du scarabée dans sa boîte, et du grand Tan-see Tiger, qui lui avait donné du savon et une serviette neuve avant son départ. Puis il prononça le nom de Saya Chit Naing.

— Et les livres, ajouta-t-il. Mes amis étaient des livres.

Aung Min pencha la tête vers la droite, imperceptiblement. L'un des moines du monastère de Mae Hong Son lui avait dit que l'enfant commençait tout juste à apprendre à lire. Comment les livres avaient-ils pu être ses amis ?

L'enfant se mit à évoquer un nat, un esprit qui vivait comme un singe invisible dans un arbre, dans l'enceinte de la prison. Quelques-uns des hommes de Aung Min échangèrent des regards.

Manifestement cet enfant était complexe. Confus et superstitieux. Mal nourri. Pas éduqué. Une version de son histoire l'avait précédé, mais, alors qu'ils étaient assis là à l'écouter parler d'un esprit habitant dans un arbre, des soupirs contagieux se propagèrent dans le cercle. L'enfant ne leur disait rien de ce qu'ils voulaient entendre.

Sentant leur impatience, il s'arrêta brusquement et haussa les épaules. Il dévisagea Aung Min en mâchant son riz. Il savait exactement de quoi cet homme imposant voulait qu'il parle : du Rossignol. Sans cesser de regarder Aung Min dans les yeux, il avala enfin et déclara :

— Teza. Lui aussi était mon ami.

Les hommes arrêtèrent de se curer les dents ou de lire le journal sous leurs assiettes sales. Aung Min cessa de sourire.

L'enfant tira son sac sur ses genoux. Il fouilla dedans pour en sortir ses maigres possessions une par une, et les étala par terre devant ses jambes croisées. Des cartes postales déchirées. Un tee-shirt vert fluo et un sarong turquoise. Une boîte de thanakha. Sa serviette neuve. L'enfant toucha du doigt la grosse boîte d'allumettes. Elle contenait des petits os, et une dent.

Mais Aung Min se moquait de tout cela.

— Petit frère, c'est tout ce que tu as là-dedans ?

L'enfant sentit les battements s'accélérer dans sa poitrine. Il posa les mains sur le sac et serra les coins de carton à travers le tissu. C'était à lui. Il regarda prudemment le cercle des hommes.

— C'est à moi.

— Je veux juste jeter un coup d'œil.

Mais Aung Min avait du mal à ôter la faim de sa voix, et l'enfant, expert en la matière, se courba sur son sac d'un geste protecteur.

— C'est le Rossignol qui me l'a donné.

— Je veux seulement regarder. Je te le rendrai.

L'enfant cligna ses yeux qui le brûlaient. Pourquoi fallait-il toujours qu'on lui prenne tout ? Il serra les dents. *Non.*

— Tu dois promettre.

Aung Min essaya de sourire, mais ne réussit qu'à produire une grimace. Il prononça chaque mot d'un ton dur et cassant.

— Petit frère, laisse-moi voir le carnet.

L'enfant lui lança un regard furieux, puis écarta les bords du sac pour révéler le registre taché, qu'il prit et tint serré dans ses mains.

Personne ne parla, personne ne bougea. Ces deux-là auraient pu être seuls dans la pièce.

L'enfant reposa le registre sur ses jambes et l'ouvrit à la première page.

— Le livre est à moi, c'est moi qui vais te le montrer.

Il posa sa main bien étalée sur la feuille. Il regardait l'homme droit dans les yeux sans ciller.

Aung Min haussa les sourcils. Saloperie de gosse. Il se leva avec un geste impatient de la main. Les hommes qui étaient de chaque côté du gamin s'écartèrent. Aung Min s'assit près de l'enfant, qui tourna lentement la première page du carnet, la deuxième, la troisième. Aung Min ne vit que des chiffres délavés, des rangées de comptes écrits à la main. Il jura dans sa barbe. Ces chiffres ne signifiaient rien pour lui.

Puis l'enfant tourna une autre page, et les mots apparurent.

L'écriture était aussi familière à Aung Min que la voix qu'il écoutait souvent sur un lecteur de cassettes poussiéreux.

Première partie

Le Rossignol

1

Juillet 1995

Le chanteur est allongé par terre, une couverture grise remontée sur sa poitrine. Les yeux légèrement étrécis, il fixe le plafond. Il n'y a là-haut qu'un lézard, accroché au plâtre.

Et si c'était le dernier lézard au monde ? Qu'est-ce que tu ferais ?

Teza ouvre la bouche.

Ce n'est pas le dernier lézard. Mais plutôt le premier. Les autres n'apparaîtront pas avant le soir, petits invités pour le dîner, tout pimpants dans leur costume kaki. Lorsque le halo d'insectes s'est formé autour de l'ampoule électrique, les reptiles vont et viennent dans leur course sautillante et mécanique en claquant des mâchoires. Parfois leur bouche est tellement remplie d'insectes qu'ils peuvent à peine la refermer. Goinfres. Frimeurs. De quoi rendre jaloux n'importe quel mammifère affamé. Avec tout ce qu'ils mangent, on pourrait croire qu'ils vont grossir, mais malheureusement les lézards sont très maigres, comme la plupart des détenus humains. Teza ferme la bouche.

Aussitôt, son estomac gronde, et le son est aussi fort que si Teza avait parlé. Un prédateur a établi sa résidence dans son ventre. En plus des parasites, il y a là-dedans une petite panthère mutante. Un chien sauvage. Le soir qui apporte sa moisson de lézards semble très loin.

Pour confirmer cette triste pensée, le frappeur de fer commence à frapper onze heures du matin. Teza compte chaque coup de palette de bois dur assené sur une barre de fer, au pied du mirador, dans la cour. *Clang clang clang*. Le gardien du temps frappe le fer aussi fort qu'il peut, pour que les prisonniers l'entendent et sachent que leur temps s'écoule. Les dix mille détenus, en particulier les deux mille prisonniers politiques que le chanteur considère comme ses amis et camarades, sont vraiment très loin. La nature du cercueil de teck – de n'importe quelle cellule d'isolement – est de tout convertir en distance. Temps, espace, nourriture, femmes, famille, musique, tout ce dont il pourrait avoir besoin, tout ce qu'il pourrait désirer ou aimer : tout cela est très, très loin.

De sa cellule d'isolement, la cage entière est un pays étranger pour lui. Il vit sur son extrême limite, et tend l'oreille pour entendre les autres voix.

Kip ! Kip ! Kip !

Le lézard chante. Pas comme un oiseau, bien que Teza se souvienne d'avoir appris en première année de biologie que ce banal lézard des murailles est le frère d'un minuscule moineau préhistorique. Puis le vent du désert a soufflé, la pluie est tombée et les écailles sont devenues des plumes. En fixant le lézard au plafond, il s'imagine la métamorphose : les deux pattes de devant qui s'étalent, se palment et s'épanouissent pour former des ailes. Les pieds arrière s'articulent en orteils griffus, qui enserrent habilement la mince branche d'un arbre. Et l'oiseau chanteur de s'élancer dans les vapeurs de la jungle.

Mais auparavant, il y a on ne sait combien de millions d'années, seul ce *Kip ! Kip ! Kip !* quelque peu inquiet inspirait les hommes de Néandertal. Comme Beau Gosse, le gardien. Nous voilà revenus à l'âge de pierre, pense le chanteur en souriant, parmi les hommes des cavernes, dans une caverne. Son estomac gronde.

Le frappeur de fer est silencieux. Il est onze heures passées à présent. Et Sein Yun n'est pas venu avec le petit déjeuner. Teza regarde le lézard s'éloigner de la lumière, s'arrêter, courir vers le mur, s'arrêter. Il descend le long du mur à toute vitesse et se faufile par l'aération, bien au-dessus de la tête de Teza.

Ce dernier scrute le mur de briques autour de l'aération. Ses yeux ont appris les différences de couleur entre reptile et mur, peau de lézard et peau humaine, brique et araignée. C'est elle qu'il veut voir maintenant. L'araignée.

Elle a la couleur d'un petit pot de cuivre sale. Lorsque son dos bulbeux est baigné de lumière, le cuivre devient iridescent, un métal d'alchimiste. Il luit comme l'or, puis une nuance de bleu vert le ramène au cuivre. Au crépuscule la petite créature s'embrase de rouge, avant de pâlir, en même temps que le soleil invisible. À son arrivée dans le cercueil de teck, Teza parvenait à peine à distinguer l'araignée sur les briques rouges. Mais maintenant le chanteur la repère en quelques secondes.

Une toile légère pend tout là-haut au coin des deux murs, au-dessous et à gauche de l'aération. L'araignée tisse souvent sa toile dans un endroit différent. Tous les matins au réveil, Teza regarde si sa compagne a choisi d'abandonner l'obscurité de la cellule pour établir son nouveau foyer à l'extérieur. Le chanteur pense que c'est une sorte d'araignée qui devrait vivre au milieu de la verdure. Mais l'araignée reste.

Le directeur croit que Teza ne voit rien par cette ouverture minuscule. D'une certaine façon, il a raison. L'aération est trop haute. Même en sautant Teza ne voit rien, à part un autre morceau du très haut mur d'enceinte, et un bout de tôle ondulée. Mais l'araignée, elle, voit. Elle escalade le mur d'enceinte, de plus en plus haut. Du sommet, l'araignée contemple toute la ville, les stupas dorés, les arbres verts, les rues, les millions d'hommes et de femmes, les lacs Inya et Kandawgyi, la célèbre maison de Aung San Suu Kyi, University Avenue, et l'appartement à un étage de la mère de Teza, entouré de linge qui sèche et d'orchidées. Sanda adore ses orchidées.

L'araignée perçoit tout cela et plus, beaucoup plus : le ciel avec ses nuages remplis de pluie au dos blanc et au derrière bleu, l'horizon incurvé comme un ventre. L'araignée voit.

Et Teza regarde l'araignée.

La superbe araignée pot de cuivre.

Mâle ou femelle ?

Le chanteur a décidé que cette araignée était un mâle. C'est trop déprimant d'imaginer une femme ici. Il détesterait qu'une femme le voie en ce moment.

Le chanteur nourrit son camarade-araignée de messages secrets, juste quelques mots à la fois, pas plus que son corps ne peut contenir. Silencieusement, l'araignée absorbe les messages et les dévide quand elle pénètre dans le monde extérieur. Les fils luisants tissent les mots de Teza.

Je vous aime. Je pense à vous et vous espère en
[bonne santé.
Nous avons tout osé, nous devons gagner.
Savoir que vous continuez le combat me rend fort.
Je suis toujours vivant. Teza.
Souvenez-vous de ce que mon nom veut dire.

N'ayant pas le droit d'écrire ni de recevoir des lettres, il a inventé des dizaines de façons d'envoyer des messages. Tous les prisonniers politiques ont une imagination débordante en ce qui concerne les messages. Parfois le bon moment n'arrive jamais, ou le message reste piégé dans la cellule avec celui qui l'a écrit, et l'incrimine comme seuls les mots peuvent le faire. Mais parfois les messages s'échappent, se glissent dans les autres bâtiments, où vivent les amis. Parfois les mots traversent le premier mur de briques qui entoure la prison, puis le deuxième. Ils passent en secret les grandes portes de fer. Des mains remplacent les jambes du prisonnier. Des messages passent à l'extérieur et parlent.

Les méthodes qu'il a imaginées ne sont pas différentes de celles de ses camarades. Des doigts fébriles glissent des bouts de papier dans des cigarettes ou des cheroots. Des mots sont griffonnés sur des murs ou des sacs en plastique, gravés avec des épingles sur des feuilles sèches, fourrés dans les anses des paniers, tenus sous des aisselles, dans des bouches, empaquetés dans des vêtements, susurrés la nuit dans les prières. Les brèves missives, chétives comme des insectes, comme des embryons, sont régulièrement interceptées et écrabouillées, déchirées par les gardiens, les surveillants, et dispersées d'un coup de balai. Si les prisonniers sont pris à envoyer des messages, ils sont battus sauvagement ; ils doivent saigner, c'est la règle. Ou perdre connaissance sous les coups, ce qui n'est pas mal non plus. Puis on allonge leur peine de deux ans, de quatre, de sept, de sept fois deux.

Le chanteur s'assied.

L'araignée s'en va. Tout comme le grand-père du chanteur, l'araignée sort toujours prendre une vision matinale du monde, même s'il pleut, comme aujourd'hui. Comme hier. Désormais il pleuvra de façon intermittente pendant des mois. Teza ne peut pas voir la pluie, mais il l'entend tambouriner, marmonner, soupirer, revenir sans cesse sur ses pas, du ciel à la terre et de la terre au ciel, lavant la couche de crasse produite par les hommes, ce qui les encourage à en produire davantage.

Parfois il a des rêves très simples : la pluie tombe au creux de ses mains jointes en forme de coupe. Dans le fond de ce puits peu profond se trouve un petit lézard. Il darde sa langue vers les énormes gouttes d'eau claire, et boit la pluie qui lave aussi les paumes de Teza et coule à travers ses doigts. Le lézard lape l'eau de pluie, parfaitement calme, sans crainte. Le chanteur sent le petit cœur reptilien battre doucement contre sa peau humaine.

Le rêve du lézard lui fait penser à la nourriture, et la nourriture lui fait penser à Sein Yun, et ça le rend fou. Où est passé ce sale petit sournois ?

Cela fait un mois et demi que le chiromancien nerveux à la peau jaune et aux longs ongles sales est le serveur de Teza. C'est un criminel peu commun, Sein Yun, mais il est utile. Il y a une quinzaine de jours, le chiromancien a apporté – d'où, Teza ne le saura jamais – des papayes de première qualité, coupées en dés et servies sur une assiette de plastique blanc, comme si une jolie vendeuse de Anawrahta Street les avait livrées elle-même dans la cage. Aucun surveillant ou gardien ne s'abaisserait à servir de la nourriture, quelle qu'elle soit, à un prisonnier, ou à vider son seau à merde. Ce genre de tâche est réservé aux prisonniers de droit commun comme Sein Yun qui essaient de réduire leur peine.

Avant, c'était Sammy le serveur de Teza ; à présent, il a un nouvel emploi, c'est l'un des frappeurs de fer. Du moins c'est ce que Sein Yun a dit la semaine dernière. Teza aime bien imaginer Sammy là-bas, au pied du mirador, battre les heures de ses longs bras puissants à la peau foncée. Sammy est un Indo-Birman aux proportions étonnantes, près d'un mètre quatre-vingt-dix de muscles denses. Mais lorsqu'il était serveur, cette force importait peu au chanteur, car le colosse n'a pas de langue. Cette terrible absence de langue avait été voulue – et reçue – comme une punition supplémentaire pour Teza.

La seule chose que l'on veuille faire lorsqu'on est en isolement – en plus de tout ce qu'on veut faire d'autre – c'est parler et qu'on vous parle. Sammy ne pouvait que grogner. La première fois que Teza lui a adressé la parole, la bouche désolée de l'Indien a bâillé, laissant entrevoir une caverne violette et vide. Le réseau de peau venant du palais inférieur était relié à un petit morceau de chair tressautante. La première réaction du chanteur en voyant cette hideuse amputation ne fut pas la compassion, ni l'horreur ni même le dégoût. Teza fut si accablé qu'il en aurait presque pleuré sur son sort.

Le chiromancien a beau avoir des défauts – et manifestement ils sont nombreux – au moins il a une langue, et il s'en sert. Sein Yun est malin, heureux de partager son esprit vif. Et surtout, il aime transmettre les nouvelles de la cage. Le chanteur ressent déjà pour lui une reconnaissance disproportionnée, uniquement parce qu'il peut parler.

Si seulement il apportait le plateau du petit déjeuner maintenant ! Teza s'inclinerait devant lui en signe de gratitude. Il incline la tête en direction de la porte de teck et écoute. Rien, aucun bruit de pas. Rien que son ventre qui gronde.

En décembre, il fêtera un anniversaire : sept ans de mariage avec la cage. Cela fait sept ans qu'il ne mange pas suffisamment, mais là, sa faim est passée de douloureuse à aiguë. Ses muscles, ses organes, ses os, tous ont des dents ; il sent son corps qui se dévore avec constance.

Les démangeaisons sur ses bras et ses jambes et le creux de ses genoux le rendent fou (la gale), tout comme les piqûres (les punaises de lit, ou plutôt punaises de paillasse, car il n'a pas dormi dans un lit depuis aussi longtemps qu'il a faim), et ses cheveux sont si sales qu'ils commencent à sentir la viande avariée. Tout cela n'est rien, il connaît. La faim est sa seule inquiétude sérieuse. Il a l'habitude d'être mal nourri. Le problème n'est pas là. Le problème est que son colis de nourriture, qui l'empêche de mourir de faim, a une semaine entière de retard. Et le dernier colis en date, celui d'il y a trois semaines, était une mascarade.

C'est sa mère qui les lui envoie. Mais avant qu'il touche la nourriture, le colis doit passer le contrôle anticontrebande. Il y a trois semaines, des surveillants qu'il ne connaît pas, ou Sein Yun, ou un autre sale voleur, ont pris tous les poissons séchés sauf un, et aussi presque tous les haricots frits.

Pourquoi ce salaud a-t-il pris la peine de lui laisser un seul poisson ? Qu'est-ce que c'était que cet affront ? Ce salopard s'était foutu de lui. Est-ce que c'était Beau Gosse ? Beau Gosse était simple gardien et venait d'être affecté au cercueil de teck. En même temps que Sein Yun. Sein Yun remplaçait Sammy, et Beau Gosse remplaçait le gardien-chef Chit Naing, avec qui Teza s'était lié d'amitié. Chit Naing ne toucherait jamais à la nourriture des prisonniers. Mais Beau Gosse est un sale type.

Qui sait ? N'importe qui aurait pu le voler. Teza éprouve de la gratitude pour Sein Yun, mais celui-ci est toujours sur la brèche. Il est même copain avec Beau Gosse. Ça ferait un bon échange de procédés : le gardien subtilise les poissons et Sein Yun les vend aux autres prisonniers.

Si le directeur permet à ces voleurs de dérober sa nourriture, de quoi croit-il que Teza va se nourrir ? De cafards ? De ses idées politiques ? De lézards ?

Il frappe le mur du plat de la main. Puis il se rabroue pour s'être fait mal. Il effleure les briques, délicatement, comme pour s'excuser.

Au-dessus de sa tête, plus près de la porte de teck, une parade incessante de fourmis défile sur une ligne courbe jusqu'à l'endroit où elle se divise en deux courants. L'un se dirige vers une toute petite fissure sur la gauche ; l'autre suit le chemin de droite qui les mène bien plus bas, jusqu'à un trou dans le ciment de la taille d'une perle. Avant d'atteindre leur destination, les deux courants s'en vont en serpentant et en traçant des boucles sur les briques avoisinantes. Cela fait des années que cette irrégularité l'intrigue.

Pourquoi tous ces méandres ? Pourquoi les fourmis ne prennent-elles pas le chemin le plus court et le plus direct pour parvenir aux fissures ?

Impossible de dire qu'elles sont stupides, que leur cerveau est tout petit. Leurs raisons et leur sagesse nous dépassent. Elles peuvent faire ce que nous ne pouvons pas. Ô cellule, ô seau à merde ! Comme vous changez la vieille forme du monde, les perspectives d'un homme vivant ! Par terre sous le trou de la taille d'une perle il y a une petite montagne de poussière de ciment, les excavations des fourmis. Elles tracent leur sillon vers la sortie.

Parfois Teza entend les mandibules ambrées qui grignotent patiemment le ciment entre les briques. D'innombrables pattes repoussent miette après miette, après miette, se la repassent d'une fourmi à l'autre, jusqu'à ce que la dernière fourmi la sorte du mur et la fasse tomber sur le tas par terre. Bien sûr, il n'entend pas la dernière miette de ciment tomber, mais il entend les fourmis travailler, ronger l'intérieur du mur de la prison. Quelques heures plus tard, il peut constater l'augmentation du tas de poussière de ciment.

Il interrompt délicatement le défilé avec un brin de paille tiré de sa paillasse et fait grimper une fourmi dessus. La fourmi agite ses antennes pour goûter l'air. Puis elle s'arrête pour se nettoyer.

— Oui, murmure Teza au-dessus de la tête de la fourmi. L'air aussi est sale. Lave-toi.

Obéissante, la fourmi lèche ses mains brunes, tend ses minces antennes souples vers sa bouche, les passe sur sa langue.

Teza penche la paille. La fourmi rampe vers le haut. Il retourne la paille. Elle rampe vers le bas. Le chanteur parcourt ses deux mètres cinquante sur deux mètres cinquante, avec la fourmi qui rampe vers le haut, vers le bas, vers le haut, vers le bas.

— J'emmène la fourmi en promenade, explique-t-il en anglais. Je promène la fourmi.

« Promener » en français. Mais « fourmi » ? Il remplace fourmi par chat.

*Je promène le très très petit chat brun**.

En prison, il a appris entre autres à distinguer huit différentes sortes de fourmis, peut-être neuf, mais il n'en est pas tout à fait sûr. Il a aussi observé leurs différentes personnalités. Certaines fourmis noires, contrairement à ce qu'on croit, sont plus agressives que certaines fourmis rouges.

Il voulait parler anglais et français couramment. Il voulait également lire beaucoup de livres. Quand il était petit, il touchait le plus de livres possible chez les bouquinistes en face de la poste principale. Il rêvait de posséder une bibliothèque semblable à celle de son grand-père à Mandalay.

Il prend un livre imaginaire dans sa main et le tient devant lui. Fourmi dans une main, livre invisible dans l'autre.

Après la saison des pluies, les pages sentent comme la forêt.

Les étagères de son grand-père croissaient.

Hpo Hpo, pourquoi les livres sentent le bois humide ?

Parce que chaque livre, dans sa vie antérieure, était un arbre.

— Je promène la fourmi.

Les mots résonnent sans aucun écho, immédiatement absorbés dans les murs, dans la lourde porte. C'est en partie pour cela que le cercueil de teck s'appelle ainsi. Au lieu d'avoir des barreaux, la cellule est fermée hermétiquement par une porte faite de deux blocs de teck

* En français dans le texte. *(N.d.T.)*

verrouillés. Elle est plus petite que les autres cellules, et plus d'un homme y est mort.

Teza penche la tête, et parle en birman avec la fourmi des petites choses du quotidien.

Une heure passe. Sa marche pieds nus l'enfonce de plus en plus dans la faim. Il devra s'arrêter de marcher au début de l'heure suivante, pour économiser son énergie. Il ne voudra pas s'arrêter.

Sammy le frappeur de fer frappe deux heures. Étrange, n'est-ce pas ? Avant Sammy venait voir Teza deux fois par jour, mais ne pouvait presque rien lui dire. Maintenant qu'ils ne se voient plus du tout, le colosse indien lui dit quelque chose d'important toutes les heures.

Teza s'accroupit devant le mur et repose doucement la fourmi parmi ses congénères. Une brève commotion s'ensuit. Les antennes s'agitent. Des mains de fourmis touchent des visages de fourmis, tandis que les travailleuses saluent le retour au labeur de l'égarée. Teza étale ses doigts sur le mur en regardant deux fourmis qui s'écartent de la ligne et entreprennent de décoller un moustique écrasé. Le sang du chanteur colle le moustique à la brique. Avec un mélange de détermination maladroite et d'habileté, une travailleuse traîne le moustique dans le trou du bas du mur, là où ce genre de trésor est engrangé.

Les années ont passé pendant que Teza était assis ou accroupi ou debout à tendre le cou, à écouter. Les fourmis. Les mouches. Les lézards. Parfois des rats affamés déboulent en couinant par l'aération. Il connaît la voix des corneilles et des pigeons sur les remparts. L'araignée tisse et retisse sa toile secrète de l'histoire. Ils ont tous une façon de parler dans un langage supra-humain.

Tout parle. C'est ce qu'il a appris ici. Même les fourmis passent des messages dans le labyrinthe, derrière les briques et le ciment. Grâce à ces messages, elles construisent leur monde invisible et invincible.

2

Six heures. Il compte les coups soigneusement, en espérant se tromper.

Il ne se trompe pas. On est censé lui apporter le deuxième et dernier repas de la journée à cinq heures. Mais Sein Yun n'est pas apparu avec son plateau.

Le chanteur accepte la triste vérité. Aujourd'hui, il ne mangera pas le riz. Ça arrive. Parfois, quand un membre important de la direction des prisons ou un général meurt, ou qu'il y a eu une fouille générale ou une émeute dans un des bâtiments, ou qu'un des prisonniers de droit commun attaque un surveillant, les repas sont supprimés, comme ça, sans explication. Les nouvelles doivent se répandre d'elles-mêmes dans la cage, ce qui ne pose pas de problème pour les détenus des bâtiments principaux. Si vous êtes en isolement et que votre serveur a disparu, aucune nouvelle ne filtre. Il n'y a que le temps qui passe.

Il fixe la porte un moment, plein d'espoir. C'est sa porte. Il efface de son grain les années de sueur et de crachat et de pisse et d'insectes écrasés, extirpe les verrous de sa chair, arrache les serrures. Il ramène le bois à la scierie, le déscie, le fait voyager à nouveau le long de pistes boueuses et collantes, demande aux éléphants de le remporter en haut des pentes escarpées. Et enfin, dans la profusion d'herbes drues et de lianes, des cris des singes et des oiseaux sauvages, il redresse le tronc qui redevient un arbre, un des arbres dans les dernières grandes forêts de teck doré de la terre, les jungles du nord de la Birmanie.

Il pose les mains sur la surface alvéolée de la porte marron. Elle était vivante autrefois. C'est mystérieux, comme tout change. Il ferme les yeux.

Tu te rappelles le banian de Mahabandoola Street, celui qui était tout enrubanné, avec plein de marionnettes accrochées à ses branches ?

Peut-on évoquer le parfum d'un citron vert ?

Ou celui de la peau de sa petite amie, de ce petit coin tout doux à l'intérieur du poignet, avant qu'il inonde le reste de son bras ? Ses doigts voulaient toujours remonter dans la manche de la jeune fille.

La porte reste close. Il presse les mains contre le teck, puis se retourne et s'adosse à la porte, pousse ses omoplates dans le grain. Il frappe l'arrière de son crâne, une fois, contre le bois, et reçoit la puanteur de ses cheveux noirs dans la figure. Il regarde l'aération. Il commence à faire sombre. Les papillons de nuit vont bientôt apparaître. Bien qu'il sache exactement ce qui va se passer, il frissonne à l'avance. Attirés par la lumière de sa cellule, les papillons de nuit vont arriver par l'aération en voletant. Les lézards les suivront peu après.

Il se cogne à nouveau la tête contre la porte.

C'est dur d'attraper un lézard à mains nues.

Parfois ils descendent en bas des murs, et sont déjà tout près. Le plus souvent il les attire loin du plafond avec des papillons de nuit vivants, de temps en temps une mouche. Une fois, il a utilisé une petite mante religieuse, mais c'était au début, il n'avait pas encore d'expérience. La mante était d'un vert tendre éclatant, une couleur rare dans la cage, à ne jamais utiliser comme un vulgaire appât.

La chasse au lézard est une pulsion honteuse. Parfois, dégoûté de lui-même, il s'en abstient pendant de longues périodes.

Mais c'est comme quand on arrête de fumer. On est irrésistiblement attiré par l'envie de recommencer.

Il a toujours eu besoin des minuscules reptiles. *Toujours*. C'est vraiment pathétique, de parler comme s'il était né ici. Même quand son colis de nourriture arrive à la date prévue, il améliore régulièrement son ordinaire avec des lézards. Malgré la générosité de sa mère, un colis toutes les deux semaines n'est pas suffisant, parce qu'il partage ce qui n'a pas été volé avec Sein Yun. Il n'y est pas obligé, mais cela lui rend la vie plus facile. En échange, Sein Yun lui apporte des extras : cheroots et briquets, chiffons et savon. Il y a quelque temps – il ne se souvient pas si c'était dans sa quatrième ou cinquième année – un des serveurs, pour remercier Teza de ce supplément de nourriture, lui faisait des cadeaux extraordinaires et frivoles, tels que du vrai papier hygiénique, ou une tasse de thé chaud. Certains de ces hommes ont été aussi gentils que la cage le permet. Il leur doit beaucoup. Le gardien-chef Chit Naing, par exemple. Que ferait-il sans lui ? Teza est sûr que le directeur lui-même a eu vent de leur amitié, d'une manière ou d'une autre. C'est pourquoi Chit Naing n'est plus affecté à la surveillance du cercueil de teck.

Le chanteur sera éternellement reconnaissant au gardien-chef, mais lorsqu'il pense à tout cela de façon pragmatique, et qu'il fait la part de ses allégeances, il sait que c'est aux lézards qu'il doit la vie. Les protéines sont vitales, mais le meilleur c'est la chasse. L'anticipation et les prouesses physiques en jeu dans la traque sont un formidable remède contre l'ennui.

Même si on répugne à tuer un lézard, un sentiment de triomphe vous envahit lorsque le petit corps cesse de se tortiller. Ensuite il faut le manger parce que gaspiller la mort est un autre crime.

Pendant ses premières années d'emprisonnement, Teza les comptait. Trois cent soixante-deux. Cela peut sembler beaucoup, mais ça ne l'est pas. Les premières années furent les pires. Son corps se révoltait contre tant de privations différentes. Le manque de nourriture n'était qu'une faim parmi d'autres nombreuses faims, mais elle lui causait une angoisse très particulière.

Trois cent soixante-deux fois, il s'excusa auprès de sa mère et se sentit coupable d'enfreindre le Premier Précepte, qui recommande de s'abstenir de faire souffrir ou d'ôter la vie. Dans sa compassion infinie, le seigneur Bouddha comprendrait, mais sa mère lui ferait une grande leçon de morale, Teza en était sûr. Daw Sanda pourrait accepter à la rigueur que l'on mange des insectes, mais pas des petites créatures à quatre pattes et au sang rouge.

Sa mère est végétarienne. Cela fait des années que c'est une bouddhiste pratiquante.

Lorsqu'il devint expert dans l'art d'attraper et de tuer les reptiles, les chiffres commencèrent à le préoccuper, augmentant son sentiment de culpabilité. Certains inventaires, décida-t-il, ne devraient pas être tenus. Il parlait souvent tout seul, sans honte, et quand il décida de cesser de compter les exécutions, il déclara tout fort : « Certaines listes ne sont pas tenues, c'est tout. » Ces mots furent suivis d'un silence artificiel et pesant. Le silence lui parlait de 1988, quand sa mère et lui avaient perdu Aung Min, son petit frère. Ces journées étrangement calmes sans Aung Min les avaient rendus fous, parce qu'ils ne connaissaient pas l'identité de ceux qui avaient été tués dans les rues, ni leur nombre, ni l'endroit où les corps avaient été emportés après que les gros camions étaient arrivés et que les soldats en étaient descendus d'un bond puis avaient traîné les corps des étudiants et des autres manifestants pour les retirer des rues poisseuses. Tous les corps, même ceux dont les bouches gémissaient, furent emmenés de cette façon.

En plus du sang et des morceaux de banderoles écrites à la main, de nombreuses claquettes restèrent par terre, pendant des heures, parfois des jours entiers, oubliées par l'escouade de balayeurs surmenés du régime. Les claquettes jonchaient la chaussée, restaient dans les caniveaux et au pied des autels érigés dans des banians. Des chaussures dépourvues de pieds sont capables de porter de terribles accusations. Les gens qui se pressaient le long des rues avant le couvre-feu savaient que des fantômes enfilaient ces claquettes, les simples tongs, celles avec une lanière de cuir ou de plastique qui passe entre les deux premiers orteils de chaque pied osseux. Pendant la journée, quelques parents sortirent, ainsi que des frères et sœurs, pour fouiller dans les claquettes, mais c'était peine perdue, impossible de savoir à qui elles appartenaient. Tout le monde portait cette sorte de sandales.

Tout le monde les porte encore aujourd'hui. Le chanteur ôte toujours les siennes quand il fait les cent pas, car il est difficile d'en avoir des nouvelles dans la cage, et cette marche les use. Il est justement en train de les balancer dans un coin, comme toujours avant la chasse. Le flip-flap des claquettes effraie sa proie.

Bref, manger les lézards est une nécessité. La plupart de ses gardiens n'en ont aucune idée, et le gardien-chef Chit Naing ne l'a certainement jamais su. Ce petit malin de Sein Yun s'en doute sûrement – petits os dans le seau à merde – mais il n'en a jamais rien dit. Comme la masturbation et les pleurs, le chanteur essaie de garder ça secret.

Dans des années d'ici, la chasse au lézard sera une histoire à raconter à certains amis, les plus intimes. Cela deviendra une anecdote tirée de ses jours héroïques en prison. Il n'en parlera pas à sa mère, cependant. Il y a des choses qu'une mère bouddhiste pratiquante ne devrait jamais savoir.

Ici et maintenant, dans cette cage d'hommes, le chanteur pense : « Que personne ne me voie. Que personne ne sache que je fais cela. »

L'appât est facile à se procurer. Il regarde un papillon descendre en spirale vers le pot à eau en terre qu'il a placé exprès sous la lumière. Attirés par le reflet de la lumière, toutes sortes d'insectes volants finissent dans l'eau, ailes frissonnantes étalées sur la surface vitreuse. Il sort de l'eau un papillon bien gras et doux comme du velours. Lequel se met presque instantanément à battre des ailes et à danser entre son pouce et son index gauches.

Le bout des doigts et les jointures luisants de poussière argentée, Teza tend le bras et se met sur la pointe des pieds pour approcher le plus possible l'insecte de la lumière. Il ne faut pas dix secondes pour que la tête du lézard pivote vivement vers le papillon voletant. Puis le chanteur avance lentement vers le mur ; au-dessus de lui, au plafond, la petite créature suit, rapide et impitoyable. De ses doigts à sa main en passant par son bras et son dos raides, les muscles noueux de Teza s'allongent et se tendent. Il aime bien se dire qu'il est magicien, et qu'il jette un sort à la petite créature pour l'attirer. Le lézard hésite, essayant de se raccrocher à l'énormité de la main, à la silhouette au-delà du papillon, mais l'instinct de prédateur du reptile l'amène dans la main d'un plus grand prédateur. Les ailes susurrent l'irrésistible *fuitt fuitt fuitt,* le son de la blessure ou de la prise au piège, et le lézard s'empresse.

Le chanteur approche son corps du mur de sorte que son bras droit – l'arme fatale – n'ait pas à s'étendre trop. Le papillon ronronne comme un petit moteur tandis que le coude de Teza se plie, abaissant sa main, l'insecte et le lézard. Le reptile prend une course fluide, puis s'arrête et revient à sa démarche tressautante. « Si j'étais un oiseau, pense le chanteur, je le détacherais du mur immédiatement, et hop, dans le bec. »

Encore un peu plus bas.

Devant la menace que cause la présence, l'odeur ou l'ombre du corps humain, les petites créatures font parfois demi-tour et remontent le long du mur de briques en vitesse. Même alors le chanteur tente sa chance, et il réussit souvent.

Lorsque sa main gauche est parallèle au sommet de sa cage thoracique, il ne la bouge plus et il presse légèrement le papillon contre le mur. Les doigts de sa main droite sont souples, prêts à l'action. Le lézard fonce vers la tête du papillon, mâchoires ouvertes et prêtes à engloutir l'insecte dont les ailes battent contre le museau reptilien. Le papillon bat frénétiquement des ailes, poussant le bout des doigts du chanteur. C'est dur de résister à la pulsion illogique de libérer le papillon, de lui laisser une dernière chance de survie. Mais le lézard s'échappera aussi, et Teza refoule son sens de la charité. Lorsque l'insecte entre dans la bouche du lézard, le chanteur le tient toujours, et il profite de la violence de cet infime battement d'ailes pour recouvrir sa proie de son autre main.

C'est dur de tuer un lézard à mains nues. Le moins que l'on puisse dire, c'est que sa méthode est rudimentaire.

La tête et les mâchoires du lézard, ainsi que le papillon qui se trouve entre les deux, sont écrasées contre le mur. Ces exécutions sont les moins appréciées du chanteur, à cause du sang et des entrailles de papillon, et de la poussière d'ailes qui maculent sa paume. Les pattes du lézard courent toujours, s'échappant en vain dans le vide, tandis que le chanteur retire l'insecte des mâchoires reptiliennes fracassées. Parfois, il réussit à attraper une queue ou à casser une patte ou deux ; le lézard tombe proprement du mur et se tortille sur le ciment. Alors Teza lui tord son cou étroit comme s'il tournait la capsule d'une bouteille.

Il pose le lézard frémissant par terre et remet le pot à eau en place. Puis, il reprend le lézard en main, s'accroupit et verse une tasse d'eau sur le petit cadavre, frotte les côtés de la tête sanglante et aplatie pour la nettoyer du papillon. Il n'aime pas les insectes crus.

C'est absurde. Reptile cru, papillon cru, quelle différence ? May May serait complètement horrifiée de toute façon si elle voyait son cher fils dévorer ses innocents compagnons de cellule.

Le chanteur aime la dérision, mais c'est vrai. Si sa mère le voyait, accroupi comme un vieillard près du pot à eau, avide et les yeux brillants après la chasse, elle se mettrait à pleurer, sans bruit, selon son habitude. Si seulement elle avait hurlé comme les femmes mélodramatiques dans les films indiens dont Aung Min et lui avaient été nourris ! Mais non, ils avaient une mère qui se maîtrisait dans un silence stoïque.

Bien qu'il pense à sa famille, le chanteur est étrangement joyeux. Accroupi, il met le lézard mort, toujours revêtu de sa peau kaki, dans sa bouche. Il ne prend plus la peine de les dépouiller.

Oui, il est vraiment lui-même ainsi, les dents déchirant la chair maigre, croquant les petits os. Ça a le goût de ce que c'est : peau de lézard et sang froid, ni sucré ni amer, juste cru, et sans ressemblance avec le poulet, en dépit de la connexion de l'évolution. Il mâche le lézard jusqu'à ce que les os ne présentent plus de danger pour sa gorge. Au moment d'avaler, il n'éprouve aucun remords, sachant bien que tant qu'il peut faire cette chose terrible, il peut survivre aux choses terribles qu'on lui fait.

Cette nuit, avant l'extinction des feux, il mange six lézards. Ou sept. Ou huit. Neuf ? En fait il ne les compte même plus.

Mais quand il est allongé dans l'obscurité, une vague de honte noire le submerge. Il parle à la nuit d'un ton sans équivoque.

— Il n'y a pas d'alternative.

— De plus, je ne suis pas le seul.

L'obscurité revient à la charge, et lui fait la morale.

— Tout ce qui arrive est déjà arrivé. Je ne suis pas le premier. D'autres l'ont fait, et après, ils étaient à nouveau des hommes.

Il élève la voix, pour que l'obscurité l'entende bien.

— Je suis toujours un homme. Je m'appelle Teza.

3

Les agents des renseignements militaires – le MI – haïssaient son nom.

En pali ancien, teza veut dire feu, le feu de la gloire, de la puissance. Mais ce n'était pas que cette association qui mettait en rage ses interrogateurs. Teza avait été le nom de guerre du grand général Bogyoke Aung San, l'architecte de l'indépendance de la Birmanie, et leader toujours révéré. Lorsque les agents du MI tabassaient Teza, le jeune chanteur, ce n'était pas seulement son corps qu'ils voulaient écraser et détruire, c'était ce mot qui les reliait.

— Teza ! hurle Teza.

Le cafard s'enfuit de la cellule, sous la porte du cercueil. C'est presque l'heure du petit déjeuner, et la patrouille matinale de la vermine affamée se rassemble aux portes.

Le vrai feu de la puissance et de la gloire, pense Teza, c'est le soleil qui brille à travers les nuages de la mousson. La lumière tombe pardessus les hauts murs d'enceinte de la cage et entre à flots par l'aération. Le chanteur se lève et se tient dans le rayon chaud. Il dresse son visage vers le ciel invisible. De cette nouvelle position, il voit que l'araignée a tissé sa toile selon un angle extraordinaire. Elle luit, épure bleue d'un bijou, la fileuse en son centre, tel un rubis vivant.

Quel goût a une araignée ?

Corps affamé, esprit abominable !

J'ai faim depuis combien de temps ? C'est grand comment, la faim ?

— La faim est grande comme tous tes os mis bout à bout dans un champ en friche. Multiplié par cinq.

Teza se débarrasse de ses claquettes, et se met à marcher pour oublier sa faim, de long en large, de large en long, entre le seau à merde en aluminium et le pot à eau en terre.

Comme de très loin, Sammy le frappeur de fer frappe le temps. Teza continue à marcher. Il marque chaque *clang* d'un pas. Quand il tourne sur les talons et revient vers la porte, il fixe le teck couvert de taches et s'adresse à lui.

— J'aurai à manger. Tu dois me donner à manger. J'ai vraiment faim maintenant. Donne-moi à manger !

Onze heures, c'est l'heure du repas du matin.

— Teza, tu es un crétin, murmure la porte.

Le chanteur acquiesce. La porte a une bonne nature réaliste. Ils pourraient laisser Teza mourir de faim là-dedans. Personne ne le saurait. Le directeur dirait dans son rapport que le prisonnier a contracté une maladie débilitante. La tuberculose, par exemple. C'est un gros problème dans la cage. Ou la dysenterie, cette autre tueuse, si banale et si redoutée.

Les minutes passent. Le soleil se retire lentement. La toile élaborée et son araignée rubis disparaissent. Il aimerait avoir une plante, un peu de verdure dans sa cellule. C'est vrai qu'au début de son incarcération, il pensait que son nom était sa seule arme et qu'il ne l'abandonnerait jamais. Mais aujourd'hui il troquerait volontiers son nom contre une orchidée en pot.

Quand il était petit, il savait que les messages étaient faits pour être passés, mais il se demandait comment faire passer son propre nom.

Il le comprit petit à petit, grâce à la musique. Comme de nombreux jeunes Birmans, il avait toujours gratouillé la guitare, mais quand il entra au lycée il devint évident qu'il avait plus de talent que la plupart de ses condisciples. Cela désola sa mère – Sanda voulait qu'il soit médecin comme son père – mais ravit ses amis. Les filles, surtout, adoraient avoir un musicien parmi leurs copains. Teza connaissait toutes les chansons populaires, même les chansons d'amour à l'eau de rose. À la fac, il commença à composer et à chanter sa propre musique dans des soirées, et des petits concerts. Le chanteur, c'est ainsi qu'on se mit à l'appeler sur le campus de Rangoon.

En 1988, il était en dernière année de licence en littérature anglaise, en retard de quelques semestres, parce qu'il avait raté ses examens. Le fait de se consacrer sérieusement à la musique avait fait de lui un piètre étudiant ; pourtant, il était indéniable que la vie universitaire était idéale pour écrire des chansons et passer du temps avec ses amis, et c'est pourquoi il voulait la prolonger indéfiniment. La perspective déprimante de la vie adulte se profilait aux portes de l'université de Rangoon, au-delà desquelles s'étendaient toute une ville, tout un pays, parfaitement dénués d'opportunités, surtout pour quelqu'un comme lui. Seuls les enfants d'officiers supérieurs ou d'hommes d'affaires pourvus des bons réseaux pouvaient envisager l'avenir avec enthousiasme.

Sa famille était tout ce qu'il y a de moins apparenté avec le régime. Au contraire, Teza et Aung Min étaient coupables par association. Quand ils étaient petits, leur père, le docteur Kyaw Win Thu, avait été emprisonné comme sympathisant communiste. Leur mère avait fait des études et était très cultivée, mais, devenue très pauvre avec deux jeunes fils à charge et un mari en prison, elle prit une décision surprenante, bien que pragmatique. Elle se lança dans les affaires et ouvrit une blanchisserie. Son entreprise marcha suffisamment pour les vêtir et les nourrir tous les trois, et pour payer la scolarité des garçons. Mais au fur et à mesure qu'il grandissait, la blanchisserie devenait une source d'embarras pour Teza. Il ne voulait pas gagner sa vie en lavant le linge sale des gens. Il voulait être une rock star.

Mais ce n'était pas une bonne idée non plus. En Birmanie, les rock stars célèbres étaient aussi pauvres que tout un chacun. Le bassiste et le chanteur du groupe préféré de Teza vivaient dans d'humbles chambres grouillantes de vermine du YMCA de Mahabandoola Street. Si ces deux icônes arborant jeans et guitare pouvaient supporter de vivre au YMCA, Teza comprit qu'il lui faudrait tolérer de vivre confortablement des bénéfices d'une blanchisserie. En prenant des commandes de nettoyage et en aidant sa mère à la comptabilité, il apprit à ignorer ce qu'il n'aimait pas.

Aung Min, lui, ne possédait pas le gène birman de l'apathie.

— Petit frère, lui dit Teza une fois, tu n'es pas un bon bouddhiste. Tu passes trop de temps à penser à l'avenir et à t'énerver au sujet du passé. Que fais-tu du présent ? Tu devrais peut-être partir en retraite de méditation avec May May, ajouta-t-il en plaisantant à moitié, car leur mère pratiquait la méditation avec rigueur. N'oublie pas la sagesse de la respiration.

Aung Min leva un sourcil sceptique.

— Putain, Teza, je respirerais mieux si je ne suffoquais pas tous les jours.

Comblant les vœux de sa mère, Aung Min étudiait la médecine. Lorsqu'il rentrait à la maison, comme son père le docteur l'avait fait avant lui, il exprimait franchement sa colère quant à l'idiotie du gouvernement. Mais il était plus charismatique et parlait plus fort que son père, et à la grande consternation de May May, son langage n'était pas très châtié. Même s'il n'était pas grossier en sa présence, sa voix traversait les murs.

— En Asie du Sud-Est, il n'y a que le Cambodge à être plus dans la merde que nous, et encore, c'est parce que Pol Pot a été assez bête et brutal pour tuer tout le monde. Mais notre vieux salaud de dictateur Ne Win est assez malin et brutal pour nous laisser en vie ! À quoi serviraient des esclaves morts ?

May May arrivait dans la cuisine en claquant la langue, et fermait les fenêtres. Dire du mal du dictateur ou du régime était dangereux dans la rue et à la maison ; le MI recrutait des informateurs dans chaque quartier.

En écoutant la dernière diatribe passionnée

d'Aung Min, Teza prit soin de cacher l'admiration mêlée de crainte qu'il éprouvait pour son petit frère.

— Tu te souviens comment on appelait ce pays ? « Le bol de riz de l'Asie ». Nous étions un immense producteur de riz. Aujourd'hui les fermiers doivent racheter leur propre riz aux militaires. À (poing sur la table) des prix (poing sur la table) exorbitants (poing sur la table) ! Les fermiers eux-mêmes n'ont pas assez de riz pour se nourrir. Un de mes profs estime que deux enfants sur cinq souffrent de malnutrition. Probablement trois ou quatre sur cinq dans les régions isolées. Et dire que les copains de Ne Win sont si gros !

Mataya wa-dey fut l'expression qu'il utilisa – injustement gros. Teza éclata de rire.

— Ça n'a rien de drôle, Teza.

— Je ris à cause de l'expression, c'est tout. Hpo Hpo disait la même chose, tu te souviens ?

Il sourit, espérant attirer son petit frère sur un terrain plus calme avec le souvenir de leur grand-père décédé, qu'ils aimaient du même amour serein.

Aung Min le regarda dans les yeux.

— Tu devrais venir avec moi ce soir, dit-il simplement.

— Ah ah ! Quelque chose me dit qu'on va bien s'amuser.

— Le groupe de travail se réunit.

— C'est bien ce que je disais.

Teza porta sa tasse de thé à ses lèvres. « Groupe de travail » était un euphémisme pour les réunions politiques que Aung Min avait organisées sur le campus. Il arrivait à Teza de s'y rendre, souvent pour garder un œil sur son petit frère. Si l'aîné était connu pour sa voix mélodieuse et son don pour la guitare, le cadet commençait à être célèbre pour ses prises de parole.

Excepté le porte-voix monstrueux du général Ne Win, le Parti du programme socialiste birman, tous les groupes politiques étaient illégaux. Teza reprochait souvent à son frère de ne pas être assez prudent : le MI avait des espions aussi sur le campus. Les étudiants se retrouvaient dans les chambres en désordre des résidences universitaires, ou se serraient autour d'une table à la terrasse d'un tea-shop. Dans l'excitation, le ton montait jusqu'à l'aigu alors qu'ils étaient censés chuchoter. Même un petit groupe de quatre ou cinq personnes suffisait à attirer l'attention du MI et à provoquer un interrogatoire.

Aung Min passait beaucoup de temps à préparer ces réunions. Il recherchait des livres interdits pour les donner à lire au groupe et choisissait des sujets de discussion, puis il réussissait à garder le groupe concentré sur ce sujet. Il prit contact avec des membres des mouvements contestataires étudiants des années 1970 et persuada l'un des hommes de faire une intervention. Presque quinze ans auparavant, dans un camp de travail du Nord, ce dissident avait connu leur père.

Teza le voit encore s'adresser de sa voix profonde au cercle de visages tout proches, jeunes gens buvant ses paroles – des paroles qui se révélèrent prophétiques. Il se souvient de tout clairement : le tas de manuels de chimie écornés dans un coin, une boîte de conserve transformée en cendrier, et lui qui ne voulait qu'une chose, ficher le camp de cette petite pièce enfumée, loin de ces prédictions inquiétantes et de la chaleur étouffante. Ils transpiraient tous, et s'essuyaient le visage avec leur mouchoir. Il était assis près de la porte – soi-disant pour monter la garde, mais en espérant secrètement pouvoir faire une sortie le plus vite possible. Certes, il était allé à la réunion pour honorer l'amitié de l'orateur et de Hpay Hpay, son père, mais au bout de deux heures et demie, il en avait sa claque.

Oui, et toi, Teza ? Tout ce que tu voulais, c'était partir et retrouver Thazin, entendre sa voix, la toucher. Si tu restais trop longtemps à la réunion, ce délicieux interlude n'aurait pas lieu, parce que ses deux colocataires rentreraient du cinéma.

Qu'est-ce que tu faisais, toi, pendant que ton frère préparait la révolution ?

Je regardais ma montre. Je pensais à la bouche de Thazin, à ses seins.

Il regarde la porte de teck alvéolée. Le grain bruni ne lui fait pas penser à des taches de sang et de pisse, mais aux cheveux de Thazin. Sa voix, quand elle murmurait au téléphone, le faisait bander instantanément. C'était très drôle et très embarrassant : son longyi se gonflait comme une tente. Quelle merveille, quel bonheur que de tels problèmes existent dans le monde ! Il est sûr qu'il y a en ce moment à Rangoon un jeune homme qui souffre de la même affliction, et cela le rend heureux.

Mais il ressentait plus que du désir, cet éclair du corps, pour Thazin. Il l'aimait, passionnément, corps et esprit et cœur, chaque mouvement de ses mains, la forme changeante de sa bouche lorsqu'elle parlait. Il est hanté et béni par cet amour à présent. Car à la fin, il fut aussi pris dans l'engrenage de la contestation que Aung Min. Ce à quoi il tenait le plus, qu'il chérissait le plus – Thazin – cessa d'être au centre de sa vie. Elle était à ses côtés la plupart du temps, mais la politique, les chansons et l'histoire qu'ils étaient tous en train de vivre l'avaient absorbé.

Il y avait tant de choses qu'il ne comprenait pas. Il ne savait pas jusqu'où tout cela irait, jusqu'où irait la violence. Même quand il était au centre d'interrogatoire et qu'on le passait à tabac, il ne pensait pas qu'il écoperait d'une longue peine de prison. Et ils la lui ont annoncée. Vingt ans d'isolement. Pour des chansons ? C'était trop absurde, même dans ce pays absurde. Comment quiconque – et surtout un étudiant de vingt-cinq ans – pouvait-il imaginer ce que représentaient vingt ans d'isolement ?

Au plus fort des manifestations, il avait travaillé chaque jour sur les *Douze Chansons contestataires*, la voix éraillée, tremblant, calmement possédé. « Ces chansons sont comme mon nom », pensait-il.

Grand-père rappelle-toi cette autre guerre
Tu as vu une femme et ses enfants affamés
Courir dans sa cabane et tomber à genoux
Elle a déchiré la toile du sac
De riz avec ses mains nues
Dans cette guerre-ci Grand-père
Notre peuple est comme cette femme
Il déchire l'Histoire
Avec ses mains sa bouche
Nous finirons par manger la vérité.

Les chansons de Teza devinrent la preuve de la transformation du pays autour d'eux : à Rangoon et dans ses quartiers, dans des dizaines de villes et de villages, dans toute la Birmanie, et en lui-même, le chanteur, un nouveau pays naissait. Les paroles traversaient l'esprit de Teza et coulaient des bouches des manifestants, hommes et femmes et enfants dans les rues aux cris de *Doh ayey, Doh ayey, Doh ayey*. Notre affaire, notre cause. C'était le vieux rêve, la plus vieille musique, réécrite avec du sang humain, souillée par des excréments humains, avec des chaussures dépourvues de pieds, éparpillées partout. Le refrain tenait en un seul mot : liberté.

4

Comme une blague salace, le mot liberté fait toujours rigoler Sein Yun, le chiromancien, et lever les yeux au ciel d'un air égrillard.

— La liberté, aime-t-il à dire, encore un truc qu'on peut acheter au marché, si on a assez de kyats.

Teza entend au loin un bruit de pas traînants. Il esquisse un sourire qui remplit son visage tout entier au fur et à mesure que les pas s'approchent.

Malgré la double épaisseur de la porte, le *schouff-flap schouff-flap schouff-flap* des claquettes est audible à ses oreilles exercées. Le chanteur guette les pas de Beau Gosse derrière ceux du serveur. D'habitude le gardien reste dans le couloir tandis que Sein Yun ouvre la porte, donne le plateau à Teza, et emporte son seau à merde. Souvent, lorsqu'il bavarde avec le chiromancien, Teza sent l'odeur du cheroot de Beau Gosse.

Mais le martèlement familier des bottes n'arrive pas aujourd'hui. Bizarre. Teza tend l'oreille vers la porte. Décidément pas de bottes. Seulement Sein Yun. En claquettes trop grandes pour lui. Le pas traînant est plus long, plus hésitant que d'habitude. Est-ce qu'ils lui ont envoyé un autre criminel ? Il est arrivé quelque chose à Sein Yun ?

De l'autre côté de la porte, le plateau en aluminium claque sur le sol de ciment. La chaîne porte-clés cliquette. Des doigts invisibles cherchent la bonne clé, qui se glisse et tourne dans la serrure. À présent la main doit ouvrir le verrou extérieur.

Mais la main ne le touche pas.

Teza fixe la porte d'un air interrogateur, attend.

Aucun son. Le verrou extérieur reste fermé.

Son estomac se crispe soudain. Sein Yun aurait déjà ouvert la porte.

Qui est là ?

Il contrôle la vitesse de sa respiration tandis qu'une douleur ancienne lui serre les côtes. Des gouttes de sueur commencent à s'accumuler sous ses yeux, au bord de ses pommettes.

La porte ne s'ouvre toujours pas.

L'homme qui est de l'autre côté s'amuse.

Le chanteur ne veut pas être humilié. Il ne demandera pas qui est là. Pourquoi enverraient-ils quelqu'un lui faire du mal ? Il n'a rien fait, lui. Ce sont eux qui ne lui donnent pas à manger, qui lui volent ses poissons. Et depuis deux semaines il a demandé une coupe de cheveux et un rasage, mais on les lui a également refusés.

Deux fois il ouvre la bouche pour parler mais il se tait.

Juste quand il l'ouvre pour la troisième fois, impatient d'en finir avec cette mauvaise plaisanterie, l'homme de l'autre côté de la porte se met à chantonner :

— Hou hou ? Il y a quelqu'un ?

Teza sursaute au son de cette voix – Sein Yun – et répond en grommelant.

— Bien sûr qu'il y a quelqu'un ! Où veux-tu que je sois, putain ! Pourquoi tu ne disais rien ?

— Eh ben, maintenant je dis quelque chose.

— Ouvre cette foutue porte, alors, et donne-moi mon petit déjeuner. Où tu étais passé ? Pourquoi tu es resté là sans rien dire pendant cinq minutes ?

— T'avais la trouille, hein ? Tu croyais que j'étais un fantôme ?

— Non, je ne croyais pas que tu étais un fantôme, mais maintenant je sais que tu es un connard !

Un éclat de rire est interrompu par le claquement et le frottement du métal sur le bois. Le verrou extérieur se déplace et Sein Yun tire la lourde porte pour l'ouvrir.

— Teza, dit-il en déplaçant le gonflement de sa joue, ce n'est pas la peine de t'énerver. J'enveloppais mon bétel, c'est tout. C'est une tâche délicate, tu sais.

Il ramasse le plateau et bondit presque dans la cellule, ce qui fait tomber une boulette de riz. Teza pousse un soupir d'exaspération.

Six semaines d'association avec le chiromancien, et il est toujours interloqué par le personnage. On dirait que Sein Yun vient d'une autre planète. Comme tout mâcheur de bétel, presque toutes ses dents sont rouge foncé. Ses lèvres forment deux traits carmin, et les rides qui les entourent débordent de taches noirâtres. Seules ses canines sont nettes. Recouvertes d'or, elles brillent comme des crocs jaunes. Un écheveau de cheveux grisonnants couvre sa tête, et laisse voir son crâne ridé qui ressemble à un citron desséché. La peau du petit homme est jaune : visage, mains, cou. Même le blanc de ses yeux est jaune. Cet homme est une culture d'hépatite ambulante et mal embouchée.

Ses sourcils gris broussailleux compensent le manque de toison sur son crâne. Mais en matière de pilosité sur la face de Sein Yun, c'est la longue et imposante mèche noire et frisée poussant sur la verrue de son menton qui remporte la palme. Le chiromancien tortille souvent entre ses doigts d'un air pensif cette rêche fioriture noire, comme il le fait maintenant – une caresse, deux caresses, et il tire d'un coup sec en tournant la tête pour envoyer une salve de jus de bétel par la porte ouverte de la cellule. Il s'accroupit et fait claquer le plateau par terre.

— Tu étais où avec mon…, commence Teza.

Le « eh, eh, eh » syncopé de Sein Yun l'interrompt.

— J'ai une très bonne excuse, crois-moi.

Il désigne le sol d'un geste, invitant Teza à s'accroupir à côté de lui. Le chanteur lui lance un regard noir.

— Teza, ne sois pas têtu, cela ne te va pas. Viens, approche. J'ai des nouvelles.

Teza se gratte la tête. Les poux.

— C'est à propos de Suu Kyi, murmure le chiromancien avec un sourire avide.

Teza s'accroupit immédiatement.

— Eh, eh ! Petit malin ! Je savais que ça t'intéresserait.

— De quoi s'agit-il ?

— C'est pour ça que tu n'as pas eu de repas hier.

Les lèvres tachées s'étirent en luisant sur ses dents.

— Suu Kyi est libre. Elle n'est plus assignée à résidence. Un millier de journalistes du monde entier sont rassemblés University Avenue. Ça attire plus les touristes que la pagode Shwedagon !

Sein Yun place ses mains autour d'une boîte imaginaire devant son visage et abaisse puis relève son index.

— Clic-clac ! On sort les Nikon, on fait péter les flashs ! La belle dame est libre, elle est libre !

— Comment tu le sais ?

— Toute la cage le sait – c'est sans doute un surveillant qui a passé l'info. Ils ont toujours des fuites, ces surveillants ! J'ai accusé Chit Naing, mais comme d'habitude il nie tout. La cage est en folie. Ça s'est passé hier ou avant-hier, je ne sais pas exactement. Un jour de bon augure pour la Birmanie, un jour heureux pour nous. Notre bienfaitrice est plus célèbre aujourd'hui que lorsqu'elle a reçu le prix Nobel. Enfin on peut la photographier ! Et elle est si jolie. (Les canines en or étincellent.) Mais on dit qu'elle est trop maigre. Il faut qu'elle mange plus de bananes, ironise le chiromancien en levant les sourcils.

Teza fait une moue dubitative. Sein Yun pourrait bien avoir inventé toute l'histoire.

Sentant l'incrédulité de Teza, le chiromancien reprend d'un ton sec.

— Oh, mais tu sauras bientôt la vérité, Rossignol. Ton cher ami Chit Naing viendra te voir un de ces soirs, quand le calme sera revenu, j'en suis sûr.

Ce commentaire envoie une décharge de peur

dans le corps du chanteur. Comment le chiromancien a-t-il appris les visites nocturnes de Chit Naing ? S'il sait, il sait. Mieux vaut ne pas relever.

— Où est Beau Gosse ? demande-t-il plutôt. Pourquoi il n'est pas avec toi ?

— Oh, comme c'est mignon ! Il te manque tant que ça ? Tu veux que je l'appelle ? Il est tout au bout du couloir, il fume. Tu sais qu'il déteste le quartier d'isolement – ça le met de mauvais poil. Ça porte la poisse, cet endroit, voilà ce qu'il dit. Tous ces rats dans le couloir. Il en a une trouille bleue. Tu ne trouves pas ça drôle ? ajoute Sein Yun en riant et en tapant Teza sur l'épaule.

— Désopilant. Et ma douche ? Tu vas m'emmener à la salle de douches ?

— Je t'en prie, Rossignol. Je ne sais pas où tu veux en venir, mais de toute façon, ça ne m'intéresse pas.

— Tu es un grand malade. Tu peux juste dire à Beau Gosse que je veux ma douche ?

— Aïe ! Je commence à comprendre pourquoi ils t'ont collé dans le cercueil, Teza. Tu es un emmerdeur fini, et tu sais pas profiter de ta chance. Ce mec veut même pas avancer dans le couloir, et s'il le faisait, ce serait pour te traiter de tous les noms, on sait tous que c'est ça son karma, être un sale con. Mais tu ne peux pas rester tranquille et le laisser assis là, à cloper ? Non, tu ne peux pas. Tu veux le provoquer. Allez, monsieur Politique, lâche-nous un peu !

Cet éclat plein de sérieux ressemble si peu au chiromancien que Teza doit se mettre la main devant la bouche pour s'empêcher de rire.

— Tu vois ? Tu vois ? Ça te fait rire ! Eh ben

ça te fera moins rire quand il te foutra une dérouillée, je te promets ! Imbécile !

— Sein Yun, tu peux te doucher tous les jours. Deux fois par jour, peut-être. Je parie que tu prends une bonne douche deux fois par jour, c'est ça ? Tu n'as pas les bras couverts de gale, toi ? Regarde ça, dit le chanteur en lui mettant ses bras sous le nez. Tu sais pourquoi ça saigne comme ça ? Parce que je me gratte dans mon sommeil. Tu sais ce que c'est, la gale, n'est-ce pas ? Des tout petits parasites qui creusent des tunnels sous la peau. Des tunnels, Sein Yun, des tunnels. J'arrive à ne pas toucher les cloques pendant la journée, mais je les gratte toute la nuit. Et toi, on te donne à manger, n'est-ce pas ? Et pas qu'un petit peu. Tu as un racket dans le potager, c'est toi qui me l'as dit, des légumes frais. Je suis content pour toi. Mais pour moi ce n'est pas la même chose. La cage est vraiment une cage. Alors, ne me demande pas d'être bien sage. Si je ne me plains pas, si je ne fais pas de demandes et si je ne m'attire pas d'ennuis, ils me traiteront encore plus mal qu'ils ne le font déjà.

Sein Yun le fixe d'un œil jaune.

— T'as fini ?

Il crache encore un peu de jus de bétel.

— Bon. Écoute-moi, je vais répéter plus lentement. Beau Gosse ne veut pas aller dans la salle de douches à cause des rats. Je le comprends, d'ailleurs. Va falloir que tu attendes, Rossignol. Je vais remplir ton pot à eau jusqu'à ras bord. Tu pourras te laver un peu. Et peut-être qu'un surveillant t'emmènera plus tard.

Teza grimace et ouvre la bouche pour parler, mais Sein Yun l'en empêche.

— Rossignol, je ne veux pas me compliquer la vie. C'est un ami, tu comprends ? Tu vois, murmure Sein Yun en se penchant, les yeux écarquillés, je lui ai fait les lignes de la main, et maintenant, il est à moi. Je te jure, ces mecs ! Les plus coriaces sont aussi superstitieux que des vieilles bonnes femmes. Même le gardien-chef Chit Naing m'a demandé de lui dire l'avenir ! S'ils étaient tous comme ça dehors, les chiromanciens installés au pied de la pagode Sule seraient plus riches que des généraux. Et arrête de chialer, je t'ai apporté de quoi fumer.

Le chiromancien se lève et va pêcher deux cheroots dans la poche cachée de son longyi. Il les lui présente dans sa main tendue.

En regardant les ongles longs et recourbés du petit homme, enrobés de la terre des potagers, Teza réprime un besoin inattendu de se détourner. Il ne prend pas les cheroots.

— Qu'est-ce que tu as ? Ne me dis pas que tu as décidé de te mettre aux cigarettes – elles sont trop chères. Et en plus, qu'est-ce que tu lirais ? Tu les veux ces cheroots, ou pas ?

Cette fois il les offre à Teza en respectant les règles de la politesse, le coude droit placé dans le creux de la main gauche, les cigares dodus enveloppés de feuilles disposés dans la paume ouverte. Le chanteur se lève et les prend à contrecœur sans toucher la main du chiromancien.

Sein Yun sourit, regardant droit dans les yeux Teza. La force de son regard est physique, comme si le chiromancien lui avait saisi l'épaule.

— À la bonne heure !

— Où est mon colis de nourriture ?

— Petit frère, répond Sein Yun d'un ton légèrement offensé, on ne m'a rien dit. Personne ne me dit rien. Je ne suis que celui qui porte la merde des autres.

Il tend la main pour souligner ce qu'il vient de dire.

Teza se retourne pour prendre son seau.

— Est-ce qu'on dit autre chose au sujet de Daw Suu Kyi ? Il y a d'autres nouvelles ? Elle a pu parler en public ?

— Allons, allons, ça suffit pour aujourd'hui. Il faut que je continue ma tournée. J'imagine que ton ami Chit Naing sera bientôt là avec tous les détails juteux. Il paraît que ce genre de choses l'intéresse…

Encore une fois, Teza ne relève pas le sous-entendu.

— Ce qui lui arrive intéresse tout le monde, même toi.

— C'est vrai. Tout le monde est intéressé, mais pour des raisons différentes. Les hommes sont tout excités par cette affaire. Ils parieraient sur n'importe quoi. Aujourd'hui ils prennent des paris sur le nombre de semaines qu'il faudra au SLORC pour l'assassiner.

Teza en a la respiration coupée.

— Ouais, les types du bâtiment quatre, des vrais sauvages, je suis d'accord, mais c'est leur pari. Tel père, telle fille, ils disent, et pourquoi le SLORC l'aurait relâchée ? Pour que les généraux puissent la tuer et prétendre qu'ils n'ont rien à voir là-dedans, d'accord ? Ensuite ils diront qu'ils l'avaient assignée à résidence pour sa sécurité et qu'ils n'auraient jamais dû la libérer. Nos héros ! s'exclame Sein Yun en battant des mains, avant de baisser la voix d'un air théâtral. Tu sais, il y a toujours des rumeurs comme quoi Ne Win était derrière l'assassinat de son père. Et que s'il a pu faire abattre le grand Bogyoke Aung San et tous ses ministres dans leurs bureaux, sa charmante fille ne lui posera pas un gros problème.

— Ko Sein Yun ! Tais-toi ! Je ne veux pas entendre ça.

— Je croyais que tu voulais savoir ce qui se passe. C'est ce que les gars disent.

— Les généraux n'oseraient pas la toucher. Elle est trop célèbre. Le monde entier les mépriserait.

Sein Yun penche la tête sur le côté.

— Parce que ça les a déjà arrêtés ? Ce sera intéressant de voir la suite des événements.

Teza fronce les sourcils.

— Ko Sein Yun, qui prend les paris ?

— Hmm ? fait le chiromancien qui se dirigeait vers la porte.

L'entaille du sourire réapparaît, partie silencieuse du vocabulaire de Sein Yun.

— Très bonne question, petit frère. J'en ai aucune idée. Et sans vouloir te vexer, j'en ai marre d'être là avec ta merde dans les mains. Je vais vider le seau.

La porte de la cellule se ferme lourdement.

Teza reste planté devant, à secouer la tête. Lorsque la chef de file de la Ligue nationale pour la démocratie est libérée de six ans d'assignation à résidence, le chiromancien réagit en organisant des paris sur la date de son éventuel assassinat. C'est vraiment un malade. Et le seul être humain avec qui Teza a des échanges quotidiens.

Moins de cinq minutes plus tard, le chiromancien réapparaît à la porte du cercueil et lui tend le seau vide. Il est étonnamment propre.

— C'est pas vrai, tu l'as lavé ?

— Non, je l'ai donné à lécher aux rats, répond Sein Yun en faisant luire ses dents. Parfois le robinet des latrines fonctionne, figure-toi. Je l'ai rincé.

Teza regarde le seau. Aucun de ses serveurs précédents n'a fait cela. La gentillesse inattendue et l'intimité bizarre de cet acte le prennent au dépourvu. Il ignorait qu'il y avait un robinet dans les latrines.

— Remets-toi, tu vas le resalir bien assez vite. Prends ça comme un gage de mon amitié.

Pour une fois le chiromancien regarde Teza dans les yeux sans faire de commentaire sarcastique.

Teza est sincèrement touché.

— Merci.

— Pas de quoi. C'est ta merde qui me sort de là. Chaque seau diminue ma peine. C'est comme ça qu'on achète la liberté en Birmanie !

Il accompagne cette phrase d'un pet sonore.

— Je suis heureux de contribuer humblement à ta liberté prochaine, Sein Yun, dit Teza en riant.

— Petit frère, je voudrais que ma merde en fasse autant pour toi.

Il passe le seuil du cercueil de teck mais se retourne pour faire un clin d'œil à Teza avant de fermer la porte.

— Sein Yun ?

— Oui ?

— Tu leur diras que si le prochain colis est vide, j'arrêterai de manger. Je veux qu'ils le sachent.

— Ils ? Ils ? C'est qui, ils ? rétorque Sein Yun d'un ton désapprobateur.

— Ceux qui volent la nourriture.

— Oh, ces politiques de merde ! Si vous avez faim, vous faites une grève de la faim, vous trouvez ça intelligent ? Bouffe ton petit déjeuner.

— Il n'y avait qu'un seul poisson dans le dernier colis.

— Je sais, je sais, un seul poisson, et maintenant tu vas mourir. Essaie de te souvenir, Rossignol, que tu es trop important à leurs yeux pour qu'ils te laissent mourir de faim. D'accord ? Ton colis arrive. En attendant, tu devrais chanter un de ces soirs. Tu sais, pour fêter la libération de Suu. La cage deviendrait dingue. Il pourrait y avoir une émeute !

— J'y laisserais encore des dents.

— Si tu as besoin d'en arracher une, dis-le-moi, j'ai une technique infaillible. Et je peux te procurer tout le paracétamol que tu veux contre la douleur. Sein Yun, chiromancien extraordinaire, pour te servir. À plus tard.

Il referme la porte de teck. Le verrou se remet en place en craquant, la clé tourne dans la serrure. Le pas traînant de Sein Yun s'éloigne dans le long couloir.

5

L'odeur du chiromancien – ammoniaque de la vieille sueur, âcreté du bétel et de la chaux – stagne dans la cellule comme un fantôme mal lavé. Teza fronce le nez. Puis un mouvement familier lui fait baisser les yeux vers le sol. Il jure d'une voix forte et tape du pied, mais les cafards n'ont pas peur. Ils connaissent bien ce prisonnier. Autant par compassion que parce que leurs entrailles font trop de saletés, Teza ne tue pas les cafards.

Il s'accroupit et les regarde d'un œil courroucé. Ils se dirigent vers son petit déjeuner. La seule façon de les tenir à distance pendant qu'il mange est de leur préparer une petite collation, rien que pour eux.

— Vous êtes pires que ces salopards de surveillants !

Il ramasse le riz que Sein Yun a renversé et en fait plusieurs portions qu'il dépose mine de rien devant le bataillon en marche.

Il déplace le plateau vers le centre de la cellule, loin des cafards, se rince rapidement les mains, et s'assied pour manger, face à la porte de teck. Ses doigts s'arrêtent sur le bord du plateau.

Curry de pois. Soupe de pois, en fait, parce que pour un curry il faut des épices et de l'huile, ingrédients qui brillent par leur absence dans ce brouet grisâtre. Une demi-cuillerée de pâte de poisson fermentée de très mauvaise qualité et une boule compacte de brisures de riz complètent le menu.

Le repas du soir est légèrement différent : une sorte de soupe de légumes, là aussi surtout de l'eau, servie également avec le riz que l'on donne normalement aux cochons. Parfois les « légumes » ne sont que de l'herbe, ou des trognons de choux-fleurs. De temps en temps il reçoit un morceau de cartilage dans sa soupe. Les seigneurs de la prison croient que ce morceau de cartilage est de la viande, ce qui montre comment des hommes corrompus et bien nourris perdent peu à peu le contact avec la réalité.

Dépités par le riz nature, quelques cafards ont commencé une marche hésitante vers Teza, qui frappe des mains.

— Foutez le camp, bande de fascistes, du vent !

Cela dépend de son humeur. Il les traite aussi de socialistes, de capitalistes, d'Américains, d'impérialistes, d'hommes d'affaires chinois, et de salauds de dictateurs.

Avec une grâce onctueuse, la troupe se disperse, repart vers le riz, va se planquer dans les coins sombres.

Toujours assis devant son plateau, le chanteur entoure son poignet avec son pouce et son index. Avant, l'index n'atteignait pas le pouce. Seul le majeur pouvait fermer le bracelet. Mais maintenant l'index rencontre le pouce, sans serrer. La prison est en train de l'effacer.

En se pesant de cette façon, ou en regardant les os noueux de ses hanches, ou bien en sentant les trous dans ses gencives, là où avant il y avait des dents, Teza a une vision d'une lucidité troublante, comme s'il rêvait de quelqu'un d'autre. Le voici, un homme aux yeux sombres et aux poignets faméliques, avec ses cheveux noirs qui ont poussé jusqu'aux épaules. Il est assis au centre d'une petite cellule, entouré par un cercle mouvant de cafards. Il prend une grande inspiration, et commence à manger les brisures de riz avec ses longs doigts, ramassant le riz en boulettes, le trempant dans la pâte de poisson et la soupe, amenant la nourriture à ses lèvres. À la troisième bouchée, ses dents se referment sur un petit caillou. C'est une des raisons pour lesquelles il mange lentement, pour ne pas avaler ces dangereux intrus. Une fois, il a trouvé un morceau de fer de la taille d'un ongle dans sa soupe.

Sa langue sort le caillou de sa bouche. Comme un enfant au bord d'une rivière, il le tourne en tous sens, à la recherche d'une marque secrète de valeur. Mais ce n'est qu'un petit caillou gris. Il le met au bord du plateau, pour plus tard. Rien n'est inutile dans un cercueil.

La nausée ondule dans son estomac, monte jusqu'à sa gorge. *Ya-deh, Ya-deh, Ya-ba-deh*. Pas grave, ce n'est pas grave. Il se force à mâcher, mâcher. Peu importe si c'est mauvais, chaque repas est un petit événement dans l'abîme du temps carcéral.

Mâche, mâche, mâche. C'est comme s'il rongeait le paillasson à l'entrée d'une échoppe de nouilles. Il y a à manger quelque part, au-delà, sur un plan plus élevé.

Mais à présent il va bien falloir avaler.

Il est triste d'admettre à quel point c'est bon, une fois que les premières bouchées sont passées. La salive inonde sa bouche. Son estomac s'étire à l'intérieur de son corps, s'ouvrant comme la bouche d'un enfant affamé. Ce n'est qu'après avoir mangé qu'il peut réfléchir clairement aux paroles du chiromancien.

Qu'est-ce que ça signifie, vraiment, que Suu ne soit plus assignée à résidence ? Il aimerait que sa liberté ait une signification, qu'elle change tout, mais ses lèvres se serrent très fort et rentrent comme celles d'un vieillard. Il n'y a ni sang ni argent sale sur les mains de Aung San Suu Kyi. Mais elle n'est pas différente de ses nombreux partisans, ceux qui ont le courage de parler, ceux qui se taisent. Elle n'est pas différente de son formidable père assassiné. Elle n'est qu'humaine.

Il secoue la tête et balaie sa cellule du regard. Ses souvenirs peuvent être si douloureusement vifs. Peut-être une loi de la physique rencontre-t-elle une loi de l'incarcération : c'est pourquoi la chronologie de la prison va à reculons. Le passé est la preuve la plus irréfutable d'un avenir différent de ce moment : les murs, les lézards, son seau à merde et à pisse, le pot à eau en terre, aux flancs luisants d'algues.

Il touche ses cheveux. Sein Yun dit des conneries. Comment peut-il se laver les cheveux avec l'eau de son pot ? Pourquoi ne lui rasent-ils pas simplement le crâne ? Mû par une impulsion soudaine, il s'arrache une ou deux mèches grasses. Dès que ses tortionnaires en ont eu fini avec lui, le blanc a commencé à saler ses cheveux juste au-dessus de son sourcil gauche, celui qui avait été ouvert d'un coup de botte. Chit Naing lui a dit qu'à présent une épaisse touffe de blanc était apparue. Teza regarde les cheveux qu'il a tirés avec une vague incrédulité. Personne dans sa famille, même pas ses grands-parents, n'a eu des cheveux d'un blanc aussi pur. C'est comme s'il palpait de la neige avec ses doigts.

Il se demande si sa mère a les cheveux gris aujourd'hui. Après tout ce par quoi elle est passée, il n'en serait pas surpris. Hpo Hpo, son grand-père maternel, avait des fils blancs dans ses cheveux noirs toujours brillantinés ; sa grand-mère, qui était morte des années avant son mari, utilisait une teinture si foncée qu'il se souvient de ses cheveux aux reflets de velours violet.

« Ce sont les visages qui ont fait mon visage », pense Teza. Il ferme les yeux et ramène ces visages l'un après l'autre à la surface de son esprit. Sa mère. Son père. Ses grands-parents des deux côtés. Et puis Aung Min. Et Thazin. Suu Kyi. Ce sont les visages qu'il garde dans son cœur. Ses tantes et ses oncles, ses cousins. Des copains de fac. Des professeurs qu'il a aimés. Il se demande si les vivants ont beaucoup changé. Pas autant que lui. Et les morts restent comme ils sont.

Il se souvient des vieilles photos de famille disposées sur le mur du salon, sous l'autel. Sur l'une d'entre elles sa mère, encore petite fille, est vêtue d'une blouse traditionnelle de coton filé à la maison, fermée gracieusement au cou par un bouton de tissu. Le visage rond et creusé de fossettes, elle sourit modestement, mais à la lueur dans son œil et l'inclinaison presque ironique de sa tête on la soupçonne d'avoir envie de tirer la langue et de se mettre à loucher. Sur certaines photos du début de son mariage, Sanda faisait vraiment des grimaces devant l'objectif, ou alors le gratifiait d'un large sourire. Plus leur vie devenait difficile, plus ses sourires s'amenuisaient pour finir par disparaître complètement, tandis que ses bras se refermaient sur sa poitrine, comme s'ils portaient un poids invisible.

Son expression sérieuse sur les photos les plus récentes rappelait des clichés bien plus anciens de grands-oncles, grands-tantes et grands-parents. Ceux-ci regardaient droit devant eux d'un air lugubre, compressés dans le temps à travers le petit trou noir de l'objectif. La plupart de ces portraits avaient été pris peu de temps après la Seconde Guerre mondiale, et la cruauté de l'occupation japonaise se voyait encore dans leurs yeux solennels.

Il y avait aussi sur le mur des photos de son père, le docteur Kyaw Win Thu, un homme mince au sourire légèrement espiègle et aux yeux pénétrants, des yeux qui regardaient Teza si fixement qu'il devait parfois s'en détourner. La bouche du docteur semblait souvent un peu crispée, comme s'il voulait parler, mais qu'il hésitait. Quoi ? Qu'est-ce qu'il allait dire ? Lorsque Teza était adolescent, les photos de son père l'impressionnaient autant que celles du

Bogyoke Aung San, tant ces deux visages montraient de détermination et d'intelligence. Et tous deux étaient inséparables d'un sentiment de perte effroyable.

Le visage du Bogyoke Aung San était partout, et l'est toujours. Il fixait Teza depuis le mur de toutes les salles de classe où il avait mis les pieds. Il y avait une photo de lui dans le salon familial, c'était la première chose que l'on voyait en entrant dans la maison. Il se souvient des yeux intelligents du Bogyoke Aung San, tournés vers un avenir qu'ils ne verraient jamais. Dans cette image, le chanteur retrouve les mâchoires étroites et les joues plus délicates de Suu, l'ossature fine visible sous la chair, qui donnent au père et à la fille une dignité sévère et obsédante.

Aujourd'hui, le visage de la fille est une icône que l'on révère de la même façon, mais il est illégal et très dangereux d'exposer son portrait en public. Dès le début de son engagement politique, des images d'elle ont commencé à circuler. Une fois, Teza a montré sa photo à des gens dans un tea-shop. Des gens de la campagne, venus en ville pour la journée afin de participer à une manifestation. Ils s'étaient agglutinés autour de sa petite table et posaient des questions à voix basse sur la célèbre dame, la fille du grand homme.

C'est vrai qu'elle lui ressemble. Mais sa popularité ne s'explique pas uniquement par son lien avec le Bogyoke Aung San. Une partie de son pouvoir, selon Teza, réside dans le fait qu'elle est à la fois birmane et étrangère. Elle vient du monde extérieur et a choisi de demeurer dans ce pays isolé. C'est une Birmane raffinée, et une bouddhiste – ce dernier trait est très important pour le peuple. Mais ce qu'elle apporte de sa vie à l'étranger c'est l'avenir, qui est le présent partout sauf en Birmanie. Elle est le lien entre cet avenir et le passé de la Birmanie.

La dernière fois qu'il l'a vue chez elle, University Avenue, c'était à la mi-novembre 1988.

Teza s'était inscrit à la section jeunesse du parti de Suu parce qu'il croyait en ce qu'elle faisait, mais aussi parce qu'il aimait être près d'elle. Cela le perturbait d'avoir le béguin pour une femme si âgée. Elle avait beau faire très jeune et être très belle, elle avait quand même quarante-trois ans, était mariée et mère de famille. Il était très amoureux de Thazin et ne pouvait expliquer son attirance pour cette femme mûre. Il essayait de toutes ses forces de taire ses sentiments. Après les réunions, il lui arrivait de prendre sa guitare et de chanter avec d'autres musiciens. La maison de Suu était souvent pleine d'un certain nombre de visiteurs hétéroclites, non seulement des politiciens et des militants aguerris, mais aussi des journalistes et des poètes célèbres, des chansonniers connus, des acteurs. Tous trouvaient que Teza chantait magnifiquement. Vraiment, ses chansons étaient écrites pour tout le peuple de Birmanie.

Seul Teza savait qu'il chantait pour elle.

Si une belle femme rit d'une certaine façon, on risque de tomber amoureux d'elle. Mais certains la haïront aussi pour cela. Les généraux la haïssaient alors, pour de nombreuses raisons, et ils doivent la haïr encore maintenant, ce qui rend sa libération encore plus mystérieuse. Pourquoi l'ont-ils libérée ?

Teza ramasse le caillou, et le tenant entre ses doigts comme un unique grain de chapelet, murmure :

— Si Suu est vraiment libre, quelque chose va changer.

Il retient sa respiration un instant, et écoute les cafards gribouiller un code incompréhensible.

La pierre dans les mains pour la réchauffer, il va au milieu de la cellule, ferme un œil et vise soigneusement la fenêtre de l'araignée, l'aération. Il lance. Raté. La pierre tombe par terre. Il la ramasse, vise à nouveau. Quel que soit l'objet, un petit caillou ou un pois sec – il a déjà utilisé une de ses dents – le projectile doit être lancé avec précision et suffisamment de force pour qu'il passe dans l'aération.

Au troisième essai, la pierre s'envole et s'échappe. Quand il l'entend toucher le sol dehors, il sourit, s'incline et danse une gigue. Il fête la libération de la dame avec la libération d'un caillou.

6

Le soir il se prépare pour la suite de la célébration.

Assis en tailleur au milieu de la cellule, le chanteur dispose avec soin les cheroots devant lui. C'est une chance que Sein Yun en ait apporté deux de plus aujourd'hui. Teza n'aime pas accomplir la cérémonie sans au moins dix de ces longs cigares fins ; il aime le sérieux mathématique de ce nombre. C'est des filtres dont il a besoin, pas des cigares eux-mêmes. Pour des raisons de formalisme et de restriction, il essaie de ne pas les fumer avant que le rituel commence, mais même s'il craque et succombe à la tentation, il garde les mégots précieusement, religieusement. Il faut environ une semaine pour engranger dix cheroots, selon la générosité de Sein Yun et de son fournisseur plus irrégulier, le gardien-chef Chit Naing.

À l'université il avait lu des textes sur la cérémonie japonaise du thé. Grâce à la méditation, il connaît l'art de la concentration. Chaque mouvement doit se faire lentement, en pleine conscience mais sans être laborieux. Il s'assied sur ses talons, comme s'il allait prier, et entonne d'une voix solennelle : « La cérémonie birmane du cheroot. »

Dans sa deuxième et troisième année, il lui arrivait de rire après ces paroles, mais à présent il ne lui échappe même pas un soupir amusé. Le rituel a pris plus d'importance avec le temps. Il l'accomplit pour marquer les anniversaires de toutes sortes. Aujourd'hui il va honorer Suu. Le dos contre la porte de la cellule, il se passe un des cheroots sous le nez : feu de bois et arbres. La vision s'élève dans son esprit aussi clairement que celle des photos de famille. Son grand-père fume dans un tea-shop du marché chinois de Mandalay.

Le parfum de la Birmanie dans un cheroot.

Après les repas et la méditation, la cérémonie du cheroot est l'événement le plus important de sa vie. Cela relève du défi de l'exécuter correctement. Dégager le filtre avec ce qu'il faut de lenteur est un acte de discipline.

Les filtres sont en paille striée et séchée. Ils sont maintenus par un rouleau de papier journal.

Des mots.

Les cigares ne sont pas tous de la même marque. Certains sont plus délicats, d'autres plus grossiers. L'un d'eux est même enveloppé dans un plastique coûteux, il est plus mince que les autres. Ce diable de Sein Yun, il a des relations ! En avançant de gauche à droite, Teza débarrasse chaque extrémité de cheroot de son enveloppe de papier.

Après des années de pratique, il est capable d'ouvrir le cylindre de feuille sèche sans le casser. Lentement, il sort le filtre. Puis il ôte le journal du filtre de paille roulée.

Il s'arrête, retenant sa respiration.

Rien. Aucun bruit de pas ou de voix à l'extérieur du cercueil.

Sa méticulosité relève de la précaution autant que du rite ; il a peur de se faire prendre. Le filtre de papier est plus petit qu'une boîte d'allumettes. En fait, il consiste en deux morceaux de papier journal collés ensemble, douillettement enroulés et rentrés dans la première couche de paille. Il enlève soigneusement le papier pour éviter toute déchirure puis sépare les deux moitiés qu'il dispose devant lui. Il les aplatit du mieux qu'il peut, mais ils reprennent toujours la forme cylindrique du filtre.

Il arrive que les fabricants de cheroots fassent de tout petits filtres. Ça, c'est vraiment énervant ! Il compte sur cinq centimètres de mots imprimés, et n'en obtient parfois que deux, voire moins. Lorsqu'un filtre a été fait dans le haut ou le bas d'une page, il n'y a pas de mots du tout. En déroulant ce papier vierge son front se plisse, ses sourcils et son nez se rejoignent dans une grimace accusatrice. Il lisse consciencieusement son visage, comme il lisse le papier froissé, mais il a du mal à écarter le sentiment de frustration.

Il essaie d'en plaisanter.

Bon sang, ces filles ne savent pas qu'elles préparent ma lecture ?

Elles s'en moquent donc ?

La cérémonie du cheroot ramène Teza dans son pays. En l'accomplissant, il quitte la prison. Bien qu'il soit citadin, il parcourt les villages où les filles qui fabriquent les cheroots peinent devant les tables basses. Il se demande s'il leur arrive de chanter. À l'aube, elles se dirigent vers la bicoque en bois toute branlante qui tient lieu d'usine. Elles sont une cinquantaine à s'asseoir par terre dans une pièce mal éclairée. L'un après l'autre, les cheroots sont roulés dans leurs mains, de sept heures du matin à sept heures du soir. Elles rentrent chez elles à la lueur du crépuscule, le long des sentiers de poussière rouge encombrés de poulets faméliques. Des charrettes à bœufs qui reviennent des champs passent sous les grands arbres en oscillant. Les filles tombent amoureuses de garçons du village et se marient. Elles deviennent mères. Si leurs bébés meurent, elles en font d'autres. Elles fabriquent des milliers de cigares, fumés par des millions d'hommes et de grands-mères dans toute la Birmanie, et lus par un nombre indéterminé de prisonniers politiques maintenus en isolement.

Dans son esprit, ces filles sont belles, généreuses, les joues poudrées de tourbillons pâles de pâte de thanakha. Si elles savaient qu'elles fabriquaient des cheroots pour lui, elles trouveraient un moyen d'introduire Dostoïevski dans le filtre, *Les Frères Karamazov*, *Guerre et Paix* de Tolstoï, un gros volume de Pablo Neruda, et *Autant en emporte le vent*, un livre qu'il avait toujours voulu lire depuis qu'il avait vu une photo de Vivien Leigh dans un vieux *Time Magazine*. Elles rempliraient leurs cheroots de romans populaires birmans et de bols de curry. Elles lui enverraient des couronnes du plus suave des jasmins, des bâtons d'encens et des carrés de papier doré pour la prière. Elles sont superbes, ces jeunes femmes. Teza ne leur en veut plus pour les papiers vides de mots. Il pense aux mains de ces filles au travail.

Lorsqu'il a fini son dépiautage, il aligne les lambeaux de papier imprimé.

Il lit aussi lentement que possible, pour faire durer les mots.

sa mère explique
n'ai pas confiance
nous n'avons jamai
depuis notre mari
aloux de son amour
leure tous les jours
loin de la pression
oui il m'aime mai
connais pas sa mèr
un enfer.

etite ville d'Amér
homme a tué 17 p
dont des enf
eille femme seule
armes faciles à tr
e violence d
nombreux meurtr
valeurs en décl
pas du tout com
irmanie non corro

tait comme une étoile
m'aimait de la même
dépit de tout
sans elle. Elle ét
elle est partie, les lar
la pluie. Quand je voul
sans la clarté de
compris plus tard la d
ce que je croyais et pa

nfant se souvenait
noms de ses anciens
frères et sœurs, do
l'existence d'u
boa constrictor ave
serpent resta malg
garçon tous les so
ni agression. Ko K
décrivit sans erreur
ême la sorte de mai
la vaisselle, montr
connaissance de tou
district de Mandalay

Le chanteur sourit à la lecture du dernier. Il est sûr que sa mère aura lu l'article.

May May est une grande lectrice. Dans le bus, elle est de ces femmes intrépides qui vont tenir une page dans la lumière pour lire à travers l'encre de la censure passée sur les écrits jugés subversifs. L'encre noire est impossible à pénétrer, mais si c'est de l'encre argentée, on peut déchiffrer les mots cachés en tenant la page dans la lumière. D'ailleurs elle ne se gêne pas pour lever une page noircie vers le ciel, rien que pour montrer son mépris. Une fois, un homme s'est penché vers elle, et lui a demandé, avec de la peur dans la voix :

— Qu'est-ce que vous faites ?

— Je lis, a-t-elle répondu dans un murmure théâtral.

Puis elle s'est replongée dans le déchiffrage des mots enfermés sous l'encre.

C'est cela, sa mère, une guerrière aux attaches fines. Même si elle n'a pas acheté un exemplaire de ce journal, quelqu'un dans le quartier lui aura apporté l'article. Quelqu'un l'aura lu et pensé : « Ah, ça va intéresser Sanda, elle nous racontera une histoire. »

Sanda croit aux enfants qui se souviennent de leurs vies antérieures. Leurs histoires paraissent dans des douzaines de magazines populaires dans tout le pays. Elle les découpe avec des ciseaux rouges, et les range dans des classeurs numérotés intitulés RÉINCARNATION/RENAISSANCE. Des histoires comme celle du filtre, de garçons qui se souviennent des noms d'étrangers et de serpents apprivoisés et qui savent où se trouvent les objets dans des maisons qu'ils n'ont jamais vues auparavant, sont très populaires. Elle répète ces histoires avec la passion de la croyance sincère, et en décrit avec force détails même les parties qui n'ont pas été publiées. Elle explique aux voisins que nous oublions presque tous les secrets que nous connaissions à la naissance. L'éducation et nos parents nous amènent à oublier.

Mais les enfants déterminés se souviennent. Sans les avoir appris, ils savent parler des dialectes inconnus. Ils demandent à rendre visite à des hommes et des femmes qui habitent à des milliers de kilomètres. Lorsqu'ils les voient, ils reconnaissent en ces étrangers des parents ou des amis du passé. On pense même que des animaux dociles sont la réincarnation de personnes récemment décédées.

Ayant été nourri de ces histoires, Teza y a cru de tout son être jusqu'à son entrée à l'université, où on l'informa que sa mère était superstitieuse et vieux jeu. Il était attiré par les étudiants qui parlaient de se débarrasser de ces superstitions et d'adhérer à toute parcelle de modernité audacieuse que le monde faisait passer en fraude à travers les frontières fermées de la Birmanie. Cela incluait le rejet des histoires populaires de réincarnation. Mais maintenant que la réalité était réduite aux dimensions de sa cellule et de son esprit, la croyance avait pris un nouveau pouvoir.

Présages, rêves, le pouvoir des endroits sacrés, les messages secrets des cheroots eux-mêmes : tout cela était devenu crucial. Tout ce que sa mère et son grand-père lui avaient dit sur le bouddhisme, les nats et la magie en général a été tiré du puits de sa mémoire pour étancher sa soif de sens.

C'est pourquoi ces minuscules bouts de papier sont si importants. Le chanteur presse ses paumes l'une contre l'autre et choisit un autre filtre. Les mots sont des runes. Chaque bout de papier a une histoire, que ce soit une triste histoire d'amour tirée des pages littéraires ou une annonce gouvernementale ennuyeuse ou une nécrologie. En chuchotant dans sa barbe, Teza rétablit le texte manquant.

Après l'histoire il cherche le secret, le message encodé sur chaque bout de papier. Les missives écornées semblent anonymes, mais Teza sait que le monde extérieur les a envoyées. Les bribes émergent de l'étendue de son pays, traversent les fleuves et les champs, transmises par les mains d'étrangers. Elles passent à travers les murs, les portails, les barreaux, les énormes portes. Elles se déplacent dans les cours, traversent les cellules dans les bâtiments que Teza n'a jamais vus, le long de couloirs imprégnés de l'odeur très particulière des prisonniers.

sans aucun doute
triomphant
preuve

Il sait que cette cérémonie des mots et de leurs messages secrets apporte l'illumination.

mère
confiance
amour
souhait
échappe
enfer

Parfois les messages ne sont pas secrets. Leurs significations sont miraculeusement évidentes. Les lambeaux de papiers révèlent la véritable histoire de la Birmanie.

milliers de tués
violence facile
Birmanie décadente

Les minuscules coupures sont disposées devant lui. Il prend celle qu'il préfère et la dépose dans son autre main comme si c'était un bijou.

aimait
épit de tout
pluie
compris

Teza lit le petit fragment de papier, le relit, encore et encore. Une partie de la discipline de la cérémonie du cheroot demande de rester assis comme en méditation, sans s'autoriser à divaguer dans la mémoire ou l'imagination. Il gardera ce papier-là, ainsi que celui sur la réincarnation, au lieu de les déchirer avec les autres et de jeter les morceaux dans son seau à merde.

Jusqu'à trois ans auparavant, il gardait tous les bouts de papier et les réutilisait indéfiniment, essayant parfois avec succès d'assembler les morceaux d'un article dans la même marque de cheroot. Puis sa cellule fut fouillée.

Les surveillants trouvèrent ses petits documents cigariers enveloppés dans sa chemise de rechange. Il s'en était fait une espèce de mots croisés quotidiens, et le directeur avait dit que c'étaient des messages politiques, alors les surveillants avaient dû le tabasser et le menacer des cellules à chiens. Avant il y avait vraiment des chiens, mais au cours d'une révolte les prisonniers avaient tué et dévoré presque toute la meute. Alors le directeur avait décrété que les cages deviendraient des cellules de punition. Des hommes y vivent à présent, exposés aux éléments et enfermés des mois durant dans l'accumulation de leurs excréments. Teza ne fut pas envoyé dans une cellule à chiens, car il aurait eu trop de contacts avec d'autres politiques. Il n'eut droit qu'à un passage à tabac en règle.

Il ne sait pas comment s'est terminée cette séance particulière. Les passages à tabac se fondent l'un dans l'autre du fait de leur similarité. Il faut prendre une posture réglementaire, c'est obligatoire. À demi accroupi sur les orteils, les jambes adoptant un écart plus grand que les épaules. Les mains sur la nuque, coudes écartés. Comme si tu t'arrêtais au milieu d'une grande génuflexion. À présent tu es prêt, complètement exposé : organes génitaux, abdomen, dos, visage, aisselles. Tes pieds sont nus et tu crains autant pour eux que pour tes couilles. Quand les coups se mettent à pleuvoir, tu ne dois pas bouger tes mains de la nuque. Ça ne serait pas du jeu. Tu ne dois pas tomber avant d'avoir perdu connaissance (et même alors ils te bourrent de coups de pied), ou avant que, fatigués ou lassés, ils s'arrêtent.

Tout autour de lui – les autres voix, les bruits de son corps qu'on cogne, les ombres et la lumière dans la pièce, les odeurs et les goûts – tout cela diminue, puis disparaît à côté de la terrible intimité de la violence et de la souffrance qu'elle engendre. La douleur dans son corps devient le centre du monde, mais ils continuent à lui donner des coups de pied, ils continuent à le frapper. C'est ainsi qu'ils mettent le monde en pièces, sans cesse et à chaque fois.

C'est étrange, mais quand il pense aux passages à tabac, après il pense toujours à l'amour avec Thazin. C'est le seul contact physique qu'il ait connu qui soit aussi total et sans limites. Mais quand tu fais l'amour, tu refais le monde avec ton partenaire : deux petits dieux fabriquent le premier royaume avec l'argile du corps. C'est pourquoi un autre être, un bébé, peut en être issu. Mais quand un homme te frappe dans la cage, il veut que tu saches qu'il tient toute ta substance dans ses mains, ta vie et ta mort. La distance entre ces deux points est toute la souffrance qu'un corps humain peut ressentir.

Environ un an après cet incident, Sammy, qui venait de lui être affecté comme serveur, lui tendit un cheroot d'un geste nonchalant. Teza fut ravi mais terrifié.

— Tu sais bien que je n'y ai pas droit. Tu vas perdre ton boulot. Tu seras puni ! Et moi, je serai bon pour la cellule à chiens.

Sammy éclata d'un rire sonore, à sa façon bizarre, et lui tendit à nouveau le cheroot. Il lui passa un briquet en souriant, les doigts en forme de V sur la bouche, d'un air de dire : « Ferme-la et fume, mon pote ! »

C'est ainsi que le chanteur se remit à fumer, et reprit son rituel avec une gratitude accrue. Mais désormais, chaque fois qu'il accomplit la cérémonie du cheroot, il jette la plupart des filtres, et n'en garde qu'un ou deux pendant quelques jours. Il n'aurait qu'à avaler les bouts de papier en vitesse en cas d'urgence.

Avant, il jetait des feuilles entières de papier simplement parce que les coins étaient déchirés, ou que des mots sans importance ou des taches d'encre les souillaient. Ce gaspillage passé le chagrine autant que de penser à la nourriture – de beaux morceaux de poulet – qu'il avait laissée un jour dans son assiette parce qu'il n'avait pas faim.

Quand ils étaient petits, Aung Min et lui aimaient se promener dans la rue des relieurs à Rangoon, près de la pagode Sule. Ils l'appelaient Paper Street, et parlaient de la possibilité d'y travailler plus tard, rien que pour être près de cette profusion de superbe papier. Des femmes portant sur la tête des montagnes de papier vierge qu'elles livraient aux ateliers d'imprimerie croisaient les deux frères, et louvoyaient prudemment dans la foule de piétons et d'autos se rendant dans les bureaux des ministères ou des compagnies maritimes. Des garçons tirant des bicyclettes ou des charrettes chargées de papier les bousculaient en se donnant des airs importants d'adultes que Teza leur enviait.

Ça ne peut pas avoir changé. Les ateliers d'imprimerie sont toujours là. Des deux côtés de la rue, les maisons sont bourrées de papier. Papier multicolore d'un temple hindou, papier pour les enfants, pour les rois, carnets imprimés d'arcs-en-ciel et feuilles volantes bleues et vertes, papier à en tête élaboré et à en tête mal orthographiée, râpeux comme du bois au toucher, granuleux, ou doux comme le dos d'une jeune femme. Avant les encombrements matinaux, toute la rue embaume le papier vierge, en attente d'être saturé de l'odeur plus forte de l'encre noire des journaux et des lettres d'amour et des missives de rébellion envoyées d'une cellule clandestine à une autre.

Tant qu'il y aura du papier, on écrira, en secret, dans des petites pièces, dans les chambres cachées de son esprit, tout comme on chuchote les mots qu'on n'a pas le droit de dire à voix haute.

Les généraux ne peuvent pas les arrêter. Ne Win lui-même ne peut les arrêter. Il n'a jamais pu. Les mots sont comme les fourmis. Ils font leur chemin à travers les murs les plus épais, mangeant les briques et se nourrissant de ce silence même censé les étouffer.

Teza lit à haute voix :

frères et sœurs existence resta garçon sans erreur

amour épit de tout pluie compris

Il s'endort en tenant ces mots dans ses mains. Au matin, l'encre bon marché s'est incrustée dans sa peau.

7

Neuf jours de bavardage oiseux et de blagues obscènes assaisonnées au bétel, et toujours pas de lavage de cheveux. Son père disait toujours que le bain devrait être promu passe-temps national. Selon lui, il fallait prendre deux douches par jour, ou mieux trois. Dans la cage, Teza a droit à quinze louches d'eau, plus si le surveillant ou le gardien est sympa. Beau Gosse n'est pas sympa, mais la dernière fois que Teza a pris une douche, le gardien est sorti fumer, et Teza a pu se laver correctement avec quarante-deux louches versées à la vitesse de l'éclair.

— D'abord on ne me donne pas à manger, et maintenant je n'ai pas le droit de me doucher. Qu'est-ce que ma mère dirait ? Merde !

— Ta chère maman est si vulgaire ?

— La ferme, Sein Yun, ce n'est pas drôle. Je me gratte les jambes et les bras jusqu'au sang. J'ai besoin d'une vraie douche. Pourquoi Beau Gosse est si salaud ?

— Au moins il me laisse te mettre de l'eau en rabe dans ta cellule.

— Ça attire encore plus les cafards d'éclabousser partout. Et il faut que je fasse ma lessive. J'en ai marre, ajoute-t-il en ramassant un ballot serré de linge sale et en le rejetant aussitôt par terre. Je l'appelle.

— Rossignol, je ne crois pas que ce soit une bonne idée. Franchement, c'est une mauvaise idée.

La voix de Teza remplit la cellule, puis s'en échappe lorsqu'il passe la tête au-dehors en bousculant Sein Yun.

— Gardien ! Chef ! Chef ! Je demande la permission de déposer plainte !

Silence.

Le silence s'étire pour les mettre mal à l'aise, mais Teza n'est pas intimidé par le silence, son compagnon de cellule le plus intime.

— Chef ! Chef ! hurle-t-il encore plus fort, je demande la permission de déposer plainte, chef !

L'euphorie lui réchauffe la gorge. C'est presque aussi bon que de chanter. Il se moque de ce qui va arriver. Dès qu'il ouvre la bouche pour crier sur l'un d'eux, il est libre.

Quand Teza entend son gardien hurler à son tour, il tourne des yeux brillants vers Sein Yun.

— Pauvre crétin, murmure celui-ci.

Affalé contre le mur opposé, le chiromancien courbe les épaules, se faisant encore plus petit qu'il ne l'est déjà. Les bottes approchent à présent.

Teza s'éloigne de la porte. La voix du gardien étouffe le bruit de ses lourdes bottes.

— C'est quoi, ce bordel ? Qu'est-ce qu'il a à gueuler comme ça ?

Sein Yun n'a pas le temps de répondre. Beau Gosse passe devant lui pour entrer dans la cellule de Teza. C'est un homme bien bâti, au torse large et aux bras robustes. Teza lève les yeux vers lui. Comme d'habitude, il est surpris de l'incroyable beauté du gardien, un véritable acteur de cinéma avec ses cheveux noirs parfaitement ondulés coiffés en arrière, dégageant son front haut. Les mères mettent leurs filles en garde contre ces beaux visages à la mâchoire carrée, aux lèvres pleines, aux sourcils désinvoltes légèrement levés ; présentement, les grands et beaux yeux sont des fentes brillantes de colère, et le nez de Beau Gosse se fronce : il sent une odeur désagréable. Teza a un petit sourire. C'est peut-être son prisonnier puant qui incommode le gardien.

De sa voix profonde, Beau Gosse débite un feu roulant de questions :

— Qu'est-ce qu'il y a de si drôle ? Hein ? Espèce de petite merde, pour qui tu te prends ? T'as pas le droit de gueuler comme ça. Et baisse la tête. Baisse-la, je te dis !

Il avance d'un pas et écrase ses jointures sur le crâne de Teza. En présence d'un gardien, les prisonniers doivent baisser la tête en signe de déférence, mais frapper Teza ainsi est considéré comme une grave offense. Pour un bouddhiste, la tête est la partie du corps la plus sacrée. Beau Gosse s'avance tout près du visage de Teza, criblant les joues du chanteur de ses postillons.

— Tu as oublié où tu es ? Hein ? Tu crois que tu es toujours dehors, à répandre des mensonges, à mettre des conneries dans la tête des gens ? Tu ne sais pas ce que tu es, espèce de connard ? Tu ne sais pas ce que tu es ?

Silence.

Les oreilles de Teza résonnent tandis qu'il considère la question de Beau Gosse, sérieusement, et qu'il commence à y répondre, sérieusement.

— Je suis Teza, étudiant en quatrième année de littérature anglaise à l'université de Rang…

Il ne voit pas le coup venir. Soudain il est à terre, et secoue la tête en ouvrant et en fermant les mâchoires de façon mécanique, comme un pantin. Mais Teza n'a pas la mâchoire brisée. Il est tombé à côté du plateau d'aluminium que Sein Yun vient de lui apporter. Du coin de l'œil il voit le mouvement, l'éclair et le flou de la botte ; il connaît cela si bien. Il niche sa tête dans le creux de son coude, attrape sa nuque avec la main pour que ses yeux soient à l'abri, aveugles mais protégés, prêt pour le premier coup de pied et ceux qui suivront. Mais Beau Gosse ne le frappe pas. C'est dans le plateau qu'il donne un coup de pied, de toutes ses forces, le curry aqueux et le riz se répandent sur le prisonnier et dans toute la cellule. L'aluminium rebondit du coude de Teza et dégringole avec fracas sur le sol de ciment.

Silence.

Mais c'est une conversation. C'est toujours la même conversation depuis le premier centre d'interrogatoire, la première manif, la première chanson.

Il s'attend à un coup de pied dans l'estomac, ou dans le dos, mais rien ne vient. Prudemment, lentement, il se met à moitié accroupi, et le riz renversé tombe de sa chemise entre ses pieds nus.

— Chef, reprend-il calmement, je demande la permission de déposer plainte au sujet de l'irrégularité de mes douches, chef.

— Sale petit con, j'ai bien envie de te casser la gueule tout de suite. Permission refusée, enfoiré de ta mère !

Ta gueule, hurle la porte du cercueil en claquant. *Tagueuletagueuletagueuletagueule*. Claquement des verrous métalliques, tintement des clés, la voix du gardien qui hurle sur Sein Yun, dont la réponse est inaudible. Teza tend l'oreille pour entendre les mots qu'ils échangent, et se demande pourquoi le gardien ne frappe pas Sein Yun dans la foulée.

Il se lève pour évaluer l'étendue des dégâts. C'est toujours étonnant de voir la quantité de saletés que peut faire si peu de nourriture. Ce n'est pas la première fois que Beau Gosse donne un coup de pied dans son plateau. Au moins ce n'est pas lui qui a pris. Il nettoie, courbé comme un vieillard, ramasse des morceaux de chou-fleur et des boulettes de riz, et vide le tout dans son seau à merde. Ce qui donne raison à Sein Yun : Teza n'a pas si faim que ça, puisqu'il ne songe pas à manger ce qui est par terre. Il mouille un vieux tee-shirt et lave le sol, essore l'eau sale au-dessus du seau à merde, relave. Ce n'est pas vraiment propre. Ça ne l'est jamais – il ne dispose que d'un morceau de savon.

Il finit par placer sa paillasse au milieu de la cellule. Le nettoyage l'a distrait de sa colère un moment, mais dès qu'il s'assied, elle submerge son corps et son esprit. Chaque respiration est de la rage pure. Teza veut tuer Beau Gosse, ou le directeur, ou un des généraux. Ou tous les généraux – il les tuerait sur-le-champ s'il avait un pistolet et qu'ils étaient dans la cellule avec lui. Sa bouche se remplit des pires injures qu'il connaît et il les murmure dans un grognement sourd. Il entend à nouveau les paroles de Beau Gosse, les cris, il sent le coup sur son crâne, la torsion soudaine de sa mâchoire. Lorsqu'il se met à méditer, il doit tourner et retourner ces sensations jusqu'à ce qu'elles commencent à changer.

La respiration lui enseigne à faire cela. Et c'est sa mère, des années auparavant, qui a insisté pour qu'il l'apprenne. Lorsqu'il avait environ quinze ans, il a commencé à ne plus vouloir accompagner Sanda au temple. Il avait toujours des choses à faire le week-end, le seul moment où sa mère pouvait aller à la pagode.

— D'accord, lui dit-elle. Ne viens pas. Mais pendant la semaine, le soir, il faudra que tu y ailles tout seul.

Il devait s'asseoir et respirer. C'est tout. Méditer, au moins deux ou trois fois par semaine. Pourquoi ?

— Parce que ta respiration est ton professeur. Toute ta vie, il en sera ainsi, alors tu dois apprendre à écouter ton professeur maintenant, pendant que tu es jeune. Lorsque tu seras adulte et que tu t'en iras loin de moi, ta respiration sera toujours là pour te guider. Si tu sais comment la suivre, tu ne seras jamais perdu.

Il se prosterne trois fois devant un autel invisible et scande une prière à voix basse. Puis il s'assied en tailleur, les paumes vers le haut, la droite sur la gauche. Il inspire par le ventre, suit le souffle qui passe par le nez pour entrer dans son corps. Sa mère lui racontait les histoires des grands de la méditation, des hommes parmi les plus saints et les plus érudits, qui peuvent voler dans les airs et passer à travers les murailles. Avec l'inspiration, ils lévitent. Avec l'expiration, ils avancent. Ils peuvent allumer des feux avec leurs yeux et s'entretenir avec les animaux et les esprits des morts.

Teza n'est qu'un débutant. Il ne peut faire aucune de ces choses.

Mais il peut respirer. La respiration démarre au milieu de son ventre, monte, monte le long de ses vertèbres jusqu'à sa nuque, puis descend, descend encore pour ressortir par les doigts de son pied droit. Il recommence, et suit sa respiration qui sort par sa jambe gauche.

Après des années de pratique, parfois les minutes deviennent des heures et son esprit s'ouvre vers l'extérieur, loin de l'isolement étouffant de la cage. Ce sont de longues et bonnes méditations, lorsqu'il trouve son propre squelette et peut discerner séparément ses os et ses muscles tandis que les inspirations et les expirations se coulent dedans. Sa respiration peut le rafraîchir à la saison chaude et le réchauffer pendant les pluies froides. Son grand-père se montre, mais jamais son père. En paix, son grand-père a la force de le réconforter. Le vieil homme parle très peu. Souvent il ne fait qu'apparaître, il incline la tête et s'en va. Parfois il sourit. Sa mère n'apparaît pas non plus, mais elle est toujours avec lui. Elle est en lui à présent, comme il a été en elle.

Comme pour tant d'autres choses, elle avait raison pour la méditation. En suivant sa respiration, il se retrouve. Malgré sa colère, il sait qu'il ne tuerait aucun des hommes qui lui ont fait du mal. Comment le pourrait-il, alors qu'il y a déjà eu tant de morts, tant de personnes assassinées et torturées ?

Avec l'inspiration, il sent la douleur à l'endroit du coup de poing. Avec l'expiration, il sent la douleur. Mais chaque expiration et chaque inspiration en changent la nature. Sa conscience se déplace de la douleur dans la mâchoire à sa rage contre Beau Gosse. Toutefois, dès qu'il examine sa rage, elle s'étire en autre chose, dirigée moins vers Beau Gosse que vers les généraux qui forment le SLORC, le Conseil d'État pour la restauration de la loi et de l'ordre.

Au-dessus de lui, l'araignée croise sa toile.

Les pensées de Teza sont agitées, disparates, et il n'arrête pas de perdre le fil, mais le simple fait d'essayer le calme. Les méditations passées le guident. Il s'efforce de se souvenir de tout le pali qu'il a appris dans les textes bouddhistes. Tout en entonnant les mots et les expressions, il est conscient que le Bouddha lui-même parlait pali. C'est une langue morte classique, mais qui lui semble toujours très vivante.

Il énumère les états sublimes : metta, karuna, mudita, upekkha. Metta est le premier état sublime : amour et bienveillance, vouloir le bonheur pour soi et pour autrui. Karuna est le deuxième : la compassion envers soi et autrui. Mudita est le troisième état sublime : se réjouir du bonheur d'autrui. Enfin upekkha, le quatrième : équanimité devant ce qu'on ne peut changer.

— Metta, karuna, mudita, upekkha. Metta, karuna, mudita, upekkha. Metta, karuna, mudita, upekkha.

Il scande les mots à voix basse pendant longtemps, jusqu'à ce que la mélopée fasse partie de sa respiration et que les syllabes coulent ensemble à la suite. Teza se rend compte qu'il est un piètre bouddhiste. Il ne ressent pas de metta pour Beau Gosse. Il essaie, dans sa méditation, mais le puits de sa respiration, qui monte et qui descend, est plein de colère et de tristesse.

De tristesse ? Oui, pour lui. Y a-t-il autre chose dans sa poitrine ? Ce serait là, à l'endroit où les côtes s'accrochent au sternum. Lorsqu'il rejette une longue expiration, il sent une douleur aiguë.

De la tristesse pour le gardien ? Ce serait ça ?

Il pourrait y avoir un petit cadeau de tristesse pour ce beau visage arrogant. Pendant les émeutes, les étudiants pensaient que leur lutte pour la liberté était destinée à tout le monde, y compris ceux qui ne comprenaient pas leur action, même les généraux et leurs partisans. Là, il le sait, est le fond du problème. Metta signifie l'amour de son ennemi aussi. Dans un de ses textes bouddhistes, il a lu ceci : « La seule façon d'arrêter une guerre est de cesser de haïr son ennemi. » Mais il ne peut pas y arriver. Il essaie, mais en vain. Il ne peut pas sortir de la cage. Personne ne peut sortir de la cage.

Il murmure une prière. « Que tous les êtres, quels qu'ils soient, soient exemptés de souffrance. Que tous les êtres, quels qu'ils soient, soient exemptés d'hostilité. Que tous les êtres, quels qu'ils soient, soient exemptés de malveillance. Que tous les êtres, quels qu'ils soient, soient exemptés de maladie. Que tous les êtres, quels qu'ils soient, puissent protéger leur bonheur. »

Lorsque Teza ouvre les yeux, la première chose qu'il voit, ce sont trois cafards bien gras qui lèchent les dernières traces d'eau de curry, et grignotent les quelques miettes de riz qui ont échappé au nettoyage. Il est plein de mudita pour eux, il se réjouit de leur bonheur. Il ne dérange pas ses compagnons de cellule mais les laisse protéger leur bonheur. Ils mangent tout leur content.

En écoutant la pluie de fin d'après-midi, il décide de chanter, d'abord à voix basse. « L'histoire du père », une des Douze Chansons. Les mots résonnent à l'arrière de sa gorge, se gonflent pour remplir non seulement son corps et sa mémoire, mais la cellule elle-même, comme si le cercueil de teck était devenu le creux sombre à l'intérieur d'un instrument.

Mon père a écrit un mot
Dans le sol rouge
Dans le sol rouge
De la cité des temples.
Ils ont effacé ce mot.

Mon père a nourri l'enfant
Près du fleuve
Près du fleuve
De la cité des temples.
Ils ont fait de cet enfant un mendiant.

Mon père a déposé le riz
Devant l'autel
Devant l'autel
Dans la cité des temples.
Ils ont détruit le temple.

8

Il se dit que Beau Gosse va peut-être lui supprimer son deuxième repas, mais Sein Yun apparaît un peu après cinq heures avec son plateau. Il y a visiblement beaucoup de riz sous le maigre curry.

— Où est-il ?

— Il a envoyé un surveillant à sa place. Il aime bien jouer au petit chef avec ses sous-fifres.

— Et où est le surveillant ?

— Ne recommence pas à gueuler, d'accord ? Tu me bousillerais ma soirée. Il est à l'autre bout du couloir, en train de lire le journal. Ne fais pas de scandale, je t'en prie ! ajoute le chiromancien en agitant son doigt sous le nez de Teza comme un maître d'école grondeur. Ce matin, tu as été débile. Je ne vais pas dire que je t'avais prévenu. Tu sais que Beau Gosse prend facilement la mouche.

— Moi aussi.

— Vous êtes faits pour vous entendre. C'est pour ça que c'est ton gardien.

— Et toi, pourquoi tu es mon serveur ?

— Pour te distraire, répond-il avec un sourire qui casse le tour sérieux que prenait la conversation. D'ailleurs, je peux te poser une question indiscrète ?

— Non.

— Allez, petit frère, elle est pas si indiscrète que ça !

Teza soupire, se fourre un peu de riz dans la bouche, incapable d'attendre.

— Pose-la, ta question, marmonne-t-il, la bouche pleine.

— Qu'est-ce qui te fait pleurer ?

Tout en mastiquant, Teza regarde bien Sein Yun pour voir s'il plaisante. Il ne plaisante pas. Teza avale avant de répondre.

— Je ne pleure plus.

— Tu me prends pour un imbécile ? Tu es un intellectuel. Les intellectuels chialent tout le temps.

— Au début, je pleurais. Plus maintenant.

Sein Yun avance une lippe dubitative.

— D'accord. Alors, qu'est-ce qui te ferait pleurer ?

Teza ne se sent pas insulté, mais surpris par les sous-entendus contenus de la question. Les larmes sont du domaine privé. Il n'a pas honte de son mensonge.

— Et si tu prenais mon seau à merde ? Je réfléchirai à ma réponse pendant ce temps-là.

— Je ne veux pas n'importe quelle réponse, réplique le chiromancien en soulevant le seau. Je veux la vérité ! C'est un test psychologique.

Lorsqu'il revient et qu'il tend le seau à Teza, le chanteur remarque tout de suite qu'il ne l'a pas nettoyé cette fois-ci.

— Désolé, l'eau était coupée, répond Sein Yun au regard du chanteur.

— C'est pour ça que je n'ai pas droit à ma douche ? C'est la saison des pluies, bordel ! On dirait vraiment qu'on habite dans un désert.

— Non, juste dans un pays arriéré. Tu sais comment ça se passe avec l'eau. Alors, dis-moi, qu'est-ce qui te ferait pleurer ?

— La vue de toilettes propres.

— Sérieusement, petit frère.

— Qu'est-ce que tu veux savoir ? Tu les aides à mettre au point une nouvelle torture ?

— Je fais une enquête.

— J'espère que ce n'est pas encore un racket de paris !

Les yeux jaunes de Sein Yun s'arrondissent.

— Teza ! Jamais de la vie ! Je ne suis qu'un étudiant passionné par la nature humaine.

Le chanteur cède.

— Manger la cuisine de ma mère à la maison, ça, ça me ferait pleurer. Surtout après un bon bain avec autant de savon que je voudrais.

— Quelle belle réponse ! Et honnête, avec ça ! Eh, ça sera moi, dans un an et quelque. Bon, je ne mangerai pas la cuisine de ma mère, bien sûr, mais celle de ma femme. Même si elle s'est mise à la colle avec un autre, je lui ferai faire à manger, pourtant je crois pas que ça me fera pleurer.

— Sein Yun, c'est difficile d'imaginer quelque chose qui te fasse pleurer. Maintenant que j'ai répondu à ta question, si tu répondais à la mienne ? Est-ce qu'on a des nouvelles de Aung San Suu Kyi ?

— Tu me prends pour qui, le programme birman de la BBC ? Tout ce que je sais, c'est que les paris sont en sa faveur. Il y a moins de détenus qui pensent que le SLORC va lui faire son affaire. Tu sais ce que ça veut dire ?

— Quoi ?

— Ils ne veulent pas qu'elle meure. Même ces sales criminels l'adorent. Ils veulent qu'elle les libère de la cage pour qu'ils puissent s'inscrire à l'APBD.

— L'APBD ? Qu'est-ce que c'est ?

Il a toujours été difficile de suivre les créations incessantes de sigles et acronymes dans la vie politique birmane.

Le chiromancien en reste médusé.

— Tu ne connais pas ? Il était pas déjà opérationnel quand tu étais dehors ? Me dis pas que tu n'étais pas membre de l'APBD ?

— Sein Yun, c'est quoi, l'APBD ?

— L'Armée privée de la belle dame.

— Le bétel te bousille le cerveau autant que les dents.

— Tant mieux, sinon je ne serais pas en train de te parler, hein ?

— Pas de nouvelles du tout, alors ?

— Rien de neuf, rien de juteux.

— En parlant de choses juteuses...

Sein Yun lève sa paume jaunie et prend un ton indigné.

— Comment je saurais où est ton colis de nourriture ? Tu me poses la même question tous les jours et je t'assure que personne me dit rien.

Il baisse la tête. Le sourire familier s'ébauche, mais lentement, ne changeant son visage que par degrés subtils.

— Ce n'est pas maintenant que tu devais commencer ta grève de la faim, Rossignol ? reprend-il. Ce n'est pas ce que tu avais dit que tu ferais ?

Teza jure dans sa barbe.

— Comment ? Je n'ai pas entendu.

— Où est ce foutu colis ?

Les deux hommes se dévisagent jusqu'à ce que Sein Yun pose la main droite sur son cœur.

— Il faut que tu comprennes que je n'y suis pour rien dans tout ça. Ta bouffe, c'est le cadet de mes soucis, Teza. Franchement. J'ai d'autres chats à fouetter. Tu sais que le directeur est remonté contre les politiques à cause de la libération de Suu Kyi. C'est peut-être pour ça que ton colis a disparu. Mais je n'en suis pas sûr.

Il remue la tête de droite à gauche et sa grosse voix prend un accent indien.

— Sahib, je ferai de mon mieux pour savoir ce qui se mijote !

— Tu ne vas pas garder ce boulot longtemps si on t'entend. Tu n'es pas censé me parler.

— Ne t'en fais pas. Ils n'ont plus grand-monde pour te nourrir, alors je crois bien que je te rendrai visite encore un petit moment. J'ai des amis haut placés.

— Qu'est-ce que tu veux dire ? Ils sont des milliers ici qui pourraient m'apporter à manger et vider ma merde.

Sein Yun étend les bras.

— Ah, petit frère, détrompe-toi ! Ce n'est pas tout le monde qui est digne de toi et de ta merde ! Les criminels qui servent des sales politiques de ton acabit doivent être asservis à la direction de la prison. Ils doivent être trouillards et contrôlables – sinon ils nous soupçonneraient de te faire passer des postes de radio en douce.

— Ouais, et des télés.

— Et des femmes ! glousse Sein Yun.

— Et des nouvelles de Aung San Suu Kyi.

Le chiromancien ne se démonte pas.

— C'est ça, Rossignol, et du matos pour construire des bombes pour que tu t'échappes en faisant sauter ce trou à rats. Oui, un coup d'œil de la direction a suffi pour comprendre que je serais pas ce genre de gars. Je ne fais pas du tout partie du mouvement. Mais je la fermerai dans l'intérêt de ma carrière. Merci du conseil, mon pote.

Teza secoue la tête.

Le chiromancien se penche vers lui avec un regard critique.

— Quoi ?

— T'as vraiment besoin de prendre une bonne douche. Et de te raser.

— Tu es trop aimable, Sein Yun.

— J'essaie de rendre service. Je sais que tu n'as pas de miroir ici. Écoute, reprend le chiromancien en se tapant joyeusement sur la cuisse, tu devrais être content de ne pas avoir une grande barbe !

Il tire délicatement sur le poil rêche qui pend de sa verrue.

— Tu veux que je te raconte une histoire ?

— Tirée des vies de Bouddha, peut-être ? ironise Teza.

— Ah ! Je savais bien que tu ne pourrais pas résister à mes pouvoirs.

Le chiromancien pénètre plus avant dans la cellule et murmure d'un air important :

— C'est une histoire vraie et vérifiable, et un jour elle paraîtra dans un livre car elle est destinée à réchauffer le cœur de tout un chacun. Il y a quelques mois, un des détenus de mon bâtiment a mal parlé à un des capitaines d'inspection, alors le capitaine s'est retourné et lui a collé un coquard, et l'a obligé à rester accroupi pendant une heure, rien de bien méchant.

Il s'arrête pour accentuer son effet, tête penchée sur le côté, yeux écarquillés de façon théâtrale.

— Mais ensuite ils ont refusé de le raser. Plus il hurlait, plus sa barbe poussait. C'était un Indien, alors sa barbe était un machin tout emmêlé, comme s'il avait un chat au milieu de la figure. La vermine lui avait pratiquement bouffé le menton. C'était la saison chaude et le pauvre type en devenait cinglé. Tout, il disait, tout, n'importe quelle punition, mais pas ça ! Bien sûr, c'est exactement ce qu'ils voulaient entendre, et il a passé la saison chaude avec cette fourrure qui le faisait suffoquer. Pas un détenu en possession d'un rasoir n'osait le toucher, par peur du capitaine. En guise de protestation, l'Indien s'est mis à jeter sa merde par l'ouverture en haut de sa cellule, et un jour, voilà qu'elle a atterri en plein sur la tête du directeur !

Sein Yun applaudit à cette démonstration karmique de justice.

— Tu mens !

— Non, je t'assure, c'est ça qui est formidable ! C'est véridique. L'Indien a pris une bonne dérouillée et deux ans de plus pour manquement grave à la décence et agression d'un officier. Les enfoirés ! Mais c'est pas formidable ? Tu jettes de la merde par la fenêtre, et paf ! elle retombe sur un trou du cul ! N'est-ce pas génial ? continue le chiromancien en agitant les bras. Il avait quoi ? Une chance sur dix millions ?

— Non ! Je ne te crois pas !

— Je te jure. T'as qu'à demander à un surveillant.

— Ils m'assommeraient si je sortais une question pareille.

— Demande à Chit Naing – lui, il te le dirait.

Voyant que Teza ne répond pas, le chiromancien se penche et murmure :

— Pas de souci, Rossignol. Je suis observateur, c'est tout. J'ai entendu dire qu'il est très préoccupé par ton colis de nourriture…

— Qu'est-ce que tu as entendu ?

— Que vous deveniez trop copains, c'est pour ça qu'ils l'ont envoyé faire un autre boulot ailleurs.

— Ailleurs ? Où ça ailleurs ?

— Oh, ne t'en fais pas, ils ne l'ont pas muté dans une autre prison. Il est toujours ici. Je l'ai vu ce matin. Je crois qu'il est affecté aux deux premiers bâtiments maintenant. Tu sais, les prisonniers en attente de procès. C'est un malin. Il trouvera un moyen de venir te voir.

Le petit homme se cale une nouvelle chique de bétel dans la joue.

— T'en veux ?

— Non.

— Ne te tracasse pas. Ta bouffe va venir. Je pourrais te procurer un rat, dit-il en regardant Teza d'un air songeur. Tu mangerais du rat ? On les vend tout cuits, tu sais.

— Ils viennent d'où, ces rats ?

C'est une autre des règles de Teza, en plus de ne jamais manger ce que les cafards ont touché. Pas de rongeurs. Les lézards, c'est plus propre.

— Il y a un petit morveux de tueur de rats qui

les assomme quand ils sortent des canalisations. Il se fait pas mal de pognon en les vendant.

— Quelles canalisations ?

— Des douches, le plus souvent. Je l'ai vu plus d'une fois traîner du côté des salles de douches, près du cercueil. Dehors près des grands murs aussi. Ça grouille de rats dans la cage. Je suppose qu'il les attrape là où il peut.

— Tu en manges, toi ?

Le chiromancien fait une grimace de dégoût, retroussant ses lèvres rouges sur ses incisives en or.

— Ça ne va pas, la tête ? Manger un rat qui a bouffé on ne sait pas quoi ?

— Sein Yun, pourquoi m'offres-tu de la nourriture que tu ne mangerais pas toi-même ?

— Parce que tu as plus faim que moi, Rossignol !

Teza rit en admettant sa défaite.

— Ton colis va bientôt arriver. Souviens-toi, la patience rend sage.

— Et maigre !

— Mais le Bouddha lui-même était très maigre, Teza, tu sais que tu es sur la bonne voie.

Un rire aigu transperce l'air tandis que le chiromancien sort du cercueil de teck. Avant de fermer la porte, il repasse la tête à l'intérieur.

— Et si tu as si faim que ça, Rossignol, tu n'as qu'à manger un peu plus de tes petits copains.

La porte claque.

9

Ce n'est pas croyable, vraiment, ce qu'il faut faire pour gagner la confiance de quelqu'un.

Et que je te raconte des histoires, et que je te vends des rats, et que je te cajole l'autre maigrichon chaque fois que je vais dans ce trou. Le chiromancien s'essuie les mains sur son longyi. Et comme si je n'en avais pas assez sur les bras en ce moment, il faut que j'écoute ce salopard arrogant de Beau Gosse se foutre de moi. Heureusement qu'il est utile.

Le pas de Sein Yun se fait un peu plus rapide, rythmé par le bruit de ses claquettes trop grandes. Comme le sable et le gravier se sont transformés en boue, il remonte son longyi au-dessus de ses genoux pour ne pas le salir. Les rouleurs ne vont pas tarder à sortir – des détenus qui balaient la cour pour enlever l'eau avant de passer à la main de gros rouleaux métalliques, dans un sens puis dans l'autre, pour en restaurer la surface. Pendant la saison des pluies ils doivent le faire chaque jour, parfois deux ou trois fois par jour quand il tombe vraiment des cordes. Un boulot parfaitement inutile sans aucun bénéfice à en tirer, à part avoir mal au dos et attraper des ampoules.

Franchement, il vaut mieux nettoyer la merde des autres si ça peut vous faire sortir plus vite de la cage.

Il continue son chemin, longe les jardins des bâtiments quatre et cinq, passe devant le mirador. Près de la cuisine, un garde qu'il déteste lui demande où il va.

— Prier, répond Sein Yun d'un ton doux, tête baissée. Je vais au sanctuaire, précise-t-il d'une voix plus claire, car il sait que le garde est un peu balourd.

L'homme lui fait signe de passer. Ils ont beau se mépriser, la pensée du Bouddha leur laisse un reste de civilité.

Dans la cartographie circulaire de la prison, le sanctuaire est presque en face du cercueil de teck. « Tu vois ? » pense-t-il. C'est une symétrie prédestinée. En passant devant la cuisine, Sein Yun fait un signe au cuisinier, qui est assis dans l'encadrement de la porte, à éplucher des pommes de terre de ses mains boudinées. Ils se saluent de la tête, esquissant tous deux un sourire. Il est impératif d'être en bons termes avec le cuistot, qui que vous soyez. Si l'on en juge par son double menton, il mange à lui tout seul la moitié de la nourriture de la prison, en donne un quart à ses petits chéris, et en vend une grosse portion pour se faire du pognon. Pas étonnant que les politiques soient si décharnés.

Le sanctuaire se trouve entre la cuisine et l'hôpital, non loin du bureau principal et du quartier des surveillants. Un endroit très public, point de rencontre entre l'ordinaire et le sublime. Et d'ailleurs, c'est aussi là que le personnel de la prison et les détenus font des affaires. Avec tout le respect dû au Bouddha, bien sûr.

Sein Yun regarde autour de lui avec une expression vaguement béate, à l'instar de l'Éveillé, qui est entouré de fleurs véritables et artificielles, de bâtons d'encens au bout en cendres, de morceaux de tissu coloré, de verres d'eau, d'offrandes de fruits racornis. Des hommes qui n'ont pas prié depuis l'enfance s'y rendent à présent, transformés par la cage en pénitents désespérés avides de faveurs et protection. Le plus souvent c'est leur première condamnation pour des délits mineurs – escroquerie et vol sans gravité, coups et blessures, trouble de l'ordre public lors de beuveries. Leurs courtes peines de prison leur semblent interminables à cause de la crasse, de la vermine, de la bouffe immangeable et des hommes en chaleur. Ces criminels au cœur tendre qui se languissent à mourir de leurs femmes ou de leurs petites amies deviennent d'une dévotion remarquable dans la cage.

Sein Yun les trouve à crever de rire, quand il les voit se balancer comme les plus pieux des moines en égrenant leur chapelet. Son regard passe au-dessus de leur tête, au-delà de la dorure écaillée du Bouddha, et balaie le premier mur de briques, d'environ quarante mètres de haut, qui entoure la prison. Le deuxième mur de briques surgit derrière, plus haut, plus imposant, impossible à escalader. Une des sentinelles du mirador vous tirerait dans le dos avant même que vous ayez atteint la moitié de l'échelle du poste de garde. Seuls les insectes et les lézards peuvent passer par-dessus ces saletés de murs.

La meilleure façon de s'évader, c'est de sortir par les deux portes de fer, en souriant aux pauvres types qui vous regardent partir. Adieu à jamais !

Le chiromancien a des démangeaisons bizarres sur tout le corps, comme si son agitation intérieure s'était frayé un chemin jusqu'à son épiderme. Il a beau donner à son surveillant toutes sortes de légumes en échange de plus de savon et plus de temps à la douche, il a quand même des plaies infectées à force de gratter ses piqûres d'insectes, et les vers intestinaux le rendent fou. Il se demande combien de bagarres éclatent dans la cage simplement parce que des centaines de types ont le derrière en feu.

En se balançant d'un pied sur l'autre, il regarde autour de lui, et crache par terre. Il a du mal à tenir en place. Il est toujours agité avant que l'argent ou la marchandise ne change de mains. C'était pareil quand il était dehors, et que les petits sacs en plastique remplis de rubis se répandaient sur la table dans une explosion écarlate. C'est la délicieuse angoisse qui précède la conclusion d'une transaction.

Il aspire la fumée de l'encens et expire sa nostalgie. Il adorait bosser pour le colonel. Sein Yun était chargé du recrutement. Il devait trouver des jeunes gars pour passer des pierres en fraude en Thaïlande. Il n'a vraiment pas eu de pot quand un de ces solides gaillards a disparu avec toute la marchandise. Mais il faut voir le bon côté des choses. Au moins le colonel ne lui a pas tranché la gorge. Par comparaison, une bonne dérouillée et un petit moment au trou sont de douces punitions.

Quand le surveillant apparaît, Sein Yun s'approche du Bouddha et se prosterne trois fois avec les détenus marmonnant, puis se relève en vitesse pour se diriger vers le mur de l'hôpital, où l'homme l'attend, le visage impassible. Sein Yun prend son air le plus patelin – humble et discret retroussis de lèvres pincées, tout en dissimulant ses dents tachées. Oh, il connaît ça par cœur, comment faire sentir à des minables la richesse de leur pouvoir. Ils se tournent l'un vers l'autre, bien visibles à force de vouloir être discrets. Le surveillant glisse un objet cylindrique dans la main jaune et griffue. Sein Yun ravale son sourire.

Dès que la fiole d'héroïne est bien au chaud dans la poche cousue à l'intérieur de son longyi, le chiromancien quitte le sanctuaire. Pas le temps de prier longuement aujourd'hui, il a trop à faire. Il repart en vitesse vers les jardins de la prison devant le bâtiment quatre, tout en pensant à Teza et à ses camarades.

Il s'efforce d'éprouver de la compassion pour eux, mais franchement il n'aime pas le manque de sens pratique des politiques. Tout cet idéalisme va à l'encontre de son esprit d'entreprise.

Et il ne doit pas s'occuper que de Teza. Il s'est mis à faire le coursier pour toute leur clique, malgré son aversion générale. Il y en a plus d'une douzaine dans le bâtiment trois qui mijotent quelque chose, courageux imbéciles ! C'est Myo Myo leur chef, et ils le suivent comme des moutons. Le chiromancien a un plan lui aussi, et c'est pourquoi il a accepté de faire les commissions de ces types trop sérieux. Si tout marche comme il le prévoit, les récompenses pleuvront de partout. Ils lui donnent déjà la moitié de leur colis de nourriture en échange de papier et de stylos.

Il s'arrête brutalement, enlève sa claquette droite et s'accroupit pour retirer un morceau de brique de la semelle de caoutchouc. Cela le fait penser au chanteur. Lui aussi doit être accroupi comme ça, en train de tripoter non pas un petit caillou mais ses cigares. Il arrive à Sein Yun de voir les filtres de papier, quand il vide le seau du chanteur. Sans parler des os. Immonde ! Pauvre petit Rossignol, il ne chie pas assez pour cacher quoi que ce soit !

Il se relève et crache son jus de bétel. C'est pathétique, vraiment – tous les politiques sont obsédés par les mots. Et la bouffe. Bien qu'il marche très vite à présent, un sourire infecte lentement sa bouche. Et s'il mêlait Teza à son petit plan ? Il voudrait sans doute se joindre à ses camarades bien-aimés.

Mine de rien, en balançant les bras, Sein Yun frôle sa hanche. La fiole est en sûreté dans sa poche secrète, prête pour Tan-see Tiger, le grand criminel du bâtiment quatre. Sein Yun est habitué à ce genre de courses, mais c'est toujours éprouvant pour les nerfs de transporter de l'héro. Il y a de plus en plus de junkies parmi les détenus – grâce au labeur des généraux dans le trafic du pavot – et ils sont nombreux à savoir que Sein Yun travaille pour Tiger. Certains d'entre eux n'hésiteraient pas à planter un détenu pour mettre la main sur la dope.

Sein Yun toussote. Sans bouger la tête, il regarde à gauche et à droite. Il donne aussi un coup de main à Beau Gosse dans son racket de légumes. Toutes les semaines, le gardien prélève une douzaine de caisses de légumes dans chaque jardin de la prison, et les vend aux prisonniers importants. Avant de livrer Tan-see Tiger, Sein Yun doit passer devant un des jardins et surveiller la part de choux-fleurs et de tomates du gardien, car un détachement de prisonniers est affecté à la cueillette aujourd'hui.

Après sa tournée des jardins – deux cagettes de choux-fleurs et un sac de tomates ont bien été mis de côté pour Beau Gosse – le chiromancien lève la tête pour scruter le ciel. Les nuages sont revenus. Quand la pluie s'abat sur le toit, on peut à peine entendre si on se parle d'un bout de la cellule à un autre. Non que les hommes se parlent, de toute façon. Sein Yun a l'impression d'être entouré de braillards, d'avortons à grande gueule.

En arrivant au bâtiment quatre, le plus grand des cinq bâtiments de prisonniers, le chiromancien ralentit le pas pour se mettre en condition. Deux mille âmes cohabitent dans cette massive construction en briques. Il y a jusqu'à douze à quinze hommes dans certaines cellules. Il a la chance de n'avoir que quatre compagnons de cellule, même s'il a écopé de l'endroit le plus répugnant, près du seau à latrines. Le chef de cellule et son bras droit ont des couchettes pour dormir, les enfoirés.

Chaque cellule a son akhan-lu-gyi, son chef, tout comme chaque bâtiment a son puissant tan-see. Ces hiérarchies dans la hiérarchie se retrouvent partout, dans la cage et dehors, mais Sein Yun en est secrètement écœuré. Regardez Maung, son chef de cellule. C'est un homme taciturne aux cheveux gris, aux traits taillés à coups de serpe, à la face de brute aussi inexpressive qu'une sculpture inachevée. Ce mutisme, c'est parce qu'il est perdu dans ses pensées profondes, ou parce qu'il a été tabassé une fois de trop ? Ça fait des mois que Sein Yun cohabite avec lui, et il ne s'est toujours pas fait une opinion. Maung a le nez déformé par les coups. Comme il se doit pour un criminel tel que lui, une cicatrice creuse une pâle entaille en travers de son front (même si elle est la conséquence d'un accident de voiture, et non d'un coup de couteau, comme Sein Yun l'a appris avec amusement). Ses petits yeux sont souvent à moitié fermés, ce qui conduit le chiromancien à se demander si cet assassin a besoin de lunettes, ou s'il est en train de mijoter un autre meurtre. Et qui serait l'heureux élu ?

Peu de temps après son transfert dans sa cellule, Sein Yun a découvert que Maung avait obtenu son grade en tuant le précédent akhan-lu-gyi. Après avoir détaché une brique de la base d'une des latrines, il avait fracassé le crâne de son rival pendant son sommeil. Cet étalage de cruauté – apparemment il n'avait rien contre sa victime – ne lui a pas seulement valu la position la plus élevée en terme de pouvoir dans la cellule, mais aussi une certaine notoriété dans le bâtiment. Ça marche comme ça dans la cage : fracassez le crâne d'un homme endormi et tout le monde sera impressionné.

Sein Yun joue son rôle auprès de Maung, à grand renfort de courbettes et de faveurs extravagantes. Même si c'était son idée d'organiser des paris sur Aung San Suu Kyi, il a laissé Maung mettre la main sur son racket. Et il lui apporte aussi des légumes gratuitement. On respecte toujours trop les assassins, c'est pourquoi ils arrivent en haut de l'échelle. Pourtant, qu'est-ce qu'il faut pour tuer un homme ? Une brique à la con et quelques minutes de sauvagerie, rien de plus. Après les autres prisonniers vous prennent au sérieux ou vous craignent. Si un homme vous craint, il vous sera utile.

Sein Yun crache son jus de bétel, assez loin pour ne pas insulter le surveillant de garde, qui a déjà croisé son regard. D'accord, il est accro au bétel. Mais au moins ce n'est pas de l'opium, ni de l'héro. Les junkies se repassent les aiguilles comme des cigarettes, les imbéciles. Sein Yun frôle à nouveau sa poche secrète. La petite fiole est toujours là. Dans quelques minutes il la donnera à Tan-see Tiger et sera débarrassé.

Avec un signe de tête, le surveillant ouvre la lourde porte de fer du bâtiment quatre. Le seul moment où Sein Yun a peur de la cage, c'est quand il doit rentrer dans son bâtiment, une fois ses tâches quotidiennes accomplies, ces premières minutes de retrouvailles avec les rangées de cellules de chaque côté et à chaque tournant de couloir, cages derrière et cages devant, cages remplies d'yeux sombres et de mains et de bras tatoués couverts de plaies. Au lieu d'aller jusqu'à la quatrième rangée, où il vit, il tourne tout de suite à gauche dans la rangée de Tan-see Tiger, au milieu du vacarme assourdissant.

Des voix s'élèvent autour de lui, envahissent ses oreilles, se pressent contre son visage. Le bruit devient physique, cent fois pire qu'un marché animé, une rue passante ou une fête nocturne. De minuscules gouttes de sueur apparaissent sur son front. Le dîner a encore du retard, et tout le monde est à cran, à crier et à se disputer pour des riens.

Certains prisonniers le saluent sur son passage, d'autres lui décochent un regard de dégoût mêlé de jalousie. En approchant de la cellule de Tan-see Tiger, il tend le cou pour apercevoir le visage large et sombre de son client. Son surnom lui vient des grands chats qu'il s'est fait tatouer sur tout le corps – dos, torse, jambes et bras – mais il a lui-même quelque chose du félin, avec ces yeux alanguis et tombants, cette grosse tête couverte d'une tignasse épaisse et drue comme de la fourrure. Il se déplace en souplesse, gracieux et fort, et s'adonne dans la cour à des mouvements de gymnastique élaborés. Il est manifestement en bonne santé et agile comme un chat de la jungle, ça ne peut pas être lui qui se drogue. Sein Yun a vu les muscles de son torse et de son dos onduler, si bien que les chats qui se prélassent sur sa peau ont l'air de s'étirer en se réveillant. En tant que tan-see, Tiger est le prisonnier le plus gradé dans le bâtiment, ainsi que le chef de sa cellule, entouré par un groupe d'hommes qui lui vouent une loyauté farouche.

Mais Sein Yun ne le voit pas. Il serre les dents. Tiger serait absent ? Le chiromancien fait une prière silencieuse pour que le tan-see s'approche des barreaux et lui prenne l'héroïne avec une poignée de main polie. Sein Yun a des instructions : il ne doit pas donner la fiole à qui que ce soit d'autre. Si pour une cause imprévue le tan-see n'est pas dans sa cellule, Sein Yun devra garder la fiole toute la nuit, jusqu'à ce qu'il ait une autre occasion, le matin, d'aller dans la première rangée. Cette perspective le consterne. Il est bien possible que Maung soit plus que ravi de lui fracasser le crâne avec une brique – ou encore mieux avec le seau des latrines, putain ! – pour lui voler la dope.

Un millier de voix lui entrent dans les os du crâne à coups de marteau. Pas facile de réfléchir. Ses narines frémissent en respirant l'air saturé de moiteur humaine. Encore quelques pas et il se trouve devant la grille de la cellule de Tan-see Tiger. Les yeux de Sein Yun clignotent dans toute la pièce, au-dessus de plusieurs paires de bras, de tee-shirts blancs. Seul le vieux fabricant de paniers lève la tête vers Sein Yun, son œil aveugle tel un tourbillon de blanc bleuté.

Il est là ! Sein Yun est tellement soulagé qu'un sourire sincère éclaire sa face terreuse. Allongé sur le ventre, Tiger se fait masser. Le petit masseur – également tueur de rats en résidence dans la cage – marche sur les tigres violets qui recouvrent le dos du prisonnier. L'enfant lance un regard soupçonneux au chiromancien, puis tape Tiger sur l'épaule et lui murmure quelque chose à l'oreille. Le chiromancien montre les dents au masseur. Petit jaloux ! Le tan-see tourne la tête dans un mouvement d'une lenteur infinie, en grognant de plaisir tandis que le masseur parcourt son dos une dernière fois avant de sauter légèrement à terre. Tiger roule sur le côté et sourit.

— C'est dur, la vie dans la cage, soupire-t-il.

— Je vois ça. Tu les aimes jeunes.

— Non, répond le tan-see en riant. J'aime les talons durs et les mains fortes.

Il fait un signe au petit masseur, qui s'approche des barreaux tête baissée, la main tendue. Sein Yun fronce les sourcils.

— Vas-y, dit le tan-see. Donne-lui. Il ne mord pas.

C'est carrément insultant, de faire passer quelque chose de valeur dans le bâtiment rien que pour le refiler à un mignon. Regardez-moi ça : le tan-see vient de rouler à nouveau sur le ventre. Un tigre, lui ? Une feignasse, plutôt. À contrecœur, Sein Yun fouille dans sa poche secrète et résiste à l'envie de balancer la fiole dans la cellule. Il la glisse dans la main pleine d'huile que lui tend le tueur de rats. Le gamin recule jusqu'à Tiger et lui donne la fiole.

— Quelqu'un t'apportera ta récompense demain, annonce Tiger d'un ton traînant et paresseux, sans tourner le visage vers lui.

Sein Yun a presque envie d'exiger son dû tout de suite, mais bien sûr, dans l'intérêt des transactions à venir, il ne dit rien, se contente d'envoyer un autre regard noir au mignon qui se nettoie les pieds avant de recommencer sa marche sur le dos du tan-see. Sein Yun tourne les talons et repart par le même chemin, dans la caverne des voix humaines.

Pour arriver à la quatrième rangée, où il habite, il doit aller jusqu'au bout de la première rangée, tourner à gauche et passer devant deux autres rangées. Les longs tunnels de barreaux lui donnent l'impression d'un miroir déformant. Chaque cage est reproduite, se reflétant dans celle d'à côté, et tous les yeux qui le regardent sont des yeux en cage, comme les siens mais en moins jaunes, cernés de marron violacé, coquards dus au manque de sommeil et à la malnutrition.

Lorsqu'il arrive chez lui, il a pratiquement recouvré ses esprits, une remarque cinglante toute prête sur ses lèvres tachées.

En entrant il écrase sa peur, l'écrabouille sans hésitation, tout comme il tue les cafards qui pénètrent dans sa cellule, en quête de nourriture.

10

Sa petite tasse blanche à la main, Chit Naing se tient à la porte du quartier des surveillants et regarde la cour inondée de lumière. À la hauteur de son visage, les papillons de nuit tapent sur la porte écran, attirés par la lumière derrière lui, deux ampoules nues et un tube fluorescent au-dessus des tables en bois.

Lorsque le gardien se décide enfin à boire une gorgée de thé, il est déçu de le trouver si froid. Derrière lui, une douzaine de surveillants et de gardes attendent le changement d'équipes en bavardant devant des jeux de cartes et des théières. Il dirige sa montre vers la lumière crue. En fait, on n'a pas vraiment besoin d'une montre, ici. Il y a toujours un frappeur de fer qui marque leurs heures, leurs emplois du temps. Il frappera bientôt huit heures.

Une sensation d'agacement poursuit le gardien ce soir, comme un essaim de moustiques nouvellement éclos ; impossible de s'en débarrasser. La voix de la chanteuse qui s'échappe du lecteur de cassettes poussiéreux est sentimentale et nasillarde. Il regarde par-dessus son épaule.

— À qui appartient cette cassette ? Ça me transperce les tympans !

Il y a quelques rires, mais personne ne se lève pour changer de musique. Du coin de l'œil, il voit que Beau Gosse l'observe. Il passe son temps à observer, ce type. Au lieu de se détourner, Chit Naing revient dans la pièce et cherche son regard. L'intensité de la haine de Beau Gosse à son égard est bien connue. Ils ont la même ancienneté, mais Chit Naing est supérieur en grade. Le fait que sa femme soit issue d'une famille de militaires a aidé Chit Naing dans sa carrière à la prison, ce qui le dégoûte et lui plaît tour à tour. Comme il est d'humeur irascible, il force le simple gardien à faire la conversation, sachant que Beau Gosse est obligé de lui répondre.

— Vous avez terminé ?

Beau Gosse hoche la tête.

— Moi aussi. Vous voulez qu'on parte ensemble ?

Le simple gardien répond lentement et en choisissant ses termes.

— Je ne pars pas tout de suite.

— À demain, alors.

Chit Naing sort dans la nuit, encore plus énervé après lui. Il est aussi mesquin que les autres. Mais il est nécessaire de montrer à Beau Gosse qu'il n'a pas peur, qu'il exerce suffisamment de pouvoir pour feindre une espèce de camaraderie.

Le directeur utilise Beau Gosse pour toutes sortes de missions peu ragoûtantes. C'est sans aucun doute un informateur actif, qui raconte au directeur qui fait quoi, où, quand, et comment. Et il a le chiromancien qui travaille pour lui aussi. L'abjection appelle toujours l'abjection. Mais comment le directeur a-t-il pu affecter un homme aussi violent à la garde du chanteur ?

Loin de la fumée de cheroot du quartier des surveillants, Chit Naing peut sentir l'odeur de la pluie et de la brique mouillée. Quand il passe devant le bureau principal, il lève les yeux vers les fenêtres allumées de l'étage au-dessus. Aucune silhouette ne passe, aucune silhouette ne se penche. Le directeur est peut-être en train de prendre son bain du soir.

Chit Naing ne l'a jamais beaucoup aimé, mais à présent sa haine pour cet homme à la tête de bouledogue dégarni le rend furieux. Le directeur est toujours en pantalon, même lorsqu'il n'est pas en service. Chit Naing ne l'a jamais vu porter un longyi ni fumer un cheroot. Les cigarettes thaïes qu'il affectionne sont en train de devenir populaires chez les jeunes surveillants, qui peuvent difficilement se les payer. Le fils du directeur est allé étudier à Singapour. Ces détails impressionnent les jeunes hommes qu'il commande, et qui confondent argent avec classe et produits étrangers de luxe avec pouvoir. Et pourquoi reste-t-il tout le temps sur place ? Il jouit d'une belle maison en ville, mais en général il préfère demeurer dans sa suite à l'étage. La prison transforme des hommes qui se croient libres en prisonniers, c'est une perversion banale.

Ce que ces gens-là détestent le plus, ce sont ceux qui sont vraiment libres. C'est pourquoi le directeur ne peut pas supporter les politiques. Lorsqu'on lui a demandé ce qu'il pensait de la libération de Suu Kyi, il a répondu sans hésiter qu'on aurait dû l'abattre avant qu'elle devienne aussi célèbre. Il prend la levée de son assignation à résidence comme une insulte personnelle, et son opinion extrême à ce sujet, exprimée haut et fort dans son bureau, est reprise par quelques-uns des surveillants les plus gradés : pourquoi cette salope, cette vendue mariée à un étranger n'a jamais été jetée dans une vraie prison ? Et son mari, cet Anglais, il ne travaille pas pour les services secrets britanniques, peut-être ? Et finalement, grâce à Suu Kyi, la Grande-Bretagne pourrait bien remettre la main sur la Birmanie.

Au mieux, cette théorie est risible, au pire, elle est paranoïaque, mais certains surveillants sont influencés par le ton persuasif et le côté « je-sais-tout » du directeur. Son autorité charmeuse, presque nonchalante, amène les faibles à vouloir le croire.

Chit Naing quitte l'ombre projetée par le mur du bureau pour traverser la cour. Il cache aux autres le mépris qu'il éprouve pour son chef, mais pas à lui-même. Il ne peut plus rien se cacher à lui-même. Il y a seulement un an – juste avant qu'il soit affecté au cercueil de teck – il était sûr que la substance de sa vie ne changerait jamais.

Il faut avaler sa répulsion et exécuter son boulot, même si cela fait de sa vie une farce. Mais la cage, où la tromperie est pourtant reine, ne ment jamais. Tout ce qui est brisé dans ce pays entre par ses portes de fer et se manifeste. Tout ce qui est généreux et idéaliste y pénètre aussi. Depuis la libération de Suu Kyi, ils ont raflé un nouveau groupe de politiques, des membres de son parti, des jeunes, et des vieux de près de soixante-dix ans. Ils sont déjà arrivés, enchaînés comme des animaux. Hier soir Chit Naing a rêvé d'un étudiant tout seul dans une cellule, le visage en sang et couvert d'hématomes violets. Il pleurait, il suppliait d'une voix cassée qu'on lui donne de l'eau. Chit Naing savait qu'il ne devait rien lui donner à boire. S'il le faisait, les agents du MI l'apprendraient et pour le punir, lui, Chit Naing, ils battraient le jeune homme à mort. Il s'est réveillé brusquement, aux cris de son bébé, niché contre sa femme, qui nourrissait leurs filles pour les rendormir. Mais c'était terminé pour lui, pas moyen de retrouver le sommeil. Allongé sur le lit, il pensait aux événements de 1988, lorsque des centaines d'étudiants furent jetés en prison, traumatisés et couverts de sang, et, comme dans son rêve, souvent gravement déshydratés après des jours d'interrogatoire. Chit Naing savait – tout le monde savait – que d'autres étaient morts par milliers dans les rues, coupables de deux crimes impardonnables : savoir qu'ils méritaient une vie décente, et avoir le culot de l'exiger.

Il s'était mis à envisager sérieusement de faire un autre métier, n'importe lequel. Mais les seules perspectives réelles – un transfert dans un camp de travail au nord du pays, ou les propositions déprimantes de sa belle-famille – sont des pièges, des supercheries pour agrandir le gouffre au fond duquel il vit déjà.

Pas plus tard que l'an dernier un oncle de sa femme, officier supérieur au centre d'interrogatoire 12, lui a proposé un autre poste au sein du MI. C'était la troisième ou la quatrième fois que sa belle-famille essayait de les faire profiter de leurs relations en offrant une promotion à Chit Naing. Il déclina l'offre poliment, au prétexte qu'il était de son devoir de continuer son travail à la prison. Lorsque sa femme eut vent de son entrevue avec son oncle, elle se mit à hurler.

— Ta loyauté envers la prison ? Et moi, alors ? Et les enfants ? C'est tellement mieux payé de travailler pour l'armée ! Et tu insultes ma famille une fois de plus en refusant la proposition de mon oncle. Je ne te comprends pas !

Il essaya de lui expliquer ce que travailler pour le MI impliquait. Ce ne serait pas comme dans la cage, où il pouvait prendre certains détenus sous sa protection. (Et sinon, il pouvait se protéger lui-même en trouvant quelqu'un pour faire le sale boulot à sa place. Mais il ne dit jamais ça tout haut, pas à sa femme, ni à qui que ce soit.) Un officier du MI affecté dans un centre d'interrogatoire, lui expliqua-t-il, doit faire du mal aux gens.

— Mais seulement aux ennemis de l'État !

— Mais moi, qui suis bouddhiste, comme pourrais-je torturer des hommes sans défense, terroriser des jeunes femmes ?

Elle n'eut pas de réponse à cela, mais il vit à son expression froide et fermée qu'elle pensait qu'il était lâche – et stupide – de laisser passer cette opportunité alors qu'elles étaient si rares. Après cette dispute, elle refusa de coucher avec lui.

Son insomnie devint chronique. Quatre heures du matin le trouvaient à côté du corps tiède de sa femme, à regarder la courbe de sa hanche, à se demander qui elle était. Et d'ailleurs, lui, qui était-il ? Et comment pouvait-il éviter d'aller au travail tous les matins ? Nuit après nuit il errait dans le labyrinthe de ces questions et d'une dizaine d'autres. Pendant la journée, seuls ses trois enfants lui procuraient un peu de plaisir. Ils avaient des joies simples : manger, jouer, regarder une des chèvres du voisin s'échapper dans la rue passante, et provoquer la panique parmi les automobilistes et les conducteurs de rickshaws. Les enfants tapaient des mains en riant aux éclats. Parfois la pureté de leur cœur le rendait encore plus furieux contre lui-même.

Puis, comme par magie, tout changea.

Évidemment que ce n'était pas de la magie ! Ce n'était que Teza, et ses paroles. Ce n'était qu'une visite dans une blanchisserie.

Chit Naing sourit intérieurement et prend une grande inspiration par le nez. Il aime l'odeur d'humidité de la saison des pluies. Peu importe qu'on ait coupé tous les grands arbres de la cour. Il sent quand même l'odeur de la végétation.

Au début du mois de juillet de l'année dernière, le directeur l'a assigné à la surveillance du cercueil de teck. Il n'avait pris sa nouvelle affectation que depuis trois jours quand son nouveau prisonnier le surprit en lui demandant une branche de fleurs de jasmin, comme celles qu'on apporte en offrande à la pagode. Il fut abasourdi par les manières du chanteur autant que par sa requête. Teza ne se mettait pas accroupi. Il ne respectait même pas le protocole de la prison qui veut que l'on garde la tête baissée. Il était debout dans sa cellule, un peu à gauche du centre. La porte de teck était ouverte. Chit Naing se tenait de l'autre côté du seuil, et se sentait mal à l'aise parce qu'il avait l'habitude de voir les détenus s'accroupir ou s'éloigner de lui. Mais après le départ de Sammy le colosse avec le seau des latrines, Teza avait même avancé de quelques pas vers lui. Il avait regardé le gardien dans les yeux, et demandé le jasmin d'un ton direct, avant de continuer pensivement :

— Ou bien juste une petite branche de n'importe quel arbre, avec des feuilles. Ce sont les fleurs qui sont importantes, ou l'odeur des feuilles vertes.

Il est cinglé, avait pensé Chit Naing. Teza, le chanteur, était fou, et comme d'habitude, personne ne s'était donné la peine de l'informer. Ou alors personne ne le savait. Sinon, comment expliquer cette étrange témérité ? Une requête pour des fleurs ? Sourcils froncés, il regarda le prisonnier avec une perplexité si manifeste que le chanteur lui sourit, ce qui ne fit que le déconcerter encore plus, parce qu'il vit que Teza était tout à fait sain d'esprit, et qu'avec ce sourire sincère et amical, il essayait de mettre Chit Naing à l'aise. C'était un renversement complet de toutes les situations que le gardien avait pu connaître dans la cage. Ce n'est pas que le chanteur avait franchi les frontières qui existent entre prisonnier et geôlier. Il avait agi comme si ces frontières n'existaient pas.

Teza continuait à sourire intensément malgré les yeux inquiets du gardien, montrant une rangée de dents très blanches et très bien plantées. Quelques-unes manquaient en bas, mais les espaces n'enlevaient rien à son visage fin, au front robuste et au nez mince et droit. Teza était amaigri et affaibli par la malnutrition et les mauvais traitements, mais une authentique espièglerie mêlée à de la nostalgie brillait dans ses yeux. Chit Naing se sentit touché sans qu'il s'y attendît : l'expression sur le visage du prisonnier lui rappela ses enfants. Le sourire de Teza s'élargit tandis que ses sourcils se levaient, interrogateurs, incitant le gardien à répondre. Sans réfléchir, Chit Naing lui rendit son sourire.

Le bruit des pas lourds de Sammy, avançant dans le couloir avec le seau de métal qui se balançait en tintant au bout de son long bras, les tira de leur communication silencieuse. Le serveur toisa Chit Naing comme si c'était lui qui était cinglé. Le gardien devint écarlate. Est-ce que Sammy pensait qu'il avait fait une proposition d'ordre sexuel à Teza ? Il sortit un mouchoir de sa poche de poitrine et se mit à nettoyer ses lunettes. Sammy rendit le seau au prisonnier avec un grognement. Sans un mot, Chit Naing fit signe au serveur de sortir du cercueil de teck, puis s'empressa de tirer la porte et de fermer à clé.

Mais le lendemain, lorsque Sammy disparut à nouveau avec le seau des latrines, Chit Naing sortit une branche de jasmin en fleur de sa poche de poitrine – le parfum suave éclata en étincelles blanches et couvrit l'odeur de la merde – et la tendit à Teza. Le chanteur le remercia et porta la poignée de jasmin devant son visage.

— Qu'est-ce que tu vas faire avec les fleurs ? demanda Chit Naing.

Le chuchotement et le ton de conspirateur du gardien firent rire Teza.

— Qu'est-ce que vous croyez ? Je vais les offrir au Bouddha.

— Il n'y a pas d'autel ici, dit Chit Naing en regardant autour de lui.

— Ah ! Il n'y a pas de toilettes non plus, et ça ne m'empêche pas de faire ma petite affaire ! L'autel est là-haut, mais on ne le voit pas, continua-t-il en montrant le mur noir de la cellule, tout en haut. Je n'ai pas besoin de voir le Bouddha pour méditer et prier. Il n'y a pas grand-chose d'autre à faire. Jamais je ne me serais autant intéressé au bouddhisme sans cette retraite forcée.

Chit Naing leva les sourcils.

— C'est ainsi que tu appelles vingt ans d'isolement ?

— Dans mes bons jours. La cage est un grand monastère et ma condamnation une très longue méditation. Je suis sûr que c'est aussi comme ça que ma mère voit les choses.

— Comment sais-tu ce qu'elle pense puisqu'elle n'a pas le droit de correspondre avec toi ?

— Mais ce n'est pas que ma mère, chef ! C'est aussi mon amie. J'ai de la chance de l'avoir pour mère. Pourtant, reprend Teza après une pause pensive, je ne sais pas ce qu'elle a fait pour mériter de tels enfants. Elle a élevé un fils pour qu'il aille en prison, et un autre pour qu'il fasse la guerre dans la jungle. Maintenant, tout ce qu'elle cultive, ce sont des orchidées, les plus belles de Rangoon.

En agitant ses longs doigts, il évoqua des rangées d'orchidées à la tête penchée.

Un enthousiasme enfantin lui faisait hausser le ton. Le gardien se rendait compte à quel point ce jeune homme aimait sa mère, et à quel point elle lui manquait, mais le chanteur n'était pas triste. Il semblait être heureux, rien que de pouvoir parler d'elle.

— Mais elle ne les vend pas, ses orchidées. Elle le pourrait à présent, vous savez – des horticulteurs professionnels sont venus visiter son petit jardin. Mais elle dit qu'elles ne seront jamais à vendre. Elle dit qu'elles ne doivent être que des cadeaux. Elle ne veut pas faire du commerce avec quelque chose qu'elle aime. C'est intéressant, vous ne trouvez pas ? Mais c'est vrai qu'elle a déjà un commerce, et qu'elle se débrouille très bien. Elle dirige une blanchisserie.

Prenant soudain conscience de son bavardage, Teza pince les lèvres pour endiguer le flot de ses paroles.

— Je parle trop, n'est-ce pas ? murmure-t-il timidement. D'accord, mais laissez-moi finir. C'est aussi une bouddhiste très pieuse, et même si elle ne le dit à personne, je sais que dans ses bons jours à elle, elle pense que la cage est le seul moyen pour son fils d'arriver au nibbana. Dehors, je ne pourrais jamais atteindre l'éveil. Je serais sans doute une rock star, une rock star qui bosserait dans une blanchisserie, qui picolerait tous les soirs et se taperait des femmes faciles. Dans la cage, je suis comme un moine. Très chaste, ajouta-t-il d'un ton soudain cadencé, comique. Saint, même. Qui sait ? L'année prochaine à la même époque je deviendrai peut-être un Hpaya-Laung, un bodhisattva. Je me demande bien ce que le directeur ferait de moi !

Le chanteur pencha la tête sur le côté et regarda le gardien d'un seul œil brillant comme celui d'un corbeau.

Chit Naing fronça les sourcils en guise de réponse. Peut-être bien que Teza devenait cinglé, finalement.

— Chit Naing, n'ayez pas l'air si inquiet, je vous en prie. Je ne crois pas que le directeur se montrerait cruel avec un éveillé.

Le gardien n'aurait pas su dire si le chanteur plaisantait, s'il faisait le fanfaron ou juste l'idiot, mais ce curieux bavardage l'intriguait. Il accompagnait Sammy dans le cercueil de teck deux fois par jour, ce qui incluait la surveillance des douches et des lessives de Teza. Il se mit à trouver des prétextes pour faire durer ces courtes visites. Avant onze heures le matin et cinq heures le soir, le gardien éprouvait un sentiment de hâte très agréable. Plus que quelques minutes avant de voir le chanteur.

Leur conversation était souvent chargée d'une excitation sans proportions avec son sujet, que ce fût la chaleur étouffante, le mystère de la disparition de la langue de Sammy – personne dans la cage ne savait comment c'était arrivé – ou la nourriture infecte. Leurs paroles semblaient étinceler entre eux dans les airs, dangereux fils métalliques qui les reliaient vite aux livres et aux idées, au langage lui-même. Le gardien raconta à Teza le sujet très osé du dernier roman de Ju, le célèbre écrivain, dans lequel un jeune homme passionné tombe amoureux d'une femme plus âgée, mais au fur et à mesure qu'il racontait l'intrigue, celle-ci devenait une métaphore pour leur propre association interdite et de plus en plus intime. Chit Naing parlait des magazines qu'il avait lus, ou demandait à Teza ce qu'il pensait de tel ou tel livre.

— Chit Naing, lui dit Teza un jour, entendre quelqu'un parler de livres, c'est presque aussi bon que manger le curry de ma mère.

Teza refusait d'agir comme un prisonnier, ce qui dispensait Chit Naing d'agir comme un geôlier. Pour lui, cette amitié illicite était dangereuse, même s'il était sûr que Sammy ne les trahirait pas. Après la fois où le colosse les avait interrompus en plein échange de sourires, le serveur ne montra plus aucune espèce d'intérêt dans leur conversation, mais se tint en face du couloir comme une sentinelle, les gardant tous les deux.

Deux mois plus tard, Teza ne lui demanda pas du jasmin ou une banane ou un cheroot de plus, objets que le gardien pouvait apporter sans problème. Dès que Sammy eut disparu dans le couloir, Teza lui dit d'un ton tranquille :

— Chit Naing, cela fait deux ans que ma mère n'a pas eu de mes nouvelles. La dernière personne à avoir communiqué avec elle en mon nom était un surveillant qui avait connu mon père dans une autre prison. Voulez-vous lui faire parvenir un message de ma part ? Vous savez que je n'ai rien à vous donner en échange, à part ma gratitude.

Chit Naing comprit qu'il attendait quelque chose de cet ordre, parce qu'il répondit comme s'il avait été courageux toute sa vie.

— Ta gratitude me suffit. Que veux-tu que je lui dise ?

C'est ainsi que cela commença. Le message n'était pas de la main de Teza, mais de celle de Chit Naing : des nouvelles de Teza, laconiques et fidèles à la réalité, et quelques mots affectueux. Ce fut le gardien qui le lui porta. Il ne voulut impliquer personne d'autre, d'ailleurs il ne faisait confiance à personne d'autre. Il préféra lui remettre le bout de papier lui-même, sous le prétexte de porter des chemises à laver.

Il prit un bus pour le centre-ville et acheta des vieilles chemises à un marchand ambulant, braillard, installé devant Scott Market. De là, il prit un taxi et se fit conduire à un tea-shop. Il parcourut à pied le trajet de dix minutes qui le séparait de la maison de Sanda et de la blanchisserie attenante. Il tenait à la main le sac en plastique plein de chemises. Il n'avait pas l'intention d'aller les rechercher. Il mit la lettre, clairement adressée à Sanda, au fond du sac.

Un carillon sonna lorsqu'il poussa la porte. Deux femmes se trouvaient dans le long bureau étroit de la blanchisserie, mais seule la jeune Indienne assise sur un haut tabouret derrière le comptoir le salua. La femme plus âgée était debout à l'extrémité de ce comptoir et lisait un magazine.

Manifestement la jeune fille n'était pas la mère de Teza, mais dans son émoi il lui demanda son nom pendant qu'elle remplissait sa fiche. Elle lui lança un regard timide.

— Sherry, murmura-t-elle.

Il lui montra les chemises l'une après l'autre sans les enlever complètement du sac. La lettre ne bougea pas tandis qu'elle notait le nombre d'articles.

Toujours absorbée par sa lecture, la femme plus âgée leva lentement la tête, détacha son regard du magazine et sourit à Chit Naing.

Il fut si frappé par la ressemblance qu'il en eut le souffle coupé, et s'empressa de s'éclaircir la gorge. Son jeune prisonnier était là dans le corps d'une femme mûre, à la longue chevelure épaisse tirée en arrière et serrée dans une queue-de-cheval, comme une gamine. Mais ses lèvres étaient fardées de rouge vif, et elle portait un tamin et eingyi de coupe traditionnelle, gris-bleu très pâle, très femme d'affaires. Son sourire était comme celui de Teza, mais moins épanoui, et réservé : une commerçante qui salue un nouveau client. Les fossettes profondes, une au milieu de chaque joue, désarmèrent Chit Naing. Pendant quelques secondes il la dévisagea, pris dans le filet de deux pensées : elle est bien plus belle que je ne le pensais. Et : il a des fossettes, Teza ?

Chit Naing, qui ne portait pas son uniforme, se sentait étrangement exposé. Il détourna son regard et toussa dans sa main, aussi embarrassé et balourd qu'un jeune péquenot. « Ressaisis-toi, mon pote ! se dit-il, agacé. C'est une blanchisserie, bon sang ! »

Mais que pouvait-il dire à cette femme élégante, dont l'intelligence marquait chacun de ses traits et de ses gestes, depuis son regard franc jusqu'à sa façon de hausser légèrement le sourcil et de fermer son magazine d'un air sérieux. Elle posa dessus ses mains soignées, en lui demandant silencieusement : « Que voulez-vous ? Vous n'êtes pas d'ici, et vous avez un comportement étrange. » Ses ongles n'étaient pas vernis et elle ne portait absolument aucun bijou. Ni boucles d'oreilles, ni bague, ni le moindre soupçon d'or ou de diamant. Pas comme sa femme, pensa-t-il, qui adorait l'or et le convoitait.

Il leva les yeux des lunules blanches de ses ongles pour regarder son visage, le front robuste et le nez mince, l'origine des traits de Teza, même si ses yeux étaient plus allongés et plus pâles, couleur écaille de tortue. Le sac en plastique était encore sur le comptoir. Sherry s'était détournée pour finir de compter les articles laissés par un client précédent. Il pouvait partir, s'il voulait. Non, il devait partir, sa mission était remplie.

Mais Sanda semblait lire son hésitation comme une préface à la missive au fond du sac. Au moment où il se tournait vers la porte, elle lança :

— Écoutez, il commence à pleuvoir vraiment beaucoup. Vous voulez une tasse de thé en attendant que ça se calme ?

Chit Naing retrouvait la voix de Teza dans celle de sa mère, mélodieuse et forte, étonnamment directe, pas une seule syllabe avalée ou marmonnée. En lui offrant du thé, elle lui disait : « Restez. » Chit Naing cligna des yeux comme un écolier et répondit en bégayant :

— Du thé. Oui. Une tasse de thé. Je veux bien du thé.

C'est ainsi que cela commença.

En approchant des grandes portes, il fait un bref signe de tête au jeune gardien, Tint Lwin, qui se redresse dans sa guérite. Chit Naing marche encore plus lentement, il hésite. Quiconque le regarderait – Beau Gosse, par exemple, ou le directeur – verrait qu'il ne va pas passer les portes. Finalement il reste à la prison.

11

Teza sourit en entendant cliqueter les verrous métalliques du judas. Chit Naing ne peut pas ouvrir la porte lors de ses visites nocturnes, il n'a plus la clé de la cellule de Teza. Mais il pousse la longue glissière de métal et ses yeux, brillants derrière les verres cerclés de fer, apparaissent. Le chanteur est toujours très content de voir l'arête de son nez.

Chit Naing parle d'une voix profonde et basse, mais sans murmurer. Il a cessé de murmurer.

— Comment ça va ?

— J'ai faim. Sein Yun m'a dit que mon colis de nourriture avait disparu.

— Il t'a dit ça ? Comment diable peut-il le savoir ?

— Il sait pas mal de choses, apparemment – rien ne lui échappe. Et le dernier colis était presque vide. Vous savez ce qui se passe ?

— Je vais me renseigner. Sois patient.

Les deux hommes se regardent dans les yeux. Chit Naing ne dit rien. Comment un homme bien nourri peut-il apporter une réponse honnête à la faim d'un autre homme ? Il regarde sa montre.

Teza aussi détourne le regard. Le gardien est un ami qui fait déjà tout ce qu'il peut.

Il change de sujet.

— Est-ce que Sein Yun est vraiment chiromancien ?

— C'est peut-être ce qu'il met sur son CV, sourit Chit Naing. C'est un passeur de pierres précieuses. Qui a fait une très grosse erreur. Un cas spécial, qui travaille pour réduire sa peine.

— Aussi vite que possible, commente Teza en grognant comme un chien qui rongerait un os.

— Tout à fait.

— Il vous a lu les lignes de la main ?

— Bien sûr que non, répond le gardien en riant.

— Il m'a dit qu'il l'avait fait.

— C'est un menteur.

— Il mentait au sujet de la libération de Suu Kyi ?

— Tu es au courant ? Il va falloir qu'on surveille ton téléphone clandestin !

— Le chiromancien sait tout. Il est copain avec Beau Gosse aussi, il ouvre lui-même la cellule, rentre, discute le coup, et m'apporte des cheroots.

— Comme un vrai gardien, dis donc ? Fais attention à ce que tu dis. Tu sais que Beau Gosse cherche toujours un prétexte pour cogner.

— J'aimerais que ce soit encore vous le gardien par ici.

— Il y avait du changement dans l'air de toute façon. Et depuis la libération de Suu Kyi, des quartiers entiers ont été réaffectés à des surveillants différents. Le directeur est parano.

— Elle est vraiment libre, alors ?

— Aussi libre que n'importe quel autre politique. Elle n'a pas encore essayé de voyager. Je ne pense pas que les généraux la laisseront quitter Rangoon. Mais le monde entier est attentif.

— C'est bon signe, qu'ils la libèrent, non ?

Teza ne peut empêcher une brillante veine d'espoir de faire irruption dans sa voix.

De l'autre côté de la porte, Chit Naing retire ses lunettes pour se frotter les yeux. Lorsqu'il les remet, l'expression de jubilation contenue du chanteur – visage ouvert, sourire irréfléchi – le rend très las.

— Teza, commence-t-il d'un ton grave, c'est peut-être un signe encourageant, mais c'est aussi de la manipulation. Les généraux l'ont relâchée pour recevoir à nouveau les aides du Japon. Sa libération constitue une bonne publicité.

— Il ne faut jamais sous-estimer la bonne publicité, répond Teza avec un large sourire. Si les gens peuvent la revoir, en chair et en os, ils seront inspirés. Si elle trouve un moyen de parler en public…

Le frappeur de fer frappe huit heures et demie. Chit Naing regarde sa montre, puis ce qu'il peut entrevoir du visage de Teza.

— Je suis désolé, mais je dois partir, les sentinelles de nuit commencent leurs rondes. Tous les changements d'équipe ont eu lieu, et je ne sais pas qui est de garde ce soir. J'ignore à quel rythme je vais pouvoir venir.

Le chanteur aperçoit des cernes violets sous les yeux de son ami.

— Mais vous viendrez, n'est-ce pas ?

— On m'a mis en garde, Teza. Pas directement, mais bel et bien mis en garde. C'est mieux que je ne vienne pas pendant un petit moment. Il faut que je sois prudent pendant au moins un mois ou deux, peut-être plus. Toi aussi, tu dois être prudent.

— Un mois ? C'est long. Et… et mes colis ?

La voix de Teza est devenue un peu rauque.

Le gardien fait un petit pas en arrière.

— Je vais faire mon possible.

— Il n'y avait qu'un seul poisson dans mon colis.

Le chanteur appuie son front contre le bord de fer du judas, comme s'il essayait de se faufiler tête la première hors de la cellule. Les grands yeux noirs plongent dans ceux de Chit Naing. Le gardien n'a jamais vu un prisonnier le regarder ainsi, complètement vulnérable, suppliant et exigeant à la fois. Sa voix est devenue essoufflée, pressante, comme un homme qui parle sous l'emprise de la fièvre.

— Je survis grâce à ces poissons séchés, Chit Naing, et aux haricots frits et aux lentilles. Qu'est-ce que je vais faire si Sein Yun vend tous mes poissons ?

Chit Naing détourne les yeux de l'orifice dans la porte du cercueil, comme s'il surveillait le couloir. Ça l'écœure de voir Teza pris dans la peur brute de la faim.

Il reporte son regard sur le visage de Teza dans son rectangle de fer, sur ses yeux brillants comme du goudron frais.

— Teza, je ne crois pas que Sein Yun ait quelque chose à voir avec la disparition de ton colis. Quant à vendre tes poissons, il a des emplois plus lucratifs que ça. C'est un porteur.

— De quoi ?

— De drogues, essentiellement. Il les vend sans doute pour quelqu'un d'autre et se prend un bénéfice. Il a l'esprit d'entreprise. Peut-être bien des armes, aussi. Des barres de fer taillées en pointe. Plusieurs prisonniers ont été poignardés avec ça ces derniers mois. Sein Yun n'est pas violent – il se contente de donner un coup de main au tan-see et à l'akhan-lu-gyi de son bâtiment. Le serviteur du roi. Je ne crois pas qu'il vole ta nourriture. Mais je vais me renseigner.

Il s'arrête, attendant une réaction encourageante, mais le chanteur reste planté là, la tête contre le judas. Chit Naing entend sa respiration.

— Tu manges la nourriture de la prison en ce moment ?

— Depuis que j'ai été malade, je mange tout. Et tout a le goût de merde.

— Je transmettrai cette remarque au directeur.

— Et dites à ma mère que j'engraisse avec les cailloux que je trouve dans la soupe.

— Chchchut ! souffle Chit Naing.

Le reflet argenté de ses lunettes vacille, comme une lumière qui s'éteint. Chit Naing avait demandé à Teza de ne jamais prononcer le mot « mère » quand ils sont ensemble. Teza le voit reculer d'un bon pas. Ils se taisent tous les deux et écoutent, mais le seul bruit est celui de la pluie, qui tombe en gouttes légères.

Les yeux de Chit Naing s'étrécissent tandis qu'il fait un pas en avant. Le rectangle de son visage est remplacé par ses doigts, qui font passer trois cheroots par le trou.

— Quand vas-tu arrêter de fumer ?

— Ah ! Quand j'aurai le droit de lire un livre !

— On dit que c'est mauvais pour la santé de fumer.

— On dit que c'est mauvais pour la santé de lire. Et de chier dans des vraies toilettes, et de pouvoir voir sa famille, et de manger correc...

— Je dois y aller.

Chit Naing lève la main pour fermer le judas.

Teza se dépêche de parler au rectangle de fer en train de glisser.

— Merci pour les cheroots. Mais apportez un poulet la prochaine fois, d'accord ? Ou alors une chèvre ?

En tournant le dos au cercueil de teck, Chit Naing entend le rire de Teza.

Arrivé au bout du petit couloir, Chit Naing ouvre la porte de métal, franchit le seuil et ferme le lourd verrou. La pluie tombe sur sa tête. Il lève un peu le visage, et se rend compte à quel point il en a assez des portes verrouillées. Il reprend le chemin du quartier des surveillants, en écoutant toujours le rire de Teza.

La tendance migratoire de la voix du prisonnier a posé problème dès le tout début. Publier le nom de Teza a beau être illégal, il reste le chanteur le plus célébré de Birmanie. En secret. Le Bureau de surveillance de la presse censure même les références indirectes à la musique ou l'art, ou à quoi que ce soit d'autre, s'il pense que l'allusion concerne Teza. Chit Naing a l'impression que cette interdiction ne sert qu'à augmenter la notoriété du chanteur. C'est la même chose avec Suu Kyi : son nom est interdit dans tout le pays, mais au lieu de la faire tomber dans l'oubli, le SLORC l'a transformée en légende.

Interdire son nom ne peut faire oublier l'histoire au peuple, tout comme supprimer les chansons de Teza ne les a pas effacées. Les cassettes sont toujours fabriquées et distribuées en secret. Chit Naing en a récemment reçu son premier exemplaire, cadeau de la mère du chanteur, qui l'avait enveloppé comme un dessert dans une feuille de bananier. Lorsque sa femme et ses enfants sont couchés ou pendant qu'il lutte en vain contre ses insomnies, il lui arrive d'écouter les chansons sur un petit lecteur de cassettes. Il baisse le volume le plus possible, colle son oreille sur l'appareil, et se tient parfaitement immobile pour écouter.

Teza n'a pas une voix jeune. En 1988, sa voix était déjà celle d'un homme mûr, baryton basse aux inflexions rugueuses. Chit Naing s'attendait en fait à un son plus léger, et à des paroles vaguement gênantes, des années après la révolution manquée. Mais les chansons sont devenues élégiaques. Écrites dans un présent violent, elles témoignent à la fois du passé et de l'avenir. Le plus terrible c'est que chacune d'elles semble prédire l'incarcération de Teza. La première fois que Chit Naing a écouté la cassette, il a pleuré. Il voulait prendre l'appareil et murmurer : « Pars ! Si tu t'en vas à la frontière, ils ne t'attraperont pas. » Mais la voix l'a ignoré, montant et descendant sur les flux rythmiques et imprévisibles d'une guitare, et Chit Naing a écouté la chanson suivante, et celle d'après, la main collée sur la bouche.

Les généraux dévorent les os sacrés les joyaux
Les langues les cœurs de notre peuple
Mais nous avons présenté nos épaules

Pour résister à leurs crimes, à leurs mensonges.
Nous écoutons les rouges commandements des morts :
Quand une épaule cède, prends l'autre.
Bouche les gueules muettes des fusils.
Pas à pas traverse la pièce
D'œil plissé de botte de baïonnette
Et pénètre dans l'avenir de notre pays.

Chit Naing se demande s'il arrive à la mère de Teza d'écouter ses chansons. Il aimerait lui poser la question mais il n'ose pas, il ne veut pas être indiscret. Il la voit une fois par mois, chaque fois dans un petit restaurant ou un tea-shop différent, dans un quartier différent de Rangoon. Il n'est jamais retourné à la blanchisserie. Il ne lui a jamais téléphoné. Ils changent de lieu de rencontre à chaque fois. Ils organisent le rendez-vous suivant lorsqu'ils se voient. Au début, ils ne parlaient que de Teza, puis ils buvaient leur thé ou mangeaient en silence un repas frugal. Maintenant il lui parle aussi des autres politiques au secret, et elle transmet l'information aux familles des prisonniers. À chaque rencontre, ils ont plus de choses à se dire, et ainsi ils discutent, se révélant sereinement avec ou sans paroles, leurs yeux en mouvement comme leurs mains au-dessus des plats posés entre eux. Tout comme le travail clandestin de Chit Naing, ses repas avec Sanda deviennent plus complexes.

Une fois, il a versé dans l'assiette de Sanda les dernières miettes d'une délicieuse salade de feuilles de thé, comme le font des parents ou des amis intimes. Ils se sont arrêtés de parler et se sont regardés. Il lui a fait un petit sourire gêné. Il était prêt à s'excuser, mais il a attendu, désireux de voir sa réaction. Une boulette de riz au bout des doigts, elle a ramassé la salade et l'a mise dans sa bouche.

Ils sont devenus un homme et une femme qui mangent ensemble. Manifestement les serveurs pensent qu'ils sont mariés, et ni Chit Naing ni Sanda ne corrigent cette erreur, ou la commentent. Lorsqu'il la quitte, son cœur explose presque de bonheur et de regret. Il donnerait n'importe quoi pour avoir fait des choix différents.

Ces choix, il les fait aujourd'hui, mais il a quarante-six ans. Il est parfois hanté par la pensée que tout cela arrive trop tard. D'autre fois il se dit : « Non, ce qui arrive maintenant n'aurait jamais pu arriver avant, j'étais trop jeune et trop craintif. » Ce paradoxe le fascine – au fur et à mesure que les anciennes loyautés se délitent et que le danger augmente, il se sent plus léger et plus jeune qu'il ne l'a été depuis des années.

Mais dans la rue, il regarde souvent par-dessus son épaule. Au début il refusait de s'avouer pourquoi il agissait ainsi. Il prétendait qu'il cherchait quelqu'un qu'il avait cru apercevoir dans la foule, ou qu'il pensait avoir oublié quelque chose dans une boutique. Petit à petit il a admis qu'il cherchait un homme, n'importe quel homme à l'air résolu mais effronté, un homme arborant une chemise blanche, peut-être, et presque toujours des lunettes noires, un homme qui circule probablement en moto, et qui est trop copain avec certains chauffeurs de taxi.

Il a observé ces hommes en filature. Il est facile de lire l'arrogance sur leur figure. Ils marchent en bombant le torse ou bien foncent soudain dans la foule, sans prendre la peine de cacher ce qu'ils sont. Il y a tant d'agents du MI à présent, les rues en sont infestées. Des rats qui sortent en plein jour.

Le moment viendra où en tournant la tête, il en verra un derrière lui. Déjà les cliquetis et les craquements sur sa ligne téléphonique lui font abréger ses conversations. Depuis la libération de Suu Kyi, il sent des yeux sur lui, des questions sur le bout de la langue de ses collègues. Nombreux sont ceux qui pensent que c'est lui qui a répandu la nouvelle. Lorsque le directeur l'a relevé de la surveillance du cercueil de teck, il lui a lancé un long regard d'avertissement avant de lui dire :

— Oubliez ce qui vous intéressait tant là-bas. Ça n'en vaut pas la peine.

Des gardes plus âgés et quelques-uns des surveillants hésitent à lui parler, comme s'il dégageait une odeur désagréable. Ils doivent se demander ce qui lui arrive.

Sympathisant.

Dans l'espoir que ce mot n'existera pas s'il n'est pas prononcé, ses amis ne le disent pas.

Elles sont pourtant bien intéressantes, les diverses expressions du silence. Il est en train d'en apprendre le lexique complet, chaque pause étant pleine de signification.

— Tint Lwin, tout est calme ? demande Chit Naing à la porte du premier mur d'enceinte.

Le surveillant fait un admirable effort pour se sortir de son assoupissement, comme un étudiant réveillé inopinément par une question de son professeur. C'est un nouveau, un jeune gars de Pegu pas mal de sa personne. Il s'éclaircit la gorge.

— Oui, chef.

En passant la porte de fer, le gardien-chef lui lance un regard entendu et le force à le regarder dans les yeux.

— Ne dors pas trop profondément, mon ami.

— Non, chef, merci. Enfin, désolé, chef, je...

— Je sais, je sais. Pas de problème. Rien à signaler ?

Le jeune Tint Lwin ouvre la bouche pour parler, mais se ravise.

— Non, rien, chef.

— Tout va bien, Tint Lwin ?

— Je voulais juste vous faire savoir que Beau Gosse, enfin le gardien, est sorti il y a une demi-heure, dit le nouveau surveillant en baissant la voix.

Chit Naing se penche vers lui.

— Et ?

— Et il a demandé après vous, chef. Si vous étiez rentré chez vous.

— Qu'avez-vous répondu ?

— J'ai dit que vous étiez déjà parti, chef. Parce que, en fait, parce que je... je croyais que vous étiez parti pendant qu'une autre sentinelle me remplaçait - j'étais allé aux latrines. En général vous partez à huit heures, chef ?

— C'est exact, Tint Lwin, sourit Chit Naing. Presque toujours. Beau Gosse le sait bien.

— Oui, chef. Merci chef.

— Merci, Tint Lwin.

Il n'est pas surpris. Ce n'est pas la première fois que Beau Gosse s'intéresse de la sorte à ses faits et gestes. Il ne peut pas y faire grand-chose, même s'il est reconnaissant au jeune surveillant.

Il en est déjà au point où tout allié, même le plus inculte, est bon à prendre.

La pluie redouble à présent. Lorsque Chit Naing arrive à l'arrêt de bus, dans le village situé de l'autre côté de la route, il est trempé. Et content d'avoir eu envie de cette marche rafraîchissante, loin de la grande cage de sa vie. L'eau dégouline sur ses lunettes. Tout autour de lui dans l'obscurité floue et verte, les grenouilles dans les champs et les arbres chantent et se répondent, et chantent encore. Dans une mare au bord de la route, un chœur de grenouilles se tait à son approche, et reprend après son passage. Leurs paroles amphibies résonnent clairement à ses oreilles.

Voilà les chasseurs ! Ils vont nous attraper ! Nous passer à la casserole !

12

Du poisson. Le chanteur se damnerait pour le poisson salé que sa mère lui fait toujours parvenir.

Se sentant tomber dans le désespoir absolu de la faim, il parle à la cellule.

Et écoute attentivement la réponse. La cellule sait tout.

Ça y est, il devient fou ?

Pot à eau, avec ta fourrure d'algues au fond : parle !

Araignée. Fourmis. Cafards luisants.

Briques.

Sol de ciment.

Paillasse.

Trois petites serviettes élimées sont accrochées à la bandoulière de son sac. Dans le sac, se trouvent une tenue de prisonnier de rechange, en coton blanc désormais gris, et trois vieux tee-shirts qu'il a le droit de porter. Des cheroots, une boîte d'allumettes vide, un briquet.

Je deviens fou ?

Le seau à merde est posé en face de lui, aussi loin que possible de l'endroit où il médite, mange et fait sa gymnastique. Le prisonnier regarde le seau à merde. Le seau à merde le regarde.

Nourriture et merde. La cage contrôle les deux. Une maigre quantité de nourriture infecte produit dans la douleur une maigre quantité de merde, ce qui n'empêche pas sa puanteur, invitée qu'il faut supporter, parce qu'elle est de la famille et qu'elle ne veut pas s'en aller. Le seau a beau être vide, l'odeur persiste. Et cela fait des années que le relent âcre de l'urine brûle ses narines.

Il déchire le bas de son longyi et en prélève une bande. Les manches de sa chemise n'existent déjà plus. Le tissu lui sert de papier toilette. Le petit bout d'étoffe blanche à la main – pendant un instant, il l'agite frénétiquement comme s'il se rendait – il se dirige vers le seau.

Chier ou ne pas chier…

Voilà la question.

Teza a étudié Shakespeare à la fac. Il adorerait avoir quelques-unes des comédies ici, avec un appareil de notes, bien entendu.

Son estomac et ses intestins se tordent. Il s'accroupit en soupirant.

Ses efforts sont vains. Rien ne vient. Trop de petits os de lézards.

Le chanteur attend. Pousse jusqu'à ce que ses hémorroïdes lui fassent mal. Dans ce cas-là comme dans beaucoup d'autres, il vaut mieux ne pas forcer. Il se lève.

Il n'a pas chié depuis – combien de temps ? – deux jours. Son record est de quinze. Mais la constipation est préférable à n'importe quelle sorte de diarrhée. Un bataillon de parasites intestinaux l'a déjà envahi. Son corps est un territoire occupé, un pays grouillant de vers. Un accès de dysenterie amibienne, voilà ce qu'il craint le plus. Il a peur de la dysenterie depuis son adolescence. À dix-sept ans, il a cherché la maladie tant redoutée dans un des livres de médecine poussiéreux appartenant à son père. En marge du texte anglais compliqué, il y avait quelques notes en birman soigneusement manuscrites. Tout ému en reconnaissant l'écriture, Teza avait lu et relu les observations cliniques de son père, comme si des fragments d'une lettre qu'il lui aurait adressée avaient été glissés dans le gros volume.

Il essaie d'éprouver de la reconnaissance pour sa constipation. Il pense au refrain stoïque de sa mère, utilisé en général en référence au changement politique, mais également utile à ce moment précis : *la-may ja-may*. Ça viendra, en son temps. Tu pourras enfin chier, mon grand.

Il s'assied, place ses mains l'une sur l'autre, paumes vers le haut, et ferme les yeux. C'est important, la reconnaissance. Et la méditation. Il va se promener dans sa mémoire, à la recherche d'un endroit pour se calmer.

Il se rend souvent à Pagan. C'est un lieu saint majestueux, qui le transporte aussi chez lui. Lorsque son père était encore en vie, il avait emmené Teza, Aung Min et May May, leur mère, trois fois en vacances. Chaque fois ils avaient visité le vieux Pagan.

Il inspire. Il sort du cercueil sur l'expiration.

N'importe lequel des temples ou des pagodes de Pagan peut l'aider à trouver un chemin vers la sérénité. Il y en a deux mille sur une large plaine au-dessus de l'Irrawaddy, sertis dans la terre sèche comme des bijoux anciens. Il y a neuf cents ans, le royaume de Pagan s'appelait Tattadesa, la terre desséchée.

Marchant d'un temple voûté au fleuve, du fleuve à une pagode, son père devient quelqu'un d'autre, ou plutôt redevient lui-même, un homme heureux qui porte un chapeau de paille et loue la plus belle des calèches pour visiter les temples. Malgré la chaleur, il n'est pas fatigué comme à Rangoon. Son humeur brusque et nerveuse se détend et devient plus enjouée.

Teza et Aung Min le suivent avec des cannes, qui ne leur servent qu'à attaquer les libellules ou les buissons ou à se bagarrer entre eux. Toutes les dix secondes ils regardent leur père, dont les épaules avancent et reculent tandis qu'il descend les pentes de la colline, son longyi remonté au-dessus des genoux. À la maison ils ne le voient jamais assez – il est si occupé à l'hôpital, sans parler des cours clandestins et de ses visites aux dispensaires en dehors de la ville pour écouter avec son stéthoscope les cœurs brisés et remettre en place les os cassés – mais à Pagan ils l'ont tout à eux, et May May aussi. Leurs yeux volettent autour de lui comme des oiseaux. Ils le suivraient n'importe où, leur père, et voilà qu'il les emmène sur les rives du grand Irrawaddy, un fleuve aussi large qu'un lac. Les marins qui déchargent les chaloupes de leur cargaison de charbon de bois s'arrêtent de travailler pour leur faire des signes et des sourires ; Teza leur répond, fier d'être avec son père. Hpay Hpay, c'est ainsi que les garçons l'appellent – papa.

Tout au bord de l'eau grise clapotante, Hpay Hpay fouille le sable mou avec sa canne.

— Regardez, dit-il en pointant du menton vers la rive. Il y avait un crocodile ici la nuit dernière. C'était peut-être Nga Moe Yeik lui-même.

Inspiré par le fleuve, Hpay Hpay leur avait raconté la veille les histoires de Nga Moe Yeik le Croco.

— Même pas vrai !

Aung Min lève les yeux vers lui, une moue dubitative sur sa petite bouche.

— Mais si ! On voit encore l'empreinte de sa grosse queue dans le sable. Regarde ! dit-il en pataugeant dans l'eau. Tu vois ?

Teza sourit en douce à son père. La trace, déjà à moitié remplie de sédiments, doit être celle d'une quille de bateau. Nga Moe Yeik le célèbre croco ne vit pas dans l'Irrawaddy, mais dans la rivière Rangoon. Teza a entendu son histoire des centaines de fois. Mais Aung Min n'a que dix ans, alors il oublie les détails importants. Et il est plus facile à berner.

À présent Aung Min scrute les empreintes de pieds nus, les orteils bien détachés profondément enfoncés dans le sol. Les yeux ronds, agitant les mains de bas en haut comme des hélices, il s'écrie :

— Ce sont les marques de ses grosses griffes ! T'as raison ! Nga Moe Yeik était là hier soir !

Son père se penche vers lui.

— Tu comprends maintenant pourquoi ta mère et moi nous vous défendons d'aller près du fleuve tout seuls. Parce que ça ferait peur de se trouver nez à nez avec un gros crocodile. Tu ne crois pas ?

Malgré ses onze ans et demi, Teza est tenté de croire ce que dit Hpay Hpay. Il adore quand son père est comme ça, qu'il donne vie à une légende près de l'eau. Teza attrape Aung Min par son coude nu.

— Et Nga Moe Yeik voudrait nous emporter de l'autre côté du fleuve, chuchote-t-il, comme quand il a porté le prince sur son dos plein d'écailles, tu te rappelles ?

— Mais on n'irait pas ! crie Aung Min, si fort qu'il fait sursauter Teza et Hpay Hpay.

Leur père redresse son petit corps maigre.

— Non, vous n'iriez pas, car nous avons encore beaucoup de pagodes à visiter sur cette rive. Retournons à la pension. May May a préparé le déjeuner. Elle a dit qu'on pique-niquerait sous le gros arbre. *La la la*. Venez.

Avec un sourire, il tourne le dos au fleuve et commence l'ascension de la colline, les garçons se bousculant derrière lui.

Teza inspire, pour sortir de ses souvenirs. Il est censé méditer, pas se promener dans le passé. Pourtant il voudrait rester là pour toujours avec son père, son frère et sa mère en haut de cette colline, tous les quatre en sécurité dans ce royaume de lumière et de poussière rouge et d'eau gris jaune, avec ces centaines de marches à grimper pour accéder aux temples, ces labyrinthes de briques où se perdre, même s'ils ne se perdent vraiment jamais car les corridors caverneux les ramènent toujours dans la chaude et sèche lumière du soleil.

Pendant l'âge d'or, le grand roi Anawratha possédait une armée d'éléphants blancs, une tonne d'ivoire, et de nombreux lingots d'or et d'argent. Anawratha, ainsi que les princes et les rois qui le suivaient, donna des centaines de mesures de bronze et d'or, de cuivre blanc et de cuivre rouge, et neuf sortes de pierres précieuses pour rendre le royaume digne du seigneur Bouddha. Ils remplirent les greniers d'innombrables paniers de riz paddy, et donnèrent suffisamment de sel pour que les plates-formes des temples semblent couvertes de neige.

Mais sur les stupas ronds des pagodes, l'or du roi Kyansittha s'est érodé. Alaungsithu et toutes ses richesses valent moins que la poussière. Le roi Narathihapate a fui devant Yesu Timor, le petit-fils de Kubilay Khan, l'envahisseur mongol qui mit fin à la gloire de Pagan. Seuls les temples subsistent, les bases rondes des pagodes, martelées chaque jour par le soleil, mangées par la pluie et les vents d'hiver.

Teza suit son père dans son ascension. Mais quand il arrive en haut, Aung Min n'est plus derrière lui et leur père est loin devant, près d'un des temples blancs. Il baisse les yeux et voit la terre nue entre ses pieds d'enfant, dont les orteils et les chevilles sont recouverts de poussière ocre. Lorsqu'il relève la tête, il voit Hpay Hpay qui grimpe les marches du temple à plusieurs étages. Silhouette menue sous le vaste ciel pâle, il suit son père.

À l'intérieur du temple, il fait aussi frais que dans une grotte. Les fenêtres en arcs s'ouvrent sur trois points cardinaux. À l'est, il n'y a pas de fenêtre mais le Bouddha. Teza s'agenouille dans la confluence des brises, il a presque froid aux pieds sur le sol pavé. Il joint les mains en signe de respect et se prosterne, touchant le sol de son front par trois fois. Puis il lève les yeux vers les guirlandes de fleurs, au-dessus des bougies vacillantes et de la fumée de l'encens. Il regarde au-delà des genoux ronds et des robes immobiles au plâtre qui s'écaille.

Dans les mains qui s'effritent du Bouddha d'argile, dans son visage d'argile usé, le garçon aperçoit son père qui disparaît, ses traits se transformant en poussière.

Et il ne reste qu'un homme qui inspire, qui sort de la cage à chaque expiration et se balance doucement au rythme des pulsations de ses artères. Il s'enfonce de plus en plus, jusqu'à ce que ses os soient aussi légers que de la pierre ponce. Même son estomac, plein d'acidité et de petits os, devient un creux tranquille. La respiration lui permet d'être patient devant sa faim comme les saints hommes sont patients devant les enseignements qui leur échappent encore.

13

Lorsque Teza pense à son père, il lui arrive de sentir l'odeur d'encre caractéristique du papier carbone.

Même en acheter était dangereux. Le régime de Ne Win organisait des pénuries pour endiguer la circulation des écrits subversifs. Son père essayait de contourner la difficulté en faisant des stocks, mais les agents des renseignements militaires payaient les commerçants pour qu'ils dénoncent quiconque achetait de grandes quantités de papier carbone. Alors il donnait de l'argent à ses étudiants et les envoyait faire des provisions dans différents quartiers de Rangoon, en leur recommandant de varier leurs habitudes et les boutiques pour ne pas éveiller de soupçons. Si on leur posait la question, ils disaient qu'ils avaient besoin de ce papier pour leurs cours.

Et c'était vrai. Pendant presque dix ans Hpay Hpay a réussi à donner des cours clandestins sans être découvert, fournissant sous le manteau des informations à des milliers de personnes de Rangoon et de Mandalay. Il opérait sur la table de la cuisine, tandis que les odeurs de curry et d'ail flottaient dans l'air.

Teza se souvient comment, les soirs de cours, l'odeur du papier carbone l'emportait sur les autres effluves enivrants de la cuisine. Son père faisait une lecture lente et succincte de diverses informations imprimées et de missives manuscrites. Assis au fond de la cuisine sur un petit tabouret, Teza écoutait le flot continu et posé de la voix de Hpay Hpay sans comprendre le sens de ses paroles. Des jeunes gens et jeunes femmes, internes loyaux de l'hôpital général de Rangoon, étaient assis de chaque côté de la table, penchés sur les feuilles encrées, et écrivaient sans relâche.

La sueur perlait sur la peau, dégoulinait le long des cous et des nez tandis que les mots remplissaient page après page. La sueur trempait les cols de chemise et la taille des longyis. Les fenêtres étaient fermées de sorte que personne dans la rue n'entende le docteur faire la lecture ; la cuisine était transformée en sauna. Les internes témoignaient au père de Teza beaucoup de respect et d'affection. Si son murmure continuait après la dernière cigale pour être accompagné dans la nuit par le chant des criquets, les jeunes médecins suivaient sa voix tranquille de leurs doigts maculés de noir. Le papier carbone bruissait et soupirait, envoyant une forte odeur d'encre aux garçons assis en équilibre à la périphérie du cercle d'écriture, impatients d'être à l'intérieur du cercle, là où était leur père. Les deux enfants étaient jaloux de ces jeunes gens et de ces jeunes femmes, qui maîtrisaient la lecture et l'écriture. Teza savait tout juste lire, et Aung Min, son cadet d'un an, en était encore à mémoriser l'alphabet.

Les internes changeaient tous les deux ou trois ans, mais leur tâche restait la même : imprimer des mots urgents à travers plusieurs feuilles de papier, puis donner les feuilles à May May, qui les classait. Ensuite le docteur et sa femme les passaient à leurs amis et collègues, qui à leur tour les passaient à d'autres, créant ainsi un réseau complexe de personnes qui avaient lu et assimilé les feuilles manuscrites froissées.

Les garçons savaient que ce travail était un secret. Leurs parents leur avaient souvent dit qu'ils ne devaient parler de ces cours à personnes, hormis aux apprentis médecins. Personne n'avait le droit d'entendre ce qu'ils faisaient. Puis, un soir d'avril particulièrement chaud, Hpay Hpay s'arrêta soudain de lire. Teza attendit qu'il prenne une gorgée d'eau. Il ne le fit pas. Les internes secouèrent leurs mains ankylosées et se passèrent des mouchoirs sur le visage. Le docteur se retourna. Tout le monde attendait. Il semblait examiner les fenêtres fermées. Il regarda par-dessus son épaule avec un sourire malicieux.

— Il fait vraiment trop chaud, dit-il d'une voix étonnamment forte. Nous allons suffoquer là-dedans. Exactement ce que veut Ne Win.

Il ouvrit lentement les fenêtres. Les jeunes gens se regardèrent. Sanda mit trois doigts sur sa bouche tandis que son mari poussait les volets de bois pour les ouvrir. Un courant d'air frais envahit immédiatement la pièce et baigna les visages et les cous. Le père de Teza se retourna calmement. Avant de reprendre ses papiers pour continuer, il se pencha en avant et étala ses paumes de main bien à plat sur le bois taché de la table.

— Qu'ils entendent, déclara-t-il. Nous sommes tous des lâches au fond de nous, mais nous devons essayer de ne pas avoir peur. Si nous avons toujours peur, ils gagneront toujours.

Il termina son cours dans la fraîcheur du soir.

Ils copiaient frénétiquement toutes sortes de choses, depuis des nouvelles censurées et des satires politiques jusqu'à des traductions de Che Guevara et Lu Xun et des directives du Parti communiste birman. Le PCB envoyait des informations sur l'action politique et de guérilla ainsi que sur l'organisation de grèves. Le docteur n'avait pas sa carte du Parti, mais était disposé à considérer toute alternative à la dictature de Ne Win.

Un soir, peu après son quatorzième anniversaire, Teza s'agitait dans son lit en essayant de ne pas réveiller son petit frère qui respirait tranquillement à côté de lui. Son père venait de lui annoncer une nouvelle formidable : il pourrait avoir son papier carbone à lui et essayer d'écrire avec les internes. Sa copie ne serait peut-être pas utilisable, lui avait dit son père, mais il aurait le droit d'essayer.

Enfin l'encre lui appartiendrait, étalée sur le bout de ses doigts et ses poignets de chemise ; il rejoindrait Hpay Hpay dans son travail héroïque et clandestin. Pas question de dormir. Il était allongé les yeux grands ouverts, savourant son insomnie. En bas, juste au-dessous de lui, ses parents chuchotaient dans le salon. Teza aurait voulu participer à leur conversation sérieuse.

En soulevant l'ombre de la moustiquaire pour sentir une bouffée de l'air froid de décembre sur son visage, il pensait à cette action grandiose et intrépide qu'il allait bientôt entreprendre. Le secret entourant ces cours était quelque chose qu'il dégustait, une friandise que ses camarades d'école n'avaient pas le droit de manger. Une main touchant le dos d'Aung Min, l'autre sortie de la moustiquaire dans un geste extravagant et courageux, il se mit à rêvasser, s'imaginant l'étonnement des jeunes docteurs lorsqu'il s'assiérait avec eux la semaine prochaine, toute nouvelle et toute jeune recrue.

Le coup frappé à la porte le tira violemment de son assoupissement. Pourquoi sa mère frapperait-elle à la porte de la chambre ? Il se redressa sur un coude, l'esprit embrouillé par son rêve, souriant à moitié dans son trouble. On frappa à nouveau. Cette fois il comprit que c'était à la porte d'entrée. Mais ce n'était pas les coups pressés d'un homme qui a un enfant malade ou une femme en train d'accoucher, c'était un coup étrangement poli. Qui cela pouvait-il être, si tard ?

Teza retint sa respiration. Aung Min dormait toujours à côté de lui. Lorsque sa mère se précipita dans la chambre en chuchotant : « Réveillez-vous, réveillez-vous ! Venez dire au revoir à votre père », Teza avait déjà sorti ses jambes maigres du lit.

— Aung Min !

Il secoua le corps détendu de son petit frère jusqu'à ce que celui-ci se crispe dans le réveil.

— Aung Min ! Lève-toi. Hpay Hpay s'en va.

Il y avait trois hommes debout dans la pièce. Dès que Teza vit que l'un d'entre eux était en pantalon, il sut que son père était en danger. Le docteur Kyaw Win Thu n'aimait pas être démonstratif devant des étrangers, pourtant il s'accroupit et prit ses deux enfants dans ses bras, et les maintint si serrés que Teza en eut le souffle coupé. Quand il les laissa aller, il continua à tenir chacun des garçons par la main, en serrant fort. Il parla calmement et vite.

— Vous devez être très, très sages pendant mon absence. May May a besoin de votre aide. Je reviendrai dès que je pourrai. Ne m'oubliez pas.

Il leur souriait, mais ils ne furent pas dupes. Leurs yeux se remplirent de larmes.

Le docteur prit les mains de sa femme et les étreignit tout en la regardant dans les yeux, qui restaient secs. Elle n'allait pas pleurer devant les agents des renseignements militaires. Plus tard le docteur se demanderait ce qu'il aurait pu dire ou faire de plus en faisant ses adieux. Il l'avait aimée pendant tant d'années, il ne lui semblait pas possible d'exprimer cette émotion dans un geste bref et public. Il pensa au nom affectueux qu'il aimait lui donner « mon clair de lune », en référence à l'ancienne signification pali de son nom, mais il ne pouvait pas le prononcer devant les militaires. Alors il se contenta de tenir les mains de sa femme pendant un long moment.

Venant de derrière eux, bien plus bas, leur parvint la voix d'Aung Min.

— Où il va, Hpay Hpay ? Pourquoi il part ?

Les autorités envoyèrent le docteur dans un camp de travail dans le nord du pays. La dépense et les deux jours de voyage nécessaires pour se rendre au camp depuis Rangoon empêchèrent Sanda de lui rendre visite très souvent. Emmener les enfants dans les bus, les trains, et, pour la dernière partie du voyage, la charrette à bœufs – pour une visite de trente minutes – c'était épuisant. Deux fois, on leur refusa la permission d'entrer. Elle dut parfois soudoyer des gardes pour qu'ils les laissent passer, les garçons et elle. Les mois s'étirèrent en années, et elle vendit presque tous leurs meubles. Les soies de mariage partirent aussi, puis ses bijoux, puis ceux de sa mère et de sa grand-mère. Chaque objet servait à payer la prochaine expédition dans le Nord, et la nourriture de son mari. Il fut le premier de la famille à attendre ses colis.

Trois ans après sa condamnation, le docteur se réveilla un matin de la saison des pluies avec de la fièvre.

Cela faisait un jour ou deux qu'il se sentait fatigué, presque malade, courbaturé, mais il mit cela sur le compte de sa nouvelle affectation, dans une carrière proche. Lorsque la fièvre se déclara, il pensa tout de suite à la malaria. Les pluies apportaient des moustiques, il y avait des hommes dans le camp qui pouvaient à peine se tenir debout. Il était déjà porteur du vivax le plus commun, aussi espéra-t-il que la crise passerait en transpirant, avec un peu de quinine et de paracétamol. Il attendit les frissons qui accompagnent la malaria. Ils ne vinrent pas. Au milieu de la deuxième nuit de forte fièvre, de violentes crampes intestinales lui tordirent tout le corps d'un côté à l'autre, une douleur qui lui fouetta les entrailles.

Le docteur Kyaw Win Thu comprit que ce n'était absolument pas la malaria.

Les vomissements et la diarrhée arrivèrent avant le matin, avec une telle violence que deux de ses amis durent le tenir au-dessus d'un seau à latrines tandis qu'il vomissait dans un autre. Telle est l'œuvre de la dysenterie amibienne. Pendant qu'ils envahissent et colonisent l'intestin, les parasites s'attaquent à la muqueuse intestinale. Plus le corps est affaibli, par malnutrition ou fatigue, plus la maladie est grave. Les parois ulcérées le long de ces méandres aux nombreux plis et replis n'assurent plus leurs fonctions habituelles et sont recouvertes de glaires. Le docteur essaya de boire de l'eau mais la rejeta immédiatement. Il savait qu'il se déshydratait de l'intérieur. Il savait aussi que faute d'antibiotiques, les parasites creuseraient la paroi intestinale, provoquant une péritonite, ou bien, en empruntant la circulation sanguine, ils gagneraient d'autres organes, en particulier le foie, qu'ils infecteraient.

Le dispensaire du camp n'avait que de l'aspirine et de l'alcool. Avec de l'argent, il aurait pu soudoyer le médecin de la prison, le supplier d'acheter les médicaments appropriés. Ou bien il aurait pu payer l'akhan-lu-gyi. Contrairement à Teza, il n'était pas en isolement ; il vivait avec d'autres détenus, de droit commun et des prisonniers politiques. L'akhan-lu-gyi obtenait souvent des faveurs des surveillants en échange de l'argent racketté aux prisonniers plus faibles.

Le docteur savait exactement comment se soigner. Ou plutôt, il savait qu'il ne pouvait pas se soigner. Après une série de convulsions, il resta sur sa paillasse, recroquevillé en position fœtale. Le fouet qui lui cinglait les entrailles s'était transformé en poignard. La lame le transperçait d'un côté et de l'autre, et s'enfonçait au milieu de son corps. La douleur était si intense qu'il n'avait qu'un désir, que tout soit fini.

Dans ses moments de lucidité, il ne cessait de penser à l'incroyable simplicité du monde. Il n'avait pas besoin de pouvoirs magiques ou d'un miracle pour guérir. Juste d'un peu d'argent, suffisamment pour soudoyer l'akhan-lu-gyi ou le tan-see. Un de leurs sbires pourrait aller chercher les médicaments ou au moins envoyer un message à l'extérieur. Sanda laisserait les enfants à sa cousine et se mettrait immédiatement en route.

Par la suite, Sanda repensa à tout cela : elle aurait pu vendre ce qui lui restait de l'or de sa grand-mère pour acheter les médicaments. Il n'avait pas besoin de grand-chose, en fait : des antibiotiques et une perfusion de soluté de Ringer. De l'eau propre. De l'eau propre et des médicaments pour qu'il vive. Il lui fallait tenir encore sept ans. Ensuite il reviendrait, vers Teza, vers Aung Min qui commençait à lui ressembler beaucoup, et vers Sanda, son clair de lune.

Pendant longtemps après ces événements, elle a fait et refait les calculs, comme s'il s'agissait d'une formule d'alchimie destinée à satisfaire un nat puissant, un de ces esprits animistes qui président au-dessus des ombres du bouddhisme birman. Sur une feuille arrachée à un des cahiers de son fils, elle griffonnait toutes les variations possibles, le front appuyé sur la main. Toujours plus ou moins les mêmes calculs, qui n'aboutissaient à rien – deux bracelets et la fine chaîne de mariage en or suffisaient pour les antibiotiques et le long voyage. Un pont emporté par la pluie, les trains ralentis, la route transformée en torrent de boue : même avec ces obstacles, si seulement elle avait su, elle serait partie. Si elle avait reçu un message, elle serait arrivée à temps.

« Il y a eu une petite épidémie », expliquait le médecin de la prison dans sa lettre.

— Petite ? C'est quoi une petite épidémie ? s'écria-t-elle, accablée et furieuse en même temps.

Lorsque cette lettre leur arriva à Rangoon, lorsque May May s'assit à la table de la cuisine avec le papier qui tremblait dans sa main, son mari bien-aimé, leur père, était mort depuis seize jours déjà. Ils ne purent jamais savoir où il avait été enterré.

14

Neuf coups contre le fer. Un moment après le dernier, les lumières s'éteignent. L'obscurité, tel un garde invisible, le pousse dans un puits vide.

Soudain il prend conscience que sa bouche s'amenuise, que ses lèvres rentrent légèrement comme celles d'un vieillard, comme le vieillard que son père n'est jamais devenu.

Lorsque Hpay Hpay mourut, Teza cessa de jouer de la guitare ; il venait d'avoir dix-sept ans. Faire le deuil de son père exigeait souffrance, privation, et perte.

Mais la mère de Teza – malgré ses inquiétudes quant à la vie d'un musicien – ne voulait pas que la tristesse guide son fils.

— Teza, ton père a acheté cette guitare parce qu'il savait que tu étais doué.

C'est vrai que Teza jouait bien. Il ne se contentait pas de grattouiller dans la rue le soir : il enchaînait plans complexes, accords de blues, picking. Il pouvait tout jouer, n'importe quelle mélodie. Lorsqu'il entendait un air à la radio, il lui arrivait de le rejouer à quelques mesures d'écart, ou de l'accompagner de riffs sinueux dans la même tonalité. Il pouvait reproduire tout ce qu'il entendait, et il chantait comme un oiseau qui a du miel sur la langue.

— Teza, un don c'est une responsabilité. Va, monte dans ta chambre. Ta guitare y est toujours, n'est-ce pas ?

Lorsqu'il entra à l'université, il jouait à nouveau pour lui-même, et fut vite reconnu comme le Chanteur. Le beau mec. Le charmeur.

Teza touche ses lèvres. Il ferme les yeux. Le son surgit devant lui comme une voile.

Thazin. Il ne sait pas trop s'il se souvient de sa voix ou pas. Elle a continué sa vie sans lui. Après sa première année d'emprisonnement, il a compris qu'elle ne pouvait pas l'attendre. Il devait lui rendre sa liberté, et il le fit, en pensée, puisqu'il n'a jamais pu communiquer directement avec elle. Au cours de la troisième année, la nouvelle lui parvint, passée de bouche à oreille, que Ma Thazin, l'amour du célèbre chanteur, en avait épousé un autre.

Il essaie quand même de la trouver.

À l'université de Rangoon, les garçons flânent près du bâtiment de remise des diplômes, à l'ombre des arbres qui sont comme d'énormes parasols verts. Les filles rajustent leurs tamins bleus, jaunes, violets, leurs sarongs d'étoffe fine aux délicats imprimés. La laideur ne dirige pas le monde, et Teza a vingt-deux ans et demeurera beau et talentueux pour le restant de sa vie, c'est-à-dire pour l'éternité. Pourquoi pas ? Les filles lui font penser au souffle des papillons. Si leur sarong se défait lorsqu'elles marchent, elles s'arrêtent, tirent le tissu en trop sur le côté, s'en entourent le ventre, et le rentrent dans la ceinture. Certaines font cela tout en marchant, d'autres s'arrêtent un court instant. Ce mouvement est le plus joli qu'il connaisse, un geste à la fois discret et chargé de promesses. Toutes les filles le font, parce que toutes les filles portent un tamin. Les courbes des ventres et les rondeurs des cuisses sont momentanément accentuées. Quand une fille avance dans une flaque de lumière tamisée par les branches, ses couleurs prennent l'éclat d'un tableau fraîchement peint.

Gitah-shay, murmurent les garçons en parlant des filles qui passent près des tea-shops. « En forme de guitare », c'est le plus bel éloge que lui et ses amis peuvent faire d'une fille.

En tant que meilleur guitariste, il est très demandé pour les sérénades, lorsque le crépuscule se transforme en soir indigo. Les arbres et leurs ombres tanguent au-dessus d'eux comme de l'eau vert foncé. L'odeur du jasmin et des fleurs de la nuit emplit l'air. Les garçons, espérant que cette odeur est du parfum, se dirigent vers les chambres des filles. Ils fument des cheroots sans tousser ; ils s'efforcent d'avoir une démarche fanfaronne. Lorsqu'ils ont trouvé la fenêtre de celle qu'ils admirent le plus, Teza accorde sa guitare. La cendre des cheroots tombe sur les frettes.

Aung Min souffle sur la cendre.

— Je meurs de faim, murmure-t-il. Elle a intérêt à nous donner quelque chose à manger.

Teza s'arrête d'accorder sa guitare pour le dévisager.

— Petit frère, tu n'as aucun anadeh.

Aucun savoir-vivre, aucun sens du décorum.

Teza se met à jouer. Les garçons chantent à gorge déployée. Les filles se penchent aux fenêtres telles des fleurs. Si ce qu'elles entendent leur plaît, elles jettent des friandises, des paquets de feuilles de thé en saumure et de lentilles frites, des cacahuètes, des barres de sésame chinoises, des beignets indiens.

Thazin lance un livre.

Aung Min bondit, s'empare du livre et le brandit au-dessus de sa tête.

— Ma sœur, nous n'avons pas besoin de littérature, mais de quelque chose à nous mettre sous la dent.

Tandis que la fille se penche hardiment à la fenêtre, un chœur de rires aigus fuse derrière sa voix.

— Ce n'est pas pour toi, morveux. Donne-le à ton frère !

Le livre est un exemplaire photocopié et cartonné des chansons de Bob Dylan. Avec les partitions.

Teza tombe amoureux. Il la retrouve au teashop préféré de la jeune fille, sur le lac Inya. Ils marchent le long des sentiers de People's Park, élaborant des dizaines de plans compliqués pour se frôler l'épaule par hasard, se toucher le coude, s'effleurer le dos de leurs mains mobiles. Ils vont au cinéma, parfois audacieusement seuls, le plus souvent avec des condisciples de Thazin à la faculté de médecine. L'idée d'épouser une femme médecin l'enthousiasme. Elle aurait plu à son père. Même May May aime bien cette jeune femme, jolie mais posée. Par trois fois Teza prétend être malade, et par trois fois Thazin prend cela merveilleusement au sérieux, lui demandant de tirer la langue, de déboutonner sa chemise pour qu'elle puisse placer son important stéthoscope sur son cœur qui bat la chamade.

Elle lui demande de respirer profondément, mais comment pourrait-il respirer plus profondément ? Par trois fois, elle le met en garde.

— Tu n'as pas intérêt à simuler, Teza, ou je ne te parle plus.

Mais elle lui reparle toujours.

Il la voit en train de rajuster son tamin écarlate, boutonner son chemisier crème, ses petits doigts agiles avec les boutons dorés. Ces boutons lui manquent, ainsi que l'ombre du soutien-gorge sous la blouse. Une fois, après qu'ils avaient passé l'après-midi à faire l'amour, elle s'était levée d'un bond pour se rhabiller. La vue de ses pieds nus sur le plancher avait ravivé son désir et lui avait donné une érection. Lorsqu'il lui avait tendu les bras, elle avait ri en lui donnant une tape sur la main.

— Certainement pas. Tu es insatiable et moi, je manque toujours ce cours !

Il s'était allongé sur le lit et l'avait laissée partir. Il le regrette à présent.

Tout serait différent s'il pouvait tendre la main encore une fois et ôter le peigne de nacre de cette cascade de cheveux noirs. Ou regarder ses beaux pieds solides marcher vers lui.

Il enlève ses mains de ses yeux et les pose sur sa poitrine. Il l'aimait.

Il sait qu'elle aussi l'aimait. C'est pourquoi il se souvient.

Ses mains glissent sur ses côtes. Lesquelles sortent de son corps, telles des lames de xylophone sagement rangées. L'endroit sensible sous son téton gauche, cette impression d'avoir un bleu, provient d'un précédent passage à tabac. La côte fêlée ne s'est pas ressoudée correctement. Centre d'interrogatoire 14.

Le creux qui relie ses côtes à son bas-ventre la dégoûterait. Il est content qu'elle ne puisse pas le voir aujourd'hui, avec ses hanches saillantes comme des portemanteaux.

Ses mains glissent sous le longyi dénoué. Il se gratte. Il attrape une, deux, trois punaises dans ses poils pubiens. Ce geste lui procure assez de plaisir pour libérer un flot de désir et le souvenir du désir. Ce manque sera satisfait en quelques secondes.

Certains moments demeurent en son corps d'avant. Les endroits où elle a laissé sa trace sont loin sous sa peau, mais il part à leur recherche. Pas des cicatrices, pas question de cicatrices avec elle, seulement le sillon profond et marqué où la timidité et la peur de deux vierges ont cédé la place à l'amour. Son désir chante vers le sien, le cajole, et son désir à elle vient vers lui. Il déboutonne son chemisier, écarte le tissu léger du soutien-gorge ; ses tétons durcissent sous ses lèvres. Timide, elle couvre ses seins de ses cheveux, cachant aussi le visage de Teza. Il flotte au-dessus d'elle, craignant de peser sur elle, sachant qu'il devra se servir de son poids, qu'il devra pousser. L'union de la tendresse et de la force le trouble. Il ne s'attendait pas à avoir si peur de lui faire mal. En écho à ses propres pensées, elle murmure :

— J'ai peur. Tu vas me faire mal.

Maung-go lo-ba-deh. Chit-pa-deh.

Malgré la peur qu'ils contiennent, ce sont des mots d'amour.

Le spasme qui traverse son corps est silencieux.

Des perles inutiles remplissent sa main, coulent le long de son poignet.

Il roule sur le côté, mâchoire contre paillasse. Les fourmis se tiennent tranquilles entre les briques, comme si le mur les avait enserrées et écrasées. Personne ne peut le voir ici. Le vaste monde est aveugle.

15

Le ciel devient océan. La pluie arrive en vagues montantes et descendantes ; le flux et le reflux battent les toits et les murs de la prison, dégoulinent dans des cellules, en épargnent d'autres, transforment le gravier de briques de la cour en flaques bouillasseuses. Teza s'endort, bercé par ce martèlement nocturne, tandis que le frappeur de fer compte les heures d'obscurité.

Il dort, et la rigole des eaux usées derrière les grands bâtiments et les trous des latrines s'enfle comme une rivière. Dans cet embrouillamini d'herbes et d'ordures, un bataillon d'escargots grignote la verdure sans relâche. La pluie continue de tomber avec fracas alors même que la nuit se change imperceptiblement en aurore. Teza dort malgré le chœur formidable des grenouilles, malgré les cris des surveillants dans la cour, malgré l'araignée qui tisse sa toile.

Il rêve.

Il est à nouveau enfant, assis avec son grand-père sur le perron de la maison de Mandalay. Le vieil homme, lèvres serrées, sans sourire, regarde quelque chose dans sa main. Le petit garçon abaisse le bras de son grand-père de façon à voir ce qui est logé dans la paume. Et fait un bond en arrière, horrifié.

Des os. Des os minuscules, blancs et délicats comme des cure-dents en ivoire.

L'enfant se lève, honteux. Il veut courir, s'échapper, mais le vieil homme l'attrape par le bras.

— Qu'as-tu fait, Teza ? demande-t-il d'une voix accablée. Pourquoi l'as-tu tué ? Chaque lézard est un petit homme nu.

Le vieil homme est toujours son grand-père, mais l'enfant se met à pleurer quand il voit les serres d'oiseau qui agrippent son bras nu.

Teza ouvre les yeux dans la terreur de son rêve. Mais il ne trouve pas de consolation dans ce qu'il voit. Il se demande combien de fois un homme peut être brisé en rêvant, puis brisé à nouveau en se réveillant. Toujours allongé sur sa paillasse, glacé jusqu'aux os, encerclé par le bruit de la pluie, il cherche l'araignée sur le mur, mais l'araignée est partie.

Il soulève ses membres comme s'il venait d'accomplir un pénible labeur, épuisé. Se lever est un travail. Évoquer est un travail, se souvenir, se recréer comme il était dans le monde d'avant la cage, le monde disparu : une personne parmi les gens.

Teza tourne la tête vers la porte de teck. Il retient sa respiration pour écouter les pas. Il ne peut pas être onze heures, l'heure du plateau. Il ne peut pas avoir dormi aussi longtemps. Il essaie d'entendre malgré le vacarme de la pluie. Ce n'est pas Sein Yun, ce n'est pas le frottement des claquettes. Des bottes marchent dans le couloir, solides, régulières. Déterminées.

Lorsque la porte s'ouvre, Teza attend tête baissée.

— Allez, amène-toi ! À la douche, c'est pas trop tôt, tu pues tellement que ça sent depuis l'entrée du bâtiment. Prends tes affaires, et que ça saute !

En silence, Teza passe sa chemise par-dessus sa tête baissée, sort de son longyi. Il prend son bout de savon, sa tasse de fer-blanc, ses vêtements propres. Il enlève ses claquettes et se tient là, en caleçon élimé. Beau Gosse s'écarte de la porte, hurle « En avant ! » et crache dans le couloir. Teza avance. Quand il arrive devant le crachat, il le contourne. Beau Gosse grogne, puis frappe Teza entre les omoplates.

— Marche arrière ! aboie le gardien. J'ai dit marche arrière !

Le chanteur recule, un pied après l'autre, et marche sur le crachat.

— Maintenant avance en ligne droite !

Il avance et marche dedans à nouveau.

Le trajet jusqu'à la salle de douches au bout du couloir contient toute la géographie du monde de Teza. C'est une grande cellule sans portes ni fenêtres, aux murs de brique. Sur le mur du fond et au milieu de la pièce se trouvent deux bacs en ciment. Le bac du fond, qui est plein d'eau, est surmonté par un robinet qui goutte. Comme Teza est seul dans ce bâtiment, l'autre bac est vide.

— Avance ! hurle Beau Gosse sur le seuil de la pièce, ce qui veut dire : *va faire fuir les rats dans les canalisations*.

Lorsque Teza entre dans la pièce sombre et fraîche, il frappe dans ses mains. Pas d'affolement général. Les rats de la cage sont comme les cafards, téméraires et parfaitement habitués à disputer aux humains l'espace et la nourriture. Il pénètre plus avant dans la pièce, ses pieds nus sentant le froid du ciment. Il n'y a qu'une seule lumière, dans le coin près de la porte, et il lui faut un moment pour accommoder. Sous le bac vide, à quelques mètres de la canalisation, il aperçoit une masse grise en mouvement.

Tandis qu'il s'approche de la forme grise, celle-ci se fond en trois, quatre, cinq obscurités séparées, comme un fantôme qui se désintègre et se répand sur le sol.

— Allez du balai ! Fichez le camp !

La voix de Beau Gosse éclate soudain.

— Arrange-toi pour les faire tous partir, Rossignol, sinon pas de douche !

Les rats semblent flotter vers la canalisation, sans se presser, en prenant tout leur temps. Teza tape du pied.

— Oui, chef, siffle-t-il. Ils sont tous partis, chef. Il n'y a plus de rats.

Beau Gosse entre dans la pièce et examine le sol, regarde à droite et à gauche.

— Bon. Vas-y.

Teza est déjà au bord du bac, presque nu, sa tasse à la main. Le gardien se tient derrière lui, un peu sur le côté pour ne pas se faire éclabousser. Le silence du gardien, son refus d'échanger même les paroles les plus banales font que Teza a peur de lui.

— Verse !

Teza plonge la tasse dans le bac, puis lance l'eau à toute vitesse sous son bras. Il doit procéder le plus vite possible, fait mousser le savon, se frotte…

— Verse !

Il se rince avec la ration d'eau suivante, se passe les doigts dans les cheveux pour enlever le savon…

— Verse !

Les coudes et les genoux anguleux se lèvent et s'abaissent comme une pompe, autant pour se réchauffer que pour nettoyer la plus grande surface possible avec le peu d'eau auquel il a droit. Il compte les tasses versées pour savoir de combien d'eau il peut disposer pour laver telle ou telle partie de son corps. Quitter son caleçon en vitesse entre les ordres et se laver les parties génitales en trois ou quatre tasses d'eau tient de la prouesse athlétique. Une douche équivaut à quinze tasses d'eau, seize ou dix-sept si le gardien perd le compte.

— Dernière fois !

Les orteils nus de Teza agrippent le ciment. Onze. Il n'en a compté que onze. Il doit encore se laver les jambes, là où les plaies sont les pires. Il faut qu'il se lave les jambes. Onze tasses d'eau, ça ne suffit pas. Beau Gosse s'est trompé.

Teza prend une grande inspiration, et expire sur un mot.

— Chef ?

— Quoi ?

— Chef, je crois que j'ai encore droit à quatre tasses d'eau.

— Je me fous de ce que tu crois, ta douche est terminée. Rhabille-toi.

La langue de Teza bouge d'avant en arrière entre ses dents. Il devrait juste se la boucler. En avançant la main pour prendre son longyi propre, il pense : « Teza, boucle-la. »

Mais ses jambes le démangent. En l'absence de médicaments, seuls les bains peuvent soulager la gale et éviter l'infection. Pourquoi ne pourrait-il pas réclamer l'eau à laquelle il a droit ?

— Chef, si je pouvais juste me laver les jambes en vitesse, je serais très reconnaissant.

— Saloperie de sac d'os !

Beau Gosse s'approche et abat les jointures de ses doigts sur la nuque de Teza.

— Si tu ne te rhabilles pas tout de suite, tu retourneras en cellule à poil et avec mon pied au cul, alors ferme ta gueule et mets ton longyi !

Teza enrage de constater que les larmes lui montent involontairement aux yeux lorsqu'il a mal. Il devrait garder ses larmes pour des choses plus importantes que la douleur physique. Les oreilles résonnant encore du coup sur la tête, il cligne des yeux pour refouler ses larmes.

De l'eau s'égoutte du robinet dans le bac.

Il regarde la tasse dans sa main. Il a vraiment froid à présent. Le gardien regarde la nuque du prisonnier, et ses épaules, dont le tremblement est visible.

Comme un voleur, Teza remplit sa tasse et verse l'eau sur ses jambes, avant de soulever la droite pour étaler le savon sur son tibia. Il n'ose pas se pencher en avant tant que le gardien se tient juste derrière lui. Il est tellement persuadé que sa désobéissance va provoquer un accès de violence contre ses organes génitaux nus, qu'il est doublement surpris lorsque Beau Gosse l'attrape par la nuque, et que sa grosse main se referme sur les cheveux et les muscles effilés.

Teza n'avait pas du tout pensé à l'eau. Soudain sa tête s'abaisse et l'eau envahit ses narines, déplaçant le cri dans sa bouche. Les braillements de Beau Gosse sont assourdis et le chanteur est déjà en train de tousser la tête en bas, en aspirant le liquide froid et métallique.

Quand le gardien relève la tête de Teza d'un coup sec, celui-ci sent un enchevêtrement au plus profond de sa gorge, tandis que l'eau inonde tous les passages, en sortant à flots de sa bouche et de son nez.

— Alors comme ça, tu veux te doucher ? Je vais te laver, moi, sale fils de pute !

Sa tête est levée un instant, puis il suffoque plus fort, encore plus d'eau s'engouffre dans sa gorge et ses narines. Ses membres s'agitent tout seuls tandis que sa tête résiste à la poussée de Beau Gosse. Ses épaules s'abaissent et ses bras battent l'air, ses mains attrapent les mains du gardien, mais c'est comme s'il essayait de briser des morceaux de fer. Je vais me noyer dans ce bac. Il essaie de contrôler les muscles de sa gorge, afin de ne pas suffoquer plus, mais c'est peine perdue.

Teza se met à taper dans l'eau exprès, le plus qu'il peut, de façon à tremper le gardien avant de mourir.

Beau Gosse le sort. De l'eau gicle de sa bouche. Il a le cou et le visage tout rouges ; le sang lui bat dans la tête. Juste au moment où il sent une mince goulée d'air ouvrir sa gorge, Beau Gosse lui met à nouveau la tête sous l'eau. Il s'efforce alors de ne plus bouger, mais c'est très dur, de laisser la vie s'écouler. La prise se resserre dans ses cheveux, autour des muscles de son cou. Combien de temps le gardien va-t-il le tenir sous l'eau ? Contre tout instinct – il ne veut qu'une chose, se dresser en l'air et se battre – Teza abandonne.

Beau Gosse laisse le chanteur s'écrouler à terre, puis prend appui sur le bord du bac et se met à le bourrer de coups de pied réguliers, exprimant ainsi sa fureur. Teza se met en boule, abritant ses organes génitaux avec ses genoux, son visage avec ses mains. Il suffoque toujours. Derrière ses mains, sa bouche s'ouvre et se ferme, s'ouvre et se ferme, poisson hors de son élément. L'eau inonde le prisonnier, le sol de ciment, le pantalon du gardien. Les bottes qui le frappent, trempées à présent, envoient son corps d'un côté pour le ramener de l'autre à grands coups.

C'est hallucinant d'avoir une gorge et une bouche et une langue mais aucun moyen de crier.

Il ne sait pas combien de temps il met pour rentrer dans sa cellule. Beau Gosse l'insulte chaque fois qu'il tombe, le bourre de nouveaux coups de pied. Sept minutes, une demi-heure ? La douleur ne respecte pas le temps ; elle fabrique ses propres débuts et ses propres fins.

— Voilà ! Espèce de crétin, t'es content, maintenant ? T'as eu assez d'eau ?

Beau Gosse bloque la porte ouverte de la cellule. Teza se tient devant lui, tête baissée, trempé, ne souhaitant qu'une chose, avoir la permission de retourner à l'intérieur, d'être enfermé, protégé du gardien.

— Réponds ! T'as eu assez d'eau ?

Beau Gosse lui assène un coup de jointures sur le dessus de la tête.

Les mots ont du mal à sortir.

— Oui, chef.

Le gardien fait un pas de côté et le pousse à l'intérieur.

— Si t'en veux encore, t'as qu'à demander, connard. Avec un peu de chance, Sein Yun ira chercher tes nippes plus tard. En attendant, profite de la fraîcheur !

Frissonnant dans son caleçon mouillé, Teza reste devant la porte jusqu'à ce qu'elle claque. Puis il boite vers sa paillasse, s'allonge, et tâte chaque vertèbre, soulève sa hanche gauche, veille à ne pas s'appuyer sur son coude droit. Avec précautions, il ramène la couverture grise sur lui. Allongé par terre, il se palpe le crâne, comme s'il était médecin et que cette tête était celle d'un nouveau-né mal formé. Des larmes lui viennent aux yeux lorsqu'il sent à quel point son crâne est délicat, et qu'il se rend compte qu'il ne peut pas le protéger. Il ne peut pas protéger son propre corps. Ses doigts effleurent sa tête, passent dans ses cheveux mouillés, et essaient de localiser la source des pulsations. On dirait qu'une artère a éclaté quelque part devant son cerveau, juste au-dessus de son œil gauche, sauf que si c'était le cas, il serait certainement déjà mort.

Il est surpris de découvrir qu'il ne saigne que du nez. Il a froid, parce qu'il est trempé, mais ses tremblements ont du bon, ils le maintiennent éveillé. Il se pince le haut du nez pour arrêter le saignement.

Surtout, il faut qu'il sorte la raclée de son esprit, qu'il retourne à la sécurité relative et à l'environnement familier de la cellule, les quatre murs, le gentil pot à eau, les lignes de fourmis qui parcourent les murs. Désormais, le cercueil de teck est son seul protecteur, son seul foyer. Le pire de tout est de se faire tabasser dans sa cellule, car alors elle aussi devient un endroit malfaisant regorgeant d'armes. Il regarde son seau à latrines avec une curieuse gratitude.

On ne peut rien faire contre le souvenir de la violence, comme on ne peut rien faire contre la violence elle-même, hormis l'endurer sans en faire partie, ce qui est son travail le plus important dans la cage, sa porte d'entrée, sa porte de sortie. C'est étrange, mais parfois, quand les coups sont vraiment violents, sa colère n'est pas si intense. Il ne ressent rien de la rage qu'il a ressentie l'autre jour lorsque Beau Gosse a fait valdinguer son plateau, par exemple. Un sentiment différent affleure en lui en ce moment, qu'il ne comprend pas tout à fait. Il ressent de la tendresse envers son corps vulnérable et affamé. Pauvre vieux ! C'est comme s'il avait trouvé un animal blessé sur le bord de la route et voulait le soigner. Le sentiment de metta – de compassion – est si fort qu'il n'y a pas de place pour la colère envers celui qui a blessé l'animal. Il ne ferait pas à Beau Gosse ce que Beau Gosse lui a fait. Il le sait. Et ce savoir est aussi une sorte de tendresse.

Il berce son crâne dans ses mains et ferme les yeux. Quand il les ouvre, il voit plus de lézards que d'habitude sur le plafond, occupés à traquer des insectes autour de la lumière.

— Ah, vous êtes revenus dans la cellule pour me rendre visite, c'est ça ? murmure-t-il aux petites créatures au-dessus de lui. Vous devez savoir que Hpo Hpo m'a dit de ne plus vous manger.

Qu'est-ce que son grand-père avait dit ? « Chaque lézard est un petit homme nu. » Comme ce serait facile de s'échapper si chaque petit homme nu était un lézard ! Teza n'aurait qu'à partir par l'aération, et faire ses adieux à l'araignée au passage.

Il est content de voir que l'araignée est de retour et affairée à tisser une nouvelle toile à quelque distance de l'aération, dans le coin où les murs rejoignent le plafond.

Camarade Araignée, petit ami à huit pattes, montre-moi comment tu vis.

En fabriquant des filets solides à partir de presque rien.

J'aspire moi-même à une telle vocation. Mais, camarade, ce n'est pas aussi facile que tu le laisses paraître.

16

Il est reconnaissant de voir que la punition s'est terminée avec le passage à tabac. Beau Gosse ne l'a pas privé de repas ou d'eau potable, puisque Sein Yun apparaît comme d'habitude avec son plateau de petit déjeuner. Quelle joie !

Le chiromancien maudit le gardien pour sa brutalité. En revenant des latrines, il traîne les pieds jusqu'à la salle de douches, rince les vêtements de Teza et les rapporte au cercueil de teck.

— Tu dois admettre, petit frère, que je t'avais prévenu, hein ? Et comme tu peux l'imaginer, maintenant il est en rogne. Mais, ajoute-t-il en baissant la voix et en avançant d'un petit pas dans la cellule, j'ai des bonnes nouvelles.

Tendue comme un fil de fer, une note aiguë et impatiente traverse son murmure.

— Il se pourrait que tu aies un peu de bouffe demain.

Teza veut se lever, mais ses côtes lui font si mal qu'il retombe sur sa paillasse en grimaçant. Sein Yun agite la main.

— *Ya-ba-deh !* Pas grave, j'ai rien de plus à te dire et il faut que j'y aille. Ce salopard commence à trouver le temps long au bout du couloir, je le sens.

Teza passe le reste de la journée à essayer de décoder les paroles de Sein Yun. Le chiromancien lui-même se serait arrangé pour qu'il ait plus à manger ? Ou alors c'est un autre politique qui envoie quelque chose à Teza ? Est-ce que Sein Yun parlait du htaung win za ? Le colis de nourriture a fini par arriver ?

Lorsque le chiromancien arrive avec le dîner, Teza est à la porte du cercueil, impatient d'obtenir d'autres informations. L'aboiement soudain de Beau Gosse l'effraie : le gardien se tient, caché, sur un côté de la porte.

— Grouille-toi, chiromancien de mes deux, j'ai pas toute la nuit !

Teza est intrigué. Pourquoi n'a-t-il pas entendu les bottes de Beau Gosse dans le couloir ?

Sein Yun fourre le plateau dans les mains tendues de Teza, puis sort de la cellule et ferme la porte. Toujours perplexe, Teza pose son dîner et essaie d'entendre ce que le chiromancien et le gardien chuchotent derrière la paroi épaisse. Leur murmure est étouffé par le sch*ouff-flap* des claquettes et le *clomp* familier des bottes de Beau Gosse. Teza se demande un instant s'il a des problèmes d'audition.

Il baisse les yeux vers son plateau : les mêmes brisures de riz sale, le même curry aqueux.

Le lendemain Teza commence son attente, consciemment, patiemment. Puis son agacement s'accroît. La douleur du passage à tabac diminue tandis qu'une crampe agrippe son estomac en grondant. Le mal de ventre lui donne mal à la tête.

En jurant, il se lève, trop vite, et perd l'équilibre ; il s'accroche au mur pour se rétablir. Le mal de tête revient avec une férocité soudaine, alors il s'assied, le dos contre le mur. Lentement l'horrible roulement de tambour dans son crâne s'atténue.

Lorsque le frappeur de fer se met enfin à frapper les onze coups, Teza est tellement soulagé qu'il en pleurerait. Cinq minutes plus tard il entend les claquettes du chiromancien, suivies à son grand désarroi, par les bottes de Beau Gosse. Bizarre. Il ne les aurait tout simplement pas entendues hier ?

Les jurons du gardien couvrent le cliquettement de ses clés, il repousse le verrou avec une violence dont Sein Yun ne fait jamais preuve. Teza baisse la tête en signe de soumission. Beau Gosse ouvre la porte et crache dans la cellule. Le crachat atterrit tout près de Teza, mais celui-ci ne lui jette pas un regard. Il ne bouge pas un muscle. Le gardien grogne, recule dans le couloir, et s'adresse à Sein Yun en hurlant.

— Qu'est-ce que t'attends, bordel ! Donne-lui et qu'on en finisse !

Le chiromancien avance dans la cellule en traînant des pieds et se plante devant Teza avec un sourire débile. Il porte un gros htaung win za, sur lequel le plateau est posé en équilibre. Teza cligne des yeux. À manger ! Il ouvre la bouche mais se retient de pousser un cri de joie. Le colis est gros, plus gros que d'habitude. Son regard passe par-dessus l'épaule de Sein Yun, traverse la porte de la cellule. Beau Gosse lui lance un œil noir, Teza baisse la tête.

Le chiromancien est étouffé en présence du gardien, mais seulement en volume, pas en caractère. Il avance encore d'un pas dans la cellule et l'espace se remplit de son gloussement rauque et de son odeur.

— Et ça pèse une tonne. Ma parole, elle croit que tu vas ouvrir une boutique dans le trou, petit frère. Il y a assez à bouffer pour toi et tous tes amis.

Teza jette un autre regard à Beau Gosse, qui a tourné la tête et a l'air de lorgner d'un œil morne du côté de la salle de douches. Sein Yun continue à bavasser, d'une voix surexcitée et trop aiguë.

— Tu vas partager, j'espère. Je sens déjà l'odeur du poisson salé. Je te revaudrai ça, bien sûr. T'en attends pas moins de moi, hein ?

Il penche la tête d'un côté et de l'autre, trop rapide, trop nerveux, une caricature de lui-même.

Teza se dépêche d'attraper le plateau au-dessus du paquet, le pose, puis prend le colis de nourriture des bras de Sein Yun.

— Ça fait beaucoup, murmure-t-il, comment ça a pu passer ? Et dans un carton ?

D'habitude la nourriture est enveloppée dans des sacs en plastique.

Sein Yun met un doigt sur ses lèvres mais répond à voix haute.

— Je prends le plus gros poisson en échange de trente comprimés de paracétamol. Je sais que tu as mal aux dents, alors comment tu peux apprécier la nourriture si tu souffres ? Allez, donne-moi ton seau, je me tais.

Quand Sein Yun part vider le seau, le gardien avance jusqu'au seuil de la cellule.

— Ta bouffe est empoisonnée ! gronde-t-il avant de claquer la porte.

Interloqué, Teza regarde le colis qu'il tient dans ses bras et secoue la tête. Sein Yun avait raison : il sent l'odeur du poisson ! L'eau lui vient à la bouche alors même qu'il essaie d'entendre ce que dit Beau Gosse de l'autre côté de la porte, mais les deux hommes s'éloignent dans le couloir et leurs voix disparaissent.

Cinq minutes plus tard, Sein Yun, toujours aussi essoufflé et nerveux, ouvre la lourde porte et tend le seau à Teza. Il lui fait un clin d'œil et lance la tête en arrière pour indiquer que Beau Gosse attend pour fermer à clé, son impatience audible dans le cliquetis du trousseau contre sa jambe.

— Surtout ne mange pas trop vite, petit frère !

Quand la lourde porte se ferme à nouveau, l'atmosphère est toujours remplie de la nervosité du chiromancien. Teza attend que le bruit des pas s'estompe pour s'accroupir devant son colis. Lequel, ayant été fouillé, est déjà ouvert, mais Teza écarte avec lenteur et précaution les rabats de carton. C'est un cadeau de sa mère.

Il y a des sacs en plastique remplis de cacahuètes, de haricots frits, de graines de sésame, de feuilles de thé en saumure dont il raffole. Il sort les paquets, les dispose soigneusement sur sa paillasse, surpris de voir qu'elle a acheté une nouvelle marque de la-phet, qu'il ne connaît pas. Ça ne fait rien. Il est si content, si étonné de recevoir sa nourriture. Il prend de grandes inspirations, s'efforçant de ne pas se précipiter.

Les cheroots sont sortis intacts du contrôle, au nombre de trente alignés dans un paquet scellé : il va pouvoir accomplir la cérémonie des cheroots pendant trois semaines sans avoir besoin du chiromancien. Et il aura un peu plus de latitude pour fumer.

Lorsqu'il sort le paquet de poissons, des larmes de soulagement lui montent aux yeux. Voilà ce qu'il attendait, ces petites créatures de l'eau, marron et gris foncé, leur corps arrondi conservé dans le sel. Ils signifient la vie pour lui. Bizarrement, ils sont enveloppés dans du papier taché d'huile, et non dans un torchon, comme d'habitude. Son esprit se pose brièvement sur la menace de Beau Gosse, mais il sait que la nourriture n'est pas empoisonnée. Et si c'était le cas, il la mangerait quand même. Seules ses bonnes manières l'empêchent de mordre à pleines dents dans un des poissons, avec les arêtes qui sortiraient de sa bouche comme des épingles. Ils sont au nombre sans précédent de douze.

Un pressentiment commence à rivaliser avec le plaisir de ce trésor. Douze poissons. D'habitude il y en a huit. Une fois il y en a eu dix. Pourquoi ont-ils laissé passer un si gros colis ?

Quatre blocs de thanakha apparaissent. Frottées dans sa main avec un peu d'eau, les barres odorantes d'écorce râpée deviennent une pâte qu'il applique sur ses plaies. Sa mère affirme que c'est grâce au thanakha que les femmes birmanes ont une si jolie peau. Quand il était petit, elle lui en étalait partout, pour des raisons aussi variées que boutons de chaleur, furoncles ou piqûres d'insectes. Il en sort une de son enveloppe de plastique et la sent : le léger parfum le ramène à un matin de son enfance, où il était parti à l'école en boudant parce qu'elle l'avait forcé à sortir avec des tourbillons de thanakha sur les joues. Comme un bébé, ou comme une fille ! Il s'était arrêté chez un copain et s'était lavé la figure au robinet afin de se débarrasser de cette crème délictueuse, pour finir par se faire gronder par la mère du copain, qui avait compris son manège.

Il y a quatre grands paquets de haricots frits aux épices. Une serviette neuve, et deux caleçons neufs. Mais le plus inquiétant est qu'il y a deux savonnettes. Il n'a jamais reçu deux savonnettes. Le savon est toujours volé.

La nervosité de Teza augmente tandis qu'il sort chaque article tant désiré, et le tient dans ses mains. Sanda, May May, sa mère : il ne sent pas sa touche dans ce colis. Tout a beau être à sa place, il manque quelque chose. Elle a peut-être envoyé une partie de la nourriture, mais c'est quelqu'un d'autre qui a fait le colis, ce qui explique l'inhabituelle boîte en carton, les quantités inattendues.

Cette abondance a des airs de pot-de-vin. Mais c'est ridicule. Dans quel but voudrait-on le soudoyer ?

— Continue ! murmure-t-il.

Il défait les rabats au fond de la boîte. Un cri à demi étouffé lui échappe.

Du papier.

Blanc, au grain grossier, plié au fond de la boîte. Il secoue le paquet vide. Un stylo-bille blanc s'échappe en roulant de dessous un rabat de carton. Le papier est vierge, et le stylo a l'air neuf.

Le chanteur jure dans sa barbe.

À présent il comprend la nervosité de Sein Yun.

Les minutes passent. Il fixe la nourriture et les articles de toilette soigneusement disposés sur sa paillasse. Puis il regarde le papier, trois feuilles. Un stylo blanc. Comme des bombes destinées à des enfants, ils le séduisent, l'attirent, pour finalement lui exploser à la figure. Il ne les touche pas. Assis dans la cellule, il secoue la boîte d'un côté et de l'autre. Son mal de tête refait surface. Le stylo roule sous le rabat de carton, disparaît. Revient. Teza ne peut lui échapper.

Il remet le papier et le stylo sous le rabat au fond de la boîte, hors de sa vue, et se retourne vers la nourriture. Ce dont il mourait d'envie est soudain devenu un élément de distraction.

Néanmoins, lorsqu'il arrache un morceau de chair d'un des poissons et le met dans sa bouche, son corps se souvient que la nourriture est le centre du monde. Le riz du plateau est particulièrement sableux aujourd'hui, mais peu importe, il a du poisson à manger et il le mange, il sent la chair salée ignorer complètement son estomac pour aller directement dans les longs muscles inutiles de ses cuisses et de ses bras. Merci, merci. Il enlève délicatement les arêtes. C'est presque un geste médical, ce nettoyage précis et méthodique de la chair.

Le carton est toujours à côté de lui comme un compagnon fâcheux, mais il l'ignore, préférant se soumettre à l'immense faim de son corps. Il mange sans relâche, lentement, précautionneusement, se forçant à s'arrêter pour respirer, sachant qu'il ne doit pas manger trop ni trop vite la première fois. Négligeant cette règle, il mâche et avale, se lèche les babines, mange trop. Pour s'empêcher de continuer, il se lève et fait quelques pas.

Tout l'après-midi il a laissé le stylo et le papier dans le carton, comme s'ils n'existaient pas. Quand le frappeur de fer frappe cinq heures, Teza se met à fixer la porte, désireux de voir apparaître Sein Yun. Parfois quand on reçoit un colis, le repas suivant est mystérieusement supprimé. Teza attend, mais Sein Yun ne vient pas lui expliquer ce qui se passe, la provenance du papier et du stylo. À six heures il comprend que le chiromancien ne se manifestera pas.

Dans son agitation, il mange un autre poisson entier. Et un paquet de la-phet. Et des cacahuètes. Il mastique bien chacune.

Il va devoir bientôt remettre toute la nourriture dans le carton et le déplacer sans cesse, afin de le protéger des fourmis qui ont déjà abandonné leurs excavations dans le mur pour s'inviter à dîner avec lui.

Petites créatures polies. Il écrase une cacahuète et la pose par terre pour les distraire du reste des provisions. Ça marchera un temps.

Il sort le stylo et le papier du carton, et les range dans son petit baluchon de vêtements. Il ne les touchera plus tant qu'il ne saura pas d'où ils viennent. Et d'où vient le colis lui-même.

Sa curiosité augmente avec la venue des moustiques du soir. Il écrit, au moins, ce stylo ? Il le reprend et place la bille sur la partie charnue de sa paume, juste sous son pouce, comme un chirurgien qui ajuste un scalpel. Toute la surface de sa paume transpire. Ses mains, note-t-il avec désespoir, tremblent. S'il lui fallait tenir un fusil, c'est sûr qu'il se tirerait dans le pied ! Il pense à Aung Min sur la frontière, révolutionnaire armé.

— Aung Min, murmure-t-il, je ne peux même pas tenir un stylo.

Il écrit. Rien. La bille glisse sur sa peau humide. Il s'essuie la main sur son longyi et essaie à nouveau. Il jure. Bien sûr que le stylo écrit. En bleu. Il le savait. Dès que l'encre inscrit sa marque – il trace une boucle – il l'efface avec le pouce de l'autre main. C'est stupéfiant de voir à quel point ces objets banals, les outils des employés et des fonctionnaires, peuvent modifier son univers étroit du tout au tout. C'est la première fois qu'il tient un stylo depuis qu'il a signé une confession après avoir été torturé.

Par l'aération lui parvient le son du raclement de gorge d'un gardien. Pris au dépourvu, Teza fait tomber le stylo. Le bruit du plastique qui dégringole lui provoque une angoisse aussi aiguë qu'une douleur physique. Son premier réflexe est de courir. Courir où ? Jusqu'au mur d'en face, deux mètres cinquante plus loin ? Il sait que le gardien ne peut pas avoir entendu le stylo tomber, mais son corps est inondé de sueur. Il se tient aussi immobile que possible, le stylo blanc sur le sol de ciment quelque part à ses pieds, la tête tournée vers l'aération, là où l'araignée se repose au centre de sa toile. Il n'a aucun problème d'audition.

Il écoute de tout son corps.

Il n'y a personne, ni dehors sous la pluie ni derrière la porte du cercueil, mais il demeure immobile, aux aguets. Beau Gosse pourrait s'approcher de lui à pas de loup, prêt à ouvrir la porte et à l'attraper.

Avec du papier blanc, un stylo. Des articles interdits.

Il n'y a personne.

Cela fait longtemps que le gardien a terminé sa ronde.

Soudain c'est l'extinction des feux. Neuf heures. Le noir tombe comme une couverture avec un trou d'argent : par l'aération il voit l'illumination des projecteurs très haut au-dessus du cercueil. Mais la cellule est dans l'obscurité complète. Teza se met à genoux pour retrouver le stylo. Sous le mirador, le frappeur de fer commence à battre le temps.

— Enfoiré de Sein Yun !

Ses propres paroles le surprennent. Jusqu'à cet instant où ses mains balaient la cellule de toutes parts, s'étirant de plus en plus loin, revenant au point de départ, il ne s'est pas rendu compte qu'il est en colère. En fait, il est furieux, ce qui l'aide à tenir en échec un sentiment de panique de plus en plus fort. Il est sûr que Sein Yun est responsable de tout cela. C'est certainement lui qui a tout organisé. Tandis que ses mains passent sur la couche de crasse qui recouvre le sol de ciment – cette cochonnerie n'a pas pu rouler si loin ! Il aurait donné un coup de pied dedans quand les lumières se sont éteintes ? – il lui semble de plus en plus évident que les trois feuilles de papier et ce stylo perdu dans la nuit ne serviront qu'à lui rendre la vie plus difficile. Il n'en veut pas. La dernière raclée, la noyade, c'est encore trop frais.

Si on le prend avec du papier et un stylo, Beau Gosse le tabassera, à mort peut-être. S'il y survit, ils rallongeront sa peine et c'est tout. Il n'a même pas besoin d'écrire quoi que ce soit sur le papier, ils le condamneraient uniquement pour l'intention. Deux ans de plus, quatre, sept ? Sept. Sept, probablement. Ou dix.

Voilà. Il est là. Ses doigts se referment sur le stylo. Clac-clic. Il fait entrer et sortir la bille, puis se dirige vers sa paillasse en rampant. Dans le noir, ses doigts s'enfoncent dans son petit baluchon, où les trois feuilles de papier sont enveloppées dans un maillot propre. Il glisse le stylo à côté du papier. Où donc pourrait-il les cacher ? Il n'y a pas d'endroit où le ciment s'effrite dans la cellule, ni de brique cassée ou cassable dans le mur, susceptible de servir de cachette. Les chambres des fourmis ne sont pas assez épaisses pour le stylo. Son seau ? Bien sûr que non. Le pot à eau ?

Les cachettes sont inutiles de toute façon. Lors d'une fouille, rien n'échappe aux gardiens. Ils vérifient si les briques sont intactes. Ils percent le sol et retournent la terre. S'ils cherchent ils trouveront, même s'il n'y a rien.

17

Lorsque Sein Yun arrive avec son petit déjeuner, Teza ne bouge pas du fond de la cellule. Le chiromancien bondit presque vers lui, les yeux brillants, et se penche vers l'oreille du chanteur :

— Tu as le papier ?

— Oui.

Sein Yun sent la sueur et le bétel et l'huile de friture. Dans les grands bâtiments les détenus de droit commun ont souvent le droit de se faire la cuisine.

— Et le stylo ?

— Oui.

Le soupçon épaissit la voix de Teza. Il se demande si Sein Yun entend aussi la peur. Les deux hommes n'arrêtent pas de lancer des coups d'œil dans l'ouverture de la porte en teck. Beau Gosse est au bout du couloir.

— Tes amis seront contents. Ils rédigent des messages à Suu Kyi, pour célébrer sa libération.

Teza ne répond pas.

Le chiromancien s'accroupit.

— Les politiques du bâtiment trois veulent que tu parles des conditions de vie en prison.

Ils veulent que tu écrives à Suu Kyi, et toutes les lettres collectées seront envoyées à l'ONU.

Teza cache sa surprise d'entendre Sein Yun dire « ONU » sans éclater de rire ou lancer un commentaire grossier à propos des Occidentaux. Non, la face jaune de Sein Yun est grave.

— Quels politiques ?

— Myo Myo Than et son groupe du bâtiment trois.

Teza regarde vers la porte.

— Quand as-tu été mis au courant ?

— Tout de suite après la libération de Suu Kyi. Ils voulaient que je les aide. Bien sûr j'ai dit non, ça ne va pas la tête ? Je suis un détenu de droit commun qui travaille dur, pas le grouillot des politiques. Mais ils ont insisté, et je dois admettre qu'ils m'ont donné une bonne prime de risques. D'ailleurs je l'ai bien gagnée cent fois, à force d'écouter leurs conneries sur la solidarité et le mouvement et les conditions de vie en prison – comme si je n'étais pas au courant des conditions de vie en prison ! J'ai accepté de t'apporter du papier et un stylo à condition qu'ils passent dans un colis de nourriture. Excuse-moi, mais je ne voulais rien porter sur moi. L'héro et les légumes c'est une chose, Rossignol, mais le papier et les stylos c'est une autre paire de manches, tu vois ce que je veux dire ? J'ignore ce qui est arrivé à ton autre colis, mais un copain à toi s'est arrangé pour que celui-ci traîne pendant une semaine dans la salle des contrôles, jusqu'à ce qu'il puisse être refait sans danger.

— Quel copain ? demande Teza en regardant le chiromancien dans les yeux.

— Tu sais, ton copain bien placé.

Il ne peut que parler de Chit Naing, mais pourquoi ne dit-il pas tout simplement son nom ? Teza se frotte les yeux pour cacher son trouble. Il y a un problème. Pourquoi Chit Naing ne lui a-t-il pas dit directement que quelque chose se tramait ? Parce qu'il ne voulait pas s'incriminer lui-même ?

— Je peux te dire que ça a été très chaud, murmure Sein Yun comme s'il lisait dans les pensées de Teza. Pas mal de gens risquent leur peau. Plus que tu ne peux l'imaginer.

— Qui ?

— Moins tu connais de noms, mieux c'est, au cas où il y aurait une emmerde. Souviens-toi seulement que tu as des amis. Un autre détenu de droit commun a accepté de faire sortir les messages. Un droit commun ! Alors arrête de penser qu'on est des bons à rien. Il sort dans quatre jours, et comme l'officier de libération a fait du business avec lui pendant des années, il ne sera pas fouillé à la sortie.

Sein Yun joint les mains et se relève, puis reprend aussitôt la position accroupie. L'or brille parmi les dents tachées tandis qu'il se penche plus près de Teza.

— Alors je peux leur annoncer que tu vas te joindre à eux ?

Teza ne sait pas quoi dire. L'insistance luit dans les yeux jaunes de Teza.

— Pourquoi tu hésites ? demande-t-il dans un souffle.

— Parce que je suis surpris.

— Tu as peur ?

Teza ne peut pas répondre.

Sein Yun fait passer sa chique de bétel d'une joue à l'autre d'un mouvement impatient.

— On n'a pas beaucoup de temps. Myo Myo attend. Nous devons rassembler les messages.

Le « nous » transperce Teza comme une aiguille. Nous c'est le mouvement, le peuple. Nous c'est ce qu'il crève d'envie de ressentir dans ses tripes, mais il ne peut pas. Il est seul. Il a beau être un prisonnier politique, il ne se sent pas l'âme d'un homme politique.

Myo Myo était un bon copain d'Aung Min, avec qui il organisait et menait les grèves. Il fut arrêté juste avant Teza. Pendant une semaine ils partagèrent une cellule de garde à vue au centre d'interrogatoire 12. Nuit après nuit, Teza écoutait les cris du meneur de grève dans la pièce en face. Puis c'était au tour de Myo Myo Than d'écouter Teza tous les matins. Cette destruction avait tissé entre eux un lien d'affection. Myo Myo Than fut le seul prisonnier politique avec qui Teza partagea une cellule alors qu'il en devenait un lui-même.

— J'ai besoin de temps pour réfléchir.

— Rossignol – la voix est calme, presque enjôleuse – le temps, c'est justement ce qu'on a pas.

Tout en reculant, Sein Yun exécute un salut empreint de gravité. Puis il prend le seau à merde de Teza et lance une grossièreté avant de partir.

À son retour avec le seau, il est plus agressif.

— Il te la faut quand, cette lettre ? demande Teza en lançant un coup d'œil à la porte ouverte.

Sein Yun examine attentivement la mine fébrile du chanteur avant de répondre.

— Demain.

— Demain ! Comment je peux faire si vite ? Il me faut du temps pour réfléchir. Tu crois que je peux m'asseoir et pondre ça, après toutes ces années sans écrire ?

— J'aurais cru que rien ne t'aurait mieux préparé que des années sans écrire, sourit Sein Yun. Écoute, c'est bien que tu n'aies que jusqu'à demain. Moins tu gardes ces trucs dans ta cellule, mieux c'est.

L'expression de franche stupéfaction sur le visage de Teza se referme à nouveau sur le soupçon.

— Pourquoi tu fais ça, Sein Yun ? Je croyais que tu ne t'intéressais pas à la politique ?

— C'est vrai. Mais je me suis dit que je pourrais faire une fleur à ces pauvres bougres. Parce que c'est vraiment votre rêve, à vous, faire passer un message, hein ?

Teza se rend compte que quoi qu'il dise, cela aura l'air d'une excuse.

— Justement, c'est un rêve. La réalité est plus compliquée. Je ne peux pas faire ça sans réfléchir aux conséquences. Si je suis pris, si ma peine est prolongée, ma mère en souffrira autant que moi. Peut-être plus.

Même si c'est vrai, c'est l'éventualité de sa souffrance à lui que Teza ressent au plus profond de lui-même. Encore treize ans sur une peine de vingt, plus sept de plus. Ou dix. Et dans ce cas, plus de chance d'amnistie ou de libération anticipée. C'est déjà assez dur pour lui de se dire « treize ans » ; ça le rend malade de penser qu'on puisse lui voler encore du temps sur sa vie.

Sein Yun le dévisage, la déception peinte sur sa figure.

— J'espère que tu auras pris ta décision à l'heure du dîner. Cinq heures. Ce soir je dois leur dire comment la livraison s'est passée.

La tête penchée, il regarde un instant Teza par en dessous avant de reprendre :

— Tu sais, pour tes copains, il était évident que tu te joindrais à eux. Peut-être que maintenant t'es juste un prisonnier, et que t'as oublié le pouvoir de ton nom.

Il tourne les talons et sort du cercueil d'une démarche maniérée. Un bon chiromancien sait quand il faut la fermer.

Teza est assis le dos collé au mur du fond de la cellule. Il ferme les yeux et ne bouge pas. C'est une paralysie d'espoir. S'il reste dans cette position assez longtemps, sera-t-il dispensé de prendre une décision ?

Et dire qu'il avait tant désiré ce colis !

Il ouvre les yeux mais s'efforce de les empêcher d'aller s'égarer vers le baluchon de vêtements où sont cachés le papier et le stylo. Il essaie d'imaginer qui se les est procurés, qui les a mis dans le carton. Si ce n'est pas Chit Naing, cela signifie qu'il y a un surveillant ou un garde dans le coup. Ce n'est pas possible autrement. À la pensée qu'un homme ayant du pouvoir dans la cage est au courant du plan il se sent si vulnérable qu'il fixe la porte de teck pendant de longues minutes ininterrompues, aux aguets, dans la crainte de le voir débouler.

Il sait que tout un réseau existe à l'extérieur de sa cellule, un réseau qu'il ne voit pas et qu'il peut à peine concevoir, car il a toujours été en isolement. Des accords que personne ne passerait en temps normal. Un échafaudage élaboré de secrets et de mensonges retient une réalité que personne ne choisirait volontairement. Qui choisirait de construire une prison, de faire partie du monde de la prison et d'y prospérer ? Pourtant la prison est l'œuvre des hommes, et le régime est l'œuvre des hommes ; ils ont tous fait les choix qui les ont amenés ici. D'ailleurs, y a-t-il jamais eu de temps normal en Birmanie ? Y a-t-il jamais eu un temps où l'on a pu faire le bon choix sans risquer de perdre son gagne-pain, ou sa vie ?

Le début de la lettre devrait lui venir facilement. Il a tant écrit en pensée. Pourquoi hésite-t-il, maintenant qu'il a le papier et l'encre pour noter les mots ? Que dirait sa mère de son hésitation ? Son père aurait-il honte de lui ?

Il ne peut répondre aux questions qu'il se pose.

Il fixe longtemps le mur de briques, tandis que tournent en rond dans sa tête le papier, le stylo, la lettre, la belle femme dans la vieille maison de University Avenue. Suu. La femme avec les fleurs dans les cheveux qui a tenu tête à une armée. Un jour, pendant sa campagne électorale, des soldats se sont agenouillés pour la mettre en joue, elle et son entourage. Teza était déjà en prison alors, mais l'histoire a fait une telle impression qu'elle lui a été racontée deux fois, par un surveillant et un serveur. Après avoir recommandé aux étudiants qui l'accompagnaient de rester en arrière, elle a marché vers les soldats, calmement, avançant vers les fusils comme une femme qui avance dans les flammes. Le commandant du bataillon a craqué et a ordonné à ses hommes de baisser leurs armes.

Le frappeur de fer frappe midi. Encore cinq heures avant le retour de Sein Yun.

Cette journée plus longue que les autres longues journées sera dédiée au Papier et au Stylo. Il ne les touchera pas. Il les laissera bien nichés dans ses vêtements effilochés. Ses mains se croisent sur sa poitrine pour frotter et réchauffer la chair de poule de ses épaules. *Clac-clic*. Il entend encore le doux bruit de la bille bleue qui sort et se rétracte.

Mais il ne va pas s'agiter d'avantage en les touchant. Mains vides, esprit clair.

18

Le frappeur de fer frappe un coup. Soixante minutes, soixante secondes par minute, trois mille six cents secondes dans l'intervalle entre midi et une heure. Pourtant cet unique coup est l'une des heures du jour les plus faciles à rater.

Assis, le dos tourné à la porte de teck, le chanteur est courbé comme un vieillard. La fine feuille dépliée se trouve dans sa main gauche. Dans la droite, il tient le stylo. Le désir l'a pris par surprise, intense, quasi érotique. À présent il est bouleversé par la douceur du papier vierge. Le stylo a un poids si particulier. Il sort la bille et renifle l'encre, puis baisse les yeux sur le rectangle pâle du papier, qui est comme la lumière contenue par un encadrement de porte. Il pourrait le traverser et se retrouver dehors, à parler au monde.

Le papier n'est pas vraiment blanc, c'est une qualité grossière, de deuxième ou troisième choix, de la couleur de la cendre très fine. Il contient de minuscules constellations de défauts, des galaxies grises et floues. Il se penche pour déposer un baiser léger sur la première feuille. Son nez touche le papier, s'emplit de son odeur de terre, humide parce que la cellule est humide. Cela lui rappelle les livres de son grand-père. Il repense à son père, à ses cours clandestins.

Il sait que sa mère voudrait qu'il écrive cette lettre. Et son père ? Difficile de savoir ce qu'il dirait de l'autre côté de sa frontière avec la mort. Myo Myo Than écrit une lettre ; d'autres politiques écrivent des lettres.

Teza replace le papier et le stylo dans leur cachette, et se met à faire les cent pas, en envisageant les options qui s'offrent à lui. Si la lettre ne parvient pas à sortir de la prison, il est bon pour faire les cent pas sept ou dix ans de plus.

Que restera-t-il de lui ? Très peu de dents. Quelle vanité, de penser d'abord à ses fichues dents ! Mais le déclin de son corps ne doit pas être matière à plaisanterie, si tant est que l'on soit encore capable de plaisanter. Il n'ose pas penser à ce qui adviendra de son esprit. Il doit déjà lutter pour maintenir un lien avec le mouvement en dehors de la cage, puis au-delà, en dehors du pays, où vivent son frère et des milliers d'autres Birmans en exil. La frontière thaïe n'est pas si loin.

Son grand-père l'emmenait dans un monastère dans les collines de Sagaing. Avec ce qu'il se souvient de ces pentes tortueuses, il se fabrique une idée de la jungle et imagine une colonne d'hommes dépenaillés qui piétinent sous la pluie dans des sentiers transformés en torrents de boue, et plus loin en eau fangeuse. La plupart portent des claquettes en caoutchouc et ont les pieds couverts de plaies ouvertes. Son frère doit se trouver quelque part parmi eux. C'est ce que Aung Min voulait, n'est-ce pas ? Combattre le régime.

Il fut choqué que Sanda soutienne Aung Min dans sa décision de partir. Aujourd'hui il se demande ce qui se serait passé s'ils étaient partis tous les deux. Assurément, les sept dernières années auraient été différentes. Mais Teza était résolu à rester en Birmanie, et il fit de son mieux pour dissuader Aung Min de partir. À cette époque son petit frère était un Che Guevara en puissance. Il arborait parfois une casquette bizarre, noire et plate, ce qui avait le don de mettre Teza en rage – elle lui semblait si prétentieuse, si peu birmane. Des larmes ridicules lui montent aux yeux. Cette cochonnerie de casquette noire. Che Guevara devint Che Aung Min, même si ce n'était ni le socialisme ni le communisme qui l'intéressait. Peu lui importait si l'Occident se moquait déjà des nombreux défauts et hypocrisies de la démocratie. Les Birmans n'avaient pas ce luxe. Casquette noire ou pas, Aung Min avait déjà décidé de rejoindre les rangs des révolutionnaires armés, et ne comprenait pas pourquoi Teza voulait rester.

Il partit à la fin octobre 1988, en même temps que toute une vague d'autres étudiants dissidents. Des médecins partirent aussi, et des journalistes, des professeurs, des personnes de tous horizons, des militants politiques de longue date récemment libérés de prison ou pourchassés par les agents des renseignements militaires.

Deux semaines plus tard, Sanda rechercha d'autres parents dont les fils et les filles étaient partis pour la frontière. Certains des étudiants avaient appelé chez eux en pleurant, ou bien en parlant du ton froid et déterminé des enfants qui sont devenus adultes en l'espace de quelques semaines. Nombreux étaient ceux qui n'avaient pas appelé du tout, craignant de mettre leur famille en danger. Les téléphones étaient sur écoute, la correspondance privée était systématiquement ouverte. Aung Min, craignant pour sa mère et son frère, ne donna aucune nouvelle.

Cependant, par des canaux tortueux et secrets, Sanda sut que son fils cadet était vivant, et qu'il faisait partie de la milice étudiante entraînée par l'Armée nationale de libération karen. Teza s'efforça de ne pas être trop impressionné à la pensée de son frère, cavalant la mitraillette en bandoulière dans le dos, ou devant la poitrine, enfin là où on porte une mitraillette en bandoulière quand on court ; il n'en avait aucune idée.

— Ils sont armés ? demanda-t-il.

Sanda se gratta le cou.

Teza attendit. Sa mère ne disait rien.

— Ils sont armés, oui ou non ?

— Pas exactement.

— Comment ça, pas exactement ?

— Apparemment il n'y a pas assez d'armes pour tout le monde. Alors ils les entraînent avec... des bâtons.

— Des bâtons ? Et quand ils attaqueront les troupes du SLORC, ils leur lanceront les bâtons, ou ils chargeront pour frapper les soldats sur la tête ?

May May lui lança un regard noir. Il savait qu'il aurait dû se sentir coupable de cette plaisanterie, mais ce n'était pas le cas.

— Et la nourriture ? Qu'est-ce qu'ils mangent ?

Le visage délicat de sa mère perdit ses contours royaux ; elle fondit en larmes. Tout honteux, Teza s'approcha et lui entoura les épaules de son bras.

Elle s'éclaircit la gorge.

— L'homme à qui j'ai parlé m'a dit qu'ils n'ont pas reçu le dernier envoi venant d'une organisation humanitaire et que les Karen n'avaient pas assez de riz pour tout le monde.

L'armée karen. Teza en savait si peu sur les gens des frontières, leurs combats. Il se demanda comment les étudiants politisés du centre du pays pouvaient communiquer avec les guérilleros karen de la jungle. Il voulait demander à May May s'ils parlaient la même langue, mais il s'en abstint.

Elle se ressaisit.

— De toute façon, il pleut toujours. Les deux côtés se retirent. Ils ne risquent pas d'être attaqués.

Ils étaient vraiment mère et fils à ce moment-là, épouse et enfant d'un médecin, pensant simultanément aux maladies de la saison des pluies - malaria, blessures infectées, yeux infectés, typhoïde, choléra. Dysenterie. Si les étudiants devenus soldats n'avaient pas de riz, ils n'avaient sûrement pas non plus de quinine, ni d'antibiotiques ni de pansements corrects.

Mais Sanda avait appris à gérer l'ingérable, l'insupportable, le grotesque et l'absurde. Elle poursuivit d'un ton presque triomphant.

— Donc, ils sont dans la jungle et apprennent à se nourrir des animaux qu'ils partagent. Les soldats karen leur enseignent aussi à construire des cabanes de bambou. Et le riz finira bien par arriver. Ce n'est qu'une question de temps. *La-may-ja-may*.

Elle se tut sur cette incantation birmane infaillible contre les catastrophes. *Ça viendra, en son temps.* Du plus loin qu'il se souvienne, Teza avait entendu Sanda dire cela. Elle reprit ses esprits, et malgré son humeur sombre, elle retrouva la froide beauté lunaire de son nom, et s'essuya les yeux comme si de la poussière avait eu l'audace de s'y faufiler.

Lorsque le frappeur de fer frappe trois heures, Teza s'arrête de marcher et regarde le visage imperturbable de la porte de teck. Sa mémoire a convoqué tous les personnages courageux qui ont traversé sa vie, pour leur demander ce qu'il devrait faire. Il pèse ce qu'il sait, ce qu'il ignore. Encore deux heures entières avant que Sein Yun vienne avec son plateau. Il est crucial de laisser le temps s'écouler petit à petit, comme une arête de poisson coincée dans le gosier. Il se remet à faire les cent pas.

19

— Toi, tu n'as toujours rien écrit !

Assis par terre au fond de la cellule, Teza secoue la tête.

Le plateau de cinq heures se pose avec fracas.

— Dire que je me suis mouillé pour rien. Je ne suis vraiment pas assez payé !

— Tu as dit demain, murmure Teza. Ça sera prêt quand tu m'apporteras le repas du matin.

Sein Yun se tourne vers la porte, mais interrompt son mouvement et regarde Teza bien droit dans les yeux.

— Ils comptent sur toi, Teza.

Quelque chose ressemblant beaucoup à la prière – ou est-ce la peur ? – rend sa voix plus aiguë.

— Je te dis que ce sera fait demain.

Teza se lève, avance vers le plateau.

— Transmets mes amitiés à Myo Myo Than.

— Je n'y manquerai pas.

Un moustique vrombit près de sa joue, se pose sur sa poitrine. Immobile, le chanteur regarde l'insecte tirer une longue goulée de son sang. Qui sait ce qu'un seul mot, le mot juste, peut accomplir ? Alors, une lettre entière !

Jusqu'où pourra-t-elle voyager, qui trouvera-t-elle, que portera-t-elle ou laissera-t-elle dans son sillage ? Tout ce qu'il écrira signifiera : « Vous ne m'avez pas réduit au silence. Malgré tout votre pouvoir, vous n'êtes pas tout-puissants. » Des hommes ont souvent réduit sa voix à des halètements et des pleurs. Ils ont extirpé le pouvoir de parler de son corps, de nombreux corps. Mais les mots écrits survivent à la vulnérabilité de la chair. Ses chansons continuent à voler comme des hirondelles. Les mots enregistrés peuvent être transmis. Dans une forme ou une autre, ils seront bel et bien transmis. Le mouvement est leur nature essentielle.

Teza sort les articles de contrebande de leur cachette, dégage un endroit sur la partie la plus lisse du sol de ciment. Il prend le stylo blanc, sort la mine, griffonne à nouveau sur sa main. Penché sur le papier, un genou replié, l'autre jambe étendue, il commence sa lettre à Aung San Suu Kyi, le cœur battant et la sueur au front. Tout à fait comme s'il écrivait une lettre d'amour.

Il se mord la lèvre inférieure, il a du mal à tenir le stylo sans serrer. C'est étrange de voir les mots apparaître, de sentir la familiarité de l'écriture revenir dans sa main comme un flot de sang. Il essuie sa paume en sueur sur son longyi. À deux reprises il se lève et marche de long en large, se murmurant les mots à lui-même, afin de ne pas se tromper sur le papier. Juste un peu avant neuf heures, lorsque les lumières de sa cellule s'éteignent, la lettre est terminée. Puis le papier, les mots et ses yeux tourmentés sont plongés dans le noir.

Le colis est au centre de la cellule. Il y a un problème.

Il traverse le cercueil de teck, tout agité.

Des fourmis se sont glissées dans le carton. Dans l'angoisse intense de son rêve, il sait qu'elles sont là, à manger ses provisions. Il doit se dépêcher. Ce sont des fourmis dangereuses, des soldats. Elles mangeront tout et il aura de nouveau faim. Mais il ne peut pas ouvrir le colis. Quelqu'un a recollé les rabats. C'est quoi, cette colle ? Il lutte, déchire le haut du colis de ses longs doigts.

Le carton cède enfin. Il regarde dans la boîte pour voir dans quel état est sa nourriture, mais il n'y a que des fourmis, des centaines de grosses fourmis formant un essaim affairé qui part à l'assaut de ses mains. Il essaie de les chasser d'un geste, mais elles avancent toujours parce qu'il ne veut pas lâcher le colis. Il y a encore quelque chose dedans, caché.

Il penche le carton. Qu'est-ce qui glisse de dessous le rabat du fond ? Pas le stylo blanc – autre chose, d'un rose cru, constellé de fourmis. C'est un lézard, dont la peau a déjà été dévorée. À présent les fourmis commencent à attaquer la chair du crâne. Les deux yeux noirs sont encore intacts, encore vivants. Ils se lèvent vers son visage.

Il regarde le corps écorché, la masse grouillante des fourmis. Leur tête oscille d'un côté à l'autre, tandis que leurs mandibules se referment sur la chair. La compréhension déferle comme une lente vague d'horreur. Il ouvre la bouche pour crier, pour appeler quelqu'un, mais aucun son ne sort. Ce n'est pas du tout un lézard, quoique la forme soit la même, la queue, les quatre petits membres. Mais ce n'est pas un lézard. C'est un minuscule fœtus humain.

Il se réveille dans le noir, trempé de sueur, tout tremblant.

— Ce n'est qu'un mauvais rêve, Teza, murmure-t-il.

Sa voix sonne creux.

Le frappeur de fer frappe quatre coups.

Il se recroqueville comme un enfant et se berce pour se rendormir.

À six heures, quand les lumières se rallument, il se réveille et regarde son colis. Les fourmis l'ont bien découvert – pas les grosses fourmis de son rêve, mais les petites qu'il connaît si bien à force de les voir parcourir en tous sens les murs du cercueil. Il ôte les petites créatures une par une, puis soulève le colis et fait les cent pas en le tenant dans ses bras.

Il marche ainsi pendant une vingtaine de minutes, pour que les fourmis abandonnent leur chasse un moment. Puis il repose le carton et relit sa lettre, en essayant d'apprendre par cœur ce qu'il a écrit. Il a fait des taches d'encre, ce qu'il regrette. Deux gouttes de sueur brouillent quelques mots.

Il passe la matinée en méditation discontinue. Quelques minutes après que le frappeur de fer a frappé onze heures, son estomac commence à se soulever. Une angoisse grandissante le force à rester assis un long moment, à écouter le couloir vide.

— Elle est prête, murmure Teza dès que le chiromancien ouvre la porte.

Sein Yun lui tend sa nourriture, et met un doigt sur ses lèvres.

— Je ne peux pas la prendre tout de suite. Donne-moi ton plateau, je dois y aller.

— Mais la lettre est finie !

— Beau Gosse vient de me poser des questions. Chut !

Ils se figent, aux aguets.

— Il arrive dans le couloir. Je ne dois rien avoir sur moi maintenant. Je la prendrai ce soir.

Il lève la main avant de partir, comme un flic qui fait la circulation. Stop. Attendez. Et d'ailleurs, Teza reste là sans bouger, sans parler.

Il n'y a aucun bruit dans le couloir après le départ des claquettes de Sein Yun. Teza entend la porte du bâtiment se fermer également. Serveur et gardien sont partis. Au-dessus de sa tête la lumière vacille soudainement, brille, vacille à nouveau, tombant en cascade sur les objets de la cellule. Le chanteur sort la lettre encore une fois, tient le papier à la main. Inutile de la relire. Il l'a mémorisée.

Le martèlement léger de ses pieds nus emplit la cellule. Cela lui fait penser à un battement de cœur. Ou à un papillon de nuit pris entre ses doigts. La lettre est posée devant lui. Une pièce à conviction, pense-t-il. Il la range et reprend sa marche, en écoutant les bruits dans le couloir. En une heure, il entend passer sept rats et autant de souris. Il les différencie par la vitesse de mouvement, le poids des petites pattes griffues. Dehors, un groupe de travail passe sous l'aération, les détenus de droit commun rient et jurent, un garde tousse et crache. De temps en temps, le grondement éloigné du tonnerre.

Une autre heure passe. Il mange un poisson et jette les arêtes dans son seau. Puis il recommence les cent pas avec le colis dans les bras, pour tromper les fourmis. Il écoute son estomac. Il attend ainsi toute la journée, jusqu'à ce qu'il puisse commencer à guetter les pas de Sein Yun. Il se demande qui seront les surveillants de garde. Beau Gosse va-t-il encore apparaître ? Il y a tant de choses à mettre en place pour que les lettres puissent sortir. Et si les horaires de tel ou tel gardien venaient à changer de façon intempestive ? Et s'il y avait une descente surprise ?

Il s'arrête de marcher, et penche la tête sur le côté comme un chien perplexe.

— Qu'est-ce que c'est ? murmure-t-il tout fort.

Il ne sait pas. Il s'immobilise, essaie d'écouter de tout son corps. Seuls ses yeux bougent dans toutes les directions, de l'aération et la toile d'araignée à la porte, d'un coin à un autre, en diagonale, en avant, en arrière. Un coup de vent soudain s'engouffre en hurlant dans le passage entre deux bâtiments. Un cri qui semble avoir traversé un champ immense parvient jusqu'à lui depuis une autre partie de la prison. Il guette un autre cri, mais n'entend rien.

De temps à autre des coups de tonnerre éclatent sourdement, semblables à des explosions dans une carrière. Un flash lui traverse l'esprit : comme dans le rêve de cette nuit, des yeux noirs et vivants le regardent du fond du carton plein de fourmis.

Teza va jusqu'à sa pile de vêtements, sort la lettre, la déplie. Le duvet de ses bras et de son cou se dresse.

Il replie la lettre en deux. Retenant sa respiration, il tient les bords des papiers repliés, et les déchire en deux, lentement et soigneusement. Au début c'est facile. Les fines couches de papier n'offrent pas de résistance, même si le bruit de la déchirure représente le monde qui l'abandonne. Il continue, replace les moitiés déchirées entre ses pouces et ses index, les déchire en deux autres moitiés, en quarts, en huitièmes, jusqu'à ce que les muscles de ses mains et de ses avant-bras soient endoloris par l'effort. Il déchire la lettre en fragments, une confusion de mots déchirés, à peine plus gros que les filtres des cheroots.

Les morceaux les plus petits glissent de ses doigts, s'enfuient en voletant ou s'échappent des piles nettes qu'il a placées devant lui. Il les ramasse avec le plus grand soin. Le sel lui pique les yeux à présent, le fait cligner, cligner, loucher. *Qu'est-ce qui te ferait pleurer ?* Il secoue lentement la tête, d'avant en arrière, ne sachant pas pourquoi il fait cela. Mais cela ne ressemble pas à de la lâcheté. Il n'est pas lâche.

Le frappeur de fer commence à frapper cinq heures.

Les bouts de papier se ramollissent sur sa langue, absorbent facilement la salive. Quand il les mâche, ils deviennent durs et lui font mal aux dents, alors il essaie de les faire le plus petit possible pour n'avoir qu'à les avaler.

rès dur mais je devie
eune je devais me forcer
ison, la discipline est

moi-même du sacrifice
tre père. Ainsi l'histoire est m
complir un vrai changem
ne pas abandonner.

continue à croir
solation grâce au Boud
voulons tous vous dire
courage et metta pour tou
méritent la dignité, p
forts dans notre eng
lutte pour que nos conv
ritent. La longue nuit de la Bir
« ils n'ont que des fusils
aussi la peur du peuple. Ce
trange, mais je n'ai plus peu
trop fait, nous devons att

Tout en remplissant une tasse d'eau, il continue à se fourrer les mots sur la langue et à les avaler. Il se demande s'il va décevoir ses camarades, mais il est sûr que non. Il ne ressent aucune culpabilité alors que la lettre disparaît lentement dans son corps. Camarade araignée se tient patiemment sur le bord droit de sa toile, en attendant son dîner. Teza arrête de mâcher et tend le cou pour regarder l'araignée et l'aération. Il sent la pluie qui arrive. Dans son cou et le haut de ses épaules, tous les muscles échauffés et les tendons sont raides. Le chanteur sent le martèlement dans sa gorge avant de l'entendre. Ce n'est pas le tonnerre ni la pluie mais le pas des hommes dans le couloir.

Il a déjà la moitié du papier dans la bouche quand il verse la tasse d'eau sur le reste des fragments dans ses mains, bondit vers le pot à eau, s'envoie une autre lampée, avale, suffoque, avale. Il tousse maintenant, il s'efforce de rester calme, de peur de s'étrangler et de ne pas pouvoir déglutir, il se fourre le reste de papier mouillé dans la bouche et retient sa respiration pendant qu'il mâche, pour ne pas activer les muscles de sa gorge. Il doit mâcher pour que le papier descende plus vite, et il tressaille sous la douleur qui se ravive au fond des racines de ses dents gâtées, mais tant pis. Il se déplace vite dans le petit espace, avec grâce, tel un danseur qui a répété ce mouvement de nombreuses fois, bondit vers sa couverture dans laquelle le stylo est caché.

Tout en sortant le stylo et en traversant le cercueil, il écoute intensément et compte. Il y a au moins trois hommes. Peut-être quatre. Pas Sein Yun, pas de claquettes. Ils portent tous des bottes. Il entend des voix à présent.

Les hommes sont arrivés au milieu du couloir. Les clés s'entrechoquent et la longue chaîne qui tient le trousseau cliquette en bringuebalant. Est-ce que c'est Beau Gosse ? Teza l'ignore, mais il connaît la signification de ces bruits. Il en a déjà fait les frais, le gardien et les autres qui arrivent, cette chaîne.

Dans sa main droite, le stylo est en équilibre à droite de sa tempe droite, pointé vers le haut comme une fléchette. Il vise l'aération, mais il n'a jamais joué à ça avec des projectiles plus gros que des cailloux ou des petits pois durs.

La sueur accumulée sur son front dégouline en ruisselets sur ses paupières, dans ses yeux. Il sent que les doigts qui tiennent le stylo sont tout moites.

Ils sont près de la porte. Le chanteur vise à nouveau, la langue entre les dents.

Le stylo s'élance, vole vers le haut, trop haut. Il tombe, manquant de peu l'araignée. Teza le ramasse et le relance alors qu'il est encore en train de reculer.

Combien de temps dure une seconde ? Une minute ? Dix ans de plus ? Le stylo semble flotter ; Teza pense qu'il va passer, ses épaules sont déjà détendues, soulagées. Mais le stylo heurte le bas de la ventilation, atterrit dans la toile de l'araignée, et déchire les fils de soie avant de tomber sur le sol. Le léger fracas du plastique lui tord l'estomac.

Qu'est-ce qui te ferait pleurer ?

Le lourd verrou bouge avec fracas, claquement du métal contre le métal, un peu comme le claquement du bambou contre les os humains.

Teza ! Teza !

C'est la voix de son frère, pas celle de son père, ni celle de sa mère. Aung Min a toujours été plus fort au lance-pierre.

Ne bouge pas. Ne recule plus. Par pitié, ne bouge plus. C'est ta dernière chance ; ils vont passer cette porte dans quatre secondes, six au plus. Ferme ton œil gauche et vise un peu plus haut. Tu as toujours visé trop bas. Arrête de trembler. Vas-y !

Teza pousse un petit cri en lâchant le stylo. Ce n'est pas le lancer de javelot d'un guerrier. C'est une reddition complète au royaume de l'absurdité où il habite dans le cercueil de teck et où des hommes font irruption, où ses dents tombent et où la toile de l'araignée se déchire et où son frère lui parle à l'oreille depuis un pays qu'il n'a jamais vu.

La clé tourne dans la serrure une seconde après que le stylo s'est envolé de la main moite de Teza.

20

La petite cellule nue est le théâtre d'une invasion aussi irrépressible qu'une inondation. Les hommes s'y engouffrent, bras et jambes vêtus de brun s'insinuant dans chaque coin. Trois surveillants et le gardien l'encerclent. Tous portent des bottes, mais il ne reconnaît que Beau Gosse. Teza se tient debout, tête baissée. Il n'y a aucun moyen de contenir ce flot ; quoi qu'il dise, quelle que soit sa réponse aux questions, il ne s'arrêtera pas. L'histoire est déjà écrite, la pièce est jouée dans ce théâtre bondé. La fin est toujours la même. Tandis que les voix brisent l'air de la cellule, Teza se prépare.

On nous a informés de la présence d'objets de contrebande donc une fouille oui chef non chef ce n'est pas le cas Les mensonges ne seront pas tolérés chanteur à la con Je ne sais pas chef il n'y a rien ici Tes copains du bâtiment trois on les connaît ils sont déjà dans les cellules à chien on a les rapports ils nous ont donné ton nom Qu'est-ce que tu dis de ça tes propres amis qui t'ont balancé Je ne sais pas de quoi vous parlez Où sont les objets de contrebande ils sont où Chef il n'y a rien ici je vous le jure chef.

Teza sent le tonnerre dans ses dents, mais l'orage est à l'intérieur. Quatre hommes cherchent quelque chose qu'ils ne peuvent pas trouver. Le prisonnier est leur centre, et ils s'affairent autour de lui, défoncent la vieille paillasse à coups de pied, déchirent ses vêtements, avec des jurons, des blagues grossières à propos du seau à latrines. Beau Gosse fourre ses doigts dans la couture de la seule chemise à col du chanteur et en arrache le col. Rien n'a été roulé et caché là-dedans. Une boule de vêtements heurte le mur, atterrit dans le pot à eau. Un des surveillants dont le visage arbore encore les douces rondeurs de la jeunesse soulève le colis de nourriture et en renverse le contenu. Beau Gosse entreprend d'éventrer chacun des sept poissons restants. Il lance des coups d'œil répétés à Teza qui, tête baissée, observe la scène à travers les cheveux qui pendent devant ses yeux. L'odeur des poissons salés et séchés emplit les narines de tous les hommes. Il n'y a que des arêtes délicates à l'intérieur. Un à un, Beau Gosse fait tomber les morceaux de poisson devenus immangeables.

— Tu sais que tu ne peux rien nous cacher, Rossignol.

— Mais justement je n'ai rien à cacher, chef.

— Qu'est-ce que tu as dit ?

— J'ai dit que je n'ai rien à cacher, chef.

Le gardien s'approche.

— Lève la tête. Lève ta sale gueule !

Teza lève le menton, un seul mot à l'esprit. *Respire, respire, respire*. Il ferme les yeux. Sur l'expiration, le marteau des jointures se lève et s'abaisse, frappe ses pommettes. La peau ne se fend pas, mais le chanteur sait que les humains sont différents des animaux. Ils n'ont pas besoin de l'odeur du sang pour en être assoiffés. Dès le premier acte de violence physique, l'air confiné de la cellule change immédiatement, se chargeant d'un danger plus prégnant. Les hommes ont des gestes plus rapides. Des doigts fourragent dans les coins, des mains se déplacent bien à plat sur les briques à la recherche de fissures pouvant servir de cachettes. Derrière le dos de Teza, un des hommes renverse le pot à eau. L'eau éclabousse le mur et le chanteur a l'impression de recevoir un coup de pied dans l'estomac. Du coin de l'œil il voit un autre surveillant renverser le seau à latrines sur les poissons mutilés. Il renverse prudemment, lentement, en faisant attention à son pantalon. L'odeur de merde et d'urine se mélange à celle des poissons.

Pendant que les surveillants fouillent, Beau Gosse s'essuie les mains sur une des chemises de Teza. Il surveille ses hommes et garde un œil sur le prisonnier ; il balaie la cellule du regard, le sol, les murs, le plafond dépourvu de lézard, les mains de Teza qui pendent le long de ses flancs. Murs à nouveau, brique par brique. Mur du fond. Aération.

Teza voit que Beau Gosse regarde l'aération, mesure des yeux la distance et la hauteur. Le staccato de la pluie est un son à plusieurs strates dans lesquels le chanteur voudrait ramper puis disparaître.

Beau Gosse se met à rire, expirant longuement, hoquetant sur l'inspiration. Son sourire est celui de la découverte, exprime le plaisir de la compréhension soudaine. Les surveillants cessent leur travail pour regarder le gardien. Ils n'ont pas encore saisi. Teza regarde toujours ses pieds ; lui n'a que trop bien compris.

— C'est bon, Rossignol ! Pourquoi je n'y ai pas pensé tout de suite ? Ça m'étonne de moi !

Beau Gosse s'approche de Teza en hochant la tête, mais s'adresse à un des surveillants.

— Viens avec moi. On va à la chasse au trésor.

Deux minutes plus tard, Teza et les deux surveillants restés dans le cercueil entendent Beau Gosse et son aide sortir sous la pluie. Les surveillants regardent l'aération. Teza regarde ses pieds, plein de regret pour leur nudité. Ils sont comme des enfants, des jumeaux qu'il ne peut sauver. La voix de Beau Gosse se fond dans la pluie battante. Celle de l'autre homme n'est pas assez forte pour être audible.

— T'as oublié le parapluie, putain !

— ... dans cette flaque.

— Non, ce... trop loin. Ici. Ici.

Dans le cercueil, on n'entend pas les bottes qui pataugent dans la bouillasse.

— C'est pas... ? Non, là, dans la boue !

— Imbécile !

Puis d'autres mots que les hommes restés dans la cellule ne peuvent discerner. Les entrailles de Teza se retournent comme une méduse. Il aurait dû leur dire au début. Ils ont toute licence pour le battre plus sauvagement à présent, puisqu'il a menti.

Les bottes reviennent, plus vite, presque en courant. Teza regarde le surveillant le plus proche de lui. Leurs yeux se rencontrent un instant. C'est le petit jeune. La beauté simple de sa jeunesse est stridente, dissonante. Il ne crie pas sur Teza pour avoir levé la tête mais détourne aussitôt le regard, vers la porte du cercueil, toujours ouverte.

Pas de pause sur le seuil. Beau Gosse est soudain de retour dans le cercueil, les poings ramassés sous le menton de Teza, agrippant la chemise de coton élimé.

— Où il est ? Où il est passé ?

Teza se met à tousser violemment. Il en rajoute autant qu'il peut, gagnant ainsi quelques secondes pour décider si la question est un piège destiné à le faire mentir encore, à le mouiller encore plus. Beau Gosse a trouvé le stylo, c'est ça ? Oui ou non ? Comment pourrait-il ne pas l'avoir trouvé ? Teza ferme les yeux pour répondre.

— Je... je ne sais pas de quoi vous parlez, chef.

Le marteau à nouveau, sur son visage, son nez, qui se met à saigner avant que le gardien ait abaissé le bras.

— Ne me mens pas, espèce d'enfoiré. Ne me mens pas ! Souviens-toi qu'on peut te tuer. On peut te tuer, ni vu ni connu !

Une mèche luisante de gomina se répand sur le front de Beau Gosse tandis qu'il sort la matraque en bois de sa ceinture et la brandit d'un air menaçant. Il frappe le mur à côté de lui, laissant une marque claire là où la brique s'est effritée sous le coup. Le gardien fait demi-tour, parcourt la cellule d'un regard de fou.

— Ouvre-moi tout ça ! hurle-t-il au jeune surveillant.

Il rengaine sa matraque, puis balance d'un coup de pied les paquets de cacahuètes et de haricots frits devant le jeune homme. Les deux autres surveillants s'arrêtent dans leur recherche infructueuse pour regarder, formant le public.

Le chanteur comprend que le jeune homme prend un cours. Il n'a peut-être encore jamais effectué de fouille. Teza reconnaît les lèvres serrées sur leurs protestations inarticulées. Il parle calmement, non pas à Beau Gosse mais au jeune surveillant.

— Si les sacs sont scellés, comment pourrait-il y avoir quelque chose de caché dedans ?

— Qu'est-ce que t'as dit ? braille Beau Gosse en montrant les dents.

Ignorant le gardien, Teza soutient le regard figé du jeune surveillant.

— J'ai dit, comment pourrait-il y avoir quelque chose de caché dans les paquets ? Ils sont scellés à la machine. À quoi ça servirait de les ouvrir ?

— Frappe-le, ordonne Beau Gosse.

La pluie tambourine sur le toit.

— Tint Lwin, frappez le prisonnier ! Je vous ordonne de le frapper ! Allez !

Beau Gosse se détourne de Teza pour faire face au jeune homme.

— Tint Lwin, frappe-le, bordel ! Frappe-le !

D'un seul mouvement, Beau Gosse saisit la matraque dans sa ceinture, recule d'un pas et frappe à nouveau le mur.

— Tint Lwin, vous n'avez pas à me frapper. Vous pouvez lui désobéir. Vous n'êtes pas un chien, et il n'est pas votre maître. Vous êtes libre de prendre vos…

— Sale connard !

Le coup de matraque envoie Teza bouler contre le mur du fond du cercueil. Ses genoux se dérobent, mais ses doigts s'accrochent aux briques derrière lui. Il ne tombe pas.

— Mais chef, vous savez que j'ai raison. Même vous, vous n'avez pas à faire ça, vous êtes bouddhiste, c'est le Premier Précepte, ne pas faire de mal à un être vivant...

— Espèce de salopard de politique, tu n'es pas un être vivant, tu n'es que la voix de cette salope colonialiste, ferme ta gueule si tu ne veux pas qu'on te sorte les tripes par la bouche !

La terreur vient d'être libérée, elle s'est dégagée de sa longe, et des ailes frénétiques battent l'air de la cellule. Beau Gosse crie sur les deux autres surveillants, qui joignent leurs poings à sa matraque.

Après quelques coups bien placés sur le crâne et le dos de Teza, le gardien se recule.

— Tint Lwin, approche ! hurle-t-il. Tout de suite ! Sinon t'es bon pour la cour martiale, et on t'enverra dans le Nord comme sympathisant !

Teza est par terre, les yeux protégés. Le jeune homme se met à le frapper. Tint Lwin, vingt-deux ans, sent les larmes venir et se concentre pour qu'elles ne lui montent aux yeux tout en donnant des coups de pied. Il ne mangera plus jamais de poisson séché sous quelque forme que ce soit. Dès qu'il en sentira la moindre bouffée, sa gorge se serrera jusqu'à la nausée et lui rappellera cette terreur qui n'est pas celle de Teza. Le chanteur s'est déjà retiré loin dans son corps qui se tortille, mais il parvient on ne sait comment à lancer sa voix telle une corde, et chacun d'eux, bouddhistes tous, entend ses mots qui se tordent comme son dos se tord.

— Vous vous souviendrez. Vous vous souviendrez que vous avez enfreint le Premier Précepte. Quel mérite pourra vous racheter ?

À présent la terreur dans la cellule appartient aux quatre hommes, dont la victime a été témoin de leur transgression, et qu'il leur a renvoyée en bloc. Lorsque la question est posée à nouveau – « Quel mérite, quel mérite pour vos crimes ? » – Beau Gosse frappe plus fort.

Teza ne peut pas anticiper d'où viendront les coups. Il se contracte d'un côté pour éviter une botte et une autre craque contre ses côtes. Il n'essaie pas de protéger son corps, seulement sa tête, son visage, sa bouche. Un clou de douleur le transperce derrière les yeux, enfoncé profondément dans son oreille d'un seul coup de poing. Tout se met à sonner et résonner, comme si le frappeur de fer était tout près et comptait les heures. Trois minutes grossissent pour devenir quatre, puis cinq. Teza geint et grogne.

— Debout ! DEBOUT !

La voix de Beau Gosse. Les hommes se reculent du corps gisant à leurs pieds, dont la respiration gratte le sol comme un insecte.

— Debout !

Dans les oreilles de Teza, le hurlement de Beau Gosse retentit, telle une sonnerie aiguë et isolée. Lorsqu'il bouge la tête pour tenter de l'éteindre, une douleur lui poignarde le tympan, si fort qu'il se demande si on vient de lui donner un nouveau coup de pied. Il réussit à se pousser à quatre pattes, mais il sait qu'il ne pourra pas se mettre debout. D'autres douleurs se font sentir à d'autres endroits – une mâchoire lui mord les reins, les dents profondément enfoncées dans les muscles à la base de la colonne vertébrale. Ses jambes sont déjà enflées. Son longyi s'est défait et lui est tombé sur les pieds. Il fait porter plus de poids sur ses genoux, pour libérer une main. Très lentement, il remet le sarong blanc couvert de sang sur ses fesses et ses jambes. Quand il s'appuie sur ses pieds, il se rend compte que ses orteils lui posent un problème. Il se met à genoux d'une poussée, puis avance une jambe, la plie comme pour se propulser en position debout. Mais la douleur lui coupe littéralement le souffle. Il ne peut pas mettre son pied à plat, il a plusieurs orteils cassés. Un liquide noir goutte par terre.

— Je ne peux pas.

— Debout !

Beau Gosse lui donne un coup dans le ventre et il s'écroule à nouveau.

Le gardien agite la main. Tint Lwin et le deuxième surveillant relèvent le prisonnier. C'est aussi pourquoi le jeune homme ne pourra plus jamais manger de poisson séché ; son odeur se mêle à l'odeur animale du sang de Teza, qui coule de son nez, de son oreille gauche et de l'entaille au-dessus. Il voit de près le visage à vif de Teza, qui a déjà foncé à cause des contusions, les joues gonflées et molles comme des mandarines abîmées.

— Où sont les objets de contrebande ? gronde Beau Gosse.

— Il n'y a rien ici.

Teza s'efforce d'articuler. Ses orteils – ils ont fait quelque chose à ses orteils ; il va tomber, il a des vertiges. Il porte son poids sur ses talons et se penche vers le mur derrière lui.

— Vous avez fouillé…

— Où sont le stylo et le papier ? Où ?

— Chef ? dit Teza d'une voix plus claire.

Beau Gosse et les trois surveillants se figent, dans l'expectative.

— Est-ce qu'il vous arrive de réciter vos prières bouddhistes ? continue Teza. *Sabbe satta abyapajjha hontu*. Que tous les êtres, quels qu'ils soient, soient exemptés de souffrance.

— Sale petit enculé, pour qui tu te prends, un saint homme ? Tu crois que c'est pour ça que t'es là, petit con ?

Beau Gosse gifle le prisonnier, puis s'essuie la main sur sa jambe.

Teza vacille comme un arbre prêt à tomber, mais il ne tombe pas.

Beau Gosse s'approche de Teza et rugit en postillonnant.

— Où est le papier ? Où est le putain de stylo ? Où sont-ils ? Si tu te les es fourrés dans le cul, on les trouvera !

— *Sabbe satta avera hontu*.

Teza continue de réciter la prière pali. Que tous les êtres, quels qu'ils soient, soient exemptés d'hostilité.

Beau Gosse lui envoie une autre gifle.

Teza laisse retomber sa tête. Tout en regardant son sang couler sur le sol en deux flots différents, il pense à la suite de la prière. *Sabbe satta anigha hontu*. Que tous les êtres, quels qu'ils soient, soient exemptés de maladie.

Beau Gosse fait un signe du menton au plus jeune des surveillants.

— Regarde s'il s'est pas mis le stylo dans le cul.

Le regard du jeune homme se déplace de la tête de Teza au gardien puis s'abaisse vers le sol.

— T'es sourd ou quoi ? Fourre-lui ton doigt dans le cul ! Enlève ton longyi ! aboie-t-il à l'attention de Teza.

Le chanteur ne bouge pas. Même en s'appuyant contre le mur, l'effort de se tenir debout fait trembler ses jambes. Sa tête est si lourde. Mais, lentement, il la lève et ouvre les yeux.

Le visage de Beau Gosse est tout violacé ; les veines de son cou et de son front sont gonflées. Figé, Tint Lwin dévisage Teza. Le chanteur est couvert de sang et chancelle. Les surveillants échangent des regards nerveux ; le directeur leur avait enjoint de faire preuve de retenue.

Beau Gosse remarque leur hésitation et cela augmente sa fureur.

— Vous avez entendu ce que j'ai dit ? Ou vous êtes sourds vous aussi ? Merde alors, je suis entouré de sourds-muets !

Il fait encore un pas vers Teza, qui garde la tête levée, les yeux dans les yeux du gardien. Mais Beau Gosse ne le voit pas vraiment.

— Enlève ton longyi, salope ! hurle-t-il. Tourne-toi et penche-toi en avant ! Exécution !

Teza les sidère tous. Il prononce trois petits mots.

— *Ma lok boo*. Je refuse.

— Quel culot ! Je trouverai la lettre ! Je trouverai ce putain de stylo ! Allez, je vais t'aider à te retourner, sale connard !

Les surveillants regardent le bras de Beau Gosse qui s'arque soudain, se lève, découpe l'air. Tint Lwin pense « crâne » et retient un cri au moment où la matraque de Beau Gosse cingle le visage du chanteur. La mâchoire de Teza craque avec fracas, comme du bois fendu par une machette. Catapulté sur le côté par la force du coup, le chanteur est projeté brutalement contre le mur, sa tête guidant la trajectoire de son corps. Il glisse à terre, la bouche béante, pleine de sang. Son esprit part à la dérive, s'enfonce dans les grands banians et pénètre dans l'obscurité.

21

Beau Gosse est rempli d'un désir palpable de casser les doigts du chiromancien un par un. Ce n'était quand même pas bien difficile de donner quelques feuilles de papier et un stylo à un prisonnier politique en manque d'écriture ! C'était la combine la plus simple qui soit. Les objets de contrebande passaient dans le colis de nourriture, le prisonnier écrivait une lettre à Suu Kyi, comme les autres politiques du bâtiment trois, et tous ces petits salopards écopaient d'une extension de peine pour avoir enfreint le règlement de la prison. C'était ainsi que le directeur devait célébrer à sa façon la libération de Suu Kyi de son assignation à résidence. Pour sa peine, Sein Yun aurait pu partir de la cage dans huit mois au lieu de deux ans. Beau Gosse aurait eu sa recommandation pour le MI. Qu'est-ce qui a foiré ? Crétin de chiromancien ! Beau Gosse est en train de se demander comment il va expliquer ce ratage au directeur quand un des surveillants ouvre le bec.

— Vous croyez qu'il va crever ?

— Qui ?

— Le chanteur.

— Bien sûr que non, imbécile. Il a de la chance que je l'aie juste assommé. Ça lui passera l'envie de chanter pour un moment.

— Le directeur sera furax s'il crève.

— De quoi tu parles ? Personne n'est jamais mort d'un coup de matraque dans la gueule. Ça lui apprendra – ce n'est qu'un fouteur de merde.

Le gravier de briques crisse sous les quatre paires de bottes. Ils passent devant le mirador à présent ; le bureau central de la prison, où Beau Gosse doit faire son rapport, est juste après. Dans un bel ensemble, les quatre hommes lèvent les yeux vers la fenêtre éclairée du Bureau du directeur. Beau Gosse se demande s'il a le temps de s'arrêter pour boire une tasse de thé.

Le surveillant ne veut pas la boucler.

— On n'avait pas d'ordres pour le tabasser comme ça.

— C'est toi qui dirigeais la fouille ? demande Beau Gosse en attrapant le surveillant par le coude. Tu n'as pas eu de promotion pendant que je regardais ailleurs, que je sache ? Non ? Tu es toujours un surveillant de base, d'accord ? Alors, ferme-la ! ironise Beau Gosse. Je sais ce que le directeur a dit. « Faites preuve de retenue. » Mais vous ne m'avez encore jamais vu quand je ne me retiens pas. Et puis qu'est-ce qui te prend, à la fin ? On effectuait une fouille, le prisonnier refusait de coopérer. Tu me fais penser à Tint Lwin, bordel, pas plus tôt sur un boulot sérieux que ça se met à flancher.

Se tournant vers Tint Lwin, il gronde :

— Je vais faire un rapport au directeur sur ce qui s'est passé. Ça figurera dans ton dossier.

— Oui, chef, répond Tint Lwin, tête basse.

Arrivé au quartier des surveillants, Beau Gosse regarde sa montre.

— Il faut que j'aille faire mon rapport.

— Est-ce que l'un d'entre nous doit vous accompagner ?

Encore ce surveillant à la grande gueule. Tint Lwin se glisse derrière ses collègues, dans l'espoir de se fondre dans l'air mouillé.

— C'est bon, j'en fais mon affaire, de ce vieux schnoque ! Allez manger un morceau. Miss Tint Lwin, où est le putain de parapluie ?

Il voudrait enfoncer le parapluie dans la gorge du jeunot. Il sait pourquoi on lui refile les bleus – on peut être sûr qu'il va les endurcir – mais c'est un boulot énervant. Après s'être débarbouillé un peu à l'évier derrière le quartier des surveillants, il se dirige vers le Bureau central de la prison. L'appartement du directeur occupe plus de la moitié du premier étage. En s'approchant, Beau Gosse regarde le bâtiment en bois d'un œil sombre. Un escalier mène à la porte du directeur. Le gardien crache au pied des marches, pose le pied sur la première, s'arrête, regarde autour de lui pour vérifier qu'il n'y a pas de témoins, redescend. Il n'est pas si tard que ça, le directeur peut attendre. Un cheroot lui calmera les nerfs. Il meurt d'envie d'une tasse de thé.

Tu parles d'un merdier, pour un stylo et un bout de papier !

Comment expliquer la situation ? Où sont passés ces putains de stylo et de papier ? Il écrase le cigare à moitié fumé. La pluie a fini par cesser. Les démons jumeaux de l'autodétestation et de l'envie planent autour de lui alors qu'il gravit l'escalier. Ils frappent à la porte du directeur en même temps que lui, c'est pourquoi son poing contre le bois produit un son si terrifiant.

Lorsque le directeur lui-même ouvre la porte, Beau Gosse est déconcerté. Il regrette d'avoir frappé si fort ; d'habitude il y a un domestique. Mais le gardien a oublié qu'il est tard, le valet doit être déjà parti, ou bien il est en train de dîner.

— Vous avez mangé le riz ? demande poliment le directeur.

— Oui, mon commandant, merci, répond poliment l'homme affamé.

Ils échangent des sourires vides tandis que le directeur aux mâchoires puissantes et au crâne dégarni recule pour laisser passer le gardien Nyunt Wai Oo. Le surnom de Beau Gosse n'a pas cours ici.

L'entrée ouvre sur un petit salon : murs lambrissés, simples mais élégants, bancs de teck ciré en guise de sofas, garnis de coussins de cuir couleur bœuf séché. Une harpe birmane aux bords rouge et or trône au centre de la table basse. Ça pourrait être n'importe où, une belle maison, même le hall d'un hôtel chic, mais il y a des dossiers, des stylos, une pile de feuilles volantes couvertes de caractères serrés, des lettres manuscrites et posées à l'envers, et ce n'est pas n'importe où, c'est le salon et le bureau privé du directeur, ses appartements. On raconte qu'il ne rentre pas chez lui à Rangoon parce que sa jeune et jolie femme s'envoie en l'air avec un cousin d'un des généraux du SLORC. Tout, depuis le parquet jusqu'à l'autel surchargé sur le mur, avec ses ampoules électriques de couleur, et aux tableaux encadrés représentant des étangs de nénuphars, tout est plus beau que chez Beau Gosse. Voilà le résultat de décennies de pots-de-vin.

Ils sont encore debout quand le directeur lance la grenade.

— Alors comme ça, ça s'est mal passé avec le chanteur ?

Putain, comment il peut être déjà au courant ? Quelqu'un devait surveiller la cellule pendant la fouille. C'est rempli d'espions, ici.

— Affirmatif, mon commandant. Il n'y avait pas d'objets de contrebande dans la cellule.

Le directeur sourit avec froideur. « Je suis foutu », pense Beau Gosse. Après lui avoir fait signe de s'asseoir sur le banc en face de lui, le directeur s'assied également et sort une cigarette d'un paquet souple. Des Marlboro de Thaïlande. Salaud de riche. Puis il se penche et tasse le tabac en tapant le filtre sur la table, exactement comme avec un cheroot ; ce n'est pas si différent.

— Cigarette ?

— Non merci, mon commandant.

— C'est vrai, vous préférez nos bons vieux cheroots, n'est-ce pas ?

Espèce de trou du cul qui se la joue avec ses sales cigarettes étrangères.

— Je viens de fumer, merci, mon commandant.

— Alors, que s'est-il passé, gardien Nyunt Wai Oo ?

Son briquet est un rectangle d'or.

— Je n'ai pas encore pu parler avec le détenu Sein Yun, qui nous a aidés dans ce travail, mais il n'y avait rien dans la cellule, mon commandant. Enfin, rien d'illégal. Des cheroots, mais c'est tout.

— Vous avez procédé à une fouille complète ?

— Oui, mon commandant. Nous avons fouillé aussi à l'extérieur, au cas où le détenu aurait réussi à faire disparaître les objets en question. Comme vous le savez, il y a une petite aération dans sa cellule.

Il déteste parler comme ça – *faire disparaître les objets en question* – mais le directeur aime que l'on emploie les termes appropriés. Il est commandant, et officier des renseignements militaires, et l'une de ses nombreuses responsabilités consiste à recommander des employés de la prison pour des emplois au MI. Si ces employés s'expriment comme des paysans incultes, le directeur leur dit qu'ils ne pourront jamais travailler pour « l'intelligence » militaire. Cette blague éculée devient par la même occasion son insulte préférée. Beau Gosse l'a entendue plusieurs fois et en a ri poliment, s'est même moqué de lui-même, ou s'est excusé. Il compte sur une faveur de cet homme parce qu'il y est obligé, et il ne se sent pas au-dessus d'une servilité digne. L'armée recrute des gardiens de prison prometteurs, des éléments doués comme Beau Gosse, mais la seule personne qui puisse reconnaître ses talents c'est le directeur, lequel est pour l'instant assis en face de lui, à fumer des cigarettes coûteuses. Il a déjà dit que quand le moment serait venu, il proposerait le nom de Beau Gosse pour un job au MI. *Gardien Nyunt Wai Oo, fils de Maung Maung Gyi*. Beau Gosse a vu le papier, mais quand le directeur va-t-il l'envoyer ? S'il comptait des officiers supérieurs parmi ses parents, ce serait bien plus facile ; il pourrait même être déjà sorti de la cage. Les choses étant ce qu'elles sont, il est là et bien là, affamé et fatigué, épuisé par la poussée d'adrénaline qui l'a fait carburer moins d'une heure auparavant.

— Nous ne pouvons pas poursuivre Teza sans preuves.

— Je comprends, mon commandant. Quand j'ai parlé avec Sein Yun hier, il a dit qu'il avait livré le stylo et le papier au prisonnier, comme il l'avait fait avec les politiques du bâtiment trois. Les descentes s'y sont révélées fructueuses, mon commandant. Comme vous le savez, les cellules à chiens comptent à présent quatorze politiques.

— Oui, je sais, mais nous avons évoqué l'importance du détenu Teza, en ce qui concerne… comment dire ?

Il agite sa cigarette, à la recherche du mot juste.

— … la publicité. Son frère, le leader étudiant, est parti à la frontière. Et Teza figure sur les posters d'Amnesty International cette année. Ce serait une bonne façon de répondre à toutes ces lettres et ces cartes fatigantes – en leur montrant que nous respectons la loi en Birmanie, même dans nos prisons. Si les détenus enfreignent le règlement de la prison, ils en subissent les conséquences légales.

Le sourire devient presque débonnaire tandis que le chef se penche pour arranger des papiers sur la table.

— Vous savez, gardien Nyunt Wai Oo, que je prends ma retraite dans deux ans. J'espérais rallonger la peine de Teza de sept à dix ans avant de partir.

Le sourire cordial est vite absorbé par les joues et la mâchoire puissante.

— Cette descente était importante. Apparemment, ça ne vous a pas empêché de la saboter. Si vous n'avez trouvé aucun objet de contrebande, nous devrons enlever Teza de la liste des accusés. Le seul but de ces fouilles était d'engager des poursuites légales. Parlez à Sein Yun. Trouvez pourquoi il n'a pas fait son travail.

— Si vous permettez, mon commandant, je crois qu'il a fait son travail. Mais pour une raison ou une autre, le détenu a changé d'avis pour la lettre, et il l'a fait disparaître avant notre arrivée. Quelqu'un a dû l'aider. Peut-être le gardien Chit Naing.

— Je vous en prie, gardien Nyunt Wai Oo, laissez vos rivalités mesquines en dehors de ce bureau. Chit Naing a ses défauts, certes graves, mais il n'est pas idiot. Il est surveillé et il le sait. De plus, j'ai déjà vérifié – cela fait plus d'une semaine qu'il n'est pas allé voir le chanteur. C'est autre chose, et je veux savoir quoi. Vous ne pourrez jamais travailler pour « l'intelligence militaire » si vous n'êtes pas foutu de faire un boulot aussi simple, gardien Nyunt Wai Oo.

— Oui, mon commandant.

Sa voix est sincèrement désolée, voire repentante, mais il est en train d'imaginer la jeune épouse du directeur. Elle est allongée sur le dos, et un jeune blanc-bec à la tignasse bien fournie est en train de la tringler. Cette pensée lui donne de la force.

Le directeur décroise les jambes et se penche pour attraper son paquet de cigarettes, le briquet en or.

— Alors, racontez-moi ce que le détenu Teza avait à dire sur tout ça ?

— Il a maintenu qu'il n'y avait rien dans la cellule.

— Vous l'avez encouragé à dire la vérité ?

— C'est ce que nous avons fait, mon commandant.

Beau Gosse appuie sur le « nous », afin de partager la responsabilité. Il s'éclaircit la gorge.

— Et il n'a pas changé sa version des faits ?

— Négatif, mon commandant.

— Bizarre. Ce n'est pourtant pas un menteur, notre honnête chanteur. Avez-vous envisagé la possibilité qu'il dise la vérité ?

— Mais Sein Yun a juré qu'il avait livré le papier et le stylo. Le matin, Teza lui a annoncé que la lettre était prête. Sein Yun a refusé de la prendre, en prétendant qu'il reviendrait à cinq heures. Il a suivi les ordres, mon commandant.

— Je vois.

La voix semble si posée. Mais Beau Gosse sait ce qui va suivre. Le directeur reprend, les narines frémissantes.

— Alors, où sont cette putain de lettre et le stylo qui lui a servi pour l'écrire ? Vous l'avez encouragé de quelle façon ?

Ce monde est tout simplement sans pitié.

— Eh bien, mon commandant, nous l'avons dérouillé.

— Je sais que vous l'avez dérouillé. Comment l'avez-vous laissé ? Dans quel état ?

Beau Gosse serre les dents. C'est quand même rageant de constater qu'un sous-fifre minable s'est précipité pour cafter au directeur, une demi-portion de surveillant de base qui a récolté un peu d'argent ou une grande tape sur l'épaule pour avoir espionné.

— Il a fait preuve d'un grand manque de coopération, mon commandant. Il était insultant.

Le directeur se mange les joues et attend la réponse. Beau Gosse a soudain l'impression d'avoir pris des coups de soleil dans le cou, il a chaud à la figure.

— Je pense que nous lui avons peut-être brisé la mâchoire.

Le directeur écrase une cigarette à moitié fumée – très mauvais signe.

— Qui lui a brisé la mâchoire ?

— Mon commandant, j'ai dit qu'elle était peut-être brisée. Je ne suis pas médecin, je ne sais pas si elle est vraiment brisée ou pas.

— Gardien Nyunt Wai Oo, je vous respecte. Du moins, j'essaie, mais vous ne me facilitez pas la tâche. Je vais reformuler ma question, de façon à ce que vous compreniez. Qui, d'après vous, a peut-être brisé la mâchoire du détenu ?

— Je pense que c'est moi, mon commandant.

Le directeur s'éclaircit la gorge avant de parler.

— Gardien Nyunt Wai Oo, je vous avais donné des instructions, je vous avais même ordonné de faire preuve de retenue. Je suppose que vous savez ce qui se passe quand un homme a la mâchoire brisée.

Beau Gosse examine sans broncher la harpe birmane en forme de bateau.

— Quand un homme a la mâchoire brisée, sombre crétin, il ne peut pas manger. À présent il ne nous manque plus qu'un mauvais rhume qui tourne en bronchite qui tourne en pneumonie. Vous vous rappelez ? C'est ce qui est arrivé à votre dernier détenu politique important. On a marqué sida sur son certificat de décès, mais le vieux n'avait pas le sida, bien sûr ! Il est mort d'une simple pneumonie. C'était une bavure bénigne, mais le chanteur est plus important. Il faut qu'il dure des années, comme un symbole de 88, un exemple bien vivant et en prison, pour les nouveaux étudiants.

Le directeur réfléchit un instant à sa diatribe, heureux que son fils et sa fille soient si bien élevés. Son adorable fille fréquente l'école élitiste rattachée à l'Institut d'éducation, son garçon étudie à Singapour. Ce n'est pas la peine de les envoyer dans des facs birmanes de base, car les universités ferment chaque fois qu'il y a des troubles. Les étudiants se plaignent que le gouvernement appauvrit intellectuellement le pays en fermant les universités, mais que peuvent faire les généraux, si les campus sont infestés d'anarchistes et d'éléments subversifs ? Ces pensées le ramènent à la tâche en cours.

— Est-ce qu'il était conscient, au moins, quand vous l'avez enfermé ?

— Non, mon commandant.

Beau Gosse regarde les cordes de la harpe. Ce ne sont que de simples fils de coton, pas de soie. La harpe ne peut pas faire de musique.

Le silence dure longtemps. Enfin, le directeur exhale un long soupir entre ses lèvres pincées.

— Vous avez enfreint un ordre direct.

Il se lève, va rejoindre Beau Gosse de l'autre côté de la table. Le gardien a pleinement conscience de la carrure de son interlocuteur, de la boucle dorée de son ceinturon, de sa tête tournée vers le mur pendant que, d'une voix sèche et claire, comme à un domestique, il donne des ordres manifestement préparés avant même l'entrée de Beau Gosse dans le bureau.

— Le médecin l'examinera demain dès son arrivée. Ce soir nous le changerons de cellule. Teza ira dans la maison blanche. Ce sera fait après l'extinction des feux. Il y a cinq nouveaux politiques là-bas en ce moment, des membres de la LND. Mettez-les dans une cellule de garde à vue le temps que le cercueil soit nettoyé. Ouvrez aussi la cellule à côté du cercueil, car on attend encore quatre hommes demain. Chit Naing s'occupera du chanteur. Il a déjà reçu ses ordres. Vous ne devrez plus avoir de contacts avec le détenu Teza. Il n'est plus sous votre responsabilité.

C'est bien pire que ce à quoi Beau Gosse s'attendait. Il a peur de parler ; ses mots dégringolent d'une petite voix rauque.

— Mais, mon commandant, Chit Naing a déjà eu des contacts rapprochés avec le chanteur, on sait qu'il est favorable…

— Je vous ai dit de ne pas vous préoccuper de cela, gardien Nyunt Wai Oo, interrompt le directeur. Il y a déjà quelqu'un d'autre qui l'a à l'œil. C'est encore une fonction dont vous êtes relevé. Au moins je suis sûr que Chit Naing ne va pas casser les os du prisonnier. Ni vendre sa nourriture.

Le directeur se dirige vers la porte du bureau avant que Beau Gosse ne puisse se défendre contre cette dernière accusation.

— Il est tard. C'est plus que suffisant pour l'instant. Vous trouverez la sortie tout seul ? Je suis sûr que c'est dans vos cordes.

— Oui, mon commandant.

Sale con. Il pose les mains sur ses genoux et prend son air le plus humble, les lèvres toutes molles, les yeux baissés.

— Avant de partir, mon commandant, puis-je poser juste une question ?

Le directeur le regarde froidement.

Beau Gosse répond à cette froideur avec le regard soumis et plein d'espoir de l'inférieur, du mendiant. La supplication brille dans ses yeux.

— Me permettez-vous de rechercher ce stylo, mon commandant ?

Le simple fait de sortir ces mots l'enhardit.

— Je suis sûr qu'il était dans la cellule de Teza. Et je suis sûr aussi que le détenu a écrit une lettre. Le papier se détruit facilement, mais les stylos étaient tous marqués, et je voudrais essayer de réparer les dégâts que j'ai causés en retrouvant celui que Teza a utilisé.

— Rechercher un stylo dans une prison de plus de dix mille détenus ? Nous n'avons pas suffisamment de personnel pour envoyer des surveillants faire des recherches impossibles, gardien Nyunt Wai Oo.

— Absolument, mon commandant. Mais comme je vous l'ai dit, le stylo est marqué. On peut le retrouver. Et je suis persuadé qu'il va refaire surface dans une des sections politiques, ou dans une autre cellule d'isolement. C'est là que je commencerai. Je travaillerai tout seul, sur mon temps libre. Vous savez comment sont les politiques quand il s'agit d'écrire. Ils sont toujours en train d'essayer de mettre la main sur des stylos. Je veux également interroger les surveillants qui étaient de service. Il y a forcément quelqu'un qui sait quelque chose. Il y a toujours quelqu'un, conclut-il en s'autorisant un très léger sourire.

Le directeur met la main devant sa bouche et se frotte le menton. Beau Gosse sait que ce geste veut dire qu'il va donner sa permission. Et comment pourrait-il refuser ? Lui aussi veut son monument, il veut qu'on se souvienne de son œuvre.

— Les auteurs des lettres vont être maintenus dans les cellules à chiens jusqu'à leur procès, dans six semaines. Vous avez trois semaines, pas plus. S'il y a quelque chose à trouver, vous le trouverez, et je serai content d'ajouter le nom de Teza à cette affaire. Mais pas de fausse preuve. Il faut que ce procès soit régulier. Personnellement, je doute que Teza ait jamais eu entre les mains les objets de contrebande. Quelqu'un a commis une grave erreur.

Le directeur dévisage Beau Gosse.

— Vous savez pourquoi le chiromancien est ici. C'est peut-être sa malchance qui le poursuit.

— Oui, mon commandant, je dois reconnaître que c'est une possibilité.

Quelle aubaine de pouvoir coller une partie de la responsabilité sur le dos de quelqu'un d'autre ! Mais c'est Beau Gosse qui a eu l'idée de mettre Sein Yun sur le coup. C'était le complice idéal, sans scrupule.

— Est-ce qu'il bénéficiera quand même de sa réduction de peine, compte tenu du travail qu'il a fait, avec succès, parmi les détenus du bâtiment trois ?

— Cela dépendra de ce que vous découvrirez. Je dois y réfléchir. Normalement les passeurs qui perdent les pierres de leur boss y laissent aussi leurs couilles, alors tout compte fait, réduction de peine ou pas, il ne s'en tire pas trop mal.

Le directeur lui lance un regard indéchiffrable.

— Bien. Vous me ferez votre rapport dans une semaine.

— Oui, mon commandant.

— Gardien Nyunt Wai Oo ?

— Oui, mon commandant ?

— De la discrétion dans vos recherches. Contrôlez-vous. Pas de crâne brisé, compris ? Pas de dérapage. Ça suffit comme ça pour l'instant.

Le directeur fait un signe de tête. Beau Gosse se lève et sort du bureau.

En partant, le gardien pisserait bien dans le porte-parapluie qui se trouve près de la porte. L'humiliation provoque en lui un désir intense de tout salir. *Ça suffit comme ça pour l'instant*. Fausse harpe de mes deux ! Il pourrait la casser sur son genou comme du petit bois. Le directeur est un connard. Beau Gosse l'a toujours su, mais c'est la première fois qu'il est si ouvertement insultant. Et il rend Teza à Chit Naing. Impensable ! Tous des connards. Sein Yun est un connard doublé d'un crétin. Le monde grouille de gens qui ne valent pas mieux que de la vermine ; les plus faibles et les plus forts, ils sont partout, comme des cafards. *Apparemment, ça ne vous a pas empêché de la saboter*. Beau Gosse ouvre la porte, la ferme avec retenue, et descend l'escalier à toute vitesse, pesant de tout son poids sur les marches de bois.

Arrivé à mi-chemin de l'escalier, le bois luisant de pluie le lâche. Il patine et trébuche, puis glisse le long des marches restantes, maladroitement accroché à la rampe. Un glapissement sonore lui échappe avant qu'il atteigne le bas de l'escalier, une jambe tordue, presque tout le poids du corps portant sur l'articulation vulnérable de son genou. Le visage déformé par la douleur, il regarde autour de lui. Trop tard. Un homme de garde à l'extrémité du bâtiment bondit vers lui.

— Ça va, chef ?

— Ça glisse, cette saloperie de bois.

— Vous vous êtes foulé la cheville ?

— Je vais bien. Qu'est-ce que vous reluquez ? Rejoignez votre poste. Vous avez un boulot à faire, il me semble ? Alors, allez-y !

Le gardien repart, et Beau Gosse jure dans sa barbe.

— Tous des branleurs !

Il pose un pied précautionneux. La cheville est sensible, mais un tendon ou ligament enflamme son genou gauche, et embrase l'arrière de sa jambe. Il continue de marcher, refusant de boiter. Malgré les projecteurs il fait noir, c'est impossible, mais tant pis, ses yeux balaient le gravier de briques, la boue, les flaques. Le papier, le stylo, les mots. Où sont-ils passés ?

22

— Chef, pourquoi vous me posez la question à moi ?

Sein Yun met la main sur sa poitrine, les doigts vers l'intérieur, tel un danseur classique.

— J'ai fait mon boulot, comme avec les politiques du bâtiment trois.

Dans l'ombre du toit, il lève les yeux vers Beau Gosse, presque avec coquetterie. Sa bouche rouge bétel prend la forme d'un cœur ratatiné avant de s'ouvrir.

— Je me demande bien qui a fait la bourde.

Sa blague ne produit pas l'effet désiré. Saisissant le pull du chiromancien à deux mains, le gardien fait tournoyer la petite carcasse sèche et la projette contre le mur. La tête de Sein Yun va cogner contre les briques.

— Je vous ai déjà dit la vérité, chef. Teza a eu le papier, il a eu le stylo. Il a dit qu'il avait écrit la lettre.

— Il a dit qu'il avait écrit la lettre, hein ?

Sous les projecteurs de la cour, les belles dents blanches du gardien prennent une lueur mauve. Beau Gosse les serre pour s'empêcher de parler trop fort, et il s'ensuit un sifflement démoniaque.

— Tu l'as vue, cette lettre ?

— Je...

Le chiromancien fouille dans sa mémoire, essaie de faire le tri dans les papiers, les mains, les cellules de la semaine passée.

— Je... je ne me... rappelle pas. Je ne crois pas. Mais peut-être que si. Je ne suis pas sûr.

— Rappelle-toi, espèce de sac à merde, rappelle-toi ! Ou tu l'as vue ou tu ne l'as pas vue. Je suis pas d'humeur. Je veux savoir ce qui est arrivé à ce stylo et ce papier, et tu vas m'aider. Tu as vu la lettre, oui ou non ?

— Non. Mais je suis sûr qu'il l'a écrite. Je vous ai dit qu'il avait l'air d'avoir peur au début, mais que je l'ai convaincu en lui parlant de son ami Myo Myo Than et des autres. Je suis sûr que quand j'y suis allé ce matin, la lettre était dans la cellule. Il a eu la trouille quand je n'ai pas voulu l'emporter. Je vous l'ai raconté, vous vous rappelez ?

Beau Gosse lâche le pull du chiromancien et recule d'un demi-pas. Sein Yun s'écarte prudemment du mur.

— Elle est où, alors ? On l'a interrogé. Il a dit qu'il n'y avait pas d'objets de contrebande dans la cellule, qu'il n'a jamais eu de papier ni de stylo.

— Il mentait. Ou alors quelqu'un les a pris avant votre arrivée. Qui est allé le voir dans la journée ?

— Personne. Un de mes hommes a monté la garde jusqu'à ce qu'on déboule à cinq heures moins le quart. On est arrivés aussi vite qu'on a pu, après les fouilles dans le bâtiment trois.

— Peut-être que quelqu'un a acheté votre garde. Chit Naing...

Le nom flotte dans l'air.

— Non. Ce n'est pas le genre de Chit Naing, et le garde ne me doublerait jamais.

Beau Gosse dévisage Sein Yun.

— Moi non plus, gardien Nyunt Wai Oo. Vous le savez bien. On a fait plein de boulots ensemble, hein, et je ne vous ai jamais laissé tomber.

Il soutient le regard de Beau Gosse avec une expression soumise. Soucieux de ne pas provoquer une nouvelle attaque, il écarte de sa gorge l'encolure de son pull froissé et tousse poliment, la main devant la bouche. Il meurt d'envie de demander quelles seront les conséquences pour lui-même de ce ratage désastreux, mais il sait qu'il vaut mieux laisser Beau Gosse continuer à pousser sa gueulante.

— Je ne peux même plus approcher le chanteur, hurle le gardien avant de baisser la voix aussitôt. Il a été transféré dans une autre cellule. Je vais entamer une fouille systématique pour rechercher ce stylo, mais le directeur a raison, comment trouver un stylo dans une prison de dix mille hommes ? Il faut que ce soit le stylo blanc, le vrai, pas un faux ni un qu'on aura mis en douce dans ses affaires. Le procès devra être légal. Tu comprends ? S'il n'y a pas de preuve contre le chanteur, il ne sera pas poursuivi avec le reste de la bande.

Il passe une main nerveuse dans ses cheveux gominés, puis se met à fourrager dans ses poches à la recherche d'un cheroot.

— Tenez, prenez celui-là.

Sein Yun lui en tend un, une bonne marque, encore enveloppé.

Le chiromancien ne peut pas s'empêcher d'être amusé par tout ce discours sur la légalité du procès.

— Tu sais ce que ça veut dire pour toi, hein, chiromancien ?

Sein Yun lève légèrement les sourcils, en essayant de garder une expression neutre.

— Il se pourrait que le directeur ne réduise pas ta peine, finalement. Deux ans de plus dans la cage au lieu de huit jolis petits mois.

Sein Yun reste momentanément sans voix. « Mmmm » est le seul son qui sort de ses lèvres tachées de bétel tandis que son esprit se met à bouillonner. Il ne comprend pas trop s'il aura ou non sa réduction de peine. *Huit mois*, c'est un petit sac en bandoulière, qu'on emporte facilement partout, juste assez grand pour contenir quelques souvenirs intéressants. *Deux ans*, en revanche, pèsent comme autant de lourds paquets de malchance. Il prend des pilules pour son teint jaune, mais qui sait ce que sont réellement ces pilules ? Le docteur de la prison est un charlatan ou un voleur ou les deux. D'accord, il peut attendre six ou huit mois avant de voir un bon médecin à Rangoon. Mais dans deux ans, il ne sera plus qu'un sac d'os jaunis.

— Mmmm…

Ses yeux sont plus brillants. Il tire sur le long poil noir de son menton. Bien que l'heure de réintégrer les cellules soit passée depuis longtemps, il est soudain bien réveillé, l'adrénaline affluant directement sur sa langue.

— Donc, il faut qu'on trouve où est passé le stylo, c'est ça ? Même si la lettre a disparu, le stylo doit bien être quelque part. Il n'a pas pu s'envoler. Il est trop précieux. On le trouvera. Je les ai tous marqués, vous le savez, trois petits coups de rasoir en haut, trois en bas. Ça ne doit pas être trop difficile.

— C'est comme si on cherchait une aiguille dans une botte de paille.

— Ah, vous ne savez pas de quoi sont capables des mains de chiromancien. J'ai trouvé pas mal d'aiguilles dans pas mal de bottes de paille. Vous verrez.

— Tu dis des conneries. Si t'avais pas merdé pour commencer, je n'en serais pas là. Un peu, que tu vas m'aider ! On en reparlera. Il faut que je mange un morceau et que je me tire d'ici. Débrouille-toi tout seul pour rentrer dans ton bâtiment, conclut-il en vrillant ses yeux dans ceux de Sein Yun.

— Oui, chef, murmure ce dernier avec un léger salut, avant de disparaître dans l'obscurité.

En voyant luire la canine en or de Sein Yun, le gardien tourne brusquement la tête pour voir si ce petit enfoiré se fout de lui. Mais le chiromancien est déjà en train de ficher le camp, le longyi retroussé au-dessus des genoux tandis que ses claquettes frappent le sol boueux.

23

Ils marchent d'un pas vif sur un étroit sentier entre les arbres. Il est jeune à nouveau, douze, treize ans. L'enfant est avec lui et lui tient la main ; parfois il doit faire quelques pas en courant pour rester à sa hauteur. Lorsque Teza baisse les yeux, il sourit, même si c'est douloureux, et tout son corps ressent un élan d'amour pour son frère, Aung Min. Puis il entend une voix, sur le sentier derrière eux, une voix triste et vieille. Qui est-ce ?

Son grand-père. Il regarde par-dessus son épaule sans s'arrêter, mais il ne voit pas le vieil homme.

Teza, Teza, où allez-vous ?

Il n'a pas besoin de crier. Il répond dans sa tête – Hpo Hpo entendra – « Nous rentrons à la maison. » Le Vieil Homme Seigneur du Banian nous aidera à trouver notre chemin dans les montagnes.

Mais tu as dit que vous alliez à la maison. Au-delà des montagnes il n'y a que la frontière.

Oui, dans la forêt.

Mais mon cher enfant, vous venez de la ville. Pourquoi vous en éloignez-vous ?

Il nous faut trouver l'arbre, Hpo Hpo, le banian avec l'autel. Il se tourne vers le petit garçon, qui marche et trottine à côté de lui pour ne pas être à la traîne. Aung Min, on l'a vu le jour où nous sommes allés à la pagode de Sule, tu te rappelles ? Levant les yeux, le petit garçon lui fait un sourire solennel. Les deux enfants accélèrent le pas, s'éloignant de la voix de leur grand-père.

Mais mon cher enfant, Sule est dans le centre de Rangoon. Tu ne t'en souviens pas, Teza ? Teza ! Tu m'entends ? Teza !

Il entend très bien, sa décision est prise. Le bras mince de son frère se balance au rythme du sien, sa petite main tiède dans la sienne. Ils trouveront l'arbre, et son nat, son gardien, le Seigneur du Banian. Ensuite ils rentreront à la maison.

Chit Naing est accroupi à côté du chanteur. La tasse d'aluminium qu'il a à la main s'est jusqu'ici révélée inutile. Même déshydratés, les hommes inconscients ne boivent pas.

— Teza, tu m'entends ? Teza !

Il regarde la bouche en sang qui ne peut pas boire et l'angle bizarre et atroce que fait à présent la mâchoire enflée de Teza, avec son menton qui pendouille.

Un surveillant gradé l'a accompagné pour aider au transfert de cellule. Il se tient près de la porte ouverte en silence, les yeux fixés sur le gardien-chef et le prisonnier. Conscient du regard attentif du surveillant, Chit Naing s'efforce de durcir son visage. Sa présence le rend nerveux.

— Je n'arrive pas à le réveiller, dit sèchement Chit Naing après un autre effort infructueux. Allez chercher l'infirmier et veillez à ce qu'il apporte de la morphine.

Le surveillant parti, Chit Naing se lève et jure en constatant la puanteur et la confusion qui règnent dans la cellule, les morceaux de poisson, la paillasse éventrée, les longyis et les chemises pleines de merde et de pisse. Il fouille dans les détritus jusqu'à ce qu'il trouve un maillot à peu près propre ; il verse un peu d'eau dessus, puis, s'accroupissant de nouveau, il hésite devant le visage de Teza. Il jette un coup d'œil à la porte ouverte. Non parce qu'il se méfie de qui peut se trouver là, mais parce qu'il ne veut pas regarder de trop près cette bouillie sanguinolente.

Il approche le chiffon humide de la joue gauche de Teza, qui est enflée mais ne saigne pas, et la nettoie lentement. L'œil gauche est noir et fermé, et l'oreille gauche ainsi que la plaie au-dessus saignent encore. Chit Naing regarde la porte à nouveau, avec impatience cette fois. Où est l'infirmier ? Il ne sait pas quoi faire. Si l'oreille est abîmée à l'intérieur, est-ce qu'il ne va pas empirer les choses en appuyant dessus pour étancher le sang ? Il a peur de toucher le bas du visage de Teza. Il effleure la plaie au-dessus de l'oreille avec le chiffon, délicatement d'abord, puis en appuyant un peu plus. Très vite le sang dessine le contour de ses doigts sur le coton blanc, le rose pâle virant à écarlate, puis au rouge foncé, et s'épanouissant sous sa main jusqu'à ce que le tissu devienne aussi lourd et chaud qu'un morceau de viande crue.

— Teza. Teza !

Il crie son nom à présent, lui demande de revenir à lui.

— Teza ! Nyi Lay, réveille-toi. Réveille-toi, petit frère.

Il appuie le tissu ensanglanté plus fort sur la blessure. Le chanteur grogne. Ses jambes bougent légèrement, marchent dans le vide.

— Teza, réveille-toi !

Les yeux du chanteur ne s'ouvrent pas, mais une bouillie de mots sort de sa bouche brisée. La souffrance causée par cette tentative est la corde qui le tire vers l'avant. Chit Naing continue d'appuyer sur l'entaille de sa tête.

— *Pyan-ma-la-boo.*

C'est ce qu'il a dit ? *Je ne veux pas revenir.*

Les doigts de Chit Naing sont poisseux de sang.

— Petit frère, reviens. Il faut que tu te réveilles maintenant. Réveille-toi, Nyi Lay.

Le gardien entend l'urgence dans sa propre voix.

— Ouvre les yeux.

L'œil gauche est collé, mais le droit s'ouvre si soudainement que Chit Naing se recule, surpris, et doit poser sa main libre par terre pour ne pas perdre l'équilibre. Il se penche vers le chanteur, dont l'œil toujours grand ouvert cligne, cligne, plusieurs fois de suite. Il est en état de choc, il ne sait pas où il est.

— Tu es toujours là, Teza. Je suis Chit Naing, le gardien Chit Naing. Tu te souviens ?

Un son s'échappe du chanteur, distordu comme sa mâchoire. Le cri enragé, fait d'un seul mot, se répercute dans la cellule, soulevant la tête et les épaules du chanteur. Le gardien ne comprend pas. Il sait seulement qu'il l'a fait revenir et que Teza est furieux. Il se met à donner des coups de pied tout en hurlant des mots déformés. Soudain l'infirmier est là, de l'autre côté du corps convulsé de Teza. Sans adresser la parole à Chit Naing, il enfonce une aiguille dans la cuisse du prisonnier. Ce sont l'apparition d'un autre homme et la douleur viscérale de la piqûre, plus que la drogue, qui soumettent Teza. Il cesse immédiatement de s'agiter, mais son œil, noir et blanc brillants, ne se ferme que quelques minutes après.

— Voilà, dit l'infirmier en jetant l'aiguille sur le sol crasseux, ça va le calmer.

— C'est de la morphine ?

— Non, un autre sédatif. Mais il restera dans les vapes pendant quelques heures.

Chit Naing pose la main sur l'épaule de Teza. C'est le seul geste de réconfort qu'il s'autorise. *L'aiguille. L'aiguille.*

— Elle était propre ?

— Quoi ?

— L'aiguille. Elle était neuve ?

Il parle trop fort, sa voix tremble. De nouveau il a conscience de la présence attentive du surveillant à la porte.

L'infirmier lance un rire amer.

— Vous vous croyez où, à l'hôpital général de Rangoon ? Je n'en sais rien, moi – on essaie de les stériliser. Mais oui, allez, elle était propre. C'est de vous que vous devriez vous inquiéter, continue-t-il en faisant un signe du menton à Chit Naing. Regardez vos mains – elles sont couvertes de son sang. Est-ce qu'il était sain, lui ?

L'infirmier enlève les cheveux de son front et sautille vers Teza. Protégé par des gants de latex, il palpe la plaie et l'inflammation autour.

— C'est une blessure superficielle. Ce n'est pas ça qui va le vider de son sang. Il n'y a pas de fracture du crâne. Le cuir chevelu est plein de vaisseaux sanguins, c'est pour ça que ça saigne beaucoup. Pour l'oreille, je ne sais pas. Tympan perforé ? Le pire, c'est la mâchoire. Je ne peux pas y toucher.

Il penche la tête sur le côté et vers le bas, suivant des yeux les déformations de l'os.

— Ça m'a l'air plutôt mal en point. La seule personne qui pourrait arranger ça, c'est un bon chirurgien. Bonne chance, mon pote, murmure-t-il à l'attention de l'homme inconscient.

Puis il regarde à nouveau Chit Naing.

— Une matraque, hein ? Qui a fait ça ?

— Beau Gosse.

— Mais bien sûr. On a l'habitude de nettoyer derrière lui.

Toujours accroupi, l'infirmier palpe tout le corps de Teza, cage thoracique, abdomen, bassin, jambes. Lorsqu'il se relève, il émet un petit sifflement.

— Je me demande comment ils ont fait pour lui casser autant d'orteils. Ça ne se plâtre pas, les orteils. Ça se répare tout seul. À première vue, il n'a pas de blessures internes. Gardien Chit Naing, demande-t-il avec un sourire condescendant, vous ne voulez pas aller vous laver les mains maintenant ? On ne sait pas s'il est malade ou non. En tout cas, il est extrêmement maigre, en général c'est mauvais signe.

— C'est parce qu'il est affamé, pas parce qu'il a le sida !

Chit Naing serre la mâchoire pour ne pas crier. Ses yeux passent de la bouche béante de Teza au visage blasé de l'infirmier.

— Vous avez apporté de la morphine ?

— Bien sûr que non. On n'en a pas. Pour s'en procurer, il faut la permission du directeur.

— Vous avez sa permission.

L'infirmier lance un regard sceptique au gardien.

— De toute façon, il va dormir maintenant. Il ne se réveillera que tard demain matin.

— S'il se réveille.

— Avec une mâchoire dans cet état, il regrettera de s'être réveillé. Mais il se réveillera. Il ne va pas mourir des suites de ce passage à tabac – il vivra, pauvre bougre. Demain après la visite du médecin, je viendrai lui raser la tête. Ses cheveux sont immondes. Quand on en aura fini avec lui, il sera propre comme un prisonnier politique tout neuf.

Satisfait du bon mot qu'il vient de faire, il se redresse d'un bond pour reprendre son sac des mains du surveillant.

— Je vais le nettoyer un peu et panser ses blessures.

Chit Naing se relève beaucoup plus lentement.

— Et moi, je vais me laver les mains.

— Est-ce que l'un d'entre vous peut m'apporter de l'eau ? demande l'infirmier en regardant autour de lui. Quel bordel ! Mais là-dedans, ça ira.

Il tend le pot à eau de Teza au gardien.

C'est une tâche subalterne ; Chit Naing devrait laisser le surveillant le faire. D'ailleurs, ce dernier a déjà fait un pas en avant, mais le gardien secoue la tête.

— *Ya-ba-deh*. Pas de problème. Je vais dans la salle de douches de toute façon, dit-il en souriant pour la forme. Restez là et veillez à ce que notre infirmier ne tue pas le détenu accidentellement, d'accord ? Le directeur est déjà assez furieux qu'il soit dans cet état.

En longeant le couloir, Chit Naing avance la main, et touche le mur de briques pour se stabiliser. ça ne sert à rien de haïr Beau Gosse, encore moins de le craindre, mais Chit Naing sent son estomac s'aigrir avec ces deux poisons. Il regarde les murs faits de blocs de ciment, l'unique ampoule avec son contingent réglementaire de papillons de nuit. L'air sent l'eau froide et les crottes de rat, la décomposition. Chit Naing sait que même son inquiétude pour Teza est souillée. Le chanteur lui donne le sentiment de quelque chose dont il a désespérément besoin : l'expiation de sa présence ici.

Il se dépêche d'ouvrir le robinet et se frotte les mains sous le jet vigoureux qui l'éclabousse. Qu'est-ce qu'il va dire à Sanda ? Comment peut-il lui avouer la vérité et en même temps l'en protéger ? La puanteur dans la salle de douches ressemble à l'odeur de sa propre honte.

Deuxième partie

Free El Salvador

24

Il ouvre et ferme les yeux. Lorsqu'il cligne à nouveau, il n'ouvre que le droit ; le gauche fait trop mal. Une brise inaccoutumée envahit l'atmosphère, se répand comme de l'eau sur son visage et ses bras criblés de plaies. Il y a quelque chose de changé dans sa tête. Il sent l'air frais sur son crâne. Rasé. Il est enfin débarrassé de ses cheveux sales.

« Putain, ce qu'il faut faire avant d'avoir une coupe de cheveux ici ! » pense-t-il. Il lève la main pour toucher sa tête et ouvre son œil pour regarder sa main. Derrière la main il voit un mur bleu.

Non, pas un mur. Le ciel.

Il en a un vertige soudain.

Du bleu à travers les barreaux de métal, au-dessus d'un mur blanc sale, un vrai mur, recouvert de plâtre et plein de taches. Par habitude, il tourne la tête pour chercher l'araignée dans le coin. La douleur le fait suffoquer et la suffocation lui fait encore plus mal. Sa bouche est pleine d'eau bouillante. Non, pas d'eau, de morceaux de verre. Des larmes lui montent aux yeux. Il inspire, expire, lentement, consciencieusement, en inventoriant son corps. Ses orteils.

Ses jambes. Ses reins. Sa respiration est assez claire pour lui parler des ecchymoses, des endroits enflés, des os cassés de ses orteils. En même temps il se souvient de Beau Gosse, des trois surveillants, du passage à tabac. Le jeune au beau visage, on a dit son nom. Comment s'appelle-t-il ? C'est un détail dont il ne se souviendra qu'au bout de plusieurs jours. Où est le stylo ? Ça, ce n'est pas un détail, c'est un mystère. Mais ce n'est pas important pour le moment. Respire, respire. Il n'est qu'une poche remplie de douleur lancinante, de douleur brûlante, de douleur aiguë, tant de voix différentes sont piégées dans son corps, elles appellent, leur intensité augmente ou diminue selon l'endroit où il envoie sa respiration. Son oreille gauche. Son œil gauche. Exactement comme des années auparavant, au centre d'interrogatoire. Au moins cette fois il peut voir par la fente. Sa tête n'est qu'une boule de palpitations. Il y a du verre dans sa mâchoire, des éclats. Non, pas du verre : des fragments de bois enfoncés profondément dans sa bouche, et aussi dans la partie inférieure gauche – tout son visage semble brisé. Pas du bois. Des os.

Il respire. Le souffle va où il doit aller, comme un courant souterrain. Pluie. Il pleuvait pendant la fouille. Hier ? Il y a deux jours ou trois ? Il se souvient du docteur qui est venu, reparti, revenu. Et Chit Naing était là. Une dispute avec le docteur ? Très loin, plus loin que le fond du cœur de toutes les douleurs, il y a autre chose qui pince, qui rampe, qui pince. Cela vient de l'extérieur, c'est nouveau, presque rassurant ; sa peau est suffisamment vivante pour sentir les morsures. D'où viennent toutes ces punaises ?

Les punaises sont les fils et les filles du prisonnier. Les enfants du moine.

La morsure se fraie un chemin jusqu'à son cerveau encore embrumé et devient plus insistante. Les punaises ont escaladé la montagne de son corps, émigré vers les endroits les plus chauds, aisselles, aines. Les punaises. Pourquoi y en a-t-il tant ? Il en écrase quelques-unes sous ses ongles ; des dizaines d'autres les remplacent. Son sang les nourrit, toutes ces bouches affamées.

Mais il a perdu l'araignée. Le stylo est tombé et a déchiré la toile. Avec plus de précautions, il bouge à nouveau la lourde ancre de sa tête : *ciel*. La compréhension enfle comme une vague et forme une crête, les synapses épuisées se connectent enfin. Je ne suis plus dans le cercueil de teck. J'ai été promu dans une cellule avec ciel. C'est pourquoi il y a tant de punaises. Avant moi, deux ou trois prisonniers ont dû séjourner ici.

Son visage est tout près de la porte métallique, laquelle est munie d'un guichet coulissant dans le bas, et de longs barreaux au-dessus, jusqu'en haut, si bien qu'il peut voir à l'extérieur ! Le mur blanc en face de la cellule sert de rempart, pour que sa vision n'aille pas jusqu'à la cour, et qu'on ne le voie pas non plus. Mais l'air est frais. La nuit il fera froid, mais tant pis, la mousson ne va pas durer toujours. *Ciel*. La couleur est comme la nourriture. Comme en accord avec cette pensée, son estomac se met à gronder. Tout en dévorant des yeux le bleu, il sort de sa chair meurtrie et retourne dans sa mémoire.

Du bleu du bleu du bleu du bleu, à l'infini, dont une bande plane au-dessus de la cage. Le soleil pendant la saison des pluies est un cadeau pour chacun. Les enfants jouent dans les caniveaux. Les garçons couverts de boue sur les terrains de sport fumants tapent dans le ballon en criant. « Sais-tu, dit son grand-père, que même dans la journée il y a des étoiles qui brillent dans le ciel ? Le soleil est une grosse étoile, plus proche que les autres. » Encouragé par le visage surpris de son petit-fils, il continue à voix basse, en se penchant vers lui pour lui confier le secret : « Teza, l'origine de toute vie, c'est la lumière des étoiles. »

Il ne conjugue pas au passé. Respirant dans sa tranche de ciel, Hpo Hpo est là avec lui, dans cette couleur baignée de lumière d'étoiles. Qui sait quel âge il avait quand son grand-père lui a offert ce petit joyau, et voilà qu'il réapparaît, après être resté tout ce temps dans une poche invisible, et il remplit le ciel au-dessus de la cage. Il se souvient soudain de la lune. Cela fait des années qu'il n'a pas vu la lune. *Sanda*, la lune. Le nom de sa mère.

Il ne doit pas pleurer. Pas une seule larme. Ce serait gâcher du sel. Il peut en avoir besoin – du sel et des larmes – plus tard. Pleurer saperait sa force. Ou, plus exactement, aggraverait sa faiblesse. Il va même empêcher les sensations pour l'instant ; il va rester immobile et penser au football.

Il se souvient de la boue qui séchait en bandes irrégulières sur leur dos, leurs jambes brunes. Aung Min, évidemment, est le meilleur joueur de foot des deux, plus rapide, plus rusé. Un fouillis d'herbes borde un terrain vert qui s'incurve çà et là en flaques boueuses. Qu'on lui donne à manger – *du bleu* – et l'esprit s'emplit de nostalgie, l'envoie chercher des dés de papaye mûre sur Anawrahta Street. Il veut la splendeur orange et l'odeur semblable à du parfum des fruits entassés sur la charrette, il veut le bois usé et l'aluminium peint en vert de la charrette même, posée contre un mur bleu poudré. À présent il a quelque chose de brillant et sucré dans la bouche, facile à avaler. De là, il pénètre dans la clarté animale et chaotique d'un marché et se délecte de la fabuleuse, époustouflante, profusion de *choses*. Il se précipite vers les étals de tissu – Sanda y sera, pour s'acheter un nouveau tamin – et regarde les rouleaux d'étoffe posés contre des rouleaux plus gros, si bien qu'il n'y a pas de murs dans cet univers, pas de mur de briques, pas de mur de béton, pas de mur de bois, pas le moindre barreau, rien que des rouleaux de couleur de toutes les largeurs. Spirales noires et ocre, luminosité d'oiseaux jaunes, de papillons violets, étendues solides et lisses de cerise, de rose et d'aiguemarine des imprimés éblouissants destinés aux femmes. Les hommes portent des carreaux rouille et vert foncé, des bleus océan, des rouges brûlés, du pourpre, du violet délavé.

Je ne composerai plus de chansons. Je vendrai des tenues de foot aux écoliers, je cultiverai des papayes. Et je vendrai des longyis. Mes mains dérouleront arc-en-ciel après arc-en-ciel de coton teint de couleurs vives.

Les yeux toujours fixés sur le ciel bleu, l'esprit occupé de ses opportunités de carrière, Teza entend des claquettes approcher. Comme si on avait appuyé sur un bouton, ce son le renvoie au lancinement dans sa mâchoire, son œil, son oreille. Une respiration plus tard, il sait que cette démarche n'est pas celle de ce salaud de Sein Yun. Il ne bouge pas la tête. Entre les barreaux, il aperçoit, se dirigeant vers lui, une tong en caoutchouc orange et une autre en velours bordeaux, cette dernière de la sorte portée en général par les femmes. Au-dessus des tongs, deux chevilles maigres, deux tibias pleins de cicatrices, deux genoux de pleine lune éclipsés par un longyi turquoise, de femme également, à en juger par la couleur et la matière. Le tissu est remonté entre les jambes de celui qui le porte, rentré au niveau des reins, transformant le longyi en short bouffant. Au-dessus de ce vêtement, un tee-shirt vert fluo proclame quelque chose en anglais délavé. Malgré la douleur, les sourcils de Teza se froncent en déchiffrant les fières lettres noires : *Free El Salvador*. Il sourirait, s'il le pouvait. Le tee-shirt doit provenir d'un sac en plastique rempli de vieux vêtements ayant appartenu à des Blancs. Empaquetés en toute charité et en toute bonne foi de l'autre côté du Pacifique, le tee-shirt a été vendu avec bénéfice dans les rues imprévisibles d'Asie. *Free El Salvador* vient vraiment de loin.

Les vêtements aux couleurs improbables sont devant lui à présent. Le claquement des claquettes prouve au chanteur qu'il ne voit pas un fantôme, ou ne souffre pas d'hallucinations. Le flip flap des tongs colorées s'arrête à quelques pas du guichet situé en bas de la porte. Lorsque Free El Salvador s'accroupit, le plateau à la main, Teza lève les yeux vers son visage.

C'est ça, mon nouveau serveur ? Le chanteur cligne plusieurs fois des yeux, regarde derrière le tee-shirt, fait le point sur le ciel bleu, et revient vers ce nouveau visage. Non, il ne rêve pas.

Le serveur est un enfant.

Son visage est assez proche pour que Teza distingue une trace de saleté sur sa joue. Et ses cils. Et ce n'est pas n'importe quel enfant.

C'est le premier pas que fait son esprit : Aung Min. Teza est à la fois étonné et incrédule. Ce garçon ressemble à Aung Min il y a vingt ans. Lorsque son frère et lui étaient petits, on les prenait souvent pour des jumeaux. Seule la taille de Teza prouvait qu'il était l'aîné. Si cet enfant ressemble à Aung Min, il ressemble aussi à Teza.

La mâchoire en morceaux, le chanteur ne peut pas parler. Il regarde dans les deux sens, de haut en bas du mur blanc sale, mais il n'y a personne – personne d'autre, pas d'adulte.

Les yeux de Teza parcourent le visage du gamin. Celui-ci, en revanche, ne regarde pas Teza. Comme un animal sur le point d'être capturé, il reste immobile sous son regard. Tant de temps a passé depuis que le chanteur a vu un enfant ; peut-être n'importe quel petit garçon lui rappellerait-il sa propre enfance. Mais il y a une réelle similitude dans le nez droit et fin, les grands yeux et le front généreux. Il a le visage plutôt carré, tout comme Teza et son frère dans le temps ; un visage à la mâchoire robuste est inhabituel chez les enfants dont on aime plutôt les joues rondes. Teza pense aux gamins des tea-shops, les orphelins et les campagnards pauvres que l'on envoie faire la plonge et porter les plateaux dans les échoppes installées sur les trottoirs des villes. Free El Salvador ne leur ressemble aucunement. Son visage, parsemé de cicatrices plus pâles, ne reflète rien de leur tristesse abasourdie, pas un soupçon de leur joie bagarreuse. Il a l'air stoïque et dur, desséché malgré les pommettes et le menton larges. Il a les gros genoux osseux révélateurs de malnutrition chronique, un trait que Teza reconnaît d'après son propre corps.

Teza tourne lentement sur un côté, se soulève sur un coude avec précaution, ce qui le fait grimacer. Le gamin commence à pousser le plateau par le guichet du bas de la porte. Teza se penche et le repousse. L'enfant détourne la tête, gratifiant Teza, pendant une fraction de seconde, d'un plissement d'yeux presque courroucé. À présent le chanteur ne sait plus trop. Sous cet angle, le visage de l'enfant est celui d'un animal sauvage, le menton pointu, pas carré. Ce gamin est une mangouste.

Teza agite la main et essaie de dire : « Je ne veux pas manger. » Phrase qu'il ne peut pas finir à cause de la soudaine déchirure de chair dans sa bouche, comme si les fragments d'os étaient des shrapnels venant d'exploser. Les mots deviennent un cri tandis que la main de Teza éloigne brusquement le plateau à l'extérieur de la cellule. L'enfant baisse les yeux vers la nourriture : soupe au curry, riz en bouillie pour l'invalide. Tout en fixant Teza dans l'attente d'un signe, il porte une boulette de riz imaginaire à sa bouche. Teza agite la main, réussit à articuler un seul mot : Sa ! Mange ! Lentement, précautionneusement, le prisonnier se rallonge et ferme les yeux.

Accroupi devant le plateau, l'enfant regarde à droite et à gauche, ramasse la cuillère de métal, et engloutit bruyamment, aussi vite qu'il peut. Même si le prisonnier change d'avis, il ne pourra pas se plaindre, parce que sa figure est si cassée qu'il ne pourra le raconter à personne. Pas de doute, il a bien dit Sa ! La nervosité du gamin a beau lutter avec sa faim jusqu'à la dernière bouchée, il mange tout. Puis il ouvre doucement le guichet et fait glisser le plateau vide à l'intérieur.

Les yeux de Teza sont fermés, mais il ne dort pas. Il lève la main : « Au revoir. » L'enfant tourne les talons et disparaît derrière le mur blanc comme une marionnette que l'on tire hors de la scène.

25

Après quelques jours, les employés de cuisine, qui sont aussi des détenus, commencent à prélever une bouchée de pois ou une portion de riz bouilli du plateau du prisonnier. Grâce à la télépathie de la cage, ils savent que Teza ne mange pas, alors pourquoi le petit tueur de rats aurait-il tout le butin ? Le gamin prend le plateau à la cuisine, passe en vitesse devant l'autel et l'hôpital, puis ralentit en approchant de la cellule d'isolement. Il ne veut pas qu'on remarque son excitation. Une fois qu'il pénètre à l'intérieur du mur qui encercle la maison blanche, il pose le plateau sur la terre nue humide, s'accroupit devant comme un chien, et mange tout, jusqu'aux quatre ou cinq derniers petits pois au curry qu'il pêche dans la soupe avec ses doigts sales, tout en enfournant le riz aqueux. S'il y a un morceau de pomme de terre, il le mange également. Il est en pleine croissance, et son corps devient fou, mais il ne peut pas grandir. Les rats n'y font rien.

La nuit, quand il essaie de dormir, il sent un démon lui ronger les os des jambes. *Grandis !* gronde le démon, qui enfonce les dents dans les tibias acérés, les fémurs, comme on pourrait étirer un morceau de cuir avec les dents. Mais l'enfant ne veut pas grandir. Laissez-moi être petit, pense-t-il, allongé dans sa cabane près du quartier des surveillants. Il n'y a pas assez de nourriture pour les grands ici. Laissez-moi être petit. Je vous en prie. Laissez-moi être plus petit.

Laissez-moi être un cafard. Il sourit. Ils sont si rapides, si *brillants*.

Non. Laissez-moi être une punaise.

Il en écrase une – il y en a tant qui vivent dans son matelas de chiffons – et il regarde le sang sur ses doigts avant de l'essuyer sur le mur de tôle ondulée de sa cabane. Si j'étais une punaise, je pourrais me nourrir du sang des prisonniers. Je n'aurais jamais faim.

L'enfant a des trésors, dont il ne faut pas se railler. Il y a des gens dans la cage qui ne comprennent pas sa richesse – un des surveillants se moque toujours de son scarabée – mais ça lui est égal. Il a l'habitude de l'ignorance des détenus comme des surveillants.

Parfois sa richesse est évidente. S'il se compare au prisonnier, par exemple, qui n'a rien hormis sa tenue blanc sale et une couverture et quelques nippes, le gamin sait qu'il est riche.

En plus de sa literie, qui consiste en quelques vieux longyis et une couverture de feutre chinois, cadeau de prisonniers libérés, l'enfant possède les trésors suivants :

Le longyi turquoise

Le tee-shirt vert fluo

Le tee-shirt blanc à l'origine mais qui est devenu gris

Le sac à bandoulière rayé bleu marine et blanc

La boîte avec le scarabée dedans (le scarabée est noir avec des marques rouges sur le dos, et bien vivace, après deux mois d'isolement au régime crottes de lézard)

Nyi Lay le petit lézard

La dent d'homme, incisive supérieure gauche, rangée dans

Une boîte vide de thanakha

Neuf livres de tailles et couleurs diverses, échangés à différents prisonniers, en général contre des rats ou des livraisons de drogue

Le grand caleçon

Beaucoup de bouts de bougie et deux briquets

Une demi-boîte de conserve ; une petite pelle

L'autre moitié de la boîte de conserve ; un bougeoir

Un clou aiguisé avec une pierre, pour tuer les rats

La carte postale d'un bâtiment à la flèche dorée, qu'il reconnaît – non pour l'avoir vu, mais d'après les explications de Chit Naing – comme la pagode Shwedagon dans le centre de Rangoon

La carte postale d'un Bouddha de Pagan

Le cliché bon marché de Aung San Suu Kyi, la fille du grand général Bogyoke Aung San. La bouche ouverte, elle parle et sourit en même temps. Elle ne regarde pas le papier qu'elle a à la main, mais droit dans les yeux du gamin. Il la conserve dans les pages d'un livre.

Le papillon violet iridescent, joli mais en voie de désintégration, qu'il a trouvé près du ruisseau qui coule à la limite du territoire de la prison. C'est une des plus belles choses qu'il n'ait jamais vues, mais les fourmis finissent toujours par le trouver. Chaque fois qu'il le change de cachette, une aile s'écaille ou un morceau de patte se détache.

Depuis peu de temps, par le plus grand des prodiges, le gamin possède un stylo. C'est une acquisition récente. Sa présence dans sa vie est à la fois un miracle et une catastrophe. Le stylo est encore si nouveau et si formidable, une trouvaille si heureuse, qu'il ignore l'élément catastrophe de l'équation.

Le gamin est connu pour ses dons de chasseur. Il traque les sacs en plastique, les os, les beaux cailloux, tout ce qui est utile et tout ce qui est comestible. Un de ses nombreux emplois consiste à tuer les rats, qu'il écrabouille avec son bâton. Il a appris à les étriper et à les vendre, car les prisonniers qui ne reçoivent pas de colis de nourriture ont besoin de manger des rats.

Lorsqu'il y a un orage, il est triste, parce que la pluie traverse le toit de sa cabane, mais il est aussi content, parce qu'il sait exactement où les rats vont aller.

À l'intérieur. Comme des cafards géants à poils gris, ils remontent les canalisations et se réfugient dans les salles de douches. Ils préfèrent les petits bâtiments, où il n'y a pas trop d'occupants. Et s'il pleut pendant longtemps et qu'un bâtiment est inondé – comme le bâtiment deux, qui est construit en contrebas du terrain – les rats ressortent en détalant. Mais l'autre jour, au plus fort de l'orage, le gamin s'est précipité vers le tuyau d'écoulement le plus proche ;

il savait que les rats s'y engouffreraient. Avant qu'il atteigne l'autel, la pluie lui dégoulinait déjà sur le visage. Il coursait les rats, mais il savait qu'ils étaient avantagés. Ils sont les seuls occupants de la cage à avoir le droit de courir. Tous les autres doivent marcher, c'est le règlement. Le gamin marchait aussi vite qu'il pouvait, avançant presque par bonds, dans l'espoir de ne pas arriver trop tard.

Lorsqu'il parvint à la salle de douches du cercueil de teck, il se figea devant la canalisation ouverte, son fidèle bâton levé. Ses yeux détalaient comme les rats eux-mêmes, d'un mur à l'autre et à l'autre, mais il n'en vit pas un seul. Il était trempé. Il étouffa un juron. Pas de rats.

Rien qu'un surveillant qui passait, et se moqua de lui. Merde ! Il arrivait trop tard. Les couineurs étaient déjà dans le tuyau. Les hommes qui voulaient du rat pour le dîner seraient en rogne. Le bâton toujours levé, le tueur de rats se mit à calculer combien de kyats il allait perdre, combien de nourriture de Dehors.

Clignant des yeux pour en évacuer la pluie, il grogna « Saloperie de pluie, saloperie de rats ! » et frappa le sol du bout de son bâton. Il prit le chemin de sa cabane et du quartier des surveillants, rasant les murs de sa maigre carcasse, sous l'auvent étroit, mais le vent était si fort que des giclées de pluie lui cinglaient les bras et les jambes. Furieux d'être mouillé et bredouille, il baissa la tête et fonça.

C'est alors qu'un petit objet effilé atterrit dans le gravier de briques juste devant lui. Une fléchette blanche. Le gamin allait si vite qu'il marcha dessus avant que son esprit n'enregistre

« trésor ». Il fit encore quelques pas, puis s'arrêta et se gratta énergiquement le devant de la jambe, comme s'il avait une piqûre de moustique douloureuse, ce qui n'était pas le cas. Il voulait juste regarder autour de lui avant de repartir vers le trésor. Il jeta un coup d'œil en arrière par-dessus son bras. Il regarda devant lui. Près du Bureau central de la prison, trois surveillants ramenaient un grand groupe de prisonniers vers les bâtiments principaux ; les surveillants comme les détenus se dépêchaient d'aller se mettre à l'abri. De l'autre côté du mirador, il voyait les sentinelles monter la garde aux portes des bâtiments principaux, mais l'obscurité provoquée par la pluie et l'orage les rendait floues. Les projecteurs ne seraient pas allumés avant une heure.

La pluie qu'il avait maudite lui faisait un écran derrière lequel se cacher. Les yeux fixés sur les fragments de briques, des flaques se formant autour de ses pieds nus, il recula de quatre pas. Cinq. Debout sous l'aération et au-dessus de son trésor, il entendit le martèlement menaçant des bottes.

La voix de Beau Gosse éclata dans la cellule comme un éclair.

À l'extérieur, la plus petite main de la cage s'approcha et ramassa le stylo blanc qui luisait.

Puis, malgré le règlement, il courut.

Il sort son trésor et l'examine sur toute sa longueur couverte de marques de doigts. Lorsqu'il appuie sur le bouton en haut, la bille sort à l'autre bout, avec un gentil *clac-clic*. Il trace un cercle sur sa main sale. L'encre bleue apparaît comme par magie. Il a eu le courage de prendre le stylo, donc il lui appartient maintenant. Il aimerait le garder toujours, mais il a trop de valeur. Pour l'instant c'est encore trop dangereux de le montrer, mais quand les choses seront un peu tassées, il le troquera. Les politiques échangeraient n'importe quoi contre un stylo qui fonctionne.

Du poisson séché, de la viande. De quoi nourrir le démon qui ronge les os de ses jambes.

26

L'enfant ne peut oublier et essaie de ne pas se rappeler son histoire. Ne-pas-oublier de ne pas ne-pas-se-rappeler est le meilleur moyen de survivre dans la cage. N'importe quel prisonnier et presque tous les surveillants vous le diront.

Son père, surveillant subalterne, n'a jamais dit une chose pareille, mais de toute façon il ne parlait pas beaucoup. Sa mère, si, et elle chantait également, avant le temps des murmures. Mais c'était il y a si longtemps. Et qui se souvient de la voix d'une morte ? Ce qu'il se souvient d'oublier, c'est la maladie qui l'a tuée.

L'argent ne signifiait que trois choses : riz, eau de riz, médicaments. Elle prenait tous les médicaments et ne rendait que du sang, des filaments qui sortaient de sa bouche, des bébés serpents, d'un rouge si sombre, si épais qu'ils étaient presque noirs. Elle est morte il y a si longtemps qu'il ne pense plus à elle. À force de vivre dans un monde habité uniquement par des hommes, il oublie ce qu'est une femme, ce que fait une Mère. Tout petit, il est venu aider son père à la prison. Il faisait des commissions pour les autres surveillants afin de gagner sa nourriture. Il a vu son père commencer à mourir de la même façon que sa mère, lentement, en crachant des serpents.

Ils vivaient en dehors de l'enceinte de la prison, de l'autre côté de la grande route, après la palmeraie et la plantation de manguiers, dans un village où, même si quelques-unes étaient en bois, la plupart des maisons étaient faites de chaume et de bouts de ferraille, de planches inégales, ou encore de morceaux de vieux linoléum imbriqués de façon créative. Si le vent soufflait dans la mauvaise direction, l'air empestait les cochons et les latrines. Durant les trajets quotidiens pour aller et revenir de la prison, l'enfant ne s'éloignait pas de son père, ne lui donnant la main que rarement, mais touchant souvent sa jambe ou sa hanche pour être sûr qu'il était toujours là. Son squelette commençait déjà à lui faire mal, à protester contre le riz, l'eau de riz et les rares légumes, en hurlant à sa façon muette et décharnée *pas assez pas assez !*

Parfois la nuit, il entendait des hommes se bagarrer dans les rues après de longues séances de beuverie. Ils se battaient avec des couteaux, des tessons de bouteilles. La prison était un lieu plus sûr, un royaume de gardes et de chiens géants, où les méchants étaient enfermés et ne pouvaient se battre qu'entre eux. Le gamin restait à côté de son père, le surveillait, s'assurait qu'il ne partait pas. Lorsque la maladie le faisait tousser la nuit, l'enfant se dépêchait de lui apporter ses médicaments. Il lui donnait les cachets, lui servait de l'eau sans la renverser. Il était lié à son père par une tendresse farouche, mais aussi par pur instinct de conservation. Il avait peur qu'on l'emmène dans un orphelinat ou qu'on l'emploie à la construction des routes.

C'est peut-être ce que tu devras faire quand je mourrai, lui disait son père. Porter des pierres ou du ciment dans un des chantiers de la ville. C'est là que tu devras aller.

L'enfant s'endormait par terre à côté de son père et se réveillait à chaque quinte de toux.

Mais ce ne fut ni la toux ni les serpents noirs qui l'emportèrent. C'était un matin, très tôt, il faisait encore nuit. Ils traversaient la grande route, celle qui débouche ensuite sur une plus petite, menant jusqu'aux grandes portes de la prison. Le camion n'allait pas vers la cage, cependant ; il bringuebalait dans la direction de Rangoon. Le chauffeur avait roulé toute la nuit, il rentrait de Mandalay. Il avait les yeux pleins de médicaments de folie, de comprimés destinés à le tenir éveillé.

C'est ce que Chit Naing lui a expliqué après.

Le gamin aurait dû être tué aussi, il se tenait tout près de son maigre papa, deux doigts glissés dans la taille de son longyi. Le camion arriva en haut de la côte en rugissant, telle une bête sans yeux. Ses phares étaient cassés. Il pensa que le camion braquait, non pour les éviter mais pour les toucher, car ils avaient déjà atteint la poussière et les herbes folles au-delà de la chaussée. Ils en étaient à deux pas. Il sentit la main de son père le frapper dans le dos – un coup magistral, le plus fort qu'il n'ait jamais reçu de sa vie – puis le sol lui enfonça de la terre dans la bouche et lui arracha l'air de la poitrine. Le gamin toussa comme s'il avait la maladie ; il ne pouvait pas respirer. Les larmes lui piquaient les yeux tandis qu'il suffoquait. Ensuite il resta allongé pendant un moment, reprenant son souffle, nettoyant sa bouche avec sa langue, crachant. Il sentait les saletés qui restaient accrochées à ses lèvres et à son menton.

Le calme matinal était revenu, mais le soleil était levé à présent, dispensant sa lueur rouge et sa chaleur. Au loin, il vit des femmes qui quittaient le sentier de leur village pour marcher sur la route, tout comme son père et lui avaient fait, mais dans la direction opposée. Il regarda leurs chapeaux de paille jusqu'à ce qu'ils disparaissent dans le soleil levant. Pendant un long moment il fixa l'endroit que leurs corps avaient occupé. Puis il roula sur le côté et baissa la tête. Une fois, il la releva pour regarder sur le côté de la route, supposant que son père serait tombé tout près. Ce n'est que lorsque ses yeux parvinrent au milieu du chemin qu'il trouva ce qu'il cherchait. Il vit les pieds nus de son père qui se tendaient vers lui. Comme des mains, pensa-t-il. Ses yeux voletaient ici et là sur l'asphalte, cherchant toujours. Il ressentit un chagrin soudain : où étaient les claquettes de son père ? Elles étaient presque neuves. Hpay Hpay serait très fâché de les avoir perdues. Il vit les jambes de son père également, nues elles aussi, son longyi déchiré et remonté autour de la taille. Mais son corps était si bizarrement tordu que le gamin ne pouvait pas voir sa tête ensanglantée.

Personne ne venant – l'endroit était encore assez éloigné de la prison – l'enfant se leva et alla jusqu'aux portes de la prison. Il se rendit compte que l'une de ses dents avait transpercé sa lèvre lorsque son père l'avait poussé ; il porta la main à sa bouche, puis regarda le sang. Il refit ce geste plusieurs fois. Il raconta aux gardes de faction ce qui était arrivé. Deux hommes sortirent avec un camion et emportèrent le corps de son père. Il ne sut jamais où. Personne ne lava le sang sur la route. Trop effrayé pour rentrer chez lui, l'enfant resta à la prison cette nuit-là. Il ne voulait pas traverser la route à cause du fantôme de son père. Où avaient-ils emmené le corps ? Il l'ignorait, et il n'osait pas demander. Mais il savait qu'un corps sans sépulture n'a pas d'autre choix que de devenir un fantôme, un esprit errant. Le gamin en ressentait de la culpabilité. Mais comment aurait-il pu enterrer son père tout seul ? Il n'avait même pas de pelle.

Il alla jusqu'aux traces sur la route. Les mouches avaient passé la journée à lécher le sang qui allait disparaître en un rien de temps. Elles formaient un épais tapis noir et faisaient un vacarme assourdissant. Deux jours après l'accident, il vit quelque chose de blanc qui dépassait des traces coagulées. Il chassa les mouches et s'accroupit. C'était une des dents de son père. Bouleversé de pouvoir la reconnaître, il regretta de ne pas avoir regardé le corps de son père plus attentivement. Il savait, à cause de l'image de sa mère qu'il oubliait de se rappeler, que celle de son père allait s'estomper aussi, se mélanger aux visages des autres hommes, les visages de la cage. Les mouches lui recouvrirent le bout des doigts lorsqu'il ramassa la dent. Puis elles s'enfoncèrent dans le petit trou qu'elle avait creusé. Les mouches étaient vertes comme des plumes de paon. Certaines avaient le dos bleu. D'autres étaient marron. Beaucoup étaient noires. Il eut peur des guêpes. Toutes ensemble, le bruit qu'elles faisaient ressemblait à celui d'un moteur, comme le vrombissement du camion qui avait tué son père. Il essuya le sang sur une feuille, mit la dent dans une petite boîte, la petite boîte dans sa besace, et rentra à la prison en courant.

Une seule fois, il traversa la route pour retourner au village en passant à travers champs. Il allait chercher ses vêtements et ceux de son père. Le reste ne valait guère la peine d'être emporté. Il prit les boîtes de thanakha de sa mère sans bien savoir pourquoi, car il avait déjà perdu l'habitude enfantine de s'étaler la pâte parfumée sur la peau. Le propriétaire attendait. Alors que le gamin repartait, il arriva derrière lui et lui réclama le loyer. L'enfant expliqua qu'il n'avait pas d'argent.

— Je vais appeler la police et on te mettra en prison, dit le propriétaire.

— Mais c'est là que je vais, répondit sérieusement l'enfant.

Le propriétaire le gifla et le saisit par l'épaule.

Lorsque l'enfant expliqua qu'il travaillait à la prison désormais et promit de payer le loyer par petites sommes, le propriétaire lui lâcha l'épaule, et, en enfonçant son doigt au creux de l'articulation, conseilla à l'enfant de ne pas mentir. Celui-ci fut stupéfait de la capacité mystérieuse des adultes à lire dans ses pensées. Ce mensonge au propriétaire était son premier véritable mensonge. Il jura qu'il ne mentait pas, et ce fut son deuxième. À sept ans, il comprit que mentir était un art qu'il devrait perfectionner avec ardeur. Il ne revint jamais dans la maison de bambou et de chaume. La cage devint son univers.

Au début, il vécut dans une petite remise à ciel ouvert près de l'autel. C'était l'endroit de prédilection des gardiens qui venaient y faire un somme ou lire le journal, et ça ne les dérangeait pas qu'il y passe la nuit. Mais l'autel et la remise se trouvaient entre l'hôpital et la cuisine, et Chit Naing aussi bien que Tan-see Tiger le mirent en garde contre le gros cuistot. C'est le gardien qui conseilla au gamin de s'installer un petit coin devant le quartier des surveillants. Là il y a plus de passage, et le cuisinier n'utilise jamais les latrines des surveillants, car ces derniers ne peuvent pas le voir. Les surveillants subalternes gagnent à peine de quoi nourrir leurs familles, alors que le cuistot, avec son racket sur la nourriture, ne cesse de grossir et de s'enrichir. L'enfant s'est construit une cabane avec des bouts de bois et des bandes de tôle ondulée. La cabane est très basse, comme une niche, mais c'est chez lui. Ses trésors y sont en sécurité.

Le gamin ne chôme pas. Pour son travail dans la cage, il reçoit du riz et des cheroots, qu'il fume comme le petit homme farouche qu'il s'efforce d'être. Comme tueur de rats, il est apprécié des détenus qui n'ont pas de famille pour leur envoyer des colis. Les rats sont des rats de ville, pas des rats de rizière. Très coriaces, ils ont le goût et l'odeur des ordures, comme les pigeons. Il les vend aux prisonniers, cinq kyats pièce, plus ou moins selon le degré de pauvreté du détenu, parfois dix kyats si le rat est gros et que le type a de l'argent. Lorsqu'il lui arrive de manger du rat, il a atrocement mal au ventre. Il déteste tellement la viande de rat qu'il peut échanger un rongeur, ou deux, ou trois, contre une quantité raisonnable de nourriture du Dehors ; cependant, pour conserver son pouvoir de marchandage, il cache son dégoût aux prisonniers.

En général, lorsque les hommes ont de la visite de Dehors, ils reçoivent de l'argent. Dehors, c'est là que l'argent est fabriqué. L'enfant imagine que les billets viennent d'un endroit plus grand que le bâtiment cinq, une cage pleine de papier et de ciseaux. Un jour, alors qu'il nettoyait un bureau, il vit des ciseaux noirs et demanda à un autre frotteur de sol ce que c'était. Puis il osa ouvrir et fermer les longues mâchoires. Le détenu prit un papier dans la corbeille et se mit à découper. L'enfant, subjugué, regarda une étoile à cinq branches tordues sortir du papier.

Il adorerait avoir une paire de ciseaux, mais il n'en a jamais vu ailleurs que dans ce bureau. Il a vu des lames de rasoir insérées dans des bouts de bois, et les seringues des junkies, et les barres de métal aux bouts taillés en pointe pour poignarder – ces barres sont ce qu'il y a de mieux pour tuer, il le sait, surtout si on touche le cœur, les poumons, ou les intestins. Quand on a pris quelques coups dans le ventre, difficile d'étancher le sang.

Mais avec une paire de ciseaux, il pourrait découper des formes dans les pages de ses livres. Il se couperait les cheveux au lieu de se faire raser la tête. Il découperait le visage du Bogyoke Aung San dans un billet de cinq kyats, et le collerait au mur à côté de son autre photo du célèbre général. Le tan-see du bâtiment quatre, le grand gaillard qui est le chef de tous les condamnés de tout le bâtiment, lui a appris beaucoup de choses sur le Bogyoke. Il a même une photo du général accrochée au mur de sa cellule. Bogyoke était un héros, un grand *soldat*. Au mot soldat, Tan-see Tiger lève les bras et la voix. Aucun des soldats d'aujourd'hui n'est aussi grand que le *grand* Bogyoke. Et les généraux, les *généraux* d'aujourd'hui ne sont qu'un ramassis de *salopards* véreux, rien à voir avec le Bogyoke. Lui, il a vaincu les terribles *Anglais*, et tous ces *Japonais* cruels qui avaient envahi tout le pays, ce qui, suppose l'enfant, veut dire Rangoon, Mandalay, et l'immense champ entre les deux.

Parfois le gamin rêve d'aller visiter Rangoon. Chit Naing lui a dit que c'est un trajet de moins d'une heure en voiture, plus en bus. Mais il ne monterait jamais dans une voiture ou dans un bus ou dans quoi que ce soit avec un moteur. Il marcherait.

Et quand il arriverait à destination, il irait tout voir : la pagode Shwedagon, le Sule, Chinatown, les temples chinois. Ces endroits, il le sait, sont faits d'or pur, avec des vrais miroirs (pas des morceaux de métal brillant) et des murs couverts de rubis, d'émeraudes et de saphirs. Mahabandoola Street, Scott Market. Le lac Inya : les prisonniers lui ont raconté qu'il est magnifique et immense, et qu'il brille dans le soleil ; il y a plus d'eau dans le lac qu'il n'en a jamais vu dans toute sa vie. Mais à pied, tout ça est à un millier de vies. Et tout a l'air dangereux dans cette ville. L'année prochaine, pense-t-il, je mettrai de l'argent de côté et j'irai. Il n'aime pas la route avec ses camions et ses bus qui rugissent. Il se souvient des hommes dans son village qui prenaient le bus avec une horde de gens entassés dedans, pour aller travailler à Rangoon. Il y a tellement de *gens* là-bas, tellement de *rues*. Parfois, il a peur rien qu'en se tenant devant les grandes portes de la cage ; tout dans ces menaçantes portes de métal évoque le danger infini du départ. L'homme qui a tué son père habite peut-être Rangoon. Tous ces bus et ces camions et ces voitures et ces gens, ça pourrait si facilement écraser un petit garçon.

— Tu racontes des bêtises ! le gronde Chit Naing. Il faut que tu visites la pagode Shwedagon, tu es birman. Tu ne vas quand même pas rester ici toute ta vie et ne jamais aller à la ville ? Il faut que tu ailles voir une pagode, un temple. Tu es déjà entré dans un temple ?

Le gamin regarde par terre. Son père était zairbadi, un musulman birman. Il a des souvenirs de son père priant à genoux dans le petit matin. Il observe les prisonniers musulmans qui se prosternent dans la journée et murmurent leurs mots mystérieux à Allah. Les bouddhistes prient aussi devant l'autel du Bouddha. Lorsque Chit Naing lui a dit que Bouddha était différent d'Allah, le gamin a ressenti l'insulte comme un pinçon cruel. Évidemment qu'ils sont différents – il le prend pour quoi, Chit Naing, un débile ? Chit Naing est gentil et savant, mais parfois, comme tant de grandes personnes, il sous-estime l'intelligence du gamin. Allah est invisible et puissant et grand comme le vent – c'est pourquoi les musulmans se prosternent et murmurent – alors que le Bouddha est massif comme de l'or pur, serein et calme comme sa statue de l'autel. L'enfant connaît ces deux forces sacrées, mais personne ne lui a jamais appris à prier. Sa mère était bouddhiste, et elle avait confectionné un petit autel dans la maison, mais elle était trop faible pour aller dans les pagodes.

— Alors ? insiste Chit Naing. Tu es déjà allé dans un temple ?

Le gamin secoue la tête. Le gardien-chef sait beaucoup de choses, mais comment peut-il connaître la peur de se faire écraser à la ville ? Il est trop costaud.

— Un jour, tu iras à la pagode, et ça te plaira beaucoup. C'est un endroit paisible.

Oui, un jour, songe le gamin, paisible. Mais pas maintenant, pas encore. Il a trop de travail à faire. Il est lui-même une liquidité, il fait partie de la monnaie de la prison désormais, se glisse dans les couloirs avec des messages à porter, des missions à accomplir. Il parle si rarement que certains détenus le croient sourd-muet. Cette réticence à parler le rend populaire auprès des autorités de la prison, qui lui confient parfois des petites tâches. Une fois, il a entendu un surveillant-chef dire : « Ce petit tueur de rats est né avec le don de savoir tenir sa langue. Certains de nos hommes feraient bien d'en prendre de la graine », ce qui lui a fait un plaisir immense. Il ne sait pas avec quoi il est né, mais il a vite appris l'importance de savoir garder un secret. Peu importe si le secret appartient à un surveillant, un gardien ou un détenu ; les secrets sont tous pareils. Alors, le médecin l'utilise parfois pour apporter des médicaments de marché noir aux malades et des aiguilles aux junkies. Une fois, un autre surveillant-chef l'a employé comme serveur pour un Indien très poilu, dont les repas étaient rationnés car il avait offensé le directeur. Et à présent il a une nouvelle mission, il sert le Rossignol, c'est ainsi que les détenus de droit commun appellent le chanteur. C'est un travail qu'on ne donne pas à n'importe qui, un emploi qui impose le respect. Le gamin prétend qu'il ne le sait pas ; faire l'idiot lui facilite la vie.

C'est ainsi qu'il vaque à ses affaires avec grand sérieux, tout en ayant l'air de ne se soucier de rien. Il se déplace dans la cage en sachant exactement comment elle fonctionne et qui dirige qui, au rythme du balancement vif et léger de ses bras minces, et montre au monde l'image d'un enfant qui court sous l'avancée du toit pour s'abriter de la pluie. Sans un mot, il livre les drogues, les armes, l'alcool, des petits bouts de papier roulés dans les plis de la taille de son longyi. Il travaille souvent, et avec une grande loyauté, pour le tan-see du bâtiment quatre, celui qui lui donne des leçons d'histoire sur le grand général. En plus de lui faire ses courses, il le masse deux fois par semaine, parfois trois. Mais ce ne sont que des massages – il se contente de marcher sur les jambes tatouées du gaillard, de pétrir son dos tatoué – Tiger n'aime pas se taper des garçons, grands ou petits.

— Surtout, Nyi Lay, lui a-t-il dit plus d'une fois, tu me préviens si un de ces pédés essaie de baiser avec toi, et le vieux Tiger lui coupera sa sale tête d'un coup de dent.

À ces mots, il lance un énorme rugissement théâtral, attrape le gamin qui se tord de rire, et le soulève au-dessus de son épaule tatouée.

Le gamin a ses petits plaisirs. À la saison chaude, il y a parfois des batailles d'eau avec les copains de Tiger, et en ce moment, pendant les pluies, il fait de longues promenades sinueuses le long du ruisseau qui coule sous les murs de la cage jusque dans le monde extérieur. Quelquefois il écoute des blagues qu'il ne comprend pas, et il rit avec les hommes, qui rient de le voir rire. Il passe une partie de son temps en compagnie des prisonniers thaïs, dont certains sont devenus ses amis, si on peut employer ce mot. Les détenus birmans se vengent des guerres d'autrefois en lançant aux Thaïs des piques du genre de celle-ci : « Alors, c'est qui le miracle économique de l'Asie maintenant, hein, gros malin ? » Le gamin ne s'intéresse pas à tout cela, mais plutôt au fait tangible de leur langue bizarre. Si les hommes sont de bonne humeur, leur bavardage ressemble au babillement des oiseaux. Avant ses visites aux détenus thaïs, il était persuadé que tout le monde parlait birman. Les Thaïs lui ont démontré le contraire, et il a appris avidement des mots de leur langue chantante. En retour il leur a procuré des expressions birmanes utiles, que peu d'autres prisonniers étaient prêts à partager. Et comme cela choque ces trafiquants de teck et de drogue de voir un enfant aller et venir dans la cage, ils lui gardent toujours quelque chose à manger.

Ces bâtiments de briques entourés de hauts murs sont son école, son terrain de jeux et sa maison. Pour lui, cela n'a rien d'étrange. Il se rappelle-oublie avoir joué avec d'autres enfants dans le village, il y a très, très longtemps, quand il était tout petit. À leur façon gentiment erronée, les Thaïs ont raison, et le gamin est d'accord avec eux : la prison n'est pas un endroit pour les petits enfants. Heureusement, il n'est pas un petit enfant. Les hurlements au milieu de la nuit, les échos des tortures, les grognements et les cris étouffés des bagarres, des hommes qui violent, qui sont violés, la pestilence des excréments humains dans les cellules à chiens, la preuve évidente que des hommes deviennent fous ou cruels, la vue des hommes qui sanglotent, des hommes qui meurent : il est assez vieux pour connaître ces choses-là.

Il échange son travail et des cheroots en supplément contre de la nourriture, des trésors, contre les livres gris et pleins de marques de doigts qu'il adore. Une fois, il a trouvé une mante religieuse. Il lui a donné des mouches et des petites sauterelles à manger. Mais l'insecte vert s'est enfui. Il s'est envolé. Maintenant il a un scarabée dans une boîte. Si le scarabée s'en va, il aura toujours le lézard, parce que bien que le lézard soit libre, il a choisi de rester avec lui. Le lézard parcourt les murs de haut en bas, attend son repas au-dessus de la flamme de la bougie. Parfois le lézard pépie une petite chanson. Comme tant d'hommes ici qui appellent le gamin Nyi Lay, petit frère, celui-ci a pris l'habitude de nommer ainsi le minuscule reptile. Un de ses grands plaisirs est de donner des mouches et des papillons de nuit à manger à son petit frère.

Loin du Dehors, à une heure de bus de Rangoon, l'enfant oublie de se souvenir autant qu'il peut, et grandit dans sa vie, aussi acérée et prédestinée qu'une épine. Il a douze ans.

27

Parce qu'il n'y a que les vieux ou les malchanceux qui boitent, Beau Gosse continue à faire porter son poids sur son genou douloureux. Il marche *une deux une deux* comme pendant son entraînement d'officier de police, des années avant qu'il travaille à la prison. Il venait d'avoir dix-huit ans lorsque son beau-père lui a obtenu un emploi dans le commissariat de leur quartier. Son avenir était tout tracé depuis longtemps, car ce boulot était fait pour lui : ordre, précision, force, obéissance. *Une deux*. Il se dirige vers le quartier des surveillants, à l'heure du déjeuner ; c'est une bonne chose de manger avec ses hommes, cela forge des liens de camaraderie, le sentiment d'avoir des buts en commun. Il se tient droit et ne grimace qu'une fois, quand il se retourne brusquement pour voir qui est derrière lui. Ce n'est que ce morveux de tueur de rats ; petit vaurien, toujours à fouiner partout. Le gamin garde la tête baissée et se dépêche de rentrer à la niche, comme un petit chien.

Beau Gosse jure dans sa barbe et pivote dans l'autre sens, en faisant attention de faire porter son poids sur la bonne jambe. Son genou guérira tout seul. *Une deux une deux*. Quand il était jeunot au commissariat, au début il n'y avait que de la paperasserie, des commissions pour ses supérieurs, des formulaires à remplir et des fournitures à aller chercher, mais il était si efficace qu'on lui a confié des gardes dès la deuxième année, puis on lui a fait effectuer l'entraînement des officiers. *Une deux une deux*, au pas, ce n'est pas si différent de l'armée. D'ailleurs, c'est ce qu'il aurait dû faire, l'armée, comme tous ceux qui ont un peu de cervelle ; c'était et c'est encore le meilleur moyen de s'élever. Mais sa mère ne voulait pas le laisser partir ; il y avait un emploi qui l'attendait au commissariat. Enfin, ce n'est pas trop tard. Tout ce qu'il lui faut, c'est une bonne recommandation du directeur, et le tour sera joué – il aura un nouveau job et une vie différente.

C'est un bon exemple du manque de loyauté de Chit Naing. Cela fait des années que le MI le réclame, pourtant il ne veut pas y aller. Du moins c'est le bruit qui court, mais un bruit qui ressemble fort à la vérité. Connard. Ce serait un tel soulagement de découvrir la preuve qu'il n'est pas seulement un sympathisant, mais un traître, qu'il aide de façon directe ces enfoirés de politiques. Si Beau Gosse avait plus d'argent, il mettrait quelqu'un après lui, pour le suivre nuit et jour, et découvrir ce qu'il fabrique. Le directeur dit qu'il s'en occupe, mais qu'est-ce que ça fait que quelqu'un le surveille dans la cage ; c'est dehors qui compte vraiment, c'est dehors qu'il va merder, en pensant qu'il est en sécurité.

Beau Gosse ouvre la porte et les hommes lèvent la tête, l'air craintif ou obéissant, ou avec ce regard inexpressif qui signifie qu'ils sont fatigués, fatigués de cette pièce avec ses chaises de métal, ses bancs de bois et ses calendriers illustrés des photos de jolies chanteuses vêtues de costumes traditionnels et souriant de leurs lèvres brillantes, fatigués de la pluie aussi, et de la bouffe infecte qui leur arrive de la cuisine tous les jours. Les surveillants mangent la même chose que les détenus.

Les hommes retournent à leur assiette et se dépêchent de finir de manger, au cas où Beau Gosse les appellerait avant qu'ils aient terminé – ça s'est déjà produit – et qu'ils doivent commencer cette fouille débile sans déjeuner. Tout à l'heure Beau Gosse avait faim, il était disposé à s'asseoir pour manger et bavarder, mais ça n'arrive jamais. Chaque fois qu'il passe cette porte, il sent la froideur, il voit que les hommes se détournent. Il sait qu'ils ont seulement peur de lui, ou qu'ils sont jaloux de son statut, pourtant il essaie d'être comme eux. Il est comme eux, d'ailleurs, non ? C'est un homme, lui aussi. Mais un mur invisible s'élève entre eux.

Il est prêt à se passer de déjeuner et se met à brailler des ordres lorsque le surveillant subalterne Tint Lwin, porteur de parapluie, sauve le repas.

— Allez, chef, asseyez-vous avec nous, il reste plein de choses à manger à notre table, ose-t-il déclarer.

Le gardien leur décoche un regard dégoûté et s'assied devant les assiettes communautaires remplies de nourriture, de riz bon marché et de pâte de poisson bas de gamme. En tout cas on leur sert les meilleurs légumes, bien nettoyés. Et du poisson séché.

— Allez-y, servez-vous, insiste Tint Lwin, en poussant l'assiette contenant le poisson vers le gardien. Mangez, je vous en prie.

Vingt minutes plus tard le repas est terminé, et de nouvelles marques de thé s'imprègnent dans le bois des tables déjà bien tachées. Les surveillants qui ne sont pas affectés à la fouille sont déjà partis prendre leur service dans les bâtiments, et les autres luttent contre l'envie de fermer les yeux et de s'allonger pour s'octroyer un petit somme. Ils devront caser la fouille avant et après leur service normal, et faire deux heures supplémentaires non payées tous les soirs. Tous remboursent des dettes ou des faveurs, ou s'acquittent de toutes sortes de punitions. Le joli Tint Lwin est là afin d'éviter qu'une accusation d'insubordination – pour ne pas avoir obéi aux ordres pendant la fouille de la cellule de Teza – figure dans son dossier. Deux hommes doivent de l'argent à Beau Gosse. Un autre a été pris il y a des mois en train de voler dans l'infirmerie, et plutôt que de le punir, Beau Gosse l'a laissé prendre les médicaments. « Tu me rembourseras plus tard, ducon. » C'est ainsi que ça fonctionne.

Debout devant la table, Beau Gosse oblige les hommes à lever les yeux vers lui tandis qu'il lit les noms écrits sur une feuille de papier.

— Tint Lwin, vous ferez équipe avec Ohn Kyaw. Vous, Soe Thein, avec Win Win Gyi. Les trois premières équipes feront le bâtiment trois. Les trois suivantes le bâtiment cinq, et les trois dernières le bâtiment quatre.

Beaucoup plus vieux que Beau Gosse, Soe Thein n'a pas peur de parler.

— Mais il n'y a pas de prisonniers politiques dans le quatre !

— Non, mais les détenus de droit commun aussi savent écrire. C'est une fouille générale et nous cherchons tout ce qui sert à écrire, stylos, crayons, papiers, livres, tout.

— On doit ramasser tout ça ? Chez les détenus de droit commun aussi ?

Il a beau s'exprimer d'un ton calme, tous perçoivent son incrédulité.

— Affirmatif.

— Même chez les tan-see et les akhan-lugyi ?

Les chefs de cellules et de bâtiments bénéficient d'une indulgence exceptionnelle. Il n'est pas rare qu'ils possèdent des stylos, du papier, des livres. Et certains ont aussi un mauvais caractère, des barres de fer et des lames de rasoir.

— Oui, c'est une fouille complète, et tous les objets illicites doivent être confisqués.

— Mais je croyais qu'on cherchait une lettre et un stylo en particulier ? Un stylo blanc ?

— Il ne s'agit pas seulement d'une lettre et d'un stylo. Ce sont d'importantes pièces à conviction, même si la lettre a probablement été détruite.

— Excusez-moi, chef, mais si on ne cherche que ces deux objets, pourquoi fait-on une confiscation générale ? Les gars vont être énervés de perdre leurs lettres d'amour et leurs crayons pour leurs jeux !

Le ton léger du surveillant incite ses collègues à rire.

— Si vous pensez que ce travail est une partie de rigolade, je vous conseille d'aller trouver le directeur et de lui expliquer ce qui vous amuse tant. Nous allons ramasser tout, je dis bien tout, ce qui sert à écrire dans les bâtiments trois, quatre et cinq. Si nous ne trouvons pas ce que nous cherchons, nous fouillerons les bâtiments des verdicts, les ateliers, la cuisine, ainsi que l'hôpital et l'infirmerie. Vous me ferez votre rapport tous les soirs.

Lorsque le gardien se met à cracher son venin sur la roublardise des prisonniers politiques, Soe Thein intervient :

— Chef, excusez-moi de vous interrompre, mais une heure vient d'être frappée et nous avons notre service à faire avant de commencer les recherches.

Beau Gosse lui lance un regard noir que Soe Thein soutient pendant quelques secondes, avant de baisser les yeux. La réponse de Beau Gosse provoque un soupir de soulagement collectif.

— J'espère que vous êtes tous aussi zélés que Soe Thein. Dernière chose : si l'un de vous trouve la preuve que nous cherchons, n'en parlez à personne, même pas à votre coéquipier. Venez me voir immédiatement avec l'objet en question et amenez-moi le détenu. Je m'occuperai de l'interrogatoire.

Une fois libérés, les surveillants s'en vont deux par deux. En sortant, l'écho de leurs voix ne rapporte qu'une conversation anodine sur le temps, ils attendent d'être passés devant le poste de garde central pour se plaindre du ridicule de cette recherche.

— On le trouvera jamais.

— C'est sûr, n'importe quel imbécile comprendrait ça.

Soe Thein prend la parole pour la première fois depuis qu'ils ont quitté le quartier des surveillants.

— On n'a qu'à faire ce boulot du mieux qu'on peut. Si quelqu'un ne suit pas les ordres à la lettre, pas la peine d'en parler, comme ça les autres n'en subiront pas les conséquences. Et dites-vous que si on trouve ce fameux stylo blanc, ça sera peut-être une façon d'être débarrassé de Beau Gosse.

— Qu'est-ce que tu veux dire ?

— Il fait ça pour avoir une promotion, dit Tint Lwin.

— Non, pas du tout. Il ne veut pas de promotion. Il veut sortir de la cage.

— Comment ça ?

Soe Thein baisse le ton.

— Il veut une recommandation du directeur pour l'armée. Il veut entrer au MI. Dans les centres d'interrogatoires.

Comme une paire d'entraves claquant sur les chevilles d'un condamné, ces mots réduisent les hommes au silence et les font baisser les yeux. Un MI ? Un tortionnaire.

— Alors, faites gaffe, les met en garde Soe Thein, en passant en revue le petit groupe d'hommes. Mais si jamais vous arrivez à confisquer un soutien-gorge ou de la lingerie coquine, je vous les achèterai pour les offrir à ma femme !

Des éclats de rire retentissent et les hommes s'en vont deux par deux pour commencer les recherches.

28

Toujours assis, une dernière tasse de thé à la main, Beau Gosse jure en les entendant rire. Enfoirés. Ces abrutis de surveillants peuvent se foutre de lui tant qu'ils veulent, du moment qu'ils font le boulot. Il sort un cheroot, réfléchit, le remet dans sa poche de poitrine. Dans quelques minutes il a rendez-vous avec ce mouchard à face de citron. En plus de ces rondes habituelles l'oreille aux aguets, le chiromancien dit qu'il utilise des techniques anciennes de divination et qu'il essaie de retrouver le stylo grâce à ses dons de médium et à l'aide d'un pendule. Le gardien se fout que Sein Yun brûle de l'encens ou sorte des herbes magiques de son cul, du moment qu'il continue à aller à la pêche aux renseignements. Beau Gosse se lève pour partir, et tire les doubles portes derrière lui. Trente pas plus loin, il entend un faible couinement indiquant que l'une de ces portes s'ouvre à nouveau. Il regarde en arrière d'un geste machinal, pour voir qui est en pause, mais on s'est déjà glissé dans le petit bâtiment. La curiosité du gardien est piquée au vif. Il est rare qu'un surveillant se déplace si vite, à moins d'être en service commandé.

Il tourne les talons, et s'appuie involontairement sur son genou douloureux. Jurant dans un souffle, il retourne d'un pas vif au quartier des surveillants et pousse l'une des portes. Le gamin, occupé à faire tomber des restes de riz dans un sac en plastique, lève le nez, bouche ouverte. Le bol en émail lui échappe des mains et atterrit sur la table avec un bruit creux.

— Kalay-lay, qu'est-ce que tu fous ici ? Sors de là, sale petit voleur. Dégage ! Et laisse le sac !

Kalay-lay. Parfois les hommes l'appellent ainsi sans façon, même affectueusement, *petit Indien*, mais dans la bouche de Beau Gosse c'est méprisant. Le gamin reste figé, tout en se demandant comment il peut se glisser devant Beau Gosse sans recevoir un coup sur le côté de la tête. Très lentement, il pose le sac contenant le riz et les légumes sur la table. Il prend une petite voix.

— Excusez-moi, chef. J'ai raté le petit déjeuner ce matin, et j'ai faim, et je savais que tout le monde avait fini de déjeuner, chef. Je suis désolé, chef.

Il avance de quelques pas, et ses doigts courent légèrement le long de la table.

— Je ne pensais pas que c'était du vol, chef, ajoute-t-il.

— Ah, tu ne pensais pas que c'était du vol ! Réfléchis mieux, petit morveux. Si tu veux les restes, tu dois les demander, au lieu de rentrer ici et de prendre ce qui te fait envie. Compris ?

Le gamin se garde de dire : *Je comprends, chef. J'avais demandé la permission au gardien Chit Naing, qui me laisse toujours prendre les restes.*

Au lieu de cela, il avance à petits pas glissés vers la porte, tête baissée, courbé en signe de soumission et d'appel à la mansuétude. Ça marche. Même s'il grommelle encore, Beau Gosse s'est radouci. Il ouvre la porte et le gamin sort dans la lumière du jour de la cour, le cou légèrement tendu, prêt à recevoir le coup. Un autre moment passe ; le coup n'arrive pas. Il sent que Beau Gosse marche derrière lui, et voilà qu'il arrive devant sa cabane, qu'il s'efforce de dépasser nonchalamment. Ça le rend nerveux d'être coincé ainsi entre la cabane et le gardien, parce que le trésor est là-dedans, enveloppé dans un sac en plastique rose et enterré, et qu'ils sont à sa recherche. Il a tout entendu de la discussion dans le quartier des surveillants.

Hélas, le gardien ne le libère pas après une dernière insulte. Il s'arrête juste devant la petite cabane branlante. C'est insupportable pour le gamin qui regarde par terre et ferme les yeux très fort. Comme si Beau Gosse voyait à travers les murs de tôle ondulée, les couvertures de chiffons, la terre et le plastique, il demande d'un ton furieux :

— Qu'est-ce que c'est encore que ça ?

Pour ne pas flancher sous l'explosion de la voix de Beau Gosse, le gamin tend la main et agrippe le bord métallique irrégulier du toit. Persuadé que Beau Gosse sait, il se force à ouvrir les yeux. Et se pisse pratiquement dessus de soulagement. Bien sûr que les yeux du gardien ne peuvent pas traverser les murs et la terre. Le gamin répond solennellement à la question posée :

— C'est un bâton, chef.

La tête toujours baissée, il parle à la vitesse d'un lézard.

— Je vois bien que c'est un putain de bâton. À quoi te sert-il ?

Le long bout de bois est posé contre la maison du gamin. Beau Gosse le ramasse et le balance d'avant en arrière, vite, si bien que le bâton chante lorsqu'il découpe l'air.

Le gamin fixe les bottes du gardien.

— T'es vraiment sourd, ou quoi ? Je t'ai demandé à quoi te sert ce bâton !

— À tuer des rats, chef.

Et en effet, il y a une croûte et une éclaboussure de sang séché au bout, et des poils gris collés dans une minuscule fente.

— Comment tu les tues ?

La voix de Beau Gosse s'est amenuisée.

Pourquoi le gardien lui pose toutes ces questions ? Beau Gosse l'a déjà vu en train de chasser près du ruisseau, ce bâton à la main.

— Je les frappe sur la tête, ou le dos, ou le cou, pour le briser.

S'ils ne sont pas morts, je les poignarde derrière la nuque avec mon clou, mais le gamin ne mentionne pas le clou car il sait que, tout comme les détenus, il n'a pas le droit de posséder un objet en métal.

— Ça doit vraiment être dégueulasse de partir comme ça, hein ?

Le gamin est surpris. Le gardien a une petite voix, presque pensive.

— Oui, chef, mais au moins c'est rapide. Ils meurent vraiment vite.

Le gamin s'autorise un regard éclair vers le visage du gardien, qui a un drôle d'air.

— Je ne peux pas saquer ces saloperies de rats. Je les déteste.

Beau Gosse parle de très loin, même s'il est toujours là.

— Tu sais pourquoi ? demande-t-il lentement et sérieusement.

Est-ce que c'est un piège ? Est-ce que Beau Gosse va le frapper maintenant, quand il s'y attend le moins ? Le gardien a toujours le bâton à la main. L'enfant tend le cou à nouveau.

— Pourquoi, chef ? murmure-t-il, bien qu'il ne veuille pas vraiment savoir pourquoi le gardien déteste les rats.

Mais Beau Gosse a envie de le dire.

— Parce qu'une fois, quand j'avais à peu près ton âge, j'ai volé de l'argent à mon beau-père, exactement comme toi tu as volé de la nourriture.

Sauf que c'est pas pareil du tout, pense l'enfant. Il n'y a jamais de restes d'argent.

— Il était tellement en rogne contre moi qu'il m'a enfermé toute la nuit dans un grenier à riz, et devine ce qui s'est mis à me ramper dessus quand il a fait vraiment noir ?

— Des rats, chef, chuchote le gosse, la tête toujours baissée.

Cette fois la voix de l'enfant réveille l'homme, et sa voix à lui s'élève, grosse et forte.

— Exactement, des rats ! C'était une bonne punition. Depuis je n'ai jamais plus rien volé de toute ma vie. Alors si on te prend encore à voler, de l'argent, de la nourriture ou quoi que ce soit, on te fera la même chose, kala-lay, tu m'entends ?

Il se penche et répète en criant :

— Tu m'entends ?

— Oui, chef, murmure l'enfant, tout en pensant « je n'ai pas peur des petits couineurs. »

Il reste là à attendre, sachant que ça va venir, et ça vient, une gifle sur le côté de la tête, pas avec le bâton, heureusement, mais avec le plat de la main. L'enfant tient bon, il ne laisse pas le coup le déséquilibrer, et ne cède pas aux larmes. *Cligneclignecligne*, il les ravale.

— Maintenant, retourne travailler, kala-lay, ça suffit les conneries. Et ne t'avise plus de voler !

— Non, chef, merci, chef.

Il s'incline un peu, comme si sa tempe qui palpite était un cadeau. Il soupire. *Ce n'est pas grave, pleure pas*. Les restes de riz vont être jetés. Il faudra qu'il pense à regarder dans les poubelles en fin d'après-midi. Il s'éloigne de sa cabane aussi vite qu'il peut, et se dirige d'un air décidé vers la cuisine. Mais lorsqu'il y est arrivé, il la dépasse, tourne au coin et va vers le ruisseau. Nourri en partie par les eaux usées de la cuisine, c'est un endroit qui offre de nombreux choix culinaires : trognons de chou-fleur, vieilles patates, os. Il frotte la bosse sur sa tête douloureuse. Il donne un coup de pied dans un tesson de brique, et quelque chose bouge.

Un rat. Pas trop gros. Escaladant sans grâce un tas de vieux pneus, le rongeur porte dans la gueule une chose orange non identifiable. Une pelure de mandarine, ou de mangue ? Un bout de tissu ? Le couineur lève une patte et regarde le gamin par-dessus son épaule grise. Cela lui rappelle qu'un détenu du bâtiment cinq lui a commandé un rat ce matin.

Mais il n'a pas son bâton. Il l'a laissé parce que Beau Gosse le tenait toujours. Lorsque le rat descend de la colline de pneus et disparaît dans les herbes hautes, l'enfant se rend compte qu'il est content. Pas de bâton, pas de violence. Quel soulagement ! Parfois il en a vraiment marre d'être le tueur de rats.

29

Le chanteur médite et dort. La morphine encourage ces deux activités. Il dort parce qu'il ne peut pas pleurer, et il ne peut pas pleurer correctement parce qu'il ne peut pas bouger les lèvres. Dès qu'il essaie, la douleur s'empare de sa tête et l'ouvre en deux, de la mâchoire jusqu'au crâne, un os rond sous un marteau de forgeron. Les larmes s'amassent à l'intérieur comme du pus.

Sa méditation progresse par à-coups. Parfois il ne peut être calme. Un lance-flammes attise sa colère qui brûle pendant des heures dans sa poitrine et sa gorge avant de se transformer en cendres et en ombres noires, les attributs du deuil. Incapable de faire les cent pas à cause de ses orteils cassés, il ne sait pas quoi faire de sa peau. Il ne peut pas manger, il ne peut pas fumer, il ne peut pas marcher. Il a tué toutes les punaises de la cellule. Durant ces mauvais jours, sa rage et sa désespérance semblent impossibles à apaiser. Elles grandissent au point qu'il prend une grande machette, défonce le mur de briques et sort en découpant l'air jusqu'à ce qu'il atteigne la gorge de Beau Gosse.

Le pire, c'est que c'est vrai. Malgré son pacifisme, son engagement pour les droits de l'homme, la dignité et la démocratie, c'est un assassin, parce qu'il veut les tuer – Sein Yun, qui l'a sans doute trahi, et Beau Gosse, ce connard sadique. Sa main de tueur se tend. Le directeur meurt. Tous les salopards de gardiens qu'il n'a jamais eus sont emprisonnés à perpétuité, trois fois. Tous les interrogateurs et tortionnaires du MI sont exécutés ou emprisonnés à perpétuité, cinq fois. Les colonels et les généraux sont exécutés sommairement, surtout Ne Win, ce vieux tyran superstitieux. Les hommes d'affaires véreux qui soutiennent le SLORC partent dans des prisons inondées au Bangladesh, et les administrateurs des universités qui ont abandonné leurs étudiants en grève sont tous envoyés dans l'un des enfers inférieurs bouddhistes. Les soldats qui ont tué avec des baïonnettes et des fusils des gens pacifiques et désarmés sont assassinés à leur tour. Les policiers antiémeute de la Lon Htein qui ont noyé les premiers manifestants étudiants dans le lac Inya sont noyés. Les soldats qui ont laissé les étudiants mourir de suffocation dans un panier à salade sont étouffés. Chaque homme d'affaires blanc, velu et au teint terreux, qui utilise le labeur désespéré des Birmans passe quinze ans courbé sur une machine à coudre dans une usine sans fenêtres, véritable piège en cas d'incendie. Dans son cœur pur et rageur, Teza donne vie au vieil adage : *aucun crime ne restera impuni*.

Il n'a aucune idée du nombre de personnes qu'il tue et qu'il emprisonne. Des centaines. Des milliers. Parfois, ces longues séries de vengeance systématique surviennent pendant sa méditation, alors il abandonne sa respiration et charge comme un soldat, tirant comme un fou dans le mur sombre des arbres où l'ennemi attend, invisible et immuable.

Lorsque ces orgies de violences prennent fin, il a envie de hurler comme un chien blessé, mais ce n'est pas parce qu'il s'est lancé dans les meurtres vengeurs qu'il peut ouvrir sa bouche brisée. Il est toujours incapable de pleurer. Épuisé, profondément triste, et châtié par la futilité de ses émotions, il retourne à son humble travail de méditation et inspire. Expire. Inspire.

Teza ne veut pas exécuter le docteur de la prison. Il se contenterait de lui écrabouiller la figure et le forcerait à passer une convalescence atroce avec un charlatan de son espèce. Le docteur est un homme nerveux et d'une malhonnêteté joyeuse, affligé d'une acné rebelle. D'origine chinoise, il a des joues rondes, un nez bulbeux et des yeux larmoyants. À chacune de ses visites, il prend les mains de Teza dans les siennes, et tripote les ongles du jeune homme.

— Je vérifie la circulation sanguine et l'absorption minérale, d'accord ?

C'est une vraie question, qui implique que le prisonnier aurait la possibilité de refuser. Puis il passe les doigts sur la mâchoire et la joue de Teza, encore enflées et pleines de bleus, et ponctue son examen de claquements de langue, et de quelques hochements de tête.

— Tout va bien, ment-il en souriant lorsqu'il a terminé. Ne vous inquiétez pas. La fracture est nette, très peu de fragments d'os, ça guérit bien. Le seul problème est la nourriture. Il faut manger. Tous les jours, sans faute. On vous donne des rations supplémentaires de riz bouilli et de poisson, n'est-ce pas ?

Teza acquiesce.

— Vous les mangez ?

Il acquiesce encore. Le docteur n'est pas le seul à savoir mentir.

— Et interdiction de parler, même quand vous êtes sous morphine. Si le siège de la fracture est soumis à trop de mouvements, elle ne se consolidera pas. Ça pourrait s'infecter, à cause des nombreuses lésions dans votre gencive gauche – et les bactéries de votre bouche pourraient aller dans la plaie. Vous savez que la bouche est un endroit sale et dangereux, n'est-ce pas ?

Le docteur rit. Teza serre ses doigts entrecroisés et regarde au-delà de la tête du docteur, à travers les barreaux de la porte jusqu'au ciel, qui est miséricordieusement bleu, et traversé de véloces nuages blancs.

Deux semaines ont passé depuis le tabassage.

— La douleur aura considérablement diminué dans un mois, lui dit le docteur.

Teza devrait arriver à parler, si on peut dire, dans le même laps de temps, selon le degré de cicatrisation. Avant que le vieux surveillant grisonnant s'avance pour fermer la porte, le docteur fait toujours un sourire. Ce dernier sourire factice est le moment le plus insupportable de tout l'examen.

Chit Naing lui rend visite. Comme il est à nouveau affecté à la surveillance de Teza, il vient le voir trois ou quatre fois par semaine. Mais les visites de Chit Naing ne sont plus ce qu'elles étaient, l'ancienne spontanéité a disparu.

L'angoisse du gardien se transmet à Teza comme un virus, amplifiée par sa douleur et son impossibilité de parler. Il veut retrouver le Chit Naing d'avant, le gardien serviable et sérieux qui savait aussi plaisanter. Comme il mange peu, Teza a besoin des vertus reconstituantes de l'humour. Free El Salvador ne parle pas, le vieux surveillant ne parle pas, alors Teza veut que Chit Naing lui donne des mots. Sa propre incapacité à parler l'enrage. Il peut arriver à sortir des monosyllabes s'il a eu une injection de morphine, mais ça ne suffit pas pour demander à Chit Naing : « Ils ont trouvé le stylo ? Est-ce que vous soudoyez le docteur pour que j'aie de la morphine ? C'est ma mère qui vous a donné l'argent ? Vous l'avez vue ? Elle sait ce qui s'est passé ? » Teza ne voit pas de quelle autre source l'argent pourrait venir, sinon, parce que ce n'est guère dans les habitudes de la prison de donner des antidouleur opiacés aux politiques. Il se demande combien de temps encore il aura droit à ces piqûres.

Par une belle matinée chaude et ensoleillée, Chit Naing se tient à la porte à barreaux de la cellule et répète des choses que Teza a déjà entendues. À plusieurs reprises, les yeux du gardien se posent sur le visage de Teza pour s'en détacher très vite. Le chanteur sait que Chit Naing ne supporte pas de le voir ainsi. Ses paroles sont maladroites, sa voix est pleine de notes fêlées.

— Le docteur dit que ta fracture n'est pas si grave que ça.

Teza fixe la bouche du gardien et essaie de ne pas se laisser envahir par la fureur. *La colère est un feu néfaste.*

— Il dit que si on opérait, ce serait comme si on brisait ta mâchoire à nouveau. Tous les muscles se contracteraient. Ce serait encore plus douloureux. Insoutenable.

Comme si on pouvait mesurer la douleur. Comme si quiconque parmi eux pouvait l'imaginer. Mon visage sera déformé à jamais.

— Le docteur dit que pour faire un boulot correct, pour calmer tous ces muscles, il faudrait que tu sois sous anesthésie générale. Et tu sais que c'est impossible ici.

Ils ne vont pas m'emmener voir un vrai médecin, dans un vrai hôpital.

— Et ils seraient peut-être obligés d'immobiliser ta mâchoire avec du fil de fer. Tu perdrais trop de poids.

Je mange déjà si peu.

— Le docteur dit que la douleur va finir par disparaître.

Teza regarde les os de ses genoux. Ça ne fait pas longtemps qu'il a terminé sa méditation, et il est toujours assis en demi-lotus au milieu de la cellule. Lorsque Chit Naing commence à entrechoquer ses clés, annonçant ainsi son départ, Teza se tourne vers lui et porte un cheroot imaginaire à sa bouche.

— Mais tu ne peux pas fumer ?

Teza secoue la tête et fait tourner ses index l'un autour de l'autre comme un petit manège. Impossible de fumer, malgré l'envie qu'il a. Il veut juste dérouler les filtres des cheroots. *De quoi lire.*

— Ah, oui ! Je n'y ai même pas pensé… j'ai oublié… je vais voir ce que je peux faire, s'empresse de répondre Chit Naing.

Il a récupéré ce qu'il a pu dans le cercueil de teck : savon, thanakha, vêtements et couverture. Et aussi deux sachets de la-phet, de feuilles de thé en saumure, toujours scellés. Teza regrette de ne pas avoir tout mangé plus vite, les feuilles de thé et les graines de sésame grillées et les cacahuètes. Ça le déprime de penser aux poissons séchés, détruits si bêtement.

— Le gamin va bientôt t'apporter ton petit déjeuner.

Teza hoche la tête.

— Essaie de manger, d'accord ?

Nouveau signe de tête. Chit Naing a le courage de soutenir son regard le temps d'une longue respiration, mais il quitte toujours la cellule sans avoir vraiment parlé.

Lors de ses moments de générosité, le chanteur voudrait dire au gardien : « Chit Naing, ce n'est pas votre faute. Je sais que vous essayez de m'aider et je vous en remercie. » Mais quand sa mâchoire fracassée l'a réveillé en pleine nuit et l'a ravagé, épuisé de douleur, ça ne lui déplaît pas que le gardien se sente gêné et honteux. Il faut bien que quelqu'un le soit. Teza possède au moins cela, le pouvoir de la victime. Mais il sait que c'est une arme à double tranchant, tantôt vertueuse, tantôt souillée de sa longue liste d'exécutions.

Il n'a jamais voulu être celui qui est brisé. Il ne s'est pas autorisé à l'être. Même physiquement détruit, comme après les interrogatoires, comme aujourd'hui, il a toujours cherché la puissance au-delà du corps. Il a grandi en étant baigné, nourri et désaltéré par les enseignements du bouddhisme ; on lui a inculqué et réinculqué que le moi mental et le corps physique ne sont que de petites parties mutables de l'univers, sans cesse changeantes et illusoires, mouvantes comme des nuages. L'âme, cette flammèche, se dirige continuellement vers la renaissance et l'éveil, la grande délivrance, où il n'y a finalement pas de séparation. C'est pourquoi les grands moines ne redoutent pas la mort. Ils savent que leur mort vient à eux tout comme leur corps l'a fait, non comme une fin mais comme un mouvement, l'étape suivante. C'est la seule chose que tout le monde possède en commun.

Alors, lorsque l'homme qui a le pouvoir se tient de l'autre côté des barreaux de fer, demandant à être pardonné, quoi que dise sa bouche, dans ses meilleurs jours Teza essaie de répondre, en hochant la tête, en dessinant sa pensée avec les mains. Ses yeux brillent dans l'effort de communiquer un message qu'il a lui-même du mal à comprendre. La bataille quotidienne qui fait rage dans leur pays depuis des décennies prend fin entre eux, non parce que Teza offre le pardon – il n'en est pas capable – mais simplement parce qu'il voit que Chit Naing est pris au piège lui aussi. Ils sont tous deux captifs et combattants.

C'est la Première Noble Vérité : *la vie est souffrance*. Bouddha a prononcé ces mots juste après son éveil. *En voyant, en acceptant et en comprenant la vérité de la souffrance, l'œil apparut, la connaissance apparut, la sagesse apparut, et la lumière apparut. On n'a jamais entendu de tels enseignements.*

Lorsque sa méditation marche bien, Teza se souvient de ces extraits du premier sermon de Bouddha. D'autres fois, la douleur brûle tout ce qui vient de son corps et de sa mémoire. Quelle lumière peut naître de cette brutalité ? Il essaie de concentrer ses méditations en laissant la douleur faire son travail sans s'y accrocher, sans l'identifier comme étant lui-même. C'est très difficile à accomplir, surtout en isolement.

30

Trois semaines après le passage à tabac, Chit Naing apporte un nouveau colis de nourriture dans la maison blanche ; il ouvre la cellule et dépose le htaung win za dans les mains aux longs doigts du chanteur. Un gargouillis douloureux échappe à Teza tandis qu'il regarde le paquet, deux sacs en plastique fermés de plusieurs tours de papier collant marron. Il vient si manifestement de sa mère, plein de choses qu'il ne peut pas manger. Le gardien-chef a intercepté le colis le jour où il est arrivé, avant que personne ne puisse mettre ses sales pattes dessus et voler ce qui lui faisait envie.

Chit Naing quitte la cellule très vite, en prétextant d'autres tâches. Teza remarque à peine son départ. Le htaung win za est plus important : sa mère est à l'intérieur. Teza examine à nouveau le contenu du colis.

Il y a cinq poissons. Deux savons. Plusieurs petits paquets de feuilles de thé et de sésame. Des haricots frits saupoudrés de curry. Des cacahuètes. Ah ! Il ne se voit pas en train de manger une seule cacahuète.

Certes, il ne peut pas manger, mais la présence de sa mère est une autre sorte de nourriture. Avant de défaire l'emballage serré, ses doigts flexibles touchent les articles l'un après l'autre. Sa mère aime emballer les objets dans des petits morceaux d'étoffe, souvent de simples bouts de tissu récupérés à la blanchisserie, mais parmi eux se trouve un petit trésor, le plus clair des messages : un mouchoir blanc élimé, ourlé d'une broderie encore visible, toute simple, couleur sable. Deux blocs de crème de thanakha sont enveloppés dedans. Ce très vieux mouchoir est un témoignage de l'influence résolument anglaise subie par sa grand-mère paternelle, qui est morte lorsque Teza était petit. C'est elle qui avait brodé les mouchoirs de son père.

À l'extérieur de la cage, le colis ne vaudrait pas grand-chose. Il ne serait que ce qu'il paraît : des sacs en plastique remplis de nourriture et d'articles de toilette, appartenant peut-être à un voyageur ou à un étudiant qui se rend dans le Nord en train. Mais dans la cage, rien de ce qui vient de chez soi n'est inanimé.

Il dispose les objets par terre. « Ce que j'ai perdu me revient à présent, pense-t-il. Pas comme avant, pas comme je le veux, mais transformé. Je ne peux pas le comprendre. Comment déchiffrer le carré de lin élimé que j'ai en main et qui me parle de mon père en chantant ? Je ne peux que le tenir, d'une main légère, et si je pouvais parler, je dirais oui, j'accepte ce présent, et l'amour qui l'a apporté ici. J'entends le chant de cet objet silencieux. »

Une heure plus tard, son serveur arrive. Étrange garçon. Il porte à nouveau son tee-shirt vert *Free El Salvador*, avec le longyi turquoise retroussé entre ses jambes comme un short. Ses autres vêtements sont un vieux maillot blanc et un longyi vert d'écolier. Comment a-t-il pu trouver un sarong d'uniforme scolaire dans la cage ? C'est un mystère mineur mais fascinant, une raison supplémentaire qui fait que Teza aimerait parler – non que le gamin répondrait à ses questions. Avec son tee-shirt vert et son sarong chatoyant, il se présente comme porteur de couleurs et de nourriture, pas de mots.

Chaque fois que Teza voit une lueur dans ces yeux vifs, soudaine comme un éclair de chaleur, il s'attend à ce que l'enfant parle. Chaque jour il voit cette étincelle mise à nu, et chaque jour le petit corps maigre se détourne pour s'éloigner de lui, s'éloigner de la cellule. Teza se demande si c'est à cause de son visage mutilé, avec son menton qui se tord vers la mâchoire cassée. Le coquard et les autres ecchymoses guérissent très lentement. Est-ce que le gamin a peur de lui ? C'est à ce point-là ?

Deux ou trois fois par semaine, Chit Naing ou le vieux surveillant viennent ouvrir la grille afin que le gamin emporte le seau du chanteur. Teza est toujours impressionné par l'extrême politesse de l'enfant, qu'il soit ou non en présence d'un adulte. Ce n'est qu'une question de forme, bien sûr – le chanteur sait que le gamin prend un peu de sa nourriture avant d'arriver, mais il ne prend jamais tout. Et quand il parvient devant la cellule, il se transforme en parfait gentleman, portant ses doigts rapidement à la bouche, à plusieurs reprises, ses yeux noirs écarquillés sur cette question muette *tu veux manger ?* Si Teza fait un petit signe vers son propre corps, les doigts vers le bas, Free El Salvador s'accroupit et pousse le plateau dans l'ouverture. Si Teza secoue la tête ou montre d'un signe de la main qu'il peut emporter le plateau, le gamin tombe à genoux comme le premier jour et mange tout sauf quelques cuillerées de riz à l'eau. S'il y a du poisson bouilli – c'est ce qu'on donne à ceux qui sont vraiment malades – le gamin le laisse aussi. Il a peur que le prisonnier ait faim plus tard et regrette d'avoir abandonné tout son repas. Sachant que ce supplément de nourriture dépend de la générosité persistante de Teza, l'enfant ne veut pas l'offenser en paraissant trop gourmand.

Pendant que Free El Salvador se dépêche d'engloutir le riz bouilli, le chanteur examine son visage. Les égratignures à vif sur ses joues et ses bras sont des piqûres de moustiques qu'il a grattées au sang – Teza a les mêmes – et le gamin a aussi des démangeaisons dues à la gale. Mais d'où vient la cicatrice sur sa joue ? Et cette autre entaille, sur son front ?

Pourquoi travaille-t-il dans la prison ? Teza n'a pas essayé de poser la question à Chit Naing – il y a toujours d'autres sujets de préoccupation quand le gardien vient lui rendre visite. Teza fixe le gamin, comme si l'intensité de son regard pouvait ouvrir le visage réservé de l'enfant. L'expression distante de Free El Salvador varie rarement, même quand il mange, tête baissée, concentré. Teza ne sait plus si l'enfant ressemble à Aung Min, en fait. Tous les petits garçons ont peut-être l'innocence des frères jusqu'à ce que l'on voie les cicatrices sur leur visage.

Chit Naing lui a dit que le gamin parlait, mais pour Teza, ce nouveau serveur est pire que Sammy le muet, qui au moins avait un vocabulaire varié de grognements et de soupirs. Le gamin ne s'exprime ni avec des mots ni avec son corps. Le raclement du plateau qui est poussé dans et hors de la cellule, voilà la seule voix de l'enfant. Et bien qu'il le gratifie d'un petit signe de tête reconnaissant après avoir mangé, il sait aussi montrer qu'il n'est pas inféodé à Teza. De temps en temps, quand le chanteur lui fait signe qu'il peut prendre la nourriture, il n'en veut pas. Il pousse le plateau plein dans la cellule et se dépêche de partir. Teza comprend cela comme une revendication d'indépendance de la part de Free El Salvador.

Teza essaie de le faire sortir de sa réserve. Certains jours il désigne le ciel ou fait semblant de fumer un cheroot, mais le gamin ne lui récite jamais de monologue enfantin sur le temps et ne lui donne jamais un seul cigare. Comme il veut faire une demande nouvelle, Teza pousse le plateau de la veille hors de la cellule. Le gamin le ramasse et regarde le chanteur, qui désigne du pouce le seau à latrines d'un geste exagéré, puis s'accroupit à moitié avant de mimer de façon pittoresque qu'il a besoin de papier toilette. Free El Salvador lui fait un sourire tordu, qui pourrait aussi bien dire « t'es complètement barge ». Puis son visage se referme. Teza scrute cette bouche insondable et comprend que le gamin ne reviendra pas avec quelques feuilles de papier toilette.

Il regarde au-delà de Teza à présent, plus loin dans la cellule, où il a aperçu quelque chose par terre. Des sacs en plastique, des petits bouts de tissu blanchis. Un petit bloc oblong de thanakha. Des choses de Dehors ! Puis l'enfant lève légèrement la tête et se met à renifler. Teza voit qu'il cherche quelque chose. Par-dessus le seau à latrines, l'humidité, et la sueur du prisonnier, l'enfant reconnaît l'odeur d'algues du poisson séché.

Free El Salvador lève des yeux craintifs, comme s'il était encore pris en flagrant délit de vol. Cette étincelle dans ses yeux est devenue un flamboiement qui éclaire son visage. Sans un mot, l'enfant parle, et Teza reconnaît le cri familier « Donne-moi quelque chose à manger ! »

Mais lorsque le regard de l'enfant passe de la nourriture au chanteur, il n'exprime pas la supplication. Non, il exprime la colère. Teza cligne des yeux. Il ne peut pas encore parler, il ne peut pas bouger les lèvres pour former les mots « Attends, je vais te donner quelque chose ! » bien qu'il recule d'un pas, prêt à se retourner pour aller prendre un poisson. Mais le gamin est déjà debout, le sarcasme et la colère peints sur le visage. Des gargouillis sortent de la gorge de Teza, qui essaie de le rappeler, mais Free El Salvador a tourné les talons, il s'en va. Ses omoplates saillantes, le velours écorché de son crâne, et ses pas rapides, tout proclame qu'il n'est pas du genre à se retourner.

Et il ne se retourne pas.

31

Le gamin traverse la cour à grands pas, bras le long du corps, poings serrés. Même cette espèce de gueule cassée reçoit de la nourriture de Dehors. Et après ? Le gamin s'en fiche. Il sait comment se procurer de la nourriture. Il n'aime pas le regard du chanteur qui le transperce de ses yeux désespérés, pour essayer de découvrir des choses. Quels que soient ses secrets, le gamin les gardera pour lui.

Il pense au stylo. Il lui appartient maintenant, pas au chanteur. De toute façon, Beau Gosse aurait confisqué le stylo au Rossignol. Le gamin est content de l'avoir enterré dans sa cabane. Personne ne peut lui enlever son trésor.

Fatigué par cette tempête d'émotions inattendue, le gamin voudrait ramper tout de suite dans sa cabane et remonter ses couvertures de chiffons sur sa tête.

Mais il a des choses à faire.

D'abord, il va aller chercher son foutu poisson. C'est lorsqu'il rapporte le plateau vide à la cuisine qu'il touche son salaire. Ce nouveau boulot est super, parce qu'il lui vaut un poisson frit par jour. Un petit, mais pas séché et puant ; ce poisson-là est cuit dans l'huile.

Malheureusement, c'est à l'Aubergine qu'il doit demander son dû. L'Aubergine est le seul homme gros que le gamin n'ait jamais vu, un géant pervers luisant de graisse dans la cuisine du monde. Le garçon sait qu'il doit s'en méfier. Il fait des sales trucs aux jeunes prisonniers qui viennent travailler en cuisine. Quelquefois ces nouveaux détenus ne semblent guère plus âgés que le gamin, mais ils sont moins bien avertis de ce qui se passe dans la cage. Ils sortent en titubant par la porte de derrière avec l'air d'avoir été battus, et pourtant ils n'ont pas de bleus.

L'enfant s'essuie la bouche et lève le menton, afin d'avoir une meilleure vue sur son ennemi. Il a beau haïr l'Aubergine, ce royaume rempli de nourriture l'attire. Parfois ça sent le poulet frit. Parfois de gros os encore garnis de viande traînent sur les plans de travail qui longent le mur ouest du bâtiment tout en longueur. Le regard du gamin passe au-dessus des sols de ciment humides, des centaines de casseroles, des tas de légumes, des gros sacs de haricots et de lentilles. À côté des derniers fourneaux, près des portes de derrière, le cuistot est affalé sur une petite montagne de sacs de riz. Il a les yeux fermés, mais il ne dort pas. Une de ses grosses mains couvre sa bouche, tandis que de l'autre il se cure les dents.

Juste à l'entrée, les plongeurs accroupis parmi des piles de plateaux cabossés bavardent et plaisantent entre eux. Ils ne font pas attention à l'enfant qui ajoute le plateau de Teza, enlève ses claquettes et fonce vers les plans de travail avant de s'approcher furtivement de son poisson. Avec un peu de chance, il pourra voler quelque chose à manger. Derrière le cuisinier, contre le mur du fond, deux casseroles importantes contiennent la nourriture du directeur, des currys copieux avec des morceaux de viande encore bordés de gras fondant. Le gamin y pense chaque fois qu'il entre dans la cuisine, mais il lui faudra attendre des mois avant qu'il puisse y toucher de nouveau.

En mars et en avril, lorsque la chaleur endort l'Aubergine comme un cochon saoul, le gamin se glisse dans la cuisine après le ramassage des plateaux du matin. Le cuistot est couché au frais sur un des comptoirs de bois, un filet de bave coulant sur la joue comme si un serpent lui était sorti de la bouche. Quand le gamin entend son ronflement guttural et humide, il se faufile dans le fond de la cuisine et passe devant le cuisinier sur la pointe des pieds. Lorsqu'il approche des grosses poêles à frire, son cœur bat à tout rompre et sa bouche salive de façon incontrôlable. En veillant à ne pas faire tomber une marmite en aluminium ou une cuillère en bois, il porte lentement une grosse poêle à ses lèvres et boit le reste d'huile au curry. Rien n'est meilleur que cette huile épicée chapardée.

Il soupire. On n'est qu'à la fin août. La chaleur accablante de mars est encore très loin.

L'Aubergine se met sur le côté. Un pli se forme dans la peau huileuse, un seul œil s'ouvre en une petite fente.

— Viens ici, petit frère, j'ai quelque chose de sympa à te mettre dans ta petite bouche.

— Je viens chercher mon poisson, chef.

Avec une agilité surprenante, le gros homme se redresse et fait basculer ses jambes pardessus les sacs de riz.

— Ouais, ouais, je sais pourquoi tu es là, petit morveux !

Le cuistot jette son cure-dents par terre.

— Tu es sûr que tu ne veux que du poisson ? Hein ? Tu as déjà mangé le riz ? Qu'est-ce que tu dirais d'un bon curry ? Je suis certain que ça te plairait.

Il éclate d'un rire qui sonne comme un grondement, et sa main remonte vers le nœud de son longyi. Le gamin sait qu'il ne faut pas passer de marché avec l'Aubergine.

— Je viens chercher mon poisson, chef.

Ils se dévisagent. Le cuisinier grogne et va dans l'arrière-cuisine, un grand espace couvert à l'extérieur du bâtiment principal, où les prisonniers, sous les ordres de l'Aubergine, surveillent la cuisson du riz et de la soupe pour les milliers de détenus, et font frire le poisson pour ceux qui en ont les moyens.

Le cuisinier se tourne vers l'une des grandes poêles à frire cabossées, attrape le poisson qui sert de salaire du gosse, par la queue, et en se retournant prestement, le lance sur le sol gras, où il saute et glisse comme s'il était ressuscité.

— Oh, non ! Il m'a échappé des mains ! Mais ne t'en fais pas, le sol est si propre que tu peux manger par terre !

Le gamin ne fait pas un geste pour ramasser son salaire sur le ciment crasseux, mais continue à dévisager l'Aubergine calmement.

— Qu'est-ce que tu as à me reluquer ? Ramasse ça et file, petit salopard d'Indien !

Mais le gros homme part en premier, tout en agitant son gros poing et en invectivant les plongeurs à l'autre bout. Lorsque l'Aubergine est à l'intérieur du bâtiment, le gamin se penche et ramasse son salaire.

Il rince son poisson au robinet qui se trouve à la sortie de l'arrière-cuisine, et l'engloutit en entier, arête dorsale comprise. Il boit au robinet, et regarde l'eau s'écouler dans un caniveau tortueux qui se jette dans un ruisseau peu profond. Sur la bande étroite de terrain entre les bâtiments et les hauts murs de la prison, plusieurs écoulements d'eaux usées venant de la cuisine en rejoignent d'autres qui viennent de l'hôpital. Pendant les moussons, cette confluence malpropre transforme un filet sinueux en vrai cours d'eau.

Le gamin examine les nuages au ventre gris. Il ne va pas pleuvoir tout de suite. Il a le temps de suivre le ruisseau jusqu'aux murs de la prison. Il entre dans l'eau. Lorsqu'elle lui arrive à mi-mollets, le gravier sous ses pieds laisse la place à de la vase douce comme du velours. Il s'arrête pour remuer ses orteils et les enfoncer dans la boue fraîche. Des sacs en plastique stoppent leur course contre ses jambes, ainsi que d'épais embrouillaminis de coton sale, des arcs-en-ciel huileux, des feuilles ayant servi à envelopper des noix de bétel, des morceaux de cartilage, des plumes de poulet, parfois une patte de poulet provenant de la cuisine, ou un os qui dégringole. Il étudie les précieux détritus que le ruisseau emporte, les créatures qui s'y désaltèrent et les esprits qui se rassemblent entre l'eau et les murs de la prison.

Le ruisseau disparaît entre le premier et le deuxième mur. Un surveillant lui a raconté que des crocodiles et des serpents venimeux vivent entre les deux murs, et le gamin est persuadé que lorsque les serpents et les crocodiles vont se coucher, tous les fantômes se réveillent. Ils sont les esprits sans repos de tous ceux qui sont morts dans la prison ou aux alentours, que ce soit dans une bagarre à la barre de fer, au couteau, après un passage à tabac, de dysenterie, d'hépatite, de malaria ou d'un autre fléau, y compris la folie et le chagrin et les camions qui roulent trop vite.

À l'extérieur de la cage, l'eau s'écoule dans un immense cloaque où les moustiques se reproduisent par millions. Lorsqu'ils sentent le sang des prisonniers, ils s'envolent par-dessus les serpents et les crocodiles et même les fantômes. Les moustiques entrent dans la cage de leur plein gré et tourmentent tous ceux qui y habitent.

D'une main distraite, le gamin gratte une de ses piqûres de moustiques tandis qu'il marche avec le courant, dans la vase qui lui aspire agréablement les orteils. Il aperçoit une pomme de terre qui dévale la rive jonchée de détritus, s'en saisit, l'essuie sur son longyi, et la fourre dans son sac. Il enlèvera les trucs noirs avec son clou plus tard.

Il regarde les rives, scrute les herbes que la mousson fait proliférer. Bientôt un des gardes les fauchera à nouveau – les longues herbes peuvent servir à dissimuler des armes – mais pour l'instant le gamin profite de cette profusion verte parsemée de belles-de-jour violettes. Après s'être assuré qu'il n'y a pas de scorpions, il marche dans un carré d'herbe et essuie la boue sur ses pieds et ses jambes, tout en fredonnant à voix basse de sorte que personne ne puisse l'entendre. Parfois dans sa petite cabane il chante quelques vers qu'il répète à l'infini, un bout de chanson qu'il ne se souvient pas d'avoir apprise. Chanter le fait redevenir petit, change son visage et lui donne la chair de poule, de la même façon que lorsque Nyi Lay, son lézard apprivoisé, sort pour lui faire une petite visite et mange un papillon de nuit dans sa main. Ses yeux brillent et pétillent tels ceux d'un vrai enfant, comme maintenant, car il a repéré la récompense, à quelques pas. Le lézard vert au cou bleu est sorti de sa cachette.

Ce lézard ne ressemble pas du tout au sien ; il ne vivra jamais dans une cabane. Il a besoin des longues herbes, des pierres et des cailloux. Il est sauvage comme un serpent. Et magique, parce qu'il peut changer de couleur.

Le gamin aime regarder le lézard passer lentement du vert intense à la couleur de l'aluminium poussiéreux. Si on ne savait pas qu'il est là, on continuerait son chemin bêtement. Les gardes et les surveillants ne verront jamais le lézard à moins qu'il ne se sauve devant eux. Mais l'enfant voit. Le cou bleu s'estompe en premier, puis le bleu des pattes, puis c'est toute la couleur vive du corps qui se retire, lentement et vite à la fois. Le lézard ne peut pas savoir comment ça arrive, mais ça arrive. À présent il se dirige d'un pas majestueux vers une touffe de verdure plus près du ruisseau. Il tend délicatement la tête vers un brin d'herbe et lape une goutte d'eau jusqu'à ce qu'elle disparaisse. Puis sa tête descend d'un petit cran et il boit une autre goutte. Sa langue est rouge pâle. Le gamin regarde jusqu'à ce que sa piqûre de moustique le démange trop. Il salue le lézard d'un signe de tête poli, se lève et s'éloigne à reculons, en se grattant.

L'air sent la terre qui se réchauffe, la verdure et les fleurs. Deux vieux générateurs, dépouillés de tous les éléments susceptibles d'être utilisés, sont posés de travers contre le premier mur de briques, enfoncés dans plusieurs centimètres d'eau ; ils sont entourés de batteries de voiture desséchées et de quelques seaux à latrines au rebut. Les belles-de-jour ont pris d'assaut un des générateurs, et des plantes grimpantes poussent dans les trous de rouille des seaux. L'enfant s'approche des fleurs violettes en boutons et en cueille un bouquet avec précaution. Elles se flétrissent presque tout de suite, mais cela ne fait rien. Les fleurs dans une main, un nouveau caillou dans l'autre, il fait demi-tour et balaie du regard l'arrière de la cuisine et l'hôpital. Un garde se tient devant l'hôpital, il fume. Le gamin lui fait un signe. L'homme lève la main un instant, puis penche la tête pour rallumer son cheroot. Le gamin espère qu'il ne va pas le regarder.

Derrière l'hôpital, près du premier des murs de la prison, se tient un petit arbre, vaillamment enraciné dans un monticule de terre nue. Le gamin ne connaît pas le vrai nom d'une seule plante, mais il appelle cet arbre « sacré ». Quelques surveillants ont entouré le tronc étroit couleur de sable de rubans rouges et roses et orange. Il n'a rien d'impressionnant, cet arbre, rien à voir avec les manguiers et les palmiers de l'autre côté de la grande route, mais c'est le seul qui reste dans la cage. Les gardes qui croient dans les esprits des arbres apportent des fleurs qu'ils déposent au pied ou les glissent entre l'écorce lisse et les rubans colorés.

Lorsque le gamin arrive devant l'arbre au nat, il baisse la tête, met le caillou sous son bras, et joint timidement les mains pendant un instant. Une respiration. Une deuxième. Puis il fait un bond en avant et glisse en vitesse les fleurs dans un des rubans. Il ne s'incline pas et ne dit rien, bien qu'il pense à son père et à sa mère. Il pourrait demander une protection, mais il ne lui semble pas juste de demander quoi que ce soit, parce qu'il n'est qu'un gamin qui offre des fleurs fanées. Et s'il laissait le caillou en guise d'offrande ? Mais ce serait le seul, parmi les guirlandes de jasmin desséchées et les branchages. Certains surveillants, ainsi que des détenus qui travaillent à l'hôpital, viennent déposer des minuscules verres d'eau et des boulettes de riz dans la boîte de l'autel, qui est peinte en rouge et posée dans le creux des branches basses de l'arbre. L'enfant ne touche jamais à cette nourriture. C'est pour le nat.

Il s'accroupit avec la grâce furtive de son père, mais il ne s'agenouille pas, et ne se prosterne pas devant l'arbre comme le font certains. Si on voyait un garçon dont le père était musulman se prosterner comme un bouddhiste, est-ce qu'on lui interdirait de venir ici ? Toujours accroupi, il regarde les rubans multicolores tout en cherchant un briquet et un cheroot à moitié fumé dans son sac. Le cheroot est fort, plus fort à la fin. Étourdi, le gamin met la main par terre pour se stabiliser. Il éloigne la fumée de ses yeux comme Chit Naing, qui lui dit souvent de ne pas fumer. Après une dernière bouffée qui lui monte à la tête, il laisse le bout incandescent s'éteindre, puis se fourre le reste du cigare derrière l'oreille.

Une légère brise soulève les feuilles au-dessus de lui, et derrière, plus près de l'eau, quelque chose soupire dans l'herbe. L'enfant sourit à l'écoute de ce son. Un lézard lèche l'eau sur les longs brins verts. C'est un langage étrange, mais il retient sa respiration pour l'écouter.

32

Dans la maison blanche, le chanteur regarde sa mince portion de ciel lumineux, de nuage qui noircit. Il se demande s'il existe quelque part dans le monde un fruit à la chair d'un bleu si intense. Fruit d'azur, il s'appelle. Il pousse en Afrique. Ou dans les profondeurs de la jungle brésilienne. Et quel goût aurait-il ?

Non qu'il veuille mettre quoi que ce soit de solide dans sa bouche. La pensée de mâcher le terrifie. Avaler son gruau de riz le matin est déjà atrocement douloureux. Il a commencé à observer les Huit Préceptes ; de ce fait, il ne prend que son repas du matin. C'est un grand soulagement pour sa mâchoire. Un vieil adage dit qu'il est facile de suivre les préceptes avec le ventre plein, mais peut-être est-ce plus facile encore le ventre vide. En isolement. Avec une mâchoire cassée. Très drôle ! Il se récite les Huit Préceptes, comme un enfant qui apprend une leçon.

S'abstenir de tuer tout être sensible.
S'abstenir de voler.
S'abstenir de commettre l'adultère.
S'abstenir de mentir.

S'abstenir de consommer de l'alcool et des drogues.

S'abstenir de manger après l'heure de midi.

S'abstenir de chanter, de danser, et de s'adonner à des plaisirs sensuels.

S'abstenir de dormir dans des lits hauts et confortables.

Un bon bouddhiste doit s'efforcer de respecter les cinq Premiers Préceptes. Les personnes qui font une retraite de méditation doivent suivre les Huit Préceptes en entier. Les moines ont une liste encore plus longue. Teza aimerait pouvoir les dire à voix haute, mais il ne veut pas bouger les lèvres. Ces derniers jours, son palais et ses gencives ont tellement saigné qu'il a avalé une grande quantité de son propre sang. Le docteur dit qu'il devrait le cracher ou le laisser couler dans sa tasse, mais c'est tellement douloureux de faire fonctionner les muscles qui permettent de cracher que Teza laisse le sang couler dans sa gorge.

Justement il entend quelqu'un saluer joyeusement le surveillant aux cheveux gris qui vient d'arriver pour ouvrir la cellule. Le docteur en blouse sale longe le mur, sa serviette noire devant lui comme un insigne. Ou bien comme la canne d'un aveugle.

— *Né gaun la ?* demande-t-il en regardant entre les barreaux. Votre santé est bonne ?

Sombre crétin ! Comment le chanteur pourrait-il répondre ?

Il ne peut pas. Il se contente de se tenir debout tandis que le surveillant ouvre la grille. Le docteur entre d'un pas lourd, en jetant des coups d'œil nerveux autour de lui. Teza ne comprend pas pourquoi ce type a la trouille ; ce n'est pourtant pas lui qui se fait soigner ! Et « soigner » est un bien grand mot. Il ne fait pas grand-chose de plus qu'écouter le cœur de son patient (le stéthoscope gluant colle, comme s'il était sale, à la poitrine squelettique du chanteur), examiner ses ongles profondément striés, (« Très bonne absorption minérale ! »), et le sermonner pour qu'il ne bouge pas les mâchoires. C'est le seul conseil honnête et utile qu'il donne. « Vous pouvez peut-être parler un peu maintenant. Mais ne le faites pas ! » Bien qu'il se tienne si près que Teza distingue les points noirs sur son nez, le docteur éprouve le besoin de crier. Le chanteur ferme les yeux et prend une grande inspiration. Les bruits forts ont tendance à le transpercer en ce moment.

— Interdiction de parler tout haut ! hurle le docteur. Il faut stabiliser la fracture. Votre mâchoire est encore très enflée.

Lorsqu'il touche son menton distendu et blême, Teza ne sent rien.

— Je crains une infection. Aujourd'hui, vous aurez deux piqûres. Votre morphine, fait-il dans un murmure théâtral – parce que la première est passée en fraude. Et une dose complète, plus que d'habitude. Et des antibiotiques, poursuit-il en haussant la voix, de la bonne marchandise, importée directement de Chine. Le directeur lui-même veille à ce que vous en ayez. Le directeur !

Sa voix s'emplit de respect et de crainte, comme s'il parlait d'un nat puissant. L'une après l'autre, les aiguilles s'enfoncent dans la cuisse de Teza, là où les veines sont plus grosses. La douleur s'épanouit à cet endroit précis, puis disparaît, *pfuitt*. Il reconnaît immédiatement le flot intense de la morphine, dans lequel il se sent sombrer.

Va-t'en, va-t'en, pense-t-il en regardant bouger les lèvres du docteur. La grosse voix se répercute encore sur les murs, mais au bout de quelques minutes, elle ne fait plus souffrir Teza comme tout à l'heure. D'où qu'elle vienne, cette morphine – de sa mère ou des trafics privés de Chit Naing, ou de ce nat encore plus puissant, le directeur – le chanteur est content de l'avoir. Une fois qu'il la sent s'infiltrer en lui et le pénétrer de tous les côtés et l'enrober, il peut proclamer qu'il n'en a pas besoin. Il peut gérer sa douleur tout seul.

Vingt minutes, une demi-heure plus tard – peu importe, peut-être un siècle après le départ de ce docteur à la con – la voilà qui revient, la douleur. Elle se manifeste ainsi parfois, par une série de spasmes imprévisibles. Ou de contractions. Il est en train d'accoucher de... de quoi ?

Il sent des élancements, on dirait une saleté de sauterelle. Une sauterelle en cage. Comment va-t-elle sortir ? Le docteur doit se tromper – fracture nette, mon œil ! *Je suis défoncé*. Est-ce que ce ne serait pas le moment d'être honnête ? C'est la panique là-dedans, une sauterelle aux pattes en lames de rasoir saute et s'envole dans sa chair.

Mais la douleur lui est étrangère, extérieure. C'est comme s'il regardait un film d'horreur qui se déroulerait dans son propre corps, mais au lieu d'avoir peur, il regarde, fasciné. Quelle sauterelle ? S'il se laisse aller à ce genre de métaphores, est-ce qu'il enfreint un des Huit Préceptes ? Seulement si la poésie compte comme un plaisir sensuel. Est-ce le cas ? Il est vraiment défoncé. Est-ce qu'être défoncé à la morphine est un manquement à un des Huit Préceptes ?

Relaxe, Teza. Il est couché sur sa paillasse. Respire. Il remonte sa couverture grise sur lui. Il n'y a pas de saleté de sauterelle dans ta bouche.

Tout cela est très proche de la méditation – on sent la douleur, mais elle ne fait pas vraiment mal. Ou alors elle fait mal, très mal, mais on est loin, très loin d'elle, on écoute une autre musique.

Soudain, quelque chose tremblote au bord du mur extérieur. Free El Salvador, et ses petites mains sales !

Mais ce n'est pas le gamin. C'est un lézard, qui remonte le mur à toute vitesse. En chasse.

En regardant le reptile, le chanteur sent des émotions variées envahir sa poitrine et la remplir, comme les nuages qui changent selon le vent, curiosité se muant en tristesse qui s'enfle en chagrin. Mais pas seulement en chagrin, il y a autre chose. Il voit et entend des bribes de rêves étranges qu'il fait depuis quelques semaines. La voix désincarnée de son grand-père passe à travers de grands arbres. Des fourmis dévorent un fœtus. Les griffes de lézard s'enroulent sur son bras. Les visions d'un homme, songe-t-il, qui veut quitter sa cage.

Ses yeux s'envolent à nouveau, et suivent le lézard qui se précipite vers un point noir sur le mur extérieur, un insecte à manger. Une gratitude inattendue le submerge. Il est heureux de voir la petite créature mais n'éprouve absolument pas l'envie de la manger. L'époque de cette terrible chasse est terminée. Elle ne reviendra plus.

Qu'y aura-t-il à sa place ? Cette question miroitant dans son esprit, il ferme les yeux et sombre immédiatement dans un sommeil profond peuplé de rêves bleus. Il flotte dans le ciel. Non, c'est de l'eau. Pourtant il n'est pas mouillé.

Et je ne dors pas vraiment ! pense-t-il avec espièglerie, comme un enfant qui a réussi à berner ses parents. Je rêve. Non, ce n'est pas un rêve. Je me souviens. Mais les souvenirs ont les dimensions d'un rêve, la même lucidité, longueur et largeur. Il se faufile dans la cour de leur voisin. Et Aung Min est juste devant lui, accroupi comme un guerrier.

J'ai les yeux fermés, mais je vois tout. Il sait qu'il est dans la cage, mais le rêve qui agit comme un souvenir l'attire inexorablement. Teza est l'arrière-garde ce jour-là, Aung Min l'éclaireur. Son petit frère à lui. Il reconnaît le longyi, la forme de son corps, et sent le poignard de la douleur dans la mâchoire. Il ne doit pas crier. Seulement dans son rêve. Le souvenir, où il peut dire tout ce qu'il veut. Il pourrait même chanter.

Aung Min !

Aung Min se retourne et sourit, puis lui fait signe d'avancer. Il se met à ramper, les yeux sur le mur. Teza jette un coup d'œil derrière lui, sur les portes basses de la longue cour étroite. Ils ne veulent pas se faire prendre. Ils ont le droit d'entrer dans la cour de Toe Khaing, mais c'est ce qu'ils font qui pourrait leur attirer des ennuis. Le vieil oncle Toe Khaing s'en moquerait. S'il était assis devant sa petite maison en ce moment (comme il aime le faire, dans un fauteuil de toile tout déformé), il ne s'en rendrait peut-être même pas compte, parce qu'il est toujours plongé dans un magazine écorné, ses lunettes épaisses perchées sur le bout de son large nez épaté. Parfois il dort, mais on ne s'en rend compte que lorsque le magazine lui tombe des mains. Ce n'est pas lui qui inquiète Teza. Mais si May May les surprend…

Ils sont tous deux des acharnés du lance-pierre. Aung Min passe sa main derrière lui – *Attends !* Ils se figent, épiant leur proie sur le mur de briques recouvert de plâtre. Lentement le cadet dépose un caillou sur l'épaisse bande de caoutchouc du lance-pierre, la tire vers lui, et le projectile s'envole dans les airs. Un petit lézard des murailles gris-vert le reçoit en pleine tête – en plein dans le mille, comme le montre le sang sur le mur blanchi – et tombe dans l'herbe. Aung Min réussit plus souvent que Teza. Mais ils sont suffisamment contents tous les deux pour pousser des cris barbares de triomphe, tout en courant vers le mur pour s'accroupir au-dessus de leur victime. La petite créature se convulse encore dans l'herbe, en proie à des soubresauts de sangsue brûlée. Sa tête est toute rouge et déformée, mais regarde ! – il essaie de se sauver et il n'arrête pas de tomber, avec les pattes qui battent l'air. C'est vraiment étrange de voir un lézard tomber et se tordre ainsi – d'habitude ils sont si rapides, si agiles. À la vue de ce spectacle, les garçons se sentent bizarres, gênés pour la pauvre bestiole. Pour s'en distraire, Teza vise un oiseau, tire et le manque si piteusement que sa proie ne s'envole même pas. Elle se contente de pousser un cri rauque, comme si elle était irritée, et de sauter sur une autre branche. Aung Min éclate de rire.

— Tu n'as jamais pu toucher un oiseau !

Mais voilà le son qui les fait se figer. Une tigresse. Les autres mères rouspètent ou émettent des cris aigus. Mais quand leur May May est en colère, elle marmonne si bas qu'on dirait tout à fait un feulement.

— Merde ! murmure Teza.

Les frères se retournent d'un seul mouvement. La voilà, qui avance lentement vers eux. Lorsque Sanda arrive devant ses fils, elle croise les bras et ne dit plus rien. Aung Min se dandine à côté de Teza, qui lui se garde bien de bouger. Les yeux de Sanda transpercent ses garçons comme des fléchettes aux pointes noires.

— May May, commence Teza d'une voix fêlée.

— À la maison ! Tout de suite !

Une fois chez eux, ils doivent s'asseoir sur de hautes chaises en bois, dans le salon aux murs ornés des photos en noir et blanc. Teza regarde l'autel au-dessus des photos. L'odeur de l'encens flotte dans l'air. Comme les garçons sont assis, May May les toise de toute sa hauteur et leur jette un œil furieux.

— Vous savez que lorsque vous tuez, vous enfreignez le Premier Précepte – *s'abstenir de tuer.*

Fils coupables. Ils ne peuvent pas la regarder, cette bonne mère, qui se prive de viande soi-disant pour se purifier, en réalité pour donner sa part aux garçons.

— Imaginez votre peur si un nat géant qui déteste les enfants se mettait à lancer des pierres sur vos petites têtes ?

— Mais c'était pour jouer, intervient Aung Min en se dandinant.

— Pour jouer ? C'est comme ça que vous jouez ? En prenant la vie d'autres créatures ?

Ils se recroquevillent sur leur chaise.

— Vous vous rendez compte si un méchant nat jouait avec vous de cette façon, et vous poursuivait dans les rues, sans que vous puissiez vous cacher, comme les lézards sur le mur tout blanc de Toe Khaing ? Sans même une fissure pour s'échapper ! Vous êtes tellement plus grands qu'eux !

Aung Min a tué plus de lézards, alors il ne pleure plus. Les larmes noient ses yeux et dégoulinent sur son visage. Teza éprouve moins de remords, mais davantage de honte. En tant qu'aîné, il aurait dû se montrer plus raisonnable.

— Non, non, déclare-t-elle avec force. Pas de larmes. Allez à Sule Hpaya avant qu'il fasse nuit. Et demain matin vous viendrez avec moi donner des aumônes aux moines. Les mérites valent mieux que les pleurs.

Ce n'est pas la première fois qu'elle les envoie seuls à la pagode. Cela étonne Teza. Les mères normales n'envoient pas leurs enfants seuls dans les temples et les pagodes. Mais Sanda n'est pas normale. Elle est très dure. Elle veut que ses fils soient responsables de leur religion.

Ils se lèvent immédiatement, les yeux rivés sur la porte.

— Je vais vous donner juste de quoi acheter des fleurs et de l'encens. Pas plus ! Et attention, ce sera retenu sur votre argent de poche.

Teza prend les pièces. Une fois dehors, les garçons se pressent dans la chaleur de la fin d'après-midi. Tout en s'efforçant de rester solennels, ils se demandent s'il se pourrait qu'un nat géant déambule dans Mahabandoola Street comme Godzilla, et les écrabouille à coups de pierre.

— Tu crois que ça se peut ?

— Non, Nyi Lay, elle a dit ça parce qu'elle ne veut pas qu'on tue des lézards.

— Mais peut-être que ça se pourrait.

— Ça n'existe pas, les nats géants.

— Comment tu le sais ?

— Les nats sont toujours de la même taille que les gens. Ou plus petits. Peut-être quelquefois un tout petit peu plus grands. Elle a inventé ça pour nous faire peur. Et t'as peur.

— Non !

— Si !

— Non, je me demande juste où je pourrais me cacher. Il ne pourrait pas m'attraper. Je me cacherais, ou je me sauverais.

À ces mots, Aung Min se met au pas de course, mais la pagode est loin, à cinq cents mètres. Teza le rattrape par l'épaule.

— Si on court avec ce soleil, déclare-t-il avec l'autorité incontestable du grand frère, on tombera raide morts avant d'arriver.

Les bus de Mahabandoola Street les dépassent en rugissant, avec leurs passagers accrochés aux fenêtres, entassés à l'intérieur. Les rues autour de la pagode Sule grouillent d'hommes et de femmes qui rentrent du travail ou qui arrivent dans Anawrahta Street pour vendre leurs marchandises dans la soirée. Main dans la main, les frères traversent les chaussées, dans le vrombissement des voitures et des bus. Ils contournent les rickshaws et les charrettes de nouilles et de fruits. Dès qu'ils pénètrent dans l'enceinte de la pagode, ils se déplacent plus lentement. Ils passent devant les chiromanciens et les vendeurs de chapelets. Ils gravissent les marches et leur visage devient plus solennel. La marchande de fleurs a beau sourire, ils achètent leurs bouquets jaunes et blancs en silence, et observent avec sérieux l'argent changer de mains.

Teza réfléchit aux lézards. Aung Min croit à l'existence des nats géants, malgré les doutes émis par son frère. Ils avancent dans la pagode, où d'autres personnes sont assises, et prient ou bavardent sans bruit. Les bus klaxonnent dans la rue en bas, des filles rient sur les escaliers, mais les deux garçons avancent sans parler, s'accroupissent pour offrir les fleurs et allumer les bougies et l'encens. Il est là, le Bouddha, toujours aussi calme et de bonne humeur. Teza sait qu'il a existé, qu'il vient d'Inde. S'il a été un homme, il a été aussi un petit garçon. C'était un prince, donc il a dû aller chasser, avant d'abandonner son riche royaume pour rechercher la sainteté. Bien avant que le prince Gautama se libère du désir et des souillures, et qu'il atteigne l'éveil, il a probablement possédé un lance-pierre. Une esquisse de sourire étire la bouche dorée. Teza regarde ce visage lisse et soudain, sans raison, se sent très triste. Il avale sa salive, baisse la tête. Comme il est déjà à genoux, il joint les mains devant son visage puis les ouvre en se prosternant, pour que son front touche le sol. Son petit frère l'imite, trois fois, presque en même temps. Après s'être prosternés, ils restent immobiles dans l'attitude de la prière.

Lorsqu'ils quittent la pagode, ils descendent lentement l'escalier, leurs visages enfantins calmes et sereins. Ils ignorent les chiromanciens et les marchands de souvenirs. Ils n'ont pas assez d'argent pour acheter des moineaux et les relâcher afin d'acquérir des mérites, mais ils s'arrêtent, comme ils le font toujours, et gazouillent à l'attention des occupants des cages de bambou. Puis ils pénètrent à nouveau dans la ville. Pendant quelques instants, ils seront immunisés contre le bruit et l'énergie grouillante des rues. Ils marchent sans parler dans Paper Street et dans la rue des changeurs, où de vieux Indiens assis à de petites tables se disputent en buvant du thé sucré dans des tasses blanches ébréchées.

Quand ils vont dans un temple ou une pagode, ils se sentent toujours graves et légers à la fois. Un peu plus tard, ils ressentiront un bonheur qui les rendra muets, comme l'ouragan qui fait taire les cloches.

— On ne le fera plus, annonce Teza.

— Peut-être, répond Aung Min, distrait par l'odeur de nouilles frites s'échappant d'une échoppe.

Teza lui donne une bourrade.

— Je parie qu'elle va nous confisquer nos lance-pierres, ajoute Aung Min en soupirant.

Ils pressent le pas, leur respiration leur faisant traverser des odeurs de curry, de gaz d'échappement, et d'huile de friture. Dans la lueur oblique du crépuscule, les feuilles des arbres rutilent, joyaux d'un vert liquide.

— Il ne fait plus si chaud que ça, suggère Teza.

Se comprenant à demi-mot, les garçons se mettent à courir.

Ils avancent en cadence, sans faire la course, parfois ils sautillent et gloussent comme des filles, ce sont des enfants après tout, élastiques et forts, ils peuvent faire ce qu'ils veulent, leurs coudes et leurs genoux sont des pistons sans fin. Ils sautent par-dessus les protubérances de ciment et les bouches d'égout ouvertes, rient pour un rien, juste pour revendiquer la joie de leur voix dès qu'ils la libèrent et l'envoient voler dans l'air de ce quartier, dans leur ville de Yangon, un nom qui veut dire « l'ennemi est parti ». Les frères crient, sautent et courent sans faiblir, six cents mètres jusqu'à la maison et au-delà, leur souffle les soulevant comme des oiseaux dans le crépuscule lumineux.

May May est en train d'arroser ses orchidées. L'expression de son visage est la même que lorsqu'elle distribue des aumônes, prie, ou pense à leur père. Quelques-unes des variétés violettes les plus communes sortent chétivement des pots de terre, bouches bées, semblant étonnées de fleurir sur des tiges aussi frêles. Mais ses préférées sont attachées avec de la ficelle sur des tuteurs en bois, nichées dans des sacs de toile, et poussent un peu comme si elles étaient dans la jungle, accrochées à des arbres. Elles sont recouvertes de filets verts pour les protéger du soleil. C'est le début de la soirée, le ciel ressemble à de la soie saumon et mauve passé, autour d'eux l'air a la texture de cette soie tombée du ciel.

Teza veut connaître son secret.

— May May, comment tu as su ce qu'on faisait ? C'est U Toe Khaing qui te l'a dit ?

— Non, ce n'est pas lui. Je savais que Aung Min et toi vous faisiez une bêtise. J'ai eu un frisson dans la nuque.

— May May, pour de vrai, comment tu as su ?

— Je te l'ai dit. Quelque chose est venu dans ma tête et il fallait que je sache ce que vous étiez en train de fabriquer. Arrête de me regarder comme ça. Je n'ai pas besoin de vous voir, toi ou Aung Min, pour savoir ce que vous faites. Vous êtes mes enfants. Et vous êtes frères. N'oubliez jamais ça. Où que nous soyons dans le monde, nous serons toujours reliés par quelque chose de très fort, même si on ne le voit pas. Des milliers de petits fils. Ou des cordes ! Je ne sais pas exactement de quoi ils sont faits. Du fil de pêche de ton grand-père, peut-être, qui était vraiment très solide ! Allez, continue-t-elle en riant, va jouer avec Aung Min. Et souviens-toi de ce que j'ai dit. Les lance-pierres, c'est seulement pour s'exercer à viser et pour les mangues !

Où est mon lance-pierre à présent ?

Moins d'un an plus tard, Aung Min perd son arme fidèle, qu'il oublie au cours d'une mission secrète à Pazundaung Creek (ils se font gronder pour ça aussi, parce qu'encore une fois May May les surprend). Désormais les deux frères partent en chasse avec un seul lance-pierre, mais ils ne tuent plus jamais de lézards. L'année suivante, Teza s'adonne à d'autres jeux et ne veut plus tirer sur des capsules de bouteille posées sur la barrière, ni dégommer des mangues. Seul dans leur petite chambre à l'étage, il entoure le support de bois tout usé de la bande de caoutchouc épais.

Je le changeais tout le temps de cachette pour qu'Aung Min ne le trouve pas. Je ne voulais pas qu'il devienne plus fort que moi grâce à mon lance-pierre.

Les deux frères, adultes, mangent dans un silence tendu. Leur mère ne cesse d'ajouter des cuillerées de nourriture dans l'assiette d'Aung Min. Du coin de l'œil, Teza le regarde engouffrer le curry. Lui n'a pas trop d'appétit.

— Aung Min, je crois que c'est une erreur.

— Pardon ?

— Ton départ. C'est une erreur.

— Nous en avons déjà parlé. De toute façon, je n'ai pas le choix. Je serai arrêté si je ne pars pas. Toi aussi tu es en danger, tu sais. Tu ne le crois pas, mais…

— Pourquoi tu ne te caches pas pendant un moment ? interrompt Teza. À Mandalay ou à Sagaing, dans un monastère, jusqu'à ce que les choses se tassent ? Les moines ont déjà caché des étudiants.

— Ça ne va pas se tasser.

Le désespoir perce dans la voix de Teza, le fait paraître bien plus jeune qu'il ne l'est.

— Pense à ce que Hpay Hpay disait.

— Oh, Teza, arrête ça. Ce n'est pas la même chose – nous vivons dans une époque différente.

— Je crois que ces paroles sont encore valables. « À l'instant où tu prends une arme, tu deviens un dictateur. » C'est ce que notre père disait.

Aung Min repousse son assiette vide avec une telle force qu'elle glisse à l'autre bout de la table. Teza se penche pour l'arrêter.

— Cesse tes « notre père ceci » et « notre père cela », crie Aung Min. Il est mort. Ils l'ont tué ! Ça leur était égal, ce qu'il croyait. Combien d'autres devront mourir avant que le régime change ?

— C'est exactement la question que je te pose.

— Fin de la discussion alors, puisque nous posons la même question.

— Mais nos réponses sont radicalement différentes.

— C'est ça la démocratie. Il faudra t'y habituer !

Aung Min ne peut retenir un sourire sans joie, mais triomphant.

Sanda serre les lèvres et se force à tenir sa langue. Chacun de ses fils doit décider tout seul de ce qu'il doit faire. Elle regarde tristement Teza. Il voit à son expression qu'elle aussi pense qu'il devrait partir. Cela ne fait qu'augmenter sa souffrance.

Elle touche le bras d'Aung Min.

— Il est neuf heures passées, murmure-t-elle.

Il doit prendre un bus de nuit vers le nord, où il retrouvera un petit groupe d'amis. Ils traverseront ensemble la frontière pour entrer en Thaïlande près de Mae Sot.

— Teza, il faut que j'y aille. Tu ne veux pas venir avec moi ?

— Je reste en Birmanie. C'est mon pays. C'est là que sont mes racines.

Il croit ce qu'il dit. Il ne reste pas par lâcheté. Il ne veut pas quitter sa maison, sa mère, sa belle Thazin, mais c'est de l'amour, pas de la lâcheté. Il se mariera avec Thazin l'année prochaine, ou l'année d'après. Si elle voulait bien le suivre, il envisagerait peut-être de partir, mais ses parents ne le lui permettront pas. Ils pensent que la frontière est trop dangereuse. Et elle est trop sage, trop respectueuse, pour passer outre leurs paroles.

Teza regarde ses mains tandis qu'Aung Min se tourne, passe ses jambes par-dessus le long banc de la cuisine, et se lève. *C'est toujours mon seul petit frère. Nyi Lay. Mais nous ne pourrons plus jamais nous protéger mutuellement.*

Lorsque Teza se rend dans le salon, Aung Min se tient déjà à la porte, un petit sac sur le dos. Ce qui reste de l'or de la famille – un bracelet, deux chaînes de cou – est cousu dans la doublure de sa veste bleue.

— Attends, ne pars pas tout de suite.

Teza fonce dans l'escalier et revient avec un petit cadeau enveloppé dans un vieux papier d'emballage.

Aung Min prend le paquet et le tâte.

— Qu'est-ce que c'est ?

— Tu l'ouvriras quand tu seras dans la jungle. Je suis sûr que tu en auras besoin là-bas, quand tu esquiveras les balles !

Teza rit, mais sa gorge se serre et ses mâchoires sont crispées. De nouveau, il est celui qui est abandonné. C'est déjà arrivé une fois, avec son père. Et cette fois c'est pire, car Aung Min le quitte volontairement. Il ne peut pas s'empêcher de se sentir trahi. Quand son frère le serre dans ses bras, Aung Min murmure : « Je t'aime », mais Teza ne répond pas. Les mots qui sont dans son esprit ne peuvent pas passer à travers le nœud qui lui étreint la gorge.

Et son frère, son presque jumeau, passe la porte, le portillon de bois. Sanda reste à l'intérieur, mais Teza sort dans le jardin. Les yeux fermés, il écoute le bruit des pas d'Aung Min qui diminue sur la route. Lorsque des ados bavards passent par là, il lui est difficile de distinguer les claquettes d'Aung Min des leurs, *flip-flap, flip-flap*. Leur rire est si dissonant, si laid, que Teza doit ouvrir les yeux. Il regarde autour de lui en clignant des paupières. Tout a changé. En suspension au-dessus de leurs pots, les orchidées aux visages blêmes luisent dans l'obscurité comme des enfants pendus.

D'un coup de queue gris-vert, le lézard a disparu par-dessus le mur extérieur. Teza est assis à présent, il émerge de la torpeur de la morphine et regarde les barreaux de fer sans les voir. Il pense à l'étagère dans sa chambre d'enfant, sur laquelle il rangeait une vieille boîte en fer pleine de souvenirs. De vieilles pièces birmanes n'ayant plus cours depuis longtemps. Une photo de son père lorsqu'il était un jeune homme mince et sérieux. Le stylo sans plume de son grand-père. L'œil bleu vert d'une plume de paon chatoyante. Un rouleau de papier carbone vierge.

La boîte est probablement toujours sur cette étagère dans leur chambre. Teza sait qu'elle était encore là le 29 novembre 1988, car il la regardait quand les MI ont frappé à la porte à onze heures et demie du soir. Le seul trésor qui manquait était le cadeau d'adieu qu'il avait donné à Aung Min un mois auparavant : son vieux lance-pierre, avec son Y de bois tout usé et noirci par la sueur et la saleté de la main d'un petit garçon.

Les militaires ont pris Teza exactement de la même façon qu'ils avaient pris son père. Après qu'on l'eut emmené – il le vit aussi clairement qu'il sentit le sac rugueux se fermer sur sa tête, la botte sur son cou tandis qu'on le maintenait par terre dans la voiture – Sanda alla dans la cuisine et s'assit à la table. C'était vrai, ce qu'elle lui avait dit ; Teza n'avait pas besoin d'être présent pour savoir exactement ce qu'elle faisait. Pour la première fois de sa vie, Sanda pleurait de rage et de chagrin, tout fort, sans se cacher, car il n'y avait plus personne dans la maison pour l'entendre.

33

La morphine le laisse dormir presque tout l'après-midi, mais il est content de se réveiller lorsque le frappeur de fer frappe quatre heures. Free El Salvador va bientôt apparaître avec son dîner, et Teza ne veut pas d'un malentendu comme celui de ce matin. Il déplie le plus grand morceau de tissu que sa mère avait mis dans son colis. Puis il passe ses bras à travers les barreaux et étale le coton élimé par terre. Avec soin, il dispose dessus des offrandes variées, puis rentre ses bras et examine le pique-nique. Qui sait ? Peut-être qu'en échange le gamin lui dira un mot ou deux. Puis, pour prévenir toute déception, il pense que ce n'est pas grave s'il ne dit rien du tout.

Comme un prétendant mécontent du cadeau qu'il va faire, il repasse les mains dans le couloir et arrange à nouveau les objets. La convoitise agite ses doigts, serre douloureusement son estomac. *J'ai faim, j'ai faim*. C'est un deuxième battement de cœur. Il baisse les yeux sur le trésor de l'autre côté des barreaux. *Ne t'accroche pas à ce que tu ne peux pas avoir*. Il retire une fourmi de l'étalage et la dépose derrière lui.

Lorsque Free El Salvador contourne à toute vitesse le mur extérieur et s'approche de la cellule du chanteur, il voit le corps aplati d'un poisson salé et séché étalé sur un tissu blanc. Il s'arrête net. À côté du poisson, un paquet de feuilles de thé vert foncé, un sachet de graines de sésame, trois autres de cacahuètes et de haricots et d'ail frits. Le gamin fronce les sourcils. Le Rossignol est assis en tailleur, les mains sur les genoux comme une statue. Ses yeux sont fermés. Le gamin se demande si le prisonnier devient fou. Il regarde à nouveau la nourriture.

Il avance d'un pas, soupçonneux. On n'a jamais rien contre rien.

Teza n'a toujours pas ouvert les yeux. Le gamin avance la tête. Est-ce que le chanteur est mort ? On peut mourir assis ?

Non. Il voit la maigre poitrine de Teza se soulever. Il médite, comme un moine. Il y a déjà eu des moines dans la cage, qui avaient des ennuis, comme les prisonniers politiques qui respiraient ainsi, en position assise. Le gamin aimerait que le chanteur ouvre les yeux. Si Teza le regardait d'une certaine façon, la question du gamin (« pour moi ? ») aurait une réponse. Peut-être que le poisson et les la-phet sont pour quelqu'un d'autre. Pour un nat ? Ou bien pour le gardien Chit Naing, son ami.

Il avance encore d'un pas.

Ce n'est pas seulement le poisson, c'est aussi le silence de Teza qui l'attire.

À quelques pas du chanteur, il s'accroupit. Les épaules courbées, les yeux dardant de tous côtés, il commence à manger la soupe de riz. Il s'arrête pour guetter un bruit de bottes. En engloutissant la dernière cuillerée, il jette un coup d'œil au visage de Teza.

Le choc lui fait faire un bond en arrière : le chanteur le dévisage de ses grands yeux luisants. Le fait d'avoir été surpris le contrarie comme une mauvaise farce. Teza s'empresse de murmurer le mot qu'il a dit au gamin le premier jour : « *Sa !* » Mange.

De ses doigts maigres qu'il pointe vers le sol, puis agite vers lui, il fait signe à Free El Salvador de s'approcher du poisson, des la-phet, des cacahuètes. Il murmure à nouveau le mot.

— *Sa !* C'est pour toi. Je ne peux pas manger.

Même s'il les trempe dans l'eau, les poissons salés sont trop durs. Teza ne peut toujours pas mâcher, ni serrer les dents. Lorsqu'il ferme la bouche en appuyant si peu que ce soit, la douleur lui donne des nausées.

Free El Salvador est perplexe. Et il a peur, bien qu'il ne sache pas pourquoi. L'homme lui donne des bonnes choses, il n'y a rien à craindre. Le prisonnier famélique, à la mâchoire de travers, est inoffensif. Et même s'il était dangereux, il est enfermé dans une cage.

Mais le danger n'est pas là. Il est dans la façon dont l'homme le surprend, le cueille à froid, non pas avec de la violence ou des paroles méchantes, mais avec de la gentillesse. Le gamin enlève prudemment sa besace de son dos, et l'ouvre comme une enveloppe. Teza le regarde prendre chaque petit sachet de la-phet et le ranger au fond du sac de toile. Il procède lentement, sérieusement, comme s'il comprenait qu'en mangeant sa nourriture, il allait entrer dans l'histoire de la vie de cet homme.

De l'autre côté du mur s'étend le reste de la cage, la grande cour bordée des divers bâtiments disposés en forme de roue de chariot voilée, mais Teza fait démarrer le monde à cet endroit, presque à portée de main, au-delà des barreaux de fer, cinq pas plus loin, dans les yeux du gamin, dans le gamin, qui le remercie d'une voix circonspecte. Teza pousse le plateau utilisé par le guichet, l'aluminium racle le ciment, comme des mots primitifs entre eux. Free El Salvador le ramasse et s'en va, contourne le mur blanc sale pour pénétrer dans le reste du monde.

Teza referme les yeux. Avant de se replonger dans sa méditation, il pense à la respiration, si mystérieuse et si ordinaire, à cette mince ligne d'air lancée entre l'esprit et la mort, toujours là. Jusqu'à ce qu'elle ne soit plus.

Il chasse cette pensée et respire
inspire
expire
inspire
expire
inspire

34

Allongé sur sa paillasse de chiffons, le gamin fixe le sac en plastique suspendu au-dessus de lui. Les rares fois où il a de la nourriture en supplément, il l'accroche au montant du toit pour la protéger des insectes. Il ne va pas tarder à ouvrir d'un coup de pied le morceau de tôle ondulée qui lui sert de porte, mais pour l'instant une fausse nuit remplit sa cabane, avec des étoiles de lumière qui brillent à travers les petits trous des murs.

Au-dessus de lui, la forme tordue du poisson et de son arête paraît bizarre dans le noir, comme celle d'une autre créature. Il ferme un œil, voit un poisson. Il ferme l'autre œil, voit un monstre qui nage à travers le plastique. Il ouvre les deux yeux et sourit, l'air satisfait. L'agréable puanteur de son dîner remplit l'espace clos.

Trésor au-dessus, trésor en dessous. Enveloppé dans un autre sac en plastique et enterré à quinze centimètres de profondeur, sous son corps menu se cache le stylo-bille, *clac-clic*. Beau Gosse et son équipe de bras cassés essaient toujours de le trouver. En riant tout seul, le gamin se blottit au fond de son lit fabriqué avec de vieux longyis et une couverture de feutre chinois. Il cherche le coin encore duveteux pour y poser sa joue. La porte fermée, il peut nicher son museau dans la couverture comme un enfant.

Il respire la mousson, l'odeur du tissu jamais sec. La moisissure le réconforte, lui rappelle le sommeil, l'intimité de sa petite bicoque qu'il a construite à peine plus grande que son corps et juste assez haute pour lui permettre de tenir assis et de ramper à l'intérieur. La perspective de grandir l'inquiète. S'il devient grand, la cabane sera trop petite. Il n'aura sans doute pas le droit d'en construire une autre. Chut, t'en fais pas. Il ferme les yeux. Dans la grande boîte d'allumettes, son scarabée charognard griffe le carton. *Crouk, crouk*. Chut, motus et bouche cousue !

Sur une population de dix mille détenus de droit commun, deux mille prisonniers politiques, de centaines de surveillants et de gardes, personne ne sait où est le stylo – à part le scarabée, le lézard et le petit garçon qui leur donne à manger. Pendant que Beau Gosse fouille tous les coins et recoins de la cage, en faisant tournoyer ses menaces comme un bâton à rats, le gamin dort sur le stylo-bille. Le soir, tandis qu'il feuillette un livre de poche à la lueur d'une bougie, le stylo palpite sous son corps comme un ver luisant.

Hier soir, des heures après le départ de Beau Gosse de la cage, le gamin a poussé sa paillasse sur le côté et a déterré son trésor. Il a secoué le sac en plastique pour en enlever la poussière d'argile et a tenu le stylo entre ses doigts ainsi qu'il l'avait vu faire aux hommes, comme s'il mangeait avec une seule baguette. Il a ouvert un de ses bouquins cornés et a essayé de se persuader de faire une marque au hasard sur une page imprimée. Mais il a pris peur. Si Beau Gosse venait à mettre la main sur le livre et découvrait une marque à l'encre dans une marge, il aurait des soupçons. Qu'est-ce qu'il ferait du gamin s'il trouvait le stylo ? De la bouillie ? Ou il le jetterait dans une cellule à chiens avec les autres politiques ?

Parfois le pragmatisme gifle le gamin comme un surveillant en colère : *il faut que tu te débarrasses de ce stylo à la con. C'est trop dangereux.* Il pourrait se défaire de son butin le matin même, quand il videra les seaux d'une des cellules du bâtiment un, là où les détenus attendent leur verdict.

Le stylo entre ses doigts, il s'imagina le lâcher, le laisser tomber dans la puanteur et le recouvrir du contenu de tous les seaux à merde, tandis que les mouches s'agglutineront autour de ses mains en un filet noir et bruyant. Il saisit le stylo à pleines mains et actionna la bille plusieurs fois. *Clac-clic, clac-clic*, disait-elle, un bruit si léger, si mystérieux – comme le murmure de tous les mots cachés dans l'encre – qu'il sut qu'il ne pourrait pas le faire. Noyer le stylo dans la merde ferait de lui un… il cherche le mot… un criminel !

La porte qui grince dans le quartier des surveillants annonce le départ de plusieurs d'entre eux. Le gamin sort brusquement la tête des chiffons et se dresse sur un coude pour écouter. Quelques surveillants passent devant la cabane, mais ils ne disent rien d'intéressant. Le gamin est tout le temps aux aguets, afin d'entendre ce qui se dit à propos de la fouille. La plupart du temps les surveillants se plaignent de Beau Gosse, mais aussi parfois de la colère des détenus à cause des descentes.

Ce matin les surveillants ne font que plaisanter entre eux, rire et tousser. Le principal tousseur extirpe un paquet de glaires de sa gorge et crache bruyamment contre le mur de la petite cabane. Le gamin fait la grimace, mais ne le prend pas mal. Dans la cage, tout le monde crache beaucoup. Tan-see Tiger appelle cela le langage universel. La routine du raclement de gorge commence dès que les lumières se rallument le matin. La toux, les haut-le-cœur, et l'expectoration des mucosités dans les coins, entre les barreaux ou dans les potagers ne s'arrêtent qu'avec le premier repas de la journée.

Dommage pour eux. Le gamin sourit en regardant son poisson. Il a déjà composé son menu du jour. Pour le dîner, poisson et riz. Pour déjeuner, des la-phet du Rossignol, avec du riz. Et il va bientôt prendre son petit déjeuner spécial, auquel il a droit une fois par mois (deux fois s'il a de la chance).

Il repousse du pied la porte, qui est juste posée contre le mur, et sort la tête. Dans la lueur pâle du matin, les couleurs se sont ressaisies : gravier rougeâtre, murs gris, murs de briques et bâtiments en bois mouillés, un deuxième groupe de jambes kaki qui passent devant lui. Il regarde la porte du quartier des surveillants. Des tasses de thé, au lait sucré ou vert et amer, ont été abandonnées sur les tables. Il fut un temps où il se faufilait dans la pièce pour terminer ces fonds délicieux, mais il ne le fait plus depuis que Beau Gosse l'a surpris en train de voler des restes.

Pas grave. Il a le stylo et pas Beau Gosse. Il a aussi un bon petit déjeuner en perspective. Il bondit vers le lavabo qui se trouve derrière le quartier des surveillants et se passe de l'eau sur la figure. Puis il fonce en direction de la cellule de Tan-see Tiger.

Arrivé au milieu du couloir, à trois cellules de celle de Tiger, le gamin s'arrête. Le tan-see ne crie jamais, mais sa voix peut devenir très coupante lorsqu'il est en colère, comme s'il poignardait celui à qui il parle. Le gamin n'aime pas être à proximité de ce son, de peur d'être pris dans l'algarade. Mais s'il reste debout dans le couloir, les autres prisonniers vont se mettre à l'asticoter ou à lui demander de lui rendre des services. Il reprend sa marche, lentement, tête baissée. Il fait cinq pas, puis s'arrête pour renouer soigneusement son longyi qui tenait pourtant très bien.

Il est assez près pour comprendre ce que dit Tiger et l'entendre arpenter sa cellule.

— Je me fous qu'il te lise les lignes de la main pour le restant de tes jours, pauvre crétin ! Ce type est un enfoiré, et si tu veux faire copain-copain avec lui, tu dégages de cette cellule. Compris ? S'il veut bosser pour moi, il faut qu'il vienne m'apporter la marchandise lui-même, pas la refiler à un de mes hommes dans les jardins. N'accepte jamais, tu m'entends, jamais rien pour moi sauf si je te dis de le faire. Et ne t'avise pas d'adresser la parole à ce connard. Tu ne vois pas ce qu'il est ? Il bosse pour Beau Gosse. Ça devrait suffire pour que tu ne t'approches pas de lui. T'as compris ?

— Compris, Tan-see. J'ai fait une erreur.

Le gamin connaît cette voix, mince et glissante, celle d'un petit ver. C'est Hla Myat le maigrichon, le plus jeune détenu de la cellule de Tiger, qui a pour tic nerveux de passer ses doigts bruns aux ongles longs dans ses cheveux gras. C'est aussi un grand bavard, ce qui irrite les hommes plus âgés, surtout Tiger, qui lui ordonne régulièrement de la fermer. Du coup, Hla Myat asticote souvent le gamin lorsqu'il vient masser le tan-see, ou chercher l'argent pour le petit déjeuner. Mais aujourd'hui Hla Myat ne va pas faire le méchant, parce qu'il est dans le collimateur.

— Une erreur ? Ce genre d'erreur peut te coûter la vie ! Pourquoi tu crois que je me sers de Sein Yun de toute façon ? Parce qu'on peut lui faire confiance ? Parce qu'il me fait penser à mon grand-père ? Bien sûr que non, connard. Je l'utilise parce que les livraisons sont devenues si dangereuses qu'un de ces jours, il finira par se faire planter. Voilà ce que sont devenues les affaires ici. Depuis cette connerie de fouille, j'espère bien qu'il va se faire trancher la gorge, parce qu'il est mouillé dans l'histoire. Aider ce salopard de Beau Gosse, je te jure ! Dire qu'ils m'ont pris toutes mes lettres ! Merde alors ! Nyi Lay, si tu arrêtais de rôder comme ça ? Tu me rends nerveux. Viens, je vais te donner l'argent du petit déjeuner.

Surpris, le gamin écarquille les yeux – comment Tiger savait-il qu'il était là ? – mais il se ressaisit et avance. Lorsque Tiger lui sourit de toutes ses grandes dents blanches, il est suffisamment rassuré pour jeter un coup d'œil à l'intérieur de la cellule. Il y a Hla Myat, et plus loin, assis dans le coin, le vieux fabricant de panier, qui enroule des lanières de plastique. Les autres détenus sont partis au travail. Quand Hla Myat ricane d'un air sarcastique à l'encontre du gamin, celui-ci se tourne aussitôt vers Tiger, qui sort de l'argent de la poche de poitrine de sa belle chemise bleue. Il en sort aussi un crayon gris et, de nouveau énervé, l'agite sous le nez de Hla Myat.

— C'est tout ce qu'ils m'ont laissé. Et j'ai dû soudoyer un des surveillants pour qu'il me permette de le garder ce truc, bon sang ! C'est un scandale. Il va falloir que j'écrive mes lettres au crayon ? Bande de salauds !

Tiger fait signe au gamin de s'approcher.

— T'inquiète pas, mon garçon, je suis juste de mauvais poil. Un bon petit déjeuner, et ça ira mieux !

Il passe sa grosse pogne à travers les barreaux et place les billets dans la main du gamin.

— Trois bols. Un pour toi, un pour l'oncle assis dans le coin, et un pour moi. Il y a assez pour que tu te payes un œuf, d'accord ?

Tiger doit être vraiment en rogne contre Hla Myat, pour le priver de nourriture.

— Merci, murmure Nyi Lay avant de partir.

Il sort par les grandes portes de la cage, les kyats bien serrés contre son corps. Juste devant la prison, un petit bonhomme bougon d'environ soixante ans tient une échoppe de nouilles. Les surveillants y mangent de temps en temps, quand ils s'offrent un extra, ainsi que les détenus qui viennent d'être libérés, ou des gens venus rendre visite à un prisonnier. Mais les petites tables de bois et les tabourets sont souvent vides, comme maintenant. Les billets usés quittent la main sale du gamin et reviennent sous la forme d'un bol de mohinga garni d'un bel œuf entier. Quand il aura fini, il retournera dans la cellule de Tiger avec deux sacs en plastique pleins des mêmes nouilles.

Chaque fois qu'il mange là, il voit la grande route de Rangoon. S'il est d'humeur courageuse, ou s'il s'ennuie, ou s'il est énervé, il regarde cette route et fait des plans sur la comète. L'année prochaine, pense-t-il. L'année prochaine, il ira à la ville. Mais la plupart du temps – comme ce matin, par exemple – il tourne son tabouret dans l'autre direction, vers les champs, se penche sur son bol, et enfourne méthodiquement la nourriture magique dans sa bouche.

Les nouilles blanches sont faites par les femmes. Pour le petit déjeuner. *Mohinga, mohinga*. Parfois il se murmure ce mot apaisant avant de s'endormir. Il oublie de se souvenir que sa mère vendait du mohinga sous les banians jumeaux à la lisière du village, mais il ne pense plus à elle désormais, c'est seulement ce goût, cette soupe salée-sucrée où se noient des nouilles de riz moelleuses. La nourriture le ramène à un sentiment qu'il ne peut nommer.

Quand il ne reste plus que l'œuf dans le bol, il lève la tête et regarde les champs de la mousson, vert sur vert brûlant, couleurs inaltérées par les villages disséminés et les tea-shops de bord de route, barbouillées ici et là de silhouettes qui s'affairent dans les haricots, les légumes, le riz. C'est avec une attention extrême qu'il scrute la campagne, toute verte hormis quelques taches fauves et boueuses, un vert qui étire les yeux, déploie le regard au loin, plus loin, et irait jusqu'à effacer les limites de son champ de vision s'il pouvait rester assis là toute la journée, hors des murs de la cage. Dans certaines parcelles les pousses de riz sont encore de frêles brins d'herbe, tandis que d'autres sont inondées d'émeraude. L'eau des rizières reflète les cumulus gris, bleus ou blancs, toute l'étendue miroitante du ciel rebrodée ou intimement tissée dans le riz.

Les champs lui procurent un bonheur que ne lui donne jamais la route de Rangoon. Il sourit à la verdure qui s'étend devant lui, puis baisse les yeux et se souvient. L'œuf.

Il faut y aller. Il doit apporter les nouilles de Tiger. Ensuite, s'acquitter de cette horrible corvée de latrines dans le bâtiment des verdicts. Après, lorsqu'il se sera lavé, il lui faudra apporter le petit déjeuner du Rossignol. Il sort un sac en plastique de sa besace et se dépêche d'envelopper cet œuf délicieux, gorgé de bouillon.

35

Jusqu'à ce que Beau Gosse lui brise la mâchoire, Teza ne s'était jamais rendu compte à quel point il parlait tout fort : de longues minutes de monologues, ou de discussions avec les fourmis et les cafards et l'araignée pot de cuivre. Une des pires choses sur terre est de ne pas pouvoir se parler ni entendre le son de sa voix. Cette affliction est différente de la douleur physique, mais il y a des moments où elle est presque aussi difficile à supporter.

Il sait qu'il n'est pas fou, malgré l'extrême souffrance physique qui lui laisse l'esprit à vif et chancelant. Il n'est pas fou, mais l'araignée lui manque cruellement, ainsi que la toile tissée et retissée selon les besoins secrets de la petite créature. C'est la perfection de cette architecture au sein de tant de laideur qui lui manque, tout comme la présence constante – même si l'araignée s'en allait, elle revenait toujours. Teza se fait vraiment du souci. Lorsque le stylo est tombé, est-ce qu'il a touché l'araignée ? Il sait à quel point c'est délicat et fragile, des pattes d'araignée.

Le chanteur se frotte le nez pour chasser l'odeur de vieille urine et touche délicatement son œil enflé. Il ramène ses genoux sur sa poitrine et son regard descend le long de la pente escarpée de ses tibias. Il a cinq orteils cassés, deux au pied gauche, trois au pied droit. Il n'en a pas de souvenir précis, mais il soupçonne un des surveillants, ou Beau Gosse – probablement Beau Gosse – d'avoir sauté à pieds joints sur ses orteils. De tous les os qu'il a eus de cassés, ses orteils ont guéri le plus facilement. Il arrive à boitiller sans trop souffrir. Parler est encore très pénible. Et ne pas parler est également très pénible. Le pire, c'est manger. Toute sa mâchoire est contractée et à vif, mais c'est le maxillaire gauche qui est fracturé. Pas de miroir, bien sûr, mais il se penche au-dessus du pot à eau et voit son reflet tremblant. Tout le menton s'est déplacé sur la gauche, enfoncé dans l'os raccourci et presque en miettes. Le menton est le seul endroit du bas de son visage qui n'est pas douloureux – parce qu'il est complètement insensible. Le docteur dit que les nerfs ont été coupés à cet endroit.

Le bourdonnement et l'écho dans son oreille gauche reviennent au moins plusieurs fois par jour. Parfois il pense qu'il est sourd de cette oreille. D'autres fois il entend aussi bien qu'avant. Ou pas. Ce qui l'ennuie le plus, c'est qu'il ne peut pas en être sûr. L'œil gauche est meurtri et encore enflé, mais il n'y a plus d'écoulement de pus. Il le lave plusieurs fois par jour.

Cet inventaire est une tâche nécessaire, comme lorsqu'on revient dans une ville libérée de ses envahisseurs, mais lui laisse la sensation d'être l'homme le plus épuisé de la planète. Chit Naing lui a dit que tous ceux qui ont écrit des lettres à Aung San Suu Kyi sont dans les cellules à chiens. Le procès n'a pas encore eu lieu, mais peu importe. Ils possédaient tous des objets « illégaux », ce qui signifie qu'ils écoperont d'une peine supplémentaire de sept à dix ans.

J'ai eu tort de faire confiance à Sein Yun. Nous avons tous eu tort de lui faire confiance.

Mais on ne peut pas rester humain si on ne fait jamais confiance à une autre personne.

C'est cela le point crucial. Je suis épuisé parce que je reste humain.

Sammy frappe l'heure, mais le chanteur ne compte plus. Quelle que soit l'heure, il est vieux. Il couvre sa face tordue de ses mains. Ses longs doigts passent sur ses pommettes, sa tête. Il sent la saleté sur ses mains et se lève pour les laver au pot à eau, avec du savon. Il sait que la tristesse va le quitter. Elle se transformera en autre chose. C'est la vérité de l'annica : rien n'est permanent. Il retourne lentement vers sa paillasse, écarte un maillot sale, et s'enroule dans sa couverture. Il se forme une image mentale du Bouddha, se tourne vers le mur extérieur, les barreaux, et se prosterne à trois reprises. Il s'incline encore avec grâce, comme il le fera jusqu'au jour de sa mort, la tête touchant le ciment à travers l'ouverture triangulaire faite par ses pouces et ses index.

À genoux, les mains devant la poitrine, les yeux fermés, il récite silencieusement la prière pali :

Sabbe satta aham sukhita hontu.
Sabbe satta nidukkha hontu.
Sabbe satta avera hontu.
Sabbe satta abyapajjha hontu.
Sabbe satta anigha hontu.
Sabbe satta sukki attanam pariharantu.

Que tous les êtres, quels qu'ils soient, soient heureux.

Que tous les êtres, quels qu'ils soient, soient exemptés de souffrance.

Que tous les êtres, quels qu'ils soient, soient exemptés d'hostilité.

Que tous les êtres, quels qu'ils soient, soient exemptés de malveillance.

Que tous les êtres, quels qu'ils soient, soient exemptés de maladie.

Que tous les êtres, quels qu'ils soient, puissent protéger leur bonheur.

Il se prosterne encore trois fois et commence à respirer.

Bien que ses yeux soient fermés, quelque chose l'interrompt. Free El Salvador se tient à côté du mur extérieur, le corps caché derrière, la tête visible, au-dessus du plateau. Teza avait complètement oublié que c'était l'heure du petit déjeuner. Le gamin se dandine d'un pied sur l'autre, comme s'il demandait la permission d'approcher.

Teza ne peut pas sourire, mais ses yeux s'adoucissent tandis qu'il fait signe au gamin d'approcher. Cela fait combien de temps que Free El Salvador l'observe ? Avec la souplesse d'une mangouste, le gamin s'avance, s'accroupit. Teza remarque que son expression est différente. Pourquoi a-t-il plus l'air d'un enfant aujourd'hui qu'hier ?

Le menton sur la poitrine, les yeux baissés, Free El Salvador pousse doucement le plateau dans la cellule. C'est de la timidité. Le gamin est devenu timide ! Teza est ravi de reconnaître cette émotion dans ce petit visage dur.

Doucement, tout en regardant ailleurs, le gamin prononce ce mot unique et merveilleux qu'ils partagent.

Sa.

Mange.

Teza murmure ses remerciements.

— *Tzey zu bay, Nyi Lay.*

Les mots, gargouillés parce qu'il ne peut pas ouvrir la bouche, sont clairs comme le feu, et restent en suspens comme du feu entre eux, brûlants de nombreuses significations : nyi lay. Petit frère. Un enfant de la prison. Le lézard qu'il a dans sa cabane. Aung Min, qui vit dans un pays frontalier que Teza ne peut qu'imaginer. Nyi Lay. C'est le surnom affectueux que Chit Naing donne à l'enfant et au chanteur.

Teza est toujours à genoux, enroulé dans sa couverture, et le gamin est accroupi, la main sur le plateau qu'il pousse dans la cellule. Sa tête touche presque les barreaux.

— *Sa !* Tu es trop maigre, murmure l'enfant.

Teza désigne sa mâchoire, fait le geste d'une hache qui s'abat.

— Ce n'est pas facile de manger.

— Mange. Mange ! insiste Free El Salvador en montrant le plateau.

Il passe son bras par le guichet et approche le plateau du chanteur, mais Teza ne le regarde pas. Il est trop excité ; le gamin s'est décidé à lui parler.

— Passe-moi ton plateau sale, dit Free El Salvador.

Maintenant le chanteur va voir. On entend le raclement familier de l'aluminium sur le ciment. Puis une légère inspiration. Le gamin s'empare du plateau sale.

Le chanteur cligne de son œil valide, perplexe, puis incrédule. Il y a là, à peine recouvert de quelques cuillerées de riz aqueux, quelque chose qu'il n'a pas vu depuis des années. Un œuf.

Quand il lève les yeux, sa main se lève aussi, les doigts écartés, en quête d'une explication, mais Free El Salvador a disparu.

Il tire le plateau vers lui. Oui. C'est un œuf dur, au blanc bruni par la sauce de poisson et l'huile.

Teza prend l'œuf glissant entre ses longs doigts et inspire profondément. *Des nouilles*. De l'autre côté de l'œuf, il trouve du mohinga. Mohinga ! Il sent le tea-shop de Forty-Second Street, derrière la vieille fabrique de jute. Il faut y être avant huit heures et demie du matin si on veut être sûr d'avoir un bol. C'est un endroit réputé. La foule qui se rend au travail ou à l'école s'y arrête pour prendre le petit déjeuner, puis boit du thé sucré ou amer, ou du café instantané, pâli et épaissi par le lait concentré.

Il coupe l'œuf avec le bord de la cuillère en métal. C'est une prédiction à rebours, car il ne peut pas lire l'avenir dans le jaune, seulement le passé. Les débuts de matinée avec Thazin, penchés à se toucher sur le coin d'une petite table en bois, leurs genoux se frôlant, les bols de mohinga vides et le thé sucré fini, et les théières pleines de thé vert, cette boisson délicieuse et sans fin, offerte gracieusement, leur permettant de rester plus longtemps, trop longtemps, à boire non seulement le thé mais la présence de l'autre, loin de leurs amis et de leur famille, à se délecter l'un de l'autre autant que lorsqu'ils empruntent une chambre d'étudiant ou dénichent un coin tranquille dans un parc. Le mohinga et tout le rituel du tea-shop les mettaient souvent en retard pour leurs premiers cours.

Il recoupe l'œuf en quatre, puis l'écrase sans le mélanger dans le riz bouilli, de peur d'en diluer le goût. La couverture toujours enroulée sur les épaules, Teza mange son premier œuf depuis son arrestation en 1988. Il mange lentement, sa langue poussant le jaune émietté contre son palais jusqu'à en faire une pâte humide. Il grimace, arrête, continue.

Le goût salé et soufré est à la fois totalement inattendu et intimement connu. La maison, les échoppes de thé et de nouilles, la jeune femme qu'il aimait. Le mohinga avec Aung Min avant d'aller jouer au football. Et plus loin, beaucoup plus loin, son père, qui l'emmène au Shwedagon dans la nouvelle lumière de l'aube. Il a quatre ou cinq ans. Aung Min est trop petit pour les accompagner. Teza est un petit garçon glorieusement seul avec Hpay Hpay, qui achète du jasmin et des orchidées à l'une des marchandes de fleurs sur le grand escalier qui mène au stupa d'or. Il pose son fils par terre pour prendre les fleurs, tout en bavardant et en plaisantant avec la vieille marchande. Elle touche la joue de Teza et lui tend une tige de jasmin. Le père et le fils gravissent encore quelques marches avant de s'arrêter à nouveau pour acheter de l'encens et des bougies. Une autre petite conversation s'ensuit avec le vendeur, sur la fraîcheur du matin, la chaleur qui va arriver dans la journée. Près du sommet de l'escalier construit dans l'angle, Hpay Hpay soulève Teza et le porte dans les dernières marches qui mènent aux cours rondes et rutilantes de la grande pagode. Tout autour d'eux, invisibles et visibles parmi les nombreux autels, des moines murmurent et scandent les prières de l'aube. Le père et le fils offrent des fleurs. Hpay Hpay allume l'encens et les bougies, puis fait ses propres prières tandis que Teza s'assied en tailleur à côté de lui. Au bout d'un moment ils s'inclinent à nouveau devant le Bouddha – Hpay Hpay place les mains de Teza devant sa tête – puis ils se lèvent et marchent sur les pierres qui ont gardé la fraîcheur de la nuit autour de la grande circonférence du stupa. Le petit garçon est patient et silencieux, heureux d'être avec son père dans le labyrinthe circulaire de tous ces Bouddhas et ces statues peintes de couleurs vives. Il sait ce qui les attend, quand ils auront descendu le long escalier sous le plafond voûté et peint, quand ils seront retournés à la clameur tonique des rues autour de la pagode. Il y a une échoppe de mohinga tout près. Ils prennent chacun un bol. Le petit garçon a droit à un œuf dans ses nouilles. Pour que tu deviennes grand et fort, lui dit Hpay Hpay.

Je mange un œuf. Il reformule.

Je mange toute ma vie.

La pluie se met à tomber d'un seul coup, d'un rythme régulier, balai mouillé qui nettoie le ciel entier. La pluie a un mantra : œuf, œuf, œuf, œuf.

Une miette de jaune collée sur sa lèvre inférieure, Teza invente une blague stupide.

Qui vient en premier, l'œuf ou la poule ?

Le prisonnier politique, bien sûr.

Il avale aussi lentement que possible pour éviter de s'étouffer. Il reformule.

Qui vient en premier, l'œuf ou la poule ?

Le gamin. Free El Salvador, qui a apporté au prisonnier politique un œuf provenant d'un bol de mohinga.

Avant que Sammy ne frappe cinq heures, Teza sort un autre poisson séché de sa cellule, le dispose soigneusement sur un morceau d'étoffe tiré de son colis et l'encadre de quatre petits paquets de cacahuètes, de feuilles de thé et de graines de sésame.

Lorsque le gamin arrive, ses yeux tombent tout de suite sur l'offrande installée par terre. Visiblement surpris, il jette un regard à Teza, qui parvient à dire :

— Merci. Pour l'œuf ce matin.

La timidité s'empare à nouveau de Free El Salvador. Il approche de la cellule.

— Il était bon ?

— Très bon, répond Teza, un sourire dans la voix. Cela fait longtemps que je n'avais pas mangé d'œuf. Ça m'a fait penser à mon père.

Au mot « père », le gamin lève la tête. Sa bouche n'est pas tout à fait fermée, pas tout à fait ouverte. Les lèvres sombres sont pleines, aussi innocentes que sensuelles. Belles, en fait. Une ancienne colère s'empare de Teza, avec cette question : *Pourquoi cet enfant vit-il dans une prison ?*

Le chanteur prend une grande inspiration. Le gamin le regarde toujours, d'un regard désormais direct, presque complice. Et avide. Avide de quoi ? D'amour, bien sûr, comme tout enfant. Teza désigne la nourriture à l'extérieur de la cellule.

— C'est pour toi.

— *De gé la ?* Vraiment ?

— Vraiment, Nyi Lay, souffle Teza dans un rire. Pour qui d'autre veux-tu que ce soit ?

Le gamin se gratte la joue. Cela fend le cœur de Teza, de le voir lutter ainsi contre son propre désir.

— Dépêche-toi. Le surveillant pourrait venir.

L'enfant tombe accroupi et s'empresse d'emballer le poisson dans le bout de tissu blanc, d'enfouir les sachets de la-phet dans sa besace. Il remercie le chanteur d'une façon presque guindée.

— *Ako*, fait-il, et s'arrête un instant. *Tzey zu amiagee tin-ba-dey*.

Teza hoche la tête, touché par ces simples mots. Le gamin est encore trop timide pour prononcer le nom de Teza, mais « ako » est un bon début. Grand Frère.

Quelques jours plus tard Nyi Lay apporte un poisson frit au chanteur. Après en avoir enlevé l'arête, Teza fait une pâte de la chair blanche et molle pour la mélanger à son riz bouilli. Le gamin le regarde boire cette soupe, tout en murmurant de temps en temps *Sa, sa,* comme le père d'un enfant chipoteur. En retour Teza lui offre encore de la nourriture tirée de son colis – un autre poisson et des haricots frits. Le lendemain le gamin lui apporte une banane très mûre.

Deux jours plus tard, il laisse à Teza une petite branche couverte de feuilles en forme de diamant et le chanteur lui donne un autre poisson séché et un petit bloc de thanakha.

Le lendemain, accroupi devant la cellule, Nyi Lay passe son bras maigre à travers les barreaux et ouvre la main. Au creux de sa paume crasseuse se niche un caillou vert pâle.

— On dirait du jade, murmure-t-il en levant les yeux vers Teza.

Comme un plongeur, le gamin prend une grande inspiration avant de se lancer.

— C'est peut-être une amulette de jade. Tan-see Tiger a un Bouddha en jade qu'il porte autour du cou. Sur une chaîne en or. Il paie les surveillants pour qu'ils lui laissent. Et il dit que l'image du Bouddha le protège.

Il rougit, gêné de tant parler, mais il continue.

— Et il a d'autres amulettes, pour le protéger. Il y en a une, c'est une balle qu'on lui a retirée de la poitrine. Pour le protéger contre d'autres balles ! Et on voit encore la cicatrice !

Manquant d'air, Nyi Lay se tait.

Teza lève un sourcil interrogateur.

— Si ce caillou protège, tu ne veux pas le garder ?

Une longue pause s'ensuit. Les deux amis regardent la petite pierre brillante.

Si c'est bien une amulette, il devrait la garder. Le Rossignol a raison. À cause de Beau Gosse et du stylo, il a besoin de toute l'aide qu'il peut trouver. Pourtant il ne referme pas la main et ne sort pas son bras par la grille de fer. Le caillou vert aux fissures grises repose dans sa paume ouverte. Il *veut* le donner.

De ses longs doigts minces, Teza prend le caillou et le tourne de tous côtés, dans la lumière du couloir.

— Si tu as besoin de reprendre ce talisman, demande-le-moi. Je te le garde.

Le gamin se lève.

— Attends, dit Teza, ne pars pas tout de suite. Il y a encore du poisson séché dans mon colis. Tu veux le prendre aujourd'hui ou demain ?

Le gamin regarde Teza envelopper le poisson et une explication s'ouvre dans son esprit, facilement, légèrement, comme une porte de chaume. Si le Rossignol garde l'amulette, le gamin peut garder le stylo. L'échange les met en sécurité tous les deux.

36

Il part de la maison blanche, le plateau vide de Teza dans les mains, la besace agréablement alourdie de quelques bons dîners en perspective cognant contre sa cuisse. Il s'arrête pour tâter le poisson et renouer son longyi.

Amulette contre stylo contre protection. Que peut-il faire pour s'assurer que cet échange va fonctionner ?

Il va faire une offrande. C'est pour cela que les hommes prient, et qu'ils laissent des fleurs et à manger pour le nat du dernier arbre de la cage. Ils croient que le nat va les aider.

L'autel bouddhiste se trouve entre l'hôpital et la cuisine. Bien qu'il doive remettre le plateau du chanteur à la plonge, il ne peut s'empêcher de faire une halte à cet endroit particulier, situé entre deux mondes. Puisqu'il fait une offrande au nat, c'est peut-être le moment d'en faire une aussi au Bouddha, qui est paisiblement assis au-dessus des fleurs fraîches et fanées, des branches de feuillage frais ou fané. La fumée de l'encens monte en volutes et s'estompe au-dessus des genoux dont l'or s'effrite. Un surveillant a posé un verre d'eau et une assiette d'oranges à ses côtés. C'était sûrement un surveillant, ou un garde, car les détenus engloutissent les fruits frais immédiatement, pelures comprises. Sans se laisser tenter, le Bouddha reste assis, placide, à côté de cette assiette d'oranges juteuses, ses doigts effilés ne saisissant rien. Les longs bras dorés s'abaissent gracieusement sur ses genoux drapés, comme un danseur qui aurait décidé de rester éternellement assis.

Le gamin se tient derrière une demi-douzaine de fidèles, des prisonniers assis en tailleur, yeux clos, lèvres formant des mots inaudibles. Deux d'entre eux égrènent un chapelet, le gamin entend le léger *tic-tic-tic* des perles qui passent sous le bout des doigts. Il ne va pas s'agenouiller et se prosterner trois fois. Pas maintenant, pas en la présence de tous ces prisonniers. Il sait que c'est trois fois, il a si souvent observé les hommes, et aussi le Rossignol. Il se contente de se tenir là, à regarder le visage d'or.

C'est alors qu'il le voit.

Des milliers de fois, il a regardé la bouche dorée, en se demandant s'il lui arrive de parler. Mais il n'a jamais vu le saint homme sourire comme maintenant. Le Bouddha a changé. Presque imperceptiblement, les lèvres pleines s'arrondissent, comme s'il connaissait le secret du gamin – *amulette contre stylo contre protection* – et promet, avec sa bouche fermée et souriante, qu'il ne le dira à personne.

Le gamin rencontre le regard de Bouddha et lui rend son sourire. Il met le plateau sous son bras, lève les mains en posture de prière, fait trois petits hochements de tête – c'est tout ce qu'il ose en guise de prosternation – et ferme les yeux.

— Pourquoi tu ne t'agenouilles pas comme nous ?

Cette voix inattendue, chaude et proche de son oreille, le fait sursauter. Le plateau d'aluminium tombe avec fracas. Un fidèle se retourne, l'air désapprobateur. Sein Yun sourit pour s'excuser et lève diplomatiquement une main jaune. Le gamin a déjà ramassé le plateau et reculé de quelques pas.

Sein Yun s'agenouille. Dans cette posture, il ressemble à un nain. Au lieu de se prosterner devant le Bouddha, il lance un regard ironique au gamin, qui sait qu'il devrait partir. C'est peut-être le Bouddha lui-même qui murmure. *Pars, ne reste pas ici*. Mais le gamin ne bouge pas. Il n'a jamais été si près de la figure de Sein Yun. Il examine la peau jaune, la verrue au poil long et frisé sur le menton, la bouche de chiqueur de bétel, aux lèvres tachées de rouge et de marron, cerclées d'un faisceau de rides. Lorsque le chiromancien fait un signe au gamin, Nyi Lay fixe ses ongles, extraordinairement longs et arrondis comme des crochets.

Le sourire de Sein Yun découvre ses dents noires.

— Ne reste pas là à regarder, Nyi Lay.

— Pardon, oncle.

Le gamin s'excuse sans le penser vraiment.

— Oh, je ne veux pas dire me regarder, moi, tu peux me regarder tant que tu veux. Je voulais dire à regarder l'autel. *La-ba*. Viens à côté de moi. Nous allons prier ensemble.

L'invitation le prend par surprise. C'est ce qu'il a toujours désiré, que l'un des hommes lui apprenne, l'aide, mais personne ne le lui a jamais proposé, jusqu'à aujourd'hui. Pourquoi faut-il que ce soit le méchant chiromancien ?

Le sourire de Sein Yun ne ressemble pas du tout à celui du Bouddha. Sa figure ridée est desséchée comme une vieille mangue. Ses lèvres se retroussent ; les deux canines en or étincellent. Sein Yun désigne le sol du menton. *Agenouille-toi près de moi*.

Le gamin trouve une bonne excuse.

— Mon père n'allait jamais au temple.

Le chiromancien cesse de sourire. Sa figure devient moins sèche et plus triste, mais le gamin ne tombe pas dans le piège de cette expression stupide.

— Ton père est mort il y a longtemps.

Nyi Lay regarde le sol de ciment entre ses pieds. Qu'est-ce qu'il en sait, le chiromancien ?

— Je le connaissais, reprend Sein Yun, comme s'il lisait dans ses pensées.

La gorge du gamin se serre comme un étau autour de deux mots.

— Mon père ?

— Oui. Il jouait aux cartes avec nous. Il se défendait bien tant que ce n'était pas pour de l'argent. Quand c'était pour de l'argent, le pauvre perdait toujours. Mais les cheroots, il les gagnait par douzaines. Tu te souviens quand on jouait au petit tea-shop dans ton village ? Essaie de te souvenir – tu n'arrêtais pas de dire que tu voulais rentrer. Tu étais vraiment tout petit à l'époque. Tu as peut-être oublié. Tu te souviens, ou pas ?

Le gamin baisse la tête. Il oublie de se souvenir de tant de choses de son père, dont l'image est devenue floue parmi tous ces hommes. Les visages de la cage – même ceux des surveillants

– ont en commun une certaine maigreur, comme si les os étaient trop gros pour la peau qui les contient. Comme un masque que la prison donne à tous les hommes qui en passent les portes. Le gamin le voit aussi sur la figure de Sein Yun.

Il oublie de se souvenir de tant de choses. Et voilà qu'un souvenir précis de l'ancien monde surgit et s'empare de lui. Il est redevenu un petit enfant, il passe devant une échoppe de nouilles ouverte tard le soir, ses doigts glissés dans le longyi de son père, tandis qu'ils se dépêchent de traverser le rectangle de lumière électrique crue qui tombe de la petite baraque. Le gamin entend d'abord des voix, puis quand il se retourne il voit le joyeux chahut, les hommes attablés, les rires et les cris qui vont de pair avec le rhum et les cartes. Le père sent que son fils se retourne, voit le regard avide, le désir. L'enfant voudrait, confusément, profondément, que son père soit là, avec ces hommes qui rient dans la lumière nue. Il n'a presque jamais entendu son père rire. Mais celui-ci ne comprend pas. Il attire brutalement le gamin à lui.

— Si jamais tu te mets à ces bêtises, grondet-il, je te jure que je t'enferme. Ne joue jamais aux cartes. La vie est déjà une loterie, ça suffit.

L'enfant n'a aucune idée de ce qu'est une loterie, et seulement une compréhension très simpliste du mot « cartes », mais il n'essaie pas de s'expliquer.

— Oui, papa, répond-il en fils obéissant.

Et ils continuent leur chemin tous les deux, à pas rapides sur la route sombre.

Le gamin regarde la figure de Sein Yun. Menteur, pense-t-il. Sale menteur. Mon père n'a jamais joué aux cartes. Il sourit au chiromancien.

— Il s'appelait comment, mon père ?

La bouche de Sein Yun s'ouvre tout grand. Puis se referme sur un O rouge foncé, entouré de rides profondes imprégnées de bétel.

— Je… commence-t-il avant de se donner une tape sur la tête. Dis donc, j'ai oublié ! Je me fais vieux, ça doit être ça.

Nyi Lay a envie de cracher, mais il s'abstient – il est devant l'autel. Alors il se contente de détacher ses yeux du chiromancien, comme un adulte qui détourne son regard de quelque chose de désagréable, de la nourriture pourrie, ou un cadavre d'animal. Il regarde à nouveau le Bouddha, en espérant que le sourire secret est toujours là. Il y est.

Le chiromancien est comme un homme qui essaie une autre clé pour ouvrir la serrure.

— Nyi Lay, tu peux prier ici, même si tu ne connais pas les mots. Le Bouddha ne t'en voudra pas. Et puis ta mère était bouddhiste.

N'importe qui un tant soit peu au courant de ce qui se passe dans la cage saurait que sa mère était bouddhiste.

Le chiromancien sourit, plus mielleux à présent.

— Allez, mets-toi à genoux, et prie avec moi !

— Je dois porter le plateau. Après j'ai d'autres tâches.

— Ah, oui, tu t'occupes du chanteur maintenant. C'était moi son serveur avant, tu sais. C'est un boulot important. Bravo.

Le gamin ne veut pas que l'homme les compare, les mette sur le même plan sous prétexte qu'il a repris son boulot. La peau de son dos se contracte, frissonne, comme lorsqu'il a envie de vomir. Il s'étonne lui-même, troublé par ce tumulte intérieur qui veut sortir soudain. Avant qu'il s'en rende compte, les mots s'échappent, bien qu'ils ne soient ni pressés ni craintifs. Ils n'agissent pas comme des fugitifs.

— Sa bouche est toute cassée. Je lui apporte sa nourriture, mais il peut pas manger. À cause de vous.

— Mon garçon, qu'est-ce que tu veux dire ? Qu'est-ce que tu racontes ?

Le sourire de Sein Yun disparaît et ses yeux s'écarquillent, marquant son incompréhension.

La voix du gamin retentit clairement à ses propres oreilles.

— Vous le savez très bien. C'était vous le serveur du chanteur avant moi.

C'est une voix qu'il n'a encore guère utilisée, comme une cloche toute neuve mais plus aiguë, pour un usage différent, plus proche d'une minuscule lame d'argent. Il regarde Sein Yun droit dans les yeux.

— Vous l'avez balancé, vous vous souvenez ? Comme les politiques. Ils sont dans les cellules à chiens à cause de vous.

Le chiromancien est si surpris que les mots lui manquent. Dans ce silence, le gamin fait demi-tour et s'en va, sa claquette orange et sa claquette de velours bordeaux flip-flapant sur ses talons.

37

Sein Yun ne reste pas longtemps au sanctuaire. Il n'y reste jamais longtemps, sauf s'il a un business à faire avec quelqu'un. Le petit tueur de rats, ce n'était pas du business, seulement une idée, un coup de sonde. Petit sac d'os. Une ordure avec des yeux. Et une langue.

Ce n'est pas si étrange que le gosse soit au courant de la part que Sein Yun a prise dans la descente du mois dernier. Ce n'est plus un secret, parce que la fouille pour le stylo ne s'est pas déroulée exactement comme prévu. Où il est, ce putain de stylo ? Le chiromancien a passé tout le mois dernier à lire des lignes de la main gratuitement, à discuter avec les gars à droite, à gauche et au milieu, à fouiller dans des poches métaphoriques comme une pute. Rien à faire.

Les surveillants ont fait les bâtiments principaux, ils ont fait le bâtiment des verdicts. Ils ont retourné les jardins et passé trois fois la cour au peigne fin. Ils ont même farfouillé dans les trous des latrines – ça devait drôlement puer. Le chiromancien a fait sa part aussi. Il a persuadé le cuistot de sermonner les détenus sous ses ordres et l'a aidé à fouiller la cuisine. Il a fait de la lèche aux infirmiers et aux prisonniers qui travaillent à l'infirmerie et à l'hôpital mais on ne trouve rien, nulle part. Ou plutôt si, des tas de choses, des stylos, des crayons, des lames de rasoir, des notes, des lettres d'amour, des journaux, un billet de cinq dollars US (un vrai miracle, conservé comme porte-bonheur, et aussitôt empoché par Beau Gosse), un transistor en état de marche, des piles neuves et usagées, des magazines, du maquillage, des collants et des chemises de nuit sexy (les tantouzes ont des plus belles nippes que sa femme), même un télescope cassé, mais pas de stylo blanc avec une encoche au rasoir en bas et une autre en haut. Des bagarres ont éclaté entre les détenus dans les bâtiments un et quatre. Un connard du bâtiment cinq, furieux à cause des fouilles, a attaqué un des surveillants et ça a été la folie générale, le bâtiment a dû être bouclé pendant deux jours. Quatre détenus ont été envoyés au mitard pendant une semaine, sans rien avoir à manger pendant quarante-huit heures.

Sale petit morveux ! Sein Yun se dit qu'il est trop poli – il aurait dû en retourner une au gamin. Comme si le chiromancien n'avait pas assez d'emmerdes. Beau Gosse est furieux contre lui, et Tiger parle de trouver quelqu'un d'autre pour faire ses livraisons d'héro, tout ça parce qu'on lui a pris ses stylos et quelques feuilles de papier parfumé. Incroyable ! Sein Yun s'éloigne du sanctuaire. Sans le savoir, il a pris un tic curieux, le même que Beau Gosse. En marchant, il balaie du regard le sol, recouvert de tessons de briques.

Où il est passé ? Le chanteur a peut-être bien bouffé tout le papier, mais quand même pas le stylo ? Impossible. On ne peut pas manger un stylo. On s'étoufferait.

Franchement, c'en est presque indécent, l'accusation de ce petit morveux, comme si le chiromancien avait enfreint une espèce de code. Petit con ! Rien de plus énervant qu'une voix pleine de sa propre innocence.

Il ne se sent pas coupable. Non. Absolument pas. Il n'a pas touché un cheveu du chanteur, n'a pas posé la main sur lui. Ça ne lui est jamais venu à l'esprit. Il n'aime pas la violence, c'est un homme civilisé. Et Teza n'est pas un mauvais bougre, pour un politique. Sein Yun a essayé d'être sympa avec lui. Et les cheroots, alors ? Et la fois où il lui a rapporté une papaye ? Par pur altruisme ! Pour acquérir des mérites !

Et puis, enfin, on est dans une prison. Si on était charitable tous les jours, on se ferait bouffer tout cru. Il faut faire ce qu'on a à faire.

Jamais il n'aurait pensé que Beau Gosse allait péter les plombs comme ça, jamais de la vie. Il faut se rendre à l'évidence, ce mec est dangereux, tout le monde le sait. Il veut entrer au MI, putain ! Les surveillants disent qu'il a interdiction de travailler sur le Rossignol et qu'il est dans la merde pour lui avoir brisé la mâchoire. Mais c'est ça, la cage.

Petit enfoiré de tueur de rats. Ce ne sont pas ses oignons. Sein Yun n'a rien à voir avec cet horrible passage à tabac, ce n'était pas sa faute. Après tout, il n'était pas à la porte du cercueil de teck à les encourager.

Sein Yun s'arrête de marcher.

Cet homme agité, au teint jauni par la maladie, est frappé la plupart du temps par une incapacité terrifiante à se tenir tranquille. Mais là, il est tout à fait immobile.

Le stylo.

Il l'a trouvé. Juste là, devant son nez. Il porte des claquettes dépareillées, dans l'orage de la mousson, et guette les rats près de la canalisation des douches.

38

Free El Salvador apporte un nouveau présent avec le plateau de cinq heures. Il pousse trois cheroots dans la cellule de Teza, ainsi qu'un briquet. Puis il s'accroupit pour regarder ce que le Rossignol fera de cette offrande. Tous les prisonniers raffolent des cheroots. Le chanteur qui ne peut pas chanter s'assied, approche un cigare de sa bouche tordue, fait mine de l'allumer. Ses yeux se ferment sous la douleur.

— Je ne peux toujours pas fumer. C'est dur d'aspirer, tu comprends ?

Il exhale un rire saccadé et repasse le briquet par le guichet. C'est comme s'ils jouaient à un jeu d'échecs très particulier. Le gamin jette un coup d'œil au petit rectangle rouge, puis à Teza.

— Regarde, dit celui-ci.

Il enlève le filtre du premier cigare et retire l'enveloppe verte de feuille séchée. Et voilà : des petits mots sur une mince bande de papier journal. Il trouve l'endroit où le journal est collé, le décolle jusqu'à ce qu'il s'ouvre. Il enlève l'emballage des mots, fait tomber le filtre intérieur en paille. Deux petits morceaux de papier au creux de la main, il se penche, près des barreaux, plus près ; sa main passe à travers.

Prudent mais curieux, Nyi Lay tend le bras. Teza lâche l'offrande de papier dans la main crasseuse ouverte.

Malgré la bouche cassée, les yeux du chanteur n'arrêtent pas de sourire.

— *Zaga-lone-dwei*.

Des mots. Le gamin regarde les deux bouts de papier journal roulés, entièrement recouverts des cercles et des points qui font les mots.

Puis comme si c'était un secret, Teza murmure :

— *Bathazaga*.

Le langage.

Les yeux du gamin s'éclairent. Bathazaga. Il connaît ce mot, mais il pense seulement à la première moitié, *batha*. C'est un mot complètement différent, séparé du premier, mais qui en fait partie aussi. Un mot qui vit à l'intérieur d'un autre, pense-t-il, étonné. *Batha* est un mot pour tous les jours, comme respirer ou boire de l'eau. Il veut dire apporter des cadeaux au Rossignol, ou rendre visite à l'arbre du nat et faire une offrande de fleurs, d'une petite boulette de riz déposée sur une feuille. Batha.

Batha c'est la religion. *Bathazaga* c'est le langage. Qu'est-ce que ça veut dire quand un mot en contient un autre ? Il ne sait pas quoi en penser, pourtant il y a quelque chose là-dedans, comme le lézard dans l'herbe qui change de couleur. *Batha* ce sont les musulmans qui prient à la lumière du jour et dans l'obscurité, leur voix faisant écho à celle de son père. *Batha. Zaga-lone-dwei. Bathazaga.*

Il ne comprend pas comment un mot peut entrer dans un autre, ni pourquoi ni ce que cela signifie. Il tourne le papier journal dans ses doigts, sans prendre de précaution. Un des morceaux se déchire, et il serre les deux bouts dans son petit poing. Pourquoi le chanteur lui fait-il penser à des choses lointaines, à des mots qu'il ne comprend pas ? Des tas de pensées se pressent dans sa tête comme de la vermine. Il pense aux livres cornés dans sa cabane, à ses trésors cachés. Il pense au stylo blanc. Le stylo du chanteur. Il pense à l'écriture.

Ce silence rempli de nombreuses voix. Bien que ni l'enfant ni l'homme ne prononcent un mot, ils parlent – leurs pensées dérivent dans l'air et s'enroulent ensemble, volutes de fumée qui tourbillonnent et se dissolvent. Comme il ressemble à Aung Min quand il est frustré ! songe Teza. Le gamin ouvre à nouveau la main, regarde d'un air furieux les morceaux de papier froissé, puis lève les yeux. Et les détourne soudain de Teza, pour les diriger vers le bruit de pas qui crissent sur le gravier.

Leur réaction est identique, et ressemble à celle d'un couple d'amoureux surpris dans un baiser illicite. Le gamin se met debout d'un bond. Teza se lève et recule d'un pas mal assuré, en fourrant les cheroots dans la taille de son longyi. Ils baissent tous deux la tête.

Ils s'attendent à voir le vieux surveillant qui vient parfois ouvrir la cellule de Teza pour que Nyi Lay puisse sortir le seau. Leur surprise coupable se transforme quand ils voient Chit Naing apparaître au coin de la maison blanche. Le masque officiel du gardien s'ouvre quand il sourit, d'abord au gamin, puis à Teza.

— Qu'est-ce que vous fabriquez tous les deux ? Vous jouez au foot ? Aux cartes ?

L'expression prudente du gamin se fissure suffisamment pour révéler un sourire narquois. Le gardien regarde dans la cellule.

— Nyi Lay t'a donné une lime pour que tu t'enfuies ?

Chit Naing éclate de rire, puis remarque l'air indigné du gamin. Il sourit et touche son épaule maigre.

— Je plaisante, Nyi Lay. Je sais que tu fais du très bon travail, comme d'habitude. Bon, je vais ouvrir pour que tu puisses faire la grâce à notre détenu de vider son seau. Je suis sûr qu'il t'en sera très reconnaissant. N'est-ce pas, Teza ?

— Oui, c'est une bonne idée, répond le chanteur.

C'est la première fois depuis le passage à tabac qu'il voit Chit Naing de si bonne humeur. L'anneau portant les lourdes clés racle les barreaux de fer tandis que le gardien ouvre la grille pour laisser passer le gamin. Nyi Lay s'empare du seau et s'enfuit.

Chit Naing sait qu'il a interrompu quelque chose. Comme quand on recule dans une pièce sombre, et qu'on heurte une toile d'araignée. Il sent qu'elle se déploie, s'étire derrière le gamin, qui a déjà contourné le mur extérieur. Quand Chit Naing se retourne et regarde Teza plus attentivement – les mains jointes devant lui, le dos légèrement courbé – le gardien en est sûr. Il y a eu quelque chose d'intime entre eux.

Il pense un instant à une transaction sexuelle, mais non. Teza n'est pas homosexuel. Et même s'il l'était, le gamin ne s'offre jamais.

— J'avais raison ? Il t'a vraiment donné une lime ?

— Non, non. C'est moi qui lui ai donné une lime pour qu'il s'enfuie.

Teza grimace. Il a trop parlé. Les paroles suivantes sortent dans un souffle douloureux.

— Pourquoi est-il ici ?

— J'ai suggéré au directeur qu'il ferait un excellent serveur. Je sais qu'il n'est pas très bavard, ce que le directeur apprécie. Il est aussi très obéissant.

Et, comme le directeur s'est empressé de le faire remarquer, complètement inculte, donc sans aucune notion de politique.

Teza secoue la tête. Chit Naing n'a pas compris sa question.

— Pourquoi est-il ici, dans la cage ?

— Eh bien, euh, il vit ici. Son père était surveillant, et il est mort il y a plusieurs années. Il n'avait pas d'autre endroit où aller.

C'est aussi pourquoi le directeur a donné le boulot au gamin. Il vit dans la cage, ne connaît que la cage, donc ne pourra jamais être soudoyé pour sortir des messages ou faire entrer des objets en fraude.

— Pourquoi pas un orphelinat ? C'est trop dur la prison. Ce n'est qu'un enfant. Pourquoi il ne vit pas dans une école monastique ?

— Il ne veut pas quitter la prison. Je lui en parle parfois. Il n'est jamais allé à Rangoon, tu imagines ? La ville lui fait peur.

Teza se rapproche de la porte.

— Mais ce n'est qu'un enfant !

Le gardien comprend que c'est ça, c'est cette compassion la transaction illicite. Teza a pitié du gamin !

— Comment vas-tu ? demande le gardien avec un petit sourire. Mieux, à ce que j'entends. Bien trop maigre, mais mieux. Ton œil désenfle.

— Oui, je peux l'ouvrir maintenant, répond Teza en clignant de son œil au beurre noir.

— Le docteur viendra avant de partir ce soir pour te faire une injection de morphine. Et tu as toujours double ration de riz, hein ?

Teza hoche la tête, mais s'abstient de préciser que cela fait des jours qu'il ne mange pas son repas du soir. Il sait que Chit Naing serait furieux d'apprendre qu'il jeûne.

— J'ai de bonnes nouvelles.

Voilà sans doute pourquoi le gardien est si détendu, et qu'il plaisante même. La brume de culpabilité et de réticence qui l'a entouré pendant des semaines semble s'être dissipée.

— Le directeur est fatigué de cette fouille pour retrouver le stylo. Il a donné un petit délai à Beau Gosse pour qu'il continue à chercher, mais ses hommes ne trouvent rien.

Chit Naing regarde attentivement Teza, dont le visage ne change pas.

— Cela fait presque un mois que les descentes ont commencé, continue-t-il. Ils n'ont toujours pas de preuves pour t'incriminer. Les dossiers avec la liste des accusés et les accusations portées contre eux ont été déposés. Ton nom n'y figure pas. Tu sais ce que ça veut dire, n'est-ce pas ? Tu n'auras pas de procès. Ils ne pourront pas allonger ta peine.

Le gardien essaie d'évaluer la réaction de Teza à ces bonnes nouvelles. Chit Naing ne raconte pas qu'il a subtilisé les dossiers des accusés hier soir et qu'il les a remis en place ce matin, les mains tremblantes. Pendant qu'il les avait en sa possession, il en a fait une copie dans une boutique de confiance, puis a déposé la copie devant une petite cahute dans un bidonville en dehors de la ville. Aujourd'hui ou demain, les papiers seront ramassés par un vieil homme, un agent qui transmet des renseignements aux groupes révolutionnaires et dissidents de la frontière.

Chit Naing se plaît à imaginer que le frère de Teza lira les dossiers avant qu'ils soient compilés et publiés. Tous les dossiers de procès provenant de l'intérieur du système pénitentiaire sont top secret. Le gardien se demande si des copies de minutes de procès pénitentiaires n'ont jamais quitté le pays. Il a déjà l'intention de faire sortir les minutes des procès eux-mêmes, lorsque les audiences seront terminées. Cette pensée lui procure un sentiment d'excitation indissociable du bonheur. C'est ce que le chanteur perçoit également. *Chit Naing est heureux*. Même si le gardien est profondément soulagé de savoir que Teza ne fait pas partie des accusés, il vogue surtout sur l'adrénaline de son propre subterfuge.

Dans l'attente d'une réaction de la part de Teza – un geste de joie, ou un ouf de soulagement – Chit Naing remonte ses lunettes sur son nez et se penche par la porte légèrement entrouverte. Teza ne fait que hocher la tête, comme s'il était distrait, et regarde au-delà du gardien. Chit Naing se demande si les blessures de Teza l'ont rendu apathique. Le gardien examine soigneusement la peau vert foncé et violette autour de l'œil, la mâchoire fracturée qui pend, les bleus et les zones enflées encore visibles sur son visage et son cou. Entre les blessures et sa tête rasée, Teza est tellement changé qu'il est difficile de se souvenir de son aspect d'avant, et avant n'était que le mois dernier.

C'est le passage à tabac qui a poussé Chit Naing dans cette témérité mesurée. C'est ce qui l'a rendu capable de voler la liste des accusés et les papiers concernant le procès à venir. Même s'il se rend à la prison tous les jours, il ne travaille plus pour les généraux. Il veut une réaction du chanteur, non sa gratitude, mais la reconnaissance de ce qu'il a fait.

— S'il y a une amnistie générale dans les deux prochaines années…

Teza finit la phrase.

— … Ils ne me laisseront pas partir.

— Mais ils en ont laissé partir d'autres, des hommes qui avaient fait huit ou dix ans.

— Il me reste treize ans. À cause des chansons.

Qui sont toujours là, à voler partout comme des oiseaux.

— Au moins ils ne vont pas prolonger de sept ou dix ans.

— Pensez à Myo Myo Than, et aux autres, dit seulement Teza.

— Ils sont sûrement heureux pour toi.

Encore ce mot - comme il sonne bizarrement. Teza ferme les yeux, tandis que la flamme se dresse dans sa mâchoire, pénètre dans son crâne. Il tourne brutalement la tête vers la droite, pour échapper à la douleur cuisante, mais en vain. La morphine sera la bienvenue ce soir. Il ferme les yeux.

— Le gamin, souffle-t-il. J'aimerais aider le gamin.

Chit Naing est déconcerté.

— Quel gamin ? Le tueur de rats ?

Le prisonnier et le gardien se tournent en même temps au son du seau en métal qui tape sur un genou osseux. Free El Salvador lève les yeux et fait un large sourire, sans y penser, comme ça, parce ces deux hommes sont gentils avec lui, chacun à sa manière.

Le petit visage sombre s'illumine et resplendit pendant un instant, ramenant l'enfant dans un pays innocent où il n'a jamais vécu. Teza n'a jamais vu un tel sourire sur le visage du gamin, mais il a déjà disparu, pour faire place à un sourire bêta, timide. Free El Salvador se glisse à la limite de la cellule, tend au chanteur qui ne peut pas chanter son seau, qui n'était pas plein. Lèvres serrées, il attend que le gardien lui demande de partir, ce qu'il fait.

Un regard à Teza, et le gamin n'est plus là.

Mais ce moment de lumière pure sur son visage a suffi. Teza sait à présent. Il sait ce qu'il veut faire.

39

Cette nuit-là, pendant que Teza pense au gamin, le gamin pense aux mots.

Le coin de la cabane où il pose la tête, aussi loin que possible de la porte, est l'endroit le plus sec. Sa collection de neuf livres de poche est empilée en deux tas entre le mur et sa tête, chaque tas posé sur une brique. Il ne laisse pas ses livres par terre parce qu'il y a souvent des infiltrations d'eau. Roulé en boule comme un chat, il tourne le dos aux livres, la tête sur son bras, les genoux contre son ventre. La flamme de la bougie s'élève avec un courant d'air soudain, puis retombe.

Nyi Lay le petit lézard s'accroche au toit au-dessus de la bougie. Pendant un long moment le gamin reste allongé à le regarder manger des petits papillons de nuit et des moustiques, content que le lézard puisse trouver si facilement de la nourriture. Il y a toujours assez d'insectes pour lui.

Un papillon, qui descend en piqué en formant des cercles erratiques autour de la bougie, finit par traverser la flamme et se *roussssssit* les ailes. Il tombe hors de la cire, contrairement à beaucoup d'autres, qui restent collés à la bougie, embaumés ou brûlés dans une puanteur papillonesque. Le gamin ramasse l'insecte palpitant, et se dressant sur un coude, le présente en offrande à Nyi Lay.

À présent, il peut sourire sans gêne, sans même y penser, alors que Nyi Lay s'approche de ses doigts, fond sur le papillon et le saisit dans ses petites mâchoires. Mouvement de tête, main de lézard qui s'abat, et le morceau de soie brûlée est avalé, croqué, hop, parti dans le ventre de Nyi Lay. Le gamin sent encore sur deux de ses doigts l'infime caresse du nez du lézard. Il voudrait tenir Nyi Lay, le faire cavaler sur son épaule comme un singe – un des détenus avait un singe une fois, mais un autre prisonnier s'est fait piquer son colis de nourriture alors comme il avait faim, il a tué le singe, il l'a fait cuire et il l'a boulotté ; il y a eu une énorme bagarre et le bâtiment a été bouclé. Mais Nyi Lay ne veut cavaler sur l'épaule de personne. Il ne veut pas qu'on le prenne. Un jour le gamin a essayé, et le lézard s'est sauvé. Il vaut donc mieux juste le regarder et lui donner à manger et écouter ses rares *tchip-tchip*.

Il s'allonge sur le dos, les genoux touchant le toit. Dans cette position le gamin peut voir les livres. Ils n'ont pas disparu pendant qu'il donnait à manger à Nyi Lay. Ils sont toujours là. En soupirant, le gamin regarde les dos fatigués ou nus des livres plus ou moins abîmés, la colle jaune desséchée. Pourquoi je les garde ? Pourquoi je Le garde ? Il Le sent sous lui, sous le matelas de chiffons, enfoui dans la terre, enveloppé dans le sac en plastique. Il lui donne des petits coups dans les côtes tel un doigt blanc comme un os, et lui pose la même question avec une insistance pitoyable : *Pourquoi tu me gardes ? Pourquoi tu me gardes ?*

À travers le tambourinement de la pluie, il entend le scarabée donner des coups de pattes dans sa boîte. *Crouk-crouk crouk-crouk*. Le scarabée a doublé de taille depuis que le gamin l'a ramassé près du mirador. Il se penche pour ouvrir la boîte d'allumettes. Le scarabée pousse contre ses doigts et inspecte brièvement la paume du gamin avant d'escalader une jointure. Le gamin caresse les triangles rouges sur le dos de l'insecte tandis que celui-ci part à l'assaut de son bras, intrépide, par-dessus les manches vert fluo de son tee-shirt, et sur son épaule, sur son cou nu, sans essayer de s'enfuir. Il est content que la petite créature ne s'avise jamais de déployer une paire d'ailes cachées. Un scarabée volant voudrait s'en aller explorer le monde.

Il remonte son tee-shirt et pousse l'insecte en armure vers le bas, pour le faire marcher sur son torse brun nu. Les griffes se cramponnent, petits crochets dans la chair du gamin, mais elles se contentent de chatouiller. Elles ne font jamais mal, sauf s'il reprend le scarabée trop brusquement ; dans ce cas les griffes s'enfoncent en essayant de s'accrocher.

Ces promenades avec le scarabée ne sont pas aussi amusantes qu'auparavant. Lorsqu'ils étaient plus jeunes tous les deux, il jouait avec la petite créature pendant des heures, lui fabriquait des circuits dans sa paillasse, et des petits parcours d'aventure – le scarabée pousse un caillou, le scarabée est suspendu tête en bas sur un doigt – mais là c'est de la distraction pure, pour l'empêcher de penser aux livres. Il les regarde à nouveau et oublie le scarabée qui rampe sur son longyi. Ce n'est que lorsque l'insecte atteint l'intérieur de son genou qu'il se redresse en gloussant. Il détache le petit soldat de sa peau avec précaution et le remet dans la boîte avant de refermer le tiroir de carton.

Crouk-crouk-crouk.

— Dis donc, toi, dors ! Je te donnerai à manger demain.

C'est un scarabée charognard, grignoteur patient de trucs morts et de crottes de lézard, sans rien de particulier excepté les marques rouges sur son armure. La flamme vacille et se tord, faisant onduler des ombres sur les murs ondulés. *Crouk-crouk*. Le garçon regarde autour de lui, trouve quelques crottes de Nyi Lay collées au mur, les détache et les met dans la boîte. Maintenant le scarabée va se taire.

Finalement sa main se tend brusquement et attrape le livre posé en haut de la plus petite pile. Des livres ! La couverture représente des arbres et un ciel aux couleurs passées. Au premier plan, deux toutes petites silhouettes se font face sur un pont courbe. Quelque chose dans cette image le rend triste. Il essaie de voir qui sont les deux personnages, mais leurs visages sont indistincts. À l'intérieur de la couverture sont inscrits des lignes, des cercles, et des points sur du papier gris bon marché.

Mots mots mots mots mots mots mots mots mots mots, *zaga-lone-dwei*, exactement comme lorsqu'il parle, *bathazaga*, mais du langage écrit, en points et en cercles et en morceaux, par une main qui sait ce qu'elle fait ou par une des machines cliquetantes du bureau principal. On peut écrire des mots avec ses ongles sur des sacs en plastique, et aussi avec des crayons et des stylos, des stylos à bille. Un jour, Chit Naing a essayé de lui expliquer l'écriture. Chaque mot est fait de lettres, et chacun de ces dessins recourbés est une lettre. Tu comprends ?

Le gamin ne comprenait pas, mais de peur de décevoir le gardien, il a murmuré « Oui ».

Il se rapproche de la bougie et tourne les pages toutes cornées. Il s'arrête au hasard et examine les longues lignes imprimées. Il veut trouver le commencement, comme il a trouvé le commencement de sa cabane à l'endroit où il a creusé un trou et enfoncé dans la terre un poteau de bois et l'a enfoncé plus profond, pour tenir une plaque de tôle ondulée. Il n'y a pas un mot comme ça, le mot du commencement qui maintient tout le livre ? Le gamin attrape à deux mains la mince couverture, en contractant les muscles de ses bras et de ses épaules.

Mais ce n'est pas comme soulever une plaque de métal ou transporter des briques sur sa tête – ça ne peut pas être fait avec la force de son dos et de ses bras et de ses jambes. Ah, ces livres ! Ils le rendent fou et pourtant il demande aux détenus libérés de lui donner les trésors imprimés qu'ils ne veulent plus. Il regarde les surveillants aussi bien que les prisonniers lire des bandes dessinées, des magazines, des bouts de journaux. Après l'argent, la nourriture et les armes, les mots imprimés sont ce qu'il y a de plus précieux dans la cage. De temps en temps, les hommes rient en lisant. D'autres fois, à cause d'un papier provenant du bureau de la prison, la vie et la couleur se retirent de leur visage.

Les yeux fixés sur une page grise, le gamin reproduit fidèlement les expressions des hommes. Rien n'en sort si ce n'est la brûlure des larmes, ce qui lui fait se mordre les lèvres jusqu'à ce que la sensation disparaisse. Il ne peut pas. Il ne peut pas trouver le mot qui commence. Les lignes serrées ne s'ouvrent pas. Comment est-il possible qu'il puisse parler et connaître sa langue mais ignorer cette autre chose, qui en fait partie, qui en est si proche ?

La fois où Chit Naing lui a expliqué l'écriture, il lui a également expliqué la lecture. L'alphabet birman, lui a-t-il dit, possède trente-trois consonnes et quinze voyelles. Consonnes ? Voyelles ? pensa le gamin en fronçant les sourcils. Alphabet ? Tout ça, ce sont des lettres, ces petites lignes et ces cercles. La main du gardien a survolé la liasse de papiers imprimés posée sur la table, à côté de la théière et des tasses sales. Le gamin a acquiescé bêtement, mais il n'avait qu'une envie, se taper la tête contre les murs. Comment peut-on apprendre toutes les lettres, et s'en souvenir, et les assembler pour fabriquer du langage ?

Il ne lui reste qu'à faire semblant, tout comme il fait près de l'arbre au nat tous les jours désormais, sans faute. Il dit une prière au nat et effectuer une offrande, en prétendant qu'il sait comment ça marche, qu'il sait quoi faire. S'il fait bien semblant, ses prières seront réelles, ses offrandes acceptées.

Ses petites mains calleuses tiennent un livre – mais jamais à l'envers, jamais de la vie. Une fois il a lu en tenant un livre à l'envers et les surveillants se sont tellement moqués de lui qu'il a battu en retraite chez lui, en rage, et qu'il n'en est pas ressorti pour pisser avant plusieurs heures. Maintenant, en examinant attentivement la couverture du livre et les premières pages, il sait si les lettres sont dans le bon sens. Sur le seuil entre sa cabane et la cour de la prison, les yeux du gamin se déplacent sur la page, lentement, laborieusement, comme deux fourmis qui portent un bout d'aliment plusieurs fois comme elles.

La flamme vacille avec un nouveau courant d'air, mais le gamin n'y prête pas attention. Il a un travail très important à faire : lire. Les lettres forment des mots et les mots racontent des histoires. Les livres sont remplis d'histoires silencieuses. Chit Naing lui a expliqué cela aussi. C'est la seule chose qu'il ait vraiment comprise, parce que de nombreux conteurs se trouvent dans la cage, des hommes qui parlent tout le temps, qui racontent leur vie du temps d'avant la prison en long et en large, afin de se souvenir du monde et des gens de Dehors. C'est pourquoi les prisonniers tout comme les surveillants ont faim de livres, de ces livres-là, cet autel bancal de livres de poche moisis. Sans émettre un son, ils contiennent le monde.

Le gamin tient le livre : *je lis je lis*. Il le croit. À la lumière changeante de la flamme, les pages humides racontent l'histoire du bon nat et de son arbre près du ruisseau, où vit le gros lézard qui est vert et aussi gris ; et celle du chanteur qui ne peut pas chanter mais qui prie ; et celle du gamin qui tient le livre et qui lit ce qui n'est pas encore écrit tandis que la pluie tombe et que le petit lézard parle et que la bougie n'en finit pas de brûler, avec sa flamme qui cherche à atteindre, comme chacun d'eux, comme chacun de nous, l'air invisible.

40

Le gamin n'est pas le seul enfant de la cage. Il est seulement le seul qui ressemble à un enfant. Les autres se cachent, à l'intérieur du corps des hommes.

Un de ces hommes est assis dans le petit bureau qu'il partage avec l'un des comptables de la prison, lequel, heureusement, est pour le moment parti gratter du papier dans un autre bâtiment. Il est content d'être seul. Sous sa main droite il tient un stylo-bille, qu'il fait tourner sur le bureau en bois.

Il pense au pouvoir du geste inattendu, décisif. C'est un homme grand, large de poitrine, avec de grandes mains, les mains d'un fils de maçon. C'est ainsi que sa mère parle de son père. Le maçon. Pour des raisons que le fils adulte ignore, sa mère a quitté son père et s'est mise avec un autre homme, un policier qui n'était pas franchement fou de son beau-fils. Dès le début, il s'est montré soupçonneux, jaloux de cet enfant. Comme sa nouvelle femme ne tombait pas enceinte, le policier a été contrarié, puis s'est mis en colère. Sans rejeton de son sang pour rétablir l'équilibre, le fardeau

— Qu'est-ce qu'il y a dans ce thé ? hurle Beau Gosse. Qu'est-ce que tu as foutu dans le thé ?

Le liquide restant dans la tasse s'envole et éclabousse le visage du comptable éberlué avant de retomber sur son bureau, trempant son registre et ses papiers. Un « Ak-haa-hrrgggaa ! » saccadé lui échappe, montant de deux octaves à la fin, en partie de douleur parce que le thé est brûlant, en partie de peur parce que Beau Gosse s'approche de lui.

— Il y a de la merde dans le thé !

La peur prend le pas sur la perplexité du jeune homme.

— Chef, ce n'est que du thé, je l'ai pris au quartier des surveillants. Qu'est-ce qui ne va pas ?

Il se tient derrière le bouclier du bureau, et cherche par où s'enfuir. Il n'y a que deux possibilités : porte ou fenêtre ?

— Il y a de la merde dans mon thé ! hurle Beau Gosse. Quel est le salaud qui a fait ça ?

La fenêtre est la seule issue. Le comptable sait qu'il ne parviendra jamais à la porte, Beau Gosse lui barre le chemin. Sous son bureau, il enlève prudemment ses claquettes : on court toujours mieux pieds nus. Il fait une dernière tentative.

— Gardien Nyunt Wai Oo, chef, s'il y avait quoi que ce soit dans le thé, ce n'est pas moi qui l'ai mis, je vous jure, ce n'est pas moi.

Beau Gosse prend la théière de thé amer et tripote le couvercle d'aluminium, mais dans sa hâte il n'arrive pas à le retirer.

— Sale enfoiré de chinetoque !

De toutes ses forces, il balance la théière en direction de la tête innocente du comptable.

Le jeune homme n'a que le temps de se baisser, la théière s'écrase contre le mur derrière lui, et le thé brûlant se renverse sur son dos. Tel un champion d'arts martiaux dans un film de kung-fu, il bondit vers la fenêtre ouverte. Il se cogne violemment le tibia sur l'encadrement et plonge vers le sol en une boule approximative, l'épaule la première. La douleur cuisante de la dislocation lui arrache un cri aigu incontrôlé : « Aaaaaaaaaïeaïeaïeaïe ! » Lorsqu'il voit le visage de Beau Gosse à la fenêtre, il parvient à articuler « Au secours ! À l'aide ! On m'attaque ! »

Il réussit à se mettre sur pieds et avance rapidement de quelques pas, en tenant son épaule pour l'empêcher de se balader d'un côté et de l'autre. Puis il se met à courir, en pleurs, vers le bureau de l'administration, où des hommes civilisés, d'autres employés de bureau, le protégeront de ce cinglé.

Des coulées d'eau amère et de feuilles vert foncé dégoulinent en arcs abstraits le long du mur, sur le bureau, et trempent une nouvelle fois le registre ouvert, sur lequel avait déjà été renversée la tasse de thé sucré. Lorsque Beau Gosse prend le registre, du thé s'écoule, venant brouiller les chiffres. Comment un si petit récipient peut-il contenir tant de liquide ? Il s'éclaircit la gorge. Ce bruit, dans la pièce vide, est étrangement menaçant. S'il devait parler maintenant, il ne sait pas ce qu'il dirait. Reconnaîtrait-il sa propre voix ?

Mieux vaut se taire. Mieux vaut se tenir tranquille pour le moment.

Le registre détrempé à la main, il revient à son bureau et reprend la tasse blanche avec précaution. Il renifle de loin. Thé fort, lait condensé. Il renifle encore, de plus près. Il ne sent rien d'autre, rien de nauséabond. Il lève la tête et prend une inspiration.

Tout le bureau est imprégné de l'odeur de thé au lait sucré.

41

— Ce n'est pas de la curiosité. Le gardien devait me retrouver hier devant l'autel ou dans les jardins, mais il n'est pas venu. C'est pour ça que je me renseigne.

Excité et nerveux, Sein Yun se décrotte les ongles. Il s'adresse aussi poliment que possible au surveillant de garde devant le bâtiment quatre, mais il a du mal à se contenir.

— Alors, il est où ?

Le surveillant se contente de sourire.

— Allez ! De toute façon, je finirai par le savoir.

L'homme tourne la tête dans la direction opposée.

Le chiromancien grommelle, passe sa main le long de son longyi et la glisse dans sa poche secrète.

— Vous êtes tellement avides, vous autres, que vous iriez dépouiller un chien galeux.

Il lui tend un cheroot.

Le surveillant fait la moue. Sein Yun fouille dans sa poche et pose un deuxième cheroot dans la main toujours tendue.

— Alors ?

— Il a eu des problèmes avec le comptable hier. C'était un mauvais jour. Il a dû s'expliquer avec le directeur.

— Quel genre de problèmes ?

— Il te le dira lui-même si ça lui chante.

— Deux cheroots pour ça ? Dis-moi ce qui se passe, merde !

— Je te l'ai dit, il te racontera lui-même. Par pure bonté d'âme, je t'informe quand même qu'un groupe de dissidents de la frontière a été amené ce matin. D'un centre du MI. Ils sont dans le poun-san khan en ce moment. C'est là qu'il est, Beau Gosse, en train de se défouler.

— Tu parles d'un scoop. Où veux-tu qu'il soit ? Bon, tu veux bien lui dire que j'ai besoin de le voir ? C'est à propos de la fouille.

Le surveillant éclate d'un rire sonore.

— Ça ne va pas l'intéresser. La fouille est terminée, on n'en parle plus. Ordre du directeur.

— Dis-lui juste que j'ai quelque chose à lui raconter, OK ? C'est important. Il ne va quand même pas rester toute la nuit avec les politiques – il faut qu'il mange comme tout le monde. Si tu le vois au dîner, dis-lui que je serai dans le jardin jusqu'à l'heure de rentrer. Après il faudra qu'il m'envoie chercher ou qu'il vienne lui-même dans mon bâtiment.

— T'as trouvé le putain de stylo ? chuchote le surveillant, la curiosité piquée au vif. Tu l'as ?

— Dis-lui juste que je dois lui parler, tu veux ? sourit Sein Yun. J'ai des nouvelles qui vont lui faire plaisir.

La bouche de Teza est pleine de sang et envoie des élancements réguliers. Mais il se moque d'avoir mal quand il parle.

— Où est ta mère ? demande-t-il dès que Free El Salvador apparaît.

La question est comme une brique lancée sur le plateau que tient le gamin. Il titube en avant, déséquilibré par le pouvoir d'un mot. Pas « nique ta mère », qu'il entend souvent et qui lui est parfois adressé.

May May !

Un mot peut-il être couleur ? La lumière tombe en rayures jaunes sur le sol de bambou. Les fleurs sont jaunes et fuchsia ; elles contrastent avec le coton vert vif d'un tamin qui enveloppe ses hanches, s'étire sur ses cuisses lorsqu'elle s'assied sur les talons. Elle se penche sur la palette de pierre et le miroir cassé. Elle verse de l'eau sur la pierre, puis râpe le bois souple dessus, en cercles, jusqu'à ce que la palette grise devienne ivoire sous la pâte humide et parfumée de thanakha. Avec deux doigts, elle touche la palette, étale de la crème sur son visage, touche à nouveau la palette, étale la crème sur le visage de son enfant, en cercles, tandis que le parfum s'épanouit sur leur peau comme une fleur blanche après les premières pluies. À l'aide d'un petit peigne bleu, elle trace un tourbillon de lignes dans les cercles.

May May !

Qui se souvient de la voix d'une morte ?

Zaw Gyi, chit day, chit day, muh-may-neh naw. Je t'aime, mon petit, n'oublie pas.

Quelque chose pique les yeux du gamin ; il les frotte. Tenant le plateau d'une main, il avance d'un pas, si vite que le riz bouilli s'échappe lorsqu'il le pousse dans la cellule. Il semble sur le point de se lever et de déguerpir, et Teza regrette d'avoir été si brutal.

Mais un énorme soupir le fait décompresser. Son corps aux muscles crispés se détend, son poids passe sur ses talons.

Teza s'accroupit lentement, pour ne pas l'effrayer et le faire fuir. Chacun d'eux voit un visage encadré de barreaux. Le gamin rencontre le regard de l'homme et l'homme trouve les yeux de l'enfant. Free El Salvador est si immobile que le chanteur le voit se balancer vers l'avant, vers l'arrière, petit arbre penché dans la brise. Il a lui-même senti cette brise, lorsqu'il était assis en méditation, son corps palpitant presque imperceptiblement au rythme de son cœur. Mais il ne l'a jamais vue sur quelqu'un d'autre.

Sa voix se tend à travers les barreaux comme une main.

— Tu sais où elle est ?

Free El Salvador ouvre la bouche, mais rien n'en sort. La réponse est quelque part en lui. Toute l'histoire est en lui, mais où est le mot du commencement ? Son regard tombe sur le ciment.

— C'est bien, si tu le sais. Tu le sais ?

— Elle est morte.

La voix est petite et fraîche. *Elle* est un son peu familier. *Elle* en couleurs et aux longs cheveux relevés et tenus par un vieux peigne tout simple, une femme qui toussait et cachait des mouchoirs ensanglantés sous son matelas. Une femme qui chantait en faisant le mohinga et fredonnait en lavant les bols en aluminium.

— Et ton père ?

— Mort aussi.

— Tu peux partir de la prison ?

— Pourquoi ?

— Est-ce que tu peux t'en aller de la prison ?

— Où ça ?
— Dehors. À la ville.

Le gamin tourne la tête, cligne des yeux en regardant le mur. Il ne se sent pas très bien ; peut-être qu'il est en train de tomber malade. Il va dire encore seulement quelques mots avant de partir.

— Mon travail est ici.

— Mais c'est une prison. Une grande cage laide, Nyi Lay. Aucun de nous ne veut vivre ici. Ce n'est pas un endroit bien pour vivre. Et de nous tous, tu es celui qui a le plus de chance. Tu sais cela ?

Le gamin répond avec une expression d'amusement agressif, découvrant ses dents comme un gibbon furieux. Voilà ce qu'il pense de sa chance inouïe.

Teza essaie de ne pas rire, à cause de la douleur, mais des bouffées saccadées de respi-rire sortent de son nez.

— Mais si, tu as de la chance. Pour de vrai. Tu sais pourquoi, bien sûr ?

De quoi il parle, le chanteur ? Il est devenu fou ? Ou alors il est bête, tout simplement.

— Pourquoi j'ai de la chance ?

Teza entoure un barreau de sa main.

— Parce que tu es différent de tous ceux qui sont ici, prisonniers ou gardiens. Tu es libre de partir, petit frère. Tu peux partir de la cage.

Après le départ de Sein Yun, le surveillant empoche ses deux cheroots et se dirige immédiatement vers les cellules poun-san khan. À mi-chemin, il entend Beau Gosse hurler des ordres aux nouveaux politiques. Deux jours dans ces cellules d'instruction et la hiérarchie n'a plus de secret pour les bleus. D'habitude ce sont les criminels de haut rang qui sont détachés pour « enseigner » aux nouveaux arrivants comment se comporter devant les surveillants et les gradés de la prison, mais Beau Gosse se réserve les nouveaux politiques.

Le surveillant envoie un garde prévenir Beau Gosse qu'il y a un message important pour lui. En attendant, il allume un de ses nouveaux cheroots au son d'un cri de douleur saccadé, suivi d'un sanglot sourd. Beau Gosse est trop dévoué à son travail.

Lorsque le gardien apparaît enfin, l'effort physique l'a rendu tout rouge et il a des yeux de fou. Il a toujours la matraque à la main. Tout en enregistrant ces détails pour un futur compte rendu au profit de ses collègues, le surveillant y va doucement.

— Chef, excusez-moi de vous interrompre, mais j'ai un message de la part du détenu Sein Yun.

— Qu'est-ce que c'est ? Tu ne vois pas que je travaille ?

— Si chef, pardon. Mais Sein Yun veut vous voir dès que possible. Il a du nouveau à propos de la fouille, chef. Il a dit que ça vous ferait plaisir, ajoute-t-il d'un ton de conspirateur.

— Vraiment ? L'enfoiré ! Où il est ?

— Dans les jardins, chef. Je voulais vous le dire tout de suite, chef.

L'homme fait demi-tour, et Beau Gosse sort un mouchoir de sa poche pour essuyer la sueur sur son visage. On l'a déconcentré. Le surveillant de garde peut terminer la séance ce soir, mais lui reviendra demain pour donner une autre leçon à ces salopards. Il y a un type là-dedans avec qui il voudrait bien avoir une longue conversation, entre quatre yeux. Il ne vient pas de la frontière mais d'un bidonville de la périphérie de Rangoon. Le rapport du centre d'interrogatoire dit que sa bicoque servait de planque pour les activistes et rebelles clandestins de Thaïlande. Ils l'ont travaillé au centre – téléphone électrique, motocyclette, à genoux sur des morceaux de verre – mais il n'a pas craqué, il n'a pas peur. On se demande pourquoi les gars du MI ne lui ont pas fait ravaler son petit air satisfait à coups de poing. Si Beau Gosse était un agent du MI, jamais il ne lâcherait un prisonnier si dangereux tant qu'il n'aurait pas pleuré sous sa botte. Un seul détenu comme lui dans le poun-sạn khan suffit à en modifier l'atmosphère, parce les autres nouveaux pensent qu'ils ont affaire à un grand héros. Ce sont les courageux qui doivent être rabaissés et mis K-O. Comme ce chanteur de merde. Beau Gosse regrette tous les problèmes que Teza lui a causés, mais pas de lui avoir fracassé sa mâchoire pendouillante.

Ces pensées lui traversent l'esprit tandis qu'il déroule ses manches de chemise et se dirige vers les jardins devant les bâtiments principaux. Il aperçoit le chiromancien, qui porte un gros seau jusqu'à la lisière de la boue. Il ne pense pas un instant que Sein Yun a trouvé le stylo. Ce petit démon jaune se raccroche à ce qu'il peut maintenant, parce qu'il soupçonne que sa réduction de peine a été perdue dans le sillage de ce fiasco. Eh bien, plus besoin de soupçonner. Hier soir le directeur a précisé que la peine de Sein Yun ne serait pas allégée. Il a dit aussi à Beau Gosse qu'on ne lui proposerait pas de sitôt un poste au sein du MI. « Restructuration interne », il a dit, c'est-à-dire plus de postes pour les civils. Après ce qui s'est passé avec le comptable, il n'y a pas de quoi s'étonner. La seule bonne nouvelle est que le directeur lui a promis que « ce regrettable incident » ne figurerait pas dans son dossier.

Qu'est-ce qu'il aurait fait, de toute façon, une grosse croix noire ? Tout ce qu'on peut reprocher à Beau Gosse, c'est d'avoir balancé du thé puant à la figure du mec, et ce con n'a rien trouvé de mieux que de sauter par la fenêtre et de se péter l'épaule ! Beau Gosse a maintenu sa version d'un truc nocif, même de poison, dans son thé, mais le directeur s'en foutait.

— Vos excuses ne m'intéressent pas, gardien Nyunt Wai Oo.

Je t'emmerde ! Ce n'était pas une excuse, c'était une putain de raison ! Même s'il savait qu'il s'était trompé lorsqu'il avait senti le thé après coup. Pourquoi il avait disjoncté comme ça ? Ce n'est pas qu'il devient fou, il est seulement en pétard. Cette journée de merde a continué en soirée de merde, parce qu'à peine rentré chez lui il s'est disputé avec sa femme. Comme si c'était de sa faute si le prix du poulet avait augmenté !

Il s'arrête brusquement de marcher et allume un cheroot. C'est son genou. Pour éviter de boiter, il doit se reposer deux minutes de temps en temps. Sein Yun vient de le voir, Beau Gosse s'en rend compte à la façon dont le chiromancien a avancé le nez comme un rat affamé. Le gardien se penche et enfonce son pouce dans les muscles contractés du bas de sa cuisse. Toute sa jambe est douloureuse. Visiblement son genou est connecté à son cerveau, parce que quand il pense trop, sa blessure le brûle. Hier, après que le comptable eut sauté par la fenêtre, juste avant que les surveillants de garde déboulent dans le bureau, son genou enflé s'est dérobé sous son poids, et il serait tombé s'il ne s'était pas rattrapé au bord du bureau. Sa femme dit qu'il devrait aller chez le docteur, mais qui sait combien ça va coûter. Va voir le docteur de la prison, c'est gratuit, mais pas de danger qu'il laisse ce charlatan le toucher.

Le chiromancien parle au garde à présent, fait des signes dans la direction de Beau Gosse, demande la permission. Bon. C'est mieux qu'il vienne par ici de toute façon, loin des autres hommes ; il est inutile que tout le monde entende ce qu'il a à dire. Sein Yun contourne le jardin précipitamment. Le gardien sent l'odeur de la terre enrichie de merde et perçoit aussi celle de l'excitation de Sein Yun. Celui-ci bondit presque sur les tessons de briques, en serrant son longyi autour de sa taille comme si c'était une ceinture de guerrier. Putain, qu'il est laid, avec son sourire de goule aux lèvres sombres. Beau Gosse reprend son mouchoir et efface les dernières traces de sueur laborieuse de sa lèvre supérieure et de son front. Puis, s'appuyant avec précaution sur le ligament déchiré de son genou, il se dirige vers le chiromancien.

42

— Free El Salvador.

Entre son accent et sa mâchoire cassée, on entend « fee-a-sabado ».

Le gamin lui lance un regard interrogateur.

— Qu'est-ce que ça veut dire ?

— Ce sont les mots inscrits sur ton tee-shirt.

Teza montre le tee-shirt troué, que le gamin écarte maladroitement de son corps, afin de mieux voir. Ces lettres droites comme des bâtons, sans cercles ni points, paraissent bien étranges.

— C'est un nom. El Salvador. En anglais, pas en birman. Et en espagnol. C'est le nom d'un autre pays, un petit pays très loin, où...

Où quoi ? Teza ne sait pas grand-chose sur El Salvador, sauf que c'était un peu comme la Birmanie. Le peuple voulait son propre gouvernement, mais les militaires ne le voulaient pas, et de nombreux innocents ont été tués, emprisonnés et portés disparus. Il avait lu quelque chose là-dessus un jour dans un vieil exemplaire de *Time*.

— Le premier mot veut dire « libérez ». *Lutlatyeh*. Parce que El Salvador était un pays prison, comme la Birmanie, et son peuple voulait être libre. Comme tu portes ce tee-shirt, parfois je pense que ce mot est ton nom. Sabado, c'est plus court. C'est quoi, ton vrai nom ? poursuit Teza, frappé par l'évidence de la question. Quel est le nom que ta famille t'a donné ?

Le garçon se frotte le nez pour éluder la question. Il ne doit pas tarder, il est déjà resté trop longtemps, comme d'habitude. Il lève à nouveau les yeux. Le chanteur le fixe toujours. Il a déjà vu ce genre de regard, dans les orbites des drogués et des détenus transférés des camps de travail du Nord, ceux qui ne mangent pas assez depuis des mois. Ces hommes aussi sont effrayants, comme Teza.

Mais comment pourrait-il avoir peur du Rossignol ? Il redresse les épaules et regarde cet homme maigre et meurtri. Pourquoi Teza veut savoir son nom, d'abord ?

Tan-see Tiger le connaît, et Chit Naing, mais le gamin les a suppliés de ne pas l'utiliser. Il préfère ses noms de prison – Nyi Lay, tueur de rats, morveux, le gamin, kala-lay, n'importe lequel des surnoms que les hommes lui donnent. Ils sont plus faciles. Ils signifient ce que les hommes veulent qu'ils signifient et rien de plus. Son vrai nom est comme la dent de son père et la boîte de thanakha de sa mère. Il veut le garder secret. En sûreté.

Comme il a l'air petit, maintenant, comme un tout petit enfant de six ou sept ans. En le voyant se débattre avec la question, Teza a peur qu'il ne fasse un truc de gosse bien embêtant, genre fondre en larmes.

— Ce n'est pas grave. Sabado, c'est pas mal comme nom, hein ? Sabado, tu ne veux pas aller à l'école ?

Le gamin hausse les sourcils.

— À l'école ?

Comment pourrait-il aller à l'école ? Il ne sait même pas très bien comment c'est, une école. C'est comme pour les femmes. Ce matin, des détenus du bâtiment deux parlaient des femmes, et décrivaient leurs machins. Les hommes disaient que les femmes n'ont pas de queue, mais un trou. Un trou ! Juste entre les jambes. Quand le gamin a refusé catégoriquement de le croire, ils ont tellement rigolé qu'ils ont failli en tomber par terre. Il regarde Teza d'un œil inquisiteur et baisse la voix.

— Les femmes, elles ont une queue ou un trou ?

— Quoi ?

— Les femmes, elles ont une queue ou un trou ?

Il ne sait pas pourquoi, mais il est sûr que le chanteur va lui dire la vérité.

C'est Teza qui se frotte le nez à présent, l'air pensif, histoire de gagner du temps. Si le gamin a tiré cette question du mot « école », cela prouve qu'il réagit comme un ado au pied du mur. Le chanteur répond prudemment.

— Un trou.

Parfois la vérité paraît bien vulgaire. Il essaie de l'enjoliver.

— Un trou spécial.

— Spécial ?

— Ta queue aussi est spéciale. Toutes ces choses cachées que nous avons, on doit en prendre soin. On les protège, ce sont des endroits… spéciaux. Une femme prend soin de son endroit spécial.

— Son trou.

Encore ce mot, si cru. Teza n'est pas préparé à cela.

— Oui, exactement.

— Pourquoi les femmes n'ont pas de queue ?

Teza pousse un soupir de soulagement. Il sait comment y répondre.

— Parce que la femme est différente de l'homme. C'est elle qui fait les bébés. Ils sortent par le trou.

— C'est pour ça que la femme est la mère !

Voilà une chose que le gamin sait sur les femmes.

Teza acquiesce à nouveau.

— Et l'homme est le père.

Avec un peu de chance, ils auront fait le tour de la question. Oui, mais s'il demande comment on fait les bébés ? Mais il n'a pas besoin de s'inquiéter, parce que le gamin s'assied soudain, lourdement, de son côté des barreaux.

Sa voix est lourde de frustration.

— Je ne peux pas aller à l'école.

— Pourquoi donc ?

— Parce que je ne sais pas lire, confesse-t-il dans un murmure.

Chaque mot est un morceau de papier de verre sur sa langue.

— Ne t'en fais pas. Ça sert à ça, l'école. Je connais un endroit où tu pourras apprendre à lire. Et où les gens s'occuperont de toi.

Le garçon penche la tête sur le côté.

— Quel genre d'endroit ? demande-t-il, soupçonneux.

— C'est une école monastique. Tenue par un vieil homme qui était un ami de mon père.

— Tu as un père ?

— Tout le monde a un père. Mon père est mort, mais... enfin, je l'ai toujours. Et le Hsayadaw est comme un père pour tous les enfants de son école.

L'enfant regarde le chanteur d'un air dubitatif.

— Nyi Lay, murmure Teza en se penchant vers lui, il t'apprendrait à lire. Je sais qu'il le ferait. Tu sais ce que c'est, lire ?

Même si le gamin a bien des idées sur ce sujet, il hausse les épaules. Il n'aime pas parler de partir de la cage. Il a trop faim.

— C'est comme si on volait dans les airs. Lire un livre, ça peut t'emmener n'importe où dans le monde.

— Teza ?

C'est la première fois que le gamin l'appelle par son nom.

— Oui ?

— Je dois y aller sinon je vais me faire disputer. Mais je peux manger ta soupe de riz avant de partir ?

— Bien sûr. Vas-y.

Il regarde le gamin manger, de plus en plus vite à mesure que la bouillie disparaît. La cuillère racle le plateau dans un crescendo désespéré. C'est le bruit, songe Teza, de la détermination pure. Le gamin ramasse le plateau sale et les deux amis se lèvent en même temps.

— *Tzey-zu-tin-ba-dey*, le remercie le gamin poliment.

— De rien.

C'est un privilège, petit frère, de nourrir un petit pays en lutte.

43

Des fils noirs se cousent le long des fissures des murs, sur le sol au bord des bâtiments. Le crépuscule. S'il veut aller à l'arbre à nat avant qu'il ne soit trop tard, le gamin doit se dépêcher. Il marche vite et longe le mur de la cuisine avant de s'y faufiler pour déposer le plateau du Rossignol. Il salue les plongeurs et essaie d'apercevoir le cuisinier. Non qu'il veuille un autre poisson – c'est le matin qu'il reçoit son salaire. Il veut seulement s'assurer que le cuisinier ne le voit pas se diriger vers le ruisseau. Il n'a pas peur des crocodiles entre les hauts murs de la prison, ni des fantômes, mais il fait assez sombre pour se méfier de l'Aubergine.

Pas de cuistot en vue, le gamin sort en passant par l'arrière-cuisine, pressé d'aller voir l'arbre. Il pourra réfléchir là-bas, penser au Rossignol et à l'école et à la lecture. Il dira ses prières au nat.

Il enlève ses claquettes et les fourre dans son sac, puis entre dans le ruisseau. Avec un claquement sourd et un bourdonnement électrique sonore, les projecteurs des remparts s'allument, et le gamin, surpris, sursaute. Il se moque de lui-même – quel idiot, avoir peur des lumières !

Il reprend sa marche. Le gravier cède sous ses pieds et ses orteils s'enfoncent dans la boue moelleuse.

Le gros lézard est en train de dormir. Les rats se déplacent en bruissant dans l'herbe ombreuse, près des grands murs. Sa dernière expédition avec son bâton remonte à plusieurs semaines, et les provisions provenant du colis du chanteur sont désormais épuisées. Il n'aime pas y penser, mais il va devoir se remettre à tuer des rats.

Le chuchotis de l'eau autour de ses jambes l'incite à avancer. Les fantômes sortiront bientôt, même son père peut-être. Son père était méchant parfois, pas gentil comme Chit Naing ou le Rossignol. Mais le gamin est sûr qu'il serait plus gentil en fantôme que lorsqu'il était un homme. Quelquefois il se dit que Hpay Hpay le voit. C'est aussi pourquoi il aime venir au ruisseau et rendre visite à l'arbre à nat. Son père pourrait être dans les parages, à flotter et boire du thé avec les autres morts de la cage.

Les branches de l'arbre sont plus grosses dans la lumière des projecteurs. Son ombre s'étale sur le mur de la prison comme une peinture le représentant avec des bras et des jambes noirs. Le gamin sort du ruisseau et secoue ses pieds mouillés.

Comme les belles-de-jour sont complètement refermées, il ne peut pas glisser de fleur dans les rubans qui entourent l'arbre. Et il n'a pas apporté de riz pour faire une offrande. Mais il s'agenouille.

Personne ne peut lui en vouloir s'il porte les mains à son front comme un musulman, ou comme un bouddhiste – même les chrétiens karen le font. Si tout le monde peut le faire, pourquoi pas lui ? Il murmure à l'attention de l'arbre, qui n'a pas d'oreilles mais qui l'entend par ses feuilles vertes. À celle du nat, qui doit être semblable au Bouddha de l'autel, mais en plus petit, assez petit pour habiter dans les branches de l'arbre comme un singe invisible. Le gamin ferme les yeux et demande le mot, le mot du commencement qui lui fera accéder aux livres qu'il veut lire. Il fait une prière pour demander le bathazaga, l'esprit qui est dans le langage comme le nat est dans l'arbre. Il prie pour apprendre l'alphabet arrondi de sa langue maternelle, de sa mère.

C'est alors qu'un fantôme bondit, furieux, sur son épaule.

Le gamin pousse un petit cri, une seule note perçante. Il s'extirpe des griffes sur son cou. Lorsque la créature le lâche, il fait un vol plané et tombe lourdement sur le côté, au bord de l'eau. Ses doigts se referment sur un missile de petits cailloux et de vase, tandis qu'il lève les yeux pour viser son assaillant.

Mais sa main retombe dans le ruisseau. Ce n'est pas un fantôme. Dans l'intersection des projecteurs, la moitié du visage de Beau Gosse est violemment éclairée, l'autre moitié est dans l'ombre. L'œil qui est dans l'obscurité reflète la lumière comme un carreau cassé.

— Alors, comme ça, tu aimes la natation ?

Il lui donne un petit coup de pied dans le haut de la cuisse, pas trop fort, juste assez pour lui faire un peu mal et le pousser dans l'eau.

— C'est encore la saison des pluies, tu sais, attention de ne pas attraper un rhume.

Nouveau coup de pied, plus fort cette fois, au niveau de la taille, si bien que le petit corps se recroqueville sur lui-même. Le genou du gardien se met aussitôt à brûler, mais il continue à donner des coups de pied, plus fort, juste au-dessus du ventre de l'enfant, mais en dessous de sa poitrine. Le coup de pied provoque le fameux spasme du plexus et le fait étouffer. Étrange, mais logique : la toux est moins sonore que chez un adulte. Le petit merdeux est dans le ruisseau à présent, en train de reprendre son souffle.

Le gamin sent l'eau fraîche qui trempe son tee-shirt, qui rentre ses doigts dans son longyi, mouillant le tissu turquoise.

— Attends, je vais t'aider.

Beau Gosse tend la main, mais le gamin se relève tant bien que mal, sifflant et tremblant, voulant parler mais ne pouvant le faire, l'air lui manquant pour former les mots.

Beau Gosse s'approche d'un pas. Le gamin recule dans l'eau en titubant. Par-dessus son épaule, il jette un coup d'œil à l'arbre et son ombre sur le mur de la prison. Puis aux grands bâtiments. Les surveillants de service doivent regarder la scène. Le nat de l'arbre doit regarder. Pourquoi ils ne lui viennent pas en aide ?

— Laissez-moi, parvient-il à dire d'une toute petite voix.

— Oh, la, la, le tueur de rats a la trouille, on dirait ? se moque Beau Gosse, qui continue en susurrant : je n'ai pas à te laisser. Compris ? Je peux faire tout ce que je veux.

Le gamin se détourne du gardien et crache un jet de glaires par-dessus le ruisseau étroit. Beau Gosse se penche en avant et frappe, en grognant sous l'effort ; le son creux des jointures sur la pommette de l'enfant est étonnamment fort. Le gamin tombe à nouveau sur le dos, cette fois au milieu du ruisseau, là où l'eau est assez profonde pour le recouvrir. Il sent les galets lui rentrer dans la peau tandis que ses coudes s'enfoncent dans la vase élastique. Il sort la tête et la poitrine du ruisseau en criant, essaie de se remettre debout, mais une pogne puissante le repousse en arrière. En ouvrant la bouche pour protester, il avale de l'eau et se met à tousser.

Beau Gosse ressent un désir violent d'en finir une bonne fois pour toutes, d'entrer dans l'eau et de saisir l'enfant par le cou, de lui maintenir la tête sous l'eau. L'avertissement du directeur – « Il faut apprendre à vous maîtriser, gardien Nyunt Way Oo » – ne compte pas ici ; le ruisseau ne fait pas partie de l'enceinte de la prison, et les gardes ne vont pas l'arrêter. C'est la faute du gamin. Le petit tueur de rats n'a pas cessé de se foutre de lui. Lorsque Beau Gosse entre dans l'eau d'un pas de géant, sa satisfaction physique est aussi palpable qu'un orgasme. Il plante ses bottes fermement dans la boue de chaque côté des hanches du gamin et se penche en avant, bras tendus, implacable. Le ligament déchiré ne maintient plus l'os, brûle comme un brandon ; la douleur est atroce mais bonne, elle entretient sa rage. Il saisit Free El Salvador, remplissant ses poings de coton élimé. Il relève l'enfant brutalement, pour avoir une meilleure prise sur lui, puis le pousse dans la seule direction possible, dans l'eau, dans l'eau, la trajectoire inéluctable de sa vie, le seul choix.

Même le gamin voit l'inévitabilité dans la face déformée de Beau Gosse, un homme qui noie sa rage en noyant un enfant dans l'eau, de l'eau dans les oreilles, les yeux, le nez, la bouche. La force de l'homme s'écrase contre les jambes maigres qui s'agitent, les bras tout en coudes qui boxent l'air. Le souffle coupé de la suffocation rugit dans ses oreilles, remplit ses yeux de sa propre tension artérielle. Il pousse rugissement après rugissement jusqu'à ce que le souffle lui manque pour produire un son.

En plein milieu de ce mouvement frénétique, l'immobilité arrive soudain, inattendue. Le gamin cesse de lutter. Sa terreur n'est plus une explosion mais un engourdissement, une fin, la fin du monde. Son corps n'a jamais été à lui. Il y a eu trop de faims et de pertes, trop de fois où il était plus facile de faire cela, de glisser hors du territoire effrayant délimité par sa peau.

C'est de la magie. Il se noie dans le ruisseau. Les poings serrés de Beau Gosse l'enfoncent, mais il plane aussi dans l'espace, invisible, comme le nat. Il voit tout ce qui lui arrive, mais rien n'a d'importance. Le corps frêle est devenu mou, guère différent d'un rat mort, dont la peau glisse comme une poche de velours sur les viscères et les petits os. Sous l'eau, ses yeux s'ouvrent pour voir une forme floue dessinée dans la lumière. *Beau Gosse est déjà un fantôme !* pense-t-il. Puis plus rien.

Aussi brusquement qu'elle est venue, l'immobilité se cabre comme un poisson hors de l'eau. Beau Gosse remonte le gamin vivant. Lorsque son dos étroit sort du ruisseau en s'arquant, sa tête surgit, de l'eau dégoulinant de sa bouche. Il roule sur le côté et vomit le contenu de son estomac sur le gravier. Tout près et très loin, il entend Beau Gosse jurer, apparemment en proie à une souffrance tout ce qu'il y a d'humaine. Il s'arrête de vomir pour lever les yeux et voit le gardien qui titube dans l'herbe en se tenant le genou. Le gamin s'essuie la bouche et roule à nouveau en essayant de se relever. Si Beau Gosse est blessé à la jambe, le gamin pourra le battre à la course. Mais le gardien s'est redressé aussi. Il lance un regard noir au gamin, qui se tient là, tout dégoulinant, ses pieds nus prêts à sprinter. Il tousse toujours, mais il pourrait courir à présent, s'il le fallait.

— Kala-lay, dit le gardien très lentement, entre ses dents serrées, si tu n'étais pas si insolent, je n'aurais pas besoin de te battre, tu comprends ? Tu dois me dire « oui, chef » ou « non, chef », tu le sais. Bon, approche.

De l'eau coule de la besace du gamin. Son longyi et son tee-shirt collent à sa peau. Au fur et à mesure que sa toux diminue, il prend conscience de l'endroit où Beau Gosse l'a frappé sur la joue, là où une douleur aiguë lui cisaille le visage.

— Kala-lay, je veux seulement te poser quelques questions.

Les yeux du gamin vont de la cuisine aux fenêtres éclairées de l'hôpital et au premier des grands bâtiments, là où le terrain s'incurve en suivant le tracé octogonal des murs d'enceinte. Personne ne l'aidera. Même les amulettes de Tan-see Tiger ne peuvent rien pour lui en ce moment. Il voit dans la lumière des projecteurs la silhouette d'un surveillant de garde, son cheroot incandescent tel un fanal inutile.

Le gardien est à nouveau en colère.

— Ramène-toi ici, putain ! Si je dois traverser le ruisseau pour aller te parler, je te jure que tu le regretteras. Ne crois pas que je sauverai ta peau une deuxième fois, petit con. Arrive ici !

Le gamin voudrait se recroqueviller, disparaître. Sa voix tremble autant que son corps.

— S'il vous plaît, chef, ne me noyez pas !

— Viens là, bordel ! Ma parole, t'es sourd, en plus d'être débile ?

Le vent se lève tout d'un coup dans l'arbre, les feuilles susurrent. Le gamin retourne dans l'eau. Tout frissonnant, il pose le pied sur le gravier et se tient debout devant le gardien, tête baissée, épaules crispées. Il s'attend à recevoir une claque sur la tête, ou un coup de poing. Nyi Lay veut toucher sa joue de ses doigts, pour tâter sa blessure. Mais il ne bouge pas.

— Je veux juste te poser quelques questions. Je crois que tu peux m'aider, kala-lay.

Le gamin ne peut pas s'arrêter de frissonner. Il lève les yeux sur Beau Gosse et les baisse aussitôt sur le chatoiement régulier de l'eau sombre.

— Tu te rappelles le gros orage le mois dernier, quand le bâtiment deux a été inondé ?

L'homme met la main sur l'épaule de l'enfant et en pétrit les muscles étroits. Ça fait mal, mais le gamin ne s'écarte pas. Il sait qu'il doit oublier sa peur, sinon Beau Gosse la reniflera.

— Tu te rappelles ? C'est aussi ce jour-là qu'on a mis des détenus politiques dans les cellules à chiens.

— Oui.

— Tu étais où ce jour-là ?

Quelqu'un l'a forcément vu près du cercueil de teck.

— Le matin j'ai donné un coup de main dans les jardins, et l'après-midi j'ai chassé le rat.

— Où ?

— Ici, près du ruisseau. Et derrière le bâtiment deux. Les rats sont tous sortis à cause de l'inondation.

Le gamin avait soigneusement préparé son mensonge des semaines auparavant.

— Et le quartier d'isolement à l'autre bout des bâtiments principaux ?

— Je suis passé par là en allant au bâtiment deux, et puis en rentrant chez moi.

Lentement, il dénoue son longyi pour l'essorer. C'est un bon acteur : son front se plisse dans son effort pour se rappeler.

— Ma claquette s'est cassée. Je me suis arrêté près d'une des cellules d'isolement pour la réparer. Sous le bord du toit. À cause de la pluie.

Maintenant ça ne fait rien si quelqu'un l'a vu près du cercueil de teck, il a une excuse. Il rentrait simplement chez lui. Il attache son longyi.

Beau Gosse lâche l'épaule du gamin et lui attrape le menton. Il se penche légèrement et siffle dans la petite figure dégoulinante d'eau.

— Tu connais Sammy, le grand Indien ? Tu sais comment il a perdu sa langue ? Tu le sais ?

La réponse du gamin est déformée par la poigne de Beau Gosse sur sa mâchoire.

— Nan...

— Il m'a menti, alors je lui ai coupé la langue.

Beau Gosse aussi est un menteur. Le gamin sait que le colosse n'avait pas de langue à son arrivée à la prison. Il a perdu sa langue ailleurs, et non sous le couteau du gardien.

Le gamin rejette lentement sa tête en arrière. Beau Gosse lui lâche le menton.

— Je ne mens pas, chef. Je me suis juste arrêté une seconde parce que ma claquette s'est cassée. Attendez, je vais vous montrer – je l'ai attachée avec de la ficelle.

Il fait mine d'ouvrir sa besace, où ses claquettes sont bien à l'abri, mais le gardien jure de dégoût et repousse le gamin.

— Je ne veux pas voir tes savates puantes. Je cherche quelque chose que j'ai perdu ce jour-là, pendant l'orage. Je veux le retrouver.

Le gamin a chancelé mais n'est pas tombé. Il se tient à nouveau devant le gardien, tête baissée, les yeux sur les bottes de Beau Gosse.

— Chef, je pourrais vous aider à le rechercher, si vous voulez. Je suis champion pour trouver des trucs.

— Dis donc, kala-lay. Sale petit Indien, regarde-moi.

L'enfant lève ses grands yeux sombres.

— Je ne te couperai pas la langue, murmure Beau Gosse.

Il se penche et lui reprend le menton, doucement, puis balance le petit crâne d'avant en arrière, comme s'il testait la souplesse des vertèbres.

— Si tu me mens, je te tue !

L'enfant ne cille pas.

— Est-ce que tu as trouvé quelque chose dans la boue ce jour-là, quand tu t'es arrêté à côté de la cellule du chanteur ? Hein ? Tu as trouvé quelque chose ?

— Je n'ai rien trouvé, chef !

Beau Gosse le repousse d'une bourrade.

— Va-t'en, alors. Tire-toi d'ici. Je ne supporte plus ton odeur.

Le gamin tourne les talons et traverse le ruisseau en pataugeant bruyamment. Lorsqu'il s'estime assez loin pour un geste de défi, il sort ses claquettes de sa besace et se les met aux pieds, l'une après l'autre. Pas de ficelle, pas de lanière cassée. Il s'éloigne de l'eau à grandes enjambées. Il n'a pas besoin de regarder en arrière. Il sait que Beau Gosse est toujours là, à l'observer.

Lorsque le gamin disparaît entre l'hôpital et la cuisine, le gardien se penche pour toucher son genou. Il meurt d'envie de s'asseoir par terre. Au lieu de cela, il se tourne et crache sur le petit arbre. Il va falloir le faire abattre. Il ne devrait pas y avoir du tout d'arbres dans l'enceinte de la prison. Cela fait des années qu'on a abattu les gros pour empêcher les détenus comme les surveillants de penser que les nats les aideraient à échapper aux punitions ou à obtenir des promotions. Superstition de merde.

Beau Gosse s'adosse à l'arbre. S'il le pouvait, il se lancerait à la poursuite du gamin, mais il doit se reposer quelques instants. Quand il montrait qui était le chef à ce petit enfoiré, quelque chose a craqué au niveau de la rotule – ça lui a fait un mal de chien, comme si on lui avait tiré une balle. Il a failli s'écrouler sur le gosse. Il en tremble encore, mais il ne sait pas si c'est à cause de la douleur ou de l'excitation.

Il lève les yeux. Le gamin est parti depuis longtemps. *Mais ne crois pas que tu vas t'en tirer*

comme ça, sale petit tueur de rats d'Indien de merde.

Deux surveillants l'ont confirmé. Ils ont vu le gamin près du cercueil de teck ce soir-là. Le seul endroit de la prison où ils n'ont pas cherché le stylo blanc c'est la cahute du tueur de rats. Beau Gosse hallucine de ne pas y avoir pensé lui-même : ce gosse lui a toujours tapé sur les nerfs.

Après l'avoir surpris en train de voler de la nourriture, il s'est plaint au directeur, qui s'en foutait royalement.

— Qu'est-ce qu'il y a encore ? Vous n'avez pas autre chose à faire, gardien Nyunt Wai Oo ? C'est un orphelin, et il travaille dur. Il mangeait les restes dans les assiettes sales ? On ne peut guère appeler ça du vol. Fichez la paix à ce gosse.

Fichez la paix à ce gosse. Ça, il n'est pas prêt de lui ficher la paix, à ce petit voleur ! S'il vole de la nourriture juste sous leur nez, allez savoir ce qu'il a volé d'autre, ce qu'il a planqué dans son espèce de niche. Beau Gosse sort un cheroot à moitié fumé de sa poche de poitrine et l'allume. Voilà ce qu'il lui faut pendant une minute ou deux, juste ça, de la fumée lourde et douceâtre pour le calmer. Il va faire une pause et reposer son genou bousillé, et ensuite il fera ce qu'il a à faire.

44

Le chanteur repart dans le passé, avant sa rencontre avec Thazin, des années avant sa querelle avec Aung Min sur la meilleure façon de gagner une révolution. Il part vers un après-midi sans cages, lorsqu'il était encore un petit garçon et que son père, un sac d'oranges à la main, se tenait sur le seuil en bois du pongyikyaung, l'école monastique. Il s'incline devant l'abbé, le souriant Hsayadaw, en levant ses mains jointes pour montrer son respect. Puis il suit son père dans la cour et le regarde installer son bureau de médecin sur la table d'une classe en plein air. Stéthoscope en main, le docteur Kyaw Win Thu examine le gamin qui a de la fièvre, celui qui a une infection oculaire, un autre avec une maladie pulmonaire, le maigrichon qui n'arrive pas à prendre du poids. Après les consultations, le médecin et l'abbé s'assoient sous un arbre squelettique et partagent un cheroot, en riant de choses que Teza ne comprend pas.

Il s'éloigne. Dans la salle où les orphelins mangent tous ensemble sur le plancher de bois, il entame une conversation avec un novice qui fait ses devoirs, son habit orange foncé à moitié défait. Le gamin se plaint de ne pas être très bon en maths. Teza finit les additions du novice pendant que celui-ci arrange son habit, puis ils vont jouer dehors.

Incapable de se souvenir clairement du gamin, il met Free El Salvador à sa place. Tout cela n'est peut-être que vanité et nostalgie, des émotions auxquelles il pense avoir renoncé. Des interrogations remplacent les souvenirs. Pourquoi ça ne serait pas possible ? Le Hsayadaw s'occupe de tant d'enfants. Si on met des milliers d'hommes en prison, pourquoi ne pourrait-on pas en faire sortir un seul enfant ? Free El Salvador n'a pas commis de crime.

Il faut que Chit Naing l'aide. Il l'aidera. Il doit le faire. Ne serait-ce que parce qu'il se sent coupable. Il devra aller au pongyi-kyaung et parler au Hsayadaw, lui rappeler que le docteur Kyaw Win Thu soignait les enfants et les moines à l'école monastique. Et tous les ans Sanda faisait un ahlu – une noble offrande d'habits neufs pour les novices. En tout cas elle le faisait encore en 1988. Teza l'avait accompagnée cette année-là. Ils avaient aussi apporté de la nourriture pour les enfants. Si le Hsayadaw savait d'où vient Free El Salvador, il le prendrait, Teza en est persuadé, quelle que soit la surpopulation de la vieille école du monastère. Par amour et par respect pour les parents de Teza, il étendrait son amour au gamin.

Mais si l'abbé était mort ? La dernière fois que Teza l'a vu, il devait avoir près de soixante-dix ans, encore leste mais fragile, la peau parcheminée. Teza se souvenait d'avoir monté un escalier derrière lui. Le Hsayadaw avait soulevé ses habits safran, de peur de trébucher sur les marches mangées par les vers. Teza avait regardé les muscles qui se contractaient dans les longs mollets maigres du moine. Les tendons parallèles derrière ses chevilles et ses genoux ressemblaient à des câbles de tension maintenant ce mécanisme délicat. Et si le mécanisme avait fini par s'arrêter ?

Teza tape des doigts sur le sol de ciment. Puis il ferme les yeux et essaie d'apaiser son esprit encore en ébullition. Il voit le visage de l'abbé, ses yeux presque engloutis dans les rides profondes d'un sourire.

La lassitude s'empare de lui. Il pense trop. Et il parle trop. Sa conversation avec le gamin l'a fatigué. Sa mâchoire l'élance, pousse la douleur dans le reste de sa tête. C'est pire le soir, quand l'effort nécessaire pour passer la journée le laisse complètement épuisé. Il va méditer, puis dormir. Il s'assied au milieu de la cellule et se prosterne trois fois, face aux barreaux et au monde au-delà des barreaux.

Metta.
Karuna.
Mudita.
Upekkha.

Les quatre états sublimes. Amour. Compassion. Joie devant le bonheur d'autrui. Équanimité.

Upekkha. Il commence et termine avec ce mot. Équanimité devant ce qui doit être. Le souffle voyage facilement à travers son corps, allongeant les muscles de son dos par-dessus sa cage thoracique, sous ses omoplates. Avant, c'était très dur de calmer son esprit et de s'asseoir tranquillement dans son corps, mais à présent il n'a plus à lutter. Il respire jusqu'à ce que le mot « upekkha » ne soit qu'une forme vide, un squelette de lettres rempli d'air. Puis le mot lui-même s'envole avec le léger vent du cœur. Les poumons se dilatent et se rétractent jusqu'à ce qu'il sente qu'il n'a pas de corps. La douleur rejoint cette légèreté, malgré son grand poids. Il porte le fardeau, mais le fardeau n'est pas lui. Il n'est rien d'autre qu'un mince fil d'air.

Pourtant il désire. Justement ce silence, cette paix. Il veut l'étirer, rester en son sein, où il n'a pas de limites. Son sang lui envoie de nouveaux éclats de verre brillants dans la mâchoire. Il sent des tendons, des muscles dans le fond de sa bouche, sur sa langue, qui battent au rythme lent de son pouls. Apaiser l'esprit en fureur, calmer le corps qui souffre : il a trouvé ces trésors dans sa respiration.

Si le désir est à l'origine de la souffrance, comme l'a dit Bouddha, est-ce mal de tant désirer cette paix ? Le Bouddha a bien dû désirer l'éveil. Sinon il serait resté un prince gâté dans un palais somptueux.

Est-ce que c'est si facile d'entrer dans le courant ? *Sotapatti magga*. Il s'impressionne lui-même : il se souvient du terme pali. Il a étudié ces choses il y a des années. L'entrée dans le courant est la première étape pour devenir un éveillé. Entrer dans le courant veut dire recevoir le premier aperçu du nibbana, le nirvana, le feu délié de son combustible, devenu froid et sans passion. C'est la nature de l'esprit délivré.

Son nom veut dire feu. Feu et gloire. Teza. Ce nom lui a donné tant de force, l'a lié à l'histoire de la Birmanie. Il se souvient comment au début dans le centre d'interrogatoire, il se raccrochait farouchement à la seule chose qu'il avait : *teza*. Peut-il désirer la fin de son propre nom ?

Et que faire ? En prendre un autre, le nom d'un moine ? Atteindre l'éveil doit être plus difficile que d'acquérir un autre nom, ou de mener à bien une séance de méditation ardue. Sinon, tout le monde l'atteindrait, alors ? La cage serait remplie de bodhisattvas dont les yeux resplendiraient tandis qu'ils chieraient dans leurs seaux ou griffonneraient des messages secrets au monde. À l'époque du Bouddha, c'est arrivé, les textes décrivent des scènes où les paysans, après avoir entendu le grand professeur, parvenaient à l'éveil pendant qu'ils trayaient leurs vaches ou s'accroupissaient dans les champs. Mais c'était il y a longtemps. Le monde devait être plus simple lorsque le Bouddha était vivant.

Si sa mère le surprenait en train de s'imaginer en Hpaya-Laung, en être éveillé, elle le gronderait et lui dirait de ne pas être si prétentieux.

Ce n'est peut-être pas l'éveil qu'il a aperçu, mais sa fin.

Voilà. La mort.

C'est terrifiant, un si petit mot ? Le dernier avant la prochaine naissance. Est-ce que ça peut être cela, mourir à ce corps, passer par toutes les formes et leurs squelettes jusqu'à ce qu'il ne reste plus rien sinon de la chair vide, dont l'esprit attend, sans domicile pour l'instant.

Dans le lointain, il entend des voix humaines. Elles se rapprochent et le tirent des profondeurs de sa respiration.

Il ne veut pas revenir. Les voix le tirent, le tirent. Le chanteur ouvre les yeux, lentement. La naissance est un lent processus. Enlever les mains de ses genoux sera comme soulever des pierres. Dans moins d'une minute Chit Naing et le docteur jacassant vont apparaître au coin du mur extérieur. Le chanteur voudrait leur dire de revenir une autre fois. Il est occupé.

Il se souvient du monde, cet arbre toujours croissant de pensée et de possibilité. Des images dérivent dans son esprit, se touchent, des feuilles deviennent lumière. Free El Salvador. Sa mère qui arrose ses orchidées. Aung San Suu Kyi chez elle, lors d'un petit rassemblement d'étudiants, qui se tourne vers lui avec un grand sourire et lui demande : « Où est votre guitare, Teza, vous voulez bien nous jouer quelque chose ? » Le Hsayadaw, arrivé au premier étage de l'école monastique, qui parle d'une voix tranquille « Teza, tu es comme un fils pour moi. Comme l'était ton père. Tous ces beaux enfants font de moi un homme très heureux. » Il avait écarté ses bras maigres, comme pour étreindre tout le vieux monastère. Au même moment, deux jeunes novices qui balayaient la cour avaient levé les yeux et vu leur professeur bien-aimé. Ils s'étaient inclinés, lui avaient fait un signe de la main, et s'étaient mis à rire.

Les clés cliquettent et tintent contre les barreaux. Teza grimace à ce bruit, amplifié par l'extrême sensibilité qui suit la méditation. Si une fourmi se promenait sur son bras en ce moment précis, elle pèserait autant qu'un petit chat marron. Il exhale une dernière expiration et lève les yeux sur Chit Naing qui le regarde. Les lunettes du gardien tremblotent lorsqu'il parle.

— Ça va, Teza ?

Teza hoche la tête.

Chit Naing ouvre la grille de fer. Le gardien et le docteur entrent dans la cellule. Le docteur à la face de lune et à la blouse crasseuse s'agite fébrilement, ouvre sa sacoche noire, en sort des instruments.

— Je vais commencer par écouter votre cœur, pour voir si vous êtes encore en vie.

Il déboutonne le bas de sa blouse et s'accroupit, son stéthoscope sinueux à la main.

— Comment va le Rossignol ce soir ? Pas très chantant, hein ? Mais le gardien Chit Naing me dit que vous parlez un peu plus.

Sentant ce souffle chaud sur le côté de son visage comme une langue humide, Teza s'en écarte et referme les yeux, réprimant un frisson. Il ne veut pas qu'on le touche. Tandis qu'un « Non » se forme dans son esprit, la main du docteur se pose sur son poignet, cherche son pouls en appuyant. Teza retire sa main et la pose contre sa poitrine. Il croise son autre bras dessus.

— Mon cœur bat toujours, murmure-t-il.

— Votre pouls est un peu lent.

— Je viens de finir ma méditation.

— Vous voyez, docteur ? dit Chit Naing. Ça explique pourquoi il est si calme.

Le docteur fronce les sourcils en regardant le gardien, puis son patient récalcitrant. Chit Naing s'éclaircit la voix.

— Si vous lui faisiez sa piqûre, docteur, qu'on puisse partir ?

— Impossible. Exactement pour les raisons que j'ai données tout à l'heure, il faut que je contrôle son cœur.

— Vous disiez qu'il était tard. Plus vite on aura fini, mieux ce sera.

Le docteur dévisage grossièrement le gardien, visiblement irrité par ces directives. Désavantagé par sa position accroupie, il se met debout et se redresse de toute sa taille, tout en gardant une tête de moins que Chit Naing.

— Ausculter un cœur ne prend pas une demi-heure.

— Certes, docteur, mais nous dérangeons le détenu.

— On le dérange ? répète le docteur avec un petit rire méprisant. Gardien Chit Naing, ce n'est quand même pas à vous que je dois rappeler que nous ne sommes pas dans un hôtel. Et c'est un service que je lui rends. Il serait plus juste de dire que c'est le détenu qui me dérange, en m'empêchant de rentrer chez moi.

Les mots passent en tir croisé au-dessus de la tête de Teza. Il aimerait couvrir son crâne rasé de ses mains.

— C'est pourquoi je vous suggère de lui faire sa piqûre et de partir.

— Je refuse de lui donner de la morphine s'il ne veut pas coopérer. Regardez-le, il n'a que la peau sur les os. Il ne mange pas. Même avec la mâchoire cassée il ne devrait pas être si maigre. On vous donne l'équivalent de trois repas par jour, aboie-t-il à l'attention de Teza. Pourquoi avez-vous perdu tant de poids ? Je vais ausculter son cœur tant qu'il bat, reprend-il en se tournant vers Chit Naing, et je vais reparler de tout ça au directeur. Ensuite, nous prendrons des mesures.

Chit Naing ne peut qu'acquiescer. Il recule d'un pas et se baisse.

— Teza, tu as entendu le docteur. Je crois qu'il a raison. Laisse-le écouter ton cœur et il te fera ta piqûre.

— Je n'ai pas besoin de cette piqûre, dit Teza en regardant son ami dans les yeux.

Chit Naing penche la tête, pensant avoir mal entendu.

— C'est la morphine, Teza, pas un antibiotique.

Teza regarde le docteur.

— Oui, je sais. Je n'en veux pas. Je ne veux plus de traitement de faveur.

— Plus de traitement de faveur ? grommelle le docteur. Ça me va !

Chit Naing entend la colère dans ces mots. Le docteur pense à l'argent qu'il va perdre. Il a enroulé le stéthoscope si bizarrement autour de sa main qu'il a du mal à le démêler pour le ranger dans sa sacoche.

— Je comprends votre martyre jusqu'à un certain point, mais expliquez-moi pourquoi vous ne mangez pas. Si vous parlez tant que ça, si vous recommencez à faire des discours, vous êtes suffisamment d'attaque pour boire votre soupe de riz. Qu'est-ce que je dois dire au directeur ?

— J'observe les Huit Préceptes.

Le docteur s'adresse à Chit Naing.

— Voyez ? Je vous l'avais dit. Bougre d'idiot ! fait-il à Teza. Ne pas manger après l'heure de midi est un lent suicide pour un homme dans votre état. Vous devez le savoir.

Teza baisse la tête, comme s'il devait regarder ses mains pour les replacer sur ses genoux, l'une sur l'autre. Il se demande s'il est prêt à commencer. Il pourrait annoncer sa décision maintenant, au docteur. Mais ce serait un peu trop rapide, une réaction hâtive au harcèlement du docteur. Il doit d'abord parler du gamin à Chit Naing. Il fera en sorte que les choses arrivent, mais à son propre rythme.

— Ce détenu n'est pas coopératif, gardien Chit Naing, déclare le docteur, furieux à présent. Blessé ou pas, j'espère qu'il n'est pas dispensé de sanctions !

— Je vous remercie de votre suggestion, docteur.

Le docteur ferme sa sacoche avec un claquement sec et se penche, les yeux dans ceux de Teza.

— Je me fiche que vous vous fassiez mourir de faim, mais le directeur vous fera tabasser jusqu'à ce que vous mangiez suffisamment. S'il veut que vous mangiez, vous mangerez.

— Docteur, répond Teza, la perspective d'être torturé à nouveau suffirait à couper l'appétit à quiconque !

— Pas à moi. J'ai très faim et je rentre chez moi pour dîner en famille. À demain, gardien Chit Naing !

Le docteur ouvre la grille et sort de la cellule, l'air important.

Le gardien enlève ses lunettes, sort un mouchoir de sa poche et se met à frotter, comme si des verres propres lui permettraient de voir dans son esprit troublé. Il ne comprend pas pourquoi Teza ne l'a pas prévenu pour les Huit Préceptes. Il se serait débrouillé pour lui faire porter de la nourriture au lever du jour, afin que le chanteur ait assez à manger tout en observant les préceptes.

Il examine soigneusement le visage de Teza. Le tour de son œil est toujours sombre et boursouflé d'hématomes. La bouche restera bien sûr toujours de travers. C'est plutôt horrible à voir, le genre de difformité que l'on fixe ou dont on se détourne, mais Chit Naing s'y est habitué.

Il se concentre sur autre chose, le reste de la peau du chanteur, tendue sur les pommettes, les tempes, les jointures, le nez, et les protubérances affamées de ses coudes. J'avais remarqué, quand même, pense le gardien. Comme aurais-je pu passer à côté de ces muscles ténus qui se resserrent dans un cou qui paraît plus long et plus noueux de jour en jour. Le cartilage strié de l'œsophage est visible à présent, barreaux d'une échelle que l'on pourrait descendre l'un après l'autre.

Pourtant le chanteur ne s'est jamais plaint. Chit Naing ne l'a pas vu parce que Teza ne l'a pas contraint à la vérité. Depuis son transfert à la maison blanche, il a cessé toute plainte, il n'a même plus esquissé de gestes exprimant la plainte. Chit Naing ne comprend pas cela, pas plus qu'il ne comprend pourquoi la passivité de Teza l'effraie. Pendant des semaines le principal souci de Chit Naing a été de procurer de la morphine au chanteur et de la payer le plus discrètement possible.

Et voilà qu'il la refuse, cette foutue morphine !

— Je ne comprends rien, Teza. Qu'est-ce que ça veut dire, tu ne veux plus de traitement de faveur ?

Le chanteur expire laborieusement. L'élancement qu'il sentait dans sa mâchoire pendant la méditation est devenu déchirure, bandes rouges de muscles et de fascias déchiquetés, un pan après l'autre. Il ouvre la bouche aussi peu que possible pour parler, mais chaque mot tire le tissu autour de la blessure originelle. Il y a cinq semaines ce crétin de docteur a affirmé que la fracture était nette, mais Teza est sûr qu'il y a quelque chose de brisé en lui. Pas son esprit, ni son cœur, mais ses os.

Il aimerait que Chit Naing revienne demain matin, quand il aura dormi et mangé son riz. Ainsi il aurait plus de force. Pour l'instant il ne souhaite qu'une chose, fermer les yeux et s'allonger.

Le gardien s'accroupit à côté de lui.

— Teza, ça va ?

Ces mots semblent venir de loin, comme si Chit Naing était de l'autre côté du mur. C'est très étrange. Teza se demande si son oreille recommence à lui jouer des tours. Il lève la tête et souffle les mots péniblement.

— Chit Naing, je vais bientôt entamer une grève de la faim.

Il inspire encore, expire.

— Mais d'abord il faut que vous m'aidiez.

45

Il saute par-dessus une flaque, deux flaques, et fait comme s'il y avait des flaques tout le long du chemin qui mène à sa cabane. Il fait attention à ne pas courir franchement. S'il va trop vite, les surveillants de garde vont se douter qu'il se passe quelque chose. Lorsqu'il arrive chez lui, il ouvre la porte et se faufile à l'intérieur en traînant son bâton à rats derrière lui. En frissonnant, il coince le bâton en diagonale en travers de la porte. L'eau du ruisseau dégoutte de ses coudes tandis que ses mains se tendent dans le noir, touchent le poteau de coin et glissent jusqu'à la brique où il a l'habitude de ranger son briquet.

Mais il ne s'y trouve pas. Il n'est ni à côté ni derrière la brique. Où a-t-il mis son briquet ? Il longe le fond de la cabane à tâtons, fait glisser ses doigts dans la petite rigole qu'il a creusée pour la pluie, mais il ne le trouve pas. Pourquoi n'a-t-il pas remis son briquet en place ? « Quel con ! » Ce n'est que lorsqu'il s'insulte qu'il se rend compte qu'il pleure.

Ses mains vont dans l'autre direction, sous la paillasse faite de longyis humides et d'une vieille couverture, le long de la grosse boîte d'allumettes contenant le scarabée, passent sous le sac en plastique qui protège ses cartes postales de la pagode de Shwedagon et du Bouddha de Pagan. Ses doigts se referment sur l'autre sac en plastique, qui contient des allumettes. *Crouk, crouk*, farfouille dans la boîte sombre, non pas le scarabée mais le gamin qui avance à l'aveuglette en territoire connu. Il essuie ses doigts mouillés sur le lit, prend un paquet d'allumettes dans la boîte et frotte une fois, deux fois, trois fois.

La pièce minuscule s'illumine. En plissant les yeux, l'enfant allume le morceau de bougie jaune, pousse sa paillasse sur le côté et se met à creuser avec sa boîte de conserve. Il creuse longtemps, il l'a enterré plus profondément la dernière fois. Où est le stylo ? Pourquoi l'a-t-il enfoui si loin ? Dans sa frustration il cesse de creuser avec l'outil et se met à gratter la terre avec les doigts, où est le stylo ? Pourquoi le nat ne l'aide pas ? Où est le stylo ? Il appartenait au Rossignol, et le garçon sait que ses prières n'ont pas suffi, que ses offrandes n'ont pas suffi, c'est pour ça qu'il pleure ? Oui, les cadeaux qu'il a faits au Rossignol n'ont pas marché, même pas l'œuf si précieux ce n'était pas assez ; le nat de l'arbre ne l'a pas aidé et le Bouddha ne l'a pas aidé et il fait un gros mensonge et Beau Gosse a dit « je te tuerai » et les prières ont échoué alors c'est sûr que le gardien le tuera.

Chit Naing se lève brusquement, refusant de croire ce qu'il vient d'entendre. Il veut penser que c'est une blague, mais le chanteur – assis par terre comme un moine, chauve et efflanqué dans sa tenue de prisonnier blanc sale – a l'air d'être tout à fait sérieux. Chit Naing entend la colère trembler dans sa voix.

— Une grève de la faim ? Et quelles sont tes revendications ? Tu as entendu ce que le docteur a dit. Observer les Huit Préceptes, c'est déjà trop pour toi.

Une autre émotion le trouble bien plus que la colère – le sentiment intolérable que Teza le trahit.

Le chanteur écoute Chit Naing lui dire que les grèves de la faim sont dangereuses, qu'elles n'ont presque jamais marché. Les autorités pénitentiaires ne cèdent pas aux demandes des prisonniers, même s'ils se laissent mourir de faim.

Teza hoche la tête avec patience.

— Oui, je sais. Je comprends.

Il se repose un instant. Chit Naing s'accroupit à nouveau à côté de lui.

— Ce sera mon thabeik hmauk.

— Comme un moine, répond Chit Naing dans un murmure vaincu.

— Oui. Et aussi comme un étudiant.

Thabeik hmauk désigne également une contestation étudiante, bien que son origine soit bien plus ancienne que les universités modernes.

Chacun se souvient silencieusement de la même histoire, celle de grévistes de la faim d'il y a des siècles, des membres de la sangha sacrée. Quand les moines ont voulu protester contre la corruption et la violence du roi et de ses favoris, ils ont défilé dans les rues en tenant leur bol à aumône à l'envers. En refusant les offrandes du roi, ils l'ont coupé de sa richesse – ses biens n'étaient rien s'il ne pouvait en faire don afin d'acquérir des mérites pour ses vies futures.

En 1988, de nombreux moines courageux ont protesté de cette façon. Le célèbre leader étudiant Moe Thi Zon dirigeait un groupe de jeunes moines en thabeik hmauk. Tandis que les moines défilaient, tenant leurs bols laqués à l'envers, de plus en plus de gens se sont joints à eux, jusqu'à se compter par milliers.

Chit Naing parle trop fort, visiblement impatienté.

— Le thabeik hmauk engendre des histoires bien émouvantes, Teza, mais tu n'es pas un moine et la cage n'est pas un monastère. Et tu n'es pas assez fort pour commencer une grève de la faim. C'est…

Il veut dire « fou » mais se reprend.

— … dangereux. Pourquoi faire ça ? Pourquoi maintenant ? Contre quoi veux-tu protester ?

Le chanteur trouve la question horriblement drôle.

— Donne-moi du papier et un crayon. Je vais établir une liste.

Chit Naing n'apprécie pas la plaisanterie. Très agité, il sort de la cellule, avance de quelques enjambées dans le couloir avant de faire demi-tour, à la façon d'un soldat, puis réapparaît, le visage revêtu de son masque officiel. Il est sur le point de parler, de dire à quel point tout cela est ridicule, mais Teza répète tranquillement :

— Mon ami, avant que la grève commence, j'ai besoin de votre aide.

— De mon aide, à moi ?

— Il faut que le gamin apprenne à lire.

— Teza, qu'est-ce que ce gamin a à voir avec toi ?

Pour toute réponse, Teza se gratte l'aisselle gauche : punaises ou poux ? En général il les reconnaît, mais là il est trop fatigué. Et il n'a pas non plus l'énergie de répondre à la question du gardien. Quoi qu'il dise, il craint que Chit Naing le comprenne mal. C'est vrai, le gamin n'a rien à voir avec Teza. Mais c'est vrai aussi que le gamin est inséparable de lui.

— Je veux l'aider à partir. Il doit partir de la cage pour aller à l'école.

Chit Naing commence par rire. Un regard au chanteur lui dit que Teza pense vraiment que le gardien peut faire quelque chose. Le passage à tabac a visiblement affecté l'esprit de ce pauvre garçon, il a des visions.

— Teza, le gamin habite ici. Il ne veut pas aller ailleurs.

— Il a peut-être peur de partir, mais il veut apprendre à lire et à écrire. Il ne le fera jamais s'il reste dans la prison. Vous l'aiderez ?

Une bouffée de fureur irrationnelle s'empare du gardien. Comment le chanteur ose-t-il lui demander ça ? Non seulement c'est une requête ridicule, mais il la fait sans anadeh, sans y mettre les formes qui conviennent.

— Je ne t'ai pas aidé autant que je le pouvais ? Et maintenant tu veux que j'en fasse plus ?

Il dévisage Teza d'un air indigné.

La bouche tordue est légèrement ouverte, la lèvre inférieure pendante, laissant voir les dents et les gencives noircies. De la salive coule de sa bouche sans qu'il s'en aperçoive, jusque sur son menton insensibilisé. Mais Teza rend au gardien un regard calme et impassible, apparemment pas affecté – ni d'ailleurs effrayé – par sa colère. En même temps, les rides qui s'accentuent autour de ses yeux sombres suggèrent que le chanteur s'apprête à sourire.

Teza parle d'abord.

— C'est vrai, vous m'avez aidé, et d'autres aussi. Vous savez que je vous en suis reconnaissant. Si je en vous demande davantage, c'est seulement parce qu'il y a tant à faire. Nous sommes tous fatigués, Chit Naing. Aung San Suu Kyi doit être très fatiguée. Je sais que ma mère est fatiguée. J'imagine que les généraux sont fatigués également. Et ceux qui se battent à la frontière, des deux côtés, ils doivent être épuisés. Tous ces combats, dit-il avec un petit rire, c'est si fatiguant.

« Je vous demande de me venir en aide parce que je n'ai personne d'autre à qui demander. Vous êtes une des rares personnes assez courageuses pour faire des choix. C'est ça, la liberté. Nous avons de la chance, vous et moi. Même ici, j'ai fait mes choix. Mais le gamin n'a pas ce pouvoir. Sa vie, c'est cette cage. C'est tout juste s'il comprend qu'il veut partir. Avant que je commence ma grève de la faim, poursuit-il après une hésitation, je voudrais qu'il s'en aille d'ici.

Chit Naing baisse les yeux et se tourne d'un mouvement nerveux vers le mur qui sépare la maison blanche du reste de la cour. Soe Thein ne devrait pas tarder à prendre son tour de garde.

Teza s'en moque. Aussi calme soit-il, sa voix devient fébrile.

— Il existe une vieille école monastique à Rangoon, dans le quartier de Kyee Myin Daing, dans une petite rue, Aung Ban Street. Ma mère connaît le Hsayadaw qui la dirige. Il faudrait que vous alliez voir l'abbé ou Sanda – ils s'arrangeraient pour que le gamin puisse y vivre. Vous leur direz que c'est mon petit frère de la cage. Le Hsayadaw le prendra, je le sais. Dites-lui que le gamin veut lire. Ça suffira, comme recommandation. Si le gamin est appelé par le Hsayadaw pour faire son initiation, le directeur devra le laisser partir. Il perdrait la face s'il privait le gamin de la possibilité de devenir novice.

Chit Naing émet un gros soupir.

— Ce n'est pas si simple, Teza.

Le gardien recule et sort de la cellule, repousse la grille, ferme à clé. En sécurité de l'autre côté des barreaux, il remarque que Teza l'observe en arborant cette étrange expression qui s'apparente à un sourire.

— Je crois que tu ne comprends pas que le gamin a peur de quitter la prison.

Teza regarde le plateau d'aluminium, d'où toute nourriture a disparu.

— Je le comprends très bien. Mais je vois aussi autre chose. Chaque fois qu'il se tient là, juste à l'endroit où vous êtes, je vois à quel point il est courageux. Son courage est plus fort que sa peur. Il veut partir et vivre dans le monde, mais il doit combattre pour faire ce choix.

Teza lève les yeux vers le gardien, qui ne peut éviter son regard.

— L'école monastique s'appelle Pyinna Wadi. Chit Naing, comment pourriez-vous ne pas l'aider ?

46

Parfois Chit Naing aimerait fumer. Il a fait de nombreuses tentatives, mais les cheroots comme les cigarettes lui irritent la gorge. Une seule bouffée peut entraîner des paroxysmes d'éternuement. Dommage. S'il était fumeur, il pourrait avoir l'air occupé tout en ne faisant absolument rien. Du coup, il s'arrête à quelque distance de la maison blanche et fait semblant de remonter sa montre. Son esprit tangue tandis qu'il essaie de prendre la mesure de tout ce que le chanteur lui a dit. Les coups de Sammy, le frappeur de fer, battent dans ses oreilles.

Il n'a jamais été aussi soulagé de quitter Teza. Il aimerait pouvoir continuer à marcher d'un pas vif, longer les bureaux et les appartements du directeur et le quartier des surveillants, enfin passer les portes et se retrouver sur la route. C'est ce qu'il ne va pas tarder à faire mais Soe Thein n'a pas encore apparu. Chit Naing regarde sa montre : vingt minutes de retard. Il balaie la cour du regard. Les hommes de garde sont à leur poste, mais pas de Soe Thein en vue.

Les coups répétés n'ont pas cessé. Ça ne peut pas être Sammy le frappeur de fer. Tel un aveugle, Chit Naing tend la tête vers le son.

Est-ce que quelqu'un s'est enfin décidé à réparer le toit de l'hôpital ? C'est à ça que ça ressemble, un marteau qui enfonce des clous dans la tôle ondulée. Où est Soe Thein ? Le gardien ne veut pas laisser la cellule sans surveillance. Il se dit qu'il lui faudra recommander au gardien de jeter un œil sur Teza pendant la nuit – il n'est pas bien.

Faire sortir l'enfant de la prison s'avère un plan compliqué, impossible. Nyi Lay a beau être courageux, il n'aime pas aller plus loin que l'échoppe de nouilles juste devant les portes. Lui qui n'a jamais mis les pieds dans un temple, comment pourrait-il aller vivre dans un monastère ? Et pas n'importe quel pongyi-kyaung, attention, celui où le père de Teza soignait les orphelins – il y a combien, vingt ans ? Teza lui a donné le nom du monastère et de la rue, mais ça ne veut pas dire qu'il existe toujours. Depuis 1988, des quartiers entiers, habités par des pauvres, ont été déplacés vers des bidonvilles. Le SLORC s'est appliqué à assainir les quartiers de la capitale, en construisant et en démolissant, afin de faire de la place pour les entreprises et les hôtels. L'endroit dont se souvient Teza n'existe probablement plus.

Et – si Chit Naing a bien compris – une fois que le gamin sera en lieu sûr dans cette école improbable, qu'il apprendra docilement à lire et à compter, le chanteur a l'intention d'annoncer sa grève de la faim. Peut-être bien qu'il perd la boule, en effet.

Mais bon sang, qu'est-ce que c'est que ce vacarme ? Qu'est-ce qu'ils fabriquent ? On ne répare pas un toit à sept heures et demie du soir !

Il ôte ses lunettes et se frotte les yeux.

Sept, huit, neuf surveillants forment un groupe serré. Soe Thein se tient devant, un peu à l'écart. Juste au moment où il partait du quartier des surveillants pour prendre son tour de garde, Beau Gosse l'a envoyé chercher une pelle. Maintenant, vu son âge et le respect qu'on lui porte, Soe Thein est le seul qui pourrait dire quelque chose. Mais il est pétrifié par la culpabilité : c'est lui qui a mis cette pelle dans les mains de Beau Gosse. Le gardien la lève au-dessus de sa tête avant de l'abattre comme une masse, tandis que la sueur fait des marques sombres sur le dos de sa chemise.

À l'arrière du groupe de spectateurs, Tint Lwin se balance d'un pied sur l'autre, en regardant autour de lui, dans l'espoir que le gardien-chef Chit Naing ou le directeur lui-même apparaisse et demande ce qu'il se passe, pourquoi Beau Gosse fait ça – *Arrêtez ! Arrêtez ça tout de suite !* – Ces mots restent coincés et tus dans sa bouche, mais il les entend, tout comme il les a entendus dans la cellule du chanteur pendant le passage à tabac.

Tint Lwin se pétrit les poings pour s'empêcher de parler. Il n'ose pas faire une remarque malvenue. Mais personne n'a demandé si le gamin était toujours là-dedans, trop terrifié pour sortir. Le jeune surveillant ne l'a jamais dit, mais il aime bien le gamin, il est poli, et curieux. Kaung-lay, petite créature, c'est le surnom affectueux qu'il lui a donné. Tint Lwin se met sur la pointe des pieds pour regarder un nouveau coup s'abattre sur la tôle ondulée.

Le gamin n'est quand même pas à l'intérieur ! Sous ces coups, il se serait déjà enfui en hurlant.

Il aurait couru vers le jeune surveillant qui l'aurait protégé courageusement. Tint Lwin s'en fait le serment. Sa bravoure imaginaire le calme. Il s'approche d'un pas.

Beau Gosse ne cesse de frapper, et sa fureur le rend livide. L'émotion est contagieuse. Tous les hommes ont hâte de savoir si le stylo est vraiment là, enveloppé dans un chiffon ou enterré. Ça se peut, ou est-ce que Beau Gosse est encore en train de péter un plomb ?

Les hommes se penchent, en souriant ou en grimaçant. Un nouveau coup terrible abat le poteau de coin dont la base est mangée par les termites, et qui s'écroule avec un bruit creux. Arrimé aux poteaux, le mur de devant – trois plaques de tôle ondulée juste posées – cède. Beau Gosse frappe une dernière fois le toit de la cabane qui s'effondre dans un fracas métallique.

Afin de ne pas tomber, le gardien plante la pelle dans le sol et s'appuie sur le manche comme sur une béquille. Il essuie la sueur sur son visage et regarde les surveillants.

— Qu'est-ce que vous attendez ? Foutez-moi ce tas de merde en l'air et trouvez le stylo ! Il est quelque part là-dedans.

Il crache sur les décombres de la cabane parce qu'il a trop mal au genou pour donner un coup de pied dedans.

Chit Naing remet ses lunettes. Au moment où il pose la monture cerclée de métal sur son nez et passe les branches autour de ses oreilles, le terrible vacarme s'arrête. Il tourne la tête vers l'endroit où le bruit a cessé, et là, se matérialisant devant le mur du bureau, le gamin surgit.

Il enjambe deux flaques et se précipite sur Chit Naing.

À bout de souffle, Nyi Lay stoppe juste devant Chit Naing et trifouille le sol avec son bâton à rats. Il est trempé. L'eau a changé le turquoise du longyi en bleu foncé, et pourtant il n'a pas plu. Le gardien le salue comme il se doit.

— Bonsoir, Nyi Lay, tu as mangé le riz ?

— Oui, merci.

Chit Naing examine la petite figure. Un bleu s'est formé sur sa joue enflée, autour d'une coupure.

— Je chasse un peu. Des rats, dit le gamin d'une voix tremblante.

— Mais, petit frère, tu es trempé jusqu'aux os. Que s'est-il passé ?

Comme s'il n'avait pas entendu, le gamin s'approche de Chit Naing et murmure :

— Est-ce que je peux aller faire une prière avec le Rossignol ? Ça m'arrive de temps en temps, vous savez. Il se prosterne et dit ses prières tout bas et je fais comme lui. Je peux y aller, chef ?

Le gardien regarde l'hématome.

— Tu peux aller le voir quelques minutes, pas plus. Il était très fatigué quand je suis parti. S'il dort, ne le réveille pas.

En voyant le soulagement se peindre sur le petit visage inquiet, Chit Naing comprend que l'enfant est venu, auprès de Teza, en quête de réconfort.

Le gamin se dirige vers l'entrée du couloir.

— Arrête ! dit Chit Naing.

Le gamin s'immobilise et se tourne lentement vers le gardien. Chit Naing n'a jamais vu une telle peur brute en lui, sur lui.

— Tout va bien, Nyi Lay, je veux seulement te poser une question.

— Une question ?

Les mots sortent d'une voix aiguë et monocorde.

Manifestement quelqu'un lui a fait du mal.

— Que s'est-il passé, Nyi Lay ? D'où vient ce bleu sur ta joue ?

Le gamin passe deux doigts sur la blessure qui enfle et réprime un frisson, prenant soudain conscience de ses vêtements mouillés.

— Je… je suis tombé près du ruisseau.

— Quel ruisseau ?

— Entre la cuisine et l'hôpital.

— Tu es tombé ? C'est pour cela que tu as de la terre sous les ongles ?

— Oui, chef.

Il s'essuie aussitôt les mains sur son longyi et se met à retirer la terre sous ses ongles.

— Tu es tombé comment ?

— Je… je ne me rappelle pas.

Il s'arrête de se nettoyer les ongles et tend sa main droite vers Chit Naing comme pour le supplier.

— S'il vous plaît, chef, je voudrais aller voir le Rossignol avant qu'il s'endorme. *Laisse-moi partir.*

— Allez, vas-y, ne reste pas longtemps. Je t'attends ici.

Faute de cheroot, Chit Naing regarde sa montre.

Nyi Lay a déjà foncé derrière le mur.

La grande aiguille noire fait un tour complet. Une minute, encore trente secondes, deux minutes. Le gardien n'y tient plus. Il s'approche du mur extérieur qui entoure la maison blanche et se tient immobile, l'oreille aux aguets. Il n'entend rien. Il avance doucement le long du mur, curieux mais réticent à déranger deux personnes en prière. Le gardien ne se doutait pas que le gamin priait – sans doute l'œuvre de Teza. Oui, mais est-ce que c'est vrai ? Est-ce qu'ils prient vraiment ? Chit Naing se poste au coin du mur et avance la tête.

Le gamin est agenouillé devant la cellule de Teza. Il se prosterne une fois, deux fois, trois fois, les mains levées dans la posture de la prière. Chit Naing avance dans le couloir, pensant voir Teza devant le gamin, prosterné devant une image de Bouddha invisible. Mais il se trompe : Teza est roulé en boule, les yeux fermés, la tête près des barreaux pour avoir un peu d'air.

En se redressant, le gamin perçoit la présence de Chit Naing dans le couloir et lui fait un sourire muet et gêné. Il porte un doigt à ses lèvres. *Le Rossignol est endormi*. Puis il se penche en avant et agrippe le ciment avec ses orteils pour se relever. Honteux de les avoir espionnés, Chit Naing recule vers la cour.

Quelques secondes plus tard, le gamin quitte la maison blanche et s'approche de Chit Naing.

— Je ne l'ai pas réveillé, murmure-t-il. Il ronflait déjà.

Nyi Lay ferme les yeux, tord la ligne naturelle de sa mâchoire, et imite les ronflements laborieux du chanteur. Puis il se remet à se nettoyer les ongles avec des gestes rapides et nerveux.

Ils s'éloignent un peu du bâtiment, et le gardien s'arrête.

— Nyi Lay, je voudrais que tu me dises quelque chose.

Le gamin marche légèrement devant, mais il se tourne docilement pour lui faire face.

— Quoi ?

— Je ne crois pas que tu sois tombé. Qu'est-il arrivé à ta joue ?

Le gamin serre très fort ses mains et regarde par terre.

Les événements de la soirée reviennent et se carambolent dans son esprit conscient, le ruisseau et Beau Gosse, la noyade et ensuite, quand il a vomi de l'eau et de la nourriture. Après ? Revenir à sa cabane en sautant mais surtout-sans-courir, et *creuser pleurer creuser*. Entre son désir à lui et le calme du sommeil de Teza, c'est comme si le gamin avait vraiment oublié, que toutes les mauvaises choses étaient provisoirement parties. Pourquoi Chit Naing l'oblige à s'en souvenir ?

— Nyi Lay, tu n'es pas obligé de me le dire. Tu peux mentir si tu le veux vraiment – je ne t'en voudrai pas. Mais il vaut mieux que tu me dises la vérité. D'accord ?

Le gamin a rivé son regard par terre, sur une tache sombre de jus de bétel.

— Tu sais pourquoi ce serait bien que tu me dises la vérité ?

— Non.

— Parce que si quelqu'un t'a fait du mal, je pourrai te protéger, mais pour ça je dois savoir ce qui s'est passé.

Pendant que le gamin rumine cette affirmation suspecte, ses yeux se portent sur les bottes et les revers de pantalon de Chit Naing. Il revoit la noyade. Il veut pleurer. Sans cesser de fixer les revers de Chit Naing, il ne bouge plus. Ça a marché déjà, quand il était couché. S'il reste immobile, les larmes ne viennent pas – il s'endort.

— Nyi Lay ?

Un tremblement, la sensation d'une fissure lui traverse le dos. On l'ouvre en deux comme la longue cosse mince d'une gousse de tamarin.

— Je… je ne suis pas tombé.

— Je sais bien. Que s'est-il passé ?

— C'est Beau Gosse qui m'a poussé.

Maintenant quelque chose le tire dans la poitrine, comme si on en extirpait le long fruit.

— Et tu t'es blessé ?

— Non, il m'a frappé au visage et aussi il m'a poussé dans l'eau, dit Nyi Lay d'une voix aiguë et tremblante, mais furieuse également. Il voulait me noyer parce qu'il pense que j'ai le stylo c'est ce qu'il a dit il va me tuer et j'étais dans l'eau et aucun surveillant ne l'a arrêté, puis il m'a frappé et…

Les derniers mots se perdent dans un sanglot. Chit Naing pose les mains sur les épaules noueuses.

— Mais il ne t'a pas noyé, hein, Nyi Lay ? Tu es avec moi maintenant. Et je vais t'aider.

L'enfant pousse un hurlement sourd.

— Les surveillants le voyaient mais ils s'en fichaient et maintenant il va pouvoir m'attraper quand il voudra il me battra comme le Rossignol il me tuera c'est ce qu'il a dit.

Il fait son possible pour que les sons ne sortent pas, mais il n'y peut rien, ils s'échappent de sa gorge.

Dans la nuit de la cage éclairée par les projecteurs, deux ombres noires sont projetées sur le sol. Le gardien se penche maladroitement. Il prend l'enfant dans ses bras et le soulève en l'appelant par son vrai nom. Nyi Lay met ses bras autour du cou de Chit Naing. Il n'y a qu'une seule ombre à présent, homme et enfant formant bloc, qui s'étend sur le gravier de briques de la cour.

47

Il n'est que muscles et os, il a chaud, il pleure tout ce qu'il sait, sans faire de bruit. Retenant ses sanglots, le gamin tremble et tourne à vide comme un moteur. Chit Naing veut le ramener dans sa petite cabane, qu'il ait un endroit pour se reposer, mais pas avant qu'il se soit calmé. Les surveillants n'ont pas besoin de le voir dans cet état.

Quelques minutes plus tard le gamin s'est épuisé. Chit Naing l'entend reprendre son souffle et déglutir. Il essuie son nez qui coule sur le dos de sa main. Petit à petit, le petit enfant terrorisé disparaît. Il s'échappe des bras du gardien en se tortillant, saute sur le sol et se retrouve dans le corps du gamin sec et nerveux. Chit Naing ramasse son bâton à rats. Nyi Lay le prend d'un geste hésitant.

— On va aller au quartier des surveillants pour s'assurer que Beau Gosse est parti.

En dehors de cela, le gardien ne sait pas trop quoi faire. Le directeur va devoir passer un savon à Nyunt Wai Oo, mais pas avant demain, et ça ne suffira peut-être pas à protéger le gamin.

Luttant contre l'envie de saisir la ceinture du pantalon de Chit Naing, le gamin resserre la main autour de son bâton à rats. Les deux compagnons dirigent leurs pas vers le bâtiment administratif, puis longent le long mur ouest.

Au moment où ils tournent le coin du bâtiment, ils s'arrêtent. Chit Naing se souvient du vacarme d'il y a une demi-heure et comprend tout de suite. Il regarde Nyi Lay, qui regarde de l'autre côté de la cour, l'œil sec.

Il en était sûr. Le gamin savait que quelque chose de terrible allait arriver. Il a entendu Beau Gosse crier sur les hommes dans le quartier des surveillants. Le cœur battant dans la gorge, Nyi Lay a compris qu'il devait s'enfuir. Après avoir déterré le stylo, il est sorti de sa cabane en catimini, puis a couru à découvert jusqu'au bureau.

Le gardien lui touche l'épaule. Il parle d'une voix calme et égale.

— Viens. Tu peux aller prendre tes affaires. Je ne le laisserai pas te faire du mal.

Chit Naing avance d'un pas.

Le gamin ne bouge pas. Il ne se doutait pas que ça irait jusque-là. Il pensait que Beau Gosse allait faire valdinguer la porte et fouiller partout. Mais sa petite maison n'existe plus.

Chit Naing regarde par-dessus son épaule et lui fait signe d'approcher, en murmurant quelque chose que le gamin n'entend pas.

Il ne restera rien de l'aile du papillon. Elle était déjà si effritée et si mangée par les fourmis qu'il ne la sortait plus que très rarement de sa cachette. Il pense à la boîte de thanakha de sa mère et au scarabée dans la boîte d'allumettes.

Où est le petit lézard à présent ? Deux surveillants sont encore en train de fureter dans les débris, en faisant de temps en temps des commentaires moqueurs.

Le regard du gamin erre sur les morceaux épars qu'il reconnaît ou non à cette distance. Chiffons tirés de sa paillasse. Bouts de papier blanc et de couleur sur le gravier, sans doute sa petite collection de cartes postales et de photos, sorties de leur sac en plastique. Il pense avec terreur à la photo de la fille du Bogyoke, Aung San Suu Kyi. Il sait qu'elle est illégale. Et ses livres, illégaux aussi. Et le morceau du transistor cassé. Il voit très distinctement, piétiné par terre, le grand caleçon. Pas grave – il n'aurait jamais été assez gros pour le porter. En fait il attendait le bon moment pour l'échanger contre quelque chose de plus utile.

Il se demande, plein de sens pratique, si son longyi vert d'uniforme scolaire et son tee-shirt blanc sont intacts et secs. Si Beau Gosse ne le tue pas tout de suite, il aimerait bien enlever ses vêtements trempés et se changer. Il y a un morceau de tissu par terre qui pourrait bien être son longyi, mais tout est décoloré sous les projecteurs – ce n'est peut-être qu'une partie de son lit. Ce serait un tel réconfort d'être au chaud et au sec, et de dormir sous sa couverture et ses vieux chiffons ! Mais Beau Gosse a disséminé sa paillasse par terre. Il voit la couverture de feutre chinois déchirée. Il ramassera tous les chiffons, les lavera et refera son lit. Mais il dormira où ?

Il a honte de voir ses richesses éparpillées comme ça, tous ses petits trésors personnels.

Ses yeux se mouillent à nouveau. Imbécile ! Il ne pleurera pas. Il ne doit pas pleurer devant les surveillants. Les larmes retenues lui épaississent la voix.

— Chit Naing, pourquoi il a fait ça ? Il aurait pu fouiller sans tout casser.

Il regarde droit devant lui et tire sur un bout de peau de sa lèvre inférieure, jusqu'à ce qu'elle saigne, alors il arrête de tirer, enlève le bout de peau avec les dents et lèche le sang. Une douleur lui en rappelle une autre. Il pose doucement ses doigts sur la joue et touche la blessure au centre de l'hématome.

Chit Naing se penche vers lui.

— *Dwa-may*, murmure-t-il. *Ma-jow-ba-neh.*

Allons-y. N'aie pas peur. Nyi Lay soupire lorsque le gardien fait un pas en avant, mais il se met à son côté de si bon gré, avec tant de confiance, que Chit Naing ressent une pointe de regret.

Un surveillant les a vus. Au moment où il se redresse, une des possessions de l'enfant lui tombe des mains. Il vacille, regarde en direction du quartier des surveillants, puis à nouveau Chit Naing. Il marmonne quelque chose à son collègue, qui lève la tête et voit le gamin. Sans hésiter une seconde, le second surveillant appelle Beau Gosse d'une voix forte.

— Gardien Nyunt Wai Oo, venez voir !

Des mois plus tard, après son passage en cour martiale et ses interrogatoires, après les passages à tabac, les séances à genoux sur des morceaux de verre, après la citerne pleine d'excréments où on le laissa pendant un jour et une nuit, avec les asticots qui rampaient dans son nez et ses oreilles, qui forçaient sa bouche fermée, les coins de ses yeux, il sera transféré dans une prison au nord du pays, où il aura tout le temps de réfléchir. Dans sa cellule, à force de penser, de se remémorer tout ce qui avait précédé, il reconnaîtra cet instant comme le moment crucial où il aurait pu choisir entre oui et non.

Mais pour l'instant Chit Naing agit avec une telle détermination que personne, lui compris, n'aurait imaginé qu'un tel choix existait. Beau Gosse sort du quartier des surveillants, sa matraque déjà à la main. Le sourire qu'il arbore est impossible à distinguer d'une grimace de douleur. Les surveillants sortent lentement du bâtiment, et se mettent en file derrière lui. Chit Naing est étonné de leur nombre. La plupart d'entre eux auraient dû être rentrés chez eux, sauf Soe Thein, qui lui aurait dû être à son poste de garde. Chit Naing penche la tête vers le gamin.

— Il ne t'arrivera rien, promet-il à voix basse.

Lorsqu'ils sont à dix pas l'un de l'autre, Beau Gosse hurle :

— Donnez-le-moi !

— Inutile de crier, répond Chit Naing calmement.

— Donnez-le-moi !

— Gardien Nyunt Wai Oo, je ne vous le donnerai pas. Qu'est-ce que vous croyez, que c'est un chien ?

— Un chien qui parle, et je veux l'interroger !

— Certainement pas. Ce gamin n'est pas un détenu, et vous n'avez aucun droit de l'interroger. Je pense que vous devriez aller chez vous.

— Ne me parlez pas des droits de ce petit enfoiré ! Il a le stylo. Je sais qu'il a le stylo – il l'a caché quelque part. Sous interrogatoire, il me dira précisément où il est.

Chit Naing lève la voix et parle lentement, en articulant chaque mot, de façon à ce que les autres entendent.

— Gardien Nyunt Wai Oo, vous n'interrogerez pas un enfant de douze ans. La destruction de sa cabane et l'agression de tout à l'heure sont amplement suffisantes.

Il parcourt du regard le groupe des surveillants, notant la gamme des expressions sur leur visage. Curiosité. Gêne. Honte. Ce regard morne, indifférent qu'il interprète comme une joie secrète. Ce n'est pas souvent qu'ils ont l'occasion d'observer leurs supérieurs en lutte ouverte.

Chit Naing s'adresse aux hommes, qui tous évitent son regard, même Soe Thein.

— Vos tâches n'incluent pas la destruction de l'abri d'un orphelin.

Le gamin, horrifié d'être l'objet de tant de regards, se réfugie derrière Chit Naing.

— Est-ce que l'un d'entre vous a demandé son avis au directeur ?

— Le directeur est absent ce soir, répond Beau Gosse. Il est en ville.

— Alors vous avez pensé que vous pourriez vous amuser un peu. C'est ça ?

Il lance un regard furieux aux hommes et fait un pas sur la gauche, afin que le gamin soit bien visible.

— C'est donc lui, l'ennemi, si vous avez pu faire ça à sa cabane.

Il les dévisage l'un après l'autre.

— Pourquoi personne n'est venu me chercher ? Regardez ce gosse ! Il n'a qu'un bâton pour se défendre contre toute votre troupe ! Il est venu me trouver pour me dire que Beau Gosse a essayé de le noyer, soi-disant parce qu'il avait le stylo. Le voilà, votre terrible voleur ! Mais vous n'avez rien trouvé, n'est-ce pas ? N'est-ce pas ? répète-t-il en s'adressant à Beau Gosse.

— Nous avons trouvé des livres et une photo de cette salope de Suu Kyi.

— Il ne sait probablement même pas qui c'est.

— Oh, ça va, Chit Naing ! Pourquoi il aurait une photo d'elle, alors ?

Chit Naing retient son souffle devant le risque qu'il prend et se tourne vers le gamin.

— Nyi Lay, pourquoi as-tu une photo de Suu Kyi ?

— Qui c'est, Suu Kyi ?

— Voyez, sourit Chit Naing à Beau Gosse.

— Quelle réponse ! rugit Beau Gosse. Voilà précisément pourquoi il faut l'interroger. Pourquoi tu avais cette photo, petit salopard ? crache Beau Gosse en se précipitant vers le gamin.

Chit Naing lève la main.

— N'avancez pas.

La main toujours levée entre eux, Chit Naing s'adresse à nouveau au gamin.

— Suu Kyi est la dame sur la photo que tu avais dans ta cabane. Pourquoi tu avais cette photo ?

Le gamin regarde ses pieds nus.

Chit Naing lui donne un coup de coude.

— Allez, tu peux nous le dire.

Il se met à parler tout bas.

— Plus fort ! braille Beau Gosse.

Sans lever les yeux, le gamin explique d'une voix claire :

— Tan-see Tiger avait une jolie photo dans sa cellule, et j'en voulais une aussi.

— Tu voulais une photo de femme, dit Chit Naing.

— Une photo qui sourit, murmure le gamin en se tordant les mains.

Chit Naing repose sa main sur l'épaule du gamin.

— Vous avez entendu ? Le gosse voulait la photo d'une femme qui sourit ! Qui pourrait lui en vouloir ? Lequel d'entre vous est le dangereux élément qui a accroché la photo de cette jolie chanteuse dans le quartier des surveillants ? Le gardien Nyunt Wai Oo veut vous interroger aussi !

En entendant plusieurs surveillants rire, Chit Naing sait qu'il gagne du terrain.

— Ce ne sont que des conneries, hurle Beau Gosse. Tout le monde sait que seuls les prisonniers politiques ont des photos d'elle.

Chit Naing sourit et désigne Nyi Lay.

— Ah, parce que maintenant c'est un prisonnier politique ! Ça doit être un record. Le premier prisonnier politique illettré de douze ans dans l'histoire des prisons de Birmanie. Gardien Nyunt Wai Oo, regardez-le ! Il vit ici depuis qu'il a sept ans – il n'a aucune idée de ce qu'est la politique. Je vous suggère de consigner vos extraordinaires trouvailles dans un rapport, et ensuite le directeur et vous pourrez en parler longuement. Mais pour le moment, il est temps que vous partiez. Votre service est terminé. En vous dépêchant, vous pourrez attraper le bus de neuf heures.

— Donnez-moi cinq minutes avec ce petit enfoiré, siffle Beau Gosse entre ses dents, et je saurai tout. Amène-toi, sale kala-lay !

Il tend la main pour saisir le tee-shirt du gamin, mais Chit Naing s'interpose et pousse vigoureusement Beau Gosse sur la poitrine, le faisant trébucher en arrière malgré sa plus forte corpulence.

Sans la pelle posée par terre, Beau Gosse n'aurait peut-être pas perdu l'équilibre, mais il la percute du talon, et sa jambe opposée, celle du genou blessé, ne peut réceptionner tout le poids de son corps. Il tombe sur les fesses, les mains sur les hanches.

— Ne crois pas que tu vas t'en tirer comme ça, connard ! Vous me le paierez, toi et ce sale petit merdeux !

Sans cesser de jurer, Beau Gosse fait un mouvement de torsion et essaie de sauter pour se mettre sur pied, mais la sensation de déchirure dans son genou est si atroce qu'il reste coincé dans cette position, déséquilibré, les mains toujours par terre, essayant de se relever sur une seule jambe. Il se mord la lèvre et redresse le torse lentement mais sûrement, furieux de se ridiculiser ainsi devant ses hommes. Comme il s'est retourné dans sa chute, il fait maintenant face au groupe de surveillants.

— Qu'est-ce que vous reluquez comme ça, tas d'abrutis ? C'est mon genou. Il m'a pété le genou !

Tint Lwin esquisse un pas en avant, le bras tendu, mais ce geste est insupportable à Beau Gosse.

— Ne me touche pas, putain ! Dégage ! Bande d'incapables, vous voulez ma photo ?

Soe Thein est le premier à bouger. Sans un mot à personne, il passe devant Beau Gosse, devant Chit Naing et le gamin, et disparaît au coin du bureau administratif, prêt à prendre sa garde à la maison blanche. Les autres surveillants se dispersent plus lentement, certains retournent au quartier pour prendre leurs affaires et discuter à voix basse en regardant par la fenêtre. Trois hommes, dont Tint Lwin, se dirigent vers les portes pour rentrer chez eux.

Pendant ce temps, Beau Gosse essaie de se tourner à nouveau pour faire face à Chit Naing, mais son genou blessé ne peut pas porter son poids. Le ligament déchiré et désinséré le brûle. Lorsqu'il est d'aplomb sur une jambe, il se penche pour attraper la pelle. Il s'en sert de canne et tourne en sautillant pour se retrouver face à Chit Naing et au gamin.

— Il est où, kala-lay ? Où tu as mis le stylo ?

Le gamin regarde Beau Gosse dans les yeux comme un renard sur le point de disparaître dans la forêt. Jamais il n'a répliqué. Jusqu'à récemment, il a rarement pensé à se venger des insultes, gifles, chiquenaudes sur la tête, et autres éclats de rire. Sa peur et sa docilité étaient absolues, et l'assuraient sur la vie. C'est pourquoi il est surpris de sentir les mots dans sa bouche, comme un goût inconnu. *Casse-toi !* a-t-il envie de crier. Mais il se contente de dire la vérité.

— Je ne l'ai pas.

Beau Gosse frappe le sol avec la pelle. Des gravillons s'envolent tandis qu'il s'efforce de garder son équilibre.

Chit Naing s'avance.

— Gardien Nyunt Wai Oo, vous devriez faire examiner votre jambe.

— Va te faire foutre. Ce n'est pas terminé, je te le promets.

Chit Naing sourit.

— Je sais. Qui peut dire quand tout cela sera terminé, gardien Nyunt Wai Oo ? Ça pourrait prendre des années !

— On en aura terminé tous les deux bien avant.

Beau Gosse claudique jusqu'au quartier, où il hurle à un des surveillants de lui donner sa veste.

Après le départ du gardien, Chit Naing regarde le gamin fouiller dans les bouts de tissu épars sur le sol. Il cherche des vêtements secs. Il finit par les trouver et enfile son longyi vert et son tee-shirt blanc. Il secoue sa couverture de feutre boueuse et la met sur ses épaules. Puis il commence un tri méthodique de ses effets personnels. Au centre de ce qui était sa cabane, il y a un trou où on peut s'enfoncer jusqu'au genou, comme si on avait commencé à creuser une tombe. Lorsque Beau Gosse a vu la terre retournée sous le lit de chiffons, il a ordonné à ses hommes de creuser plus profond.

Le gamin est assis en tailleur au bord du trou ; il examine toutes sortes de choses, les tourne et les retourne dans ses mains avant de les lancer dans la petite fosse. Le frappeur de fer frappe neuf heures. Chit Naing regarde machinalement sa montre, et pense qu'il est sans doute trop tard pour aller en ville. S'il s'y rend ce soir, il devra appeler sa femme et lui donner des explications. Et il ne devra pas tarder. Il regarde Nyi Lay en se demandant ce qu'il va faire de lui.

Le gamin est soulagé de trouver la dent de son père, mais la boîte de thanakha dans laquelle il la rangeait est écrabouillée. Il garde la dent mais jette la boîte dans le trou. Les bottes ont défiguré la carte postale du Bouddha de Pagan, mais il la garde, ainsi que la carte déchirée de la pagode de Shwedagon. Et il trouve son clou. Ces idiots l'ont piétiné et enfoncé sous les tessons de briques. Il examine attentivement la boîte d'allumettes, mais il n'y a pas de traces de sang de scarabée. Et le lézard a dû s'enfuir.

Ses livres bien-aimés ont disparu. Tout comme la photo de Aung San Suu Kyi. Celle de son père, collée à la tôle ondulée avec de la pâte de riz, s'est déchirée quand le mur s'est écroulé. Il ne reste pas assez du grand Bogyoke pour l'enterrer. L'œil sec et l'air pensif, le gamin reprend son examen de la boîte à scarabée abîmée. Il n'y a qu'un côté de déchiré. Il dépliera le carton et le recollera avec de la pâte de riz. C'est une bonne boîte d'allumettes, bien grande. Il ne veut pas la perdre.

Chit Naing s'accroupit à côté de lui.

— Qu'est-ce que tu mettais là-dedans ?

— Un scarabée.

— Vivant ?

— Oui, répond le gamin en soupirant. Je lui donnais à manger et tout.

— Ils l'ont peut-être emmené pour l'interroger.

Nyi Lay tourne vivement la tête.

— Saya, on ne peut pas interroger un scarabée !

— Je suis sûr que Beau Gosse aimerait essayer, sourit Chit Naing.

Nyi Lay se permet un léger sourire amer.

— Oui, il est tellement con !

Stupéfait de sa propre audace, il lève les yeux pour voir si Chit Naing va le réprimander. Mais le gardien se met à rire, ce qui encourage le gamin, qui continue à voix basse.

— Je parie qu'il pourrait interroger un rat.

— C'est sûr, de toute façon il parle leur langue…

Nyi Lay sourit. Apparemment il a la permission.

— Beau Gosse pourrait interroger des mouches. Et des asticots. Il parle asticot.

Il s'interrompt pour chercher la fin de l'insulte.

— Et il veut interroger les asticots au sujet de la merde !

Chit Naing et le gamin éclatent de rire.

Lorsque leur rire s'estompe, le gamin lance un bout de bougie déchiquetée dans le trou et revient, avec son sens pratique, au problème en cours.

— Je devrais peut-être aller chez Tan-see Tiger. Il me laisserait dormir chez lui.

— Dans sa cellule ?

Ce n'est pas vraiment la solution idéale.

— Mais je ne suis pas un détenu, Saya, rappelle le gamin à Chit Naing d'un ton étonnamment sérieux.

— Non, Nyi Lay, je sais que tu n'es pas un détenu.

Le gardien se gratte la nuque. Bon, d'accord. Il va trouver une bonne excuse à donner à sa femme et se rendre en ville ce soir. S'il prend le bus pour la plus grande partie du trajet, puis un taxi, il ne devrait pas mettre plus d'une heure.

Le gamin regarde dans le trou. Soudain il penche la tête de côté, se recule, et fronce les sourcils en regardant le tas de planches et de tôle ondulée qui constituait sa cabane.

— Écoutez, Saya. Vous entendez ?

— Quoi ? dit Chit Naing en plissant le front.

— Il gratte !

Le gardien est debout au bord du trou. Il ne voit que de la terre et les divers objets que le gamin a jetés.

— Il gratte, Saya ! Ça veut dire qu'il a faim !

— Qui a faim, Nyi Lay ? Qu'est-ce que tu entends ?

Le gamin se redresse d'un bond et se met à lancer des choses en l'air, comme un chien qui cherche un os enterré depuis longtemps.

— Pas dans le trou, Saya, il est quelque part par là !

Il ôte une planche qui le gêne, puis un enchevêtrement de corde qui vient des poteaux de coin. Il écarte une plaque de tôle ondulée longue et étroite.

— Il est là, regardez ! Ils ne l'ont pas volé !

D'une pirouette, il se retourne. Dans ses doigts, il tient délicatement un scarabée charognard par la carapace. Six pattes noires costaudes avancent dans le vide d'un pas décidé. Le gamin pose la petite créature dans le creux de sa main et la fait ramper d'une main à l'autre. Il va jusqu'au mur est du quartier des surveillants et dépose délicatement le scarabée dans une jungle d'herbes folles. Devant l'expression respectueuse du gamin, le gardien s'interdit de rire. Il se tourne dans la direction opposée, vers le mirador, mais il entend toujours Nyi Lay parler à voix basse au scarabée qui disparaît dans le fouillis de verdure.

48

Heureusement, le bus est presque vide, et les rares passagers fatigués ne lèvent pas la tête quand il y monte. En regardant les mégots de cheroots et les taches de bétel, ainsi que les tickets déchirés qui jonchent le sol, il se met à examiner ses propres pieds fatigués, séparés du plancher sale par les fines semelles de ses claquettes. Les pieds de Chit Naing sont comme le reste de son corps, longs et anguleux, un ensemble d'os finement sculptés. Le deuxième orteil est plus long que le premier. Ses pieds sont d'un brun bien plus clair que son visage et ses mains, parce que cela fait plus de vingt ans qu'il porte des bottes six jours par semaine. Lorsqu'il quitte la cage en civil, il a souvent un instant d'incertitude, de surprise pure, quand il voit ses orteils accrochés à leurs simples claquettes, comme tout le monde, comme un homme ordinaire.

Il descend à l'arrêt près de Hledan Junction. Bien qu'il prenne rarement des taxis – n'en ayant pas les moyens – ce soir il n'a pas le choix. Il va de coin de rue en coin de rue, et demande à tous les chauffeurs s'ils connaissent une Aung

Ban Street dans Kyee Myin Daing. Il ne veut pas mentionner le nom de l'école monastique. Les chauffeurs de taxi sont dans une position idéale pour travailler comme indicateurs rémunérés, surtout dans ce quartier, si proche de l'université et pas très éloigné de la prison. Leur métier offre les avantages combinés d'une mobilité pratique et de beaucoup de temps libre pour l'observation : qui rentre dans quel immeuble, pour combien de temps, qui reste toute la nuit – passer la nuit dans une maison qui n'est pas la sienne est illégal – et, bien entendu, qui va où.

Chit Naing regarde sa montre. Bientôt il sera trop tard pour frapper aux portes, encore moins à celle d'un monastère. Il s'approche du dernier chauffeur de la file, un jeune gars fringant assis sur le capot de sa voiture, qui sort en frimant une cigarette d'un paquet de Lucky Strike.

— C'est près de quoi ? demande-t-il en entendant le nom de la rue.

Chit Naing répond qu'il ne sait pas.

— Écoutez, oncle, si vous n'avez pas de repère, comment je peux vous aider ? Il y a des tas de monastères et de pongyi-kyaung dans ce quartier, mais je n'ai jamais entendu parler de Aung Ban Street.

Il allume sa cigarette et souffle une suggestion enfumée.

— Allez donc dans cette petite rue, là, dans la deuxième échoppe de nouilles, vous verrez un chauffeur, un petit gros, qui s'appelle Than Thaik. Il vient de commander son dîner. Ce type, c'est une carte ambulante – il pourra sans doute vous aider. Mais il a terminé sa journée, alors il ne voudra peut-être pas vous y emmener.

Chit Naing s'éloigne.

— Mais si jamais il le fait, rappelez-lui qu'il me doit un service ! ajoute le jeune homme.

Le gardien se dirige vers la rue en question, qui n'est éclairée que par les ampoules branchées sur batterie suspendues au-dessus des grandes poêles où grésillent les nouilles frites. L'arôme entêtant de l'ail sauté dans l'huile lui met l'eau à la bouche, mais il ne veut même pas penser à dîner avant d'avoir rempli sa mission, qu'il réussisse ou non. Il trébuche sur un morceau de ciment et jure tout bas. Soit il y a une coupure dans cette partie du réseau, soit c'est toute la rue qui n'a pas d'éclairage correct. Il plie et déplie l'orteil qu'il a cogné tout en balayant les tables du regard. Une douzaine d'entre elles sont occupées. Il s'approche du seul homme corpulent en vue.

— Than Thaik ?

— Lui-même, chef !

Ce « chef » le désarçonne un instant, mais ce n'est peut-être que de la politesse, ou de l'impolitesse ironique. Chit Naing s'approche de la table et s'explique calmement, donnant le nom du quartier et de la rue.

— Oui, oui, je sais où c'est, pas de problème. Il y a une petite usine et un bazar à un bout et un terrain de foot à l'autre. Deux ou trois immeubles d'appartements avec des boutiques en bas. C'est à peu près tout. La rue n'est pas bien longue. Vous savez quelle maison vous cherchez ?

— Oui, merci, répond Chit Naing avec un sourire forcé.

— Écoutez, j'aimerais bien vous aider, mais malheureusement j'ai fini ma journée. Je suis debout depuis quatre heures ce matin, j'ai emmené un groupe d'Anglais très sympas au lac Inle pour voir les chats sauteurs. C'est très intéressant ce que les moines peuvent tirer d'un chat. Incroyable, vraiment. D'ailleurs ces chats m'ont rappelé un tas de gens que je connais, qui sautent à la demande. Vous les avez déjà vus ?

— Euh, non, non, jamais, répond Chit Naing avec un froncement de sourcils. Je... je vous dédommagerai, il faut que j'y aille ce soir.

— Au lac Inle voir les chats sauteurs ?

Le chauffeur grassouillet éclate de rire à sa blague.

C'est grâce à ce rire que Chit Naing se souvient. Tout le reste a changé chez Than Thaik, y compris son nom.

— Non, Than Thaik. Je dois aller dans Aung Ban Street. Et vous m'aiderez, n'est-ce pas ? En souvenir d'une vieille amitié ?

Than Thaik s'écarte de la petite table bancale, tape des mains et repart d'un rire profond, venant du ventre.

— Il vous en a fallu du temps pour me reconnaître ! Pas étonnant – j'ai pris dix-huit kilos depuis cette époque maudite. Merde, dix-huit kilos ! Mais laissez-moi terminer mon repas, d'accord, gardien Chit Naing ? Je crève de faim. Je crève toujours de faim. Depuis la cage, je n'ai pas peur de grossir, mais j'ai peur d'avoir faim. Vous avez mangé ? Une autre assiette de khaukswe, Thida, on a encore faim ! lance Than Thaik avant que Chit Naing ne puisse répondre. Vous, vous m'avez pas reconnu, reprend-il en s'adressant à Chit Naing, mais moi, je vous ai tout de suite resitué, dès que vous avez tourné le coin de la rue. Vous êtes toujours mince comme un fil, et vous avez encore vos lunettes de prof. Je vous ai reconnu même sans votre uniforme !

Chit Naing est pris entre un sentiment de profond soulagement d'avoir trouvé le bon chauffeur de taxi et de grande consternation d'avoir trouvé le mauvais, un homme qui le connaît bien. Mais il s'assied à la table. Deux minutes plus tard, une assiette de nouilles frites parfumée est posée devant lui. Malgré ses inquiétudes, l'odeur de la nourriture fumante le submerge et il se dépêche de manger.

Pendant le trajet, Than Thaik ne cesse de parler. Normalement le gardien en serait irrité, mais ce soir, cela le calme. Il est soulagé de l'absence de curiosité de son chauffeur.

— Deux ou trois ans après ma sortie, je me suis tenu à carreau et mon frère m'a obtenu ce boulot, qui n'est pas trop mal. Il y a des avantages, vous savez, surtout avec les touristes. Et puis je suis marié à présent, à une femme bien, et on a deux gosses. Je croyais que j'allais rester célibataire jusqu'à la fin de mes jours, mais cette femme m'a carrément fait craquer ! Et voilà, maintenant je suis père de famille, et si je fais des conneries, j'aurai affaire à elle, et là, il y a de quoi avoir peur !

Il fait un grand sourire et regarde Chit Naing.

— J'ai beaucoup de chance et je le sais. Après la grande bagarre à la prison, le directeur voulait tous nous refiler à l'armée. On nous aurait envoyés comme boucliers humains sur le front. Et tout le monde sait ce qui arrive à ces pauvres types. Aujourd'hui je serais un squelette dans la jungle si vous n'étiez pas intervenu en ma faveur.

— Je pensais que vous étiez innocent. D'ailleurs, si je me souviens bien, vous n'auriez pas pu être impliqué dans la bagarre puisque vous aviez une grave crise de dysenterie.

— C'est juste. Je n'avais rien à voir avec tout ça. Rien du tout. Mais dans la cage on se fiche que vous soyez innocent ou coupable. Ce qui compte, c'est qui vous connaissez.

Il secoue la tête vigoureusement, comme pour chasser des mauvais souvenirs.

Ils sont dans une rue plus tranquille.

— On va tourner au bout de ce long boulevard, dit-il, avant de se mettre à indiquer des lieux tout ce qu'il y a de plus banal, une habitude prise à force de promener des étrangers. Et on va descendre cette rue.

Les pneus lisses hurlent lorsqu'il freine avant un virage brusque. Ils traversent une rue plus importante, bordée de boutiques et de restaurants ainsi que de maisons et d'immeubles d'habitation. Quelques échoppes de thé et de nouilles sont encore ouvertes, mais il est plus de dix heures à présent et le calme règne. Le chauffeur tourne dans une autre petite rue. C'est un quartier d'habitation, pauvre et très ancien, ombragé de banians, de palmiers et de neems. Than Thaik tourne à gauche, puis à droite – Chit Naing essaie de mémoriser le trajet – dans des rues à l'architecture confuse, où des bungalows de plain-pied en ciment côtoient des immeubles de deux ou trois étages avec des boutiques au rez-de-chaussée. À dix minutes de la rue principale, Chit Naing n'a aucune idée de l'endroit où il est.

Mais il se doute qu'ils approchent de leur destination, car Than Thaik a ralenti pour la première fois depuis leur départ. Après avoir longé un marché muré et vide de marchandises, le chauffeur se tourne vers Chit Naing.

— Bien sûr, vous connaissez le numéro de l'immeuble, chef ?

— C'est préférable que vous me disiez comment y aller d'ici, Than Thaik.

— Oh, mais on y est, chef. On est dans la rue. Vous n'avez pas confiance ? demande-t-il avec un sourire. Ne vous faites pas de souci, mon ami. Je ne suis qu'un chauffeur de taxi. Pas de sale boulot à côté. Ces salauds de militaires, fait-il en tapant du plat de la main sur son volant, je ne leur donnerais même pas l'heure !

Chit Naing se dit que l'heure est la dernière chose susceptible d'intéresser les agents du MI.

— Je vous fais confiance, Than Thaik. Mais c'est mieux si je descends là. Je vous dois combien ?

— Comme vous voudrez, chef. Mais dites-vous que si je vous laisse ici maintenant, vous allez mettre une demi-heure pour retourner au boulevard, si vous retrouvez votre chemin, et là peut-être, je dis bien peut-être, si vous avez de la chance, un autre taxi passera par là à cette heure tardive. Mais peut-être pas.

Than Thaik se frotte le nez et se retourne pour regarder Chit Naing en face, bien qu'il ne voie pas grand-chose, à part des rais de lumière qui glissent le long de ses verres de lunettes.

— Chit Naing, vous pouvez me faire confiance. Permettez-moi de vous rendre ce service, d'accord ? Si j'avais été envoyé au front avec les autres, je serais mort. Vous m'avez sauvé la vie, dit-il en riant, pour évacuer le sérieux de son propos. Ce n'est pas très équitable, ma vie pour une course en taxi ! Mais c'est quelque chose. Laissez-moi vous aider. C'est pour ça que vous êtes venu dans cette boutique de nouilles. Pour que Than Thaik vous rembourse, même d'une fraction de ce qu'il vous doit.

— Than Thaik, je ne suis pas un usurier. Vous ne me devez rien.

Se fier ou ne pas se fier ? La question est sans objet. Il lui a déjà trop fait confiance.

— Laissez-moi descendre ici et attendez-moi au premier coin de rue, s'il vous plaît.

— Impeccable, chef ! Je vais faire un petit somme pendant que vous vaquez à vos occupations. À moins que..., fait-il en baissant la voix, à moins qu'il s'agisse vraiment d'une femme. Je ne pourrai pas rester toute la nuit, chef, si vous voyez ce que je veux dire...

Chit Naing lui envoie une petite bourrade sur l'épaule.

— Je n'en ai pas pour longtemps. Tout ce qu'elle veut, c'est un peu de conversation et un baiser.

— Ah ! ah ! Alors, c'est bien une femme ! Je m'en doutais !

Chit Naing ferme la portière aussi doucement que possible, et attend que le taxi s'éloigne avant de descendre la rue sans éclairage. Il n'y a pas de trottoir et il doit contourner par deux fois des petits tas d'ordures puants. Comme l'électricité a été coupée dans ce quartier, il voit des bougies à l'intérieur de quelques maisons. Dans d'autres, le faisceau des lampes électriques éclaire les murs. Pour une fois il est content que le SLORC soit nul en matière de services publics. Il se sent en sécurité dans le noir. Cependant il sursaute quand un gros rat croise son chemin inopinément.

Presque au bout de la petite rue sale, un mur de briques à moitié écroulé entoure une construction à un étage qui lui fait penser à une ancienne école coloniale. Le haut portail est fermé, mais sous la poussée de sa main, les gonds grincent bruyamment. Un chien aboie à l'intérieur. Chit Naing scrute la cour, tâchant de repérer l'animal. À côté d'un petit temple se dresse un bâtiment beaucoup plus grand, sans doute l'orphelinat. Des cabanes en bois, les cellules des moines, flanquent le temple.

Le chien se manifeste à nouveau, et Chit Naing tourne la tête du côté de l'aboiement. Sur sa droite, presque invisible dans l'obscurité, une cahute bricolée, trois fois plus grande qu'une guérite de sentinelle, est accolée au mur du monastère. Quelques secondes après que ses yeux ont distingué les contours de cette petite construction, une créature ressemblant à un gros lapin blanc avance dans sa direction en sautillant à une vitesse alarmante, avec des jappements et des grondements féroces. Cette attaque soudaine fait reculer le gardien jusque dans la rue. Une voix de vieillard braille une série d'exclamations très peu religieuses. Posté dans l'encadrement du portail, toujours grondant, le petit chien s'affale un instant sur le ventre, se redresse, aboie une fois encore dans la direction de Chit Naing, puis, sans se presser, retourne en clopinant vers l'abri, anticipant une punition.

Le gardien est honteux : il a eu tellement peur qu'il a la bouche sèche. Il part d'un rire nerveux. *J'ai été attaqué par un chien à trois pattes mais j'ai survécu pour raconter l'histoire !* Il remonte du regard toute la rue étroite, où d'autres corniauds invisibles se sont joints au concert, sachant que c'est leur devoir d'avertir tout le quartier de la visite nocturne d'un étranger. La voix se fait entendre à nouveau.

— Mais qu'est-ce que c'est que ça ?

Chit Naing distingue un petit bonhomme qui gronde comme le chien.

— Qui est dans la rue ? Qu'est-ce qui se passe ?

— Je cherche le Hsayadaw Sobana. Êtes-vous le gardien de l'école monastique ?

— Non, je ne suis pas le vénérable Hsayadaw, je ne suis pas sa vénérable personne, répond avec force le vieillard qui a mal compris. Je suis le cuisinier, poursuit-il avec un petit rire indulgent. Et parfois, comme ce soir, le veilleur de nuit.

— Excusez ma visite tardive, mais je dois lui parler.

— En effet, il est très tard.

Le vieil homme secoue lentement la tête de droite à gauche, en réfléchissant, du moins c'est ce qu'en déduit Chit Naing, à l'heure tardive. Le gardien s'aperçoit que le bonhomme est édenté.

— Je suis vraiment navré de surgir comme ça, mais je dois parler au Hsayadaw d'une affaire urgente.

— Oui, il est bien tard pour les affaires urgentes. Vous ne pensez pas, jeune homme ?

Cela amuse Chit Naing de percevoir une légère ivresse de pouvoir dans la voix du vieux.

— Tout le monde dort, voyez-vous, reprend celui-ci. Les enfants et aussi les novices. Même leurs professeurs, les moines, ils dorment. C'est une école monastique, nous nous levons à quatre heures du matin. Certains même plus tôt. Moi, par exemple, malgré mon grand âge, et je suis le dernier à me coucher, tellement j'ai de travail. C'est pénible pour moi, avec mes rhumatismes. Heureusement que la mousson est presque terminée !

Chit Naing joint les mains.

— Je suis vraiment désolé pour vos rhumatismes, grand-père, et je m'excuse de venir si tard, mais il faut que je parle à quelqu'un ce soir. S'il vous plaît, pourriez-vous réveiller le Hsayadaw ? C'est très important. Je dois lui parler d'un petit garçon.

— Un garçon à vous ?

Le cuisinier plisse le nez et fait un pas en avant.

— Non, grand-père, un autre garçon. Un orphelin qui a très envie de venir vivre ici.

— Oh, des garçons, nous en avons plein. Il n'y a pas une natte de libre pour le moindre corps, si maigre soit-il. C'est tout juste s'ils ne dorment pas déjà les uns sur les autres. Quant à moi, j'habite dans cette petite cahute, et le toit fuit, ce qui est terrible pour mes rhumatismes. Regardez-moi ça, ils n'ont même pas une chambre décente pour un vieux jardinier.

— Je croyais que vous étiez le cuisinier.

— Je suis aussi le jardinier, monsieur, répond-il d'une voix aiguisée par la fierté. J'ai de nombreux titres.

— S'il vous plaît, pourriez-vous réveiller le Hsayadaw ? Je dois lui parler.

— Le Hsayadaw ? Oh, mais il n'est pas là. Il est à Sagaing pour trois jours encore, et sa vénérable personne nous manque beaucoup.

Le vieillard fait disparaître sa lèvre supérieure dans sa bouche édentée.

— J'ai bien peur que vous ne soyez obligé de revenir plus tard si vous voulez parler au vénérable Hsayadaw.

Chit Naing se frotte le front, au milieu, là où une petite vrille invisible fore un trou invisible.

— Je vois, répond-il, très poliment. Y a-t-il un autre responsable – l'assistant du Hsayadaw, peut-être, un autre moine ? Quelqu'un à qui je peux parler de cet enfant ?

Il entend sa frustration dans sa voix.

— Il n'y a plus une seule natte libre, répète le vieil homme avant de s'éclaircir la gorge. Et l'enfant ne peut pas dormir avec moi. Il n'y a pas de place dans cette cahute comme vous voyez. Elle est minuscule, trop petite pour un vieillard qui a passé toute sa vie à servir. On dirait une boîte, comme vous voyez, voilà comment on traite les vieux de nos jours ; même les vénérables moines me traitent mal. C'est une honte, vous ne trouvez pas ?

— Je suis tout à fait d'accord.

Chit Naing ne veut pas le faire. Il ne devrait pas le faire. Il sait que c'est mal. Mais c'est comme s'il était devant une maison dont la porte en verre était fermée à clé. Ce n'est pas la marche à suivre la moins risquée, elle dénote un manque de jugeote et de patience, mais il se redresse, carre les épaules pour prendre une attitude militaire, et d'un ton extrêmement autoritaire, fait voler le verre en éclats.

— Grand-père, je suis le gardien-chef de la prison et je représente les autorités pénitentiaires. Je ne peux pas et je ne veux pas revenir plus tard, grand-père. Je dois parler à un responsable im-mé-dia-te-ment.

La dernière phrase est un grondement sourd. Le chien allongé près de la cahute répond en jappant, apparemment plus courageux que le pauvre vieux, qui s'est littéralement ratatiné sous le poids de cette déclaration. Il ouvre la bouche, la referme, l'ouvre à nouveau.

Chit Naing a honte, mais se réjouit quand le bonhomme finit par retrouver sa langue.

— Je... je vais aller réveiller Rewata, monsieur, il pourra vous aider directement. Oui, un moment je vous prie, je reviens, il sera là dans un moment, il dort à l'étage, il faut que je prenne ma lampe, un moment, monsieur.

Malgré ses terribles rhumatismes, le vieux part d'un pas leste, non sans regarder pardessus son épaule, bouche bée, tandis qu'il disparaît dans sa cahute. Chit Naing l'entend marmonner tout seul ou à l'attention de son chien. Il réapparaît bientôt avec une lampe électrique, et s'incline en passant devant Chit Naing, puis gravit prestement l'escalier extérieur qui mène à l'étage.

Alors que les marches de bois grincent sous les pieds du vieillard, Chit Naing se met au repos et passe son doigt sous ses lunettes pour se frotter les yeux. Le brave chien gronde à nouveau. Va-t-il sortir de la cahute pour l'attaquer ? Ce serait le comble.

Chit Naing regarde le vieux courir le long de la coursive, une main sur la rampe de bois branlante, l'autre tenant la lampe droite devant lui, projetant dans l'espace un faisceau jaune et régulier qui va jusqu'au sol. Le gardien tape avec force sur la dernière porte et disparaît aussitôt à l'intérieur.

Le regard de Chit Naing s'attarde un instant sur la porte, puis se lève vers le toit aux pointes gracieuses. Il pense brièvement qu'il y a le feu, mais comprend que la lueur éclatante provient de la lune qui se lève. Sanda. Dont le nom veut dire lune en pali. Soudain mal à l'aise, il se rend compte qu'il se trouve à un endroit où elle a dû se trouver aussi. Elle est allée au monastère pour distribuer des aumônes et donner de nouveaux habits aux enfants.

Il jette un regard inquiet dans la cour sombre, comme si quelqu'un pouvait s'y cacher et lire dans ses pensées. Mais il est là tout seul et comprend qu'il est venu à l'école monastique, pas seulement pour le gamin et pas seulement pour Teza. Il est là également pour elle, pour Sanda, la femme intelligente et élégante qu'il aime, qui est veuve – bien que le terme semble si inapproprié pour elle, en contradiction avec ses longs cheveux noirs, ses vêtements superbement coupés, son sourire. Elle apparaît à une échoppe de thé ou de biryani. Parfois ils se retrouvent « par hasard » dans une pagode fréquentée. Elle marche lentement, cherchant dans la foule, le visage ouvert, jusqu'à ce qu'elle le voie. Alors, très naturellement, comme si elle saluait son cousin, son frère ou son mari, elle sourit et entame la conversation, aussi intrépide que discrète. La dernière fois qu'ils se sont vus – elle lui a donné plus d'argent pour la morphine de Teza – il lui a demandé si elle n'avait pas peur de ce qui se passerait s'ils étaient découverts. Elle avait souri.

— Je n'ai rien à craindre. J'ai la conscience tranquille. J'agis par compassion pour mon fils. Toutes les mères en feraient autant. C'est vous, Chit Naing, qui risquez tout en nous aidant. C'est cela qui m'inquiète.

Lorsque Teza annoncera sa grève de la faim, cela provoquera un grand tumulte, pas seulement dans la prison, mais également au sein du gouvernement. Ils devront cesser de se rencontrer. À la pensée de ne plus voir Sanda, de ne plus être près d'elle à la toucher, il est aussi bouleversé qu'à la perspective de s'attirer des ennuis.

Il pense à l'homme remarquable qu'est le fils de Sanda, il se le rappelle penché vers lui, murmurant à son oreille le nom de la rue et le nom du Hsayadaw, comme si le ton impérieux de sa voix rendait leur existence possible, rendait encore présents l'endroit et son vieux gardien bougon. Et c'est le cas.

Une porte s'ouvre et se referme. Le faisceau de la lampe surgit dans la coursive, éclairant l'habit bordeaux délavé d'un moine qui marche à côté du jardinier-cuisinier. Tandis qu'ils descendent l'escalier, Chit Naing s'avance pour saluer le moine supérieur et s'incline profondément. Maintenant qu'il se trouve devant l'homme en habit religieux, il a honte de son comportement – d'avoir harcelé le vieux bonhomme, de l'avoir obligé à réveiller le moine à cette heure tardive. Tête baissée, il présente humblement ses respects et ses excuses.

— Oui, oui, j'accepte les deux. C'est une visite très inhabituelle. Venez avec moi, je vous prie. Il y a un petit bureau près de la salle de classe où nous pourrons parler.

49

Cette vision est différente.

En rêve, il se voit de l'extérieur et de très haut. Est-il devenu la cellule, son corps un mur de briques, ses yeux à l'intérieur de ce mur ? À la lisière de son esprit qui rêve, il y a l'esprit conscient, qui pose des questions, qui erre, en essayant de comprendre ce qu'il s'est passé. Est-il de retour dans le cercueil de teck et devenu l'araignée qui regarde l'homme dans la cage ? Non. Il sait qu'il est toujours Teza. Il se voit étendu par terre, nu, silencieux dans le noir. Il ne frissonne pas. Il dort peut-être – il a les yeux fermés.

Alors, comment puis-je me voir ?

Je suis mort ?

Non, attends. Ce n'est pas le cercueil de teck, ni la maison blanche. Regarde le sol. Ce n'est pas du ciment, mais de la pierre, de la pierre ancienne taillée. Ses yeux suivent les contours du dormeur, la surface et les lignes de séparation entre les énormes dalles. Un flot d'excitation l'envahit, presque du bonheur.

Ce n'est ni la cellule ni la cage, mais le temple.

Un temple sur une plaine de deux mille temples et pagodes. Son esprit lutte pour s'arracher du rêve, se réveiller et se souvenir de l'ancienne cité de Pagan, où il a visité les lieux saints avec sa famille. Sa mère leur donnait à manger à l'ombre des murs du Lemyethna, le temple aux quatre entrées, sous les arbres que le Thatbyinnyu, le temple de l'Omniscience du Bouddha, fait paraître minuscules. Serait-il enfin arrivé à la longue salle d'ordination de Upali Thein, qui porte le nom du moine bien-aimé Upali ? Ou bien a-t-il trouvé le repos, à demi caché dans la falaise, dans le temple rupestre Kyaukgu Umin ? Un homme las pourrait trouver refuge dans n'importe lequel de ces lieux, dans tous. Kandawgyi, Apeyadana. Le Dhammayangyi, qui s'élève comme le Dhamma lui-même, le sommet des enseignements du Seigneur.

Il pourrait rêver du temple Nagayon. Gardé par le Nagan, où neuf siècles auparavant un jeune serpent-dragon protégea le futur roi Kyansittha, lequel était si épuisé par sa fuite devant un ennemi qu'il tomba immédiatement dans un profond sommeil, à l'endroit précis où le temple fut érigé.

Teza aurait pu se trouver dans n'importe lequel de ces endroits. Il aurait pu s'endormir dans les salles caverneuses du magnifique Ananda, avec ses blanches galeries, ses quatre terrasses aux reflets d'ivoire poli. Anantapanna, Sagesse infinie du Bouddha. En effet, les quatre portiques de la salle sont aussi complexes que la sagesse, couverts comme une ruche d'alvéoles de trésors, de plaques d'argile vernissée de vert, de deva aux paumes peintes de marques d'heureux auspices. En terre cuite, les Jatakas racontent les histoires des vies antérieures du

Vertueux, et les hautes fenêtres font pleuvoir la lumière sur la tête du Bouddha.

Alors pourquoi une telle obscurité, Teza ?

Parce que nous arrivons à la fin de la nuit. Mais le jour n'est pas encore levé.

Le rêve le replace en lui-même.

Il se voit sur le seuil de la haute porte voûtée. Il sent sur sa peau l'air rafraîchi par les pierres et hume l'odeur de la poussière de pierre, proche de celle de l'eau froide. La pièce voûtée s'ouvre sur des porches, un dans chaque direction du monde, est, ouest, sud, nord.

Comme il est petit ! (Qui suis-je ?) Son esprit se met à rire, ravi de cette découverte : il est accroché à l'épaule de la statue qui fait face au porche nord. Il est l'homme le plus petit du monde, ses mains minuscules sont écailleuses, pourvues de griffes et au nombre de quatre. (Qui est cet autre au-dessous, qui dort par terre, celui qui aimait son nom ?)

Il y a (*je suis*) un lézard sur l'épaule du Bouddha, le Bouddha fait de plâtre et de brique, la brique fabriquée avec de l'argile de la rivière il y a huit cents ans, et cuite ici, à Tattadesa, la terre desséchée, Pagan, la ville des temples. La main gauche du Bouddha Gautama repose sur son giron, paume vers le ciel, et sa main droite est dirigée vers la terre, à la toucher, pour appeler la terre à témoin de la valeur de son éveil. Le Bouddha regarde dans la direction d'une rivière encore invisible dans l'obscurité.

Le crâne du lézard pivote vers un autre porche de pierre. À l'est, la lumière commence à poindre, le ciel pâlit lentement tandis que la terre, son témoin, roule pour faire face à l'étoile brûlante du soleil. La lumière arrive en un flot lent, lavis de rose pâle, rose foncé, mauve, rouge intense. Dans cette lumière il aperçoit deux silhouettes. Elles gravissent les marches, un homme et un enfant. Il voit l'uniforme kaki, le tee-shirt vert et le longyi turquoise. Ils sont tous deux nu-pieds ; ils sont venus prier.

Le garçon, Free El Salvador, et l'homme, le gardien Nyunt Wai Oo. Beau Gosse. Et c'est vrai qu'il est beau, superbe, le visage lisse, sans la bouche acerbe ni les yeux rageurs. Comment cela se peut-il que ces deux-là pénètrent dans le vestibule, avancent vers l'homme endormi, le Bouddha bien au-dessus de lui ? Le gamin sourit timidement, comme s'il avait quelque chose à dire, mais n'osait pas. Beau Gosse le regarde et ouvre la bouche pour parler. Aucun son ne se fait entendre, si ce n'est le soupir strident du plafond voûté. La première rangée de briques cède et s'écroule.

Cela arrive lentement et vite à la fois. Les frontons de pierre s'effondrent ; les briques s'écrabouillent comme la boue dont elles proviennent, coulent et glissent (pas d'autre son que l'eau qui susurre), même le Bouddha dégringole, enfouissant homme et enfant et dormeur, non par colère, *il n'y a pas de place pour la colère ici*, mais par amour. *Comment est-ce possible ?* Suis-je le temple qui les étreint, qui s'écroule pour les garder à l'intérieur de moi, comme les reliques du saint, enfouies profondément au cœur d'une pagode ?

Le temple est tombé. (Que suis-je à présent, mon visage contre la pierre ?) Il est au-dehors ainsi qu'à l'intérieur, et observe. Devant lui gisent des décombres, un énorme tas de briques informe, d'où sortent des membres d'argile brisés, les mains poussiéreuses et les genoux ronds et les coudes du Bouddha. Dans son visage ébréché, les yeux aveugles sont rivés sur le ciel bleuissant. Où est le lézard ? Où sont le gamin, le gardien ? (Où suis-je ?) Que sommes-nous devenus ?

Le même cœur, les mêmes os, engloutis par de l'argile ancienne. *Nous sommes la même vie et la même mort, la même peur, une seule chair, notre sang indiscernable dans ces ruines*. Soudain, un oiseau effrayé surgit d'une fissure au milieu des débris de briques. Son corps s'élance dans les airs, puis monte, monte, léger et rapide. Je suis aussi le moineau, dont les plumes furent des écailles autrefois, dont les ailes étaient des pattes, dont les pattes sont encore les griffes du lézard. Je m'éveille pour voler et en bas je vois les plaines, or foncé et marron, la couleur de la peau humaine, de ma peau lorsque j'étais humain. Je vois le fleuve, argenté et sinueux comme un serpent-dragon dans la lumière du matin, l'immense Irrawaddy, l'un des plus grands fleuves de son peuple, de mes peuples, de la terre.

Il y a de l'eau sur le visage du chanteur, de l'eau sur ses doigts lorsqu'il touche ses paupières, comme une bénédiction. Mais quand il ouvre les yeux, l'ampoule nue suspendue au plafond les lui fait refermer. Il sait que la surface sous sa tête est du ciment, pas de la pierre. Il étend les bras ; ce n'est ni le temple ni la plaine. *Pourquoi fallait-il que je me réveille ?* Il frappe le sol et balaie de son bras une grande surface de ciment, tout en remettant la tête sous la couverture. Il veut se lover, se recroqueviller en lui-même, mais un coup de coude rapproche l'objet bizarre. Quelque chose de dur lui rentre dans les côtes. Teza ignore ce que c'est ; cette forme lui est devenue étrangère. En panique, il rejette le coin de la couverture et ramasse un registre déchiré et trempé. D'une main stupéfaite, il tire la chose vers lui – *un livre !* – à l'envers, de travers. La couverture tachée s'ouvre comme une porte battante. Et un stylo, le stylo blanc, tombe sur sa poitrine.

Teza se met à rire. Ça lui fait mal à la bouche, mais il ne peut pas s'en empêcher. La douleur résonne jusqu'à l'arrière de son crâne, pourtant il continue à rire en actionnant la bille du stylo, ouvert, fermé, ouvert, fermé. Il se redresse sur un coude et inspecte le registre de sa main libre. Il s'assied lentement et se force au silence en essayant de retenir son étrange hilarité. Le rire descend dans ses épaules et il se retrouve secoué de gloussements silencieux, qui font encore plus mal, alors il laisse le son sortir à nouveau, essuie son visage baigné de larmes et se demande si tout cela fait partie de son rêve.

Pour remercier Tan-see Tiger de l'avoir laissé dormir sur une natte à côté de sa couchette, Nyi Lay fait le ménage dans la cellule, lave les longyis et tue les cafards depuis que les lumières se sont rallumées, à six heures du matin. Pour des raisons inconnues, la population de cafards dans ce bâtiment a pris la proportion d'un fléau. Les autres détenus sont partis dans les ateliers ou faire des travaux de nettoyage, mais Tiger est dispensé de ces tâches subalternes. Il est assis en tailleur sur sa couchette pendant que le gamin passe le petit balai de paille sur le sol.

D'une voix mal assurée, par un itinéraire aussi tortueux que celui qu'il suit pour balayer les cafards qu'il a écrasés, le gamin a raconté au prisonnier tatoué ce qui était arrivé à sa petite maison.

— Quel enfoiré, ce mec ! Faut que tu te tires d'ici, petit.

Le gamin le regarde, étonné.

— Non, pas de ma cellule, garçon – tu peux rester là aussi longtemps que tu veux. Je veux dire de la cage, tu saisis ? Ça vaudrait mieux que tu travailles dehors plutôt que de rester à te faire emmerder par ces connards. Écoute, le mari de ma cousine tient un tea-shop. On pourrait peut-être passer un arrangement. Tu pourrais aller chez eux pour travailler. C'est des gens sérieux, pas comme moi. T'aurais un jour de congé par semaine, et un peu d'argent, et la nuit, ils laissent les gamins dormir sur les tables. C'est pas la mauvaise vie. T'aurais un peu de fric, et il y aurait plein de garçons de ton âge, et des jolies vendeuses de cigarettes et de bétel. Des filles, Nyi Lay, des filles ! Des belles filles ! Faut absolument qu'on te fasse partir d'ici avant que tu deviennes pédé. Absolument. J'ai vu un tas de gars à qui c'est arrivé. Il est temps que tu fiches le camp, petit !

Le gamin soulève le balai du sol et penche la tête de façon théâtrale vers le son du frappeur de fer. Un coup.

— Il est dix heures et demie ?

Le tan-see remet ostensiblement sa montre en or au bracelet un peu lâche bien en place sur son poignet.

— Tapantes.

— Il faut que j'aille faire mon travail. Vous pouvez appeler le surveillant pour qu'il me fasse sortir ?

Tiger hausse un sourcil.

— Pourquoi tu restes pas ici jusqu'à ce que Chit Naing revienne te chercher ? Il voulait pas que tu sortes de la cellule, Nyi Lay.

Mais le gamin est déjà en train de passer la longue bandoulière de sa besace par-dessus sa tête, pour la mettre sur son épaule droite. Il en fait basculer le poids de la hanche opposée sur le dos, pour que le sac ne lui batte pas les jambes en marchant.

— Tu es drôlement chargé, petit, dit Tiger en riant. Tu peux laisser tes affaires ici, tu sais.

Nyi Lay ne répond pas. Il se contente d'ajuster la bretelle de tissu en travers de sa poitrine d'un geste protecteur. Sa besace contient les seuls trésors qui lui restent. Il veut bien laisser ses vêtements de rechange et ses couvertures à Tiger, mais il n'a pas confiance dans les autres détenus qui partagent sa cellule.

— Reste donc jusqu'à ce que Chit Naing revienne ! Tu es sûrement plus en sécurité ici, tu sais. Qui sait où est Beau Gosse en ce moment ?

Le gamin se mordille la lèvre d'un air pensif.

— Mais il faut bien faire son travail, Gyi, et qui donnera à manger au chanteur si je le fais pas ? Pas le surveillant, en tout cas. Gyi, continue-t-il en baissant la voix, le Rossignol est déjà si maigre, c'est terrible. Il faut que je lui apporte à manger, c'est mon travail.

Tiger est impressionné par ce long discours ; manifestement le gamin a très envie de voir son chanteur. Il lui fait un grand sourire, amusé comme toujours, et flatté d'être appelé saya gyi, grand professeur. Vêtu uniquement d'un longyi ocre effiloché, le tan-see se lève pour appeler le surveillant. Puis, dans un murmure :

— Fais attention maintenant, petit frère. Si Beau Gosse a démoli ta maison, il se fera un plaisir de te démolir la tête aussi, l'ordure. Va voir Sammy si t'as un problème – il sera au pied du mirador toute la semaine, ses heures ont été doublées. Ou bien cours tout droit chez le directeur. Même si t'arrives qu'à la moitié du chemin, on t'entendra crier.

Le tan-see s'arrête, sourcils froncés.

— C'est ça qu'il faut que tu fasses, petit frère, si t'as des ennuis. Gueule de toutes tes forces ! Après ce qui s'est passé cette nuit, les surveillants savent que Beau Gosse est dans la merde, alors ils voudront bien t'aider.

— Oui, *Gyi, tzey-zu-tin-ba-deh*.

Le gamin regarde le chat bleu qui rugit sur la poitrine du prisonnier. Il en a un autre, avec de plus grandes dents, sur la jambe. Subrepticement, il jette un coup d'œil aux rangées de chiffres et de lettres tatouées sur le torse et les avant-bras de Tiger. Il sait que c'est pour porter chance, pour écarter les balles et les coups de couteaux, mais il n'a jamais eu le culot de demander au tan-see ce qu'ils disent. Si jamais il devient aussi grand que Tiger, il trouvera lui aussi des mots porte-chance qui resteront écrits sur sa peau pour toujours.

D'habitude quand le gamin va chercher le plateau de Teza, l'Aubergine est dans l'arrière-cuisine, à préparer le déjeuner du directeur. Mais aujourd'hui l'Aubergine est assis devant la cuisine sur un petit tabouret, les pieds bien écartés pour que son ventre puisse s'étaler. Le gamin se demande comment le tabouret ne s'est pas encore écroulé sous son poids. Le longyi à carreaux rouges de l'Aubergine se retrousse sur ses jambes lorsqu'il se penche pour tasser son cheroot contre le rebord d'une fenêtre. Quelqu'un d'autre est assis sur un deuxième tabouret en face de lui, tournant son dos étroit au gamin, mais Nyi Lay reconnaît le crâne roux luisant sous les cheveux gris.

Arrivé à quelques pas des deux hommes, il détourne les yeux des boules de graisses qui entourent les genoux dénudés de l'Aubergine.

— Regarde qui vient – notre petit copain le tueur de rats !

Sein Yun jette un coup d'œil par-dessus son épaule, puis se retourne vers l'Aubergine.

— Mais on ne l'appelle plus comme ça, mon ami ! Maintenant on l'appelle Suceur de tigre !

Il lorgne à nouveau sur le gamin et poursuit, découvrant l'or de ses canines acérées et ses dents tachées de bétel.

— On l'appelle Lover Boy ! Il paraît que tu as passé la nuit avec ton gentil tonton le tan-see. C'est sympa !

Le gamin ramène son sac devant lui. Il sent l'insulte dans les propos du chiromancien, mais ne la comprend pas.

Sein Yun ricane en rejetant sa tête en arrière.

— Allez, petit suceur de tigre, arrête ton cinéma. Tu sais très bien de quoi je parle.

Il saisit le cheroot dans la main potelée de l'Aubergine. Il forme un cercle avec son pouce et son index gauches, et enfonce le cigare dedans, cinq ou six fois. Le cuisinier claque son genou dénudé, et les hommes éclatent d'un rire effréné. Sein Yun lance le cheroot en l'air pour le renvoyer au cuistot, qui l'attrape facilement.

Toujours perplexe, le gamin les regarde l'un après l'autre. Le chiromancien sait que Tiger n'est pas comme ça. Il ne baise pas les garçons, ni les hommes ni qui que ce soit dans la cage – il se languit pour des amoureuses qui sont loin. Mais Nyi Lay ne sait pas comment réfuter les accusations du chiromancien. Il ouvre la bouche, pour dire simplement « non » mais l'Aubergine intervient.

— T'en as de la chance ! Alors, ça t'a plu ?

Comprenant soudain la menace, le gamin se rend compte que l'Aubergine et Sein Yun l'attendaient. C'est pour ça qu'ils sont assis là, à la fin de la matinée, alors qu'il y a encore plein de travail. Il sent la chair de poule sur son cou et ses bras.

L'Aubergine se penche sur ses genoux écartés, le cheroot tenu dans ses doigts en rond.

— Je suis sûr que ça t'a plu, gamin. Si tu venais avec moi dans l'arrière-cuisine, je te donnerai de la bonne huile à boire, hein, qu'est-ce que t'en dis ? Ça te plairait, ça aussi ?

Le gamin s'est arrêté sur le seuil de la cuisine. Il pourrait entrer prendre le plateau. Les deux hommes ne lui barrent pas vraiment le passage, ils sont assis de côté. Mais ce sont leurs voix qui le bloquent. Dix secondes passent, puis vingt, puis une demi-minute. Il sait que le cuistot n'aime pas qu'on le dévisage, alors il le fixe droit dans les yeux. L'Aubergine fait mine de l'ignorer en allumant son cheroot. Son énorme carcasse est encore plus démesurée que d'habitude, car le gamin se tient tout près des épais paquets de chair des bras, des gros seins qui gigotent sous le maillot élimé, des poignets remplis de graisse comme une saucisse chinoise. La sueur, l'huile de friture et le charbon de bois s'évaporent de la peau de l'Aubergine. Le gamin regarde une fois encore le chiromancien, dont le visage déformé par un sourire ressemble à un crâne humain à moitié décomposé.

Lentement, pas à pas, le gamin se déplace à reculons. Lorsqu'il a franchi le seuil de la cuisine, il tourne les talons et traverse le grand réfectoire pour rejoindre les détenus qui préparent la nourriture des prisonniers en isolement. Une fois le plateau de Teza rempli, le gamin ressort dans l'air frais du matin.

Sans jeter ne serait-ce qu'un coup d'œil aux deux hommes, il porte le plateau, la tête haute, ses épaules maigrichonnes rejetées en arrière. Il ne connaît pas le mot qui s'applique à cette démarche décidée, à cette nouvelle volonté d'être visible, à découvert. L'Aubergine et Sein Yun le voient. Ils savent ce que c'est. La dignité. Et ils rient.

50

— Non, mon commandant, j'ai interrogé l'enfant moi-même, et autant que j'aie pu en juger, les accusations contre lui n'étaient pas fondées. Le gardien Nyunt Wai Oo était très en colère, et il n'avait pas les idées claires. Je me suis demandé s'il n'était pas ivre.

C'est tout un art, de garder un ton monocorde, déconnecté des mots et de la direction qu'ils peuvent faire prendre. Chit Naing ne se débrouille pas mal. Devant son visage serein, personne ne pourrait deviner qu'il a les nerfs en compote et les intestins tordus d'acidité.

— L'enfant ignorait complètement de quoi le gardien Nyunt Wai Oo parlait. Comme vous pouvez vous en douter, mon commandant, il était terrifié, et la perte de sa maison…

— Oui, je sais, interrompt sèchement le directeur, vous me l'avez déjà dit.

Ses doigts tambourinent sur le bureau et il regarde les feuilles posées devant lui. L'une ne comporte que deux lignes, une demande d'entretien formulée par le gardien-chef Chit Naing. L'autre est une longue lettre de Nyunt Wai Oo, déposée à l'aube par un jeune homme timide et bafouillant, un voisin du gardien.

La saynète s'est déroulée avant que le directeur ait fini de boire son thé. Drôle de façon de commencer la journée ! Le messager boutonneux et terrorisé, qui après enquête s'est révélé être le neveu de Beau Gosse, expliqua que le gardien Nyunt Wai Oo ne pourrait pas venir travailler pendant plusieurs jours, étant immobilisé avec un genou en très mauvais état. Le jeune homme, presque incapable de parler tant il était effrayé, puis incapable d'arrêter de jacasser, témoigna en long et en large qu'il avait v-v-vu de ses p-p-propres yeux le ge-ge-genou qui avait doublé de volume. Avec un profond salut, il donna la lettre de Nyunt Wai Oo comme s'il passait une enveloppe empoisonnée. Il quitta le bureau à reculons en s'inclinant de nouveau plusieurs fois.

La lettre qui remplit deux feuilles de papier est un monument de rage alambiquée. Le directeur se demande s'il est possible que le gardien Nyunt Wai Oo soit en train de devenir fou. La lettre ne mentionne pas les circonstances de sa blessure, mais les phrases sont pleines d'accusations, d'imprécations contre le gamin et Chit Naing, et de références constantes à ce stylo grotesque. Le directeur se dit que si par hasard on retrouvait ce satané stylo, il se ferait un plaisir de l'enfoncer dans la gorge de Nyunt Wai Oo.

Il lève les yeux vers Chit Naing, qui essuie ses lunettes. Sans les montures d'acier, le gardien a l'air plus jeune, plus vulnérable. Chit Naing rencontre le regard de son chef sans broncher. Puis, ayant hâte de retrouver ce mince voile protecteur entre lui et le monde, il s'empresse de remettre ses lunettes. Les deux hommes sont dans le bureau du rez-de-chaussée, meublé d'une longue table de travail en bois et de classeurs qui recouvrent le mur du fond. Les yeux de Chit Naing passent rapidement du visage aux mâchoires carrées du directeur au portrait passé du Bogyoke Aung San accroché au-dessus des classeurs. Il estime que c'est bon signe, d'une certaine façon : le directeur respecte encore le général. Dans certains bureaux gouvernementaux, le célèbre portrait du Bogyoke a été retiré, parce qu'il fait trop penser à sa fille.

Tout aussi vite, Chit Naing dirige maintenant son regard vers la fenêtre ouverte, qui donne sur la cour et le premier des bâtiments principaux. Un groupe de détenus, fers aux pieds, traverse son champ de vision. *Gling gling gling*. Pour la millième fois environ, Chit Naing pense au fracas des chaînes d'éléphant, et au fait que le plus chétif des cornacs puisse contrôler de tels mastodontes.

Et si le directeur ne veut pas laisser le gamin partir ? Chit Naing se met à contempler la paume de sa main ouverte, s'efforçant de feindre l'indifférence.

— Est-ce qu'il a blessé le gosse ?

— Plus tôt dans la soirée il a trouvé le gamin près du ruisseau d'eaux usées et il a essayé de le noyer. Vous savez ce qu'il fait parfois aux détenus dans les salles de douches ? Il a fait la même chose au petit. Il aurait pu le tuer. Le gamin ne voulait pas m'en parler. J'ai dû lui tirer les vers du nez. Et Nyunt Wai Oo l'a frappé également. Il a une grosse coupure sur le visage. Il est venu me trouver et je l'ai raccompagné à sa cabane, que le gardien et quelques surveillants avaient déjà démolie. Quand nous nous sommes approchés, Nyunt Wai Oo voulait se saisir du petit, mais je l'en ai empêché. Il agissait comme… enfin, comme un dément, mon commandant. Tout le monde a pu le constater. Il voulait interroger l'enfant… (pause lourde de sous-entendus) avec les mêmes méthodes que pour un prisonnier politique.

Le directeur exhale un petit soupir brusque.

— *Seiq-nyit-deh !* Bougrement enquiquinant. Il a tellement envie de devenir interrogateur qu'il travaillerait sur des petits commissionnaires pour prouver ce qu'il avance. Je vais devoir parler moi-même au gosse, histoire de m'assurer qu'il n'y a rien de vrai dans les affirmations de Nyunt Wai Oo, mais avant, expliquez-moi cette « possibilité avantageuse » que vous mentionnez dans votre mot.

Chit Naing perçoit une pointe d'ironie dans la voix du directeur. Heureusement qu'il n'a pas osé écrire le mot « solution » !

En douceur, en douceur… Il ne doit pas avoir l'air de prendre tout ça trop à cœur. Il s'appuie au dossier de la chaise.

— Eh bien, mon commandant, je ne peux pas vraiment affirmer que ça marcherait, mais c'est à envisager. Jusqu'à hier, lorsque Nyunt Wai Oo l'a attaqué, le gamin ne voulait pas partir de la prison. Bien au contraire, en fait. Mais à présent il se rend compte que cet endroit recèle bien des dangers pour lui. Je ne peux qu'imaginer ce qu'il a déjà enduré. La prison, c'est… ce n'est pas… l'endroit idéal pour un orphelin. Parfois je pense que cela fait longtemps que j'aurais dû le placer dans une école monastique. C'est cela mon idée, mon commandant. Je connais un très bon pongyi-khaun à Rangoon, dans le quartier de Kyee Myin Daing.

Je pense que le Hsayadaw serait d'accord pour le prendre comme novice. Avec votre permission, bien sûr, mon commandant.

Une autre pause, pour donner au directeur le loisir de parler s'il le désire. Mais celui-ci ne dit pas un mot. Chit Naing poursuit.

— Puis-je lui poser la question ?

Le directeur se lève, repousse sa chaise de telle façon qu'elle racle le sol. Chit Naing, qui avait esquissé le geste de se pencher en avant, se redresse et fixe le portrait du Bogyoke Aung San. Le directeur arpente un côté de la petite pièce, fait volte-face, revient à son bureau, et prend un paquet de cigarettes dans sa poche de poitrine. Il en offre rarement au gardien-chef car il sait que Chit Naing ne fume pas, mais il y a quelque chose de nettement possessif dans sa façon d'ouvrir le paquet d'un coup sec puis de se détourner légèrement, comme pour dire « cela m'appartient ».

Ignorant la question de Chit Naing, il en pose une autre :

— Comment avez-vous connu le monastère ?

Le gardien est catastrophé, même si son visage garde la même expression passive. Il redoutait cette éventualité – un petit interrogatoire. L'histoire qu'il a préparée est la seule histoire possible à raconter, le seul mensonge plausible, mais, recoupée avec d'autres preuves, dans les mois à venir, elle le mènera à sa perte.

— Ma femme y donne des aumônes parfois. Au début de la saison des pluies, nous essayons d'offrir quelques habits pour les novices.

Le directeur ne croirait pas une seconde que Chit Naing donnerait des aumônes de sa poche à une école monastique. Seule sa femme, qui dispose d'argent venant de sa famille, achèterait des habits ou de la nourriture pour des orphelins affamés. Un gardien-chef ne gagne pas beaucoup, surtout s'il ne prend pas de pots-de-vin.

À la mention de la femme de Chit Naing, le directeur semble se radoucir légèrement. Il ébauche même un petit sourire. *Ah, la générosité du sexe faible !* Ou bien il pense peut-être : *Ce sera très facile de te confondre, espèce de menteur !* Il prend un cendrier sur une petite desserte et le pose avec précaution sur son bureau, sans se rasseoir. Il recommence à arpenter la pièce. Chit Naing prend la mesure de sa carrure, de sa masse imposante. Le directeur n'est pas grand, mais il porte le pouvoir de son poste comme il porte son grade. Le silence, c'est lui qui le gère. Il laisse Chit Naing mariner dedans comme un chat dans l'eau.

— Ce Hsayadaw, il a des antécédents ?

— Des antécédents ? Vous voulez dire, politiques, mon commandant ?

— Oui, gardien-chef Chit Naing, bien sûr que c'est ce que je veux dire.

— Alors là, mon commandant, je n'en sais trop rien. Je n'ai pas vérifié. Il dirige une école. La plupart de ses élèves ont moins de quinze ans, alors ils... ils ne sont pas comme les étudiants. C'est un orphelinat assez pauvre, qui tombe en ruines, en fait. J'imagine qu'ils se préoccupent plus de ce qu'ils vont manger que de politique.

— Et c'est fichtrement mieux comme ça. Mais vous savez que parfois les vieux moines se mettent à avoir des grandes idées. Ils peuvent être dangereux. Vous vous souvenez de celui qui avait caché des étudiants dans son monastère ?

— Oui, mon commandant, bien sûr, je m'en souviens.

Comment Chit Naing aurait-il pu oublier ce vieux moine plein de bravoure, à la peau toute parcheminée. « Mon fils, ce corps n'est qu'une enveloppe souillée. Fais-en ce que tu veux. » Il était mort dans sa cellule, assis en posture de méditation, le dos contre le mur de briques.

— Nous l'avons traité avec un gant de velours et il a quand même fallu qu'il nous crève entre les mains, le vieux salopard.

Cette façon de parler du moine est ignoble, mais Chit Naing hoche la tête. Il a honte de participer à cette mascarade, mais il ne peut y échapper. Est-ce que le directeur est en train de lui tendre un piège ? Démentant son expression impassible, un frisson lui parcourt les épaules.

— Vous savez comment ils sont, n'est-ce pas, gardien-chef Chit Naing ? Toujours à mijoter quelque chose, à exiger des choses auxquelles ils n'ont pas droit. Comme Suu Kyi, cette collaboratrice colonialiste. Vous savez qu'ils vont la laisser s'adresser au peuple ce week-end ? De derrière son portail en plus, on aura tout vu ! Vous êtes au courant, je suppose ? demande-t-il d'une voix plus forte.

— Oui, mon commandant, je crois que j'en ai entendu parler.

— Elle va déblatérer tout son saoul, parler au peuple, répondre à leurs questions par des mensonges, en souriant et en faisant des manières pour les étrangers qui viendront la prendre en photo. Qu'est-ce qu'elle sait ? Qu'est-ce qu'elle peut bien savoir de ce pays, alors qu'elle a passé le plus clair de sa vie en Angleterre à se faire sauter par des Blancs ? Je ne comprends pas pourquoi le premier Secrétaire autorise ça, franchement, je ne comprends pas. Ni pourquoi le général Ne Win devrait l'autoriser. Ça fait des années que je le dis – ils auraient dû l'abattre depuis longtemps, elle et toute sa bande de traîtres.

À cet instant, afin de tenir son rôle, Chit Naing devrait dire quelque chose, n'importe quoi, pour assurer le directeur de sa position, du fait qu'il a raison en toutes choses ; c'est ainsi que se maintient l'équilibre du pouvoir. Mais Chit Naing se cantonne dans un étonnement muet. Il ne peut pas. Là, tout de suite, il faut qu'il dise quelque chose. Bien que cet instant soit en train de passer, il n'est pas trop tard.

Il est passé. Les yeux de Chit Naing sont fixés sur le portrait du père de Suu Kyi. Le Bogyoke aimait tant la Birmanie ; il travaillait sans relâche pour son peuple. Une quarantaine d'années plus tard, alors que l'histoire témoigne encore de l'importance de cet amour et de ce travail, il est presque impossible de croire qu'on ait voulu le tuer. Pourtant un rival jaloux a bel et bien voulu sa mort, et l'a bel et bien assassiné, a versé son sang comme s'il n'était qu'un animal, même moins qu'un animal, dont la mort aurait pu avoir une utilité. Si Chit Naing approuve l'idée de l'assassinat de la fille, s'il acquiesce et avale ce mensonge avec un sourire, en quoi cela serait-il différent de célébrer la mort du père ? Il ne peut pas s'y résoudre.

Tandis que le gardien fixe le portrait du héros assassiné, le directeur regarde le gardien en fronçant les sourcils. La cendre de sa cigarette est si longue qu'elle tombe ; il sursaute et brosse sa chemise. Puis il pose soigneusement sa cigarette dans le cendrier. Sa voix est très calme.

— Gardien-chef Chit Naing, elle n'est pas comme lui.

— Pardon, mon commandant ?

— Le Bogyoke et sa fille. Ils ne sont pas pareils.

Ça, ce n'est pas difficile.

— Non, mon commandant, pas du tout, en effet.

Elle, elle est toujours vivante.

— Vous êtes d'accord avec moi sur ce point ?

— Absolument.

Le directeur se redresse, soudain brusque et professionnel.

— Donc, ce Hsayadaw, il n'a pas la tête farcie de belles idées politiques ? Hein ?

— Le Hsayadaw ne m'a jamais parlé de politique, mon commandant. *D'ailleurs il ne m'a pas parlé du tout, mais il revient de Sagaing dans deux jours.* Je ne crois pas qu'il s'intéresse à la politique, mon commandant. Si vous le désirez, nous pourrions sûrement organiser un entretien.

— Oh, certainement. Ce n'est pas que je ne vous fais pas confiance, Ko Chit Naing.

Malgré le Ko, la formule de politesse la moins formelle, l'irritation contenue dans les mots du directeur plane parmi les volutes bleues de la fumée de cigarette.

— Vous savez que j'aime bien ce gosse, reprend-il. Je ne veux pas le confier à une bande de fauteurs de troubles.

Chit Naing serre les dents. Seul un partisan de la junte peut sortir une telle absurdité. Une école dirigée par des moines est une cause d'inquiétude, alors qu'une prison est un havre de sécurité pour un enfant. Chit Naing s'éclaircit la gorge.

— Je comprends tout à fait ce que vous voulez dire, mon commandant. Je suis d'accord avec vous.

51

Ils se dévisagent à travers les barreaux sans parler. Free El Salvador a poussé la bouillie de riz par le guichet. Ses yeux vont du plateau à la figure de Teza puis à sa couverture et sa paillasse.

— Tu m'as apporté des cadeaux hier, petit frère, dit Teza.

Mais sa voix est bizarre. Et il n'y a pas de sourire autour de ses yeux. Ne sachant pas quoi dire, le gamin baisse la tête et frotte une tache de rouille en bas des barreaux.

— Pourquoi m'as-tu apporté ces choses ?

Free El Salvador est sur la défensive.

— Mais le stylo est à toi ! Tu l'as perdu, je te l'ai rapporté. Maintenant, ajoute-t-il dans un léger murmure, tu peux écrire.

— Mais où as-tu pris le stylo ? Et comment ?

Le gamin renifle.

— Devant le cercueil. Le jour du passage à tabac.

Teza le dévisage, et sa mâchoire distendue et sa bouche ouverte deviennent parties intégrantes d'une expression d'incrédulité pure. Son esprit bondit dans tous les sens en essayant de saisir les nombreuses implications contenues dans les paroles du gamin.

Tout à coup Free El Salvador se met debout, court jusqu'au bout du petit couloir et jette un coup d'œil dans la cour. Il fait un signe à Teza et prononce silencieusement le mot « surveillant ». Mais le surveillant ne s'arrête pas. Quelques secondes plus tard le gamin revient devant la cellule.

— Le stylo marche encore bien, Teza, murmure-t-il. Je t'assure, il y a encore plein d'encre dedans. Je m'en suis servi que deux ou trois fois, presque pas du tout. Il est à toi. Je te l'ai rapporté.

Le chanteur entend ce que le gamin dit réellement : *C'est un cadeau que je te fais. Tu n'es pas content ?* Il a envie d'entendre ce qui vient après qu'un cadeau a été offert : des mots de louange et de gratitude. Teza oublie parfois. Il oublie que Free El Salvador est un enfant.

— Merci, Nyi Lay. Je te remercie pour le stylo et le registre. Seulement je suis très étonné. Ce matin, quand je me suis réveillé, je n'en croyais pas mes yeux. C'était comme de la magie. Mais je ne comprends toujours pas. Chit Naing m'a parlé de la fouille. Beau Gosse a mis la cage sens dessus dessous, à force de chercher ce stylo. Il m'a dit que les surveillants et les détenus le cherchaient, fouillaient partout, soudoyaient les gens. Comment as-tu fait ?

Le gamin plisse les yeux d'un air rusé.

— Beau Gosse n'a pas pensé à moi. Il sait que je ne sais pas écrire. Il n'a pas fouillé chez moi. Enfin, jusqu'à hier, précise-t-il, la figure changée.

— Il s'en est douté ?

— Il a démoli ma maison et a jeté mes affaires dans la cour. Les surveillants ont creusé un grand trou, ils essayaient de trouver le stylo.

Mais ils ne l'ont pas trouvé, Teza ! Ils ont démoli ma cabane et pris toutes mes affaires, mais c'était trop tard.

Les lèvres pleines et enfantines s'arrondissent dans un sourire prudent.

— Il n'a pas eu le stylo ! dit-il tout bas.

Teza a du mal à contrôler sa mâchoire et sa voix, à ne pas crier son admiration pour le gamin accroupi devant lui.

— Il n'a pas eu le stylo parce que tu me l'as apporté. Ainsi que le registre.

— Le registre, c'est le livre avec les lignes et les chiffres ?

— C'est ça. Le comptable garde les traces des comptes, de l'argent dépensé en écrivant tous les chiffres, et les dates. Où l'as-tu trouvé ?

— Dans la poubelle, devant un des bureaux.

— Dans la poubelle ?

— Teza, on trouve des tas de choses intéressantes dans les ordures, explique le gamin avec grand sérieux. Parfois à manger, parfois du fil de fer et des sacs en plastique. Une fois j'ai trouvé un crayon, et je l'ai échangé à un Indien contre trois chapatis. Parfois je ne trouve que des noyaux de mangue ou des sachets de la-phet avec encore un peu de cacahuètes ou de feuilles de thé collées à l'intérieur. Normalement on ne doit pas jeter de papiers ni de livres ni rien d'important dans les poubelles, mais parfois ils sont trop paresseux pour déposer leurs ordures au bureau principal.

— Mais comment as-tu fait pour laisser le registre ici hier soir ? Le surveillant de garde ne t'a pas vu ?

— Il n'y avait que Chit Naing.

— Chit Naing est au courant ?

— Non, non ! Il n'a rien vu. J'ai dit que je voulais prier avec toi. Il est resté de l'autre côté du mur quand je suis venu. Tu dormais. Alors j'ai fourré le livre sous ta couverture.

Free El Salvador et le chanteur se regardent. Puis, juste en même temps, ils se mettent à rire. Teza exhale son « hé hé hé » irrégulier, syncopé, et le gamin se couvre la bouche de ses mains. Quelques secondes plus tard, il recouvre son sérieux.

— J'ai cru que Beau Gosse allait me tuer, murmure-t-il. Mais Chit Naing l'en a empêché.

Teza se tait. Que peut-il dire ?

— Oh, Nyi Lay, je t'en prie, sois prudent.

— Je suis toujours prudent. Mais si quelqu'un a décidé de te tuer, tu peux faire ce que tu veux, il finira toujours par t'avoir.

Les mots sont si brutaux et si vrais que Teza ne peut rien répondre.

Nyi Lay se lève prestement pour renouer son longyi avec des gestes vifs, puis se remet en position accroupie.

— Mais tu sais, en venant ici, j'ai entendu un surveillant dire que Beau Gosse n'est pas venu travailler ce matin. Tout le monde en parle. Alors aujourd'hui je ne crains rien.

Pourtant le gamin ne tient pas en place, il gigote sans arrêt et tend l'oreille pour entendre ce qui se passe dans la cour.

— Beau Gosse a peut-être démissionné.

— Pas de danger, répond le gamin. Il adore son travail. Tint Lwin m'a dit qu'il a un problème à la jambe, et qu'il peut pas marcher. Mais quand il reviendra, il se remettra après moi.

Teza regarde le gamin attentivement.

— Sabado, c'est ton invitation.

— Mon invitation ?

— À partir d'ici. Si tu pars pour de bon, Beau Gosse ne pourra pas te faire de mal.

Le gamin se passe le dos de la main sur le nez.

— J'ai encore du travail.

— Sabado, commence Teza sans réfléchir à ce qu'il va dire, tu peux y aller, mais emporte cette idée avec toi. Penses-y. Pourquoi m'as-tu apporté le stylo et le registre ? Parce que tu comprends l'importance des mots.

Le gamin détourne le visage, l'air têtu, mais ne peut s'écarter de l'orbite du chanteur.

— Nyi Lay, quand j'étais très petit et que je ne savais ni lire ni écrire, j'avais tellement envie d'apprendre que j'en pleurais. Puis je suis allé à l'école, et j'ai appris. Tu veux apprendre toi aussi, n'est-ce pas ? N'est-ce pas ? Alors, il faut que tu partes de la prison. C'est déjà tellement courageux d'habiter ici tout seul. Je t'admire. Mais pour sortir d'ici, il faudra être encore plus courageux.

— Je ne veux plus parler. Je dois y aller.

Le gamin serre les poings.

Le chanteur ne peut pas s'arrêter.

— Chit Naing t'aidera, Nyi Lay. D'autres t'aideront. Mais tu dois les laisser faire. Tu dois nous faire confiance. Tu dois me faire confiance, à moi.

Teza a tendu la main dans un geste de supplication, et le gamin a envie de la taper contre les barreaux. Au lieu de cela il recule à quatre pattes, sans perdre son équilibre, et se relève d'un bond, si furieux qu'il ne peut pas respirer. Confiance ! Yon-kyi hmu, au cœur de l'amour et aussi de la trahison, un mot qu'il comprend mais qu'il n'a jamais expérimenté. Comment pourrait-il l'expérimenter ici, qui lui aurait appris à croire en son pouvoir ? C'est vrai, il pourrait faire confiance à Chit Naing et Tan-see Tiger et Sammy le colosse indien. Il pourrait faire confiance à Teza, mais il reste partagé par une question, en cage dans la cage. *Pourquoi ? Pourquoi je devrais leur faire confiance, à eux ?*

Il s'étouffe, non pas avec de l'eau comme hier, mais avec des larmes ; il se noie à nouveau, il ravale ses pleurs, mais leur force le fait frissonner. Ses bras se lèvent. Cela lui fait presque mal de toucher son propre corps. Abandonné, il se tient devant la maison blanche et sanglote.

— Nyi Lay !

La voix traverse un vide d'un mètre de large à un univers de distance, mais c'est toujours le même endroit, la même cage, parce que le gamin entend Teza.

— Nyi Lay, approche.

Teza tend sa main et sa voix à travers les barreaux.

— Approche, répète-t-il tout bas.

Au sein de la vague qui le porte pour prendre les mains de Teza, le gamin pourrait être en sécurité, et peut-être aimé. Mais la vague se retire. Il enlève ses mains de celles de Teza et recule en se tortillant. Il avale ses larmes et crache les mots rageurs :

— Pourquoi je devrais te faire confiance ?

Teza reçoit la question en silence. Il réfléchit. *Pourquoi ? Pourquoi ?*

— Parce que, moi, je te fais confiance. C'est la seule raison. Et je t'aime autant que j'aime mon propre petit frère.

Cette déclaration a un effet inattendu sur Free El Salvador. Elle le sort brusquement de sa souffrance.

— Tu as un frère, toi ?

— Un frère plus jeune. Mais pas petit comme toi.

— Je ne suis pas petit.

— Non, tu as raison.

— Comment il s'appelle ?

— Aung Min.

— Il habite Rangoon ?

— Plus maintenant. Il est quelque part à la frontière.

— La frontière ?

— Entre la Birmanie et la Thaïlande.

— Des fois les prisonniers thaïs me donnent à manger.

— C'est gentil. Leur pays est tout à côté de la Birmanie. Et la frontière, c'est ce qui sépare nos deux pays, et qui les relie.

— En même temps ?

— Oui. Comme les murs qui entourent la prison nous séparent de l'extérieur mais nous rappellent que le monde est juste derrière, à quelques pas.

— Aung Min est en prison, lui aussi ?

— Non, c'est un révolutionnaire.

— Comme Bogyoke Aung San !

Le respect et l'admiration rendent sa voix plus grave.

Teza pense aussitôt que cette comparaison plairait beaucoup à son frère.

— Tu connais Bogyoke Aung San ?

— Tan-see Tiger parle de lui. Il a une photo encadrée du Bogyoke dans sa cellule. Bogyoke

Aung San était le grand général révolutionnaire qui a chassé tous les Japonais et les Anglais.

Le gamin ne sait pas exactement qui sont les Japonais et les Anglais. Lorsque Tiger en parle, il leur arrive d'avoir l'air humain. D'autres fois, le gamin est persuadé que ce sont des animaux sauvages. Mais ce qu'il sait, c'est que le Bogyoke Aung San les a fait partir de Birmanie.

— Est-ce que ton frère chasse les Japonais et les Anglais ?

Teza regarde tristement Free El Salvador.

— Non, il combat les soldats birmans.

En fait, Teza ignore ce que fait son frère, et de quelle façon. Il ne sait même pas si Aung Min est toujours en vie.

— Nos soldats à nous ?

— Oui. L'armée birmane. Et leurs chefs.

Comment expliquer la guerre civile à un enfant ?

— Beaucoup de nos soldats sont cruels, parce que les hommes qui les dirigent sont cruels. Tu as entendu parler des autres prisonniers politiques ?

— Ils savent lire.

— Oui, en effet. Et écrire. Et ils parlent aux gens de changer le gouvernement. L'armée n'aime pas ça, alors ils mettent les politiques dans la cage. Mais il y a des milliers d'autres politiques qui ne vivent pas dans la prison. Lorsque les généraux ont commencé à les tuer, ils sont allés à la frontière, pour lutter contre l'armée depuis l'extérieur de la Birmanie. Il y a des tas de groupes différents qui travaillent contre le gouvernement.

— C'est quoi le gouvernement, déjà ?

— Le gouvernement est composé des hommes qui dirigent l'armée et de leurs amis. Le SLORC.

— Ah, fait le gamin en hochant la tête.

— Si on n'est pas d'accord avec eux, ou si on leur demande d'arrêter de faire du mal aux gens, ils peuvent devenir très cruels.

— Comme Beau Gosse.

— Oui, comme Beau Gosse, exactement.

— Pourquoi ils sont comme ça ?

Teza regarde le petit visage avide de savoir.

— Parce qu'ils ont peur. Ils ont peur de lâcher leur pouvoir, ou toutes les bonnes choses qu'ils ont volées aux gens. Et ils ont peur de la colère des gens.

— Quels gens ?

— Tous les gens à qui le gouvernement a fait du mal, à eux ou à leur famille. Mais tu sais ce qui les terrifie le plus ?

— Quoi ?

— Le changement, répond Teza sans lâcher des yeux ceux de l'enfant. Ils ne veulent pas changer. Ils veulent garder les anciennes façons. Ce ne sont pas de très bons bouddhistes.

— Pourquoi ?

— Parce que le Bouddha nous a appris que les choses changent constamment. C'est comme le temps qu'il fait. La mousson est presque terminée, n'est-ce pas, même s'il pleut encore la nuit. Et maintenant il fait chaud, mais bientôt la saison froide va commencer, et ensuite il refera chaud, et il y aura encore des pluies. C'est pareil pour tout – les gens, les animaux, les plantes, tout ce qu'on fabrique et qu'on construit. Même si les gens ou les choses ont l'air pareils, ils sont toujours en train de changer ou de grandir ou de mourir. Rien n'est jamais pareil pour personne. Alors, nous essayons de faire preuve d'upekkha, de vivre avec upekkha. Ça veut dire accepter le changement qui vient et le vivre sereinement.

Free El Salvador regarde dans le couloir et pose rapidement un doigt sur ses lèvres. Le vieux surveillant vient chercher Teza pour l'emmener à la douche. Le gamin reconnaît son pas. Et comme il sent confusément le message caché que Teza essaie de faire passer, il est content de mettre un terme à la conversation.

— Le surveillant arrive. Je vais vider ton seau.

Il s'approche du mur extérieur. Si le vieux bonhomme tout voûté est de bonne humeur, il donnera peut-être un bonbon au gamin.

Vite, Teza le rappelle dans un murmure.

— Nyi Lay !

Le gamin tourne la tête.

— Fais bien attention à toi !

Juste au moment où le vieux apparaît, en faisant cliqueter une poignée de clés, le gamin offre à Teza le joyau d'un sourire.

52

Voilà qu'il a encore découvert une colonie de fourmis. Elles habitaient déjà la maison blanche avant son arrivée, mais les premières semaines suivant le passage à tabac, toutes ses énergies étaient tournées vers l'intérieur. Ces derniers jours, sa détermination retrouvée, il avait commencé à observer les fourmis avec le même intérêt qu'avant, en s'interrogeant sur les petits détails de leur vie. Elles sont plus visibles, car leurs traces, jusque-là proches du plafond, partent à présent en sens inverse et descendent en lignes sinueuses le long du mur. Teza les a attirées dans cette direction en plaçant des grains de riz par terre. Il garde le moindre morceau de cartilage ou de légume qu'il trouve dans son repas du matin pour l'enfant, tandis qu'une partie de la bouillie de riz va aux oiseaux, aux fourmis, aux cafards à l'enthousiasme fébrile.

Le reste de la bouillie du matin, il la mange, bien que manger demeure son activité la plus redoutée. Il ne peut pas appliquer la pression nécessaire pour serrer les dents. Le simple fait d'avaler utilise des muscles qui ne sont pas guéris. La douleur est atroce, mais cela le soucie de moins en moins. Bientôt, ça ne le souciera plus du tout. La plupart du temps, il médite pendant quatre, cinq ou six heures par jour. Quand il a terminé il est complètement épuisé. Il ne médite qu'assis désormais. Dans le cercueil de teck il méditait souvent en marchant, décomposant chaque pas, talon, milieu du pied, partie charnue, orteils qui se plient. Même si ses orteils cassés vont beaucoup mieux, ils sont toujours très raides. Il clopine sans grâce. *Ya-badeh*. Pas grave. Ses orteils sont si loin de son cœur, il a déjà fait une croix dessus.

Son corps est souvent fatigué, ses longs muscles vidés et amaigris. Sa distillation se poursuit rapidement, au rythme de l'extraction de la pulpe. L'enveloppe qui subsiste n'est pas une cosse sèche mais l'essence, huile ou alcool purs, dont l'âcreté lui fait briller les yeux malgré sa lassitude. Quand il ne médite pas, il dort, et quand il ne dort pas, il pense au stylo, qui lui a été rendu de façon si singulière, au registre et à ses pages tachées mais vierges pour la plupart, à son petit frère, et aux mots. De tous les mots qui sont dans sa tête, dans sa vie, de tous les mots du monde, lesquels doivent être prononcés sur le papier ? Que va-t-il écrire ? Parfois il est allongé sur le dos, le visage tourné vers le plafond, où les lézards courent en tous sens pour chasser les insectes.

C'est exactement comme dans le cercueil de teck, et pourtant tout a changé. Il compose de longues lettres dans sa tête tout en regardant les créatures exécuter leur danse saccadée en claquant leurs petites mâchoires. Ils mangent sans cesse : papillons de nuit, moustiques, mouches grosses et petites. C'est à peine croyable que le chanteur les ait mangés eux, ces petits reptiles. Il secoue la tête en y repensant.

Son regard passe du plafond à sa tranche de ciel bleu au-delà de la cellule. Hier soir il a vu une demi-lune, croissante ou décroissante, tel un visage triste tourné vers lui. Allongé tout près des barreaux, il voulait la regarder tomber dans le petit espace entre toit et mur, mais il était si fatigué qu'il s'est endormi au bout de deux minutes. Il s'est réveillé pour contempler l'aube grise devenir mauve devenir rose bleutée devenir ciel bleu, et il a su que le ciel tout entier était bleu, sans nuages, grand ouvert au-dessus de la prison, au-dessus de Rangoon. Les couleurs lui ont fait penser à sa mère, à ses fleurs et à ses plantes dans la cour. Il s'est souvenu du petit portail en bois. Il est sans doute recouvert de mousse vert vif, comme toujours après la mousson. Armée d'une brosse à récurer, Sanda a déjà assuré à sa voisine, en ronchonnant comme tous les ans, qu'elle le remplacerait par un portail en fer très laid, mais elle ne le fait pas et ne le fera jamais. Un portail avec des barreaux de fer ressemble trop à une porte de prison.

Perdu dans ses pensées, Teza laisse son regard dériver. Comme il est toujours allongé, la première chose qui lui saute aux yeux de l'autre côté des barreaux, c'est une paire de bottes. Les voir si près de son visage le terrorise. Un cri discontinu s'envole de sa bouche en montant de trois octaves « Ou-ah ah ah ! » Au moment où il roule sur lui-même pour s'en éloigner, un morceau de visage s'inscrit dans son esprit. Ce n'est pas Beau Gosse mais Chit Naing, son ami.

— Pardon, Teza. Je croyais que tu m'avais entendu.

Cette poussée d'adrénaline a rendu Teza à la fois nerveux et hébété. Très lentement, il roule sur le côté et se redresse.

— Non, je… je pensais à quelque chose.

Il se demande s'il est devenu complètement sourd de son oreille blessée. Il bouge la tête d'avant en arrière, comme s'il secouait un gadget cassé. Chit Naing s'accroupit.

— Le docteur veut revenir te voir.

— Aujourd'hui ?

— Non, il n'est pas dévoué à ce point-là. Mais bientôt. Il me l'a dit ce matin quand il a pointé.

— Il a parlé au directeur ?

— Je ne crois pas. Mais il le fera, Teza. Et si tu es sérieux à propos de la grève de la faim, tu dois savoir que le directeur ne te laissera pas la faire. Ils te tabasseront encore. Il faut que tu le saches. Ils te forceront à manger.

— Qu'est-ce qu'ils vont faire, me recasser la mâchoire pour me gaver de force ?

— Peut-être. Si le directeur se sent en veine de générosité, il t'attachera dans ta cellule et te collera une perfusion.

Teza le regarde d'un air dubitatif. Il ne croit pas les autorités pénitentiaires capables de régler un problème avec tant de finesse.

— Personne ne fera ça dans l'immédiat.

— Alors, c'est vraiment sérieux, cette grève de la faim ?

— Vous croyiez que je vous faisais marcher ?

Une sincère stupéfaction rend la voix de Teza plus légère.

Le gardien ferme les yeux pendant un long moment. Puis il les rouvre et demande :

— Quelles sont tes revendications ?

Teza croise lentement les jambes, de façon à ce que la cheville qui se trouve en dessous s'appuie contre sa paillasse crasseuse. Il soulève l'autre pied et le pose dans le creux formé par son mollet et sa cuisse flasque.

— Je n'en ai pas.

— Mais en cas de grève de la faim, le prisonnier a toujours des revendications !

Le gardien-chef parle comme un enfant courroucé, pense Teza en grattant les démangeaisons causées par la gale sur le devant de sa jambe. Il hausse les épaules.

— Si je dois émettre une revendication, disons que j'exige d'être libéré pour manger un curry avec ma mère.

— Teza, ne fais pas de plaisanteries stupides, je t'en prie.

— Voilà ma revendication. De toute façon, elle n'est pas plus stupide que mon incarcération.

— Je ne peux pas dire ça au directeur.

— Je le lui dirai. Je lui expliquerai pourquoi le moment idéal est venu à présent de me libérer.

Chit Naing sourit nerveusement.

— Même si tu le demandes poliment, je ne crois pas qu'ils te laisseront partir.

Les deux hommes s'observent. La voix de Teza est claire et sonore.

— Non, ils ne me laisseront pas partir. Je le sais, Chit Naing. Mais j'ai l'intention de me libérer moi-même. Je suis prêt à quitter la cage.

Chit Naing sort son mouchoir, ôte ses lunettes et cligne des yeux en regardant les traits flous et adoucis de son ami.

— Il faut que tu accomplisses ta peine.

Il se rend compte du ridicule de ses paroles, mais il ne peut s'empêcher de les dire, de s'accrocher à cette réalité, cette version de comment les choses doivent être. Teza accomplira sa peine, encore treize ans, moins s'il y a une amnistie. Il pourrait y avoir une amnistie l'année prochaine, ou celle d'après ; cela arrive parfois. C'est déjà arrivé, lorsque des groupes occidentaux de défense des droits de l'homme ont fait campagne en faveur de certains prisonniers politiques. Les généraux ont peur que cela leur fasse de la mauvaise publicité, et ils libèrent la personne. C'est déjà arrivé. Dans le cas de Aung San Suu Kyi, par exemple, ils ont levé l'assignation à résidence.

Teza regarde Chit Naing d'un air de compassion, presque paternellement.

— Je sais que je dois accomplir ma peine. Ce n'est pas ce que je veux dire.

— Alors, qu'est-ce que tu veux dire ?

Le regard de Teza passe au-dessus de l'épaule de son ami, vers la gauche, vers la tranche de ciel bleu. Puis il revient à Chit Naing, qui n'a pas pu s'empêcher de nettoyer ses lunettes. Le chanteur attend que cette opération soit terminée et que le gardien ait remis ses lunettes. Il est sur le point de parler mais Chit Naing se met à tripoter les branches derrière ses oreilles, faisant étinceler les verres une fois, deux fois, encore une fois, miroirs envoyant des signaux. Son sourcil et sa joue gauches se sont crispés, comme s'il avait une rage de dents.

Lorsque les yeux du gardien sont à nouveau visibles, et fixes, Teza répond à sa question.

— Je veux dire que je suis prêt à abandonner ce corps.

Chit Naing le dévisage si longtemps et d'un air si ébahi que Teza se demande si le gardien a compris. Lui faudra-t-il être plus explicite ? C'est alors que le torrent de mots se déchaîne.

— Arrête, Teza. C'est le passage à tabac. Les coups t'ont diminué. C'est sûr, ça a été terrible physiquement, dit-il en levant la main dans la direction générale du visage de Teza, mais psychologiquement, ton esprit n'est plus le même. Et tu as déjà commencé à jeûner, tu as perdu tellement de poids, ce n'est pas étonnant que tu n'ailles pas mieux. Tu dois cesser d'appliquer le Sixième Précepte. Recommence à manger ton repas du soir. Je ferai en sorte que le gamin ait plus de riz. Je le ferai, je te le promets. Je sais qu'il mange ta part. Les détenus qui travaillent en cuisine aussi - tu as double ration. Si tu mangeais plus, tu irais mieux. C'est comme pour la morphine. Il faut que tu la prennes, Teza. La douleur est trop forte, tu vois - elle affecte ton esprit.

Le gardien gesticule à présent, comme s'il parlait tout seul.

— Ça n'a pas de sens. Tu dois penser au...

Le mot sort dans un murmure à peine audible.

— ... au mouvement. Tout ce pourquoi tu as travaillé. Et Aung San Suu Kyi. Elle est libre à présent. Et ta...

Teza sait ce qu'il va dire.

— ... ta mère. Pense à elle. Elle a déjà tant perdu. Si tu prends le temps de te remettre sur pied, tu changeras d'avis. J'en suis sûr. Tu es déprimé à cause de tes blessures.

Comme une fusée dans un océan vide, le gardien lance son argument final en dernier recours.

— Avoir survécu à tant de choses, pour finir par baisser les bras !

— Ne dis pas ça, Chit Naing, répond Teza d'une voix douce. Je ne baisse pas les bras. Je mets fin à la guerre.

— Quoi ? De quoi parles-tu ?

— Je ne peux plus les haïr. Je ne les hais plus.

— Qui ?

— Ceux qui m'ont enfermé ici, qui me retiennent prisonnier. Les généraux, les agents du MI, le directeur. Tous. Même Beau Gosse. Je ne dois pas le haïr pour ce qu'il m'a fait.

Sa voix est chaude mais bizarrement monocorde.

Derrière les lunettes, les yeux de Chit Naing expriment l'étonnement, voire l'incrédulité, mais son ton est impatient.

— Qu'est-ce que tu veux dire, Teza ?

— Je veux dire que j'ai mis fin à la guerre. Ma guerre. Elle est finie.

— Je ne sais pas de quoi tu parles.

— Je ne veux pas mourir en les haïssant. Eux, ces terribles eux. Qui sont-ils ? Ils appartiennent à mon peuple. Toi aussi, tu faisais partie d'eux, avant.

— Très bien, Teza. Je suis d'accord avec toi si c'est ce que tu veux, mais tu ne peux pas terminer ta guerre sans grève de la faim ? Tu dois les combattre, Teza. Tu ne te rappelles pas ce que tu m'as dit un jour ? Moi, je m'en souviens parfaitement. Tu m'as dit : « Dans la cage, la seule arme qui me reste est ma propre vie. » Comment peux-tu y renoncer aujourd'hui ?

— Ce que j'ai dit était vrai. Mais regarde-moi, regarde mon corps, regarde mon visage. Je n'ai pas besoin de me défendre maintenant.

— Pourquoi ?

Chit Naing semble offensé.

— Tu oublies que l'on écoute encore tes chansons, poursuit-il. Tu es le chanteur. Tu ne te souviens pas pourquoi tu es ici ? Comment peux-tu abandonner ça ? Pense à ton frère, il travaille toujours.

— S'il est encore en vie, oui, je suppose qu'il travaille toujours.

— On en parle régulièrement dans le journal comme d'un ennemi du peuple, donc il doit être en vie. S'il avait été tué, le gouvernement l'aurait annoncé à grand bruit !

Teza rit doucement.

— Qu'est-ce qu'il y a de si drôle ?

— Rien, je me dis qu'ils seront vraiment en rogne quand je... m'en irai.

— Tu n'iras nulle part, Teza !

Teza l'ignore.

— Leur pouvoir prend des formes tellement inattendues. Tantôt le pouvoir, c'est tuer. Tantôt c'est garder quelqu'un lamentablement en vie. Ces deux choses semblent diamétralement opposées, mais elles sont semblables : elles proviennent de la même volonté de contrôler, de violenter. C'est vrai que ma vie a été mon arme. Mais la mort aussi peut être une arme.

Chit Naing commence à avoir mal au cœur. Il regarde le chanteur, qui lui renvoie un regard calme, presque vide.

— Chit Naing, vous avez entendu parler des grévistes de la faim de Coco Island ?

Le gardien n'a jamais révélé à Teza que son père était directeur de la prison de Thayawaddy et, des années avant cela, gardien dans les camps de travail de Coco.

— Oui, marmonne-t-il, accablé, toute son indignation envolée. Oui, bien sûr.

— Les prisonniers qui avaient organisé la grève ont préféré choisir leur façon de mourir plutôt qu'endurer une lente dégradation. Ils ont choisi ! Ils sont morts dans les bras de leurs amis. Vous le saviez ? Leurs amis les ont aidés à mourir dans la dignité.

— Oui, Teza, mais ils sont morts et leurs amis ont survécu et ont pu quitter l'île.

— Nous devons respecter leur choix. Leur mort a forcé les autorités à faire un peu plus attention à ces camps. Leurs amis ont été libérés plus tôt grâce aux grèves.

— Mais qui sera libéré plus tôt si tu meurs, Teza ?

— Moi. Je serai libéré. Vous voyez ? Ma décision est égoïste, finalement. Je suis très fatigué. Je suis prêt. La seule personne pour qui je m'inquiète, c'est le gamin. Je veux qu'il parte avant que je commence ma grève de la faim.

— Écoute, nous parlerons de cette histoire de grève plus tard. Je dois y aller. Mais en ce qui concerne le gamin – je me suis rendu à l'école monastique hier soir.

— Elle existe encore, j'espère ?

— Oui.

— Et le Hsayadaw est encore en vie.

— Oui, mais il est à Sagaing pour quelques jours. Le pongyi-kyaung est plein à craquer, mais je pense qu'ils lui trouveront une place. J'ai parlé au directeur. Il veut bien laisser le gamin partir. Hier soir j'ai discuté avec l'assistant du Hsayadaw, un moine qui a grandi là-bas. Il te connaît, il m'a dit que vous avez joué ensemble quand vous étiez enfants. Et il connaît tes chansons.

Teza pose une main sur sa poitrine dans un geste de remerciement.

— C'est un merveilleux cadeau, Chit Naing.

— Mais nous ne savons pas encore si le gamin voudra partir.

— Oh, ne vous en faites pas. Je lui parlerai à nouveau. Il n'est pas loin de prendre cette décision de lui-même. Mais il se prépare. Cela prend du temps. N'est-ce pas ?

Les deux hommes se regardent sans parler. Teza est assis en tailleur dans sa cellule et Chit Naing accroupi devant lui, une main agrippée à un barreau pour garder son équilibre. Il sait qu'il doit réprimer l'émotion qui l'envahit. C'est déconcertant de constater à quel point il tire sa force de la présence de ce prisonnier dévasté, le Teza des chansons si populaires, l'homme en isolement qui supporte tout avec dignité, grâce et humour. Que faire de l'idée impensable de son absence ? Il refuse catégoriquement le mot « mort ». La grève de la faim ne marchera pas. Ils le forceront à manger. Chit Naing a honte d'entendre la pensée qui prend forme dans son esprit. *Moi, je le forcerai*.

Teza-déjà-parti ébranle le centre même de son esprit. Il serre le barreau, les muscles de sa main, de son poignet et de son avant-bras contractés et douloureux, jusqu'à ce que Teza lui demande tout bas :

— Ça va, Chit Naing ?

Le gardien le regarde en clignant des yeux. Il lâche le barreau et se passe la main devant la bouche.

— Je reviendrai demain si je peux, murmure-t-il avant de se lever.

La visite sera pour lui, il le sait, autant que pour Teza.

53

Sein Yun fixe le visage du Bouddha. Il s'essaie à une expression « plus saint que moi tu meurs », tout en pensant aux buffles d'eau. Plus précisément au proverbe cher à son cœur : quand les buffles combattent, l'herbe tendre est piétinée. Eh, oui, dommage pour l'herbe ! Chacun son karma dans cette chienne de vie.

Il raidit le poil qui part de son menton en frisottant, et essaie de jeter un coup d'œil religieux dans la cour. Il attend Soe Thein, qui doit lui apporter un petit colis de quinine pour un prisonnier du bâtiment trois, qui souffre d'une attaque de malaria. Soe Thein est réglo, il est plutôt utile – il s'est procuré des cachets pour l'hépatite de Sein Yun – même s'il refuse de passer des trucs plus costauds ; c'est un surveillant à principes. Sein Yun glousse dans sa barbe, et part en traînant les pieds cracher une salve de jus de bétel en dehors de l'espace réservé à la prière, puis y retourne attendre le surveillant. Ces principes à la noix ! Leur érosion inévitable est toujours plaisante à observer. Quinine et seringues neuves aujourd'hui, amphés et smack demain. Ou la semaine prochaine, ou l'année prochaine.

Il y aura une année prochaine, et une année d'après. Peut-être plus. Beau Gosse est un vrai con. Pourquoi le chiromancien ne s'en est pas aperçu dès le début ? Il s'est donné tellement de mal pendant les deux derniers mois et demi. Tout ce boulot pour piéger les politiques, tout ce micmac avec les stylos et les papiers, et ces bla-bla sur la révolution, le carnage avec le Rossignol. Sans parler des semaines passées à chercher ce foutu stylo. Et cet extraordinaire foutoir, pour quel résultat ?

Beau Gosse lui a fait passer un mot hier soir. Il était dans tous ses états, absolument dans tous ses états, après avoir encore merdé avec ce gosse. Et pour dire quoi, au juste ? Pour remercier Sein Yun, le féliciter pour son œuvre de médium détective ? Un petit poème, peut-être, louant son remarquable dévouement envers le gardien débile ?

Non, juste deux lignes de gribouillage venimeux insultant le nom et la mère de Sein Yun. Non seulement le chiromancien n'a pas eu sa réduction de peine, mais pendant deux ans il va devoir supporter ce trouduc qui n'a même pas réussi à faire craquer un enfant de douze ans. Il n'a pas trouvé le stylo. Sein Yun n'arrête pas de tirer sur son poil rebelle.

Il est sûr et certain que le gosse a le stylo. Il le sent. Il pourrait le parier sur toutes les lignes de la main qu'il a lues jusqu'à présent : qu'on leur coupe la main ! Le gosse a ce précieux article de contrebande. Ou alors il a eu ce foutu machin entre les mains et s'en est débarrassé d'une façon ou d'une autre. Incroyable ! Ce n'est pas une fois, mais deux – deux fois ! – que le chiromancien a exécuté fidèlement les ordres de Beau Gosse et que ce crétin a tout fait foirer.

Plus il y pense, plus il est en rogne. Les seigneurs de la prison ont eu ce qu'ils voulaient, eux. Ou plus exactement, ils vont révéler ce qu'ils voudront révéler lorsque toutes les affaires de contrebande passeront au tribunal le mois prochain. Pour l'instant les politiques sont encore dans les cellules à chiens, à essayer de se protéger de la marée de leurs excréments et à savourer la fin de la mousson sur leurs têtes nues. Mais au terme des audiences d'octobre, le directeur va distribuer environ quatre-vingts ans de prolongations de peine à partager entre les auteurs de lettres du bâtiment trois.

D'accord, ça s'est mal passé avec Teza. Mais est-ce que c'est la faute du chiromancien ?

C'est Beau Gosse qui a tout fait foirer, tout ça à cause d'un morveux avec un bâton à rat et un regard insolent. Comment ils ont pu se faire avoir par un gosse illettré bouffeur d'ordures, un môme ? Écœurant. Toutes ces prédictions gratos, ça lui rapporte quoi, à lui ? Que dalle.

Dans le cul.

Cette expression le fait penser à leur buffle d'eau en résidence à la prison. Oublions ce surnom d'Aubergine, le cuistot ressemble plus à un bœuf : sa lèvre inférieure charnue tombante, comme si le tendon qui la retient avait été coupé, ses grandes dents du bas presque toujours visibles, toutes striées de marron, comme celles d'un buffle d'eau.

L'expression furieuse du chiromancien se transforme lentement en petit sourire narquois, qui s'élargit de plus en plus. Il repense à la petite créature – kaung-lay, kala-lay, nyi-lay, on lui donne tant de noms différents – revoit le longyi d'école que le petit portait ce matin, entortillé autour de ses hanches maigres, d'un vert vif et intense à la fois, et renomme le gamin si facilement, si judicieusement, que ça le fait rire : petite chatte de la jungle, petit cul doux comme l'herbe tendre.

54

Teza est assis, il respire. Il déplie les jambes et ouvre les yeux pour les regarder, si minces et si longues sur le sol de ciment que la vision d'une mante religieuse s'insinue dans son esprit. Exosquelette, pense-t-il. Ses os sont si près de la surface de sa peau qu'un beau matin il pourrait bien se réveiller squelette et se mettre à danser en cliquetant des os.

Ce fut le thème de sa méditation ce matin, rien de macabre mais plutôt pratique. Méditer sur le fait de défaire le corps, de le laisser se décomposer et s'en aller, comme il veut, comme il doit. Teza est fasciné de se sentir si léger, si éclairé de l'intérieur, lorsqu'il a passé les deux dernières heures à se visualiser sans vie, son entier et ses composants, internes et externes, pourrissants et putrides. La puanteur d'un corps en train de se décomposer est infecte, mais le plus important dans la méditation c'est le détachement : cette pestilence, comme la douleur, n'est pas lui. Elle ne sera pas lui.

Ironiquement, ce à quoi il est le plus attaché est ce qu'il ne peut pas voir, la partie la plus amochée, son visage. Ensuite, il pleure ses mains. Elles sont faites pour saisir, ramasser, tenir ; ce n'est pas facile pour l'esprit d'y renoncer. Penser à la perte de ses mains, c'est se souvenir de la disparition de son père, qui avait les mêmes doigts longs et très flexibles, comme un danseur. Les mains sont sa mémoire de la musique, les doigts qui effleurent les frettes, s'étirent et se ramassent pour jouer les accords inhabituels avec lesquels il impressionnait ses copains gratteurs de guitare. Oh, les mains, qui prennent et donnent, qui touchent ou restent fermées par timidité. Il parcourt la cellule du regard, voit les briques dans le mur, les barreaux, le mur d'enceinte plus loin. Des mains humaines ont construit cette cage, tout comme elles ont construit les temples et peint une myriade de visages du Bouddha.

Teza replie les jambes. Il referme les yeux et respire, inspire et expire le passage d'une heure, puis de deux, jusqu'à ce qu'il soit mort et bouffi et décomposé et plus rien. Sa cage thoracique est béante comme un panier vide. À l'intérieur, son cœur invisible bat et saute comme un oiseau ou une grenouille. Ou un lézard. Comme n'importe quel petit animal qui attend de sortir de sa cage.

Tiens, voilà quelque chose de nouveau, de bizarre, et de bien : il ne s'en fait plus à cause du stylo, ou du registre. Le quart du livre a été utilisé, à peine ; le liquide a été renversé sur la dernière page remplie de chiffres – devenus complètement illisibles, noyés dans une substance mystérieuse. Il renifle le papier. Encre, moisissure, ou lait caillé, et... thé ? Ça sent le thé ? Du thé ! Ce serait sympa de boire du thé, quand même, mais dans un tea-shop, dans la rue, un soir, avec des amis.

Le bouquin est inutilisable, du moins pour ce qui est de la comptabilité. On a dû recopier ce qu'on a pu avant de le jeter. Teza le garde en main, tout heureux. Il le retourne, l'ouvre et hume encore les pages chiffonnées. « Thé », se murmure-t-il à nouveau, la-phet-yeh. Malgré les dégâts, c'est toujours un livre solide, relié de papier et carton, à la couverture violet foncé. Chaque coin est protégé d'un triangle de papier collant noir.

Le stylo, il le reconnaît, bien sûr. Après l'avoir repêché dans sa ceinture, il tient le réservoir d'encre en plastique dans le creux de sa main, et le regarde fixement, étonné qu'il ait pu être à l'origine de tant de souffrances.

Clac-clic. La bille est couverte d'une goutte d'encre séchée. Il l'essuie avec son pouce, puis va vers l'autre côté de la cellule.

— Alors, te revoilà, petit voyou. Cette fois je ferai meilleur usage de toi.

Il s'assied contre le mur de briques qui est dos à l'entrée de la maison blanche. Si un surveillant arrive à l'improviste, Teza disposera de quelques secondes pour cacher son nouveau livre et son vieux stylo. Ce sera son unique précaution. Il n'est ni nerveux ni effrayé. Au contraire, une certaine allégresse s'empare de lui, le déplace lentement comme la lumière du soleil déplace une plante. Les longues méditations fatiguent son corps mais elles lui ouvrent toujours l'esprit qu'elles laissent aussi vaste qu'une plaine. Il peut voir tout autour de lui, devant et derrière, sa vie entière et sa mort unique dans ses mains. La simplicité de tout cela lui fait venir des larmes, non de tristesse, ni de chagrin, mais de clarté, et d'amour.

Que le surveillant le découvre. Une des anciennes chansons se réchauffe dans sa gorge ; autant qu'il le peut, il sourit. Que Beau Gosse entre et voie le stylo dans sa main, qui gribouille des paroles, ou une liste de choses qu'il ne mangera jamais plus, ou le jour de son enfance qu'il se rappelle si souvent, lorsque Sanda les a surpris, Aung Min et lui, occupés à enfreindre le Premier Précepte et qu'elle les a envoyés tout seuls à la pagode. Un rire s'échappe de lui sous forme de soupir, se mélange avec ce qui lui reste de la chanson. Il articule quelques paroles en silence. Oh, pouvoir chanter de nouveau à pleine voix, poser les mains sur une guitare et sentir le bois mince se réchauffer petit à petit pendant qu'il joue. Que les seigneurs de la prison lisent ses mémoires, ou ce qu'il va décider d'écrire – des comptines ou des poèmes pour sa belle Thazin ou une lettre au monde qu'il aime et qu'il va quitter, qu'il quitte déjà. Il place le registre en équilibre sur ses genoux, prend le stylo et commence, se murmurant les mots au fur et à mesure. Finalement le chanteur écrit sa première chanson de prison.

Cher Nyi Lay, tu es si loin
Je ne te vois que les yeux fermés
Tandis que je fredonne les chansons qui nous ont séparés
Mes paroles ardentes pour la révolution
À présent ces frères s'aiment
Par carte et lune et lézard accroché au mur de briques
Interposés

Si tu regardes bien la carte
Tu verras des hommes avec les mains de Hpay Hpay
Qui allument leurs cheroots dans le tea-shop
Derrière la fabrique de jute
Les jumeaux aux doigts atrophiés
Rampent toujours parmi les tables basses
Très affairés
À détacher les capsules de bouteilles
Du sol avec un bâton pointu
Tu te rappelles ? Un jour on leur a acheté du mohinga
Ils ont englouti tout leur bol en riant
Puis ils ont dansé pour en avoir encore

Mon Frère mes rêves
Ont changé mais parfois
Je descends la même rue vers une vieille maison
Où une femme convoque le clair de lune
Pour faire fleurir ses orchidées
Sous des filets troués
S'il y a du vent
Des draps blancs claquent
Sur les fils à linge
Les bras amidonnés
des chemises se tordent et battent l'air
comme les nôtres quand les soldats
sont venus avec des mitrailleuses et des baïonnettes

Nyi Lay
J'aimerais toucher tes yeux
Et essuyer ce que tu as vu
Les visions qui ravagent l'iris
Et font tomber des éclats de crâne brisé
Dans le trou noir de la pupille.
Le creux de l'oreille est toujours plein
Des cris venant d'une rue
Où le sang
Est resté pendant de longs jours.

Rappelle-toi leurs cris prudemment étouffés,
Les gens qui sont sortis tout doucement
De leurs cachettes pour ramasser
Les claquettes, les banderoles écrites à la main.
Encore aujourd'hui ils rassemblent les mots
Sortant des bouches béantes.
Nous devons nous rappeler les voix
Des femmes mortes les voix
Des hommes morts les voix
Des enfants
Nos voix.

Mon cher Nyi Lay,
Je suis heureux
Parce que tu comprendras
Chaque message de ce petit colis.
Tu as toujours le lance-pierre ?
S'il y a le téléphone dans ta jungle
Oses-tu appeler la femme aux orchidées
Notre mère May May ?
Parfois je me penche sur ma carte à moi
Ici dans la cage dessin de crasse
Par terre traces humides
Des cafards quand ils ont bu ma soupe
Les lignes de mes mains dessinent cette carte
Et je vois une nuit où les guérilleros
Sont rentrés ivres et ont chanté en gravissant la colline
Des jeunes hommes maigres comme des cadavres mais joyeux
C'est la faim dis-tu
Qui les garde en vie

Je me tiens derrière toi
Dans l'ombre tu te tiens
Devant moi près du feu
Pas d'arme
Mais une guitare faussée dans tes bras

Un des hommes fait rôtir
Un petit oiseau sur une brochette
Tu grattes une de mes chansons
Mais ils sont trop fatigués
Ils ont trop faim pour la chanter
Je me penche sur ma carte
Et je vois ton visage éclairé par les flammes
Tu refuses de manger la viande

Je risque une prédiction : la paix revenue
Tu deviendras un végétarien convaincu
Comme notre mère.

Nous sommes des hommes à présent ! Enfin nous savons
Ce qu'elle faisait la nuit
Parmi les fleurs dans leurs pots de terre
Entourée par son orchestre de crickets et de grenouilles
Elle enlevait le sel de ses yeux
Et pleurait de l'eau pure dans la terre des orchidées
Cher Frère, je ne te l'ai jamais dit
Parce que tu aurais ri
Tu riras encore mais à présent je suis content
Nyi Lay j'ai entendu sa voix
Avant ma naissance
Je me souviens que May May
Chantait pour moi qui étais dans son ventre
C'est pourquoi je suis devenu musicien
Comme une de ses orchidées violettes à la bouche ouverte
Qui crie la vérité de sa couleur

Cher Frère, ici où toutes les portes sont closes
J'ai appris à traverser les murs de briques
Une araignée pot de cuivre était mon amie
Et de nombreux lézards ont nourri mon cœur
Aujourd'hui chacun de mes rêves prend
La forme d'un passe-partout.

Un jour j'ai entendu la voix de grand-père
Qui me rappelait à travers les arbres
Mais je ne peux pas rentrer à la maison ainsi
Je rentrerai par un chemin plus ancien
Par-dessus la plaine sur le fleuve
Mes offrandes lors de ce voyage
dans la cité des temples
Seront des os et des larmes

Birmanie, les généraux disent Myanmar
Pour nous faire oublier notre pays et
Leurs crimes mais nous n'oublierons pas
Qu'ils ont construit une cage autour de nos vies
Seules les fourmis connaissent la force
La faiblesse de ses murs
Et peut-être l'enfant sait
Lui qui connaît trop bien les blancs fantômes
Des asticots sur le bord de mon seau
Les sombres fantômes des hommes qui le hantent
Il connaît l'arbre vivant du langage
Mais ne peut pas encore y grimper
Mon visage brisé il le connaît
Il sait que ma faim le nourrit
Comme la tienne nourrit les hommes de la frontière
Comme May May est devenue végétarienne
À la mort de Hpay Hpay pour que ses fils
Puissent dévorer la viande de chaque mets

Tout ce qui est brisé est pointu
Et brille souvent
Un fragment de verre dans la main
Peut faire l'histoire
Qui change l'histoire
Ici dans la cage et là-bas
Dans ta petite chambre dans cette maison
Sans nation le nouveau pays
N'est pas loin du tout.
Parfois je le vois presque

Qui grandit comme une toile d'araignée
Tantôt invisible tantôt
Scintillant soudain

Nyi Lay, ici où la chair devient esprit
Les frontières se dissolvent
Avec la peau écorchée
Ici il n'y a pas de séparation

Mon frère, parfois j'ai peur pour toi
Lorsque tu entreras dans une nouvelle ère
Inventeras-tu un autre mot
Pour meurtre ?
Je ne vois pas les armes que tu portes
Seulement cette guitare voilée

Quant à moi j'ai renoncé
À toutes les armes hormis la voix
Qui chante sa dernière chanson
Et la main cher frère
Ma main
Qui écrit

Avec metta
Teza

55

Le frappeur de fer frappe cinq heures. L'heure du dîner. Teza lève les yeux et voit quatre moineaux qui se baignent dans la flaque près du mur extérieur en s'envoyant de l'eau sur la tête et les ailes. *Cui-cui*, fait Teza, et deux des oiseaux s'arrêtent, dans l'expectative, avant de sortir de la flaque en voletant. Hop, hop, un peu plus près. Hop, hop, à gauche, et, encore plus vite, à droite, indécis. Teza les appelle à nouveau, avec la langue rentrée qui se décolle légèrement du palais : *tchip*. Ça ne fait pas trop mal. Un petit crâne se penche dans la direction du son. Hop, hop, sur ses pattes maigres, tout droit vers la cellule. Teza est assis à moins d'un mètre des barreaux.

— Bientôt, petit, bientôt tu auras un peu de riz.

Le moineau le fixe. Un autre arrive en sautillant et donne un petit coup de bec sur l'épaule de son compagnon. Le premier oiseau s'élève dans les airs, s'éloigne, et revient rendre le coup de bec. Le puits d'espace entre le mur extérieur et la cellule se remplit rapidement du tapage d'une dispute, à laquelle participent les quatre moineaux. Les deux autres baigneurs, ébouriffés comme des plumeaux miniatures, s'envolent et retombent encore plus près de la cellule, puis s'ébrouent tout en se chamaillant.

Teza rit derrière ses barreaux. Sans cesser de regarder, il s'allonge lentement. Les oiseaux s'envolent brusquement, soulevés tous ensemble par un seul filet invisible qui les fait passer par-dessus le mur.

Teza regarde vers l'entrée. Il n'a absolument pas entendu venir Free El Salvador, mais le gamin est là, un plateau plein dans ses deux mains. Le chanteur désigne de la tête la baignoire pour moineaux.

— Tu leur as fait peur !

— Ils reviendront. Ils savent que j'apporte leur dîner. Tu veux ton riz ? demande-t-il après une hésitation.

Il a posé cette question plusieurs fois ces jours derniers, juste avant de s'accroupir pour manger le repas du chanteur.

— Non, vas-y !

Mais le gamin hésite encore.

— Teza ?

— Mmmm ?

— Tu ne vas pas manger ?

— Je n'ai plus faim.

— Mais tu es si maigre !

Le gamin pose le plateau par terre sans le regarder.

— Je te l'ai déjà dit, Sabado. Je fais comme les moines, je jeûne après le repas du matin.

Le gamin se gratte le nez. N'importe quoi ! se dit-il.

— Tu laisseras un peu de riz pour les oiseaux ? demande Teza.

Mais le gamin n'est pas décidé à changer de sujet.

— Tu n'es pas moine.

— Non, c'est vrai. Mais j'observe les Huit Préceptes, comme un moine.

Avec un raclement de plateau désapprobateur, Free El Salvador prend une cuillère de la soupe de riz et se redresse aussitôt. Il renverse la cuillère au bord de la flaque : à manger pour ces satanés oiseaux. Puis il revient vers le plateau et prend encore une cuillerée de bouillie, en enlevant le plus de liquide possible, avant d'aller renverser le riz détrempé au bord de la baignoire des oiseaux. Ça suffira ; le reste est pour lui.

— Tu es gentil avec eux, lui dit Teza, presque timidement.

Le gamin regarde le riz se figer sur le ciment, un vrai gâchis. Il revient s'accroupir près du plateau et fixe le chanteur de son regard inébranlable.

— Teza ?

Teza lève les yeux de ses mains.

— Quand est-ce que tu sortiras de la cage, toi ?

J'ai toujours sous-estimé cet enfant, pense Teza. Il se soulève légèrement pour voir le visage entier de Free El Salvador sans être gêné par les barreaux de fer.

— Bientôt, Sabado. Je vais sortir bientôt. C'est pour ça que je veux que tu partes aussi.

— Pour qu'on puisse se voir, à Rangoon ?

Le ton cassant se fissure pour faire place à une voix d'enfant, vibrante d'espoir.

— Non. On ne se verra pas. Mais ce n'est pas grave. Ma mère disait toujours que ça ne fait rien si on est loin de quelqu'un qu'on aime. Même si la personne disparaît, l'amour est toujours là.

Le gamin explore sa lèvre inférieure avec ses dents du haut d'un air sceptique, et trouve un petit bout gercé à arracher.

— Ce n'est pas pareil que quand la personne est avec nous.

— En effet, ce n'est pas pareil. Mais l'amour est quelque chose de très fort. C'est la chose la plus puissante au monde. Nyi Lay, reprend-il après une pause. Sabado. Et ton nom de naissance, que je ne connais pas. Tu sais que je suis comme ton frère. Tu sais que je t'aime autant que mon propre petit frère, qui est très loin.

Le gamin le dévisage. Il est toujours accroupi, les bras autour de ses genoux noueux. Il est si maigre que ses mains peuvent atteindre et recouvrir les coudes opposés ; il les serre fort. Teza sait que le gamin attend autre chose, quelque chose de plus, et il sent le chagrin remonter soudain de sa gorge jusqu'à sa bouche déglinguée. Que peut-il lui donner d'autre ?

— Nyi Lay, on peut aimer les gens que l'on ne voit pas.

Le garçon ne dit rien, mais le fixe d'un regard si inexorable que Teza perd le concours et baisse les yeux. Il regarde les pieds nus du gamin, les orteils étalés sur le ciment. Les mots sont à peine sortis de sa bouche qu'il les regrette.

— On peut aimer les morts.

— Tu ne peux pas mourir, Teza ! s'exclame le gamin.

Le chanteur passe le bras à travers les barreaux et prend la main de Nyi Lay. Mais cette fois le gamin résiste et serre le poing. Teza s'accroche au nœud osseux et sourit tristement au gamin, mais sans s'excuser.

— Souviens-toi de ce que je t'ai dit, murmure-t-il. Et je vais te dire autre chose. Si tu aimes les morts, ils t'enseigneront beaucoup de choses sur la vie.

Le gamin le regarde d'un air méprisant, incapable de parler. Les mots sont inutiles. Sa poitrine semble creuse, vide, comme le trou qui est à la place de sa petite maison. La perte est-elle la seule chose à laquelle il a droit ? S'il existe des mots pour décrire sa peine, il ne les connaît pas. Et il n'a pas envie de les apprendre. Papier de merde, mots de merde, stylo de merde ! Il est content de les avoir rendus. Il retire son poing de la main de Teza.

— Donne-moi ton plateau ! aboie-t-il.

Ce ton atteint Teza comme un coup de poing. Il s'éloigne des barreaux.

— Il est là, à tes pieds, Nyi Lay. Mange la soupe, je t'en prie.

— Non, ton plateau sale de ce matin. Je dois le rapporter à la cuisine.

Teza ramasse lentement le plateau vide derrière lui. Il se retourne tout aussi lentement et commence à faire passer le plateau par le guichet métallique. Free El Salvador s'en empare, la grille de fer crisse sur l'aluminium comme un ongle. Jurant entre ses dents, le gamin se lève à demi et tire plus fort. En essayant de se stabiliser il fait un faux pas et soudain le plateau qui est devant lui se retourne et asperge de riz bouilli ses genoux et son bras tendu.

Il regarde cette nourriture gâchée. Elle s'étale sur le ciment comme des amibes, touche ses orteils, se faufile dans la cellule de Teza. Tandis que le liquide est absorbé par le ciment, des bulles se forment et éclatent. Pendant un long moment, le chanteur et le gamin épouvantés fixent ce gâchis.

— Ce n'est pas grave, Nyi Lay, dit Teza. C'est un accident.

Mais l'enfant trouve que c'est grave. Rien n'est un accident ; tout est une catastrophe programmée à l'avance. Des mots dangereux resurgissent en lui, des insultes qu'il voudrait hurler à Beau Gosse, à cet enfoiré de Sein Yun, et à quiconque susceptible de lui faire du mal.

— Va te faire foutre ! lâche-t-il sans réfléchir. Va te faire foutre et fiche-moi la paix !

Tous les surveillants qui se trouvent de ce côté de la cour l'ont probablement entendu, mais il s'en moque. Pourquoi il s'occuperait de ces connards ? Pour faire bonne mesure il lance « Connard ! » à la face horrifiée de Teza. Lorsqu'il réussit enfin à sortir le plateau du guichet, il se lève, tout essoufflé. Il est furieux, et ressent aussi immédiatement du regret, et de la peur. Qu'est-ce qu'il a fait ?

Il reste pétrifié entre la cellule et le mur extérieur, incapable de faire un mouvement. Il évite les yeux de Teza, et pour cela regarde sa tête, ses cheveux, touffes noires au milieu de plaques chauves.

Qu'est-ce qu'il a fait ? Pourquoi a-t-il insulté Teza ? Il saisit le plateau mais a trop honte pour ramasser l'autre, celui qui est renversé par terre – cela voudrait dire s'approcher du chanteur, se pencher pour l'aider à nettoyer. Le visage en feu, il se secoue et se met à courir dans le petit couloir, puis prend un virage serré en se retenant de la main au mur de la maison blanche.

— Petit frère ! s'écrie Teza.

Mais le gamin ne s'arrête de courir qu'après avoir dépassé le bureau administratif et être rappelé à l'ordre par un surveillant qui vient prendre son service.

— Ralentis, kala-lay ! Tout de suite !

Le gamin stoppe net, haletant, les yeux écarquillés et vitreux lorsqu'il lève la tête. Les décombres sont toujours là, devant le quartier des surveillants. Dans son émoi, il avait complètement oublié. Il courait chez lui, mais sa cabane n'est plus qu'un tas de vieilles planches et de plaques de tôle rouillée. Comme il s'en approche, il entend les hommes dans le quartier des surveillants qui bavardent en buvant leur thé. Une voix de femme, aiguë et plaintive, sort du magnétophone poussiéreux.

Il pose le plateau par terre et soulève la plus grande plaque de tôle ondulée, la met sur ses genoux pour l'équilibrer et avoir une meilleure prise avant de l'enlever du sommet du tas. Il jette un morceau plus léger de cloison dans le trou qui a pris la place de la cabane. Méthodiquement, il jette de côté bois, fer et bouts de chiffon, ainsi que les briques cassées, tel un animal fouisseur qui cherche quelque chose qu'il ne peut nommer avant de toucher la terre et de le voir, couvert de fourmis.

Il est convaincu qu'il s'agit de Nyi Lay, son lézard, écrabouillé dans les planches quand Beau Gosse a tout démoli. Le gamin écarte les fourmis d'une pichenette jusqu'à ce qu'il voie de la peau gris-vert, écorchée ici et là, mais encore rattaché par des tendons aux os fins comme ceux d'un oiseau. Des petits charognards indignés se sauvent par dizaines. Le gamin fouille dans le fond de sa besace et en sort sa grosse boîte d'allumettes, celle qui contenait son scarabée. Bien qu'il l'ait déjà réparée avec un bout de papier et de la pâte de riz, elle n'est plus assez solide pour qui que ce soit de vivant.

Il l'a transformée en cercueil. Il ouvre le petit tiroir et fait apparaître la vieille dent de son père. Puis il chasse les dernières fourmis les plus obstinées, et ramasse le squelette long comme son doigt. Il insère précautionneusement le lézard dans la boîte, ferme le tiroir et enterre le cercueil dans son sac.

Des voix plus fortes et un cliquetis de cuillères dans le quartier des surveillants lui font reprendre ses esprits. Il se souvient du plateau par terre, sa dernière tâche de la journée. À présent, il regrette d'avoir renversé le riz de Teza pour une raison purement pragmatique : son estomac gronde.

56

Le gamin voit Sammy le frappeur de fer sous le mirador, qui fume un cheroot en attendant six heures. Le colosse lui fait un signe de la main, et Nyi Lay lui répond, hésitant mais reconnaissant. Il sait que Sammy ne lui fera jamais de mal. En longeant les jardins puants, il voit les petits tabourets devant la cuisine. Il y en a un troisième, à l'envers, les pieds de bois dressés vers le ciel. Il s'approche et crache sur un des sièges posés à l'endroit, dommage que l'Aubergine ne soit pas assis dessus ! Content d'avoir bien visé, il se racle la gorge pour envoyer un autre crachat en direction du tabouret de Sein Yun. Il sourit pendant une fraction de seconde, tout en regardant dans la cuisine pour s'assurer que personne ne l'a surpris.

Mais c'est le calme plat. D'habitude une équipe de plongeurs s'y affaire après le repas, mais là il n'y a personne. Il se tient sur le seuil, tape le plateau sale contre sa jambe en se penchant, l'oreille aux aguets, regarde à gauche où se trouvent les énormes récipients, à droite l'espace réservé à la vaisselle. Puis il pénètre plus avant dans le bâtiment, faisant glisser son regard tout le long des grands plans de travail, au-dessus des piles de sacs de riz. Où est l'Aubergine ?

Il se retourne vers l'autel et l'hôpital. Le bâtiment cinq est à l'opposé. Deux surveillants montent la garde en bavardant. Il entend les voix étouffées des détenus à l'intérieur du grand bâtiment. Plus loin dans le cercle formé par les bâtiments principaux, Tan-see Tiger est sans doute assis sur sa couchette du bâtiment quatre, avec tous ces mots de la chance gravés à l'encre sur sa peau, et il est peut-être en train de se curer les dents avec un clou, parce qu'il est tan-see et qu'il a toujours des bons repas, avec du poulet dans son curry, et même du bœuf. Cette pensée se transforme en petit étau qui lui serre l'estomac.

Il lève la tête et renifle deux fois, d'abord délicatement, puis plus fort. Quatre *sniff* lui disent qu'un reste de curry est à refroidir sur un des fourneaux au fond de la cuisine, avec peut-être encore des bouts de viande flottant dans la poêle ventrue du directeur. Tout près, sans doute sur le brûleur d'à côté, se trouve une grosse marmite de riz tout frais de première qualité, parfumé et doux, sans la moindre saleté ni le plus petit caillou. Un bol de mandarines est posé sur les sacs de riz où l'Aubergine aime faire un somme. Une des mandarines a été épluchée, ouverte par le milieu, et à moitié mangée. L'autre moitié exhale son doux parfum d'agrume au gamin affamé.

Il avance d'un pas hésitant, s'attendant à ce que quelqu'un hurle « Au voleur ! » Mais personne ne crie. Il regarde à gauche, à droite, derrière. Pas âme qui vive pour l'arrêter. Bon, pense-t-il, il faut que je me dépêche. Je ne sais pas où ils sont partis, tous, mais ils ne vont pas tarder à revenir. Sa besace cogne sa cuisse à chaque pas. Heureusement qu'il l'a prise. Il pourra y fourrer un gros paquet de riz.

Sans bruit, il court le long des plans de travail, puis pile devant les sacs de riz qui forment une séparation entre le reste de la cuisine et les réserves de nourriture pour le directeur. Le gamin va directement vers la grosse poêle posée en équilibre sur le brûleur à gaz et en soulève le couvercle. L'odeur de curry le frappe en pleine figure, douces poudres de cumin, de coriandre et de curcuma flottant dans l'huile, mélangées comme un jardin pour le nez. L'eau lui vient à la bouche et aux yeux, grands ouverts au-dessus de l'essence d'ail et de piment. Il jette un nouveau coup d'œil par-dessus son épaule. Personne.

Sur l'autre brûleur, une casserole de riz fraîchement cuit est posée. Il soulève le couvercle d'aluminium et le pose sans bruit sur le plan de travail. Il forme une boulette de riz dans ses doigts, la trempe dans le reste de curry, et la fourre, toute dégoulinante, dans sa bouche. Il mastique deux fois, avale, prend encore du riz, la bouche déjà ouverte, c'est si délicieux qu'il sourit en mangeant, riz exquis, huile épicée, bonheur pur. Il avale une autre bouchée tandis que sa main se tend à nouveau vers la casserole de riz, que ses doigts s'enfoncent doucement dans les grains blancs et moelleux. Non, pense-t-il, non, mets juste une bonne poignée de riz dans ton sac, dépêche-toi d'avaler l'huile, *vite*, mais il ne peut pas résister au mélange curry et bouchées de riz délicat, alors il prend encore une fois du riz dans ses doigts et il trempe.

Il a encore du riz plein la bouche lorsqu'il soulève la lourde poêle et pose sa lèvre inférieure contre le bord métallique. Puis il lève la poêle et regarde l'huile parfumée glisser vers sa bouche. Elle coule, épaisse et chaude, le long de sa lèvre supérieure ; il ouvre plus grand la bouche. Une gorgée, un bout de chou-fleur écrasé, deux gorgées, trois. Il sent l'huile qui lui coule sur le menton. Il sait qu'il doit en laisser un peu, il ne faut pas tout boire. Tout doucement, en faisant le moins de bruit possible, il replace la poêle sur le brûleur et lève les yeux.

Il n'a pas réfléchi, voilà ! Il n'a pas réfléchi, non, il ne pensait qu'à manger. Il n'a pas regardé dans l'arrière-cuisine. Comment a-t-il pu commettre une telle erreur ?

À quinze pas des brûleurs, l'Aubergine se tient dans l'encadrement de la porte, ses grosses lèvres entrouvertes. Le gamin tourne la tête, et son regard passe au-delà des sacs de riz, des tas de cageots de légumes, des étagères où sont empilés les plateaux, le long des plans de travail. Les portes qui ouvrent sur la cour dans la pénombre du crépuscule semblent bien loin.

La voix de l'Aubergine s'élève, accompagnée de l'odeur forte de sa sueur.

— N'y pense même pas. Je t'ai pris en train de voler la nourriture du directeur. Là tu es dans de sales draps, mon garçon, de très sales draps.

L'Aubergine s'avance d'un pas, et le gamin recule d'autant.

— Si tu te sauves, je te jure que ce sera encore pire !

Le gamin n'en est pas convaincu, mais il n'a plus de voix et ne peut pas répondre. Il se souvient de ce que Tiger a dit – *gueule de toutes tes forces* – mais comment il pourrait savoir ce que c'est que crier ? Il ne se rappelle pas avoir crié, jamais, pas une seule fois de toute sa vie. Et puis, pourquoi il crierait, là ? Le cuistot a raison, il a volé de la nourriture. Cette fois il a mangé le bon curry et le riz du directeur, pas seulement des restes au quartier des surveillants. Bien sûr qu'il doit être puni.

L'Aubergine s'avance vers lui en tenant le nœud de son longyi contre son vaste ventre.

— À genoux ! dit-il, si doucement que le gamin se demande s'il a bien entendu.

Il pense aussitôt à une corvée, une punition. *À genoux, lave le sol !* Il devine qu'il y a un mauvais traitement à la clé mais n'imagine que les formes de violence les plus évidentes – se faire taper sur la tête pendant qu'il frotte par terre, se faire arroser…

Le murmure suivant est plus fort mais encore suffisamment bas pour le dérouter.

— Allez, kala-lay. Mets-toi à genoux.

Sa voix est presque douce, caressante. Mais le gamin ne bouge pas, alors elle se fait plus pressante.

— Grouille-toi !

Nyi Lay recule encore d'un pas, la compréhension tombant autour de lui et en lui comme une couverture noire. L'Aubergine ne crie pas parce qu'il ne veut pas qu'on entende l'ordre qu'il répète :

— À genoux, suceur de bites !

Une main boudinée lui fait signe de se baisser pendant que l'autre rassemble les pans de son longyi à carreaux rouges, qu'il remonte sur ses grosses jambes. Il rentre le tissu ainsi ramassé dans la taille du longyi. Le gamin, toujours debout, tourne la tête sur le côté, éberlué. Il comprend, tout en ne comprenant pas : l'Aubergine va me pisser dessus !

Cette pensée le remplit de dégoût, mais la réalité est pire, et elle s'installe à toute vitesse, implacable comme un cauchemar. L'Aubergine met sa main sur les épaules du gamin et appuie. Un tas de briques pèse sur son maigre squelette. Ses genoux cèdent tout de suite. Il se courbe, tombe en avant ; à présent il est à genoux et son visage est pressé contre la chair molle de l'intérieur de la cuisse de l'Aubergine, assez près pour respirer la forte odeur sexuelle qui stagne à cet endroit, la sueur dans les poils drus, le musc des testicules. L'Aubergine plie les genoux, se baisse, sans relâcher sa prise sur le crâne du gamin. De son autre main, il frotte son pénis sur le petit nez, les pommettes hautes et fines. Le gamin suit des yeux la queue violet marron foncé, et il se rend compte de ce qui lui arrive. Les mots se fracassent contre un mur et le traversent, de vieux mots nouvellement compris « suceur de bites », « aubergine ». Son surnom, c'est sa queue – sa queue, violette et recourbée comme une aubergine. C'est censé être drôle, mais le gamin a des haut-le-cœur, à cause de l'odeur, plus intense à présent. Cette infection l'éveille à sa peur, et il rejette son corps en arrière, loin du cuisinier. Son torse, ses bras et ses hanches se reculent violemment par saccades vers les sacs de riz, mais son crâne ne bouge pas, il lui semble à moitié arraché de ses vertèbres. Les doigts épais de l'Aubergine s'enfoncent dans les tempes du gamin, à l'endroit le plus tendre. Un seul de ces bras charnus est plus fort que le corps tout entier de l'enfant.

— Tu ne vas nulle part, mon petit bonhomme. On va s'amuser tous les deux maintenant. Je t'ai laissé tranquille jusqu'ici, mais il paraît que tu es allé vivre avec Tiger, que tu es devenu son chéri ? Sale petit sournois ! Je veux ma part, et tout de suite, avant qu'il ne te défonce complètement !

L'Aubergine se penche tout en relevant la tête du gamin. Ils se dévisagent, mais le gamin ne peut pas fixer son regard. Il n'arrête pas de baisser les yeux, il cherche la queue gonflée que le cuistot tient toujours.

La voix de l'Aubergine est basse et gutturale.

— Tu es gentil avec moi et je te fais une fleur. Je ne dirai pas que tu as volé. Tu t'avises de raconter notre petite conversation, et moi je dis au directeur que tu as piqué sa nourriture. Tu sais ce qui se passera, kala-lay ? Ils t'enfermeront jusqu'à la fin de tes jours, sale petit voleur !

Très concentré, le cuistot mord sa grosse lèvre inférieure en manœuvrant ses hanches pour mettre sa queue au même niveau que la bouche du gamin.

Le gamin est un peu au courant de ce que font les hommes ensemble, de ce qu'on peut faire à un homme, mais cela arrive trop vite, et ça lui fait horreur. Il ne peut pas bouger la tête. Il ne peut pas s'échapper.

Il ouvre la bouche, mais elle ne contient pas un seul mot ; aucun cri n'en sort.

— C'est ça, murmure l'Aubergine, ouvre bien grand ! Mouille-moi bien et après je te retournerai et tu seras ma petite nana !

Il rejette brusquement la tête du gamin en arrière et pousse ses hanches en avant. Il n'y a pas de ruisseau, ni d'eau, mais le gamin se noie à nouveau. Le pénis de l'Aubergine emplit sa bouche, cogne dans le fond de sa gorge. Les yeux du gamin roulent de tous côtés, essaient de voir au-delà, au-dessus, autour du corps du cuisinier, mais la chair l'enveloppe, s'enfonce en lui, encore et encore. Même lorsque le cuistot retire légèrement sa queue pour l'enfoncer à nouveau, le gamin n'a pas le temps de respirer. L'homme continue à avaler le gamin même lorsque le gamin s'étrangle sur lui, les yeux exorbités à force de retenir ses haut-le-cœur, le réflexe bloqué, avec des ratés. Il s'étouffe sans s'étouffer car il n'y a pas d'air qui entre en lui, seulement cet homme qui enfonce sa queue dans le passage d'où aucun cri ne peut sortir. L'Aubergine grogne, serre plus fort la tête du gamin. Peau chaude et poils rêches cognent contre le petit nez et le front et le menton.

Pourquoi ? Le gamin ne formule pas la question. Son corps devient la question, exige une réponse alors que ses muscles s'enroulent et se tordent en une farouche protestation contre le gros cuistot. Il est aussi gros qu'un bataillon, une armée entière asservissant un petit pays. L'instant d'après il n'y a plus de question, plus de réponse, rien qu'un enfant rare, un roi miniature aux noms multiples, dont la chair décrète « c'est terminé », sans savoir ce qui se termine, sa vie ou ce viol, il est si vieux, pourtant encore trop jeune et terrorisé à l'idée de savoir, et il ne peut pas crier mais il peut mordre, oui, il peut mordre, comme le rat qu'il a vu se retourner au tout dernier moment et bondir sur le bâton, gueule ouverte, dents qui se referment sur le bout de bois qui le soulève comme un éclair et le secoue jusqu'à ce qu'il lâche prise, puis le frappe à mort.

Le temps s'arrête. Uniquement parce que Sammy, le frappeur de fer, le gardien du temps, ne se soucie pas de frapper l'heure suivante, six heures. S'il pouvait parler, il raconterait l'histoire ensuite, et elle deviendrait un mythe de la prison. Hélas, sa langue n'a pas encore repoussé. Mais son ouïe s'est affinée, et sa vue aussi. De son pas de géant, lent et rapide à la fois, il se dirige déjà vers la cuisine, car il s'inquiète pour le gamin. Grâce à sa fonction de gardien du temps et à son amitié avec quelques surveillants bien choisis, Sammy a des privilèges, et la permission de se déplacer à son gré dans certaines parties de la prison. Lorsqu'il a parcouru plus de la moitié du chemin, un cri aigu sort en zigzaguant des portes ouvertes comme une envolée de chauves-souris. Le colosse accélère à peine. Privilèges ou pas, il ne va pas se risquer à courir dans la cage.

Un beuglement suit le cri. Le gardien du temps reconnaît le cri incontrôlé de la douleur intense, extraordinairement fort et instinctif. Ce cri relie l'humain au monde animal comme aucun autre son, hormis le chant des oiseaux. Dans un flash très bref, Sammy se souvient d'une scène dans le village de son enfance : un buffle qui s'était retourné adroitement contre le couteau, se montrant plus astucieux que son bourreau, mais pour souffrir beaucoup plus ensuite.

Salauds de surveillants, bande de feignants, il arrive avant eux, ah, voilà Soe Thein qui s'amène en trottinant du bâtiment cinq ; il sera là dans moins d'une minute. Au moment où Sammy pénètre dans la cuisine, le blessé entonne une mélopée, une série de hurlements moins aigus. C'est le choc, il le sait, qui s'insinue dans le corps par la gorge. En sécurité à l'intérieur, le géant avance plus vite, une grande enjambée, une autre, une troisième. Il longe les plans de travail en bondissant presque, quand le gamin, les yeux agrandis par la terreur, la bouche et le menton barbouillés de sang, surgit de derrière une pile de sacs de riz et se précipite dans ses longues jambes. Sammy émet le grognement qui veut dire « Stop ! » et tend la main pour l'attraper, mais le gamin hurle et s'échappe en se tortillant, glisse sur le sol dans un bruit d'os. Une fraction de seconde plus tard, il est à nouveau sur pieds et se lance dans une course échevelée. Sammy grogne en essayant d'articuler le plus possible « Nyi Lay, arrête, les surveillants arrivent ! Ne cours pas ! », mais le gamin ne s'arrête pas. « Merde ! » gronde le colosse à la manière d'un loup, sans bouger, ses poings vigoureux sur les hanches, en pleine hésitation – il lui court après ou pas ? Il reste planté, et regarde les pieds nus et sales du gamin disparaître en un clin d'œil. Le petit fonce à toute vitesse, a déjà passé les portes, tourne à droite, ouf – hors de l'espace à découvert de la cour. Le frappeur de fer grogne à l'attention des plaintes qui s'échappent de derrière les sacs de riz. « Tu vas la fermer ! » Il se retourne vers les portes ouvertes, en espérant que les surveillants ne vont pas faire de conneries en voyant le pauvre gosse s'enfuir. On ne sait jamais avec ces connards !

En s'approchant de la source des lamentations, il trouve le gros cuistot affalé contre les sacs de riz, serrant ce qui reste de sa queue dans une main ensanglantée et ce qui doit être le bout qui a été mordu dans l'autre. Le flot rouge ne s'arrête pas, et ne tarde pas à former une flaque entre ses jambes massives. Il a les jambes écartées, les genoux en hauteur, sa position ressemble bizarrement à celle d'une femme en train d'accoucher. Le gardien du temps regarde fixement l'empreinte écarlate d'une petite main étalée sur un des sacs blancs. Il sait que c'est là que l'enfant, s'étranglant avec du sperme ou du sang ou les deux, s'est essuyé la bouche avant de s'appuyer pour prendre son élan et se sauver à toutes jambes.

— Aide-moi ! Au secours ! s'écrie l'Aubergine quand il voit Sammy au-dessus de lui.

Le gardien du temps secoue la tête de dégoût. Ses yeux dépassent le cuisinier pour se poser sur la fameuse petite étagère accrochée en hauteur au-dessus des fourneaux. La lueur du couperet bien gardé accroche son regard. Si le gamin avait été assez grand pour voir la lame étincelante, il aurait su que le cuistot était dans les parages, parce que l'Aubergine ne s'en éloigne jamais longtemps. Sce Thein entre dans la cuisine.

— Qu'est-ce que c'est que ce bordel ? s'exclame-t-il comme si Sammy pouvait lui fournir une réponse intelligible.

Sammy baisse les yeux sur l'Aubergine et lui crache dessus, puis regarde à nouveau le couperet. Il a encore tout le temps de le tuer. Ce serait le meilleur moyen de faire taire la sirène geignarde de sa voix. Ce ne serait rien, absolument rien, de lui couper la gorge. Si le couperet est vraiment bien aiguisé, Sammy peut lui trancher la tête en quelques coups vigoureux. Il a appris à le faire, quand il était sur les bateaux.

Oui, mais alors il ne sortirait jamais de ce trou à rats, et en plus les surveillants pourraient croire qu'il est pour quelque chose dans ce qui est arrivé à la bite de l'Aubergine. Et ça, rien que d'y penser, ça lui donne vraiment envie de dégueuler. En tout cas, il faudrait se dépêcher de le recoudre, sinon le cuistot pourrait bien passer l'arme à gauche à force de pisser le sang. Sammy serre les dents dans sa bouche spacieuse, et se met les mains sur les hanches. Ça lui demande beaucoup de volonté de ne pas toucher à ce couperet. Même s'il ne s'en sert pas pour couper la gorge du cuistot, la lame vaudrait un sacré paquet de fric.

Mais le temps presse, et il y a quelque chose qu'il veut encore plus que le couperet. Il avance, penche légèrement le torse, comme s'il voulait jeter un regard compatissant sur cette boucherie. Il entend Soe Thein qui s'approche, suivi de près par un autre surveillant. Il se baisse brusquement et gifle le cuisinier, de toutes ses forces. Puis il se redresse, continue le mouvement avec la cuisse, jambe fléchie, talon levé, avec lequel il assène un coup bien senti dans l'estomac de l'Aubergine. La mélopée se transforme en râles tandis que le cuisinier se plie en deux sous cette douleur nouvelle.

Sammy recule dans la travée qui mène à la porte de derrière, une main désignant le carnage. Soe Thein passe devant lui, contourne le mur de sacs de riz et jure en voyant le sang qui coule dans les doigts du cuisinier.

L'Aubergine pleure tout en reprenant son souffle. Il regarde Soe Thein.

— Aide-moi, murmure-t-il. Ce petit enfoiré m'a mordu !

Le surveillant se penche, exactement comme Sammy.

— Alors comme ça, le gamin t'a mordu, hein ?

Le cuisinier hoche sa figure pleine de larmes.

— Il était grand temps que quelqu'un le fasse.

Soe Thein se tourne vers le frappeur de fer.

— Va chercher le docteur !

Sammy lui lance un regard d'insolence amicale, les paupières tombantes, la bouche tordue dans un mélange de moue et de sourire narquois.

— Qu'est-ce que t'as à me regarder comme ça ? T'as entendu ? Va chercher le docteur et plus vite que ça !

Sammy hausse les épaules. Pour un homme aux jambes si longues et si robustes, il s'en va d'un pas vraiment très lent.

57

Ils ont coupé l'herbe de la mousson qui avait poussé sur les rives du ruisseau. Ses pieds le remarquent tout de suite. C'est comme s'il marchait sur un crâne tondu.

Il a beau passer et repasser la langue autour de sa bouche et cracher, cracher encore, le goût demeure, imprégné comme de la graisse sur un chiffon. Il le sent sur tout son visage, une puanteur qui possède un rythme, qui pulse en même temps que ses inspirations. Sang-sperme, sang-sperme. Respirer par la bouche n'y change rien ; elle est dans son nez, à l'intérieur. Séché autour de ses lèvres, sur son menton, le sang a une odeur plus forte, mais ce jus métallique et minéral qui vient du corps de l'homme reste coincé au fond de sa gorge.

Maintenant les surveillants vont le tuer. D'abord ils vont le coller dans une cellule à chiens pour avoir mangé la nourriture du directeur. Ils ne le rendront pas à l'Aubergine – les surveillants le détestent, parce qu'il est gras et riche – mais le directeur le donnera peut-être à Beau Gosse qui ira le noyer dans le bac d'une salle de douches. Pas dans le ruisseau, il n'y a pas assez d'eau aujourd'hui.

Le gamin saute par-dessus le ruisseau, sur la rive où l'arbre pousse, et il crache à nouveau, comme un homme, exactement comme Tan-see Tiger, en faisant beaucoup de bruit. Puis il éclate en sanglots. Si les hommes laissent des fleurs et des rubans et de l'eau et à manger, où il est, le bon nat de l'arbre ? Il a cru en cet esprit, et il a apporté des belles-de-jour et des murmures comme des prières. Mais sa foi et ses présents ne l'ont protégé ni de Beau Gosse ni du cuistot ni de Sein Yun. Ce visage hostile fendu de son sourire écarlate lui traverse l'esprit. Chacun à sa façon, ils ont tous voulu le noyer.

Et ils le feront. C'est comme ça avec les grands. Ils peuvent faire ce qu'ils veulent. Il mourra, comme son père et sa mère et Nyi Lay son lézard. Il tape dans son sac, qui pend lourdement contre sa cuisse ; il frappe de toutes ses forces, sent le coup se répercuter sur sa jambe. Les possessions cachées là-dedans ne servent à rien. À part lui, personne n'appellerait ça des trésors. Depuis deux jours, les crimes perpétrés contre lui en ont provoqué un autre : ils l'ont fait grandir suffisamment pour qu'il prenne conscience de sa pauvreté.

Qui, parmi les hommes de la cage, entend le son qui s'élève à présent, cette cadence ancienne et toujours nouvelle qui sort de la gorge d'un enfant, ces pleurs qui viennent avant le langage et continuent après ? Des surveillants en poste autour de l'hôpital l'entendent. Des hommes de garde au mirador l'entendent et arrivent dans la cour, la curiosité éveillée par le vacarme. Près de la cuisine, les cris de l'enfant sont étouffés par ceux de l'Aubergine, qui gémit et supplie qu'on sauve sa queue. L'infirmier ajoute sa voix de bourdon à la cacophonie. À en juger par ses yeux vitreux, il est probablement défoncé ; en tout cas il est tout à fait imperturbable devant le lac rouge qui s'étend, une rive trempant le fond des sacs de riz, l'autre qui pénètre le ciment et coagule à sa surface. Il repousse la mèche noire qui lui tombe sur les yeux, et explique au directeur que le docteur est parti voilà plus d'une heure et qu'il n'y a pas un seul lit de libre à l'hôpital. Si on veut soigner l'Aubergine, il va falloir virer un des détenus qui a payé pour avoir un lit, mais ce n'est certainement pas l'infirmier qui en prendra la responsabilité. Il faudra aller quérir un surveillant gradé ou le gardien-chef. Quelqu'un va chercher Chit Naing, et dix minutes plus tard quatre hommes et un brancard portent le cuisinier ensanglanté jusqu'à l'hôpital. Chit Naing regarde les hommes emporter le cuisinier gémissant, puis évalue les dégâts derrière les sacs de riz. Sans bouger, il regarde le sang par terre, et il les entend lui aussi, ces plaintes qui montent puis se brisent et hoquettent en retombant. Il sait que c'est le gamin qui pleure, mais il ne peut pas partir de la cuisine avant d'avoir reçu les ordres du directeur. Lequel s'avance vers lui.

Sans un regard pour le sang par terre, il lève ostensiblement les yeux vers l'étagère au-dessus des fourneaux.

— Veillez à enlever ce couperet de là ce soir, je vous prie. Et ce monastère ? ajoute-t-il plus bas. Le Hsayadaw prend le gosse, oui ou non ?

— Oui, il y a une place pour lui, ment Chit Naing avec un sang-froid admirable. L'abbé serait ravi de prendre un autre enfant.

En réalité, le gardien n'a pas encore vu le Hsayadaw, qui n'est revenu à Rangoon que cet après-midi. Chit Naing a rendez-vous ce soir, et le rencontrera pour la première fois.

— Je suis content que le monastère le prenne. C'est ça ou une maison de redressement d'État. Faites-le partir d'ici dès que vous pourrez. Tout cela est ridicule, poursuit-il en désignant les sacs de riz, toujours sans regarder par terre. On ne peut pas se permettre de le laisser courir partout s'il devient violent. Qui sait ce qu'il va inventer ensuite ? Heureusement que le cuisinier n'a pas parlé de porter plainte pour agression.

Chit Naing ouvre la bouche, la referme. L'ouvre à nouveau.

— Mon commandant, vous ne voulez pas dire… L'enfant… il se défendait, mon commandant. Contre le cuisinier. Tout le monde sait…

— Tout le monde sait que ce que fait le cuisinier ne regarde que lui. Ne me dites pas que le gosse n'a pas lui aussi ses petits trafics, si vous voyez ce que je veux dire. D'ordinaire il se conduit bien, je vous l'accorde, mais on ne peut pas dire qu'il soit tout à fait innocent. Qu'est-ce qu'il fichait ici si tard, tout seul ? Tout ça m'a l'air d'être une sordide bagarre de pédés qui a très mal tourné. Des porcs répugnants, tous autant qu'ils sont !

Le visage encore déformé par le mépris, le directeur tourne les talons pour partir, puis s'arrête brusquement.

— Oh, j'ai oublié de vous dire. J'attends le retour du gardien Nyunt Wai Oo très prochainement. Dans deux jours. Peut-être même demain. Il paraît que son genou va beaucoup mieux.

Deux surveillants suivent le directeur à bonne distance. Mais eux tournent tout de suite derrière le bâtiment, sachant que l'enfant est parti par là. Dans la lumière faiblissante, ils aperçoivent un petit être accroupi sous l'arbre. Les cris aigus parviennent à leurs oreilles, et ils savent que ce ne sont pas les corneilles revenues se percher sur les murs de la prison. L'instant d'après, les pleurs changent de rythme. Rassurés de penser que l'enfant doit être en train de se calmer, les surveillants retournent à leurs tâches.

Ils se trompent. Le gamin n'est pas en train de se calmer. Il est en hyperventilation. Il y a des mots dans toutes les langues pour *chagrin peur terreur cassé* mais aucun d'eux n'est si éloquent, si précis que ce son, celui d'un enfant qui ne peut plus respirer à force de pleurer. Et il n'y a pas de lâcheté plus grande que celle de l'adulte qui ne peut supporter de l'entendre.

Le gamin sait qu'il doit arrêter ces spasmes et ces sanglots. Il marche en crabe jusqu'au bord du ruisseau et sent qu'il s'enfonce un peu, tandis que ses orteils agrippent la boue machinalement. Il touche l'eau. Ses doigts plongent dedans et ramènent une poignée de graviers. Il se force à prendre une respiration, puis une deuxième. Et une autre. Il n'ose pas se rincer la bouche dans l'eau sale du ruisseau, mais il nettoie le sang et le sperme de ses mains et de son visage.

Il met ses bras maigres autour de lui et se balance d'avant en arrière. Puis il se détourne du ruisseau et rampe au sommet du monticule dénudé où l'arbre pousse. Lorsqu'il regarde le petit toit de feuilles qui reflète la dernière lueur du crépuscule, il a envie de recommencer à pleurer. L'arbre risque d'être coupé d'un jour à l'autre, par les mêmes hommes qui ont fauché l'herbe.

Dans sa solitude, l'arbre aussi semble le savoir, et se tient là, étonné, étonnant, comme une réminiscence ancienne de l'humain, les membres tendus vers le ciel. Il n'y a pas un seul nuage, que du bleu foncé tirant sur le mauve au-dessus du premier mur de briques et du deuxième mur de briques, ces frontières entre deux mondes qui sont le même monde.

Les corneilles reviennent se percher sur les remparts. Elles sont une demi-douzaine à voler, à tourner en rond contre le ciel comme les pales noires d'un ventilateur avant de se rabattre sur le mur extérieur. *Croa, croa, croa*, disent-elles de leur voix grinçante ; elles ont aussi mauvais caractère que les vieux prisonniers, les vieilles qui ont vécu ici avant et qui ont perdu quelque chose de brillant dans la prison. C'est pourquoi les corneilles reviennent toujours : elles cherchent ce qu'elles ont perdu. Le gamin les observe attentivement, comme il le faisait souvent le soir, quand il habitait dans sa petite cabane. Il entend leur babillage et leurs criaillements rauques, lorsqu'elles bavardent avant de s'installer pour la nuit.

Les projecteurs s'allument d'un coup, donnant à toutes choses la couleur de la craie, et leur lumière crue le fait cligner des yeux. Il se mouche dans ses doigts, avec un bruit de canon. Puis il regarde l'ombre de l'arbre, immense contre le mur de briques, assez grande pour y grimper. Il ne se souvient pas d'avoir jamais grimpé dans un arbre, pourtant il aimerait bien. Pas dans celui-ci, bien sûr. Même si le nat ne le protège pas, il doit toujours y habiter, invisible dans les branches, occupé à admirer les rubans et les fleurs. Le nat doit attendre que le gamin s'en aille. Ensuite, il se propulsera par terre et ramassera les offrandes que l'on a laissées pour lui.

Le gamin se lève, s'approche de l'écorce couleur de sable. Toute droite dans le creux des branches basses se trouve la boîte, le simple autel. À l'intérieur, deux branches de jasmin, une petite assiette de riz et un verre d'eau. Le gamin déglutit, tousse. Il a l'odeur et le goût du cuistot dans la bouche.

Et il entend des bottes. Pas la démarche de Beau Gosse, moins lourde que celle de Soe Thein. C'est un pas mesuré, qui ralentit à présent. Ça doit être Chit Naing. Le gamin libère le souffle qu'il retenait.

— Nyi Lay ?

— Oui ?

Il ne se retourne pas mais continue de fixer l'autel, le verre d'eau.

— Ça va ?

Drôle de question. Nyi Lay cligne des yeux très fort, plusieurs fois – plus de larmes – et fixe à nouveau le verre d'eau.

— J'ai très soif, chef.

Le gardien, qui se tient dans la boue sur l'autre rive, ne sait pas comment réagir. Lorsqu'il traverse le ruisseau d'un bond, le gamin sursaute et recule. Chit Naing avance lentement de deux pas vers Nyi Lay, qui regarde toujours le petit arbre. Il voudrait toucher l'enfant, poser une main sur son épaule, le réconforter, mais quelque chose l'empêche de faire ce geste. Il suit le regard assoiffé du gamin.

— Mais il y a de l'eau dans ce verre ?

— C'est pour le nat.

Nyi Lay, pense Chit Naing, les nats n'existent pas. Il se passe la main sur la bouche et le menton. Qui sait comment le gamin en est venu à ce culte des nats ? Sa mère croyait sans doute aux esprits. Après tous ces événements, Chit Naing ne veut pas lui enlever autre chose, serait-ce une superstition.

— Je pense que le nat ne t'en voudrait pas, dit-il doucement, si tu buvais son eau pour une fois. Le nat de cet arbre est très généreux.

Le gamin lui lance un regard singulier, comme s'il évaluait les qualifications de Chit Naing pour proférer de telles affirmations. Puis la peur se peint sur son visage.

— Je vais me faire disputer ?

— Non, Nyi Lay. C'est bon. Tu peux boire l'eau.

Le gamin tend le bras, prend le verre, qui n'est pas en verre mais en plastique translucide, plus frais que sa main. Il l'ôte de la boîte sans déranger le jasmin ni l'assiette de riz.

Doux sans être sucré, le liquide transparent coule en lui, son propre élément, et il boit tout sans s'étrangler, ce qui est un exploit. Il boit d'abord lentement, puis à longs traits, la tête en arrière, jusqu'à ce que le verre soit vide. Il le repose dans la boîte. Puis il se tourne.

— Chit Naing ?

— Oui ?

— Qu'est-ce qui va m'arriver ?

Il est plein de lassitude et de résignation, comme un vieil homme qui, après un voyage pénible, s'aperçoit qu'il s'est trompé de destination. Il fait nuit. Il n'a pas d'autre endroit où aller.

Chit Naing avance d'un pas et parle plus bas.

— C'est de ça que je veux te parler. J'en ai déjà discuté avec le directeur. Il est venu dans la cuisine quand il a su ce qui s'était passé.

Les épaules du gamin se voûtent tandis qu'il serre son sac contre lui.

— Non, Nyi Lay, tout va bien. N'aie pas peur.

Très vite, Chit Naing prend la décision de mentir à nouveau, afin de rassurer l'enfant.

— Le directeur n'est pas fâché parce que tu… étais dans la cuisine. C'est le cuisinier qui va avoir des ennuis, pas toi. Tu n'as rien fait de mal. Tu comprends ?

Plus tard, beaucoup plus tard, le gamin se rappellera la voix de Chit Naing et son visage mince aux traits tirés, les sourcils froncés contre le bord de ses lunettes en métal. Ses paroles deviendront un mantra, une bénédiction acerbe : « Tu n'as rien fait de mal. » Mais pour l'instant il croit qu'il est l'unique auteur de diverses catastrophes. C'est de sa faute s'il est allé dans la cuisine, s'il a volé le stylo et mis Beau Gosse en colère.

C'est de sa faute s'il est en vie. Le camion rugissant a percuté son père, qui est mort, et sa mère aussi est morte. La honte d'avoir survécu reste coincée dans sa gorge comme une arête de poisson. Il tend le bras pour reprendre son équilibre et touche l'écorce lisse.

Chit Naing avance plus près. Il voudrait prendre l'enfant dans ses bras comme l'autre soir, mais Nyi Lay se recule.

— Le directeur n'est pas fâché contre toi. Il est fâché contre le cuisinier, qui a fait quelque chose de très mal. Nous avons parlé de toi, Nyi Lay. Il y a quelque chose que nous voudrions que tu fasses.

Il y a toujours quelque chose, pense le gamin, c'est toujours donnant, donnant.

— Quoi ?

Le gardien perçoit le défi dans ce petit mot, la dureté. Il n'est pas sûr que le gamin accepte l'offre.

— Il y a un pongyi-kyaung à Rangoon.

— Je sais, répond le gamin tout de suite. Le chanteur m'en a parlé.

Ils sont tous de connivence, le chanteur et le gardien, même le directeur.

— Le Hsayadaw prend des enfants, et aussi des adolescents, des garçons qui n'ont pas de famille.

— J'ai pas besoin qu'on s'occupe de moi.

— Je sais bien. Nous pensions à quelque chose d'autre. Quelque chose d'important.

— Quoi ?

L'interrogation claque et frappe Chit Naing comme un élastique.

— Si tu allais vivre dans le monastère, tu apprendrais à lire. Et à écrire. Le Hsayadaw serait gentil avec toi. C'est un homme bon.

Les doigts de l'enfant s'étalent sur la peau marron clair de l'arbre. Les feuilles se heurtent sous une légère brise, un millier de petites portes. Le gamin a toujours les yeux rivés sur Chit Naing.

— Je pars quand ?

58

Chit Naing ramène l'enfant au bâtiment quatre pour la nuit, et le raccompagne jusque dans la cellule de Tan-see Tiger. Lorsqu'ils voient le gardien-chef et le surveillant, sa poignée de clés à la main, les hommes s'interrompent dans leurs commentaires des événements de la cuisine. Le gamin marche entre eux en regardant par terre. Il sait qu'il est le sujet des conversations. Les nouvelles vont vite dans la cage, mais Nyi Lay n'a jamais été au centre d'elles jusqu'à présent. Il veut disparaître. Les cinq compagnons de cellule du tan-see sont tous là, occupés à fumer des cheroots ou à se curer les dents après le repas. Le vieux borgne fabrique un panier en tissant des lanières de plastique étiré. Tan-see Tiger est assis sur sa couchette, un livre dépenaillé dans les mains : *il lit* ! Lorsque le surveillant ouvre la grille, les détenus s'écartent pour laisser passer le gamin. Tiger le regarde, la tristesse peinte sur le visage.

Le squelettique Hla Myat passe ses doigts aux ongles longs dans ses cheveux gras et salue le gamin avant de donner un coup dans les côtes de son voisin. Ce dernier, un nabot voleur de voitures et de camions, au nez très épaté sous des yeux jamais en repos, s'appelle Kyaw Kyaw. Un vrai plaisantin, ce Kyaw Kyaw, qui ne peut pas s'empêcher de marmonner quelque chose dans sa barbe aux deux autres détenus, qui éclatent de rire. Tiger les avait prévenus de ne pas dire de blagues, mais ils n'ont pas pu se retenir. Le détournement de la formule habituelle – *Tamin sa bibi la* ? As-tu mangé le riz ? – est tout bonnement trop tentant.

Le tan-see et le vieux vannier sont les seuls à ne pas participer au rire général, d'abord étouffé, puis de plus en plus bruyant. Une fois le gamin à l'abri dans son nid à côté de la couchette du tan-see, Tiger gronde à l'attention de ses hommes :

— Vous ne pouvez pas la fermer ? Vous ne voyez pas qu'il n'en peut plus, ce gosse ? Tu veux manger quelque chose, Nyi Lay ? demande Tiger en évitant discrètement la question facile à détourner. Tu veux que je t'apporte quelque chose ?

Ce que voudrait vraiment le gamin, c'est une douche, avec du vrai savon et beaucoup d'eau, mais ce ne serait pas facile à organiser. La nuit les salles de douches sont interdites aux détenus, et il n'a aucune envie d'aller à la douche seul avec un surveillant.

— De l'eau, murmure-t-il, j'ai soif.

Sur un signe de Tiger, le fabricant de panier pose son ouvrage par terre et plonge une tasse en aluminium dans le pot à eau, puis la donne au gamin. Nyi Lay boit avidement, mais sa gorge est irritée et son estomac se soulève. Il pose la tasse encore pleine devant lui et s'installe dans sa couverture de feutre, s'en recouvrant la tête comme d'un linceul. Il veut attendre quelques minutes pour reprendre ses esprits avant de mettre des vêtements propres – le tee-shirt *Free El Salvador* vert fluo, le longyi turquoise – mais il s'endort comme une masse.

Il se réveille quelques heures plus tard en gémissant tout bas, le ventre contracté dans une crampe douloureuse. Encore recouvert de son linceul, il ne sait plus où il est. Il ôte le tissu de sa tête et se dresse sur son séant, tandis qu'un petit cri aigu lui échappe. *La cellule de Tiger*. Le martèlement dans sa poitrine est si fort qu'il est sûr que les hommes l'entendraient s'ils étaient éveillés. Il écarte ses jambes maigres, renifle. *C'est de la merde !* Il s'est oublié sur son longyi, merde et pisse mélangées, qui traversent sa couverture. Berk ! Son ventre se serre et se tord à nouveau. Il regarde autour de lui, les quatre couchettes où ronflent les prisonniers, Hla Myat et Kyaw Kyaw qui dorment par terre. Les événements de la soirée repassent dans son esprit, d'abord au ralenti, puis plus vite jusqu'à ce que la mémoire avec son goût de sang dégringole comme un mur qui s'écroule et qu'il ait envie, ça presse, *vite, vite, le seau.*

Il se courbe en se tenant le ventre, il ne veut pas chier devant les autres – il n'a pas l'habitude, il essaie de faire son affaire en privé – enfin, ils dorment, c'est déjà ça. Il se relève vite, mais il ne tient pas sur ses jambes et renverse la tasse d'aluminium qui roule à grand bruit vers Hla Myat, lequel se retourne sur sa natte en grognant. *Chut ! Si tu le réveilles, il ne va pas arrêter de t'asticoter.* Le gamin contourne prudemment les corps endormis, le visage en sueur, tordu par les spasmes de ses intestins. Il a peur de se vider en marchant, *non non non*, ce serait trop dégoûtant, *grouille !* Il relève son longyi jusqu'à la taille – il est mouillé et il pue – et s'accroupit au-dessus du seau, ouf.

Quelques minutes plus tard, lorsqu'il a terminé, il se rend compte de sa chance d'être dans la cellule de Tiger. Il y a du vrai papier hygiénique ici, tout un rouleau accroché sur le mur à côté du seau. Le gamin en tire une quantité exagérée et se nettoie, puis tapote son longyi vert. L'odeur ne part pas. Il faudra qu'il le lave, avec de l'eau et du savon.

Il se dirige vers l'entrée de la cellule, où sont posés deux pots à eau, un pour boire, l'autre pour se laver les mains ; le seau supplémentaire, avec son savon, est une preuve de plus du statut de Tiger. Avec toutes les précautions possibles pour ne pas faire de bruit, il se savonne les mains et les nettoie à grande eau.

Quelqu'un avale de travers, se met à tousser ; le gamin se fige. De l'eau goutte de ses doigts, *ploc-ploc-ploc*. Il retient son souffle jusqu'à ce que la toux se calme. Dans le couloir, des papillons de nuit et des lézards exécutent leur sarabande habituelle autour de la lumière. Il entend le frou-frou et le battement léger des ailes. Et les ronflements syncopés des hommes. Il entend sa propre respiration. Elle lui rappelle : *je vais bientôt partir d'ici. Demain*.

Il tend la main vers le pot à eau. Debout, tenant la tasse qui plonge déjà dans l'eau fraîche, le gamin se réveille vraiment. Il prend la mesure du petit poids de sa vie, de sa forme particulière. Cette forme n'est limitée que par le temps, le temps dont lui-même est rempli, comme l'eau qui remplit le pot de terre. Sa main est en arrêt, la tasse est complètement immergée, complètement remplie. Il la sort de l'eau, toute dégoulinante, et prend lentement une longue goulée.

De retour à sa couche, il se change et met son longyi turquoise propre, puis ramasse le sale et en fait une petite boule discrète. Le problème, c'est sa couverture de feutre, trempée, puante et volumineuse, trop épaisse pour être pliée correctement. Il en fait un paquet qu'il met dans le coin, d'où elle le regarde en puant d'un air accusateur. Il ôte son tee-shirt – il est sale de toute façon, zébré et taché de roses brunes de sang – et étale le coton souillé sur la couverture. Voilà, c'est mieux maintenant, c'est juste un tas de linge sale.

Il se recouche sur son matelas de chiffons et tapote la grosse sacoche bleue de sa besace. Tout va bien. Ses trésors sont en sûreté.

— Psst, petit frère ! Approche.

Le gamin tourne la tête brusquement. C'est Tiger. Il rampe jusqu'à la couchette du tan-see.

Tiger s'est redressé sur un coude. Il renifle deux ou trois fois et jette un coup d'œil à la couverture du gamin.

— Ça va, petit ? se contente-t-il de demander.

— Oui.

— Un vrai asile de fous, hein ? Mais tu as fait ce qu'il fallait. Dans la cuisine, je veux dire. Les gars avaient l'air de rigoler, mais ils sont fiers que tu te sois défendu. Pourtant, ajoute-t-il dans un murmure, je dois te dire deux ou trois trucs, petit. Ça va être de plus en plus dur ici. Je vais faire ce que j'avais dit, je vais contacter les parents que j'ai en ville. C'est difficile à croire, fait-il, en posant sa grosse et lourde pogne sur le bras du gosse, mais cet enfoiré de cuistot a des copains. Tu ne peux pas rester dans la cage. Tu sais ce qu'on dit, « quand le sang a été versé » et tout ça. Tu ne me croiras peut-être pas, petit, mais on a essayé de veiller sur toi. Ça fait des années qu'on a averti le cuistot, tout de suite après la mort de ton père – l'Aubergine savait qu'il n'avait pas le droit de poser la main sur toi, le fumier ! C'est pour ça que Sammy est allé dans la cuisine, petit frère. Il a toujours eu un œil sur toi. Et tu ne sais pas ?

La voix du gamin est un fil d'argent.

— Quoi ?

— Sammy voulait trancher la tête de l'Aubergine. Mais toi… bref, disons que tu t'en étais chargé, s'esclaffe bruyamment le tan-see qui en oublie de chuchoter. T'as pigé ?

Le gamin le dévisage ; il ne comprend pas. Tiger se racle la gorge.

— Sammy s'en veut beaucoup d'être arrivé trop tard pour pouvoir t'aider. On t'a laissé tomber, Nyi Lay. D'abord cette merde avec Beau Gosse, ensuite le cuistot, qui est encore plus taré que le gardien, tu peux me croire. Il va mettre un contrat sur toi. Enfin, s'il survit. Ici ils peuvent pas faire grand-chose de plus que des points de suture merdiques, alors il a été transféré à l'Hôpital Général de Rangoon. Mais il paraît qu'ils ont jamais assez de sang pour les transfusions. Et quand ils en ont, il est infecté par la malaria ou le VIH !

Un gros rire sort à nouveau de la gorge de Tiger. Le gamin ignore ce qu'est une transfusion de sang, mais il se tait et le tan-see poursuit.

— Alors peut-être que ce taré va mourir. Mais s'il vit, il reviendra travailler. Et c'est là qu'il faudra vraiment faire attention, Nyi Lay. Tu comprends ce que je veux dire ?

Le gamin acquiesce gravement.

— Je sais, Chit Naing aussi veut que je parte. Dans un pongyi-kyaung.

— Ah ! C'est ça qu'il mijotait ! Le faux jeton ! Il disait qu'il essayait d'organiser quelque chose, mais il ne voulait pas dire quoi. Ça, c'est une bonne nouvelle. Une école monastique, ça vaut mieux qu'un tea-shop.

Tiger pose sa main libre sur l'épaule du gamin.

— Tu iras voir les cabanes dans les arbres de People's Park. Tu mangeras du biryani et des nouilles frites au lieu de la merde qu'ils nous refilent ici. Et tu iras dans tous les temples et toutes les pagodes ! La première fois que tu monteras en haut des escaliers de Shwedagon, tu auras la tête qui tourne comme une toupie, c'est tellement beau, tu n'as jamais rien vu de pareil !

Tiger sait que les orphelins des écoles monastiques ont très peu de chances de goûter au biryani ou d'aller faire du tourisme – de ce qu'il se souvient de sa propre enfance, les monastères sont d'une extrême pauvreté – mais on s'en fout, le petit a le droit de rêver un peu. Même si c'est un mensonge. Le plus petit des mensonges, comme le plus grandiose, songe-t-il, peut vous faire tenir le coup pendant toute une vie.

— Gyi ?

— Quoi ?

— Est-ce que les moines vont vraiment m'apprendre à lire ?

— C'est ça qu'ils font dans ces écoles – ils apprennent l'alphabet aux enfants et ensuite ils leur apprennent les textes sacrés. J'ai appris à lire dans l'école monastique d'un petit village près de Mandalay. Mais je me suis sauvé à Rangoon et je me suis mis à fréquenter des voyous. Surtout, t'avise pas d'aller traîner avec des pickpockets ou des types qui font du marché noir. Tout ce que tu récolteras, c'est des emmerdes, et tu finiras ici.

Il regarde le gamin dans les yeux, voulant croire qu'il est encore temps pour l'enfant, que sa vie pourrait être différente. Meilleure. C'est sans doute des conneries, bien sûr, mais il essaie de l'encourager.

— Tu es fait pour autre chose, petit frère. Surtout, reste avec les moines et fais ce qu'on te dit. Ils prendront soin de toi.

Le gamin baisse la tête, menton contre poitrine, et jette un regard timide sur l'extravagant sourire blanc de Tan-see Tiger. Puis ils lèvent les yeux tous les deux et écoutent. Le frappeur de fer frappe *un deux trois*.

— Tu sais quand tu vas partir ?

— Demain.

— Mmmm. Il est trois heures du matin, petit frère. Ça veut dire qu'on est déjà demain.

L'estomac de Nyi Lay se retourne et se contracte à nouveau. *Oh, non, pas ça !* mais la douleur monte de son ventre et s'enroule comme une corde autour de sa poitrine. Comment peut-il partir, et si vite ? Il ne fera plus de massages à Tiger, et ne pourra plus regarder les chats violets qui rugissent sur sa peau. Il ne verra plus le gardien Chit Naing, ni le Rossignol.

C'est pas juste que demain soit déjà aujourd'hui. Bientôt quelqu'un du monastère viendra le chercher. En taxi. Le gamin devra faire le trajet dans le taxi, qui est la même chose qu'une voiture, c'est Chit Naing qui le lui a dit. Le gamin n'est jamais monté dans une voiture. Tous les véhicules à moteur lui rappellent le camion qui a tué son père. Un grand soupir vide sa cage thoracique.

— Je sais, murmure Tan-see Tiger. C'est dur d'être dehors au début. J'ai déjà vécu ça. Exactement comme ça craint d'être dedans la première fois. Mais on s'habitue. Te tracasse pas à l'idée d'être mort de trouille. Ça arrive à tout le monde.

Nyi Lay est incrédule.

— Même à vous, Gyi ?

Le criminel redouté se remet à rire, plus fort cette fois-ci. L'homme qui est dans la couchette au-dessus de lui marmonne dans son sommeil. Tiger envoie une légère bourrade dans l'épaule du gamin.

— Oui, Nyi Lay, surtout moi. Je suis le plus gros trouillard de la prison. Pourquoi tu crois que je doive être si vachard ?

Le gamin rit aussi, et ne le croit pas.

— Vous rigolez, Saya Gyi !

— Pas du tout !

Tiger sourit de toutes ses dents blanches et robustes. *Saya Gyi*. Peu de gens utiliseraient ce titre respectueux pour un contrebandier accusé de meurtre. Drôle de moutard, pense-t-il, un bon fond, et vachement futé. Il regrette ne pas l'avoir mieux nourri. De ne pas l'avoir sorti de là plus tôt. Il regrette… Oh, et puis merde, la liste est trop longue et loin de ne concerner que l'orphelin tueur de rats. Le sourire de Tiger s'estompe avant de se fermer en un trait bien droit.

— Allez, rendors-toi, murmure-t-il. Tu vas pouvoir rêver de plein de choses, Nyi Lay.

59

Le pas de gardien-chef de Chit Naing est plus lent qu'à l'ordinaire. Il n'a pas l'habitude de porter un plateau chargé d'une double portion de riz bouilli. C'est un manquement criant au protocole, mais il s'en moque. Il a glissé un peu d'argent au nouveau cuistot – ramené d'urgence d'une caserne militaire – pour qu'il rajoute un œuf dur. Un œuf ! Comme si un œuf à la con allait remplumer un squelette. En passant devant l'autel et l'hôpital, Chit Naing regarde à plusieurs reprises la bouillie de riz qui commence à se figer, en se demandant combien le chanteur va en manger. Il a la nette impression que Teza a commencé sa grève de la faim sans l'annoncer officiellement.

Lorsqu'il contourne le mur extérieur, il trouve le prisonnier décharné assis en demi-lotus, la jambe droite repliée par-dessus la gauche. Il a les yeux fermés. Le gardien se tient à environ huit pas de distance et le regarde à travers les barreaux. Cela fait deux jours que Chit Naing ne l'a pas vu. Pendant ce court laps de temps, son visage a changé. Sa peau est un peu flasque et ridée à droite sous la pommette saillante, mais tendue à gauche avec la protubérance de sa mâchoire brisée. Comme il a maigri, la déformation de son visage est plus prononcée. Son cou n'est plus que tendons et muscles noueux entourant les anneaux de l'œsophage. Si sa couverture ne couvrait pas ses épaules et sa poitrine, Chit Naing verrait les clavicules pointer comme des piquets de tente sous sa tenue blanche de prisonnier.

C'est curieux de voir ce calme, la sérénité de ce visage en train de se défaire. Au fur et à mesure que son corps physique s'use et s'érode, autre chose apparaît, quelque chose de chatoyant, comme le lustre de la soie usagée avant qu'elle se déchire.

Quelle vie, pense Chit Naing. Qu'est-ce que c'est que cette vie ! Non loin du prisonnier famélique en méditation, les détenus et les surveillants commentent insatiablement le dernier ragot de la cage, comme des chiens sauvages autour du cadavre d'une chèvre. C'est grave, la morsure du cuistot ? Il va survivre à l'hémorragie ? La plupart des détenus savent que l'Aubergine est dans un état critique parce qu'il a fallu beaucoup de temps pour trouver suffisamment de sang de son groupe. En revanche, la plupart d'entre eux ignorent que le directeur a demandé du sang à l'hôpital militaire, qui est toujours mieux approvisionné que l'Hôpital Général de Rangoon. Finalement le cuistot ne va pas clamser, dommage ! Mais est-ce qu'il survivra s'il ne peut pas se taper des mômes en attendant que sa queue guérisse ? C'est la question qui suscite les rires les plus gras et les paris les plus extravagants ; et s'il fallait l'*amputer* ? Et est-ce que le cuistot a déjà payé quelqu'un pour buter ce petit sournois de kala-lay qui l'a mordu ? Les rumeurs vont bon train.

Le chiromancien a sûrement organisé des paris sur le nombre exact de points de suture. Chit Naing exhale son dégoût. Las de tenir le plateau, il s'affale contre le mur blanc sale et soupire à nouveau, plus fort, dans l'espoir de sortir le chanteur de sa méditation.

— Qu'est-ce qui s'est passé hier soir ? demande le chanteur de sa voix cassée mais sonore, les yeux toujours clos. J'ai entendu quelqu'un crier comme si on l'égorgeait, mais ce n'était pas un passage à tabac.

Chit Naing s'écarte du mur d'une poussée et renverse un peu de riz sur son pantalon. Il étouffe un juron avant de répondre.

— Je croyais que tu étais sourd d'une oreille ?

— D'une oreille seulement.

À présent, Teza regarde sa portion de ciel : bleu, bleu, bleu. C'est un tel plaisir de voir cela, presque chaque jour à présent, ce bain de mer pour les yeux. Ce n'est qu'après avoir goûté ce bleu qu'il regarde Chit Naing.

— Où est le gamin ? demande-t-il en voyant le plateau dans les mains du gardien.

Celui-ci s'agenouille. L'aluminium racle contre le guichet métallique.

— Où est Nyi Lay ?

Fixant la bouillie de riz, le gardien explique au chanteur la raison des cris de la veille. Teza écoute en silence, les yeux baissés sur ses mains posées sur ses genoux, la paume droite tournée vers le ciel et reposant sur la gauche.

— Mais il va bien ? s'inquiète-t-il lorsque Chit Naing a terminé.

— Je ne sais pas. Il en avait l'air. Qui sait ce qui se passe là-dedans ? dit-il en se tapant le front avec trois doigts. Ou dans son cœur ? J'ai fait ce que j'ai pu. Je ne sais pas exactement… ce qui lui est arrivé.

— Un médecin, peut-être…

— Pas de médecin. Je lui ai demandé s'il souffrait physiquement. Il m'a répondu que non. Je crois qu'il disait vrai. Il aurait plus peur de voir un docteur que de faire ce qu'il a toujours fait.

— C'est-à-dire ?

— Se prendre en charge tout seul.

— Mais c'est un enfant. Je ne sais même pas quel âge il a. Dix, onze ans ?

— Douze, peut-être pas loin de treize. Il est petit à cause de la malnutrition. J'espère qu'il mangera mieux au monastère.

Jusqu'à présent le gardien s'adressait au plateau, qu'il avait poussé dans la cellule de Teza. Maintenant ses yeux rencontrent ceux du chanteur.

— C'est le seul bien qui sort de ce gâchis. Après ce qui s'est passé, c'est le directeur qui veut se débarrasser du gamin.

Il se tait un instant, sachant qu'il ne devrait pas dire à Teza plus que ce qu'il doit savoir. Mais Chit Naing veut lui raconter. Il se mouille les lèvres et poursuit dans un murmure :

— Je l'ai enfin vu hier soir. Ton Hsayadaw. Il venait de rentrer de Sagaing, très fatigué du voyage, mais il m'a écouté. Il est d'accord pour prendre le gamin. Le monastère est plein à craquer, mais il a dit qu'il trouverait bien le moyen de rajouter une natte. C'est un homme vraiment très généreux.

— Mon père l'aimait beaucoup. Ma mère également, elle l'aime.

— Je comprends pourquoi. Je suis parti à minuit passé. C'est le genre de personne avec qui on peut parler pendant des heures.

Le visage de Sanda traverse son esprit et le laisse sans voix. Teza est silencieux aussi. Les deux hommes écoutent les bruits de la cage au-delà de la maison blanche, au-delà du mur extérieur : les pieds traînants et le cliquetis des fers de nouveaux prisonniers que l'on escorte dans leur bâtiment, les lazzis de leurs surveillants, la conversation chuchotée de trois gardes qui traversent la cour d'un pas pressé. Et plus près, le babillage de moineaux en pleine discussion. Plus tard, lorsque Chit Naing sera parti, ils passeront par-dessus le mur et descendront en piqué pour recevoir leur riz quotidien.

— Il part quand ? demande Teza.

— Le Hsayadaw va venir le chercher en début de soirée.

C'est ce que Teza attend. Il le souhaite. Mais il se détourne de cette nouvelle et regarde le mur du fond de sa cellule, abasourdi. Il a désiré le départ de l'enfant, a imaginé et aidé à organiser le tour de force de cette évasion tout en étant assis là. Et pourtant sa voix paraît tremblante à ses propres oreilles.

— Je le verrai avant son départ ?

— Brièvement. Je lui permettrai de te porter ton plateau.

— D'accord, murmure le chanteur.

— Je sais que c'est soudain, Teza, mais après ce qui s'est passé, c'est mieux. Et Beau Gosse doit reprendre le travail. On ne l'a pas encore vu, mais quand il reviendra, il s'en prendra à

Nyi Lay. Il vaut mieux faire sortir le gamin d'ici le plus vite possible.

— Oui, je sais. Vous avez raison.

Chit Naing tape sur le cadre de métal autour du guichet.

— Tu as déjà commencé ta grève de la faim sans me le dire ?

— J'ai toujours du mal à manger. C'est très douloureux.

Chit Naing le regarde calmement.

— Tu ne peux pas te nourrir de paroles. Je t'ai apporté un œuf, lui dit-il avec un sourire lugubre.

— Merci. Je le mangerai.

Il soutient le regard de Chit Naing.

— Oui, chef, je mange, c'est vrai. Un peu tous les matins. Je commencerai la grève quand le gamin sera parti. Demain, je pense. Demain.

Chit Naing ne comprend toujours pas. Il parle fort, stupidement.

— Et tous les autres, Teza ? Ceux que tu as décidé d'abandonner ?

Il ne lui est pas possible de prononcer « et moi » ? Dans le silence qui s'ensuit, il se rend compte que si un surveillant passait dans la cour il entendrait tout. Reprenant ses esprits, il s'écarte brusquement des barreaux et se redresse.

— Excuse-moi, murmure-t-il.

— *Ya-ba-deh*. Ce n'est pas grave. Vous avez l'air épuisé, ajoute-t-il après l'avoir regardé avec attention.

— Oui, je n'ai pas beaucoup dormi cette nuit.

Il se frotte le front, surpris de constater que c'est sa peau qui lui fait mal, pas seulement les muscles en dessous. Il regarde Teza et le voit tel qu'il est : un homme qu'il aime mais qu'il ne parvient pas à comprendre. Ça doit être pour ça que je suis si en colère, pense-t-il. Comme un enfant qui gratte une croûte, il persiste :

— Teza, ce ne serait pas l'échec absolu, de mourir pour protester ? Ce n'est pas ça que les généraux veulent que tu fasses ?

— Ça ne sert à rien de continuer à parler d'échec ou de protestation, Chit Naing. Chaque jour que j'ai vécu ici a été une victoire, parce que j'ai continué à aimer. Même une araignée, même un colosse indien sans langue.

Il exhale un rire.

— Même mon bon geôlier. C'est loin d'être un échec. Mais il y a quelque chose de cassé en moi. Je suis vide. La seule chose qui pourrait me faire tenir le coup serait de revenir à mes anciennes sources d'inspiration. Colère. Haine acharnée. Et ça, je ne le veux pas.

— Tu crois qu'ils en ont quelque chose à faire, que tu les haïsses ou pas ? Tu crois qu'ils ont quelque chose à faire de toi tout court ?

— Oh, le directeur en a quelque chose à faire, et même beaucoup. Et les généraux aussi. S'ils n'en avaient rien à faire, je ne serais pas ici, vous ne croyez pas ?

— Sérieusement, Teza, tu crois qu'ils en ont quelque chose à faire ?

— Mais je suis sérieux. Dans ce temps, dans cette vie, bien sûr qu'ils n'en ont rien à faire – au sens où tu l'entends. Le tortionnaire ne peut pas se permettre de se soucier des gens qu'il torture : sa fonction, c'est de détruire le corps et l'esprit. Et la fonction du soldat, c'est de tuer. C'est son devoir. Mais ils savent très bien qu'ils détruisent et qu'ils tuent. S'ils s'avouaient leur culpabilité, ce serait la fin de leur vie telle qu'ils la connaissent.

— Comme ce sera la fin de la mienne ?

— Probablement, répond Teza d'une voix légère, en exhalant un nouveau rire. Mais tu as déjà accepté que la vie que tu menais avant est terminée. En général, cela rend heureux. Si une telle transformation s'est produite chez toi, elle pourrait se produire chez un certain nombre d'entre eux aussi. J'en suis convaincu. Nous dormons tous. Vous, moi, les généraux. Ceux qui dirigent la cage. Tout le monde dort, certains plus profondément que les autres. Et tout le monde peut se réveiller. C'est ce que le Bouddha a enseigné.

— Pense à Beau Gosse, Teza. Et aux agents du MI qui t'ont torturé. Tu penses que ces hommes vont se réveiller et se mettre à se soucier de ce qu'ils ont fait, à toi ou à quelqu'un d'autre ?

— Je ne sais pas s'ils le feront. Mais je sais que ça pourrait arriver. C'est possible. Tu peux penser que c'est de la bêtise pure, mais je me demande souvent ce qui arriverait si les généraux partaient pendant un mois – rien qu'un mois – faire une retraite de méditation. Dans des monastères tout simples, pour s'asseoir et méditer toute la journée, et écouter quelques cours dispensés par de bons professeurs. Quand les chefs – les grands chefs, Ne Win en personne, Khin Nyunt, Than Shwe et le reste – reviendraient de leur retraite, je parie qu'ils se mettraient à dialoguer avec Aung San Suu Kyi et la LND. Je parie qu'ils démantèleraient la dictature de leur propre gré.

— Alors, comme ça, tu es prêt à parier ? On pourrait mettre le chiromancien sur le coup.

Peut-être que toute la cage voudrait parier. Sauf que ça n'arrivera jamais, Teza. Les dictateurs n'aiment pas s'asseoir par terre.

— Je sais. Pas très birman de leur part, n'est-ce pas ? Ils devraient essayer de dormir sur le ciment pendant la saison froide. La pluie n'a déjà pas arrangé mes rhumatismes, mais ils empirent avec le froid qui revient. J'ai les hanches si raides que je mets une demi-heure à me lever le matin. Pire que mon grand-père ! La cage nous vieillit. Même Nyi Lay est un petit vieux.

Il bouge à nouveau les jambes. Il faut qu'il s'allonge : parler l'a épuisé. Il ferme les yeux.

— J'espère qu'il pourra être un enfant en partant d'ici, murmure-t-il.

— Il n'aime pas trop jouer.

— Il apprendra peut-être.

Il ouvre les yeux pour regarder Chit Naing en face. Sa voix rentre en elle-même, se tend.

— Il emportera ses effets personnels ?

— Oui, bien sûr.

Les paroles de Teza s'enroulent comme les boucles d'une corde.

— De toute façon, il n'a pas grand-chose à prendre.

— Non. Son petit sac. Tous ses petits machins qui ne servent à rien. Il est très conservateur ! Il ne pourra pas laisser tout ça ici.

Chit Naing plisse les yeux en essayant de voir où le chanteur veut en venir.

Les boucles se referment en un nœud compliqué.

— Ils ne le fouilleront même pas, si ça se trouve. Mais peut-être que si ?

Comprenant ce que le chanteur lui demande, le gardien répond calmement.

— Non, ça m'étonnerait que quelqu'un le fouille. Nous savons qu'il n'a rien à cacher.

Il y aura le jeune surveillant Tint Lwin dans la salle de libération, et c'est Soe Thein qui sera de garde à la porte ce soir. Le gamin n'est pas un détenu libéré, de toute façon, et aucune instruction n'a été donnée pour qu'on le fouille. Chit Naing prend une profonde inspiration, comme pour se préparer à formuler la question qu'il a dans la tête : *qu'est-ce que tu mijotes ?* Mais il se lève et dit au revoir à son ami.

60

Dans la cellule de Tan-see Tiger, on termine son petit déjeuner et on se prépare à aller faire ses corvées. Hla Myat est debout devant les barreaux et se racle la gorge comme un tuberculeux. Lorsqu'il envoie avec délectation un gros paquet de glaires dans le couloir, le surveillant de service fait volte-face et lui hurle dessus. Poussant des cris de joie comme un gosse, le jeune détenu se recule d'un bond et roule des mécaniques jusqu'au fond de la cellule, à l'extrémité de la couchette du tan-see.

C'est là qu'est Nyi Lay, à genoux par terre, occupé à ranger et reranger ses affaires, en se demandant comment il va faire pour tout emporter. Ses trésors les plus importants sont dans sa besace, mais il ne veut pas laisser son longyi de rechange ni sa couverture. Le tee-shirt taché de sang, ce n'est pas grave, il va le jeter, mais la couverture de feutre chinois et son longyi vert d'école feront le voyage. Est-ce qu'il peut les prendre sous le bras comme un baluchon ? Il est en train de réfléchir à tout cela lorsque Hla Myat lui donne un coup dans les côtes, de toutes ses forces. Toujours à genoux, Nyi Lay fait un bond de côté avant de se remettre sur pieds, comme un chat qui a eu peur d'un pétard. Un hurlement aigu et saccadé lui échappe, et son visage se tord de terreur.

Mais ce n'est qu'une farce de cet imbécile de Hla Myat.

— T'as eu la trouille, hein ? J'espère que tu t'es pas encore chié dessus, moustique ! Ça vient d'où cette odeur ? raille le prisonnier en reniflant. C'est toi ou c'est le seau à merde ?

Nyi Lay jette un regard noir au jeune homme dégingandé et pousse le paquet de linge sale sous la couchette de Tiger, tout au bout.

— Laisse-moi tranquille !

— C'est pas comme ça qu'on lave son linge, mon cochon ! Hé, Tiger, t'as vu ? Il a foutu sa couverture pleine de merde sous ton lit !

Tiger a observé la scène de sa position favorite : à demi assis, à demi couché à la tête de sa couchette. Il souffle sur un de ses ongles pour en éliminer la poussière et commence à limer le suivant. Sa voix du matin est profonde mais rauque.

— Dis-moi, Hla Myat, tu es bien gaucher ?

— Oui, Tan-see, c'est exact, répond Hla Myat, sur ses gardes.

— C'est bien ce que je pensais. Parce que c'est avec la main gauche que t'as tapé le gosse. Mais je voulais m'en assurer. Maintenant, tu lui fous la paix, connard, sinon je te casse le pouce et l'index. Gauches, bien sûr.

Cette promesse vigoureuse fait taire les hommes qui chuchotaient.

— Hé, petit, approche ! Viens t'asseoir à côté de moi pendant que les gars se préparent.

Tiger tapote le matelas.

En frottant l'endroit où Hla Myat l'a frappé, le gamin s'approche doucement de la couchette du tan-see, et s'y appuie timidement. Tiger sourit.

— Allez, petit, grimpe !

Le gamin se hisse sur la couchette et s'assied en tailleur.

— Voilà ! C'est plus confortable, hein ? Ces affreux ne vont pas tarder à foutre le camp et on aura de la place pour danser, d'ac' ? Ou pour jouer au foot !

Nyi Lay s'appuie contre le mur de briques et gratifie le tan-see d'un pauvre petit sourire.

Quelques instants plus tard, un surveillant vient chercher les prisonniers pour les emmener dans les ateliers ou les jardins. Seul le fabricant de paniers reste avec Tiger et Nyi Lay. Il a beau être un vieil original aux mains et aux lèvres tachées de tabac, Nyi Lay est à l'aise avec lui, et fasciné par son œil borgne. Loin d'être morte, la pupille balafrée de blanc roule de tous côtés, avec adresse et détermination, tandis que l'autre semble la suivre, louchant dans la même direction, afin d'apercevoir ce que l'œil aveugle voit. Nyi Lay se surprend à faire la même chose, mais plus discrètement. Lorsque le vieil homme arrête de tisser pour s'étirer le cou, l'œil perdu se lève vers le plafond. Le gamin le suit, dans l'espoir de découvrir autre chose que des briques et un plafond taché d'humidité.

Peu de temps après le départ des prisonniers, Soe Thein apparaît et ouvre la grille, comme quelqu'un qui ouvre la porte de sa maison. Il salue poliment Tiger, avec qui il semble être en très bons termes, et fait un signe de tête amical au vieux vannier.

— Vous ne devriez pas travailler tant, oncle, vous êtes censé être en vacances ici !

Les hommes rient. Tiger sort un cheroot de sous son oreiller et l'offre au surveillant. Puis il se tourne et déclare :

— Allez, petit ! Il est temps que tu prennes une bonne douche.

Le tan-see va chercher un gros sac rayé sous sa couchette. Il sourit au gamin assis sur le matelas, les yeux écarquillés.

— Regarde un peu ce que j'ai pour toi. Une belle serviette toute propre.

Il la dépose lourdement devant Nyi Lay.

— Et un savon tout neuf, parfumé s'il vous plaît. Et oh, vise-moi ça, un pot de thanakha par-dessus le marché. C'est une de mes bonnes amies qui me l'a envoyé, mais tu peux le prendre, comme ça tu seras propre comme un sou neuf pour partir de la cage.

Tiger empile ces trésors sur la serviette.

— Peut-être même qu'on pourra te dégoter une brosse à dents. Merde alors, tu t'es déjà brossé les dents ?

Il lève un regard interrogateur, mais le menton de Nyi Lay s'affaisse sur sa poitrine.

— Hé, Nyi Lay, qu'est-ce qui se passe ? Hé, qu'est-ce que t'as ? Petit, il y a une fuite sur ta figure !

En souriant, Tiger approche son visage de celui du gamin et l'examine. Le gamin cligne des yeux ; les larmes coulent.

— Deux fuites ! Franchement, la plomberie ici, ça laisse à désirer ! Je vais me plaindre au directeur. D'où elle vient, cette flotte ? C'est la mousson qui recommence.

Feignant l'étonnement, Tiger étend son bras musclé – le tigre s'étale sur sa poitrine – et regarde le plafond, guettant la pluie. Nyi Lay rit et pleure en même temps. Le tan-see parle plus fort.

— Tu trouves ça drôle ? C'est pas drôle du tout, c'est une catastrophe, mais je suis content de te voir rire. Allez, déride-toi, le surveillant va t'emmener à la salle de douches. Prends tout ça. Ça ira mieux quand tu seras lavé.

Soe Thein les accompagne au bout de la rangée de cellules. Ils longent un autre long couloir et tournent à droite avant d'arriver à la salle de douches du bâtiment quatre. Le surveillant ouvre les doubles portes fermées à clé, et Tiger dit au gamin :

— Vas-y. Je t'attends là. Le surveillant et moi, on va régler les problèmes du pays en se fumant un cheroot.

Soe Thein éclate de rire, mais le gamin n'a pas l'air de trouver ça drôle du tout. Tiger lui tend un récipient de plastique pour prendre l'eau.

— Lâche-toi, petit – prends autant d'eau que tu veux.

Le surveillant a entendu. Il confirme.

— Le dernier jour, on ne compte pas l'eau.

C'est une grande pièce, caverneuse et grise, avec des crochets sur les murs et deux grands bacs, un pour la lessive, un pour la toilette. En s'approchant du bac de ciment, il regarde plusieurs fois par-dessus son épaule. Mais il n'y a personne, personne ne le suit. La pièce sent l'eau et la poussière. Il approche la boîte de thanakha de son nez et respire le parfum de petites fleurs d'ivoire, la peau de l'arbre thanakha. Et sa mère. L'ovale orange de la savonnette est comme un bonbon aux fruits, mélangé à du jus de citron vert un peu rance. Pour un petit garçon fasciné par le luxe que représente le savon, c'est un parfum délicieux.

Le sol de ciment est frais et humide à certains endroits mais pas à d'autres. Il se retourne à nouveau. Il voit ses empreintes humides sur le ciment sec.

— Je me suis, dit-il tout bas.

Le son de sa voix le rassure.

Il accroche sa serviette, prend le savon et le récipient et s'approche du bac, qui lui arrive à la hauteur de la poitrine. Il se tient devant l'eau le dos aussi raide et l'esprit aussi concentré qu'un plongeur. Lorsqu'il dénoue et ôte son longyi, il est assailli par l'odeur qui s'est incrustée depuis son accident de la nuit. Il entreprend sa toilette avec beaucoup d'ardeur, plongeant le pot dans le bac et se versant plus d'eau sur la tête que ce à quoi les prisonniers ont droit tous les matins, bien plus que ce à quoi le Rossignol a jamais eu droit.

Il se savonne et se rince à l'eau fraîche en commençant par les fesses. Il se frotte la poitrine, comme lorsqu'il masse Tiger. Tout doit être lavé, les genoux couverts de cicatrices et les tibias maigrichons et les chevilles crasseuses et les pieds pleins de corne, recouverts de poussière de briques rouges. Avide de propreté, il passe les mains par-dessus ses épaules, autour de sa taille et au-dessus, pour se laver le dos, nouant et dénouant tous les petits muscles sous la peau foncée. Puis, se souvenant de deux endroits qu'il néglige d'habitude, il remonte et se lave l'intérieur des oreilles.

Tout frissonnant, le gamin se douche encore une fois, avec la ferveur d'un canard. Il constate avec une grande satisfaction que le niveau de l'eau dans le bac a baissé de façon significative. Il se sèche – avec une vraie serviette, pas un vieux bout de chiffon – et note aussi avec fierté qu'il n'y a plus un endroit sec sur le sol de ciment dans un rayon de trois mètres. Avant de se rhabiller, il prend un peu de thanakha, en fait une pâte qu'il étale sur ses jambes et ses bras, son cou et son visage. Lorsqu'il émerge de la salle de douches, il essuie consciencieusement le savon orange avec un coin de la serviette, puis redonne poliment savon, serviette et thanakha au tan-see qui lui sourit.

— Non, c'est pour toi, Nyi Lay, dit-il en riant. Pour toi. Tu sais, un cadeau d'adieu.

Le gamin ne sait pas. On ne lui a jamais fait de cadeau d'adieu. Mais il serre ses présents contre sa poitrine, délicatement, et repart dans le couloir en compagnie de Tiger et de Soe Thein.

Tiger et le fabricant de panier n'ont pas l'air de s'inquiéter du déjeuner. En général les prisonniers qui ont les moyens prennent un repas à midi, mais le frappeur de fer a beau taper douze coups, puis un coup une heure plus tard, les deux hommes n'évoquent absolument pas le sujet. Le gamin non plus. Il est déjà tellement reconnaissant au tan-see de sa générosité qu'il n'ose pas avouer qu'il a faim.

Un peu après trois heures, les hommes de Tan-see Tiger commencent à revenir. Nyi Lay connaît les horaires de la cage, et il ne comprend pas pourquoi les prisonniers sont de retour si tôt ; la plupart des autres détenus travaillent encore dans les ateliers ou les jardins. Mais il est encore plus étonné de l'odeur qu'ils dégagent lorsqu'ils rentrent à la queue leu leu, tout en bavardant et en s'asticotant comme toujours. Ils sentent la *nourriture*, et c'est bien ce qu'ils apportent, de la nourriture : des sachets de la-phet, trois sortes de curry dans des bols de bambou, du riz parfumé dans un plat d'aluminium cabossé, des tomates fraîches et du chou râpé, et de l'ail qui vient d'être frit pour la salade de feuilles de thé.

Le gamin perçoit l'effluve qui émane de chaque homme lorsqu'il entre dans la cellule. Il les regarde à tour de rôle avec une perplexité contenue, tandis que sa bouche s'inonde de salive. Excités par les épices, le parfum âcre du thé en saumure et une bouffée salée de poisson séché, ses intestins se remettent aussitôt à se tortiller et à gronder. Son regard va des criminels – Kyaw Kyaw le voleur de camions étale un grand tissu sur le sol de la cellule – à Tiger, qui se frotte les mains, tel un géant sur le point de dévorer un bœuf.

— Bravo ! rugit le tan-see. Je commençais à avoir une faim de loup. J'espère que toi aussi, tu as faim, Nyi Lay ? Je sais que tu viens de prendre une bonne douche, mais je veux que tu te relaves les mains, avec du savon. C'est pour ça qu'on a un seau en plus, pour pouvoir manger avec les doigts et pas avec ces saletés de cuillères en métal.

Le gamin s'empresse d'aller se laver soigneusement les mains, et les détenus en font autant.

— Allez, assieds-toi tout près de moi, sinon les gars vont te bourrer de coups de coude, les cochons !

Kyaw Kyaw et Hla Myat protestent comme des petits garçons pris en faute.

— C'est vrai que vous bouffez comme des porcs ! Souvenez-vous que c'est un repas en l'honneur du gosse, un banquet de shin-byu. Il va être ordonné novice !

Il regarde Nyi Lay, qui est déjà assis en tailleur à côté de lui.

— Quand un fils entre au monastère, sa famille lui offre un grand banquet d'ordination. D'habitude ce shin-byu a lieu au monastère, alors si ça se trouve quand tu toucheras tes habits les moines t'offriront un festin aussi. Mais c'est pas sûr. Il y a des tas d'enfants dans les écoles monastiques, et des tas d'enfants, ça mange des montagnes de nourriture ! C'est sans doute trop cher de faire une fête pour chacun, alors on t'en fait une ici. Qu'est-ce que t'en dis ?

Le gamin a du mal à quitter la nourriture des yeux – tous les plats sont disposés sur la nappe – mais il regarde Tiger et répond solennellement :

— Je trouve que c'est une très bonne idée, Saya Gyi.

Le tan-see serre l'épaule de Nyi Lay en riant. Hla Myat tend un bol de riz au gamin.

— Allez, nouveau novice, sers-toi ! dit Tiger.

Le gamin n'a pas plutôt pris une patte de poulet frite que les hommes s'y mettent dans une frénésie gracieuse, mains et avant-bras tatoués se croisant en tous sens pour attraper, qui du curry au poulet ou à la pâte de haricots, qui une autre poignée de riz. Des doigts ouvrent un poisson séché, et d'autres doigts s'y précipitent pour arracher la chair grasse de l'arête pointue. Les effluves de cumin, de curcuma et de piment broyé s'infiltrent dans le nez du gamin. Le riz vient d'être cuit et est encore chaud, délice rare, et pour une fois il n'écoute pas les hommes qui, tout en mangeant, échangent des potins sur les surveillants, les autres détenus et les nouveaux arrivants.

Le garçon prend une autre patte de poulet. C'est un de ses aliments préférés, même si elles ne sont pas très charnues. Il y a quelque chose dans le fait de ronger qui satisfait ses mâchoires. Il nettoie trois doigts, puis revient au curry, reprend du riz, une autre bouchée croustillante de salade de feuilles de thé. Le riz est bien décortiqué et ne contient pas un seul caillou, et le gamin se demande où Tiger se l'est procuré.

Le tan-see est le premier à s'écarter du festin avec un rot sonore.

— Écoute, dit-il au gamin, tu peux manger tout ton saoul, mais t'as pas besoin de te gaver. On va mettre de la bouffe dans un sac en plastique et tu pourras en emporter pour ton grand voyage. À la bonne heure, voilà ce que j'appelle un sourire ! T'en as de la chance, reprend-il après avoir consulté sa montre, tu vas bientôt être dehors !

— Et t'en verras des jolies filles, observe le petit voleur de camions d'une voix nostalgique.

Tiger sourit à Kyaw Kyaw et soupire.

— C'est sûr, les belles femmes, c'est pas ça qui manque à Rangoon !

Il claque des lèvres d'un air si goulu que le gamin se demande s'il n'a pas repris de la nourriture.

Le vannier secoue la tête et se tourne vers le gamin, afin de le mettre en garde.

— Mais il n'y aura pas de filles au monastère.

— Pourquoi, c'est comme la prison ?

— Non, non, intervient Tiger, c'est pas comme la cage. Il y a des filles partout, mais pas dans l'enceinte même du monastère. Mais tu pourras sortir beaucoup, dans les rues, les marchés, les temples. Tu verras des tas de filles. C'est les plus jolies qui donnent les meilleures aumônes. Aller mendier a causé ma perte en tant que novice. Les filles étaient vraiment trop mignonnes. Tu sais, les moines supérieurs te diront que tu dois rien avoir à faire avec elles, mais c'est faux, petit frère, tout ce qu'il y a de plus faux. Les filles, c'est très important.

Le gamin acquiesce, mais ne comprend rien. C'est quoi des aumônes ? Et pourquoi Tiger en fait toute une histoire avec les filles ? Trop timide pour demander, il se contente de hocher la tête.

Tiger consulte une fois encore sa montre.

— Tu es prêt, Nyi Lay ? Chit Naing vient à cinq heures.

Le gamin se lève et sort ses claquettes de la poche latérale de sa besace. Ces derniers temps il a marché le plus possible pieds nus pour économiser ses claquettes, mais il veut les porter pour partir. C'est ce qui se fait : même les plus pauvres des détenus ont quelque chose aux pieds lorsqu'ils partent.

Avant d'enfiler ses claquettes, il se met à genoux pour sortir sa couverture et son longyi sales de leur cachette sous le lit de Tiger.

— Qu'est-ce que ces saloperies foutent encore ici ? siffle Hla Myat.

Il jette un regard accusateur au tan-see.

— Pourquoi il les a pas jetées quand on était pas là ? Kala-lay, gronde-t-il, t'aurais pu au moins attendre que la bouffe soit débarrassée !

Le gamin fixe Tiger et déclare d'une voix neutre :

— Je veux les emporter avec moi.

— Je pense qu'ils te donneront des belles couvertures propres au monastère, Nyi Lay.

— Mais celle-là, elle est à moi. Et le longyi est un longyi d'école, et je vais aller à l'école au pongyi-kyaung, alors je veux l'emporter. Je laverai tout ça là-bas. Avec mon savon neuf.

— Allez, petit frère, fais pas la mauvaise tête. Au monastère tu mettras des habits, des habits orange ou bordeaux, t'auras pas besoin de ton vieux longyi vert. Hla Myat a raison, même si comme d'habitude il parle comme un rustre. Ces trucs sentent pas très bon. Et tu viens de prendre une bonne douche et tout ça, pour être propre pour le voyage.

— Je veux les emporter avec moi, répète le gamin.

Comme les trésors dans sa besace, ce sont les derniers vestiges de sa petite cabane. Il se moque que ça sente mauvais. C'est à lui, l'odeur est à lui aussi, et il ne les laissera pas.

— Comment tu vas faire pour les porter sans te salir ? demande Tiger.

Le gamin regarde son baluchon. S'il était plus petit, il pourrait le mettre dans un sac en plastique – il emporte cinq ou six sacs en plastique – mais le feutre chinois est volumineux, et les sacs sont trop petits.

— Je sais pas.

— C'est dégueu, murmure Hla Myat en repliant la nappe. On dirait un animal de ferme. Tu parles d'un shin-byu civilisé !

— Hla Myat, ferme-la avant que je t'enfonce un bout de cette couverture dans la bouche ! T'es insupportable. T'as de la chance de savoir faire la cuisine et le ménage, espèce de sac d'os, sinon, il y a longtemps que t'aurais dégagé d'ici !

Le vieux vannier tousse poliment. Son œil borgne examine un point secret du plafond, tandis que l'autre essaie de le rattraper, mais sa voix vise le gamin comme une flèche.

— Nyi Lay, tu peux mettre ta couverture dans le grand panier que je viens de terminer. Elle tiendra. Et comme c'est un tissage bien serré…

Il s'arrête, par délicatesse. Le gamin termine la phrase du vieux.

— L'odeur passera pas.

Hla Myat ne peut pas se retenir.

— Mais ça devait être mon panier à linge !

Tiger lui lance un mégot de cheroot.

— Je t'ai pas dit de la fermer ?

Le gamin regarde Tiger.

— Je peux ?

— Évidemment tu peux. L'oncle te fait un cadeau. C'est très gentil de sa part.

D'un léger coup de coude, il fait signe au gamin d'aller vers le vieil homme.

Le gamin se lève pendant que le vannier va chercher le panier dans ses affaires. Le gamin accepte le cadeau avec un geste servile et raffiné à la fois : son coude droit, qui étend la main qui reçoit le présent, repose dans le creux de sa main gauche. On dirait un panier de marché, large en bas et plus étroit en haut, où les anses rondes se font face, proches l'une de l'autre, deux cercles parfaits. Il est fait de lanières de plastiques bleues, vertes et roses, qui plaisent beaucoup au gamin amoureux des couleurs. Il remercie le vannier en courbant légèrement la tête.

— *Ya-deh*, répond le vieux de sa voix gutturale, en examinant le panier de son œil valide et critique. Pas terrible comme valise, mais c'est le mieux que je pouvais faire en si peu de temps.

Le regard du gamin va de l'œil sain du vannier à son œil balafré de blanc, qui est déjà parti ailleurs. Nyi Lay suit la direction de ce regard, à l'autre extrémité de la cellule. Là, derrière les barreaux, se tient Chit Naing.

61

Ils forment un drôle de couple, le grand gardien à lunettes qui porte un plateau de repas et le petit garçon avec un grand panier de marché qui lui bat la jambe. Il porte son sac en bandoulière sur l'épaule opposée, pour l'équilibre. Ils prennent le chemin le plus long pour aller à la maison blanche, en longeant l'autre côté de la cour, de sorte que le gamin n'ait pas à passer devant la cuisine. Il comprend cela. C'est pourquoi Chit Naing a pris le plateau en partant.

— Chit Naing ?

— Mmmm ?

— Le Rossignol, il sait que je m'en vais ?

— Oui, il le sait. Je lui ai dit que nous avions trouvé un pongyi-kyaung pour toi. Tu vas lui manquer, mais il est content que tu t'en ailles.

Le plateau tremblote dans les mains de Chit Naing.

— Chit Naing ?

— Oui ?

— Pourquoi vous apportez le repas du Rossignol ?

Chit Naing élude la question.

— C'est toi qui vas le lui apporter.

Le gamin est inquiet de voir le chanteur, et il a honte. Pas plus tard qu'hier il a renversé la bouillie de riz sur le ciment et a insulté Teza, et pourtant il a l'impression que c'était il y a longtemps.

— Peut-être que je ne devrais pas aller voir le Rossignol, Chit Naing. Peut-être qu'il ne veut pas me voir.

— C'est faux, Nyi Lay. Il a très envie de te voir. C'est lui qui me l'a dit.

— C'est vrai ?

Chit Naing perçoit la sensibilité à vif dans la voix de l'enfant.

— Oui, il me l'a dit ce matin. Tu sais qu'il t'aime beaucoup, n'est-ce pas ?

— Oui, je sais. Chit Naing, confesse-t-il, Teza me donne sa nourriture. À moi ou aux oiseaux.

Le gardien ne se met pas en colère. Il se contente de soupirer.

— Oui, je suis au courant. Teza n'a plus très faim.

Ils passent devant les bâtiments des verdicts.

— Chit Naing ?

— Oui, Nyi Lay ?

Le gardien essaie de ne pas laisser son impatience durcir sa voix.

— Teza ne veut plus être dans la cage, hein ?

— Non, tu as raison.

Le gamin se mord la lèvre inférieure et presse le pas. Il laisse passer une minute entière avant de déclarer :

— Quand je serai parti, Teza partira aussi.

Chit Naing fronce les sourcils et regarde la tête de Nyi Lay, se demandant ce qui se passe là-dedans. Bientôt ce petit crâne sera chauve, complètement rasé, et ce corps maigrichon sera enveloppé dans des habits de novice. Le gardien voit le cou mince pivoter : le gamin regarde du côté du mirador.

À un peu plus de cinq cents mètres, Sammy est appuyé contre le poteau de fer gardien du temps. Il vient juste de frapper cinq heures. Le gamin ne s'arrête pas de marcher, mais ralentit et lève une main hésitante. Sammy sourit et répond d'un signe enthousiaste. Le gamin veut courir à lui pour lui dire au revoir, mais il ne le fait pas ; il a trop de choses à porter, il est timide, et son cœur se met à battre la chamade parce qu'ils approchent de la maison blanche. Mais il regrette déjà, avec l'angoisse confuse d'un enfant, et il regrettera aussi plus tard, quand il aura plus d'expérience, de ne pas être allé voir l'homme qui était venu l'aider, qui lui ressemblait tant – frère indien silencieux, séparé des autres, le gardien du temps.

Après ça, je m'en vais ! songe le gamin lorsqu'ils ne sont plus qu'à quelques pas de la maison blanche et du mur qui l'entoure. Cette pensée l'épuise. Il bâille et le gardien l'imite, par contagion. Les deux compagnons se sourient, mais ils sont tristes parce que Teza est là, de l'autre côté du mur. Lorsque le gamin aura dit au revoir au chanteur, leurs vies changeront. Eux-mêmes changeront, comme un animal se transforme en un autre animal ou une pierre devient chair ou une cascade d'eau bleue prend soudain feu.

— Regarde qui est là, dit Chit Naing, mais Teza, assis près des barreaux, le sait déjà.

Les yeux du gamin bondissent de la mâchoire brisée de Teza aux murs intérieurs de la cellule et à ses pieds à lui, tout propres dans leurs claquettes de couleur différente. Non loin de ses orteils, une tache sombre d'humidité s'est incrustée dans le ciment. Le riz renversé d'hier.

Chit Naing s'agenouille maladroitement pour pousser le plateau par le guichet métallique. Par habitude, Nyi Lay s'accroupit et tient le guichet grand ouvert tout en soulevant le plateau afin qu'il glisse facilement.

Le voilà donc dans la même position que la veille quand il s'est mis en colère. Mais aujourd'hui Teza est assis près des barreaux. Le gamin baisse la tête pour parler.

— Teza, je m'excuse. Pour hier.

— *Ya-ba-deh*, Nyi Lay, ce n'est pas grave. *Gey-sha ma shee ba boo*. Pas de problème. Mes domestiques sont venus nettoyer.

Le gamin continue la plaisanterie, rien que pour parler.

— C'est pas vrai !

— Mais si ! D'abord les pigeons, mais ils ont sali autant qu'ils ont nettoyé, alors je les ai renvoyés, et les moineaux sont arrivés. Ensuite les cafards, et après les fourmis. Plus tard les cafards sont revenus contrôler le travail des fourmis, parce qu'ils sont vraiment pointilleux sur la propreté des cellules. Tu as vu comme le sol est impeccable ?

Le gamin jette un coup d'œil au visage de Teza. Il y a tant de choses qu'il voudrait dire au chanteur, mais il a un truc aussi dur que du fer coincé dans la gorge. Des mots. Des mots durs comme du fer.

Teza entoure un des barreaux de ses doigts.

— Et toi aussi, tu es propre. Tu sens le savon.

Le gamin lève les yeux, décontenancé. Et aussi content, que Teza ait repris la conversation, sur un sujet facile. Il répond avec un enthousiasme enfantin.

— J'ai pris une douche dans le bâtiment quatre. Dans une vraie salle de douches avec autant d'eau que je voulais. Tan-see Tiger m'a donné du savon et puis j'ai mis du thanakha et il m'a dit que je pouvais garder tout le pot, et une vraie serviette, et…

Le gamin, dans son agitation et son émoi, se met à parler.

Teza ferme les yeux pour voir ce dont l'enfant parle, *eau savon thanakha serviette*. L'évocation de ces objets simples lui transperce la poitrine d'une lame fine et aiguisée. Et cette lame s'enfonce plus loin, dans ses flancs, l'écorchant de l'intérieur. Il suffoque et se penche en avant, le visage presque contre les barreaux. En réalité il n'y a pas de blessure, pas de lame. Pourtant comme il souffre de cette absence de peau, de cette perte de tout : se laver, de l'eau propre, le gamin, timide et vif à la fois, qui parle de nourriture à présent, *tamin ne hin la-phet ayun gaund-ba-deh*. La lame est le son de la voix de l'enfant. La blessure est profonde parce que Teza sait qu'il ne l'entendra plus jamais.

Ainsi le chanteur, qui pensait connaître toutes les raisons, apprend une autre raison d'entamer la grève de la faim qui se terminera par sa mort. Sans le gamin, il ne veut plus vivre ici. L'enfant affamé l'a trop bien nourri.

Il ouvre les yeux. Free El Salvador – le slogan délavé est là, sur son tee-shirt préféré – dévisage le chanteur. Ils se regardent intensément.

— Chit Naing ? Vous pouvez nous laisser quelques minutes ? demande Teza.

Le gardien était resté debout, au-dessus et à part, mal à l'aise, s'efforçant de ne pas regarder leur échange mais regardant quand même, attiré et déstabilisé par ce qu'il voit. Il est presque soulagé de les laisser seuls.

— Cinq minutes. Peut-être un peu plus. Le Hsayadaw sera là à cinq heures et demie. Il nous faut faire aussi vite que possible.

— Oui, je sais.

Chit Naing parti, Teza se lève pour aller jusqu'à sa paillasse. Il revient avec le registre violet.

— Je veux que ce soit toi qui l'aies, murmure-t-il.

Puis il tend la main dans son dos et sort le stylo de son longyi.

— Et ça aussi. Emporte-les. Chit Naing aura des ennuis si quelqu'un les trouve ici.

Le gamin fixe le registre taché d'eau.

— Mais Teza, je… Qu'est-ce que je vais en faire, du livre ?

— Tu le liras.

— Mais je sais pas…

— Tu le liras, un jour. Il y a des mots qui sont pour toi. Il y en a pour mon autre petit frère, celui qui est sur la frontière, mais je n'ai pas son adresse, alors je ne peux pas le lui envoyer, tu comprends ?

Il sourit avec les yeux. Une flaque de salive se forme au coin de sa bouche et se met à couler le long de son menton tordu.

— J'ai écrit aussi pour ma mère. Et j'ai écrit certaines de nos histoires, les tiennes et les miennes. Tous ces mots, ajoute-t-il en tapotant la couverture rigide, sont également tes mots, parce que tu m'as apporté le papier et le stylo. Tu comprends ? Tu ne connais pas encore tes lettres, mais tu m'as aidé à écrire tout ça.

Le gamin déglutit.

— Et s'ils me fouillent et qu'ils le trouvent ? Et s'ils trouvent le stylo ? On sera vraiment dans le pétrin, tous les deux !

— Chit Naing m'a dit qu'on n'allait pas te fouiller.

Le gamin inspire brusquement. Il va emporter le registre parce qu'il le veut. Il avait tellement de livres dans sa cabane, avant que Beau Gosse les vole. Il aimerait tenir le livre de Teza dans ses mains, s'asseoir dans un endroit tranquille, tourner les pages lentement et suivre les lignes des yeux. Il ne sait pas lire, mais quand les vieux livres de poche étaient en sa possession, il lisait pour de vrai, tout le temps ; il tenait le texte dans le bon sens et parcourait des yeux page après page de lignes faites de lettres, des lettres qui faisaient des mots, et dans ces mots – ça, il le savait – il y avait des voix humaines.

S'il est pris avec le registre et le stylo, il devra rester dans la cage. Le directeur le condamnera à la prison et il retournera vivre avec Tiger ! Cette pensée ne le trouble aucunement. Au contraire, elle le rend calme et secrètement plein d'espoir. S'il pouvait vivre avec Tiger dans sa cellule, le tan-see le protégerait et le nourrirait, et il ne serait pas seul. Il tend un bras maigre vers les barreaux, et Teza le retrouve à mi-chemin avec le registre. Le poids qui passe dans ses mains lui envoie un frisson dans le bras, jusqu'aux épaules.

Il se met à genoux en plein milieu du couloir, sort ses vieilles possessions et ses nouveaux cadeaux de son panier de marché, et essaie de tout réorganiser, afin de cacher le livre et le stylo. Teza le regarde avec inquiétude, surtout lorsque le gamin se met à dérouler sa grosse couverture de feutre.

— Dépêche-toi, Nyi Lay. Chit Naing va bientôt revenir.

Voulant rassurer Teza, le gamin fait volte-face, et dans le même mouvement balaie de sa main la couverture et le sol, où ses doigts heurtent le stylo blanc. Celui-ci file sur le ciment vers la cellule avec un léger vrombissement.

Teza et Nyi Lay le regardent s'arrêter. Il est pointé vers le chanteur, qui en est assez près pour tendre la main à travers les barreaux et le ramasser. Mais au même moment un bruit terrible et familier les trouble tous deux, et ils se tournent dans la direction du crissement des bottes sur le gravier. Le gamin cligne des yeux. Chit Naing se tient à l'entrée du couloir, à moins de quinze pas, le visage impassible à part sa bouche, qui est ouverte. Il la ferme et avance de deux pas dans le couloir, afin que personne dans la cour ne puisse le voir hésiter ainsi, entre une cage et une autre. Il ne regarde pas le gamin. Il ne regarde pas Teza. Ses yeux sont rivés sur ce stylo made in Thailand, muet et insignifiant. Il sait sans avoir besoin de vérifier que l'entourage de plastique est soigneusement marqué, en bas et en haut, de petites entailles au rasoir. Identifiable.

Teza dévisage le gardien. Il s'inquiète pour le gamin. Pour lui-même, il est simplement plein de défi. Très lentement, Nyi Lay retombe sur ses talons. Son visage a perdu toute couleur ; ses yeux sont des questions rondes et noires. Le gardien le voit se pencher en avant, son ombre cachant le registre.

Le stylo semble luire sur le sol gris. Chit Naing cligne des yeux. Comment a-t-il pu atterrir ici ? Pas le temps d'éclaircir le mystère, de poser des questions, de prendre la bonne décision. Pas le temps, et pourtant l'instant s'étire, devient une minute, une minute et demie, fait des embardées dans l'esprit de Chit Naing, s'enroule sur lui-même, tout comme la cage entière s'enroule maintenant dans ce couloir, cette cellule, cet homme et cet enfant au centre du labyrinthe. Ici. Le stylo. Il secoue la tête et murmure :

— Il faut me le donner.

Le gamin ne bouge pas mais Teza commence à protester :

— Mais j'ai écrit pour…

— Je ne parle pas du cahier. Il peut l'emporter – personne ne le fouillera. Mais si je garde le stylo, je pourrai l'utiliser contre Beau Gosse. Je ne sais pas, je ne sais pas encore ce que je ferai, mais si c'est moi qui trouve le stylo…

Il se reprend en silence : *c'est fait, je l'ai trouvé*.

Il fait un pas en avant, très vite, et penche le buste dans un mouvement souple et gracieux, dont personne ne se rendra compte ; sa main et le stylo glissent déjà dans sa poche de pantalon tandis qu'il se redresse. Puis, il se sent gêné de les dominer ainsi, les bottes près du gamin, qui est toujours à genoux. Le stylo brûle à travers la doublure de son pantalon kaki. Il ne savait pas avant de le voir à quel point le mystère de sa disparition le troublait.

Le regard du gardien va de Teza au gamin.

— Nyi Lay, regarde-moi.

Le gamin lève la tête d'un air grave.

— Ça n'est pas arrivé. Tu comprends ? Je n'ai rien vu. Je suis toujours de l'autre côté du mur.

Il esquisse un sourire hésitant, pour essayer de rassurer l'enfant qui n'arrête pas de le dévisager.

Chit Naing recule d'un pas incertain, puis tourne les talons, le cœur battant à grands coups. De l'autre côté du mur, il jette des coups d'œil devant et derrière, en se demandant si quelqu'un est passé devant l'entrée du couloir. Non, il aurait entendu des pas sur le gravier. Il prend une profonde inspiration et essaie de se calmer. Qu'a-t-il fait ? Le mince objet de contrebande contre sa jambe est étonnamment lourd. Il essaie de le pousser au fond de sa poche, de peur qu'on le voie dépasser.

Allons, du calme. Ce n'est qu'un stylo. Je peux le jeter si je veux. Il regarde un groupe de détenus revenir du travail et adresse un signe au surveillant au bout de la rangée. Puis il s'essuie le front. Il transpire. Est-ce que le surveillant a remarqué quelque chose ? Il fait un vœu silencieux : que personne ne vienne lui parler. Il ôte lentement ses lunettes mais ne les nettoie pas. Il reste planté là, sans bouger, doutant de ce qu'il a fait. Si seulement il n'avait pas avancé dans le couloir à ce moment précis ! C'est vrai, il soupçonnait quelque chose – par exemple un message griffonné sur un sac en plastique. Mais un cahier – un registre de comptes de la prison, rien que ça ! Et ce foutu stylo.

Un poids si infime. Il repose contre sa cuisse et brûle lentement. Je ne peux rien faire, pense-t-il. J'ai ramassé ce truc, bon sang. *Il m'appartient à présent.*

Quelque chose qui ressemble à la peur le poignarde brusquement, à l'improviste, plus rapide que la peur – la terreur, comme une lame si aiguisée et si vive qu'on est étonné de voir l'entaille devenir écarlate. Comment est-ce arrivé ?

Il se passe à nouveau la main sur le front et remet ses lunettes, se disant une fois de plus de se calmer. Mais le regret s'installe en lui comme une maladie. Il aurait préféré ne pas avoir vu le stylo.

C'est l'histoire de ma vie, songe-t-il. Il y a tant de choses que j'aurais préféré ne pas voir. Les passages à tabac, les coups de barres de fer transformées en poignard, tous ces hommes violentés qui violentent à leur tour, chaque année, par centaines, par milliers, furieux, frustrés par cette vie qui est leur lot, par les injustices auxquelles ils survivent uniquement pour en perpétrer d'autres, revenant dans la cage deux ans ou cinq ans plus tard. Maintes et maintes fois, il a vu le désespoir se coller comme une énorme sangsue sur le cœur humain. Il préférerait n'en rien savoir.

Mais cette conscience qu'il a désormais de l'autre côté ne le fait pas se sentir meilleur, et le met bien plus en danger. Il a vu la bonté qui se développe dans l'humain, l'amour qui pousse là, dans la cage, parmi les plus malmenés, les plus insignifiants. Et ce qu'il a vu, ce qu'il sait être la vérité, peut si facilement se transformer en preuve contre lui !

Pourquoi a-t-il ramassé le stylo ?

Si ce n'est pas le stylo qui cause sa perte, est-ce que ce ne sera pas autre chose ? La terreur réside dans cette inévitabilité. Le dénouement peut être inattendu, accidentel, son mécanisme enclenché au cours d'une soirée, où le directeur mentionnera une certaine épouse, nièce d'un officier supérieur du MI, qui fait des dons à une certaine école monastique ; et une femme, la fille de ce même officier, lèvera sa tête ornée de bijoux et demandera d'une voix espiègle : « Oh, vraiment ? Où avez-vous entendu cela ? » Ou bien un agent clandestin venu de la frontière sera arrêté, et lui aussi saura ce qu'il ne devrait pas savoir, qu'un gardien a fourni des documents liés à un procès et des renseignements sur certains prisonniers politiques. Ou alors dans les dix minutes qui suivent, si le gamin est trop nerveux et éveille les soupçons des surveillants – au point de les rendre craintifs – le filet pourrait tomber et se refermer sur eux tous.

Il frôle la poche de son pantalon avec son poignet. Oui, le voilà, son objet de contrebande à lui, son crime.

62

— Ça y est ! murmure l'enfant tout essoufflé.

Il regarde son œuvre ; la bosse de l'épaisse couverture de feutre dépasse de l'ouverture du panier. Il l'enfonce un peu plus et se tourne vers le chanteur.

— Mais Chit Naing a pris…

Teza agite la main d'avant en arrière pour balayer les mots.

— Non. Il ne l'a pas pris. Si on te le demande, il ne sait rien de tout ça. Tu comprends ?

— Chit Naing ne sait rien, répond le gamin en écho.

— Très bien, approuve Teza qui prend une grande respiration. Nyi Lay, avant ton départ, j'aimerais que toi, tu me donnes quelque chose.

— Quoi ? Qu'est-ce que je peux te donner ? Je sais ! s'écrie-t-il après réflexion. Mon pot de thanakha ! Tu pourras en mettre sur tes plaies !

Il désigne les tibias et les avant-bras du chanteur, grattés jusqu'au sang et à vif.

— Et du savon, j'ai aussi du savon pour toi.

— Merci, Nyi Lay, mais je n'ai pas besoin de tout ça. C'est autre chose que je veux. C'est petit, mais très important. Et c'est invisible. Mais quand tu me le donneras, je pourrai le voir.

— Et j'ai ça, moi ?

— Mais oui !

C'est une devinette ; il a déjà entendu les hommes poser des devinettes.

— Teza, je ne sais pas ! Qu'est-ce que j'ai qui est invisible ?

Teza agite la main vers sa poitrine. *Approche*. Le gamin tourne la tête contre les barreaux pour que le chanteur dépose le secret de la devinette dans son oreille, ce qu'il fait dans un murmure chaud :

— Ton nom.

Surpris, le gamin recule.

— Mon nom ?

— Pas Nyi Lay ou kala-lay. Pas les noms que le gardien ou les surveillants te donnent. Pas Sabado, pas Free El Salvador, les mots inscrits sur ton tee-shirt. Ton nom à toi.

La bouche du gamin fait un O, la lettre de la surprise pure. Il appuie son visage contre les barreaux et chuchote en réponse :

— Je m'appelle Zaw Gyi.

— Zaw Gyi, mon ami. Merci.

— Non, non, pas Zaw Gyi ! Zaw Gyiii, le son long.

— Vraiment ? Tu es sûr ?

S'il est sûr ? La réponse arrive toute seule dans sa bouche.

— Ma mère disait Zaw Gyiii. Toujours. Avec le son long. Je me souviens de sa voix.

Teza parle tout en riant.

— Tu sais ce que ton nom veut dire ?

— Il veut rien dire. C'est juste mon nom.

— Mais tous les noms veulent dire quelque chose. Surtout Zaw Gyiii. C'est l'alchimiste. Dans les histoires anciennes. Quand tu seras installé dans l'école monastique, demande au Hsayadaw de t'en parler.

Le gamin secoue la tête.

— C'est quoi un alchimiste ?

— C'est un homme très sage qui habite dans la forêt. Il connaît toutes sortes de secrets extraordinaires. Le Hsayadaw te le dira. Nos moines connaissaient beaucoup de choses sur l'alchimie. Tu as beaucoup de chance, Zaw Gyi. Tu as un nom très spécial.

— Ah bon ?

— Oui. Je suis content que tu me l'aies dit. Je ne vais pas m'inquiéter autant, maintenant que je sais que tu as un nom plein de force pour t'aider.

Chit Naing contourne le mur extérieur à grand bruit. Le chanteur glisse sa main à travers les barreaux et prend la petite main dure dans la sienne.

— C'est l'heure de partir.

Un petit cri échappe au gamin. Il ne peut pas quitter Teza, il ne peut pas quitter Tiger. Il tourne la tête et lance un regard lugubre au gardien, qui a tout organisé ; Chit Naing le force à quitter la cage. *Je ne partirai pas.*

Mais à l'instant même où il fait cette déclaration silencieuse, il serre plus fort la main de Teza et appuie son front contre les barreaux.

— Ako, tu vas me manquer.

— Toi aussi, tu vas me manquer, Nyi Lay. *Ma jow-ba-neh*. N'aie pas peur.

Chit Naing tousse poliment en regardant sa montre.

— Il faut y aller. Le Hsayadaw est arrivé.

Ses yeux et ceux de Teza se croisent au-dessus de la tête noire du gamin. Chit Naing constate que le chanteur ne lui en veut pas d'avoir pris le stylo. Malgré son visage en vrac, il a l'air de sourire. Mais c'est peut-être l'inclination de sa tête, qui se détourne à présent et se rapproche du gamin. Les deux amis sont penchés l'un vers l'autre. Chit Naing ne voit pas si leurs fronts se touchent à travers les barreaux, mais leurs doigts sont toujours entrelacés. Teza murmure quelque chose au gamin, qui lui répond sur le même ton, et tout ce qu'ils se disent – Chit Naing n'en distingue pas un seul mot – est chanté sur la mélodie légère des rythmes changeants de l'intonation et de la respiration. Teza se recule en premier, pour regarder le gamin. Puis il ôte ses mains de celles de Zaw Gyi et les place sur ses genoux, comme pour méditer.

Le garçon se met debout, replace sa bandoulière sur son épaule et ramasse son panier. Il a envie de pleurer et de crier. Il veut passer à travers les barreaux de la cellule de Teza et rester là avec lui, à parler.

— Ako, se contente-t-il de dire, *now-muh dwee-may*. À bientôt, grand frère.

— Oui, à bientôt, Zaw Gyi.

Le gamin et Chit Naing tournent les talons, et ils s'en vont. Longyi turquoise. Tee-shirt *Free El Salvador* vert fluo tout déchiré. Deux claquettes dépareillées, qui s'éloignent en flip-flapant.

Pendant quelques secondes, Teza ne respire pas. Il écoute le claquement des tongs sur le gravier de briques. Les battements réguliers s'estompent déjà. Il tourne la tête pour percevoir le dernier pas. Puis plus rien. En expirant, il appuie le front contre les barreaux, là où quelques instants auparavant il sentait la peau de l'enfant contre la sienne.

Upekkha. Upekkha.

Le quatrième des quatre états sublimes. Équanimité. Laisser advenir ce qui doit advenir.

Teza reste assis en tailleur. Lorsqu'il prend sa couverture pour s'en entourer les épaules, il ne se déplace que légèrement. Tout comme il ne s'autorise pas à penser à la nourriture, il détourne son esprit de l'ami qui l'a quitté. L'enfant. Son enfant.

Upekkha. Upekkha.

Le ciel entre le toit et le mur est d'un bleu plus intense à présent. Il a de nombreux soirs pu regarder ce petit pont traversé par les oiseaux et les nuages. Une fois il a vu la lune qui passait. Il lui est arrivé de trouver une pâle traînée d'étoiles. Et toujours la gradation de la lumière au fur et à mesure que les heures s'écoulent, un bleu comme de la soie qu'on vient de teindre, un autre comme du coton turquoise usé. En ce moment le mauve crépusculaire assombrit le ciel, et juste avant que les gros projecteurs s'allument et effacent tout, une coulée d'encre indigo écrit la nuit.

Teza ferme les yeux. Il parcourt son corps en suivant sa respiration, descend des venelles d'obscurité profonde qui donnent dans des rues de lumière et d'os. C'est dur de rester assis le soir, les journées l'épuisent tellement.

Il sent qu'il se penche, qu'il tombe au ralenti, ce qui lui paraît comique, et triste, parce qu'il n'a pas la force d'arrêter cette lente dégringolade. Il finit assis en biais par terre, coincé. Maladroitement, patiemment, il écarte ses jambes en ciseaux et les étend lentement. *Ya-badeh*, pense-t-il, je vais méditer allongé.

Après ces mouvements nécessaires, il retrouve sa respiration, il revient à son mot de méditation. Upekkha. Mais le mot ne tarde pas à lui échapper, et il s'endort.

Le rêve lui est déjà apparu plusieurs fois, et le revoilà. Il est d'agréable compagnie à présent, il ne le trouble plus et ne le fait plus souffrir. Qu'il soit éveillé ou endormi, la vision est la même. Dans le vieux Pagan, Tattadesa, le grand temple, s'écroule avec le Bouddha et l'homme et l'enfant à l'intérieur. Le lézard, coincé sous les briques, se transforme en oiseau et s'envole. Il se voit aussi en train de voler, la terre étalée sous lui comme un corps en vie, le sien et tous ceux qu'il aime.

63

Dès que le gardien-chef Chit Naing pénètre dans la salle des libérations, il affiche un sourire prophylactique et pense : *Tu parles d'un cauchemar !*

Puis, tout en faisant entrer le gamin, il se corrige : *Non, si c'était un cauchemar, je pourrais me réveiller avec un ouf de soulagement et aller boire un verre d'eau.*

Sa bouche est toute sèche. Il se lèche les lèvres machinalement, mais sa langue reste collée entre elles comme une feuille de papier de verre très fin. Au même instant – quelle ironie ! – il sent la sueur tremper ses aisselles. En moins d'une minute, de minces filets luisants couleront le long de ses flancs. Tournant le dos à la table où les effets personnels sont fouillés, il passe rapidement la main sur sa lèvre supérieure. Puis, en souriant et en parlant à voix basse au gamin, il pivote, et ce mouvement lui donne presque la nausée, car il sent le stylo bouger et remonter dans sa poche. Il essaie de ne pas coller sa chemise contre son corps avec ses bras. Il ne veut pas que le directeur voie ce début de déluge de transpiration.

Parce qu'il est là, le directeur, appuyé contre le bord de la table, les bras croisés sur son torse imposant, son crâne chauve miroitant comme du bronze mouillé sous la lampe. Son paquet de Marlboro est sur la table ; son briquet en or rutile à côté. Le salopard. Il n'était pas censé être présent.

Hier après-midi, il avait dit à Chit Naing que ça ne l'intéressait pas du tout de voir le gamin avant son départ. « Plus tôt il s'en ira, mieux ce sera, le plus discrètement possible » : telles furent ses paroles exactes. Stupidement, sans s'en rendre compte, Chit Naing a dû montrer son soulagement, et ce signal inconscient a donné des soupçons au directeur. C'est la faute de Chit Naing. Il l'a invoqué comme un démon, et maintenant le directeur arbore une grimace démoniaque pour singer le sourire laconique du gardien-chef.

Mais il y a pire. Le jeune Tint Lwin se tient à l'autre bout de la table, les mains manifestement crispées derrière son dos. L'expression accablée de son beau visage murmure « J'ai peur ». Et ce qui paraît tout de suite évident, c'est que Tint Lwin a peur pour lui, pour Chit Naing. Est-ce qu'il voit le stylo ? Tout ce que Chit Naing peut faire, c'est ne pas regarder sa propre hanche, et il ne veut pas non plus mettre la main dans sa poche. Il lance un regard perçant à Tint Lwin, en souhaitant que le jeune surveillant se ressaisisse. Impossible de savoir si le directeur ne va pas se retourner dans l'instant et surprendre cette expression désespérée.

Soe Thein est là aussi, à quelques pas de la porte. Tout s'explique. Ces surveillants – un qui débute, un qui a de l'ancienneté – ont tous deux la réputation d'être réguliers, et non violents. Soe Thein se garde bien de montrer sa compassion envers les politiques, mais quelques personnes connaissent l'ampleur de son respect pour Aung San Suu Kyi et son parti. Grâce à son réseau d'espions et de propagateurs de rumeurs, le directeur doit être au courant aussi. Quant à Tint Lwin, ce n'est qu'un bleu, un bon gars qui n'est pas fait pour la prison. Et pourtant il y est, dans la cage, il y travaille, et son salaire nourrit qui sait combien de personnes. Ce genre d'hommes éveille toujours les soupçons de leurs supérieurs. Encore un sympathisant qui attend son heure !

Chit Naing croyait que le fait qu'ils soient de service était une bénédiction gratuite, un bon présage et une chance. Imbécile ! Il se rend compte que les deux hommes sont là pour recevoir un avertissement. Et s'ils doivent recevoir une leçon plus sérieuse, ils la recevront sur-le-champ.

Plus vieux et plus malin que le jeune surveillant, Soe Thein ne laisse son visage aux rides profondes révéler aucune émotion. Mais lorsque Chit Naing croise son regard, il entend distinctement la voix rocailleuse du surveillant : *J'espère que le gosse n'emporte rien ou vous êtes foutus tous les deux*.

En s'efforçant de contrôler sa respiration, Chit Naing se tient à un pas derrière le gamin, qui courbe la tête en signe de déférence. Le directeur se recule légèrement de la table et se redresse de toute sa hauteur. Sa voix est très forte et résonne dans la pièce nue.

— Alors, c'est le grand jour aujourd'hui, hein, kala-lay ?

— Oui, chef, répond le gamin d'une voix respectueuse.

Chit Naing déglutit. Il n'a pas de salive.

— Ta condamnation à perpétuité est terminée, félicitations ! s'exclame le directeur en gloussant à sa propre plaisanterie. Tu dois être très content.

— Non, chef, murmure le gamin.

— Quoi ? Comment ?

— Non, chef, je ne suis pas content. Je veux rester ici.

Un silence s'abat sur les quatre hommes. Éberlués, ils regardent le gamin, qui garde les yeux rivés sur le sol de ciment.

Chit Naing sait qu'il doit intervenir en premier. Il s'éclaircit la gorge.

— Mais, Nyi Lay, le Hsayadaw t'attend. Il est venu pour t'amener à l'école monastique.

— Oui, Chit Naing, je sais.

— Et tu es prêt à partir. Tu as dit au revoir à tout le monde, tu as fait tes bagages.

— Oui, chef.

Le directeur ouvre son paquet de Marlboro, prend son lingot d'or et allume une cigarette.

— Mais pourtant tu t'en vas, kala-lay, commence-t-il en exhalant un nuage bleuté. Le bon gardien-chef Chit Naing et son épouse se sont donné tellement de mal pour te trouver une place au pongyi-kyaung, il ne faut pas les décevoir maintenant. D'accord, mon garçon ?

— Oui, chef.

Tout en parlant au gamin, le directeur vrille ses yeux dans la pommette de Chit Naing. Le gardien veille à ne pas le regarder. Il fixe la tête du gamin, tandis que les mots « son épouse » résonnent comme un tir d'artillerie dans le lointain. La sueur transperce sa chemise à présent, de longues traînées coulent sous ses bras. Il ne veut pas se retourner de peur que le directeur voie la cible ronde et humide au milieu de son dos. Il joint les mains devant lui, mais c'est trop, trop près. Ses doigts se desserrent et il enfonce d'un coup sa main droite dans sa poche. Il y est, le stylo. Sa main se referme sur l'étui de plastique, et l'enfonce plus loin, le pouce contre la bille.

— Vois-tu, continue le directeur d'une voix suave et profonde, c'est pour cela que je suis venu te dire au revoir, kala-lay. Je veux seulement jeter un coup d'œil à tes affaires avant ton départ. Tu peux mettre tes sacs sur la table ? Voilà. C'est bien.

Le directeur se déplace vers la droite quand le gamin avance en traînant les pieds et passe la bandoulière de sa besace par-dessus sa tête. Il pose le sac sur la table de métal gris en faisant bien attention.

— Celui-là aussi ? demande-t-il en agitant le panier de marché.

— Celui-là aussi.

Le gamin fronce le nez en sentant la couverture au moment où il fait passer sa valise colorée sur la table. Ça lui est égal au directeur, que ça sente un peu la merde, surtout s'il trouve le registre. Ça lui ferait plaisir, et Nyi Lay resterait dans la cage.

— Tu n'as pas besoin de garder les yeux baissés, mon garçon. Lève-moi ce menton.

Le directeur dévisage le gamin tout en parlant. Il ouvre la besace bleue à tâtons, sans regarder ce qu'il fait.

— Je veux simplement m'assurer que le gardien Nyunt Wai Oo est aussi fou que tout le monde semble le penser. Quand il a su que tu partais, il m'a appelé. Je sais qu'il ne t'aime pas beaucoup, mais il fait du bon travail, même quand il n'est pas à la prison. C'est lui qui a eu l'idée de cette petite fouille.

Le directeur constate que le fait de mentionner Beau Gosse n'intimide pas l'enfant ; manifestement la crainte ne fait pas trembler ses genoux. Au contraire, puisqu'il a la permission de lever la tête, Nyi Lay regarde le directeur chauve dans les yeux. Celui-ci se met à renifler, regarde à droite et à gauche, et renifle à nouveau. Il s'apprête à dire quelque chose, mais au lieu de cela, jette sa cigarette par terre. Nyi Lay ne cherche pas à éviter l'arc rougeoyant. Il ne baisse même pas les yeux, pas plus qu'il ne bronche lorsque le directeur s'avance brusquement vers lui pour écraser le mégot brûlant du bout de sa botte.

Le directeur pousse ses cigarettes et son briquet, et secoue la besace pour renverser son contenu sur la table. En quatorze secondes, il détruit l'œuvre d'une vie de gamin.

La première chose qui l'intéresse, c'est le clou, qui dégringole avec fracas sur la table de métal. Les clous servent d'armes aux prisonniers dans les bagarres. Le directeur le prend par la pointe et demande, avec une intonation presque érotique :

— Tu n'es pas un ennemi du régime, hein, kala-lay ?

Il ne regarde pas le gamin mais Chit Naing, avec sur son visage un sourire semblable au clou dans sa main.

— Non, chef, répond le gamin, je ne suis pas un ennemi du régime, chef. Je veux être surveillant de prison quand je serai grand.

Les surveillants adorent quand il leur dit ça.

Le directeur éclate de rire, flatté comme il se doit.

— Ah bon, c'est vrai ? Eh bien, c'est un grand projet pour un si petit garçon. Ce n'est pas un travail facile, tu sais. Ce clou – il agite la pointe du clou sous le nez du gamin – tu ne peux pas le garder. C'est la propriété de la prison.

— Oui, chef.

Le directeur continue à tripoter les affaires du gamin. Il touche le savon tout neuf, ouvre la boîte de thanakha. *Ses cadeaux d'adieu.* Le directeur déroule la serviette neuve encore humide et la déplie d'un mouvement brusque. Rien de dissimulé là-dedans. Deux cartes postales gondolées et déchirées sont étalées sur la table – la pagode Shwedagon et un bouddha de Pagan – mais elles n'intéressent pas le directeur. Il examine un par un les sacs de nourriture : feuilles de thé en saumure et haricots frits, un gros paquet de riz, des spirales vertes de chou et de salade. Il les repousse à l'aide du clou, trouant les sacs à chaque fois.

— Qu'est-ce que c'est ?

Il prend la boîte d'allumettes et la secoue.

— Hpay Hpay..., hésite le gamin.

Ses yeux sont posés sur la boîte d'allumettes.

— Hpay Hpay..., recommence-t-il.

Le mot pour père. Les autres mots sont coincés.

— Qu'est-ce qu'il y a là-dedans, kala-lay ? Hein ?

Le directeur regarde le gamin à la bouche cousue, puis approche la boîte de son visage avant d'ouvrir le petit tiroir. Au début il ne comprend pas ce que c'est. Il voit un petit cylindre de bois pâle, marron et semblable à un os à une extrémité. Il incline la boîte vers lui et autre chose apparaît juste au moment où le gamin parvient à sortir les mots, fièrement :

— La dent de mon père.

Mais le directeur n'écoute pas. Il voit le lézard à présent, moitié squelette, moitié chair, la partie chair qui bouge lentement, sensuellement, un tas de petites bouches blanches en train de mastiquer.

— Putain, mais c'est plein d'asticots ! hurle-t-il, en repoussant la boîte d'un air dégoûté.

Laquelle tombe sur la table, en délogeant une dizaine d'asticots de leur repas. La dent aussi a sauté avec un *ting* mélodieux sur le briquet en or du directeur, d'où elle rebondit pour tomber par terre.

Le directeur, écœuré, recule en agitant les mains.

— Mais c'est dégueulasse ! Immonde ! Enlève ça de la table !

Zaw Gyi s'accroupit. Ses mains se tendent et ramassent la dent. Il se redresse vite, et sans savoir quoi faire d'autre avec les asticots, il les prend entre le pouce et l'index avec la dextérité d'un marchand de pierres précieuses. Une pincée à la fois, il remet les créatures sinueuses dans la boîte et referme le tiroir.

— Chef, je m'excuse. Toutes mes excuses, chef, murmure-t-il, courbant les épaules autour de ses oreilles.

Mais le directeur est trop contrarié pour le frapper. Ces asticots étaient à peine à trente centimètres de sa bouche.

— Pouah, quelle horreur ! s'exclame-t-il en grimaçant et en s'essuyant les mains sur son pantalon.

Il passe derrière la table et tourne autour de Tint Lwin, puis avance jusqu'à l'autre extrémité de la pièce, où se tient Soe Thein, toujours aussi impassible.

Le directeur s'adresse à lui, à la recherche d'un peu de soutien.

— Répugnant, hein ? Quel drôle de petit salopiot !

Soe Thein approuve d'une voix grave.

— Oui, mon commandant. Mais c'est la cage qui est un drôle d'endroit pour un gosse. C'est ça le problème.

Le directeur hoche la tête, impressionné par la logique de son employé.

— Vous avez raison, surveillant Soe Thein. Tout à fait raison.

Il retourne vers la table à grandes enjambées et en examine la surface pour s'assurer qu'il n'y a plus d'asticots.

— Bon, finissons-en ! Surveillant Tint Lwin, fouillez le gosse !

Tint Lwin contourne la table et fouille l'enfant timidement, passe les mains le long de son corps, devant et derrière, soulagé de ne rien trouver de caché dans son longyi, ni sous ses bras, ni attaché à ses jambes.

— Il n'a rien sur lui, mon commandant. Il n'emporte que sa carcasse avec lui.

— Et une boîte de saloperie d'asticots. Formidable. Alors, qu'est-ce que nous avons là ?

Le chef tire le panier de marché vers lui et ouvre les anses jumelles. Ses mains sont déjà sur la couverture roulée lorsque l'odeur humide monte à son visage, mais cette fois il ne repousse pas le sac ; il se contente de retirer ses mains et de reculer.

— Et qu'est-ce qu'il y a là-dedans, bordel ? Non, ne me dites rien, j'ai deviné. Il veut sortir un seau à latrines !

Déjà tombé en disgrâce à cause des asticots, le gamin a baissé la tête de nouveau. Le directeur regarde Chit Naing, abasourdi.

— Vous allez me dire ce qu'il y a dans ce panier ?

Se préparant à sortir la main de sa poche, Chit Naing repousse le stylo bien au fond, pour qu'il y reste, soigneusement rangé. Au lieu de cela, il entend un son aussi fort qu'une voix humaine : *clac-clic*.

La tête du gamin se tourne brusquement vers ce mot d'encre. Il lève les yeux vers le directeur, et se met à parler fort, sur un ton d'adolescent sûr de son bon droit.

— Chef, c'est ma couverture et je veux l'emporter au monastère. Je la laverai là-bas, chef. S'il vous plaît, laissez-moi emporter ma couverture !

La bouche de Chit Naing est si sèche qu'il ne s'en échappe qu'un son rauque. Son explication débute par un toussotement saccadé.

— Mon commandant, le tan-see m'a dit que le petit a eu un petit accident pendant la nuit, mais qu'il n'a pas eu le temps de nettoyer. Il avait la colique, mon commandant, ajoute-t-il dans un effort de clarification.

— Merci, j'ai un nez, gardien-chef Chit Naing, mais pourquoi diable veut-il emporter cette couverture répugnante à l'école monastique ?

— Il y est très attaché, mon commandant. Elle vient de sa cabane. Il a insisté pour l'emporter. Je lui ai donné la permission. Il a tellement peu d'effets personnels.

Lorsque Chit Naing lève la main, il sent la sueur qui lui dégouline le long du corps. Il désigne les possessions du gamin d'un geste raide.

— Comme vous pouvez le constater, mon commandant, il ne possède rien.

— Les novices sont censés ne rien posséder. Une couverture pleine de merde ! L'abbé sera sûrement très impressionné. Putain, quelle infection ! s'exclame-t-il en agitant la main devant son visage. Je me suis demandé ce que c'était dès que vous êtes entrés dans la pièce. Je regrette que le gardien Nyunt Wai Oo n'ait pas pu conduire cette fouille lui-même. Une véritable horreur.

Il ramasse ses cigarettes et son briquet, puis s'éloigne encore un peu de la table.

Chit Naing ne laisse pas son visage changer d'expression. Il ne bouge pas. Le gamin non plus, à part ses narines qui se dilatent tandis qu'il renifle pour prendre la mesure de la puanteur. Franchement, c'est pas si terrible que ça. Le directeur devrait essayer de vider les seaux à latrines pour changer.

Le directeur allume une autre Marlboro et tire une longue bouffée. Son regard passe de Chit Naing au gamin et revient à Chit Naing.

Puis il tapote sa cigarette pour faire tomber la cendre et désigne les objets sur la table.

— Tu peux remballer tes affaires, kala-lay.

Il regarde à nouveau le gardien-chef, dont les yeux sont cachés par un rai de lumière qui passe sur ses lunettes.

— Ce fut très amusant, gardien-chef Chit Naing. J'ai hâte de recommencer.

Le gardien se force à sourire.

— Oui, très amusant, mon commandant. Merci.

Il observe le gamin fourrer ses affaires dans sa besace. Puis il demande, prudemment :

— Nous pouvons y aller, mon commandant ? Il y a un taxi devant les portes de la prison. Je suis sûr que le Hsayadaw attend depuis longtemps.

— Et moi je suis sûr qu'un homme aussi sage sait que la sécurité de l'État est plus importante que tout le reste.

Les deux hommes se regardent dans les yeux un instant, sans rien entre eux, ni écran de reflet de lumière ni mots. Chit Naing a la nette impression qu'on lui accorde un sursis, qu'il accepte avec prudence.

— Oui, mon commandant, vous avez tout à fait raison.

Le directeur s'adresse à Zaw Gyi.

— Allez, file. Je suis sûr que l'abbé sera content de connaître son nouvel élève, malgré ce que tu as dans ton panier. Et tâche de devenir un bon novice.

— Oui, chef.

Le gamin passe la bandoulière de sa besace sur son épaule et ramasse sa valise de plastique tressé. La main chaude de Chit Naing lui serre l'épaule et le pousse vers la porte fermée.

Le gamin est le premier à sortir de la salle des libérations. Au moment où il pose une claquette sur le gravier, la voix du directeur l'arrête.

— Gardien-chef Chit Naing !

Le gardien se retourne. Le gamin attend, face à la cour. Le crépuscule est bien avancé et les projecteurs sont déjà allumés. La voix du directeur sort en grondant du creux de ciment nu.

— Quand vous aurez fait sortir le gosse, revenez ici, je vous prie. Je veux vous parler de quelque chose. Quelque chose de très important.

— Oui, mon commandant. Entendu. Je reviens tout de suite.

La voix de Chit Naing est devenue toute petite, ce qui effraie le gamin. Mais l'homme grand et mince touche à nouveau son épaule.

— Allons-y, Nyi Lay.

Lorsqu'ils ont fait quelques pas, il ajoute, plus doucement :

— Dépêche.

Les seuls bruits entre eux sont leurs pas qui crissent sur le gravier et les claquettes du gamin qui tapent sur ses plantes de pied. Un instant plus tard Soe Thein les suit, les clés du directeur cliquetant dans sa main. Ils regardent tous les trois la petite porte munie de barres de fer insérées dans le grand portail – elle leur paraît plus haute et plus lourde au fur et à mesure qu'ils approchent. Soe Thein fait un signe au surveillant de garde dans sa guérite et se courbe légèrement, pour mieux voir les serrures et les verrous. Au bout de quelques secondes, il ouvre la lourde porte d'une poussée.

Un vent léger s'engouffre à l'intérieur, apportant l'odeur de la verdure, des herbes folles et des champs à maturité au-delà de la prison. Puis une bouffée enivrante de gaz d'échappement. Le chauffeur joufflu est déjà derrière le volant, à faire tourner le moteur, mais le vieux moine en habits bordeaux est toujours debout à côté du taxi, les yeux fixés sur les portes de la prison.

Le gamin regarde gravement Chit Naing.

— Ne t'en fais pas, Nyi Lay, murmure celui-ci. Tout ira bien pour nous à l'intérieur et toi tu seras mieux dehors. Regarde, le Hsayadaw te fait signe.

Le gamin gratifie le gardien de l'étincelle d'un sourire avant de regarder la route. Il lève la main et l'agite timidement à l'attention du vieil abbé. Chit Naing lui désigne la porte ouverte d'un hochement de tête.

Et Zaw Gyi sort de la cage.

Remerciements

En dépit du caractère solitaire de l'écriture, ce roman est le fruit d'un travail commun. Il n'aurait pu être écrit sans l'aide de nombreux Birmans d'ethnies diverses, qui m'ont parlé de la vie sous la dictature qui dirige leur pays. Ces conversations se sont déroulées sur plusieurs années et dans plusieurs continents, mais au début mes interlocuteurs y ont participé sans se préoccuper de leur sécurité ou de leur vie privée, en relatant des expériences douloureuses et souvent poignantes pour le bénéfice d'une étrangère disant qu'elle écrivait un livre.

Je suis redevable à de nombreuses personnes, anciens prisonniers politiques et gardiens de prisons sans emploi, jeunes employés de tea-shops et vieux vendeurs de noix de bétel. Ceux qui vivent encore en Birmanie doivent demeurer anonymes, à l'exception de Aung San Suu Kyi. Ses livres furent importants pendant l'écriture de celui-ci, tout comme les entretiens que j'eus avec elle et ses collègues de la Ligue nationale pour la démocratie au milieu des années 1990. De nombreux écrivains, journalistes et artistes birmans, m'ont aidée à comprendre le pouvoir de suffocation de la censure sous laquelle ils vivent et travaillent. Un jour le gouvernement de Birmanie changera, et je pourrai les remercier publiquement en nommant chacun d'entre eux.

La prison de ce roman est un mélange de plusieurs prisons et camps de travail de Birmanie. La prison Insein, près de Rangoon, est son modèle architectural, mais la vraie Insein se trouve à présent au cœur d'un quartier très animé. Il va sans dire que ce roman, bien que fondé sur des événements historiques, est une œuvre de fiction.

En ce qui concerne les liens et les amitiés qui se sont noués en 1996, ma gratitude va à tous les hommes et les femmes de la frontière Thaïlande/Birmanie qui sont ou étaient membres des partis politiques, armées ou groupes dissidents suivants : le Front démocratique des étudiants birmans (ABSDF, les deux sections), le Parti démocratique pour une société nouvelle (DPNS), la Ligue nationale pour la démocratie-zone libérée (NLD-LA), l'Armée nationale de libération karen (KNLA), l'Association d'assistance aux prisonniers politiques (AAPP), et l'Union des femmes birmanes. Certains de ces groupes ont pris la forme d'organisations différentes, mais les individus généreux qui les composaient restent les mêmes. J'adresse mes sincères remerciements à :

Win Naing Oo, qui m'a accordé mes premiers entretiens importants sur la vie carcérale, et dont les écrits, essentiellement dans les publications de l'ABSDF *Cries from Insein*, m'ont aidée à construire une prison de fiction. De nombreuses publications de l'ABSDF m'ont été indispensables pour comprendre la vie dans les prisons birmanes. Les sanctions décrites dans le roman, conséquences de contrebande en apparence inoffensive – stylo, papier et mots – sont tirées directement du livre bouleversant *Pleading Not Guilty in Insein*, traduction des minutes de procès sorties en fraude de la prison Insein de Rangoon. Ce document rend compte des procès de vingt-deux prisonniers politiques dont les peines de prison ont été considérablement allongées à cause d'objets illicites trouvés dans leurs cellules : stylos, papier, poèmes politiques, vieux exemplaires de magazines anglais, lettres de félicitations, et messages adressés à Aung San Suu Kyi.

Min Min Oo, Zaw Zaw Htun et les autres, à l'époque de Mae Sarieng.

Soe Aung, Zaw Min et le docteur Naing Aung, pour les expéditions à la frontière, les camps militaires, la malaria, la dysenterie et toutes nos conversations poursuivies tard dans la nuit.

L'activiste politique Moe Thi Zon, dont l'amour pour son pays et pour ses camarades emprisonnés m'a aidée à imaginer les personnages des deux frères birmans.

Aye Saung, Soe Pyne, Tennyson et le journaliste Aung Phay, pour m'avoir parlé de son incarcération à Coco Island. Win Min, Bo Saw Tun, Kyaw Thura, Thet Hmu, Yeni, Pet Thet Nee, Lwanni et Mun Awng. L'histoire de mon jeune musicien n'est pas entièrement imaginaire : les célèbres chansons de défi de Mun Awng furent la bande sonore de mon livre.

Je remercie spécialement Aye Aye Khaing, Aye Aye Lwin, Ma Ae Ae Muh et Ma Su Pwint.

L'incoercible poète et grand professeur Sayagyi Tin Moe.

Bo Kyi, Aung Din, Min Mon et les membres de l'AAPP, pour les longues discussions et leur travail infatigable en faveur de ceux qui sont encore en prison. Un merci spécial à Bo Kyi pour son miraculeux sens de l'humour.

Le docteur Cynthia Maung et de nombreux membres du personnel de la clinique Mae Tao.

Aung Naing Oo, pour sa clairvoyance politique, et Shona Kirkwood, pour son soutien et son amitié, et ses commentaires sur une première version du livre.

La discrète, mais néanmoins remarquable Pippa Curwen, et le personnel du Burma Relief Centre, pour différentes formes d'aide et de soutien. Tout le monde à Images Asia, et particulièrement Lyndal Barry. Heather Kelly et Marc Laban, pour m'avoir ramenée en Asie du Sud-Est en 1996 et encouragée à aller en Birmanie.

J'ai eu la chance de trouver un ami ainsi qu'un confrère en la personne de Aung Zaw, le journaliste et rédacteur en chef de *The Irrawaddy*. Lui et son frère, Kyaw Zwa Moe, m'ont longuement parlé au cours de toutes ces années, non seulement de leur expérience des prisons birmanes mais aussi des différentes facettes de la politique, du bouddhisme et de la culture de la Birmanie. Merci également à Moe Kyaw, Win Thu, et aux autres membres du personnel de *The Irrawaddy*.

Les ouvrages d'écrivains birmans m'ont beaucoup aidée dans mes recherches, notamment ceux de Ludu U Hla, Mya Than Tint, Journalgyaw Ma Ma Lei, Moe Aye, Pascal Khoo Thwe, et de nombreux auteurs de nouvelles vivant encore en Birmanie. Je remercie également les infatigables traducteurs du birman, en particulier Anna Allot et Ohnmar Khin. Anna Allot et Colleen Beresford ont lu des premiers jets de mon roman et m'ont prodigué des encouragements bienvenus lorsque je vivais en Grèce, sans un sou et pleine de doute. Merci aussi à Nita à Londres, pour son courage et sa grâce.

Toute ma reconnaissance à Bertil Linner et d'autres écrivains occidentaux pour leurs excellents ouvrages sur la Birmanie : Edith Mirante, Christina Fink, Minke Nijhuis, Martin Smith et Alan Clements. Les entretiens d'Alan avec Aung San Suu Kyi et les responsables de la LND furent partie intégrante de ma compréhension d'un bouddhisme fondamental et politiquement engagé.

Lorsque je vivais à Vancouver, j'ai eu l'immense plaisir de hurler dans un mégaphone contre des sociétés canadiennes (comme par exemple Ivanhoe Mines) qui continuent à faire du commerce avec la junte birmane. Pour cette expérience et d'autres encore, je remercie les membres de la Vancouver-Burma Roundtable. Leur action et celle d'autres activistes ne cessent de rappeler au gouvernement canadien que le Canada a une autre connection, considérable et très coûteuse, avec la narcodictature birmane : Vancouver est le principal port de l'Occident pour l'héroïne birmane.

Les membres des communautés karen, chan et birmane de Vancouver, Ottawa et Toronto m'ont permis de garder des contacts avec la Birmanie même quand ce que j'aime dans ce pays me semblait très lointain. Je leur suis reconnaissante pour leur extraordinaire sens de l'hospitalité, leur enthousiasme et le soutien qu'ils m'ont apporté. Je peux dire la même chose au sujet d'autres amoureux de la Birmanie : Christine Harmston, Katrina Andersen, Corinne Baumgarten, d'autres membres des Canadian Friends of Burma, et la documentariste Holly Fisher.

Les docteurs Simon Bryant, Duncan Nickerson et Win Myint Than m'ont prodigué leur excellente expertise médicale sur la dysenterie, la malnutrition, et les mâchoires fracassées. La psychologue Audrey Cook m'a fait profiter de son discernement et de son immense savoir sur les abus sexuels envers les enfants et la nature cyclique du traumatisme ; elle m'a beaucoup appris sur « l'enfant en prison », et le nombre d'enfants emprisonnés autour de nous. Les recherches sur le traumatisme de Bessel A. Van de Kolk, Judith L. Herman et Sandra Bloom m'ont procuré un enseignement crucial.

Soe Win Than de la BBC a lu mon manuscrit en apportant des critiques inestimables – il a manifesté une grande amitié pour ce roman, et pour moi. D'autres lecteurs comme Soe Kyaw Thu, le docteur Win Myint Than et sa famille, Libby Oughton, et Nancy Holmes, mon héroïne, me furent très précieux. Merci à tous de m'avoir permis de progresser. Et *tzey-zu-bay*, à mes formidables professeurs de birman du SEASSI à Madison dans le Wisconsin. Pour leur aide financière décisive, je remercie le Canada Council et l'Alberta Foundation for the Arts.

Écrire sur la vie carcérale et ses violences de toutes sortes fut souvent douloureux et difficile, mais cette tâche a été facilitée par le soutien de communautés au Canada, en Grèce et en Thaïlande. Durant toute la période d'écriture et au-delà, Libby, Nancy, Maria Coffey, Dag Goering,

Beth Kope, Sandra Shields, David Campion, Linda Griffiths, Mireille et Panagos Katirzoglou, Andreas Amerikanos, Vangelis Ikonomidis, Rachel Howard, mon frère thaï Goong Samakeevin, et Ajahn Champa m'ont comblée de leur amitié et de leur amour. Le regretté Timothy Findley lui aussi m'a prodigué ses généreux encouragements.

Je suis aussi reconnaissante à mon agent Jackie Kaiser, toujours avisée et persévérante, et à Anne Collins de Random House Canada. Dans les derniers stades de l'écriture, j'ai eu le plaisir inattendu de travailler avec Lorna Owen de Nan A. Talese/Doubleday New York. Au-delà de leur travail brillant d'éditeurs, l'enthousiasme de Lorna et de Nan et leur désir de prendre le risque de publier ce roman ont offert une plus grande audience à cette histoire birmane ; je sais que je ne suis pas la seule à leur en être reconnaissante.

Lorsque je travaillais à ce roman, mon frère et moi avons entrepris une correspondance qui a duré tout le temps de son incarcération à Alberta. Même si les prisons canadiennes n'ont rien à voir avec les prisons birmanes, ses lettres m'ont ouvert les yeux sur la psychologie de l'incarcération au jour le jour. Ce qu'il m'a confié m'a convaincue que, contrairement à ce que l'on pense généralement, il y a bien des prisonniers politiques en Amérique du Nord. Mais nous préférons dire que ce sont des malades mentaux, des drogués, des Indiens ou des Noirs.

Je remercie ma famille, spécialement ma mère, Jackie Henry, qui m'a si bien enseigné le pouvoir salvateur de la générosité, de l'humour et l'élasticité de l'amour. Le sien s'est étiré jusqu'à moi dans tous les coins du monde, faisant de moi la plus heureuse des filles. Enfin, et surtout, je remercie mon très cher ami et mari, Robert Chang, dont la présence dans ma vie est un bonheur de tous les instants.

9041

Composition
PCA à Rezé

Achevé d'imprimer en Espagne
par BLACKPRINT CPI IBERICA
le 11 mars 2012.
Dépôt légal mars 2012.
EAN 9782290018286

ÉDITIONS J'AI LU
87, quai Panhard-et-Levassor, 75013 Paris

Diffusion France et étranger : Flammarion